国家社会科学基金重大项目
"文学伦理学批评：理论建构与批评实践研究"
结项成果之一

 华中师范大学中国语言文学一流学科建设文库

聂珍钊 苏 晖·总主编
文学伦理学批评研究（二）

Ethical Literary Criticism of American Literature

美国文学的伦理学批评

苏 晖 ◎ 主 编

图书在版编目 (CIP) 数据

美国文学的伦理学批评/聂珍钊,苏晖总主编;苏晖主编.—北京:北京大学出版社,2020.8
（文学伦理学批评研究；二）
ISBN 978-7-301-31556-9

Ⅰ.①美… Ⅱ.①聂… ②苏… Ⅲ.①文学评论—伦理学—美国 Ⅳ.① I712.06

中国版本图书馆 CIP 数据核字 (2020) 第 152609 号

书　　　名	美国文学的伦理学批评 MEIGUO WENXUE DE LUNLIXUE PIPING
著作责任者	聂珍钊　苏　晖　总主编 苏　晖　主编
责 任 编 辑	李　颖
标 准 书 号	ISBN 978-7-301-31556-9
出 版 发 行	北京大学出版社
地　　　址	北京市海淀区成府路 205 号　100871
网　　　址	http://www.pup.cn　　新浪微博：@北京大学出版社
电 子 信 箱	evalee1770@sina.com
电　　　话	邮购部 010-62752015　发行部 010-62750672 编辑部 010-62754382
印 刷 者	三河市博文印刷有限公司
经 销 者	新华书店 650 毫米×980 毫米　16 开本　30 印张　470 千字 2020 年 8 月第 1 版　2020 年 8 月第 1 次印刷
定　　　价	108.00 元

未经许可，不得以任何方式复制或抄袭本书之部分或全部内容。
版权所有，侵权必究
举报电话：010-62752024　电子信箱：fd@pup.pku.edu.cn
图书如有印装质量问题，请与出版部联系，电话：010-62756370

目 录

总序（一） …………………………………………………………… 1
总序（二） …………………………………………………………… 20

导　言 ………………………………………………………………… 1
第一章　浪漫主义小说的伦理理想 ………………………………… 3
　第一节　《领航人》中的伦理两难及其历史隐喻 ……………… 5
　第二节　《红字》中的伦理选择与丁梅斯代尔的公开忏悔 …… 22
　第三节　《白鲸》中人与自然多维关系的伦理阐释 …………… 33
　本章小结 …………………………………………………………… 48

第二章　现实主义小说的道德批判 ………………………………… 52
　第一节　杰克·伦敦《海狼》对道德虚无主义的思考 ………… 54
　第二节　《都市报告》与欧·亨利的伦理观 …………………… 68
　第三节　德莱塞《嘉莉妹妹》对消费时代的伦理思考 ………… 80
　本章小结 …………………………………………………………… 91

第三章　成长小说的教诲价值 ········· 96
  第一节　哈克的伦理身份与美利坚民族的成长 ········· 99
  第二节　塞林格《麦田里的守望者》中成长的顿悟 ········· 111
  第三节　在绝望中成长：史盖乐的伦理选择 ········· 119
  本章小结 ········· 128

第四章　"迷惘的一代"小说的伦理叙事 ········· 131
  第一节　《了不起的盖茨比》与"爵士乐时代"的伦理困境和伦理选择
  ········· 133
  第二节　《尼克·亚当斯故事集》的叙事策略与伦理身份之惑 ········· 143
  本章小结 ········· 157

第五章　战争小说中的英雄伦理 ········· 159
  第一节　《红色英勇勋章》：战争小说中个人成长的道德寓言 ········· 161
  第二节　《永别了，武器》的文学伦理学解读：英雄的理性与常人
  　　　 的激情 ········· 174
  第三节　《幼狮》：伦理身份与人性的悲剧 ········· 186
  本章小结 ········· 200

第六章　南方小说的伦理探索 ········· 204
  第一节　《喧哗与骚动》："新南方"进程的伦理拷问 ········· 205
  第二节　弗兰纳里·奥康纳短篇小说的伦理蕴涵 ········· 220
  本章小结 ········· 235

第七章　美国非裔小说的伦理诉求 ········· 237
  第一节　呼与和：赖特《黑男孩》中的伦理关系 ········· 239
  第二节　基伦斯《杨布拉德》对美国南方白人男性气质的伦理批判
  ········· 251
  第三节　莫里森《慈悲》中的伦理意识 ········· 263

本章小结 ⋯⋯⋯⋯⋯⋯⋯⋯⋯⋯⋯⋯⋯⋯⋯⋯⋯⋯⋯⋯⋯⋯⋯ 279

第八章　美国华裔小说中的伦理选择 ⋯⋯⋯⋯⋯⋯⋯⋯⋯⋯ 284
　　第一节　美国华裔小说中华人伦理身份与伦理选择的嬗变 ⋯⋯ 287
　　第二节　华人新移民作家李翊云小说中的伦理困境与伦理选择
　　　　　　⋯⋯⋯⋯⋯⋯⋯⋯⋯⋯⋯⋯⋯⋯⋯⋯⋯⋯⋯⋯⋯⋯⋯ 299
　　本章小结 ⋯⋯⋯⋯⋯⋯⋯⋯⋯⋯⋯⋯⋯⋯⋯⋯⋯⋯⋯⋯⋯⋯ 315

第九章　美国犹太小说中的伦理身份与道德困境 ⋯⋯⋯⋯⋯ 319
　　第一节　《赫索格》中的身份认同与伦理选择 ⋯⋯⋯⋯⋯⋯ 321
　　第二节　《洪堡的礼物》中的身份错位与契约伦理 ⋯⋯⋯⋯ 332
　　第三节　《卢布林的魔术师》中的空间表征与身份追寻 ⋯⋯ 341
　　本章小结 ⋯⋯⋯⋯⋯⋯⋯⋯⋯⋯⋯⋯⋯⋯⋯⋯⋯⋯⋯⋯⋯⋯ 359

第十章　现代戏剧的伦理冲突 ⋯⋯⋯⋯⋯⋯⋯⋯⋯⋯⋯⋯⋯ 361
　　第一节　田纳西·威廉斯《热铁皮屋顶上的猫》中的伦理危机 ⋯ 363
　　第二节　爱德华·阿尔比戏剧《动物园的故事》中的人际隔离 ⋯ 375
　　第三节　托尼·库什纳戏剧《天使在美国》中的伦理困惑 ⋯ 385
　　本章小结 ⋯⋯⋯⋯⋯⋯⋯⋯⋯⋯⋯⋯⋯⋯⋯⋯⋯⋯⋯⋯⋯⋯ 403

参考文献 ⋯⋯⋯⋯⋯⋯⋯⋯⋯⋯⋯⋯⋯⋯⋯⋯⋯⋯⋯⋯⋯⋯ 406
后　记 ⋯⋯⋯⋯⋯⋯⋯⋯⋯⋯⋯⋯⋯⋯⋯⋯⋯⋯⋯⋯⋯⋯⋯ 430

总序(一)

聂珍钊　王松林

20世纪80年代以来,大量西方的文学批评理论涌入中国,如形式主义批评、结构主义批评、解构主义批评、心理分析批评、神话原型批评、女性主义批评、生态批评、后殖民主义批评、文化批评等,这些批评理论和方法丰富了我国的文学批评,并推动着我国文学批评的发展。但是,与此同时,我国的文学批评也存在诸多问题,其中最突出的问题就是唯西方批评理论为尊,缺乏具有我国特色和话语的批评体系,尤其漠视文学的伦理价值和文学批评的伦理指向。针对近二三十年来文学批评界的乱象,文学伦理学批评对文学的起源、文学的功能、伦理批评与道德批评、伦理批评与审美、文学的形态等有关文学的属性问题做了反思。在批评实践中,文学伦理学批评力图借鉴和融合其他批评理论的思想,从跨学科的视域来探索文学作品的伦理价值。

一、文学伦理学批评兴起的背景

众所周知,从20世纪八九十年代起,在当代西方文学批评理论思潮的冲击下,我国的文学批评理论研究已不再是传统意义上的关于"文学"的理论研究,而是跨越文学研究成为一种几乎无所不包的泛文化研究,政治、社会、历史和哲学等"跨界"话题成为学者们热衷研究的焦点,文学文本研究及关于文学的理论被边缘化。中国社会科学院文学研究所"学科学术前沿报告"课题组在《人文社会科学前沿扫描》(文学理论篇)一文中指出,相当一部分文学研究者"走出了文学圈",成为"万能理论家",文学理论研究变成了对各种社会问题的研究,他们在"管理一切,就是不管文学自身"。① 其实,早在 20 世纪 80 年代,以雅克·德里达为代表的一些西方批评家就预言,在消费主义和大众文化盛行的时代,影视、网络和其他视觉图像将一统天下,传统的文学必将终结,传统的关于文学的(研究)理论也必将死亡。美国著名批评家 J. 希利斯·米勒赞成德里达的文学终结论,他断言:"文学研究的时代已经过去了。再也不会出现这样一个时代——为了文学自身的目的,撇开理论的或者政治方面的思考而单纯去研究。那样做不合时宜。"②德里达和米勒的预言不是空穴来风。

简略检索一下西方批评理论的发展,我们不难发现,现代意义上的"批评理论"的兴盛是从 20 世纪 50 年代批评的"语言转向"开始的。此前,语言学家费尔迪南·德·索绪尔的结构主义思想对欧美形式主义和结构主义产生了重要影响,新批评和俄国形式主义批评在学界广为流行。之后,"批评理论"逐渐发展为一个独立的知识领域。大约到了 60 年代晚期,英国、美国、联邦德国、法国等国家的一流大学竞相开设批评理论课程,文学批评理论一度被认为是大学人文学院里的新潮课程,这种情况在 80 年代达到高峰,以致形成"理论主义"。实际上,这一现象可以说是与 60—80 年代里涌现的纷乱繁杂的社会思潮、哲学思想和政治价值取向交

---

① 中国社会科学院文学所"学科学术前沿报告"课题组:《人文社会科学前沿扫描》(文学理论篇),《中国社会科学院院报》2003 年 5 月 15 日第 2 版。
② [美]J. 希利斯·米勒:《全球化时代文学研究还会继续存在吗?》,国荣译,《文学评论》2001 年第 1 期,第 138 页。

织在一起的。粗略扫描一下盛行一时的批评理论,不可不谓令人目不暇接:自新批评和俄国形式主义批评之后,结构主义(以罗曼·雅各布森、克劳德·列维-斯特劳斯、弗拉基米尔·普罗普等为代表)、后结构主义(以米歇尔·福柯、罗兰·巴特、朱莉亚·克里斯蒂娃等为代表)、解构主义(以德里达、保罗·德曼、米勒等为代表)、诠释学与读者反应理论(以汉斯-格奥尔格·伽达默尔、埃德蒙德·胡塞尔、沃尔夫冈·伊瑟尔、汉斯·姚斯等为代表)、女性主义(以西蒙·德·波伏娃、伊莱恩·肖瓦特、克里斯蒂娃、埃莱娜·西苏等为代表)、西方马克思主义(以西奥多·阿多诺、瓦尔特·本雅明、詹明信、特里·伊格尔顿、路易·阿尔都塞等为代表)、后殖民主义(以弗朗茨·法农、霍米·巴巴、爱德华·萨义德、佳亚特里·斯皮瓦克等为代表)、文化研究(以雷蒙德·威廉斯、斯蒂芬·格林布拉特、福柯、斯图亚特·霍尔等为代表)、后现代主义(以尤尔根·哈贝马斯、让-弗朗索瓦·利奥塔、让·鲍德里亚等为代表)等各种批评理论纷至沓来,令人眼花缭乱。然而,你方唱罢我登场,由于大多数理论用语艰涩,抽象难懂,因此,其生命力难以持久,教授口中那些高深莫测的理论常被讥讽为赶时髦的"愚民主义"(faddish or trendy obscurantism)。20 世纪 80 年代后期,在英美学界就已经开始了一场针对"理论主义"的"理论之战"。及至 90 年代,一场学术论战的硝烟之后,"理论热"开始在西方(尤其是英、美)渐渐降温。

然而,虽然"理论热"逐渐降温,"理论主义"的负面影响却仍然在继续,对"理论主义"的批评在欧美学界也在持续,这或许可以从美国加利福尼亚大学伯克利分校前校长威廉·查斯在《美国学者》(*The American Scholar*)上发表的一篇长篇大论《英文系的衰退》(The Decline of the English Department)中窥见一斑。① 查斯发现,20 世纪 70 年代至 21 世

---

① W. M. Chace. "The Decline of the English Department." *The American Scholar* Autumn 78(2009):32—42.

纪初，美国高等教育出现了本科生专业选择上的重大转变，选择英文专业的年轻人数量大幅度下降。查斯一针见血地指出，理论热和课程变化是导致美国英文系生源减退的重要原因。美国多数英文系在文学课程内容取舍上出于"政治正确"的考虑，取消了原来的那些传统的经典作品，取而代之的是一些次要作品（特别是关于种族或少数族裔、身份与性别等社会和文化问题的作品以及流行的影视作品）；即便保留了经典的文学作品，选择的也是可供文化批评的典型文本。于是，与之相关的身份理论和性别理论、解构理论和后现代理论以及大众文化理论等盛极一时，文化研究大有颠覆传统的文学研究之势。

在理论浪潮的冲击下，文学研究的学科边界变得模糊，学科根基逐渐动摇。文化批评家、后殖民主义批评的代表人物萨义德在逝世前终于意识到这个问题的严重性，他认为艰涩难懂的理论已经步入歧途，影响了人们对文学的热爱，他痛心疾首地感叹："如今文学已经从……课程设置中消失"，取而代之的都是些"残缺破碎、充满行话俚语的科目"，认为回到文学文本，回到艺术，才是理论发展的正途。① 美国语言协会（Modern Language Association）前主席、著名诗歌批评家玛乔瑞·帕洛夫在一次会议上也告诫同行，批评家"可能是在没有适当资格证明的情况下从事文学研究的，而经济学家、物理学家、地质学家、气候学家、医生、律师等必须掌握一套知识后才被认为有资格从事本行业的工作，我们文学研究者往往被默认为没有任何明确的专业知识"②。

美国文学研究界出现的上述"理论热"和"泛文化"研究现象同样在中国学界泛滥，且有过之无不及。总体而言，改革开放以来的中国文学批评界，几乎是西方文学批评理论和方法的一统天下。尽管我们应该对西方

---

① 转引自盛宁：《对"理论热"消退后美国文学研究的思考》，《文艺研究》2002年第6期，第6页。
② 转引自 W. M. Chace. "The Decline of the English Department." *The American Scholar* Autumn 78(2009):38。

批评方法在中国发挥的作用做出积极和肯定的评价,但是我们在享受西方文学批评方法带来的成果的同时,也不能忽视我们在文学批评领域留下的遗憾。这种遗憾首先表现在文学批评方法的原创话语权总是归于西方人。我们不否认把西方的文学批评理论和方法介绍进来为我们所用的贡献,也不否认我们在文学批评理论和方法中采用西方的标准(如名词、术语、概念及思想)方便了我们同西方在文学研究中的对话、交流与沟通,但是我们不能不做严肃认真的思考,为什么在文学批评方法原创话语权方面缺少我们的参与?为什么在文学批评方法与理论的成果中缺少我们自己的创新和贡献?尤其是在国家强调创新战略的今天,这更是需要我们思考和认真对待的问题。文学伦理学批评就是在这样的语境中孕育而生。

文学伦理学批评方法是针对20世纪80年代以来我国文学批评,尤其是外国文学批评出现的某些令人担忧的问题提出来的。这些问题表现在以下两个方面:一是近二三十年来我国文学批评理论严重脱离文学批评实践。从20世纪以来,我国文学批评界出现了重理论轻文本的倾向。一些批评家打着各种时髦"主义"的大旗,频繁地引进和制造晦涩难懂的理论术语,沉湎于编织残缺不全的术语碎片,颠倒理论与文学的依存关系,将理论当成了研究的对象,文学批评成了从理论到理论的空洞说教。文学批评话语因而变得高度抽象化、哲学化,失去了鲜活的力量。令人担忧的是,这种脱离文学文本的唯理论倾向还被认为是高水平的学术研究,一连串概念和理论术语的堆砌竟成为学术写作的时尚;扎实的作家作品研究被打入冷宫,文本研究遭遇漠视。学术研究的导向出现了严重问题,文学研究的学风也出现了问题。聂珍钊教授用"理论自恋"形容这一不良的学术现象。他指出,这种现象混淆了学术的评价标准,使人误认为术语堆砌和晦涩难懂就是学问。二是受形式主义和解构主义等西方文学批评思想的影响,我国的文学批评和文学创作伦理价值缺失现象严重。应该承认,现当代西方的诸多批评理论,如形式主义、原型批评、精神分析、女性主义、文化批评、结构主义、后现代主义等种种批评模式，或偏重形式结构或倾向文化、政治和权力话语，虽然它们各有其合理的一面，但是普遍忽略了文学作品的伦理价值这一文学的精髓问题。西方的批评方法和理论影响了作家的创作，使他们只是专注于本能的揭示、潜意识的描写或形式的实验，忽视了对文学作品内在的伦理价值的关注。文学伦理学批评坚持理论思维与文本批评相结合，从文学文本的伦理道德指向出发，总结和归纳出文学批评理论，认为文学作品最根本的价值就在于通过作品塑造的模范典型和提供的经验教训向读者传递从善求美的理念。作为一种方法论，它旨在从伦理道德的角度研究文学作品以及文学与社会、文学与作家、文学与读者等关系的种种问题。文学伦理学批评主张文学作品的创作与批评应该回归到文学童真的时代，应该返璞归真，回归本源，即回到文学之初的教诲功能和伦理取向。文学伦理学批评关注的是人作为一种"道德存在"的历史意义和永恒意义。

二、文学伦理学批评的基本立场

文学伦理学批评具有自身的批评话语和理论品格。它对文学的一些本质属性问题进行了新的思考，对一些传统的文学批评观念提出了挑战。归纳起来，文学伦理学批评从文学的起源、伦理批评与道德批评、文学的审美与道德、文学的形态等四个方面做了大胆的阐述。①

其一，文学伦理学批评认为，无论从起源上、本质上还是从功能上讨论文学，文学的伦理性质都是客观存在的，这不仅是文学伦理学批评的理论基础，而且也是文学伦理学批评术语的运用前提。在文学伦理学批评看来，文学作品中的伦理是指人与人、人与社会以及人与自然之间形成的被接受和认可的伦理秩序，以及在这种秩序的基础上形成的道德观念和

---

① 有关文学伦理学批评理论的详细论述可参看聂珍钊：《文学伦理学批评：基本理论与术语》，《外国文学研究》2010年第1期，第12—22页，以及聂珍钊的专著《文学伦理学批评导论》，北京：北京大学出版社，2014年。

维护这种秩序的各种规范。文学的任务就是描写这种伦理秩序的变化及其变化所引发的道德问题和导致的结果,为人类的文明进步提供经验和教诲。

文学伦理学批评从起源上把文学看成道德的产物,认为文学是特定历史阶段伦理观念和道德生活的独特表达形式,文学在本质上是伦理的艺术。关于文艺起源的问题,古今中外有许多学者对这个问题做过多方面的探讨:有人主张起源于对自然和社会人生的模仿,有人主张起源于人与生俱来的游戏本能或冲动,有人主张起源于原始先民带有宗教性质的原始巫术,有人认为起源于人的情感表现的需要,凡此种种,不一而足。马克思主义关于艺术起源于劳动的学说在中国影响最大。但是,聂珍钊认为,劳动只是一种生产活动方式,它只能是文艺起源的条件,却不能互为因果。文艺可以借助劳动产生,但不能由劳动转变而来。那么文学是如何起源的呢?按照文学伦理学批评的观点,文学的产生源于人类伦理表达的需要,它从人类伦理观念的文本转换而来,其动力来源于人类共享道德经验的渴望。原始人类对相互帮助和共同协作的认识,就是对如何处理个人与集体、个人与个人关系的理解,以及对如何建立人类秩序的理解。这实质上就是人类最初的伦理观念。由于人与人之间的关系是伦理性质的,因此以相互帮助和共同协作的形式建立的集体或社会秩序就是伦理秩序。人类最初的互相帮助和共同协作,实际上就是人类社会最早的伦理秩序和伦理关系的体现,是一种伦理表现形式,而人类对互相帮助和共同协作的好处的认识,就是人类社会最早的伦理意识。文学伦理学批评认为,人类为了表达自己的伦理意识,逐渐在实践中创造了文字,然后借助文字记载互相帮助和共同协作的事例,阐释人类对这种关系的理解,从而把抽象的和随着记忆消失的生活故事变成了由文字组成的文本,用于人类生活的参考或生活指南。这些文本就是最初的文学,它们的产生源自传承伦理道德规范和进行道德教诲的需要。

其二,文学伦理学批评有别于传统意义上的道德批评。文学伦理学批评是一种文学批评方法,主要从伦理的立场解读、分析和阐释文学作品、研究作家以及与文学有关的问题。文学伦理学批评同传统的道德批评不同,它不是从今天的道德立场简单地对历史的文学进行好与坏的道德价值判断,而是强调回到历史的伦理现场,站在当时的伦理立场上解读和阐释文学作品,寻找文学产生的客观伦理原因并解释其何以成立,分析作品中导致社会事件和影响人物命运的伦理因素,用伦理的观点对事件、人物、文学等问题给以解释,并从历史的角度做出道德评价。因此,文学伦理学批评具有历史相对主义的特征。与文学伦理学批评不同的是,传统的道德批评是以批评家所代表的时代价值取向为基础的,因此批评家个人的道德立场、时代的道德标准就必然影响对文学的评价,文学往往被用来诠释批评家的道德观念。实际上,这种批评在很大程度上不是批评家阐释文学,而成了文学阐释批评家,即文学阐释批评家所代表的一个时代的道德观念。因此,文学伦理学批评同道德批评的根本区别就在于它的历史客观性,即文学批评不能超越文学历史。客观的伦理环境或历史环境是理解、阐释和评价文学的基础,文学的现实价值就是历史价值的新发现。在论及文学伦理学批评与道德批评的关系时,聂珍钊教授指出:"文学伦理学批评与道德批评的不同还在于前者坚持从艺术虚构的立场评价文学,后者则从现实的和主观的立场批评文学。"①

文学伦理学批评重视对文学的伦理环境的分析。伦理环境就是文学产生和存在的历史条件。文学伦理学批评要求文学批评必须回到历史现场,即在特定的伦理环境中批评文学。从人类文明发展的历史观点看,文学只是人类历史的一部分,它不能超越历史,不能脱离历史,而只能构成历史。不同历史时期的文学有其固定的属于特定历史的伦理环境和伦理语境,对文学的理解必须让文学回归属于它的伦理环境和伦理语境,这是理解文学的一个前提。由于文学是历史的产物,因此改变其伦理环境就

---

① 聂珍钊:《文学伦理学批评与道德批评》,《外国文学研究》2006年第2期,第11页。

会导致文学的误读及误判。如果我们把历史的文学放在今天的伦理环境和伦理语境中阅读,就有可能出现评价文学的伦理对立,也可称之道德判断的悖论,即合乎历史道德的文学不合乎今天的道德,合乎今天道德的文学不合乎历史的道德;历史上给以否定的文学恰好是今天应该肯定的文学,历史上肯定的文学恰好是今天需要否定的文学。文学伦理学批评不是对文学进行道德批判,而是从历史发展的观点考察文学,用伦理的观点解释处于不同时间段上的文学,从而避免在不同伦理环境和伦理语境中理解文学时可能出现的巨大差异性。

其三,对于文学伦理学批评与审美的关系,文学伦理学批评有自己鲜明的立场,认为伦理价值是文学作品的最根本的价值。有人强调文学作品的首要价值在于审美,认为文学是无功利的审美活动,或者认为"文学的特殊属性在于它是审美意识形态"①。也有学者从折中的角度把文学看成是"具有无功利性、形象性和情感性的话语与社会权力结构之间的多重关联域,其直接的无功利性、形象性、情感性总是与深层的功利性、理性和认识性等交织在一起"②。但是,文学伦理学批评认为,审美价值也是伦理价值的一种体现。审美以伦理价值为前提,离开了伦理价值就无所谓美。换言之,审美必具有伦理性,即具有功利性,现实中我们根本找不到不带功利性的审美。因此,文学伦理学批评认为,"审美不是文学的属性,而是文学的功能,是文学功利实现的媒介……任何文学作品都带有功利性,这种功利性就是教诲"③。审美只不过是实现文学教诲功能的一种形式和媒介,是服务于文学的伦理价值和体现其伦理价值的途径和方法。

其四,文学伦理学批评对文学的形态问题提出了新的看法。一般认

---

① 童庆炳主编:《文学理论教程》(修订二版),北京:高等教育出版社,2004年,第57页。
② 同上书,第61页。
③ 聂珍钊:《文学伦理学批评:基本理论与术语》,《外国文学研究》2010年第1期,第17页。

为，文学是意识形态的反映。文学伦理学批评认为，这一说法有失偏颇或不太准确。应该说，文学史是一种以文本形式存在的物质形态。实际上，文学的意识形态是指一种观念或者意识的集合，而文学如荷马史诗，古希腊悲剧，歌德的诗歌，中国的《诗经》、儒家经典、楚辞、元曲等首先是以物质形态存在的文学文本，因此有关文学的意识形态则是在文学文本基础上形成的抽象的文学观念，并不能等同于文学。按照马克思主义的物质决定意识的认识论来看问题，文学无论如何不能等同于文学的意识形态。在文学伦理学批评看来，如果从马克思主义的文学观来看待文学，从文学文本决定意识形态还是意识形态决定文学文本这一问题出发来讨论文学，就不难发现，文学文本乃是第一性的物质形态，而意识形态是第二性的。文学伦理学批评据此提出文学形态的三种基本文本：脑文本、物质文本和电子文本，其中"脑文本"是最原始的文学形态。

上述问题是我们讨论文学伦理学批评的关键问题。正是基于这些理论，文学伦理学批评有了一套行之有效的批评术语，可以很好地阐释文学作品中的伦理现象与伦理事件。

三、文学伦理学批评的核心术语

文学伦理学批评提出了一整套的批评术语，从伦理的视角解释文学作品中描写的不同生活现象及其存在的伦理道德原因，其中斯芬克斯因子、人性因子、兽性因子、自由意志、理性意志、伦理身份、伦理禁忌、伦理线与伦理结、伦理选择等是文学伦理学批评的核心术语。而在这些术语中，伦理选择又是最为核心的术语。①

文学伦理学批评从古希腊神话有关斯芬克斯的传说着手来探讨人性和伦理的关系问题。斯芬克斯象征性地表明人乃是从兽进化而来的，人

---

① 文学伦理学批评的核心术语的阐释主要参考聂珍钊的论文《文学伦理学批评：基本理论与术语》，《外国文学研究》2010年第1期，第12—22页，以及聂珍钊的专著《文学伦理学批评导论》，北京：北京大学出版社，2014年。

的身上在当时还保留着兽的本性。我们可以把人类身上的兽性和人性合而为一的现象称为"斯芬克斯因子"——它由"人性因子"和"兽性因子"构成。这两种因子有机地组合在一起,其中人性因子是高级因子,兽性因子是低级因子,因此前者能够控制后者,从而使人成为有伦理意识的人。

"斯芬克斯因子"是理解文学作品人物形象的重要依据。斯芬克斯因子的不同组合和变化,会导致文学作品中人物的不同行为特征和性格表现,形成不同的伦理冲突,表现出不同的道德教诲价值。人性因子即伦理意识,主要是由斯芬克斯的人头体现的。人头是人类从野蛮时代向文明进化过程中进行生物性选择的结果。人头出现的意义虽然首先是人体外形上的生物性改变,但更重要的意义是象征伦理意识的出现。人头对于斯芬克斯而言是他身上具有了人的特征,即人性因子。人性因子不同于人性。人性是人区别于兽的本质特征,而人性因子指的是人类在从野蛮向文明进化过程中出现的能够导致自身进化为人的因素。正是人性因子的出现,人才会产生伦理意识,从兽变为人。伦理意识的最重要特征就是分辨善恶的能力。就伦理而言,人的基本属性恰恰是由能够分辨善恶的伦理特性体现的。

兽性因子与人性因子相对,是人的动物性本能。动物性本能完全凭借本能选择,原欲是动物进行选择的决定因素。兽性因子是人在进化过程中的动物本能的残留,是人身上存在的非理性因素。兽性因子属于人身上非人的一部分,并不等同于兽性。动物身上存在的兽性不受理性的控制,是纯粹的兽性,也是兽区别于人的本质特征。而兽性因子则是人独具的特征,也是人身上与人性因子并存的动物性特征。兽性因子在人身上的存在,不仅说明人从兽进化而来,而且说明人即使脱离野蛮状态之后变成了文明人,身上也还存有动物的特性。人同兽的区别,就在于人具有分辨善恶的能力,因为人身上的人性因子能够控制兽性因子,从而使人成为有理性的人。人同兽相比最为本质的特征是具有伦理意识,只有当人的伦理意识出现之后,才能成为真正的人。从这个意义上说,人是一种伦理的存在。

"自由意志"又称自然意志,是兽性因子的意志体现。自由意志主要产生于人的动物性本能,其主要表现形式为人的不同欲望,如性欲、食欲等人的基本生理需求和心理动态。"理性意志"是人性因子的意志体现,也是理性的意志体现。自由意志和理性意志是相互对立的两种力量,文学作品常常描写这两种力量怎样影响人的道德行为,并通过这两种力量的不同变化描写形形色色的人。一般而言,文学作品为了惩恶扬善的教诲目的都要树立道德榜样,探讨如何用理性意志控制自由意志。文学作品中描写人的理性意志和自由意志的交锋与转换,其目的都是为了突出理性意志怎样抑制和引导自由意志,让人做一个有道德的人。在文学作品中,人物的理性意志和自由意志之间的力量此消彼长,导致文学作品中人物性格的变化和故事情节的发展。在分析理性意志如何抑制和约束自由意志的同时,我们还发现非理性意志的存在,这是一种不道德的意志。它的产生并非源于本能,而是来自道德上的错误判断或是犯罪的欲望。非理性意志是理性意志的反向意志,是一种非道德力量,渗透在人的意识之中。斯芬克斯因子是文学作品内容的基本构成之一,不仅展示了理性意志、自由意志和非理性意志之间的伦理冲突,而且也决定着人类的伦理选择在社会历史和个性发展中的价值,带给我们众多伦理思考和启迪。

文学伦理学批评注重对人物伦理身份的分析。伦理身份与伦理禁忌和伦理秩序密切相关。从人类文明发展的角度来看,人类社会的伦理秩序的形成与变化从制度上说都是以禁忌为前提的。文学最初的目的就是将禁忌文字化,使不成文禁忌变为成文禁忌。成文禁忌在中国最早的文本形式是卜辞,在欧洲则往往通过神谕加以体现。在成文禁忌的基础上,禁忌被制度化,形成秩序,即伦理秩序。在阅读文学作品的过程中,我们会发现几乎所有伦理问题的产生往往都同伦理身份相关。例如,哈姆雷特在其母亲嫁给克劳狄斯之后,他的伦理身份就发生了很大变化,即他变成克劳狄斯的儿子和王子。这种伦理身份的改变,导致了哈姆雷特复仇过程中的伦理障碍,即他必须避免弑父和弑君的伦理禁忌。哈姆雷特对他同克劳狄斯父子关系的伦理身份的认同,是哈姆雷特在复仇过程中出现犹豫的根本原因。

用文学伦理学批评的方法分析作品,寻找和解构文学作品中的伦理线与伦理结是十分重要的。伦理线和伦理结是文学的伦理结构的基本成分。从文学伦理学批评的观点看,几乎所有的文学文本都是对人的道德经验的记述,几乎在所有的文学文本的伦理结构中,都存在一条或数条伦理线,一个或数个伦理结。在文学文本中,伦理线同伦理结是紧密相连的,伦理线可以看成是文学文本的纵向伦理结构,伦理结可以看成是文学文本的横向伦理结构。在对文本的分析中,可以发现伦理结由一条或数条伦理线串联或并联在一起,构成文学文本的多和多样的伦理结构。文学文本伦理结构的复杂程度主要是由伦理结的数量及形成或解构过程中的难度决定的。文学伦理学批评的任务就是通过对文学文本的解读发现伦理线上伦理结的形成过程,或者是对已经形成的伦理结进行解构。

文学伦理学批评的核心术语是伦理选择。这是因为,在人类文明发展进程中,人类面临的最大的问题是如何把人自身与兽区别开来以及在人与兽之间做出身份选择。这个问题实际上是随着人类的进化而自然产生的。19世纪中叶查尔斯·达尔文创立的生物进化论学说,用自然选择对整个生物界的发生、发展做出了科学解释。我们从进化论的观点考察人类,可以发现人类文明的出现是人类自我选择的结果。在人类文明的历史长河中,人类已经完成了两次自我选择。从猿到人是人类在进化过程中做出的第一次选择,然而这只是一次生物性选择。这次选择的最大成功就在于人获得了人的形式,即人的外形,如能够直立行走的腿、能够使用工具的手、科学排列的五官和四肢等,从而使人能够从形式上同兽区别开来。但是,人类的第一次生物性选择并没有从根本上解决什么是人的问题,即没能从本质上把人同兽区别开来。达尔文只是从物质形态解决了人是如何产生的问题,并没有清楚回答人为什么是人的问题,即人与其他动物的本质区别问题。因此,人类在做出第一次生物性选择之后,还经历了第二次选择即伦理选择,以及目前正在进行中的第三次选择,即后人类时代面临的"科学选择",这是人类文明进化的逻辑。

四、文学伦理学批评的跨学科视域

文学伦理学批评是一个极具生命力的批评理论,因为它具有开放的品格和跨学科的视域,借鉴并吸收了包括伦理学、心理学、哲学、语言学、社会学、历史学、人类学以及某些自然科学(如生命科学、脑科学等)在内的研究成果,并融合了其他现当代文学批评理论和方法。

从方法论上来说,文学伦理学批评采用辩证唯物主义和历史唯物主义的研究方法,从历史主义的道德相对主义立场出发,强调伦理批评的历史性和相对性。文学伦理学批评借鉴历史主义的研究方法,强调文学批评要回归历史的伦理现场,采用历史的相对主义的视角来审视不同时代伦理环境下人物做出的伦理选择。从伦理学的维度来看,文学伦理学批评吸收了理性主义和非理性主义的关于伦理道德的观点,将人的理性和情感协调起来给予考虑。理性主义伦理观最基本的观点认为人是理性的动物,服从理性是人生的意义之所在,是人类幸福的前提和保障。在理性主义伦理学看来,正是人类的贪婪和欲望导致了人类的不幸与灾难,人类的欲望必须受到理性的约束,人类要获得幸福就必须服从理性的指导,一个有道德的人就是一个理性、律己和控制情欲的人。非理性主义伦理观把情感作为道德动机来加以考察,精神分析批评即是这一思想的产物。精神分析批评为文学伦理学批评提供了相对应的研究范式和类似的理论术语。西格蒙德·弗洛伊德、卡尔·荣格和雅克·拉康的精神分析理论强调人的欲望和潜意识的作用,强调自然意志和自由意志的重要性,从一个侧面启发了文学伦理学批评理论。文学伦理学批评同样关注非理性的问题,尤其关注人性因子和兽性因子的问题。当然,在文学伦理学批评看来,自由意志应该受到理性意志的约束,人才能成为一个道德的存在。不过,西方文学中的非理性主义表现的是道德与人的情感问题,揭示的是个体理性与社会理性之间的矛盾和冲突,这是对西方伦理理性主义传统的一种对抗,从更为广阔的社会文化背景来看,也是西方哲人在新的社会秩序巨变、新的经济关系变化、新的文化转型背景下自我觉醒的产物,因而在伦理思想史上具有积极的意义。

伦理批评与美学有着极为密切的关系。伦理批评吸收了美学的批评传统。西方伦理学的发展经历了一个从传统知识论型美学向现代价值论型美学转化的过程,这种转型给美学伦理研究带来了有益的启发:随着作为审美个体的人的崛起,美学研究不应再囿于传统的理性——知识论框架,而是从情感——价值论角度去重新审视作为现实个体的人的审美现象。美学开始回到现实生活中,关注人的情感和价值,发挥其本有的人生救赎功能。文学伦理学批评认为,只有建立在伦理道德上的美学才能凸显出其存在价值。

文学伦理学批评与存在主义思想既有分歧也有对话。存在主义的代表人物让-保罗·萨特把自由与人类的现实存在等同起来,认为自由构成了人类的现实存在。这意味着人的自我是与世隔绝的自我,世界对自我来说是虚无的,生命的伦理价值因此被抽空了。这样,存在主义就从根本上否认了绝对价值的存在,也否认了一切道德系统的可能。然而,文学伦理学批评认为,我们可以在伦理选择的实践经验中体会到自由的价值,伦理选择过程中所做出的道德判断不可避免地都是指向外部,是我们对客观世界的反映。文学伦理学批评重视人与人之间的伦理关系,认为人在本质上是一种伦理的存在,在一定的伦理关系和环境下,自我的选择和价值是可以实现的。

与文学伦理学批评一样,后殖民主义批评同样主张回归历史的现场来看待问题。后殖民文学描写的往往是东方与西方、"自我"与"他者"之间的权力关系等问题,这些问题均涉及道德正义这一问题。一般来说,后殖民作家会选取重大历史事件的特定"伦理时刻"来阐发个人的政治伦理观,从某种意义上讲,殖民遗产从政治层面上对新独立国家的伦理道德影响往往是后殖民作家创作的焦点所在。所以,后殖民文学可以成为文学伦理学批评的重要研究对象。后殖民作家清醒地意识到殖民伦理虽是殖民政治的产物,但不会伴随殖民政治的终结而消失。

文学伦理学批评特别适用于阐释生态文学。可以说,生态批评的核心就是建构人与环境的生态伦理关系。生态文学把生态危机视为人类的生存危机,我们可以从伦理的高度将人类文明的发展、人类的文化建设与自然生态联系在一起。文学伦理学批评与生态批评可以结合起来构成文学生态伦理批评,从伦理道德的角度对人类面临的生态危机以及由此而生的文明危机和人性危机做出深度反思。生态伦理批评可以指引人们走出长期以来的人类中心主义的藩篱,从人与自然的伦理关系这一维度去探究文学作品主题的生态意义,从而提升人的伦理道德境界。

总之,无论是从方法论上还是从学科体系上,文学伦理学批评都具有跨学科的特征。这一特征决定了文学伦理学批评旺盛的生命力。在即将到来的后人类时代,文学伦理学批评还可以吸收计算机科学、生命科学、脑科学、认知语言学和神经科学的最新研究成果,进一步探讨后人类时代的文学及其伦理状况。

文学伦理学批评的提出具有学理上的创新意义。① 它对传统的有关文学的起源问题进行反思、追问,大胆提出"文学源于伦理的需要"这一崭新的命题。这一问题表明了该批评方法倡导者勇于探索的学术胆识和富有挑战性的创新思考。关于文学起源的问题,国内外教科书中似乎早已多有定论:或曰文学源于劳动,或曰源于摹仿,或曰源于游戏,或曰源于表

---

① 以下部分内容参见王松林:《作为方法论的文学伦理学批评》,《文艺报》2006年7月18日第3版。

现等。但文学伦理学批评在学理上对这一问题提出怀疑,认为文学与劳动和摹仿虽然有关,却不一定起源于劳动和摹仿;文学艺术作品是人类理解自己的劳动及其所处的物质世界和精神世界的一种情感表达和理解方式,这种情感表达和理解与人类的劳动、生存和享受紧密相连,因而一开始就具有伦理和道德的意义。换言之,文学是因为人类伦理及道德情感或观念表达的需要产生的。如希腊神话中有关天地起源、人类诞生、神与人的世界的种种矛盾等故事无不带有伦理的色彩。荷马史诗往往也被用作对士兵和国民进行英雄主义教育的道德教材。从根本上说,文学产生的动机源于伦理目的,文学的功用是为了道德教育,文学的伦理价值是文学审美的前提。

文学伦理学批评作为一种方法论具有其独特的研究视野和内涵。文学伦理学批评的特色在于它以伦理学为理论武器,针对文学作品描写的善恶做出价值判断,分析人物道德行为的动机、目的和手段的合理性和正当性,它指向的是虚构的文学世界中个人的心性操守、社会交往关系的正义性和社会结构的合法性等错综复杂的关系。总之,它要给人们提供某种价值精神或价值关系的伦理道德指引,即它要告诉人们作为"人学"的文学中人之所以为人的道理。文学伦理学批评要直面三个敏感的问题:一是文学伦理学批评与伦理学的关系问题;二是文学伦理学批评与道德批评的关系问题;三是文学伦理学批评与审美的关系问题。首先,文学伦理学批评并不是社会学或哲学意义上的伦理学。它们的研究对象、目的和范畴不尽相同。伦理学研究的对象是现实社会的人类关系和道德规范,是为现实中一定的道德观念服务的,重在现实的意义上研究社会伦理,它可以看成是哲学的重要分支(即道德哲学);文学伦理学批评的对象是文学作品的虚拟世界,重在用历史的、辩证的眼光客观地审视文学作品中的伦理关系。在方法论上,文学伦理学批评以马克思的历史唯物主义和辩证唯物主义为基础。其次,文学伦理学批评不同于道德批评。道德批评往往以现实的道德规范为尺度批评历史的文学,以未来的理想主义的道德价值观念批评现实的文学。而文学伦理学批评则主张回到历史的伦理现场,用历史的伦理道德观念客观地批评历史的文学和文学现象。例如对俄狄浦斯杀父娶母的悲剧就应该历史地评价,要看到这出悲剧蕴含了彼时彼地因社会转型而引发的伦理关系的混乱以及为维护当时伦理道德秩序人们做出的巨大努力。同时,文学伦理学批评又反对道德批评的乌托邦主义,强调文学及其批评的现实社会责任,强调文学的教诲功能,主张文学创作和批评不能违背社会认同的伦理秩序和道德价值。最后,文学伦理学批评并不回避文学的伦理价值和美学价值这两个在一般人看来貌似对立的问题。在文学伦理学批评看来,文学作品的伦理价值和审美价值不是相互对立的两个方面,而是相互联系、相互依存的一个硬币的正反两面。审美价值是从文学的鉴赏角度说的,文学的伦理价值是从文学批评的角度说的。对于文学作品而言,伦理价值是第一的,审美价值是第二的,只有建立在伦理价值基础之上的文学的审美价值才有意义。

文学伦理学批评具有学术的兼容性和开放性品格。这一品格是由其方法论的独特性所决定的,即它牢牢地把握了文学是人类伦理及道德情感的表达这一本质特征。文学伦理学批评并不排斥其他文学批评方法。相反,它可以融合、吸纳和借鉴其他文学批评方法来充实和完善自己。譬如,它可以借鉴弗洛伊德的精神分析方法就人格的"自我、本我、超我"之间的关系展开心理的和伦理道德的分析;它可以结合女权主义批评理论来剖析性别间的伦理关系和道德规范等问题;它还可以吸纳后殖民主义理论对文化扩张和全球化进程中不同文化的伦理道德观的冲突进行反思;它还可以融合生态批评就人与自然的关系进行伦理层面的深入思考,从而构建一种新的文学生态伦理学或文学环境伦理学。更具现实意义的是,文学伦理学批评还可以为发展社会主义先进文化以及树立社会主义荣辱观服务,为在全社会大力弘扬爱国主义、集体主义和社会主义思想服务,为倡导社会主义基本道德规范和促进良好社会风气服务。文学伦理学批评坚持认为文学对社会和人类负有不可推卸的道德责任和义务,文学批评者应该对文学中反映的社会伦理道德现象做出客观公正的评价,让读者"辨善恶,知荣辱"。文学和文学批评要陶冶人的心性,培养人的心智,引领人们向善求美。从这个层面上来说,文学伦理学批评对目前和未来我国和谐社会的构建、对当下我国的伦理道德秩序建设的意义是不言而喻的。

总序(二)

苏 晖

改革开放以来，大量的西方文学批评理论被介绍到中国，对我国文学批评和文学研究的繁荣做出过积极的贡献。但与此同时，这也导致中国的文学批评出现了三种令人忧思的倾向：一是文学批评的"失语症"；二是文学批评远离文学；三是文学批评的道德缺位，即文学批评缺乏社会道德责任感。为应对上述问题，聂珍钊教授在2004年富有创见地提出文学伦理学批评，认为文学在本质上是关于伦理的艺术，强调文学的教诲功能以及文学批评的社会责任。文学伦理学批评着眼于从伦理的视角对文本中处于特定历史环境中不同的伦理选择范例进行剖析，对文学中反映的社会伦理道德现象做出客观公正的评价，揭示出它们的道德启示和教诲价值。正如中国外国文学学会会长、中国社会科学院研究员陈众议先生所言："伦理学确实已经并将越来越成为显学，主要原因包括：第一，中华文化有着深厚的伦理传统……；第二，当今的文学批评陷入了困境……；第三，科技的发展也逼迫着我们直面各种伦理问题。"[①]因此，文学伦理学批

[①] 这是陈众议先生在"文学伦理学批评与世界文学研究高端论坛"开幕式致辞中所言，详见汤琼：《走向世界的文学伦理学批评——2016"文学伦理学批评与世界文学研究高端论坛"会议综述》，《外国文学研究》2017年第1期，第171页。

评在当今中国的勃兴与发展具有重要的意义。

文学伦理学批评经过十六年的发展,以其原创性、时代性和民族性特征,成功构建了具有中国特色和中国风格的理论体系和话语体系,展现了中国学者的历史使命感和学术责任感。同时,文学伦理学批评团队在国际学术对话与交流方面成果斐然,为中国学术"走出去"和争取国际学术话语权提供了范例。本文将对文学伦理学批评十六年来取得的成果及其在国内外的影响力加以总结,阐述其学术价值和社会现实意义,并展望其未来发展趋势。

一、文学伦理学批评理论与实践的发展及其在中国的学术影响力

从2004年至2020年,文学伦理学批评走过了十六个春秋,从理论的提出及体系的建构,到理论推广和丰富及实践运用,再到理论拓展和深化及批评实践的系统化,文学伦理学批评日益发展成熟并产生广泛的影响。

(一)文学伦理学批评的提出及理论体系的建构

文学伦理学批评是聂珍钊教授于2004年在两场学术会议上提出的,即2004年6月在南昌召开的"中国的英美文学研究:回顾与展望"全国学术研讨会,以及同年8月在宜昌召开的"剑桥学术传统与批评方法"全国学术研讨会。聂珍钊的两篇会议发言稿《文学伦理学批评:文学批评方法新探索》和《剑桥学术传统与研究方法:从利维斯谈起》分别发表于《外国文学研究》杂志2004年第5期和第6期,前一篇作为第一次在我国明确提出文学伦理学批评方法论的文章,对文学伦理学批评方法的理论基础与思想渊源、批评的对象和内容、意义与价值等问题进行了论述;后一篇则通过分析利维斯文学批评的特点,对文学伦理学批评方法做了进一步的阐释。

《外国文学研究》杂志于2005年至2009年间,推出十组"文学伦理学批评"专栏,共计刊发论文三十余篇,为建构文学伦理学批评理论提供平台。其中包括聂珍钊教授的两篇论文:《关于文学伦理学批评》一文,进一

步阐明了文学伦理学批评的思想基础、研究方法和现实意义;《文学伦理学批评与道德批评》一文提出文学伦理学批评强调还原到文本语境与历史语境中分析和阐释文学中的各种道德现象,这与道德批评以当下道德立场评价文学作品是不同的。陆耀东在《关于文学伦理学批评的几个问题》中予以评价:"聂先生在他发表的论文中,以大量外国文学史实,论证了目前提出这一问题的根据和现实重要性与必要性,其中特别是'文学伦理学批评的对象和内容',可以说是第一次如此全面、系统、周密地思考的结晶,令人钦佩。"①其他学者从不同角度阐述文学伦理学批评相关理论问题,如刘建军的《文学伦理学批评的当下性质》、王宁的《文学的环境伦理学:生态批评的意义》、乔国强的《"文学伦理学批评"之管见》、王松林的《小说"非个性化"叙述背后的道德关怀》、李定清的《文学伦理学批评与人文精神建构》、张杰和刘增美的《文学伦理学批评的多元主义》以及修树新和刘建军的《文学伦理学批评的现状和走向》等。

由此看来,2004—2009 年间,聂珍钊及诸位学者主要针对文学伦理学批评的理论基础、研究对象、价值与意义等问题展开研究。2010 年至2013 年,聂珍钊等学者所刊发的论文在阐发文学伦理学批评理论的同时,也致力于建构文学伦理学批评的话语体系。在此期间,聂珍钊先后在《外国文学研究》发表《文学伦理学批评:基本理论与术语》《文学伦理学批评:伦理选择与斯芬克斯因子》《文学伦理学批评:口头文学与脑文本》等论文,分别对伦理禁忌、伦理环境、伦理意识、伦理身份、伦理选择、伦理线、伦理结、斯芬克斯因子、脑文本等文学伦理学批评的重要术语进行了阐述。

上述有关文学伦理学批评理论和话语研究的论文,在国内外产生了较大的影响。《文学系列期刊学术影响力分析》的数据显示,在 2005—2006 年外国文学研究高被引论文统计表中,聂珍钊的论文《文学伦理学

---

① 陆耀东:《关于文学伦理学批评的几个问题》,《外国文学研究》2006 年第 1 期,第 32 页。

批评:文学批评方法新探索》被引 15 次,排在第一位,排在其后的几篇论文被引次数皆为 4 次。① 据 Web of Science 数据库统计,在 2010—2014 年全球发表的 16235 篇 A&HCI 收录论文中,聂珍钊的两篇论文《文学伦理学批评:基本理论与术语》和《文学伦理学批评:伦理选择与斯芬克斯因子》的引用排名分别高居第 19 位和第 40 位。另外,据笔者 2019 年 10 月 12 日对于中国知网的检索,《文学伦理学批评:基本理论与术语》一文被引用高达 933 次,《文学伦理学批评:文学批评方法新探索》亦被引 562 次。这些数据表明,文学伦理学批评受到了国内外学术界的广泛关注,并吸引越来越多的学者参与其中。

与此相应和,聂珍钊教授的著作《文学伦理学批评导论》于 2013 年入选国家哲学社会科学成果文库,2014 年由北京大学出版社出版,2016 年获得第十届湖北省社会科学优秀成果奖一等奖。该书首次对文学伦理学批评进行了全面、系统和深入的研究,解决了文学伦理学批评的理论与批评实践中的一些基本学术问题,是文学伦理学批评的纲领性著作。尤其值得一提的是,该书有两个附录,附录一是文学伦理学批评术语列表,附录二对 53 个文学伦理学批评的主要术语进行了解释,为建构文学伦理学批评的话语体系打下了坚实的基础,被广泛运用于古今中外文学作品的解读之中。

(二)理论推广和丰富及在批评实践中的运用

随着文学伦理学批评理论体系和话语体系的初步形成,诸多学者也参与到文学伦理学批评理论的评论与构建中,使之得到进一步推广和丰富。与此同时,文学伦理学批评实践方面也取得了诸多可喜成果。

聂珍钊自 2013 年之后继续在国内外重要期刊发表系列论文,深入阐发文学伦理学批评的基本理论,并进行批评实践的示范。其主要的理论

---

① 张燕蓟、徐亚男:《"复印报刊资料"文学系列期刊学术影响力分析》,《南方文坛》2009 年第 4 期,第 123 页。

文章有:发表在《外国文学研究》上的《文学伦理学批评:论文学的基本功能与核心价值》《文学伦理学批评:人性概念的阐释与考辨》和《脑文本和脑概念的形成机制与文学伦理学批评》,发表于《文学评论》的《谈文学的伦理价值和教诲功能》和《"文艺起源于劳动"是对马克思恩格斯观点的误读》,发表于《文艺研究》的《文学经典的阅读、阐释和价值发现》等。同时,聂珍钊在中国、美国、德国、韩国、马来西亚等国家的期刊上发表了数篇论文,如发表于 A&HCI 收录的国际名刊《阿卡迪亚:国际文学文化期刊》(Arcadia: International Journal of Literary Culture,以下简称《阿卡迪亚》)2015 年第 1 期上的文章"Towards an Ethical Literary Criticism",发表于中国的 A&HCI 收录期刊《哲学与文化》2015 年第 4 期的《文学伦理学批评:新的文学批评选择》,发表于韩国杂志《离散与文化批评》(Diaspora and Cultural Criticism)2015 年第 1 期上的文章"Ethical Literary Criticism: Basic Theory and Terminology"等。其中发表于《阿卡迪亚》的文章获得浙江省第十九届哲学社会科学优秀成果奖一等奖。

在批评实践方面,聂珍钊继发表《伦理禁忌与俄狄浦斯的悲剧》和《〈老人与海〉与丛林法则》之后,又针对中国文学进行文学伦理学批评实践,发表《五四时期诗歌伦理的建构与新诗创作》①,还在美国的 A&HCI 收录期刊《比较文学与文化》(CLCWeb: Comparative Literature and Culture)2015 年第 5 期发表"Luo's Ethical Experience of Growth in Mo Yan's Pow!"等论文。

随着文学伦理学批评的影响日益扩大,诸多学者纷纷撰写相关评论和研究文章。刘建军在《文学伦理学批评:中国特色的学术话语构建》中指出,文学伦理学批评是"具有中国特色的文学批评模式,具有自己的学

---

① 聂珍钊:《伦理禁忌与俄狄浦斯的悲剧》,《学习与探索》2006 年第 5 期,第 113—116、237 页;《〈老人与海〉与丛林法则》,《外国文学评论》2009 年第 3 期,第 80—89 页;《五四时期诗歌伦理的建构与新诗创作》,《华中师范大学学报》(人文社会科学版)2013 年第 6 期,第 114—121 页。

术立场、理论基础和专用批评术语"①,他认为《文学伦理学批评导论》一书凸显了三个特点:在实践层面具有强烈的当代问题意识和解决中国现实问题的针对性,在主体层面表现出清晰而自觉的中国学人立场,在学理层面体现出强烈的创新精神。吴笛在《追寻斯芬克斯因子的理想平衡——评聂珍钊〈文学伦理学批评导论〉》一文中指出,《文学伦理学批评导论》"为衡量经典的标准树立了一个重要的价值尺度,即文学作品的伦理价值尺度"。该书提出的"新的批评术语,新的批评视角,为我国的文学批评拓展了空间。如对人类文明进化逻辑所概括的'自然选择'、'伦理选择',以及目前正在进行中的'科学选择'等相关表述和研究,具有理论深度,令人信服"②。王立新的《作为一种文化诗学的文学伦理学批评》认为,"古代东西方轴心时代产生的文学经典无不以伦理教诲为其主要功能"③。该文通过对《圣经·旧约》中《路得记》人物的伦理身份特征、伦理观的变化和伦理选择的结果的具体分析,阐明了文学伦理学批评的有效性与合理性。其他学者的论文,如赵炎秋的《伦理视野下的西方文学人物类型》、董洪川的《文学伦理学批评与英美现代主义诗歌研究》、杨和平与熊元义的《文学伦理学批评与当代文学的道德批判》、苏晖和熊卉的《从脑文本到终稿:易卜生及〈社会支柱〉中的伦理选择》、樊星和雷登辉的《文学伦理学批评的理论建构与批评实践——评聂珍钊教授〈文学伦理学批评导论〉》、朱振武和朱晓亚的《中国文学伦理学批评的发生与垦拓》、张龙海和苏亚娟的《中国学术界的新活力——聂珍钊〈文学伦理学批评导论〉评析》、张连桥的《范式与话语:文学伦理学批评在中国的兴起与影响》等,也都引起了一定的关注。杨金才的"Realms of Ethical Literary Criticism in

---

① 刘建军:《文学伦理学批评:中国特色的学术话语构建》,《外国文学研究》2014年第4期,第18页。
② 吴笛:《追寻斯芬克斯因子的理想平衡——评聂珍钊〈文学伦理学批评导论〉》,《外国文学研究》2014年第4期,第20页。
③ 王立新:《作为一种文化诗学的文学伦理学批评》,《外国文学研究》2014年第4期,第29页。

China: A Review of Nie Zhenzhao's Scholarship"和尚必武的"The Rise of a Critical Theory: Reading *Introduction to Ethical Literary Criticism*"这两篇发表于《外国文学研究》的英文文章,为国外学者了解文学伦理学批评提供了英文参考读本。

为了集中展示文学伦理学批评的代表性成果,聂珍钊、苏晖和刘渊于2014年编辑了《文学伦理学批评论文选》(第一辑)①。论文选从国内学术期刊上发表的众多文学伦理学批评论文中选取了40位作者的52篇论文。这些都是文学伦理学批评在理论建构与批评实践方面取得的代表性成果,为文学伦理学批评提供了可资参考的研究范例。2018年,在《外国文学研究》创刊四十周年之际,聂珍钊、苏晖、黄晖编选了《〈外国文学研究〉文学伦理学批评论文选》②,从批评理论、美国文学研究、欧洲文学研究和亚非文学研究四个方面,遴选出自2013年以来在《外国文学研究》刊发的文学伦理学批评方面的优秀论文26篇,以展示文学伦理学批评在理论和实践方面的新突破和新成果,充分体现出文学伦理学批评跨文化、跨学科、兼容并蓄的特点。

随着文学伦理学批评日益产生广泛影响,越来越多的博士学位论文和硕士学位论文以文学伦理学批评作为主要批评方法,研究古今中外的作家作品,如华中师范大学出版社推出"文学伦理学批评建设丛书",主要出版已经过修改完善的对文学伦理学批评理论与实践进行探索的优秀博士论文,目前已出版十余本著作,如王松林的《康拉德小说伦理观研究》、刘茂生的《王尔德创作的伦理思想研究》、马弦的《蒲柏诗歌的伦理思想研究》、杜娟的《论亨利·菲尔丁小说的伦理叙事》、朱卫红的《文学伦理学批评视野中的理查生小说》、刘兮颖的《受难意识与犹太伦理取向:索

---

① 聂珍钊、苏晖、刘渊主编:《文学伦理学批评论文选》(第一辑),武汉:华中师范大学出版社,2014年。
② 聂珍钊、苏晖、黄晖主编:《〈外国文学研究〉文学伦理学批评论文选》,武汉:华中师范大学出版社,2018年。

尔·贝娄小说研究》、王群的《多丽丝·莱辛非洲小说和太空小说叙事伦理研究》、杨革新的《美国伦理批评研究》、王晓兰的《英国儿童小说的伦理价值研究》以及陈晞的《城市漫游者的伦理足迹：论菲利普·拉金的诗歌》等。

由文学伦理学批评取得的成果可以看出，参与文学伦理学批评研究和评论的学者已经广泛分布于中国各大高校和研究机构，并形成了"老中青"三结合的学者梯队，这是文学伦理学批评产生广泛学术影响的有力证明。

（三）理论体系的拓展及批评实践的系统化

聂珍钊教授主持的国家社会科学基金重大项目"文学伦理学批评：理论建构与批评实践研究"已于2019年2月正式结项，结项成果将以五本著作的形式出版，包括聂珍钊和王松林主编的《文学伦理学批评理论研究》、苏晖主编的《美国文学的伦理学批评》、徐彬主编的《英国文学的伦理学批评》、李俄宪主编的《日本文学的伦理学批评》以及黄晖主编的《中国文学的伦理学批评》。在这五本著作中，《文学伦理学批评理论研究》拓展和深化了文学伦理学批评的理论体系，系统梳理了文学伦理学批评理论的发生和发展过程，拓宽了文学伦理学批评的疆界，并在理论体系上建立一个融伦理学、美学、心理学、语言学、历史学、文化学、人类学、生态学、政治学和叙事学为一体的研究范式。另外四本则是运用文学伦理学批评方法和独创术语，分别研究美国、英国、日本和中国文学中的重要文学思潮、文学流派以及经典作家与作品。

这五本著作向我们展现了文学伦理学批评理论体系的进一步拓展，以及批评实践的逐步系统化。五本著作相互的关联十分密切，《文学伦理学批评理论研究》着眼于文学伦理学批评的理论研究，另外四本则着眼于批评实践，而理论与批评实践是相辅相成的：文学伦理学批评理论研究既为国别文学的伦理学批评提供理论支撑和研究方法，也从国别文学的伦理学批评中提升了自己的理论体系；国别文学的伦理学批评，既践行文学伦理学批评的理论术语和话语体系,也丰富和拓展了文学伦理学批评的理论建构。

二、文学伦理学批评的国际学术影响力与国际话语权建构

文学伦理学批评团队在努力构建理论体系、拓展批评实践的同时,也积极响应国家"走出去"战略号召,致力于该理论的国际传播及国际学术话语权的建构。"以习近平同志为核心的党中央一贯重视着力推进国际传播能力建设,要求创新对外宣传方式,加强话语体系建设,着力打造融通中外的新概念新范畴新表述,讲好中国故事,传播好中国声音,增强在国际上的话语权。"①文学伦理学批评经过十六年的发展,构建了具有中国特色的理论体系,形成了一套独特的话语体系;既承袭和发展了中国的道德批评传统,又与当代西方伦理批评的转向同步;既立足于解决中国当代文学批评理论脱离实际和伦理道德缺位的问题,也能够解决世界文学中的共同性问题。因此,文学伦理学批评具备了"走出去"并争取国际话语权的良好基础和条件。

所谓学术话语权,"即相应的学术主体,在一定的时空范围内、学术领域中所具有的主导性、支配性的学术影响力"②,"学术质量、学术评价和学术平台是构建学术国际话语权的三大基本要素"③。近年来,文学伦理学批评团队在学术论文的国际发表、成立国际学术组织、举办国际学术会议等方面成果卓著,引起了国际学术共同体的热切关注,得到了国际主流学术界的认同,在国际学术界的影响不断上升。中国的文学伦理学批评在引领国际学术发展走势、决定相关国际学术会议议题、主导相关国际学术组织方面,已经掌握了主动权,可谓在一定程度上掌握了国际学术话语

---

① 《习近平新闻思想讲义》(2018年版)编写组编著:《习近平新闻思想讲义》(2018年版),北京:人民出版社、学习出版社,2018年,第147页。
② 参见沈壮海:《试论提升国际学术话语权》,《文化软实力研究》2016年第1期,第97页。
③ 胡钦太:《中国学术国际话语权的立体化建构》,《学术月刊》2013年第3期,第5页。

权,对于提升中国的文化软实力做出了应有的贡献。可以说,文学伦理学批评是中国学术"走出去"及争取国际学术话语权的成功范例。

(一)通过国际学术期刊传播文学伦理学批评

学术期刊是展示学术前沿、传播学术思想、进行学术交流和跨文化对话的重要平台。在国际学术期刊上发表论文并形成中外学者的对话,是文学伦理学批评走出国门、走向世界的重要方式。文学伦理学批评特别强调以中外学者合作、交流和对话的形式推动学术论文的国际发表。近年来,美国、英国、德国、爱沙尼亚、韩国、日本、越南、马来西亚以及中国一些有国际影响力的学术期刊上都纷纷推出了"文学伦理学批评"专刊或专栏。

多种 A&HCI 或 SCOPUS 收录期刊出版文学伦理学批评专刊或开辟研究专栏,发表国际知名学者的相关论文,引起了国际学界的关注。英国具有百年历史的顶级学术期刊《泰晤士报文学增刊》(*The Times Literary Supplement*)于 2015 年刊发美国北伊利诺伊大学杰出教授威廉·贝克与中国学者尚必武合作撰写的评论文章,推介文学伦理学批评;国际权威学术期刊《阿卡迪亚》2015 年第 1 期出版"文学伦理学批评:东方与西方"(Ethical Literary Criticism: East and West)专刊,由中国学者聂珍钊和尚必武及德国学者沃尔夫冈·穆勒和维拉·纽宁展开合作研究,四位中外学者从不同角度对文学伦理学批评进行了阐释;美国 A&HCI 收录期刊《比较文学与文化》2015 年第 5 期出版主题为"21 世纪的小说与伦理学"(Fiction and Ethics in the Twenty-first Century)的专刊,发表了 13 篇中外学者围绕文学伦理学批评的术语运用及批评实践所撰写的论文;中国 A&HCI 收录期刊《哲学与文化》2015 年第 4 期推出文学伦理学批评专刊,由中国学者聂珍钊、苏晖和李银波与马来西亚马来亚大学、拉曼大学、韩国建国大学学者展开合作研究,一共合作撰写了 8 篇专题学术论文,另有王卓针对《文学伦理学批评导论》撰写的书评;中国期刊《外国文学研究》(SCOPUS 收录,2005—2016 年被 A&HCI 收录)不仅自 2005 年以来组织了共 32 个文学伦理学批评研究专栏,还于 2017 年第 5 期推出

"中外学者对话文学伦理学批评"专栏;中国香港出版的 A&HCI 收录期刊《文学跨学科研究》(Interdisciplinary Studies of Literature)以刊发中外学者撰写的文学伦理学批评研究论文为主;《世界文学研究论坛》(Forum for World Literature Studies,SCOPUS 收录)2016 年第 1 期和第 2 期连续推出"超越国界的文学伦理学批评研究"专栏,发表来自美国、匈牙利、德国、意大利、澳大利亚、韩国、日本和中国学者的论文 12 篇。这些国际一流期刊出版的文学伦理学批评专刊或专栏都由中外学者共同参与撰稿,就文学伦理学批评展开学术交流、讨论、对话和争鸣,这表明文学伦理学批评在国际学界的影响日益扩大。正如田俊武在美国的 A&HCI 收录期刊《比较文学研究》(Comparative Literature Studies)上发表的文章中所言:"从 2004 年到 2018 年的 15 年间,聂的文学伦理学批评在中国和其他国家得到了广泛的接受。"①

除上述国际一流期刊外,韩国的《跨境》(Border Crossings)、《现代中国文学研究》(The Journal of Modern Chinese Literature)、《离散与文化批评》(Diaspora and Cultural Criticism)、《英语语言文学研究》(The Journal of English Language and Literature)等杂志,越南的《科学与教育学报》(Journal of Science and Education),日本的《九大日文》,马来西亚的《中国—东盟论坛》(China-ASEAN Perspective Forum),爱沙尼亚的《比较文学》(Interlitteraria)等杂志,也都推出文学伦理学批评研究的专刊、专栏或评论文章。

国际最具权威性的人文杂志《泰晤士报文学增刊》邀请国际知名文学理论家威廉•贝克教授领衔撰文《合作的硕果:中国学界的文学伦理学批评》(Fruitful Collaborations:Ethical Literary Criticism in Chinese Academe),这是文学伦理学批评得到国际主流学术界认可的有力证明。该

---

① Junwu Tian. "Nie Zhenzhao and the Genesis of Chinese Ethical Literary Criticism." *Comparative Literature Studies* 2(2019):413.

文高度评价文学伦理学批评,将其看作中国学术界对于"中国梦"的回应以及"中国话语权崛起"的代表。文章肯定了中国这一创新理论同中国现实的联系,指出:"习主席提出的'中国梦'在很大程度上是对工业化、商业化和享乐主义在文学领域引起的一系列问题做出的及时回应……在这种语境里,聂珍钊教授的文学伦理学批评可以看成是知识界对此号召做出的回应。"①文章同时强调:"在过去的十年中,文学伦理学批评已经在中国发展成为一种充满活力和成果丰富的批评理论。同时,它也不断获得了众多国际知名学者的认可。""文学伦理学批评的影响正在不断扩大,用它来研究欧美文学必将成为中国以及其他国家的潮流,而且将会不断繁荣发展。"②这篇文章改变了《泰晤士报文学增刊》数十年来极少评介亚洲原创人文理论的现状。这说明,中国学术只有理论创新,只有关心中国问题和具有世界性的普遍问题,才会引起外国学者的关注。

《阿卡迪亚》作为代表西方主流学术的顶级文学期刊,不仅于2015年第1期推出"文学伦理学批评:东方与西方"专刊,而且打破数十年的惯例,由欧洲科学院院士约翰·纽鲍尔教授执笔,以编辑部的名义在专刊开篇发表社论,高度评价文学伦理学批评。社论指出,"聂珍钊教授开创的文学伦理学批评理论所依据的文学作品之丰富,涉及面之广,令人震惊……文学研究的伦理视角是欧美学界备受推崇的传统之一,但聂珍钊教授在此传统上却另辟蹊径。他发现了西方形式主义批评、文化批评和政治批评中的'伦理缺位',从而提出了自己的新方法,认为文学的基本功能是道德教诲,他认为文学批评家不应该对文学作品进行主观上的道德评判,而应该客观地展示文学作品的伦理内容,把文学作品看作伦理的表达"③。

---

① William Baker and Biwu Shang. "Fruitful Collaborations: Ethical Literary Criticism in Chinese Academe." *Times Literary Supplement* 31 (2015): 14.
② Ibid., 15.
③ *Arcadia* Editors. "General Introduction." *Arcadia: International Journal of Literary Culture* 1 (2015): 1.

在国际期刊发表的有关文学伦理学批评的论文中,有相当一部分是外国学者发表的论文,他们在对文学伦理学批评理论和话语体系有一定了解的基础上,从理论和批评实践两个方面对之展开了进一步的研究和批评实践。

美国普渡大学哲学系教授伦纳德·哈里斯的论文《普适性:文学伦理学批评(聂珍钊)和美学倡导理论(阿兰·洛克)——中美伦理学批评》(Universality: Ethical Literary Criticism (Zhenzhao Nie) and the Advocacy Theory of Aesthetics (Alain Locke) —Ethical Criticism Between China and America)将聂珍钊的文学伦理学批评理论与美国美学家洛克的美学理论进行了比较研究,论证了聂珍钊文学伦理学批评的普适价值。该文认为,虽然聂珍钊和洛克的文学观"是对不同社会背景的回应","使用的许多概念亦并不相同"①,但两位学者"都强调了文学伦理观的重要性,都考虑了文学中人物的伦理身份、种族身份对伦理选择的影响"②。"聂和洛克要求我们考虑价值观的重要性,价值观作为所有文本的重要组成部分,无论是道德的还是非道德的,都是通过主题、习语、风格、内容、结构和形式表达出来的。"③他们的文学伦理观"提供了普遍公认的概念,包括文本蕴含着价值取向的伦理意义,具有普适的价值"④。"聂先生的著作越来越受到许多国家和多种语言读者的欣赏。"⑤

也有外国学者运用文学伦理学批评理论和方法对世界范围内的文学作品进行解析,他们运用文学伦理学批评独创的术语,如伦理身份、伦理选择、伦理禁忌、伦理两难、斯芬克斯因子等,对作家作品进行具体分析,

---

① Leonard Harris. "Universality: Ethical Literary Criticism (Zhenzhao Nie) and the Advocacy Theory of Aesthetics (Alain Locke) —Ethical Criticism Between China and America." *Interdisciplinary Studies of Literature* 1 (2019): 25.
② Ibid., 26.
③ Ibid., 30.
④ Ibid., 26.
⑤ Ibid., 25.

研究作家作品中的伦理内涵和伦理价值。如日本九州大学大学院（研究所）比较社会文化研究院波潟刚教授发表《阅读的焦虑、写作的伦理：安部公房〈他人的脸〉中夫妻间的信》（任洁译），运用文学伦理学批评方法，对日本作家安部公房的小说《他人的脸》中夫妻间的伦理问题进行剖析。该文作者表示，自己"与聂珍钊教授进行了长达一年的书信讨论，聂教授的观点给予笔者极大启示，也成为写作本文的契机，在此谨表谢意"①。"聂珍钊提出的文学伦理学批评理论为文本从男性与女性关系的角度探讨《他人之脸》提供了可能性。"②该文认为，文学伦理学批评"已建构了自己的批评理论与话语体系，尤其是一批西方学者参与文学伦理学批评的研究，推动了文学伦理学批评的深入以及国际传播"③。

国际学术期刊发表的这些评论和研究论文，可以说反映了国际学术共同体的观点和看法，是对中国学术理论的高度认可。也正是由于这些有国际影响力的期刊发表中外学者的研究成果，才使更多的外国学者了解和接受文学伦理学批评，才使越来越多的外国学者参与到文学伦理学批评的研究中，并成为推动中国学术"走出去"的重要力量。同时，有这么多国际期刊推出文学伦理学批评的专刊或专栏，也说明文学伦理学批评不仅已经走出国门，而且还在国际学术界发挥了引领学术话语的作用。

（二）在国际学术组织中掌握话语权

国际性学术组织在推动中国学术"走出去"方面所起的作用日益受到重视。习近平总书记指出："要鼓励哲学社会科学机构参与和设立国际性学术组织。"④由中国学者牵头成立的国际学术组织国际文学伦理学批评

---

① ［日］波潟刚：《阅读的焦虑、写作的伦理：安部公房〈他人的脸〉中夫妻间的信》，任洁译，《文学跨学科研究》2018年第3期，第417页。
② 同上文，第416页。
③ 同上。
④ 习近平：《在哲学社会科学工作座谈会上的讲话（全文）》，人民网，http://politics.people.com.cn/n1/2016/0518/c1024-28361421.html，2020年5月1日访问。

研究会(The International Association for Ethical Literary Criticism, IAELC),在推动文学伦理学批评"走出去"、引领国际学术前沿和争取国际学术话语权方面发挥了重要作用。

由于中国学者创立的文学伦理学批评理论的国际影响日益扩大,为了推动文学伦理学批评研究的国际化,在聂珍钊教授的倡议和中外学者的共同努力下,国际文学伦理学批评研究会于2012年12月在第二届文学伦理学批评国际学术研讨会召开之际正式成立,这是以中国学者为主体创建的学术批评理论和方法开始融入和引领国际学术对话与交流的标志。该研究会的宗旨是创新文学伦理学批评理论、实践文学伦理学批评方法、重视文学创作和文学批评价值取向。《泰晤士报文学增刊》发表评论指出:"国际文学伦理学批评研究会的成立是一件值得一提的大事。"①这说明国际学术界对这个国际学术组织的认可和接受。

国际文学伦理学批评研究会第一届理事会选举中国社会科学院荣誉学部委员吴元迈先生担任会长。第二届理事会于2017年8月9日宣布成立,美国人文与科学院院士、耶鲁大学克劳德·罗森教授当选会长,浙江大学聂珍钊教授担任常务副会长;挪威奥斯陆大学克努特·布莱恩西沃兹威尔教授、韩国东国大学金英敏教授、爱沙尼亚塔尔图大学居里·塔尔维特教授、德国耶拿大学沃尔夫冈·穆勒教授、俄罗斯国立大学伊戈尔·奥列格维奇·沙伊塔诺夫教授任副会长;华中师范大学苏晖教授担任秘书长;宁波大学王松林教授、上海交通大学尚必武教授、韩国外国语大学林大根教授、马来西亚马来亚大学潘碧华博士担任副秘书长。理事会的45位理事为来自中国、美国、加拿大、英国、德国、奥地利、意大利、西班牙、丹麦、波兰、斯洛文尼亚、韩国、日本、南非等国家的知名学者。

迄今为止,国际文学伦理学批评研究会已召开九届年会暨文学伦理

---

① William Baker and Biwu Shang. "Fruitful Collaborations: Ethical Literary Criticism in Chinese Academe." *Times Literary Supplement* 31 (2015): 15.

学批评国际学术研讨会,吸引了一大批国际学者参与文学伦理学批评的研究,在引领国际学术话语、扩大文学伦理学批评的国际影响方面起到了重要作用。由此可见,国际学术组织对于推动中国学术的国际传播、促进中国学术"走出去"、掌握国际学术话语权是非常重要的。

(三)在国际学术会议中发出主流声音

近年来,文学伦理学批评团队不仅以国际文学伦理学批评研究会、华中师范大学国际文学伦理学批评研究中心和《外国文学研究》杂志为平台,与国内外学术机构共同组织了九届国际文学伦理学批评研究会年会和五届文学伦理学批评高层论坛,而且在一些有国际影响的会议上组织文学伦理学批评分论坛,表明文学伦理学批评已具有强大的国际影响力与广泛的接受度。国际文学伦理学批评研究会目前已召开九届年会,其国际化程度逐届增高。九届年会分别于华中师范大学(2005)、三峡大学(2012)、宁波大学(2013)、上海交通大学(2014)、韩国东国大学(2015)、爱沙尼亚塔尔图大学(2016)、英国伦敦大学玛丽女王学院(2017)、日本九州大学(2018)、浙江大学(2019)召开。其中第五至八届都在国外召开,吸引了数十个国家的一大批学者参加,充分体现了文学伦理学批评在国内外的广泛学术影响力(具体情况可参见历届年会综述)[1]。

---

[1] 王松林:《"文学伦理学批评:文学研究方法新探讨"全国学术研讨会综述》,《当代外国文学》2006年第1期,第171—173页;苏西:《"第二届文学伦理学批评国际学术研讨会"综述》,《外国文学研究》2013年第1期,第174—175页;徐燕、溪云:《文学伦理学批评的新局面和生命力——"第三届文学伦理学批评国际学术研讨会"综述》,《外国文学研究》2013年第6期,第171—176页;林玉珍:《文学伦理学批评研究的新高度——"第四届文学伦理学批评国际学术研讨会"综述》,《外国文学研究》2015年第1期,第161—167页;黄晖、张连桥:《文学伦理学批评与国际学术话语的新建构——"第五届文学伦理学批评国际学术研讨会"综述》,《外国文学研究》2015年第6期,第165—169页;刘兮颖:《文学伦理学批评与跨国文化对话——"第六届文学伦理学批评国际学术研讨会"综述》,《外国文学研究》2016年第6期,第169—171页;陈敏:《文学伦理学批评与文学跨学科研究——"第七届文学伦理学批评国际学术研讨会"综述》,《外国文学研究》2017年第6期,第172—174页;王璐:《走向跨学科研究与世界文学建构的文学伦理学批评——"第八届文学伦理学批评国际学术研讨会"综述》,《外国文学研究》2018年第4期,第171—176页;陈芬:《走向跨学科研究和东西方对话的文学伦理学批评——"第九届文学伦理学批评国际学术研讨会"综述》,《外国文学研究》2019年第6期,第171—176页。

文学伦理学批评高层论坛迄今为止已举办五届,分别于暨南大学(2016)、韩国高丽大学(2017 和 2018)、广东外语外贸大学(2019)以及菲律宾圣托马斯大学(2019)召开。这五届高层论坛在世界文学的大背景下,从不同角度对文学伦理学批评理论和实践进行了拓展,凸显了鲜明的问题意识与探索精神。

2018 年 8 月 13—20 日,"第 24 届世界哲学大会"在北京人民大会堂和国家会议中心举行。这是有着一百多年传统的全球最大规模哲学会议首次在中国召开。大会以"学以成人"为主题,将"聂珍钊的道德哲学"(Ethical Philosophy of Nie Zhenzhao)列为分会主题,自 14 日到 19 日期间在不同时段的 7 场分组讨论中得到充分展示。有近二十位学者做了主题发言,探讨文学伦理学批评的基本理论、哲学基础、话语体系、应用场域和国际影响等,来自中国、美国、英国、法国、意大利、匈牙利、日本、韩国等国家的学者参与讨论。这次世界哲学大会的成功举办,得到了全世界诸多重要媒体的关注,海外网(《人民日报》海外版官网)发文指出,在世界哲学大会上,中国的"文学伦理学批评备受关注,精彩发言不胜枚举,印证了文学伦理学批评作为一种批评理论的学术吸引力与学术凝聚力"[①]。这充分体现了中国人文学术在世界范围内的话语权与影响力。

分别于奥地利维也纳大学和中国澳门大学举行的第 21 届和 22 届国际比较文学学会年会均设置了文学伦理学批评专场。第 21 届年会设立"文学伦理学批评:文学的教诲功能"研讨专场,来自中国、美国、英国、奥地利、韩国和挪威的学者在专题会上做了发言,展示出文学伦理学批评学术话语的魅力。第 22 届年会则设置"文学伦理学批评与跨学科、跨文类研究"和"伦理选择与文学经典重读"两个分论坛,来自国内外知名高校的三十余位学者做了分论坛报告。这说明中国学者建构的文学伦理学批评

---

① 任洁、孙跃:《世界哲学大会在京召开 文学伦理学批评备受关注》,海外网,http://renwen.haiwainet.cn/n/2018/0821/c3543190-31379582.html,2020 年 5 月 1 日访问。

理论话语体系正在比较文学研究中发挥重要作用,并在国际比较文学舞台上日益展示出其影响力。

由这些国际会议可以看出,文学伦理学批评已经走向世界并成为国际学术研究的热点,而且中国学者创立的文学批评理论不仅在文学领域得到认同,在哲学领域也产生了影响,这也是中国文学批评理论成功"走出去"、产生国际影响力的又一证明。

(四)国际同行给予高度评价

如果说学术共同体的评价是中国学术能否在国际上被认同和接受的试金石,那么,同行专家的评价无疑是其中的重要组成部分,尤其是那些具有重要影响的专家以及来自不同国家和地区的专家,从他们的评价中可以看出一种学术理论是否被广泛接受。文学伦理学批评在走向国际的过程中,得到了北美洲、欧洲、亚洲不同国家和地区的众多知名学者的积极评价。例如:

美国人文与科学院院士、斯坦福大学马乔瑞·帕洛夫教授认为:"文学最重要的价值之一就是其伦理与道德的价值。有鉴于此,中国学者提出的文学伦理学批评就显得意义非凡,不仅复兴了伦理批评这一方法本身,而且抓住了文学的本质与基本要义。换言之,文学伦理学批评在很大程度上帮助读者重拾和发掘了文学的伦理价值,唤醒了文学的道德责任。"[①]

美国人文与科学院院士、耶鲁大学克劳德·罗森教授在第八届文学伦理学批评国际学术研讨会开幕式致辞中,称聂珍钊教授为"国际文学伦理学批评研究会的创立者和文学伦理学批评之父"。

欧洲科学院院士、德国吉森大学安斯加尔·纽宁教授高度评价文学伦理学批评,他指出,伦理批评自20世纪90年代起,就在西方呈现出日

---

① 转引自邓友女:《中国文学理论话语的国际认同与传播》,《文艺报》2015年1月14日第3版。

渐衰微的发展势头,而中国学术界目前所兴起的文学伦理学批评,无论是在理论体系、术语概念还是在批评实践上所取得的成果,都让人刮目相看,叹为观止。他认为:"中国的文学伦理学批评在很大程度上复兴了伦理批评,这也是中国学者对世界文学研究的一个重要贡献。"①

美国阿拉巴马大学英语系讲座教授、著名诗人及诗歌理论家汉克·雷泽教授撰文指出,聂珍钊作为"文学伦理学批评领域的领路人","在伦理学批评领域取得的成果受到国际瞩目和广泛好评!""文学伦理学批评很重要至少有两个原因:第一,它是有中国特色的文学批评理论,因此它从一个特别的文化与历史视角改变着、挑战着并且活跃着世界范围内关于文学和文学研究价值的讨论与创作;第二,它让我们不可避免地重新思考一系列根本性的问题,如我们为什么要阅读文学,深度地研究和阅读文学(尤其是严肃文学)有什么价值。"②

欧洲科学院院士、美国加利福尼亚大学欧文分校乔治斯·梵·邓·阿贝勒教授在2015年于加利福尼亚大学欧文分校召开的以"理论有批评价值吗?"为核心议题的首届"批评理论学术年会"上,特别评价了聂珍钊教授近年提出并不断完善的文学伦理学批评方法。他说:"在西语理论过于倚重政治话语的当下,文学伦理学批评对于文学批评向德育和审美功能的回归提供了动力,与西方主流批评话语形成互动与互补的关系。为此……文学伦理学批评必将为越来越多的西方学者接纳和应用,并在中西学者的共建中得到进一步的系统化。"③

斯洛文尼亚著名学者、卢布尔雅那大学比较文学与文学理论系托莫·维尔克教授认为,当代大量的文学批评,总体上脱离了对文学文本的细读、诠释和人类学维度。在文学伦理学批评领域,聂珍钊的理论是迄今

---

① 林玉珍:《文学伦理学批评研究的新高度——"第四届文学伦理学批评国际学术研讨会"综述》,《外国文学研究》2015第1期,第165页。
② Hank Lazer. "Ethical Criticism and the Challenge Posed by Innovative Poetry." *Forum for World Literature Studies* 1 (2016): 14.
③ 夏延华、乔治斯·梵·邓·阿贝勒:《让批评理论与世界进程同步——首届加州大学欧文分校"批评理论学术年会"侧记》,《外国文学研究》2015年第6期,第172页。

为止最有体系的、最完整的和最有人文性的方法；它不仅是一种新理论，而且也是一种如何研究文学的新范式。维尔克 2018 年 12 月出版以斯洛文尼亚语撰写的新著《文学研究的伦理转向》(*Etični Obrat v Literarni Vedi*)，其中第三章专论文学伦理学批评，标题为"聂珍钊和文学伦理学批评"。①

韩国建国大学申寅燮教授认为："作为一种由中国学者提出的新的文学批评方法，文学伦理学批评不仅立足中国文学批评的特殊语境，解决当下中国文学研究的问题，同时又放眼整个世界文学研究的发展与进程，充分展现出中国学者的历史使命感与学术责任感。""文学伦理学批评不仅在文学批评中独树一帜，形成流派，而且正在形成一种社会思潮。回顾中国文学伦理学批评的发展，不能不为东方学者感到振奋。文学伦理学批评让当代东方文学批评与理论研究重新拾回了信心，也借助文学伦理学批评在由西方主导的文学批评与理论的俱乐部中，有了自己的一席之地。"②

国际文学伦理学批评研究会副会长、韩国东国大学金英敏教授认为："文学伦理学批评为中国乃至世界的文学研究提供了新思路"③，聂珍钊的《文学伦理学批评导论》"是亚洲文学批评话语的开拓之作"④。

以上外国同行专家对中国学者创建的学术理论的看法可谓持论公允、评价客观。这表明，中外学者的一致目标是追求学术真理。同时，也让我们看到中国理论正在走向世界、走向繁荣。

三、文学伦理学批评的学术价值与现实意义

作为具有中国特色的批评理论和方法，文学伦理学批评不仅在理论

---

① Tomo Virk. *Etični Obrat v Literarni Vedi*. Ljubljana：Literarno-umetniško društvo Literatura，2018.
② [韩]申寅燮：《学界讯息·专题报道》，《哲学与文化》2015 年第 4 期，第 197 页。
③ Young Min Kim. "Sea Change in Literary Theory and Criticism in Asia：Zhenzhao Nie，An Introduction to Ethical Literary Criticism." *The Journal of English Language and Literature* 2（2014）：397.
④ Ibid.，400.

建构与批评实践方面取得了突出的成就,为文学研究提供了新的研究路径与批评范式,具有重要的学术价值;而且,还有助于推动我国当代伦理秩序的建设,有着重要的现实意义。具体而言,文学伦理学批评的价值与意义包括如下方面:

第一,对现有的文学理论提出了大胆质疑与补充,从文学的起源、文学的载体、文学的存在形态、文学的功能、文学的审美与伦理道德之关系等方面做了大胆的阐述,对于充分认识文学的复杂性以及从新的角度认识和理解文学提供了一种可能。

具体而言,文学伦理学批评从如下方面挑战了传统的文学观念:

就文学的起源而言,文学伦理学批评在质疑"文学起源于劳动"观点的基础上提出文学伦理表达论,认为文学的产生源于人类伦理表达的需要。"文学伦理学批评从起源上把文学看成道德的产物,认为文学是特定历史阶段伦理观念和道德生活的独特表达形式,文学在本质上是伦理的艺术……劳动只是一种生产活动方式,它只能是文艺起源的条件,却不能互为因果。"①

就文学的载体而言,文学伦理学批评在质疑"文学是语言的艺术"等现有观点的基础上提出文学文本论,认为"文学是语言的艺术"的观点"混淆了语言与文字的区别,忽视了作为文学存在的文本基础。只有由文字符号构成的文本才能成为文学的基本载体,文学是文本的艺术"②。文学伦理学批评认为,任何文学作品都有其文本,文本有三种基本形态:脑文本、书写文本和电子(数字)文本。③

就文学的存在形态而言,文学伦理学批评在质疑文学是"一种意识形态或审美意识形态"观点的基础上,提出文学物质论,"认为文学以文本为载体,是以具体的物质文本形式存在的,因此文学在本质上是一种物质形

---

① 聂珍钊:《文学伦理学批评:基本理论与术语》,《外国文学研究》2010年第1期,第14页。
② 聂珍钊:《文学伦理学批评导论》,北京:北京大学出版社,2014年,第9页。
③ 聂珍钊:《脑文本和脑概念的形成机制与文学伦理学批评》,《外国文学研究》2017年第5期,第31页。

态而不是意识形态"①。

就文学的功能以及审美与伦理道德之关系而言,文学伦理学批评在质疑"文学是审美的艺术""文学的本质是审美""文学的第一功能是审美"等观点的基础上,提出文学教诲论,认为文学的教诲作用是文学的基本功能,文学的审美只有同文学的教诲功能结合在一起才有价值,审美是文学伦理价值的发现和实现过程。

第二,独创性地建构了自己的理论体系和话语体系,同时亦具有开放的品格和跨学科的视域,借鉴并吸收了伦理学、哲学、心理学、社会学、历史学等学科的研究成果,并融合了叙事学、生态批评、后殖民主义批评等现当代文学批评理论和方法。

文学伦理学批评在继承中国的道德批评传统和西方伦理学及伦理批评传统的基础上,构建起不同于西方的、具有中国特色的文学伦理学批评理论和话语体系,形成了文学伦理表达论、文学文本论、伦理选择论、斯芬克斯因子论、人类文明三阶段论等理论,以及由数十个术语组成的话语体系。

文学伦理学批评具有很大的包容性,它能够同其他一些重要批评方法结合起来,而且只有同其他方法结合在一起,才能最大限度发挥其优势。同时,由于文学伦理学批评本身就具有跨学科性,在近年来的研究中更日益凸显出其跨学科的特点。第七届和第八届文学伦理学批评国际学术研讨会均以文学伦理学的跨学科研究为核心议题,这本身就很能说明问题。

第三,具有很强的实践指导性和可操作性,适用于对古今中外的文学作品进行批评实践,因此,对这一方法的运用将有助于促使现有的学术研究推陈出新。

文学伦理学批评从一开始就致力于基础理论的探讨和方法论的建构,尤其注重文学伦理学批评方法的实践运用。美国的 A&HCI 收录期

---

① 聂珍钊:《文学伦理学批评导论》,北京:北京大学出版社,2014年,第9页。

刊《文体》(Style)上发表杨革新关于聂珍钊《文学伦理学批评导论》的书评，认为"聂先生在阅读一系列经典文学作品的基础上，将理论研究与批评实践紧密结合起来……聂珍钊著作的出版，既是对西方伦理批评复兴的回应，也是中国学者在文学批评上的独创"①。

与西方的伦理批评所不同的是，中国学者将文学伦理学转变为文学伦理学批评方法论，从而使它能够有效地解决具体的文学问题。文学伦理学批评构建了由伦理环境、伦理秩序、伦理身份、伦理选择、伦理两难、伦理禁忌、伦理线、伦理结、伦理意识、斯芬克斯因子、人性因子、兽性因子、理性意志、自由意志、非理性意志、道德情感、人性、脑文本等构成的话语体系，从而使之成为容易掌握的文学批评的工具，适用于对大量的古今中外文学作品进行阐释和剖析。正是由于这些特点，文学伦理学批评才能焕发出蓬勃的生命力。

第四，强调文学的教诲功能，坚持认为文学对社会和人类负有不可推卸的道德责任和义务，具有十分重要的社会现实意义。

文学伦理学批评以推动我国当代伦理秩序的建设为重要的现实目标，有助于满足当前中国伦理道德建设的现实需求。该理论将文学与伦理道德的关系研究作为一个重要的议题加以探讨，强调文学的教诲功能，坚持认为文学对社会和人类负有不可推卸的道德责任和义务。因此，文学伦理学批评有助于扭转当今社会出现的伦理道德失范的现象，促进社会主义新时代人文精神的培养，具有十分重要的社会现实意义。

第五，作为由中国学者提出的新的文学批评方法，文学伦理学批评不仅着眼于解决中国文学批评面临的问题，而且积极开展与国际学术界的交流和对话，吸引国际学者的广泛参与，使之逐渐发展成为在国际上产生广泛影响的中国学派，对突破文学理论的西方中心论、争取中国学术的话语权起到了重要的推进作用，充分展现了中国学者的学术自信和创新精神。

---

① Gexin Yang. "Nie Zhenzhao. *Introduction to Ethical Literary Criticism*. Beijing: Peking UP, 2014." (review). *Style* 2 (2017): 273.

正如聂珍钊教授所言,文学伦理学批评一系列论文的国际发表和国际会议的成功召开,具有三个方面的意义:一是助推中国学术的海外传播,向海外展示中国学术的魅力,增强中国学术的国际影响力;二是改变人文学科自我独立式的研究方法,转而走中外学者合作研究的路径,为中国学术的国际合作研究积累经验,实现中国学术话语自主创新;三是借助研究成果的国际合作发表和国际会议的召开,深化中外学术的交流与对话,引领学术研究的走向,推动世界学术研究的发展。①

四、文学伦理学批评可开拓的研究领域

作为原创性的文学批评理论,文学伦理学批评已经在国内外具有了广泛的学术影响力。在中国强调一流大学和一流学科建设的今天,文学伦理学批评及其产生的影响无疑具有战略性的启发价值与借鉴意义。

为了进一步推进文学伦理学批评理论和实践的发展,有必要拓展和深化以下几个方面的研究:

第一,在多元化的理论格局下拓展新的研究方向,在与其他理论的对话中整合新的理论资源。通过认真搜集和系统整理中外文学伦理—道德批评的文献资料,梳理其学术发展史,尤其是针对20世纪80年代以来随着伦理批评复兴出现的诸种伦理批评理论,展开中外学术的对话与争鸣,并进行文学伦理学批评与哲学、美学、伦理学、社会学、心理学以及自然科学的跨学科研究,以推动文学伦理学批评向纵深发展。

第二,将文学伦理学批评方法付诸文本批评实践时,应大力开展对于包括中国文学在内的东方文学的文学伦理学批评;在强调对文本伦理内涵进行解析的同时,也要加强对文本所反映的特定时代及不同民族、国家伦理观念的考察;同时尝试建构针对小说、戏剧、诗歌等不同体裁的伦理批评话语体系,并就文本的艺术形式如何展现伦理内涵进行深入的研究。

---

① 黄晖、张连桥:《文学伦理学批评与国际学术话语的新建构——"第五届文学伦理学批评国际学术研讨会"综述》,《外国文学研究》2015年第6期,第166页。

第三,梳理文学伦理学批评的发展历程,探究其研究成果所体现的批评范式与国际化策略,总结文学伦理学批评对当代文学批评和学术研究的贡献。同时,探讨如何将文学伦理学批评融入教学中,包括进行文学伦理学批评教材的编写、提供相应教学指南及培训等。

文学伦理学批评作为新兴的文学批评理论,未来有着广阔的发展空间。文学伦理学批评需要经受文学批评实践的反复检验,不断发现自身理论和实践缺陷,在未来的发展中努力充实、完善其理论体系,关注批评实践中存在的各种不足,进一步加强国内外学术交流与对话,为繁荣中国以及世界学术研究做出应有的贡献。

导　言

《美国文学的伦理学批评》是聂珍钊教授主持的国家社科基金重大课题"文学伦理学批评：理论建构与批评实践研究"的成果之一。本书旨在将文学伦理学批评理论和方法运用于美国文学的批评实践中，选取美国文学史上影响较大的文学思潮、流派或文学类型的经典作家作品，运用文学伦理学批评方法对之进行重新解读，既从实践层面丰富和检验文学伦理学批评理论，为文学伦理学批评提供范例，又拓展对于美国文学经典作家作品的批评视域，为美国文学研究不断创新和向纵深发展做出贡献。本书的特点体现在：

首先，从文学伦理学批评的视域重新审视美国文学史，并选择其中重要的思潮流派以及文学类型的代表性作家作品进行重点解读，包括浪漫主义文学、现实主义文学、成长小说、"迷惘的一代"、南方文学、非裔美国小说、犹太裔美国小说、华裔美国小说以及现代戏剧的二十多部经典作品。在运用文学伦理学批评方法进行批评实践时，力求将历时与共时线索结合，既注重从历史发展的观点考察经典美国文学作品，把这些文学作品看成是特定历史阶段伦理观念和道德生活的独特表达形式,也重视对文学文本进行客观的伦理阐释,而不是进行抽象的道德评价。这一研究充分表明,在美国文学发展史上,有代表性的文学思潮流派和文学类型大都体现了作家的伦理思考,蕴含着丰富的伦理内涵,也证明文学伦理学批评运用于经典作家作品研究的有效性。

其次,运用文学伦理学批评独特的理论和术语体系对二十多部美国经典作家作品进行重新解读,通过对文本中的伦理环境、伦理秩序以及人物的伦理身份、伦理困惑、伦理选择、斯芬克斯因子、伦理线、伦理结等的细致分析,得出不同于以往研究的新的结论。在运用文学伦理学批评术语和方法解读作品时,既注重对文学作品内容方面传达出的伦理思想和道德观念的阐释,也重视从艺术形式的伦理表达方面展开研究。同时,也力求将文学伦理学批评与政治学、经济学、历史学、艺术学的研究视角和方法相结合,与生态批评、女性主义批评、后殖民批评、叙事学等批评方法相融合,开展跨学科、多视角的研究。

最后,提出了一些不同于以往研究的观点和结论:1. 美国文学自 19 世纪浪漫主义文学、现实主义文学时期发展到今天,一个贯穿始终的重要主题是对于社会伦理环境、伦理秩序和道德规范的展现与思考,作家怀着强烈的社会责任感,揭示美国社会伦理失序的状态,谴责金钱至上的拜物主义以及社会的腐败堕落,试图为美国发展和社会进步乃至人类文明发展提供各种可能的伦理经验和有益的道德启示。2. 美国文学代表性的小说和戏剧作品中,往往表现身处复杂伦理环境中的人物所面临的伦理困境,他们对于伦理身份的探寻与确认,以及他们在进行伦理选择过程中的矛盾、犹疑和痛苦,从而给予读者以伦理道德启示,赋予作品以伦理教诲价值。3. 美国文学的代表性作品表现出作家对于人与他人、人与社会、人与国家、人与自然以及人与自我之间的伦理关系的探讨,对于不同历史时期美国社会道德的批判和伦理拷问,对于道德秩序和伦理理想的前瞻性的思考和展望。

第一章

浪漫主义小说的伦理理想

在文学伦理学批评视域中,文学被看作道德的产物,文学被视为特定历史阶段社会伦理的表达形式,文学在本质上是关于伦理的艺术。① 19世纪美国浪漫主义时期的小说家虽然在作品中着力呈现历史与想象、主观与客观、现实与历史之间的复杂关系,但也深入探讨人与人、人与社会、人与自然以及人与国家之间的伦理道德关系,并试图在小说中构建或重建各种伦理关系和道德秩序。美国浪漫主义时期的代表作家,如詹姆斯·费尼莫尔·库柏(James Fenimore Cooper,1789—1851)、纳撒尼尔·霍桑(Nathaniel Hawthorne,1804—1864)和赫尔曼·麦尔维尔(Herman Melville,1819—1891),通过《领航人》(*The Pilot: A Tale of the Sea*)、《红字》(*The Scarlet Letter*)、《白鲸》(*Moby-Dick, or, The Whale*)等小说来探讨19世纪民族国家

---

① 聂珍钊:《文学伦理学批评导论》,北京:北京大学出版社,2014年,第13页。

独立这一特定历史时期的各种社会和伦理关系,在作品中深刻反思社会伦理秩序重建问题。

浪漫主义早期代表作家詹姆斯·库柏的第一部海洋小说《领航人》探讨的一个核心主题是美国独立战争时期美国人的伦理身份认同问题。小说中的男女主角均深陷个体与国家、个人与他人之间错综复杂的伦理关系网之中;因为忠诚或是背叛祖国而引起伦理身份的改变,从而使小说主角陷入伦理两难的困境中。其实,小说对人物伦理身份问题的探讨,是同美国独立之前宗主国的英国以及北美殖民地复杂的伦理环境紧密联系的,当时殖民地人民也面临着两难的选择:是继续附属于英国,还是脱离英国而独立。因此,小说人物伦理两难的实质,正是此历史语境下殖民地人民面临的身份问题的艺术写照;小说人物伦理身份的确立,其本质正是殖民地人民构建美利坚民族身份的历史隐喻。

浪漫主义晚期的作家纳撒尼尔·霍桑的经典作品《红字》深入讨论宗教伦理与世俗伦理道德的关系。细读纳撒尼尔·霍桑的小说《红字》,可以发现其真正的主角并不是海丝特·白兰而是阿瑟·丁梅斯代尔,《红字》以丁梅斯代尔的公开忏悔作为高潮和结局显然有故事情节发展的需要,因为随着故事的发展,好像再也没有比这更好的结局。但如果从文学伦理学批评的视域来考察则可以发现,伦理身份问题自始至终都是缠绕在丁梅斯代尔心中的一个死结,要解开这个死结则必须走出伦理身份的困惑,解决好能否隐瞒罪孽、能否私下忏悔和能否一走了之这几个问题。而所有这些问题的解决却只有通过公开忏悔才能完成,因为按照当时的伦理规范,只有忏悔罪孽,才能得到拯救,重回教会,回归社会。

赫尔曼·麦尔维尔通过其经典作品《白鲸》来深刻反思人与自然之间的生态伦理关系。"裴廓德号"船长亚哈在同白鲸的搏斗中,用动物界的生存法则处理和白鲸的冲突,表现的是"不是你死就是我亡"的生存法则,即自然伦理;斯达巴克看重大鲸的经济价值,站在以人类为中心的立场上来处理自然与人类的关系,体现的是自然为人类所用的经济伦理观念;以实玛利则将人类社会的仁爱扩展到了动物世界,形成了人与自然和谐共生的生态伦理观念。亚哈的毁灭和以斯达巴克为代表的"裴廓德号"的悲剧及以实玛利的生还,反映了麦尔维尔在处理人与自然关系时的伦理取向,并进一步揭示了他在小说中传达出的伦理思想:在对待自然的态度问题上,人类需要的应该是以实玛利式的伦理关怀及在此基础上构建的人与自然的和谐;人与自然的和谐是构成人类和谐的生存空间的重要因素,是人类命运的终极式救赎。

第一节 《领航人》中的伦理两难及其历史隐喻[①]

库柏于1824年发表了第一部海洋小说《领航人》,从而奠定了他作为美国海洋小说创始人的重要地位。小说背景设置于美国独立战争期间,故事主要围绕殖民地海军官兵对住在英国海岛上的英国贵族发动突袭行动展开,小说最后以美国独立革命的胜利而结束。评论界对这部小说的探讨围绕民族主义和历史叙事等主题展开。[②] 在笔者看来,这部小说试图探讨的另一个主题是伦理身份认同问题。在小说中,独立战争使小说人物处于伦理混乱状态,男女主角因此均陷入个体与国家、个人与他人之间错综复杂的伦理关系网之中。因此,从文学伦理学批评的视域来阐释小说,尤其是人物之间的伦理关系和伦理身份等问题,具有一定的合理性。文学伦理学批评的倡导者聂珍钊教授在《文学伦理学批评:基本理论与术语》一文中论述说:"从文学伦理学批评的观点看,几乎所有的文学文本都是对人的道德经验的记述,几乎在所有的文学文本的伦理结构中,都存在一条或数条伦理线(ethical line),一个或数个伦理结(ethical knot or

---

① 本节曾以论文形式发表,现略有改动,参见段波:《忠诚还是背叛——论库柏〈领航人〉中的伦理两难及其历史隐喻》,《外国文学研究》2013年第5期,第101—110页。

② See Thomas Philbrick. *James Fenimore Cooper and the Development of American Sea Fiction*. Cambridge: Harvard University Press, 1961, pp. 43—49; Paul David Nelson. "James Fenimore Cooper's Maritime Nationalism, 1820—1850." *Military Affairs* Vol. 41, No. 3 (Oct., 1977): 129—132;另见段波:《库柏小说中的海洋民族主义思想探析》,《外国文学研究》2011年第5期,第99—106页。

ethical complex)"①。一个特定小说文本常常有多条伦理线索同时并存，故事的发展正是围绕这些伦理线索展开。而在这些纷繁复杂的伦理线中，存在一条"伦理主线"②，它主导着小说情节的发展。就《领航人》而言，小说中至少存在两条伦理线：一、北美殖民地为争取独立自由同宗主国英国进行的独立战争，围绕这场战争的性质，殖民地和宗主国之间展开激烈的军事和政治交锋，这条伦理线是主导伦理线，它主导着小说情节的发展，但它是隐性的；二、小说中的长辈霍华德同晚辈格里菲斯、塞西莉娅等人之间的伦理冲突和矛盾，这条伦理线是显性的。随着独立战争的进展，小说人物之间的伦理关系和人物的伦理身份也随之改变，不过伦理身份的认同过程中始终伴随着伦理两难问题。如果把小说人物所遭遇的伦理两难问题置于独立战争之前宗主国英国和殖民地关于殖民地属性和地位的思想论争的历史语境中，不难看出，《领航人》通过设置人物伦理身份问题，试图从更高的层面艺术地再现殖民地人民在建国前所面临的身份问题。当时殖民地人民也面临着两难的选择：是继续附属于英国，还是脱离英国而独立。因此，小说人物伦理两难的实质，正是此历史语境下殖民地人民面临的身份问题的艺术写照；小说人物伦理身份的确立，其本质正是殖民地人民构建美利坚民族身份的历史隐喻。北美独立战争摧毁了英国同北美殖民地之间旧的母子或主仆之间的伦理关系，代之以新的独立、平等的关系，北美殖民地混乱的伦理秩序因此得以重建。聂珍钊教授在《文学伦理学批评：基本理论与术语》一文中说，"如果伦理混乱最后归于秩序或重建了秩序，则形成喜剧文本或悲喜剧文本"③，因此，从这个意义上讲，《领航人》既是一部美利坚民族和国家诞生的喜剧，同时也是民族国家诞生的历史文本，而小说中追求独立自主精神的男女主角，既为以自由和权利为核心价值观的美利坚民族身份做了最好的诠释，也为美利坚民族树立了忠于祖国、热爱家园和崇尚自由等道德形象。

---

① 聂珍钊：《文学伦理学批评：基本理论与术语》，《外国文学研究》2010 年第 1 期，第 20 页。
② 同上书，第 21 页。
③ 同上。

一、纠葛的伦理身份

在《领航人》的故事情节中,男女主角均处于一个错综复杂的伦理关系网之中,形成个体与国家、个体与个体之间的伦理关系,两个层面的伦理关系相互交织,互相缠绕,从而赋予人物复杂多元的伦理身份。

小说主要人物的身份和相互之间的关系错综复杂:霍华德上校是殖民地土生土长的贵族,在政治上属于保守的托利党,在独立战争中他亲英反美,最终离开殖民地,回到英国;格里菲斯是霍华德的侄儿辈,其父是英国皇家海军,但他却是殖民地的反英中坚力量,在霍华德上校眼中,他是"背叛国王和祖国的逆贼"①;标题人物"领航人"格雷属于地道的英格兰人,是一名皇家海军军官,但是在独立战争中亲美反英,成为英国人眼中最大的叛徒;英国贵族爱丽思是领航人的爱人,对英王无比忠诚,但她同时又对敌国美国无限憧憬和向往;塞西莉娅是霍华德上校的侄女,但是在独立战争中她拥戴美国,同叔叔形成敌对关系。从以血亲关系为基础的身份上看,霍华德与塞西莉娅和格里菲斯等人属于叔父与侄女(子)的伦理关系,但从以集体与社会关系为基础的关系上看,她(他)们却属于敌我矛盾的伦理关系。从以属地主义为基础的身份上看,霍华德、格里菲斯、塞西莉娅都属于"美利坚人"②,但从血缘关系上看,他(她)们都属于英国人;领航人和爱丽思属于情侣关系,但这对恋人因对独立战争持有截然不同的政见而形同敌人。因此,不仅小说人物的伦理身份多元而复杂,而且人物之间的伦理关系也是纷繁交织。

这些人物关系从伦理层面来看可以分为两类:个体与国家之间的伦理关系和个体与他人之间的伦理关系。从个体与国家之间的伦理关系来

---

① [美]詹姆斯·费尼莫尔·库柏:《领航人》,饶建华译,武汉:长江文艺出版社,2007年,第58页。

② 在美国独立之前,殖民地居民由于共同的价值认同和共同居住地域而逐渐形成了"美利坚人"(American)的观念,它区别于当时作为"欧洲人"的英国人,但这一称谓至少在18世纪60—70年代不具备严格的民族学意义,参见李剑鸣:《美国的奠基时代:1585—1775》,北京:人民出版社,2002年,第515—522页。

看，由于战争的缘故，小说男女主角均面临着是忠诚祖国还是背叛祖国和家园的严峻伦理道德危机。霍华德上校为了向英国表忠心而背叛自己土生土长的北美殖民地，领航人背叛英格兰而加入殖民地的反英力量中，爱丽思因向领航人通风报信而背叛了英国，格里菲斯和塞西莉娅等人则拿起武器反抗自己的祖国，捣毁父辈建立的旧家园。在欧美国家的伦理道德传统中，背叛他人，背叛社会集体通常被认为是极其可耻的和不可饶恕的行为，《圣经》中亚当、夏娃因背叛了上帝而被逐出伊甸园，《麦克白》中麦克白因背叛了国家而终被斩首。背叛行为不仅指违背伦理道德规范，而且还指违犯国家的法律法规，因此西方国家普遍把叛国行为归为严重的犯罪行为，例如英国《1351年叛逆罪法》《1702年叛逆法》《1848年叛逆重罪法》规定，下列行为均构成叛逆罪：在国王的领土内发动反对国王的战争；在国王的领土内归附国王的敌人；在国王的领土内或其他地方为敌人提供帮助和鼓励。① 而美国《宪法》的第三条第三款中也对叛国罪作了专门定义：发动反对美国的战争，或拥护美国的敌人并给予他们任何形式的援助。② 因此，面对是忠实还是背叛祖国这一严峻问题，男女主角不仅面临着伦理两难和伦理道德的拷问，甚至可能还会像爱丽思一样遭受法律的制裁。就个体与个体之间的伦理关系而言，格里菲斯和塞西莉娅等人同霍华德属于晚辈与长辈之间的伦理关系，但因为在独立战争中坚持与霍华德不同的政治立场，年轻的男女主角被迫施行"儿子打老子"的忤逆之举，因此还面临着伦理道德的拷问；因为战争，领航人和爱丽思这对恋人变成了敌人。

在小说中，个体与国家之间的伦理关系主导着个体与个体之间的伦理关系，而个体之间的伦理关系反过来也影响着个体与国家之间的伦理关系，二者你中有我，我中有你，相互影响。霍华德为了表示对英国的忠诚而同闹叛乱的亲戚划清界限，因此同亲戚形成敌我关系；格里菲斯为了对美国忠诚而陷入对英王的"不忠"和对父亲以及霍华德叔叔的"不孝"；

---

① "Treason." [2012-9-12] http://en.wikipedia.org/wiki/Treason#United_Kingdom
② *The Constitution of the United States and The Declaration of Independence*. Twenty-Fourth Edition. 2009, United States Senate, p.13.

领航人因为背叛了英国而同爱人爱丽思形同敌人,爱丽思因为忠于英国而同情郎分道扬镳,但是爱丽思因为关切情郎的安危而泄露英军的军事机密,因此也间接成为英国的叛逆者。个体与国家、个体与个体两个层面之间的伦理关系相互缠绕,相互交织,不仅形成了纷繁复杂的伦理结,而且也使小说人物伦理身份更加复杂化,导致人物伦理选择困难程度加剧,因此形成了小说的戏剧性冲突和张力。

二、两难的伦理困境

如前所述,北美独立战争使传统的个体与国家、个体与个体之间的伦理关系发生了复杂而深刻的变化,小说男女主角因此而面临着忠诚祖国还是背叛祖国的严峻伦理道德问题,这形成了小说人物伦理两难的重要特征。

作为亲美反英的标题人物"领航人",他面临的伦理两难问题复杂而深邃。领航人是地道的英格兰人,但是为了追求自由和权利,他抛弃了英国而投入美国的怀抱。正是领航人的"叛国"行为,才使他深陷伦理两难的困境中。一方面,英国把他当作最恶毒的叛国者和敌人,国人因此常常用恶狠刻毒的语言来诅咒、败坏他的名声。另一方面,他为了美国的独立解放而背叛了英国,但他的行为却一直遭受美国人的质疑。小说开始时,巴恩斯泰伯就对领航人的身份表示怀疑,"我对一个背叛自己祖国的人也不大信得过"①,而格里菲斯在小说中也屡次怀疑领航人的身份,小说结尾处,他对领航人效忠美国的真正目的依然表示质疑,"他是否真的热爱自由,也许很值得怀疑"②。由此可见,领航人虽然对美国革命忠诚,但他一直生活在美国人的怀疑和误解之中,得不到美国人的完全信任。对此他并非毫无怨言,"我的假朋友常常束缚我的脚,但我的敌人却从来没有"③。此外,令他难以承受的是,自己多年相爱的恋人不但不支持他的

---

① [美]詹姆斯·费尼莫尔·库柏:《领航人》,饶建华译,武汉:长江文艺出版社,2007年,第11页。
② 同上书,第435页。
③ 同上书,第214页。

事业,反而站在敌人的队列中攻击他、批评他。因此,领航人有祖国但被同胞视为叛徒,有爱人却不接受自己,有朋友但不信任自己,他正是在这样无奈和尴尬的处境中孤独着、痛苦着和煎熬着;他的内心世界,犹如波涛汹涌的大海般久久无法平息;小说中他时常流露出孤独和郁郁的神情,这正是其面临痛苦的两难处境时情感的真实流露。

亲美反英的殖民地革命派代表人物格里菲斯和塞西莉娅也遭遇了伦理身份选择的两难困境。格里菲斯的伦理两难困境主要有两层,一是他对祖国英国的背叛行为让他内心纷乱如麻;二是他对长辈霍华德上校"儿子打老子"般的大不敬使他饱受良心的折磨和伦理道德的拷问。首先剖析他的第一层伦理困境。格里菲斯的父亲是英国皇家海军军官,格里菲斯正是在英国皇家舰艇上"受到皇家海军的训练",他身体里流淌的是英国的血液,现在他却背叛了英国,并且利用在皇家海军军舰上学到的本领,"调转枪口来反对他的君主",借用霍华德上校的话来说:"这件事是违背天理、大逆不道的,这无异于儿子动手打父亲。"①他内心的痛苦犹如大海那样起伏澎湃,而波涛汹涌的大海也勾起他纷乱如麻的情思,"他想到了美国,想到了他的情人和家园。他脑子里还浮现出一些纷乱朦胧的意象,都混杂交织在一起。"②美国、家园等纷乱的意象在这里具有深远的涵义。"家园"在这个语境中应理解为他的父辈们带着梦想和开拓精神开垦的北美殖民地,而现在他却成为逆贼叛党,要捣毁父辈们建立的旧家园,建立崭新的美国。因此,这些纷乱朦胧的意象以及复杂的情感"混杂交织"在一起,就像翻腾的惊涛骇浪一样,使格里菲斯陷入无尽的痛苦和煎熬中久久不能平静。此情此景下,格里菲斯也饱受一种类似哈姆雷特王子一样的伦理两难困境③。不过,格里菲斯的第一层伦理两难在小说中是通过故事背景的烘托而隐晦地表现出来的。而格里菲斯的第二层伦理

---

① [美]詹姆斯·费尼莫尔·库柏:《领航人》,饶建华译,武汉:长江文艺出版社,2007年,第109页。
② 同上书,第51页。
③ 聂珍钊教授曾对哈姆莱特王子的伦理困境做过精辟、独到而深入的解读,参见聂珍钊:《文学伦理学批评与道德批评》,《外国文学研究》2006年第2期,第8—17页。

困境——"儿子打老子"——在小说中表现得更加直接而深刻。小说告诉我们,格里菲斯年少时曾沐浴在霍华德家族慈爱的阳光下,可是他现在却要挑战传统的长幼伦理秩序,对父亲辈的霍华德老人采取行动,这是大逆不道的,同儿子打老子的忤逆行为无异。从文学伦理学批评角度看,如果格里菲斯对霍华德采取任何行动,那他势必破坏了伦理禁忌,违背天伦,那他将沦为一个禽兽不如的人,必将招致人们道德的审判,接受过大学教育的格里菲斯对此很清楚,为此他陷入了极端的痛苦之中。因此,当这次海上行动的人质选定为霍华德并且展开行动后,他再次"想起家园和美国,想起了他那持久的青春热情……这些思绪狂热凌乱地交织在一起"①。他为自己此刻的忤逆行为深感愧疚和不安!然而年轻的格里菲斯像《俄狄浦斯王》里的俄狄浦斯一样具有成熟的理性,他"理性成熟的标志,在于他强烈的伦理意识"②,他的伦理意识表现为他对伦理禁忌的竭力遵守。在小说第十九章中,当他们准备对霍华德的府邸展开行动的时候,他对霍华德心存恻隐之情:"我宁肯蹲监狱,也不愿意把霍华德上校安宁的住所搞得鸡飞狗跳,鲜血横流。"③然而当军人的身份决定他别无选择,只能对霍华德上校采取果断的行动时,他乔装打扮成水手,潜入霍华德的府邸,而并非贸然采取导致流血牺牲的公开行动。笔者认为,这一行动部署是在面临伦理两难时所采取的一种折中的策略,其根本出发点是竭力遵守伦理禁忌。

同格里菲斯一样,他的恋人塞西莉娅也面临着是维持父辈们建立的旧家园还是创建美国新家园,以及是孝顺叔父还是做忤逆之子的伦理两难问题。虽然住在英国,但她却人在曹营心在汉,偷偷向格里菲斯等人泄露居住地的布防情况,时时不忘回到美国的家园,为"国家出力,和她的勇

---

① [美]詹姆斯·费尼莫尔·库柏:《领航人》,饶建华译,武汉:长江文艺出版社,2007年,第215页。
② 聂珍钊:《文学伦理学批评:基本理论与术语》,《外国文学研究》2010年第1期,第18页。
③ [美]詹姆斯·费尼莫尔·库柏:《领航人》,饶建华译,武汉:长江文艺出版社,2007年,第208页。

敢的儿郎们一起共同奋斗,把侵略者赶出她的国土"①。若要重返故乡,则必须赶走英国殖民者,这意味着要对抗自己的亲叔父——一个忠实的保皇党人,这不仅不忠,而且不孝,更大逆不道,是违犯伦理禁忌的。她清楚地知道这一点,因此当巴恩斯泰伯等人采取行动占领霍华德的府邸时,塞西莉娅对叔父的安危担忧不已。由此可见,在究竟选择做一名殖民地勇敢儿郎还是做一名忠于英国、孝顺长辈的贵族时,她也陷于对君主的"不忠"与对叔父的"不孝"的双重伦理困境中。

而作为亲英反美的殖民地保皇派代表,霍华德上校在选择效忠英国还是支持北美独立解放事业时,也深陷伦理两难的泥沼中。一方面,他是殖民地的托利党和贵族,对英王效忠是他的政治职责所在。因此,为了表示他对英王的忠诚,他不惜"丢掉差不多一半的财产","永远抛弃了美国"②而搬回英国居住。值得说明的是,与霍华德上校对英国极度忠诚截然相反,英国却对他态度极其冷淡,而且还表现出十分的不信任。霍华德上校背井离乡去英国,却被迫租住到英国本土一个岛屿上荒废的修道院里,"像一个行走在异邦之人"③,在自己的国家里变成一个"陌生人"④,这说明英国对从殖民地回来的霍华德上校在政治上不信任,而孤岛上的修道院生活正好象征着英国对霍华德上校的一种惩罚性的流放。为此,塞西莉娅控诉了英国的冷漠,诉说了叔父的不幸遭遇,"英格兰对待从殖民地回来的儿女态度冷淡、傲慢、不信任,就好像一个嫉妒心重的后母对前夫的子女,总是不轻易施加恩宠的"⑤。面对英国如此冷酷对待自己炽热的爱国行为,难道霍华德上校对此毫无怨言?在第十二章中,当谈到英国的自由精神时,他表达了对英国的不满:"国会的暴政和压榨使殖民地土

---

① [美]詹姆斯·费尼莫尔·库柏:《领航人》,饶建华译,武汉:长江文艺出版社,2007年,第140页。
② 同上书,第59页。
③ 同上书,第141页。
④ 同上书,第142页。
⑤ 同上。

地荒芜,人民沦于贫困的境地,把自由这个神圣的名字也亵渎了。"①可见霍华德对英国并非忠心无二。另一方面,霍华德上校虽然"不义抛弃了他的祖国"②,但他对北美殖民地仍然怀有深厚的眷恋之情,而且他对殖民地的叛乱行为也充满复杂的情感。虽然他把殖民地人民称为叛乱分子,并咒骂格里菲斯等人是"背叛国王和祖国的逆贼",是"破坏分子"③,但他仍然说,"这些人虽说是叛乱分子,但也是我们的同胞"④,他甚至对殖民地人民也不乏积极的评价:

> 我得为殖民地居民说几句公道话,他们近来的行为很果断,那个领头造反的绅士在这场灾难中显得很有魄力,因此在我们当地人中间享有盛誉。他是个小心谨慎,品行端正的青年,可以算得上是一个有教养的人,是的,我从来不否认,华盛顿先生是一位很有教养的人物。⑤

霍华德上校对殖民地居民和华盛顿的高度评价,在一定意义上表达了他对美国独立革命的积极评价和拥护。因此,爱德华上校在选择是效忠英王还是支持北美独立革命问题上其内心是矛盾的,这加剧了他伦理选择的困难程度。

亲英反美的另一代表人物爱丽思在选择究竟是做一名忠实于英王的贵族,还是做叛国者领航人的妻子时,同样也遭遇伦理两难的困境。一方面,她的英国保守贵族身份决定她在政治上必须忠诚于英国,必须坚定地站在殖民地叛乱分子的对立面。然而另一方面,她对"叛国者"领航人深深的爱恋使她左右为难:追随爱人的步伐意味着彻底背叛英国。面对情感和忠诚的问题,她被迫选择了保守的立场,选择同领航人分道扬镳,这是何等伤感和无奈的事! 不过,表面上她虽然对英王表示忠诚,但背地里

---

① [美]詹姆斯·费尼莫尔·库柏:《领航人》,饶建华译,武汉:长江文艺出版社,2007年,第130页。
② 同上书,第58页。
③ 同上。
④ 同上书,第91页。
⑤ 同上书,第92页。

却把英军围攻殖民地海军将士的消息告诉了领航人,而且她还对殖民地充满无限的憧憬:

> 我听说上帝对美国这块土地慷慨施惠,毫不吝惜,他赐予她适宜生长五谷蔬菜的多种地域,他在那里是宽猛相济,既表现了他的力量,也显示了他的慈悲……听说那会是一块广袤的土地,能激发起人们的各种各样的热情,能使每一种感情都有所寄托。①

因此爱丽思也是在忠臣和叛国贼的伦理身份的两端摇摆不定:一边难以割舍对英国的情怀,一边对美国无限憧憬;一边是爱人,一边是敌人;一面是忠臣,一面是叛臣,究竟何去何从?小说第二十八章中爱德华与爱丽思关于忠诚和背叛的对话直接反映了爱丽思复杂而矛盾的心理,"我也不希望他们死,更何况那些与我属于同一个家族的后裔呢"②;后文紧接着把美国和英国的关系同押沙龙与大卫王、犹大和圣徒的关系做了对比,言下之意不言而喻:英美本同根,相煎何太急!正因为爱丽思、格里菲斯和霍华德等小说主角认识到英国和殖民地之间的亲缘关系,才使得他们陷入伦理两难的困境中左右不是。

三、美国身份之争的历史隐喻

小说人物共同遭遇的伦理两难问题值得我们深思。倘若把这个两难问题置于美国建国前宗主国英国和殖民地关于殖民地的属性和地位的思想论争的历史语境中,就会发现,《领航人》对人物的伦理身份问题的探讨,实质上是对英国和北美殖民地双方对殖民地究竟是继续忠实于宗主国英国,还是脱离母国独立这一历史语境下所面临的身份问题的历史再现,而小说人物伦理身份的最终确立,实质正是殖民地人民构建美利坚民族身份的历史隐喻。

独立战争之前,围绕宗主国英国同北美殖民地的关系,围绕北美殖民

---

① [美]詹姆斯·费尼莫尔·库柏:《领航人》,饶建华译,武汉:长江文艺出版社,2007年,第371页。
② 同上书,第331页。

地的属性和地位,宗主国英国和北美殖民地人民进行了激烈的思想和政治论争,并形成了矛盾的观点。首先分析宗主国英国内部的对立观点。对于反美派来说,英国是北美殖民地的母国,而殖民地人民是母国的臣子和仆人,必须从属并忠实于英国,因此,在反美派看来,殖民地的造反叛乱无异于儿子打老子,是大逆不道的叛逆行为。不过,在英国议会的内部也有一个同情和支持殖民地反英立场的群体①。其次,北美殖民地人民内部对是否继续效忠于母国英国这一关系自己身份的问题也同样存在着争议和矛盾。当时,就是否需要脱离英国母体,殖民地人民内部存在两种不同的意见。殖民地的保皇派希望继续效忠英王,继续保持英国臣民的身份,例如托利党典型代表托马斯·哈奇森、丹尼尔·列奥纳多、乔纳森·鲍彻等人均持这种保守立场②,约瑟夫·盖洛韦甚至相信,殖民地居民只有服从英国权威,才能享有"真正的自由"③。与殖民地保守派相反,激进派则认为殖民地是独立的,它不附属于英国,换句话说,殖民地和英国不是母国与臣属的伦理关系,而是平等的关系;激进派希望通过战争赢得美国独立,例如著名政治家塞缪尔·亚当斯深知"美国就是建立在叛逆的基础之上"④,著名政治家和演说家帕特里克·亨利为了呼吁美国独立而发出了"不自由,毋宁死!"⑤的疾呼,托马斯·潘恩在战斗檄文《常识》中也痛斥保守派,并发出铿锵有力的战斗呼号"既然抵抗才有效力,那么为了上帝,让我们实现最后的分离"⑥,而最终吹响北美殖民地从宗主国完全独立出来的号角的是《独立宣言》的发表,宣言称"人人生而平等,造物主

---

① 参见李剑鸣:《美国独立战争爆发前的政治辩论及其意义》,《历史研究》2000年第4期,第74页,注②。
② 参见[美]沃浓·路易·帕灵顿:《美国思想史:1620—1920》,陈永国等译,长春:吉林人民出版社,2002年,第172—195页。
③ 李剑鸣:《美国的奠基时代:1585—1775》,北京:人民出版社,2002年,第574页。
④ [美]沃浓·路易·帕灵顿:《美国思想史:1620—1920》,陈永国等译,长春:吉林人民出版社,2002年,第208页。
⑤ [美]J.艾捷尔编:《美国赖以立国的文本》,赵一凡、郭国良译,海口:海南出版社,2000年,第17页。
⑥ Thomas Paine. *Common Sense*. Philadelphia: W. and T. Bradford, 1776, p.44.

赋予他们若干不可剥夺的权利,其中包括生命权、自由权和追求幸福的权利"①。由于宗主国英国和北美殖民地人民对殖民地的属性和地位的不同认识,这势必导致殖民地人民陷入身份认同的危机。在这样的危机中,必然酝酿着革命的火苗,正如小说《领航人》中对大海的描写那样,大海"隐伏着危机","像即将爆发的火山一样"②。由此可见,美国独立之前的伦理环境,是理解小说《领航人》的主题和历史价值的关键。诚如聂珍钊教授所说,"对文学的理解必须让文学回归属于它的伦理环境和伦理语境","客观的伦理环境或历史环境是理解、阐释和评价文学的基础,文学的现实价值就是历史价值的新发现"。③

由此可见,《领航人》关于人物的伦理两难困境的探讨,实质上是关于美国建国前美利坚民族的身份问题的艺术再现和历史隐喻。独立战争的胜利打破了英国同北美殖民地之间母子或主仆的伦理关系,使北美殖民地从英国的附庸变成了独立的美利坚合众国,而殖民地人民则由"英国的臣民"变成了独立的"美国人"。小说人物的伦理身份在独立战争中得到确立,而美利坚民族身份也通过男女主角的婚姻得到象征性的体现。小说最后一章,两对恋人格里菲斯和塞西莉娅、巴恩斯泰伯和凯瑟琳最终走进婚姻的殿堂,两对年轻的男女变成两对夫妇,这是霍华德上校同意的,牧师也在船上为他们举行了正式的婚礼。两对新人的婚姻具有丰富的政治文化内涵。第一,他们的婚礼由牧师主持,这标志着美利坚民族的身份是有效的和合法的,同时婚姻也孕育着美国的希望。第二,美利坚民族的独立身份是获得保皇派承认的。因此,小说中两对男女的婚姻是同美利坚民族身份的确立紧密联系的,正如学者派克所说的那样,"当霍华德的侄女嫁给美国人,小说开始展望未来"④。小说通过男女主人公的婚姻展

---

① [美]J.艾捷尔编:《美国赖以立国的文本》,赵一凡、郭国良译,海口:海南出版社,2000年,第60页。
② [美]詹姆斯·费尼莫尔·库柏:《领航人》,饶建华译,武汉:长江文艺出版社,2007年,第3页。
③ 聂珍钊:《文学伦理学批评:基本理论与术语》,《外国文学研究》2010年第1期,第19页。
④ John Peck. *Maritime Fiction: Sailors and the Sea in British and American Novels, 1719—1917.* New York: Palgrave, 2001, p.91.

望美国的未来,通过婚姻孕育美国新的希望,这一婚姻的结晶就是美国的诞生。小说的最后,作为霍华德上校遗产的继承人,塞西莉娅和格里菲斯继承了霍华德上校的全部产业,这使得这对年轻的美国夫妇过得十分阔绰。这一细节对理解美利坚民族身份具有丰富的含义。首先,虽然美国建立了,确立了新的、独立的身份,但美利坚民族身份里糅合了英国的血液,同英国具有浓厚的血缘关系。其次,塞西莉娅和格里菲斯共同继承了贵族霍华德上校的财产,这里的财产指代英国的制度、文化、价值观等。因此,美利坚民族的身份里不仅有美国自身的血脉,而且有英国的血脉,英美两国依旧血脉相承。

四、伦理身份重构

独立战争的胜利和美国的建立改变了英美两国之间之前的主仆或母子的伦理关系,使两者之间变成了独立的、平等的关系。正是在促使新旧伦理秩序和伦理观念更替的独立战争中,小说人物的伦理观念和伦理身份得以转变。

独立战争的胜利不仅使亲英反美的霍华德上校凤凰涅槃般获得新生,而且使他的伦理观念发生了转变,这为他伦理身份的转变——从美国的背叛者转变成美国的支持者和拥护者——提供了无限的可能性。霍华德伦理观念的改变以及伦理身份转变的可能性在小说中主要通过三个情节来体现。其一,他对包括华盛顿在内的殖民地人民的积极评价以及对英国对殖民地苛政的不满,前文已作过论述,故不再赘述。其二,他死亡前的深刻忏悔。从前他一直把格里菲斯等人视为乱臣贼子,现在他觉得愧对格里菲斯,在临死之前深深地忏悔说:"我们互相之间的了解还不够——我想我把你和克里斯托弗·迪伦先生都看错了;说不定我也没有正确理解我对美国应尽的责任。"①作为垂死之人,他认为他误解了积极正义的格里菲斯,迷信了伪善邪恶的迪伦;认为他没有尽到对美国应尽的

---

① [美]詹姆斯·费尼莫尔·库柏:《领航人》,饶建华译,武汉:长江文艺出版社,2007年,第421页。

责任,即没有正确理解自己应该是一名"美利坚人",而不应是"英国人"。在临死之前,霍华德上校认识到美国革命的正义性以及自己的错误,对美国革命的胜利,他认为是天意,"这次叛乱要成功似乎是天意",美国革命的胜利"无疑是符合上帝他自己的高深莫测的意旨的"①。既然美国革命符合上帝的意旨,那作为上帝的虔诚子民,霍华德上校对美国的建立必定支持和拥护。其三,霍华德的死亡。从某种意义上讲,霍华德的死亡不仅使他同殖民地人民达成了和解,他的死亡也为他的伦理身份的转变和重新确立增添了无限的可能性,因为死亡在基督教里象征新生,我们有理由相信,霍华德将浴火重生,肉体、思想和灵魂都将彻底脱胎换骨。

同积极向善、浴火重生的霍华德上校形成鲜明对比,殖民地保皇派的另一代表人物迪伦则从一个致力于维护社会秩序、遵守道德规范的人蜕变成一个缺乏理性、灵肉背离、善恶不分的小人。迪伦是塞西莉娅的表亲,他是学法律出身。法律的责任是伸张正义、除暴安良和维护社会公正秩序,然而具有讽刺意味的是,作为一个在北美殖民地土生土长、受过法治精神严格熏陶、立志于维护正义、自由和公平之法治精神的人,迪伦对英国对殖民地的苛政和压迫的境况竟然熟视无睹,对英国对北美殖民地的沉重赋税竟然不闻不问,对殖民地人民捍卫殖民地的自由和权利的呼声竟然置若罔闻,更令人发指的是,他不但没有为国家建立尽到应尽的基本责任,反而充当英王的忠实奴才,助纣为虐,通风报信,参与了镇压海军将士的恶行,使汤姆长子、蒙孙舰长和爱德华上校牺牲了。他是个手上沾满了美国将士鲜血的刽子手。因此,我们可以说迪伦是非不分,善恶不辨,毫无伦理意识可言。聂珍钊教授在《文学伦理学批评:伦理选择与斯芬克斯因子》一文中探讨伦理选择时阐述了批评术语"斯芬克斯因子"的两个组成部分——人性因子和兽性因子——的相互关系:

  在这两种因子中,人性因子是主导因子,其核心是理性意志。人性因子借助理性意志指导、约束和控制兽性因子中的自由意志,让人

----

① [美]詹姆斯·费尼莫尔·库柏:《领航人》,饶建华译,武汉:长江文艺出版社,2007年,第416页。

弃恶从善,避免兽性因子违背伦理。但是,一旦人身上失去了人性因子,自由意志没有了引导和约束,就会造成灵肉背离。①

因此,从文学伦理学意义上讲,迪伦身上体现了人性因子和兽性因子的灵肉背离的特征,因为他虽然受过良好的法律教育,但缺乏理性,不能分辨善恶,没有伦理意识,也没有灵魂,是一个受自由意志支配的人,与野兽无异;他不仅从事"背信弃义的勾当"②,成为镇压革命者、阻碍进步的反动派和刽子手,而且还"亵渎神明"③。迪伦从一个立志于维护社会正义的人蜕变为一个反动派,从殖民地土生土长的人蜕变成殖民地的头号敌人,因此小说的道德立场决定迪伦别无选择,最终只有葬身鱼腹。

领航人的伦理身份的确立和转变过程充满着矛盾性。值得注意的是,小说中领航人神秘莫测,从头到尾,领航人的真实身份都是一个谜。领航人究竟是谁?其实,领航人的形象源自美国的海军英雄约翰·保罗·琼斯(John Paul Jones,1747—1792),琼斯在英美海战中第一次赢得了胜利,从此名声远扬大西洋两岸。④ 从故事情节来看,对领航人的描绘几乎都是海军英雄约翰·琼斯的英雄历史再现,例如爱丽思称他为约翰,以及提到他得到法国国王的勋章等。然而在小说中,领航人的伦理身份是矛盾的、不清晰的,其真实身份也像一团迷雾。小说为何要塑造一个矛盾的英雄形象呢?学者伊格利亚斯(Luis Iglesias)认为领航人身上展现的是爱国的理想主义和美国航海活动中的自私自利性的矛盾。⑤ 其实从

---

① 聂珍钊:《文学伦理学批评:伦理选择与斯芬克斯因子》,《外国文学研究》2011年第6期,第10页。
② [美]詹姆斯·费尼莫尔·库柏:《领航人》,饶建华译,武汉:长江文艺出版社,2007年,第267页。
③ 同上书,第289页。
④ 关于约翰·保罗·琼斯其人,参见 Benjamin W. Labaree, et al. *American and the Sea: A Maritime History*. Mystic, Connecticut: Mystic Seaport Museum, 1998, pp. 148—151;另见[英]安德鲁·兰伯特:《风帆时代的海上战争》,郑振清、向静译,上海:上海人民出版社,2005年,第135页。
⑤ Luis Iglesias. "The 'keen-eyed critic of the ocean': James Fenimore Cooper's Invention of the Sea Novel." *James Fenimore Cooper Society Miscellaneous Papers*. Cooperstown, New York: The Cooper Society, 2006: 1—7.

文学伦理学批评视域来分析这个问题，似乎更具有说服力。从前文分析可知，领航人是一个为捍卫神圣的自由而战的英雄，但他却遭受祖国人民的唾弃，也得不到爱人的理解和支持，甚至连他的美国朋友都质疑他对美国革命的忠诚。美国人对他的质疑是不无根据的，因为当格里菲斯问到领航人参加战争的目的时，他回答说："年轻人，这里面有荣耀，如果付出的代价是冒险的话，那获得的奖赏就是名声"，"所有为之而奋斗的人的英名，都将流芳百世"。① 这说明他参战的目的不是出于真正热爱和平和自由，而是为了个人声誉，就像希腊神话中的阿基里斯一样，参加特洛伊战争是为了千古留名，更像是塞万提斯笔下的堂吉诃德，为了名利，对前途抱有不切实际的幻想，甚至不惜举起复仇的臂膀反对自己的祖国。因此，领航人复杂的伦理身份使得他在世人的眼中是一个背叛祖国、背信弃义的小人，因而得不到大家的信任、理解和支持。因此，既然大家都接受不了他的伦理身份，那小说有必要为他重设一个新的伦理身份，以符合伦理道德规范和理想读者对积极的道德形象的期待。那他最后的伦理身份究竟是什么呢？小说结尾处对此做了清楚的说明："因为如果说他的业绩是以为这个自由合众国的事业奋斗开始的，它却以替一个专制暴君效力而告终！"②换而言之，如果领航人之前是一名捍卫自由和权利的勇士，那现在他却蜕变成一个为了追逐个人名利而不惜"断绝与至爱亲朋的联系，别妇离雏"③、不惜背叛祖国甚至盲目地为专制和暴政服务的叛国贼和伪善小人。既然领航人不是为了真正的自由而战，那么以自由作为核心价值的美国就不能作为领航人的栖身之所，也不能成为他的精神家园。因此，小说最后假借格里菲斯之口，对领航人的伦理身份表示了质疑和否定，认为其是不体面的、不光彩的，"即使他青年时代受到较好的教养，使他具备更好的资格谦逊地接受后来所得到的那些荣誉，在传给他所改土归依的

---

① ［美］詹姆斯·费尼莫尔·库柏:《领航人》，饶建华译，武汉:长江文艺出版社，2007年，第213页。
② 同上书，第435页。
③ 同上书，第109页。

同胞的子孙后代的名人录上,他的名声也不会更加显赫了!"①更进一步说,小说最后对领航人所作的消极评价在某种程度上也体现了库柏对美国历史人物约翰·琼斯的矛盾态度。历史上,琼斯后来离开了美国,投向了沙俄的怀抱,最后客死在俄国。库柏对琼斯的做法可能无法苟同。因此,领航人伦理身份的蜕变在一定意义上表达了库柏对历史人物约翰·琼斯的矛盾和保守的态度,因此他在小说中让领航人戴上神秘的面纱,并选择"不将秘密公开"②。虽然不公开领航人的真实身份这一行为本身也许有历史原因或者其他因素③,但在一定意义上库柏为领航人设立了一个有别于历史"英雄人物"的伦理身份。笔者以为,库柏这样设置的目的可能是想强调,如果一个人不分伦理,不辨善恶,分不清真正的民主和暴政,那这个人就是一个没有伦理道德之人,最终必将遭受人们道德的审判,因此小说结尾处格里菲斯对领航人的质疑和否定,正是库柏的道德立场的鲜明反映。

总而言之,《领航人》关于人物的伦理身份及其所导致的两难困境的探讨,本质上是关于美国建国前美利坚民族身份问题的艺术再现和历史隐喻。北美独立战争摧毁了英国同北美殖民地之间旧的母子或主仆之间的伦理关系,代之以新的独立、平等的关系,北美殖民地混乱的伦理秩序因此得以重建。聂珍钊教授对文学作品中的伦理混乱情节有着独到的论述:"如果伦理混乱最后归于秩序或重建了秩序,则形成喜剧文本或悲喜剧文本。"④因此,从这个意义上讲,《领航人》既是一部美利坚民族和国家诞生的喜剧,同时也是民族国家诞生的历史文本,而小说中追求独立自主精神的男女主角,既为以自由和权利为核心价值观的美利坚民族身份做

---

① [美]詹姆斯·费尼莫尔·库柏:《领航人》,饶建华译,武汉:长江文艺出版社,2007年,第435页。
② 同上书,第435页。
③ 1824年《领航人》发表之前,美国关于约翰·保罗·琼斯的档案还不齐全,see K. House. "Cooper as Historian."[2014－1－1] http://external.oneonta.edu/cooper/articles/suny/1986suny-house.html,2020年5月1日访问。
④ 聂珍钊:《文学伦理学批评:伦理选择与斯芬克斯因子》,《外国文学研究》2011年第6期,第21页。

了最好的诠释,也为美利坚民族树立了忠于祖国、热爱家园和崇尚自由等道德形象。

第二节 《红字》中的伦理选择与丁梅斯代尔的公开忏悔①

纳撒尼尔·霍桑的小说《红字》也是一部探讨人与人、人与社会之间的伦理关系的优秀作品。透过文学伦理学批评的棱镜,细读《红字》可以发现,其真正的主角并不是海丝特·白兰而是阿瑟·丁梅斯代尔②。海丝特的故事在小说的前半部分就已经基本完成,正是因为有了丁梅斯代尔,小说才得以进一步深入,主题才表现得更加鲜明。小说以丁梅斯代尔的公开忏悔作为高潮和结局显然有故事情节发展的需要,因为随着故事的发展,好像再也没有比这更好的结局了。丁梅斯代尔的公开忏悔给所有的人物都有了一个交代:海丝特因其情人公之于众而最后完成自己忏悔,齐林沃斯因其情敌最后一点秘密的大白天下而复仇成功,珠儿因其生父坦白身份而得以回归社会接收洗礼。但如果我们仅仅从情节的需要来看丁梅斯代尔的公开忏悔,那无疑是低估了小说的内涵,因为"就主题而言,《红字》并非爱情悲剧,而是道德悲剧,即使在浪漫主义色彩浓厚的海丝特身上也蕴含着作者明显的清教伦理倾向的道德评判"③。可见,《红字》从本质上来说就是一则伦理隐喻,因此,我们有必要回归到当时的伦理现场,来分析丁梅斯代尔所处的伦理环境和面临的伦理困惑以及他选择公开忏悔的伦理动机。

透过文学伦理学批评的棱镜可以发现,伦理身份问题自始至终都是缠绕在丁梅斯代尔心中的一个死结,要解开这个死结则必须走出伦理身

---

① 本节曾以论文形式发表,现略有修改,参见杨革新:《伦理选择与丁梅斯代尔的公开忏悔》,《外国文学研究》2009年第6期,第97—103页。
② Henry James. *Hawthorne*. New York: Harper & Brother, 1880, p.109.
③ 苏欲晓:《罪与救赎:霍桑〈红字〉的基督教伦理解读》,《外国文学研究》2007年第4期,第115页。

份的困惑,解决好能否隐瞒罪孽、能否私下忏悔和能否一走了之这几个问题,而所有这些问题的解决却只有通过公开忏悔才能完成,因为按照当时的伦理规范,只有忏悔罪孽,才能得到拯救,从而重回教会、回归社会。丁梅斯代尔的公开忏悔,既为他自己的伦理身份,也为珠儿和海斯特的伦理身份的确立奠定了重要基础。而对罪孽的忏悔也是霍桑探讨清教伦理的核心组成部分。

一、伦理身份的复杂与丁梅斯代尔的两难

对于丁梅斯代尔的评价,我们看到的多是"虚伪""怯懦"等字眼,但小说是否真是这样刻画的呢?如果他真是个伪君子,那么就不会有刑台示众时对海丝特的苦口劝告,也不会有暗室中自我痛苦的折磨,更不会有小说最后的公开忏悔。丁梅斯代尔的罪孽只有天知地知情人和情敌知,而且他们谁都不会说出来,他完全可以隐而不发,甚至可以一走了之,并且还能"虚伪"地、快乐地活着。其实,这都是我们以现在的观点来看待丁梅斯代尔时代人物的结果。《红字》的故事背景是一个 17 世纪中叶北美殖民时期清教统治下的波士顿,当时的社会政教合一,"他们把宗教和法律几乎完全视为一体,而两者在他们的性格中又完全融为一体,不分彼此,因此一切有关公众纪律的条例,无论是最温和的,还是最严厉的,他们全都看得既神圣又庄严,恭而敬之,不容违犯"①。在这样的伦理环境下,深知自己犯了大罪的丁梅斯代尔,早就该站上刑台与海丝特一起向公众悔罪,而他却苦苦折磨了自己七年,才做出自己的选择,究其原因是丁梅斯代尔被困于自己复杂的伦理身份之中。

人类社会从初始就充斥着各式各样的身份关系,因为象征道德和种群差异的身份角色对人类活动来说是不可或缺的,因而社会乃身份社会,法律乃伦理法律。人的身份一旦与伦理环境结合在一起就成了我们所说的伦理身份,它不再仅仅只是一个标示或者一个象征,它还承载着当时伦常法律所规定的责任、义务和束缚。丁梅斯代尔的痛苦正是在于他伦理

---

① [美]纳撒尼尔·霍桑:《红字》,姚乃强译,南京:译林出版社,1996 年,第 42 页。

身份的复杂:首先他是一个地道的清教徒,一个教民景仰的牧师,再者,他是海丝特的情夫,珠儿的生父,最后他还是奇林沃斯的情敌和复仇对象。而所有这些伦理身份都因为海丝特·白兰在小说开头的拒不坦白而变得名存实亡。在丁梅斯代尔与海丝特通奸之始他就已不配牧师的身份了,海丝特的隐瞒使他父亲的身份不得公开,奇林沃斯复仇也没有对象,可以说,七年来丁梅斯代尔虽表面上过着有身份的生活,其实在他内心深处是找不到自己的伦理身份了,七年的隐忍生活其实就是他七年的痛苦挣扎,最后他选择符合当时伦理规范的伦理身份,显然是经过了七年痛苦诉求后的理性思考结果。霍桑这样安排也符合"在文学的伦理功能和教诲作用上,文学创作应该有益于善而不能有益于恶"①这一道德原则。

丁梅斯代尔从出场开始就是一位受人尊敬的"青年牧师,曾就读于英国的一所名牌大学,给我们这块荒蛮的林地带来了当代的全部学识。他那雄辩的口才和宗教的热情早已预示了他将蜚声教坛"②。可以说在罪孽产生之前,他的成长和生活环境大都是教堂和上帝,这无意识地在他心里建立起了他首要的伦理身份即神职人员的身份,在当时这无疑是神圣的,但同时也给了他严厉的禁锢。无论是依据当时法律还是圣经教义,丁梅斯代尔犯的都是大罪,从临终的话语可以看出,丁梅斯代尔也完全知道自己的罪孽:"也许是,当我们忘记了我们的上帝,当我们各人冒犯了他人灵魂的尊严,我们便不可能再希望今后再相逢,在永恒和纯洁中重新结合。上帝洞察一切,仁慈无边!"③最后,他唯一希望的就是能得到上帝的怜悯和宽恕,这显然是一种真正的悔罪。但丁梅斯代尔起初并没有想到要忏悔,理由是《圣经》并没有规定必须公开忏悔罪孽;同时一旦公开,就失去了牧师的职位,也就失去了他的社会身份,进而不能发挥自己的才能效忠于上帝,所以他一开始就隐瞒自己的罪孽。当威尔逊牧师要丁梅斯代尔来处理海丝特的问题,要她不再隐瞒那个诱使她堕落者的名字时,他却"认为在光天化日之下,大庭广众之前,强迫一个女人供出内心的隐私

---

① 聂珍钊:《文学伦理学批评与道德批评》,《外国文学研究》2006年第2期,第13页。
② [美]纳撒尼尔·霍桑:《红字》,姚乃强译,南京:译林出版社,1996年,第57页。
③ 同上书,第232页。

是蹂躏妇女的天性"①。当海丝特拒绝说出任何信息时,丁梅斯代尔"长长地吐了一口气,把身子缩了回来"②。由此可见,丁梅斯代尔的内心深处并不希望海丝特供出自己,尽管他深知,罪孽就是罪孽,它必须得公开。因为雅各的告诫已经深入清教徒骨髓:"忏悔你的过错,祈求他人的宽恕,这样才能得到拯救。"③(雅5:16)丁梅斯代尔一直刻意隐瞒,"他完全有能力避开所有过于敏感并刺激他神经的话题"(117)。在"医生与病人"这一章,通过与齐林沃斯的对话,他为自己的行为做过充分的辩护:

> 除了上帝的慈悲,没有任何力量,无论是用言语还是给带上这种或那种标志,能够揭开埋藏在一个人心里的秘密。因为那个隐藏这样的秘密而自感有罪的心必然要严守秘密,直至一切隐私都给揭露出来为止。同时,就我自己阅读和解释的《圣经》而论,我并不认为,揭露人的思想与行为就一定是对他的一种报应。④

接着齐林沃斯借治病为由要求他说出灵魂深处的秘密,他反应非常强烈,甚至有点愤怒:

> "不,绝不对你讲,我绝不会对一个世俗的医生讲的!"……"我不会对你说的。不过,如果我的灵魂真的患了病,我将把自己交给一个医治灵魂的医生。一切都随他,他可以治愈我的病,也可以杀死我!他爱怎么处置我就怎么处置我,用正义或用智慧,随他的便。而你是何许人?竟要插上一手!胆敢置身在受难人和他的上帝之间?"⑤

显然,这里"医治灵魂的医生"是指上帝,向上帝忏悔,求受害者宽恕是对一个清教徒的基本要求,然而丁梅斯代尔却等了七年才做出选择,七年的诉求只能说明丁梅斯代尔处于极度的伦理困惑中,是继续虚伪地戴

---

① [美]纳撒尼尔·霍桑:《红字》,姚乃强译,南京:译林出版社,1996年,第56页。
② 同上书,第59页。
③ *The Holy Bible*:*King James Version*. New York:The Random Publishing House Gtoup Ltd., 1991, p.1082.
④ [美]纳撒尼尔·霍桑:《红字》,姚乃强译,南京:译林出版社,1996年,第115页。
⑤ 同上书,第120页。

着耀眼的光环,还是与海丝特一起一走了之,抑或遵循清教伦理做一个问心无愧的清教徒,"他的良心在公然承认自己是一名罪犯后遁迹出逃,还是继续留下充当一名伪善者,二者之间难以作出抉择,左右为难"①。丁梅斯代尔当然知道自己作为牧师的身份显然是不可能了,他深知自己的罪孽深重,早就没有资格主持圣餐仪式,因为只有完全悔罪的人才有资格参加这种仪式,而且圣保罗对此绝不含糊:"任何没资格的人吃了圣餐的面包,端了上帝的杯子就是玷污了上帝的身子,亵渎了上帝的神灵。因此人人要自我反省是否有资格端起杯子,拿起面包,否则就是诅咒了自己。"②(林前 11:27—29)自己的身份问题让他难以忍受良心上的谴责和煎熬,因而日渐消瘦,精神恍惚,甚至用皮鞭抽打自己,并在胸口烙上红字以求得到良心的安慰。他不愿放弃名誉、放弃地位、放弃他忠于的信仰,只好把自己伪装起来,以表面的善行来掩盖自己的罪行,其结果只能使自己变成恶魔。因为早在 1848 年,霍桑就明确地勾画了《红字》的主要思想线索:"当可怜的牺牲者被人们践踏在脚下时,胜利者正是充满邪恶情欲的恶魔。"③可见,丁梅斯代尔七年的伪善生活其实是他面对伦理身份困惑时不得不经历的一个过程。

二、伦理身份的诉求与丁梅斯代尔的公开忏悔

伦理身份是随着伦理环境变化而变化的,丁梅斯代尔自与海丝特通奸之始,其伦理身份就发生了变化,因此,小说一开始丁梅斯代尔就面临着一个伦理选择的问题,要做牧师就做不了情人和父亲,要做情人和父亲就做不了早已不配了的牧师。可见,整部小说从伦理的角度来看其实就是丁梅斯代尔追求其伦理身份的过程,而按照当时的伦理规范,他最终伦理身份的确立则必须靠公开忏悔来实现,而从文本细读中可以发现,在丁梅斯代尔的伦理身份诉求过程中有三个伦理结需要他去解开:能否隐瞒

---

① [美]纳撒尼尔·霍桑:《红字》,姚乃强译,南京:译林出版社,1996 年,第 181 页。
② *The Holy Bible*:*King James Version*. New York:The Random Publishing House Gtoup Ltd., 1991, p. 1022.
③ 王军:《美国文学思想》,长春:吉林教育出版社,1999 年,第 32 页。

罪孽,能否私下忏悔,能否一走了之。

丁梅斯代尔在内心深处最初是想隐瞒自己罪孽的,因为他"仍然对上帝的荣光与人类的幸福保持着热情,因此他们迟疑不决,畏缩不前,不敢把自己见不得人的丑行展现在人们眼前;因为,这样一来,他们就不能再有善行,而过去的邪恶,也无法用修德积善来赎补"①,但是据他所受的教育和他所处的地位以及当时的伦理环境,能否隐瞒罪孽他应该比谁都清楚。据资料显示,早从1624年开始,普利茅斯殖民地的教会和政府就要求民众公开忏悔其罪孽,在马萨诸塞湾殖民地这种要求更早,而对于弗吉尼亚人来说,比海丝特事件早30年就有了公开忏悔的记录。② 威廉·布拉德(William Bradford)的《普利茅斯发展史》(History of Plymouth Plantation)中记载了发生在新英格兰的第一次公开忏悔:1624年,一个叫约翰·莱福德的人忏悔了他对公司领导说的谎言与过激言辞。③ 接下来的《温思罗普日志》(Winthrop's Journals)最能说明1630年至1650年间新英格兰的这种习俗以及当时政教合一共同罚罪的历史。其中有一项记载就与丁梅斯代尔的情况有点相像:犯了通奸罪的安德希尔船长被逐出教会并驱逐出境,通过长时间的痛苦挣扎,最后还是选择了回到波士顿进行忏悔。④ 可见在当时,公开忏悔已成为一条最基本的教规和法令,作为牧师的丁梅斯代尔显然知道,隐瞒罪孽于情于理都是行不通的。他自己也不止一次地在登上布道坛是想说出"我——你们的牧师,你们如此敬仰和信任的这个人,完完全全是一个败类,一个骗子"⑤,他也曾经在夜深人静的时候夜游到海丝特受辱的刑台进行自己的赎罪表演。

如果丁梅斯代尔只私下里向威尔逊牧师忏悔,最后的结局也必须是

---

① [美]纳撒尼尔·霍桑:《红字》,姚乃强译,南京:译林出版社,1996年,第116页。
② See Alice Morse Earle. *Curious Punishments of Bygone Days*. New York: Herbert S. Stone & Company, 1909, pp. 106−108, pp. 111−112.
③ William Bradford. *History of Plymouth Plantation*. Vol. I. W. C. Ford, ed. Boston: Houghton Mifflin for the Massachusetts Historical Society, 1912, p. 397.
④ See John Winthrop. *Winthrop's Journals*. Vol. II. James K. Hosmer, ed. New York: Charles Scribner's Sons, 1908, pp. 12−14.
⑤ [美]纳撒尼尔·霍桑:《红字》,姚乃强译,南京:译林出版社,1996年,第127页。

驱逐出教,接受大众审判并公开忏悔,因为已经有1644年玛丽·莱瑟姆(Mary Latham)和詹姆斯·布里顿(James Britton)的前车之鉴。① 霍桑曾经考虑过让丁梅斯代尔向神父私下忏悔,在《玉石雕像》中他就是这样做的,但这样的结局放在《红字》中肯定不会被人所接受,他自己也会反对。② 因为无论是《红字》所包含的社会背景——17世纪新殖民地时期的波士顿,还是它的写作背景——19世纪美国现实社会,当时的社会道德标准都不可能认可丁梅斯代尔和海丝特·白兰的行为。而且海丝特自己也感到了羞耻,当她从狱门出来,第一个动作就是把珠儿用劲一搂,想用"象征她耻辱的一个标记来掩盖另一个标记"③,在这以后的七年里"她也常常情不自禁地想要用手捂住那个象征符号"④,丁梅斯代尔也曾按照罗马天主教的教义进行自我忏悔,他"时常用它(血淋淋的鞭子)鞭打自己的肩膀,边打边苦笑,并因为那苦笑而抽打得益发无情"⑤,斋戒一定要坚持到双腿发抖为止,还一夜接一夜彻夜不眠做祈祷。但他们侵犯的是自《荷马史诗》以来就确立了的以男权为中心的婚姻关系,这是西方伦理道德的基础,是神圣不可侵犯的,不然史诗怎么会认为海伦和帕里斯出走,背叛了她的丈夫,而导致了十年的特洛伊战争;珀涅罗珀则因忠于自己的丈夫,而最终赢得了尊重和幸福。小说的开端,威尔逊牧师的直接逼问也证明公开忏悔是必须的:"你不要违背上天的仁慈……说出那个人的名字吧! 说了出来,加上你本人又悔改了,就可以帮你把胸前的那个红字取下来。"⑥接着,人群中也传来催促的声音:"说吧,女人啊! 说吧,让你的孩子有个父亲!"⑦虽然这话是说给海丝特的,但在17世纪的波士顿,忏悔

---

① 詹姆斯·布里顿自愿地忏悔了他与玛丽·莱瑟姆的通奸罪并受到了公众的审判。参见 John Winthrop. *Winthrop's Journals* Vol. II. James K. Hosmer, ed. New York: Charles Scribner's Sons, 1908, pp.161—163.

② James Russell Lowell. *Letters* Vol. 1. C. E. Norton, ed. New York: Harper & Brothers, 1894, p.302.

③ [美]纳撒尼尔·霍桑:《红字》,姚乃强译,南京:译林出版社,1996年,第44页。

④ 同上书,第74页。

⑤ 同上书,第128页。

⑥ 同上书,第58页。

⑦ 同上。

原则对男女是一样的。

从纯社会的角度来说,公开忏悔是融入社会的一种方式:没有忏悔,罪人就被排除在社会之外,或者与社会格格不入。用霍桑自己的话说,"公开忏悔是悔罪的证明和结果"。如果丁梅斯代尔一开始就决定忏悔,那他当然是没问题的,不过也就没有这部小说了。如果丁梅斯代尔与海丝特一起出逃一走了之,按当时的伦理规范,他们三人将永世不得入教,当然也不得融入社会,更不用说拥有什么伦理身份。① 而且珠儿的身份问题也与他的公开忏悔直接相连,随着珠儿越来越大,她必须改掉狂野的本性,接受洗礼,回归社会。珠儿是否洗礼,小说在第六章中给了我们答案:"珠儿生来就是儿童世界的弃儿。她是一个邪恶的小妖精,是罪恶的标志和产物,无权跻身于受洗的婴孩之中。"② 珠儿在得到洗礼之前,一直不被社会承认:"母女俩处在与人类社会隔绝的同一个小圈子里。"③ 珠儿如何才能回归社会,受过正统教育的丁梅斯代尔不可能不知道。因为1765 年 6 月 1 日教会投票表决了给小孩洗礼的原则:如果新婚夫妇结婚七个月后还没小孩则能得到主的关怀,而且能获得殊荣,无需拷问其忠诚就能让新生儿得到洗礼。④ 这就是有名的"七月原则",也正好可以解释珠儿的放逐状态以及海丝特与丁梅斯代尔的境遇。一边是教会的拒绝洗礼,一边是因新生儿不能被洗礼而产生的永恒折磨,忠诚与否一目了然。"七月原则"以"洗礼"这种仪式感召着犯奸之人自觉去公开忏悔。丁梅斯代尔深知,珠儿要想回归社会则必须接受洗礼,给珠儿一个身份即意味着公开自己的父亲身份,在父亲身份与牧师身份之间如何做出选择,他是痛

---

① 1648 年颁布的《教会纪律纲要》(*The Platform of Church Discipline*)第十四章第三条明确规定如果所犯罪孽被公众知晓,而且十恶不赦或触及刑法,即所犯之事一看就知要受到审判,教会不需要按照审判程序,在耶稣基督日就可直接把罪犯赶出教会和教区以便更好地终止其罪孽,拯救其灵魂。See *A Platform of Church Discipline*. Williston Walker, ed. New York: Charles Scribner's Sons, 1962, pp. 227−228.

② [美]纳撒尼尔·霍桑:《红字》,姚乃强译,南京:译林出版社,1996 年,第 80 页。

③ 同上书,第 81 页。

④ Ernest W. Baughman. "Public Confession and *The Scarlet Letter*." *The New England Quarterly* Vol. 40, No. 4 (Dec., 1967): 538.

苦的,态度也是模棱两可的。这从他与珠儿的对话可见一斑,当他夜游与海丝特和珠儿相遇,珠儿问:"你愿意明天中午,跟我和妈妈站在这里吗?"丁梅斯代尔先说"相信终有一天,我一定跟你,还有你的妈妈,站在一起,只是明天还不成",接着又说"但是在这个世界上,光天化日之下是看不到我们站在一起的"①。丁梅斯代尔对珠儿是既爱又怕,因为她既是把两个成人连结在一起的纽带,又是促使他不得不诉求其伦理身份的一个主要动因。"出于某种说不清的原因,当丁梅斯代尔感到她(珠儿)的目光落到自己身上时,他的手便会悄悄地捂到他的心口上,那姿势已经习惯成自然了。"②显然,霍桑是想通过丁梅斯代尔与珠儿的相认来给她身份,让她融入社会,但这一切只有通过丁梅斯代尔的公开忏悔才能实现,丁梅斯代尔承认了珠儿的身份后,她作为传递痛苦信使的任务已经完成,也为她的洗礼扫清了障碍,这样珠儿就不再流放于教会与社会之外,这也是丁梅斯代尔没有与海丝特一走了之的主要原因。因此,他们各自伦理身份的实现来自于丁梅斯代尔的公开忏悔而不是他的死亡。

三、丁梅斯代尔的公开忏悔与海丝特的救赎

如果说珠儿的身份问题是促使丁梅斯代尔作出伦理选择进行公开忏悔的主要动因,那么海丝特的救赎则是加速其选择的催化剂。小说的开篇,海丝特选择了沉默,守住了丁梅斯代尔的秘密,拒绝了珠儿的洗礼,因而远离了上帝并把自己放逐于教会之外。她本应在珠儿出生之时或更早些就被逐出教会,"刑台仪式只是给她一个公开忏悔,重回教会的机会"③。她拒绝,是因为内心深处总希望某天能与丁梅斯代尔一起生活,因为"在她的判决书中没有条款规定她非留在这块既遥远又偏僻的、清教徒聚居的殖民地里,她完全可以自由地回到她的出生地,或者任何其他欧洲国家,隐姓埋名,改头换面,以崭新的面貌出现,重新开始生活"④,但

---

① [美]纳撒尼尔·霍桑:《红字》,姚乃强译,南京:译林出版社,1996年,第136页。
② 同上书,第190页。
③ Rudolph Van Abele. "The Scarlet Letter: A Reading." *Accent* 11 (1951): 214.
④ [美]纳撒尼尔·霍桑:《红字》,姚乃强译,南京:译林出版社,1996年,第68页。

是,她留下了并且还在树林里怂恿丁梅斯代尔一起出逃。因此可以说,七年的放逐和羞辱都是为了"一种天数,一种感情,这种感情是如此之强大,使人无法抗拒,无法回避"①,这也是她为什么被审判后坚持呆在波士顿而不去别处的原因。她仍然深爱着丁梅斯代尔,总希望某天能与之一起生活。我们虽然钦佩海丝特的坚强;赞美她的执着;欣赏她的勇气——敢于超越清教传统和成规陋习。但我们不要忘了,他们是地道的清教徒,他们的救赎只有遵照当时的清教传统和伦理观念才能实现。当时需要不是有英雄气质的新女性,而是敢于忏悔,敢于赎罪的好教民。尽管"她的针线活时常出现在总督的皱领上、军人的绶带上、牧师的领结上、婴孩的小帽上、甚至死人的棺木里,但从来没有人来求她为新娘刺绣遮盖在她们纯洁的羞赧红颜上的白面纱"②,尽管她把全部多余的收入都用来救济他人却还遭到忘恩负义的侮辱,这说明社会对她的罪孽始终是深恶痛绝的。

  霍桑虽然对海丝特表现出了极大的同情,但他始终坚持以清教伦理来处理她和丁梅斯代尔的问题,即忏悔是不可避免的。只要她一直隐瞒丁梅斯代尔的秘密,或者只要她内心还珍藏着与之一起生活的希望,她的忏悔就不可能完成。丁梅斯代尔完全明白,尽管他和海丝特认为自己"干的事具有自身的神圣之处",与齐林沃斯一样,他俩都犯了霍桑所说的不可饶恕的"玷污了人心的圣洁"这一罪孽,因而,他们的出逃只会加深他们的罪孽。尤其是与海丝特会面后回来的路上所发生的一切更坚定了他公开忏悔的决心:从森林回来,他发现一切熟悉的东西都变了,他差点对老执事说出亵渎神明的话,在年长女教友面前竟忘了《圣经》经文,对年轻女教友视而不见,想教孩子说粗话、骂大街、与醉酒的水手粗言秽语,这位可怜的牧师,"受到美梦成真的诱惑,经过周密的选择,居然一反常态,屈从于明知是罪大恶极的行径……把一切神圣的冲动都麻痹瘫痪,把全部的恶念唤醒活跃起来"③。直到有名的妖婆西宾斯太太与他攀谈后丁梅斯

---

① [美]纳撒尼尔·霍桑:《红字》,姚乃强译,南京:译林出版社,1996年,第68页。
② 同上书,第71页。
③ 同上书,第201页。

代尔才真正领悟到自己的罪行有多大,罪孽有多深。他内心吓得惶恐不安,发现自己"已同邪恶的人们和堕落的灵魂世界同流合污了"①。作为海丝特的牧师,他不能在她的恣肆下继续他们的罪孽,因为牧师与教民的关系是他们之间一个最根本的伦理关系,他有责任和义务帮助海丝特赎罪,他"对这个妇女的灵魂负有很大的责任。因此,要由他来规劝她悔过自新,坦白招供,以此来证明他的尽心尽责并非枉然"②。因此他再也不能隐瞒自己的身份了,他必须诉求自己合法的伦理身份,以公开忏悔的方式给世人展现自己本来的面貌,以此来帮助海丝特赎罪,《红字》的伦理隐喻也正在于此,丁梅斯代尔没有选择与海丝特一起出逃,而是以公开忏悔断绝海丝特的理想,使她的悔罪态度得以改变。珠儿结婚后,海丝特从国外回来,小说写道:"这里,有过她的罪孽;这里,有过她的悲伤;这里,还要有她的忏悔。"③可见,丁梅斯代尔以公开忏悔的方式结束了整个伦理身份诉求的过程,给了社会和家庭一个交代,他死后,海丝特的忏悔没有了任何障碍,她完全承担起对珠儿的责任。

需要指出的是,现代读者和评论家大多对丁梅斯代尔持否定态度,而对海丝特赞赏有加,对她没有指责和批判,反而是肯定和歌颂,称她是传统道德的勇敢反叛者,显然,这是从道德批评的立场评价小说中的人物。然而,文学伦理学批评却"倾向于在历史的客观环境中去分析、理解和阐释文学中的各种道德现象"④。因此海丝特向当时的伦理秩序挑战,蔑视公认的道德准则,对家庭和丈夫的背叛是有害的,因为她的不忠行为破坏了当时的伦理秩序和道德规则。霍桑对于海丝特的罪孽及其形象也是含糊其辞的,他既把她描绘成圣母玛利亚,又不断向读者提醒她的罪孽:"她知道她原先的行为是罪恶的,因此她无法相信结果会是良好的。"⑤在第十三章,虽然海丝特渐渐被民众接收,她的思想也越来越自由,但仍然时

---

① [美]纳撒尼尔·霍桑:《红字》,姚乃强译,南京:译林出版社,1996年,第201页。
② 同上书,第56页。
③ 同上书,第238页。
④ 聂珍钊:《文学伦理学批评与道德批评》,《外国文学研究》2006年第2期,第16页。
⑤ [美]纳撒尼尔·霍桑:《红字》,姚乃强译,南京:译林出版社,1996年,第76页。

时感受到一种绝望,甚至想到杀掉珠儿和自杀。因此,霍桑坦白地说:"那个红字还没有完成它的职责。"①接着在第十五章又进一步强调:"难道在红字折磨下漫长的七年,受了那么多的苦难,还悟不出一点悔恨之意吗?"②海丝特是否悔罪,从她在第十八章中怂恿丁梅斯代尔一起出逃的行为我们可以得到答案,七年的磨难没有让她有所改变反而让她更为堕落。因此,我们只有回归到当时的伦理现场并仔细揣摩作者的用意,才能理解为什么小说真正的主角是丁梅斯代尔而不是海丝特·白兰,为什么丁梅斯代尔最后选择了公开忏悔而不是隐瞒罪孽或一逃了之。

第三节 《白鲸》中人与自然多维关系的伦理阐释③

在美国小说中,人与自然的关系有着永恒的魅力,在表现这种关系上,赫尔曼·麦尔维尔堪称首屈一指④。麦尔维尔的倾心之作《白鲸》被雷蒙德·韦弗(Raymond Weaver)热情地称赞为"无可争辩的,最伟大的捕鲸小说。"⑤。D. H. 劳伦斯也对《白鲸》大加褒扬,盛赞其是"一本美不胜收的书,寓意不凡"⑥。在这部以海洋生物大鲸为故事主体的小说中,麦尔维尔栩栩如生地向世人展示了一个以白鲸为代表的海洋生物世界和一个以"裴廓德号"捕鲸船为代表的人类社会,并对人与自然的关系做出了极为集中、独到和深刻的探索。目前国外学界对《白鲸》的生态批评研

---

① [美]纳撒尼尔·霍桑:《红字》,姚乃强译,南京:译林出版社,1996年,第147页。
② 同上书,第157页。
③ 本节曾以论文形式发表,现略有修改,参见郭海平:《〈白鲸〉中人与自然多维关系的伦理阐释》,《外国文学研究》2009年第3期,第34—43页。
④ [美]兰·乌斯比:《美国小说五十讲》,肖安溥、李郊译,成都:四川人民出版社,1985年,第30页。
⑤ [美]雷德蒙·韦弗:《赫尔曼·麦尔维尔:水手和神秘主义作家》,转引自劳伦斯·麦克菲:《赫尔曼·麦尔维尔的〈白鲸〉》,王克非、白济民、陈国华译,北京:外语教学与研究出版社,1997年,第289页。
⑥ [英]D. H. 劳伦斯:《劳伦斯论美国名著》,黑马译,上海:上海三联书店,2006年,第153页。

究大多着眼于人类通过工业技术实现对自然的征服这一观点[1],例如迈克尔·罗金认为亚哈具象化了当时美国人民的愿望,即技术能赋予人类强大的力量[2]。国内对《白鲸》的生态批评研究主要聚焦小说的反生态性[3]。事实上,无论是在《白鲸》还是其他小说的创作中,麦尔维尔从来没有停止对人类、对社会、对自然、对宇宙的思索,从来没有停止对终极真理的追求以及对社会、对人类活动的伦理道德评价。在《白鲸》这部伦理意蕴深厚的小说中,麦尔维尔对"裴廓德号"捕鲸船上异彩纷呈的三位主要人物船长亚哈、大副斯达巴克和船员以实玛利的活动进行了浓墨重彩的描述,用人物的活动行为来言说他们自己,这些活动行为成为人物的外在符号,透露出他们深邃的精神世界和伦理观念。亚哈在处理同白鲸的关系时,用动物界的生存法则来处理和白鲸的冲突,表现的是"不是你死就是我亡"的丛林法则自然伦理观;斯达巴克看重白鲸的经济价值,站在以人类为中心的立场上来处理自然和人类的关系,体现的是自然为人类所用的经济伦理观念;以实玛利则将人类社会的仁爱扩展到动物界,形成了人与自然和谐共生的生态伦理观念。亚哈的毁灭和以斯达巴克为代表的"裴廓德号"的悲剧及以实玛利的生还,反映了麦尔维尔在处理人与自然关系时的伦理取向,并进一步揭示了他在小说中传达出的生态伦理思想:在对待自然的态度问题上,人类需要的是以实玛利式的伦理关怀及在此基础上构建的人与自然的和谐;人与自然的和谐是构成人类和谐生存空间的重要因素,是人类命运的终极式救赎。

---

[1] See Stephen Ausband, "The Whale and the Machine: An Approach to Moby-Dick," *American Literature* 47 (1975): 197 – 211; Richard Wixon, "Herman Melville: Critic of America and Harbinger of Ecological Crisis." Qtd. in Patricia Ann Carlson, ed. *Literature and the Lore of the Sea*. Amsterdam: Rodopi, 1986: 143 – 153; Elizabeth Schultz, "Melville's Environmental Vision in Moby-Dick," *Interdisciplinary Studies in Literature and Environment* Vol. 7, Issue 1 (2000): 111 – 112.

[2] Michael Paul Rogin. *Subversive Genealogy: The Politics and Art of Herman Melville*. Berkeley: University of California Press, 1985, p138.

[3] 胡铁生教授强调《白鲸》的反生态性。参见胡铁生、常虹:《对抗与和谐:生态意义上的矛盾与统一——论麦尔维尔〈白鲸〉中人与自然的关系》,《社会科学辑刊》2008年第4期,第209—212页。

一、亚哈的"丛林法则"自然伦理观

　　亚哈通常被视为一个悲剧英雄的形象，表现了人们在希腊英雄和文艺复兴悲剧中所看到的那种悲壮豪气。时至今日，亚哈与白鲸的惨烈冲突仍激起人们意识上的震荡。到底是怎样的内在驱动让亚哈与自然的矛盾变得如此不可调和？到底是固守着怎样的理念，让亚哈就这样义无反顾地踏向万劫不复的深渊？读者的困惑与唏嘘，应和着亚哈在最后追击前的扪心自问："这是什么莫名其妙的、难以捉摸的、神秘可怕的事情！是什么欺诈的、隐藏的统治者和王君，和残酷无情的皇帝在控制我，才弄得我违反一切常情的爱慕，这么始终不停地硬冲、硬挤、硬塞；弄得我这么轻率地随时去做那种按照我的本意来说，我决不会那么勇敢去做的事呢？是亚哈，亚哈嘛？……是我，是上帝，还是谁？"①究竟是什么作用于亚哈的行为？神性？人性？抑或是兽性？

　　乌斯比认为亚哈对白鲸的追击是一种要透入自然神秘的心脏的探求，这种探求在必要时敢于对抗上帝本人，体现了一种蔑视天地万物的悲壮豪气②。哈罗德·布鲁姆从亚哈的身上看到了一个理想主义者，一个"世俗的，神灵般的人物"③。布鲁姆的观点与"裴廓德号"的大股东法勒对亚哈的评价如出一辙："他［亚哈］是个伟大的，不敬神却又像神似的人物"④。然而，亚哈毕竟只是社会的普通一员，也正如法勒船长对他作为社会一员的评价："亚哈可还是有人性的！"⑤法勒对亚哈做出的道德评价是建立在人类社会伦理道德的基础之上。人类社会伦理是人类在历史发展过程中逐渐形成的伦理、道德、习俗等共同构建的伦理体系，是规范人类自身行为的重要导向。法勒所说的"人性"即人的仁爱之心便是众多的

---

①　［美］赫尔曼·麦尔维尔：《白鲸》，曹庸译，上海：上海译文出版社，1982年，第762页。
②　［美］兰·乌斯比：《美国小说五十讲》，肖安溥、李郊译。成都：四川人民出版社，1985年，第89页。
③　［美］哈罗德·布鲁姆：《西方正典》，江宁康译，南京：译林出版社，2005年，第103页。
④　［美］赫尔曼·麦尔维尔：《白鲸》，曹庸译，上海：上海译文出版社，1982年，第113页。
⑤　同上书，第114页。

伦理规约的前提,它是人与人之间相互交往、彼此信任、相互帮助和交互合作的基石。作为"世俗的"人物、社会的一员,亚哈在一定的程度上,以实际行动体现了他对人类社会伦理原则的遵循,多次表现得非常富有人情味、富有仁爱之心,尤其是在小说的结尾部分:比普因落水而成为白痴,亚哈深切同情他的遭遇并给他以周到的呵护;他曾同斯达巴克一起深情回顾自己过去的生活经历;在对白鲸最后的追逐中他命令斯达巴克留在大船上而不要去冒险与莫比-迪克拼死搏斗。在上述这些具体的情节中,亚哈的行为是合乎道德的,这也正验证了法勒船长对他作出的积极的、正向的道德评价。

然而,仁爱并非亚哈个人性格中的主导成分。在亚哈的身上也有非人性的一面,他的许多行为是对人类社会伦理原则的背离。当比普央求亚哈放弃对白鲸复仇的追捕时,亚哈说如果比普再阻拦他的话他就宰了比普;他数次拒绝斯达巴克的劝告,有一次甚至威胁要杀了他;亚哈在"拉吉号"捕鲸船的船长请求帮助时的表现更是违背人伦常情——"拉吉号"捕鲸船的船长在同白鲸莫比-迪克的遭遇中失落了两个儿子,他恳请亚哈停船帮忙搜寻,亚哈却因为会耽搁他追击白鲸的行程而断然拒绝。人与人之间基本的互助与爱心在亚哈身上消失了,他在面对同类的求助时放弃了人类社会应该互助的伦理规则,表现的正是他身上非人性的一面。

在亚哈身上人性缺失的同时,我们看到了兽性的暗影浮动。在小说中,作者多次把亚哈和动物联系起来,表现了二者之间的共通与相似:"他〔亚哈〕活在世上,就像是寄居在密苏里州的一种末代灰熊。也像是森林里那个野人罗干一样,每当春夏两季一过就隐藏在树洞里,在那里度过了寒冬,舐咂着自己的脚爪;亚哈也是这般,把他那凋零垂暮之年,他的心灵,关在他自己体内的中空的躯干里,赖残躯的污秽的脚爪为生。"① 在亚哈的潜意识里,他和孤独的灰熊、野人一样已与人类社会产生了疏远和隔离。在更多的时候,亚哈与白鲸之间表现出了极大的相似性。在"烟斗"这一章中,亚哈当风抽烟,嘴里不住地喷出浓浓烟雾,"仿佛就像条垂死的

---

① 〔美〕赫尔曼·麦尔维尔:《白鲸》,曹庸译,上海:上海译文出版社,1982年,第213页。

大鲸"①。在小说中的最后一些章节,以实玛利注意到了亚哈和白鲸在外形上的惊人一致,那就是二者的额头都有深深的皱褶。以实玛利多次提到白鲸莫比-迪克额头上的皱褶,尤其是在第三天的追击中,白鲸那"宽大的皱纹白结"的额头令人灵魂生畏。在"熔炉"一章中,亚哈让铁匠熨平他皱结的额头。铁匠告诉亚哈他无能为力,亚哈进而认识到这皱褶"直钻通到我的头盖骨"②。据此我们可以认定,在亚哈的潜意识里,他已经将自己完全与大鲸等同起来。作用于他行动的内力源自大鲸所代表的自然界的弱肉强食的生存法则即丛林法则③,而并非人类社会的伦理。

　　丛林法则是动物界在自然中形成的规则和秩序,这种秩序的稳定是依靠弱肉强食的方法加以维持的。由于动物不能作出理性的判断,只能凭借本能和习惯遵守弱肉强食的规则,因此,弱肉强食的丛林法则是动物生存竞争的基本规则,也是自然伦理的基本表现形式。人类虽然在许多方面有着同动物类似的特点,但是人的理性使人把自身同动物区别开来。人不仅具有人类社会的善恶观念,而且能够凭借理性调节自身同周围环境的关系。而自然伦理是非理性的,是相对人类社会的伦理的存在。

　　事实上,亚哈的自然伦理意识贯穿于他整个的捕鲸生涯。亚哈十八岁登上捕鲸船,从事捕鲸业整整四十年,呆在岸上的时间不到三年。在结婚的第二天就离开了新婚的妻子,"就这样放下了无数次的小艇,愤怒疯狂地去追击他的猎物"④。不是为了经济利益,而是为了征服自然的快感,亚哈摒弃了作为丈夫和父亲应有的温情和职责,割舍了与家人的幸福联络,在大海上与大鲸展开了四十年的弱肉强食的生死搏斗。在这四十年里,亚哈一直是这些生存竞争的胜利者。但是在他遇到大鲸莫比-迪克时他遭遇到了失败:"他[亚哈]从破烂的艇头抓到一把小刀,朝大鲸猛地掷去,像个阿肯色州人在跟他的宿敌决斗,胡乱地找到一把六英寸的刀,想结束那条大鲸深不可测的生命。而且正在这时,莫比-迪克突然从他下

---

① [美]赫尔曼·麦尔维尔:《白鲸》,曹庸译,上海:上海译文出版社,1982年,第181页。
② 同上书,第683页。
③ 参见聂珍钊:《〈老人与海〉与丛林法则》,《外国文学研究》2009年第3期,第80—89页。
④ [美]赫尔曼·麦尔维尔:《白鲸》,曹庸译,上海:上海译文出版社,1982年,第760页。

边挥起它那镰刀似的下颚,如同一架割草机在地里割草一样,把亚哈的腿给割掉了。"①亚哈想结束白鲸的生命,白鲸亦是如此。这场搏斗已经不是一般意义上的人鲸大战,而是动物与动物之间为了生存而进行的殊死搏斗,它生动典型地体现了自然界中不是你死就是我亡的丛林法则,即自然伦理。在这场按照弱肉强食的丛林法则进行的生存斗争中,亚哈丢失了一条腿,成为生存竞争的失败者。

失败后的亚哈沉溺于复仇的欲望之中,这种欲望进一步强化了他的丛林法则意识。由于这种丛林法则即自然伦理意识的强化,亚哈的所作所为就出于动物的直觉和本能,从而丧失了人的理性判断能力。人作为一个有理性的生物,具有能对自身行为做出积极反思和吸收外部事物经验的能力,但是这一特点却很少在亚哈身上看到。在追击白鲸的航程中,亚哈有足够的时间来改变"裴廓德号"的航程和他的命运,然而他没有作出丝毫的努力。"裴廓德号"一共遇见过九艘不同的捕鲸船,它们都对亚哈的追击有积极的启示作用。来自英国的"撒母耳·恩德比号"和"欢喜号"捕鲸船的经历对亚哈有极强的警示意义。"撒母耳·恩德比号"的船长在追击白鲸的过程中丢失了一只胳膊,但他却以思考的眼光看待自我与白鲸的冲突,为逃离白鲸之口深感庆幸,从而与自然达成了和解;"欢喜号"在同白鲸的搏斗中损失了五名水手。"欢喜号"是"裴廓德号"此次航行所遇到的最后一艘船,也是对亚哈的最后一次,最严重的警告。可是,"亚哈从来就不思考;他只是感觉,感觉,感觉"②。这种感觉实际上就是动物的本能。于是两个额头上都有"皱褶"的动物按照丛林法则,展开了新一轮的生死搏斗。在这场生存竞争的搏斗中,亚哈用标枪扎进莫比-迪克的身体。但当他弯下身去解开绳索的一个绞扣时,绳索圈一下兜住他的脖子,眨眼间就把他从小艇上拖走了,亚哈与白鲸同归于尽。

亚哈之死在于他秉持的错误的伦理理念。他是人类社会的成员,却把自身视为动物界的一员,不是用人类社会的理性,相反站在动物的立场

---

① [美]赫尔曼·麦尔维尔:《白鲸》,曹庸译,上海:上海译文出版社,1982年,第258页。
② 同上书,第790页。

用动物界的生存法则来处理和白鲸的冲突。作为人类社会的一员，亚哈家有娇妻幼子，然而他却放弃了人伦之乐，背离了人类社会的伦理，接受自然界的丛林法则，将自身从人类降格为兽类，进而按照自然界的丛林法则进行生存斗争。但是人类不是兽类，因此丛林法则就不适合用来处理人与动物的关系。亚哈在同白鲸的搏斗中没有把这两种本质不同的伦理区别开来，在观念上出现了伦理混乱。处于伦理混乱之中的亚哈无法站在理性的立场上化解心中的仇恨，正确处理同大海的关系，最终酿成了自我毁灭的悲剧。因此我们可以说，造成亚哈悲剧的真正原因就是渗透在他血液中的丛林法则意识，这种意识让亚哈放弃了人类社会的伦理规范，不可避免地走向了伦理悲剧。

二、斯达巴克的经济伦理观

不同于船长亚哈蔑视天地万物的偏执，大副斯达巴克表现更多的是理性。精神分析批评家亨利·默瑞认为斯达巴克象征着一种平衡、明智的理性[1]，他竭力调解白鲸与船长亚哈之间的冲突。这种阐释对于我们理解小说有新的启示，却仍然无法解答一个令人困惑的话题：如果说接受动物界丛林法则的亚哈的毁灭不可避免，那么为什么理性的斯达巴克最终也难逃厄运？透过斯达巴克，麦尔维尔究竟要传递怎样的信息？

在"裴廓德号"航程的初始，斯达巴克就表现出不同于亚哈的理性。斯达巴克的理性在于他固有的与亚哈完全不同的伦理原则。亚哈的追击体现了动物界的弱肉强食的生存竞争即丛林法则，斯达巴克的出海则纯粹为了经济效益。作为捕鲸业发源地南塔开特人，斯达巴克深谙捕鲸的风险并有着超越亚哈的清醒与实际。捕鲸对于他来说只是一种职业、一种谋生的手段，而并非如亚哈那般疯狂、偏执的复仇举动。"人是为了生活而打鲸的，并不是为鲸的生活而反让他们杀了的"[2]，斯达巴克的这句话为他的伦理原则作出了最好的诠释，即在规避风险的同时博取最大的

---

[1] Henry A. Murray. "In Nomine Diaboli." *The New England Quarterly* 24.4 (1951): 435–452.

[2] [美]赫尔曼·麦尔维尔：《白鲸》，曹庸译，上海：上海译文出版社，1982年，第161页。

经济效益。这种伦理思想是经济伦理的具体体现。在小说第 109 章，这一伦理原则得到了再次的彰显。当捕鲸船即将驶进日本海域也就是白鲸出没的海域时，斯达巴克发现船舱里的鲸油在泄漏。对于讲求实际并忠于职责的斯达巴克来说，漏掉鲸油是令人痛惜的，因为这意味着捕鲸船的经济效益将会蒙受巨大的损失。因此他请求亚哈停船检查："一天漏掉的油，就抵得上我们一年弄来的油还有余。我们赶了两千英里弄来的油，就该多爱惜呀。"①当斯达巴克的要求遭到亚哈的拒绝后，他又以船东们的利益对亚哈进行规劝。由此我们可以说在斯达巴克身上直接体现了以经济效益为中心的经济伦理思想。在"裴廓德号"捕鲸船的整个航程中，斯达巴克的一切行动都源自这种伦理信念。

斯达巴克的理性还在于他能从经济利益的角度出发来审视人类与自然的关系。当亚哈鼓动船员和他一起追击白鲸时，斯达巴克对亚哈的举动非常不理解，并认为这是极度非理性的表现。"对一条哑口畜牲报仇！它袭击你只不过是出自最盲目的本能罢了！发疯！去跟一条哑物赌气，亚哈船长，这似乎是亵渎神明了。"②斯达巴克竭力反对亚哈的自私行为："我是到这里来捕鲸的，不是来为我的上司报仇的。就算你捉到它，你报这个仇能多产几桶油啊，亚哈船长？拿到我们南塔开特市场去是卖不了多少钱的。"③

亚哈所要追击的白鲸莫比-迪克曾使许多追击它的船艇覆没，无数水手丧生，人们一听到白鲸这个名称简直就毛骨悚然，避之唯恐不及。斯达巴克当然十分了解追击它的危险性，同时追击白鲸的行动违背了斯达巴克的伦理原则。斯达巴克行动的出发点是追求经济效益，而白鲸和其他抹香鲸相比并不能"多产几桶油"，也"卖不了多少钱"，即白鲸不能带来更多的经济效益和物质财富。因此在对待白鲸这一问题上，斯达巴克有着亚哈所不能比拟的理性和明智。然而斯达巴克的理性和明智却是以人类为中心的。斯达巴克在同亚哈的争执中强调的也仅仅是白鲸的经济价

---

① ［美］赫尔曼·麦尔维尔：《白鲸》，曹庸译，上海：上海译文出版社，1982 年，第 664 页。
② 同上书，第 228 页。
③ 同上。

值。正如利奥波德所说的那样,土地在人类的眼里就是如同奥德修斯的女奴一样,只是一种财富;人和土地之间的关系是以经济为基础的,人类只享受权利,却无须尽任何义务①。虽然利奥波德强调的是土地,但这句话也同样适用于海洋。在斯达巴克眼里,海洋只是能给人类带来经济效益的、免费的生产资料。自然的存在仅仅在于它的经济价值,在于它能给人类带来物质财富。斯达巴克站在以人类为中心的立场上来处理自然与人类的伦理关系,因此他在捕鲸中体现出来的一个基本思想,就是自然为人类所用的经济伦理思想。

如果说斯达巴克是代表这种以人类为中心的经济伦理思想的个体,那么"裴廓德号"捕鲸船则是代表这种伦理思想的群体,或者这个群体的物化。它代表的是一个社会。在这种意义上,我们也可以说,"裴廓德号"捕鲸船是物化了的斯达巴克。捕鲸业的巨大财富效应吸引着世界各个角落的人们来到以捕鲸业为支柱产业的全美洲最富裕的地方——新贝德福,甚至连美国内陆费蒙特州和新罕布尔州的生手都急于在捕鲸业上捞个名利双收。而沿海的居民则把钱都投资到捕鲸船上。以"裴廓德号"为例,法勒船长和比勒达船长是这只船的大股东,其余的股份则属于一群领年金的老年人,一些寡妇、孤儿和受保护的未成年人,不一而足。同时捕鲸业是不付工资的行业,船上所有人员都是分取一定的份数,叫做"拆账"的红利。拆账是按船上各人的职责大小来分的。也就是说,无论船东们还是船上的人员,他们最终的分红是按照所获取的鲸油的多少来确定的。为获取丰厚的物质回报,捕鲸手们必须勤奋地工作来提高他们的经济收益,而他们勤奋的工作便是向海洋发起捕获更多大鲸的战斗。在"裴廓德号"上,一向以小心谨慎著称的斯达巴克,会在雾蒙蒙的狂风里,不顾全艇人的性命,扯起篷帆去袭击一条飞速奔跑的大鲸;捕杀大鲸对于二副斯塔布来说则是一种超级享受,他"赛似一个嘴里一边吹着唿哨,一边举起锤子的修补匠"②。在三副弗拉斯克的眼里一条大鲸不过是"一种放大的老

---

① [美]奥尔多·利奥波德:《沙乡年鉴》,侯文蕙译,长春:吉林人民出版社,1997年,第192—193页。
② [美]赫尔曼·麦尔维尔:《白鲸》,曹庸译,上海:上海译文出版社,1982年,第165页。

鼠，或者不过是一只水老鼠而已，只消略施小技，稍花时间，稍花力气就可以把它杀了烹了"①。而船长亚哈，作为南塔开特数一数二的捕鲸手，一生刺杀的大鲸更是无数，"标枪一只一只地投去，这只巨兽的四周都涌出一片红的潮水……鲜血在它后面涌腾达几英里长"②。此种描述在小说中俯拾皆是。为了获取鲸油所带来的财富，光是美国的捕鲸者每年在西北线上所捕杀的抹香鲸就多达一万三千条。

在捕杀大鲸的时候，人类的理性消失了。然而捕鲸手的这种伦理行为和亚哈的丧失理性的疯狂举止是完全不同的。亚哈体现的是一种将自身从人变为兽的行为，他的伦理行为是不为人类社会所接受的，斯达巴克的反对便是佐证。而捕鲸手对大鲸的屠杀则是为了经济效益，体现的是以人类为中心、自然为人类所用的经济伦理思想。从社会的角度来看，捕鲸手的行为是无可厚非，甚至是值得推崇的，因为这种以追求物质财富或金钱增长的行为毕竟是一种对社会有利的行为，它能推进社会经济的发展和繁荣。捕鲸业每年给美国带来七百多万美元的收入，成为美国经济的领军行业便是再好不过的说明。

"在某种环境下正当的行为，在其他环境下则可能不正当"③，这种以人类为中心的经济活动在给人类社会带来巨大利益的同时，却给海洋生物的生存权利和生存空间造成极大的危害，它表达了人类对海洋生物的漠视和践踏。正因为如此，大鲸的报复行动也就在所难免了。莫比-迪克就是作为大鲸的代表，自然界惩罚人类的化身而出现的。任何试图追击白鲸的人都会招致各种不幸：有的扭伤了肘腕和膝盖骨，有的折断了四肢，有的被白鲸吞噬了肢体，亚哈的一条腿就是在追击白鲸中被刈掉的；有的甚至遭受杀身之祸。"大鲸出来了号"的大副拉德尼在攻击白鲸的过程中被大鲸拖进海底，"耶罗波安号"的大副梅赛在小艇上准备向白鲸掷标枪时被白鲸用尾巴击中永远沉入海里，"撒母耳·恩德比号"的船长在

---

① [美]赫尔曼·麦尔维尔：《白鲸》，曹庸译，上海：上海译文出版社，1982年，第166页。
② 同上书，第402页。
③ [美]约瑟夫·弗莱彻：《境遇伦理学》，程立显译，北京：中国社会科学出版社，1989年，第108页。

同白鲸的遭遇中失去了一只胳膊,"拉吉号"的船长则失去了两个儿子,"欢喜号"在同白鲸的激战中付出了五名水手的代价。在小说的结尾,麦尔维尔对白鲸攻击捕鲸船的描述可谓意蕴深刻:"……它似乎看到了这艘大船就是对它迫害的罪魁祸首;它把那艘大船当做是——也许就是——一个更大更有力量的仇敌;因此,猝然间,它猛地扑向那朝前驶来的大船头,它的嘴巴就在激烈的泡沫阵中乱嗑起来。"①

　　莫比-迪克对捕鲸船的攻击意味深长。亚哈毕竟只是一个特殊的个体,而斯达巴克则是普遍的现象。莫比-迪克对追杀它的人的攻击,就是向迫害它的以人类为中心的人类的报复,就是向人类毁灭自然的经济伦理思想的挑战。麦尔维尔显然知道,只要这种伦理思想存在,人类对自然的血腥破坏和疯狂掠夺就不会停止。在独立后的美国经济蓬勃发展的高峰,麦尔维尔就洞悉了这种以人类为中心的自然经济化的经济伦理思想给人类社会造成的暗伤。理性的斯达巴克的悲剧和"裴廊德号"的沉没表明了麦尔维尔的"精神忧伤"②。透过斯达巴克和"裴廊德号"的悲剧,麦尔维尔传递了这样一种思想:如果人类不能正确认识人并非是一切事物的衡量尺度这一客观事实,不能将人的价值判断由向征服自然,向自然索取转变为平等共存与和谐相处的价值判断,或许等待人类的就如白鲸和"裴廊德号"捕鲸船一样的两败俱伤。

三、以实玛利的生态伦理观

　　不同于斯达巴克看重白鲸的经济价值和亚哈视白鲸为仇敌必除之而后快的愤慨,以实玛利的出海动机则是摆脱对陆上生活的不满和好奇于白鲸在"那里滚动它那岛屿般的身体的荒凉辽阔的大海;和与那条大鲸分不开的无可言宣,难以名状的种种惊险"③。因此,从小说的开始,我们就

---

①　[美]赫尔曼·麦尔维尔:《白鲸》,曹庸译,上海:上海译文出版社,1982年,第801页。
②　[英]罗纳德·梅森:《尘埃之上的精神:赫尔曼·麦尔维尔研究》,转引自[美]劳伦斯·麦克菲:《赫尔曼·梅尔维尔的〈白鲸〉》,王克非、白济民、陈国华译,北京:外语教学与研究出版社,1997年,第291页。
③　[美]赫尔曼·麦尔维尔:《白鲸》,曹庸译,上海:上海译文出版社,1982年,第9页。

可以看出以实玛利的伦理意识和"裴廓德号"上其他成员的伦理意识相比是迥然不同的。尽管船长亚哈那番为追击白鲸而作出的煽动性的慷慨陈词改变了以实玛利的态度,他同其他船员一道为亚哈热烈喝彩,并将亚哈那难以压制的仇恨看作是自己的仇恨,发下了对白鲸追击到底的誓言;尽管他肯定斯达巴克的鲸鱼经济化的伦理思想,认同那些大鲸"该死该杀,该去照亮人类的快活的婚礼或者其他各种寻欢作乐的场面,也该去把庄严的教堂照得金碧辉煌"①。然而随着船只向前航行,当亚哈在疯狂地跟踪莫比-迪克的时候,当斯达巴克们沉醉于捕杀大鲸的荣耀的时候,以实玛利也正埋头于另一种不同的探索。区别于亚哈盲目的、失去理性的偏执,不同于斯达巴克自然唯我所用的冷酷,以实玛利以深邃透彻的思索,以开放的、理智的姿态,积极审视人与自然的关系。他对巨鲸,特别是莫比-迪克本身进行的长时间的研究消解了他因亚哈而对巨鲸产生的仇恨,也消除了斯达巴克经济伦理思想对他的影响,由此形成了一种对大鲸的独特观念,不是利用,不是征服。在以实玛利的眼中,大鲸被人格化了;在"裴廓德号"的整个航程中,以实玛利对人格化了的大鲸充满了同情和敬畏。

在以实玛利的眼中,大鲸这种海洋居民和人类这种陆地居民,有许多相似之处,他赋予它们一系列人的品质,因此我们看到的大鲸活动图似乎不是海洋生物的奇观,而是与人类社会逼肖的景象。那只在波浪里起伏和不时喷水的懒洋洋的大鲸,悠闲得"就像个肥胖的市民,在炎热的午后吸烟斗"②。那只硕大、背峰隆起的老鲸和人类社会的老人一样"年高德劭"③;在大鲸身上我们还看到了它们与人类所共有的弱点:当鲸群受到捕鲸者的追杀而惊惶失措、毫无目的地游来游去,像是进了水、失去航驶能力的船只一般漂在海里。这与人类遭遇危险时的手足无措的情景极其相似:"当他们群集在一个羊栏似的剧院里的时候,只消一声火警,他们会

---

① [美]赫尔曼·麦尔维尔:《白鲸》,曹庸译,上海:上海译文出版社,1982年,第502页。
② 同上书,第398页。
③ 同上书,第495页。

多么慌张地逛奔到出口处,拥呀,践呀,轧呀,彼此残忍地冲撞得要死。"① 在鲸队一章的描述中,鲸鱼渴求幸福的本能彰显无遗。雌性鲸队的守护鲸年青时就是个"穷奢极欲的土耳其贵族"②,拥有大量的雌鲸作为它的"娇妻美妾",到处寻欢作乐;而雄鲸队则"像一群年青的大学生那样爱好打架,顽皮淘气,满不在乎而嘻嘻哈哈地东冲西撞"③。

以实玛利不仅把大鲸和人类等同起来,而且认为大鲸还具有超越人类的特质。在以实玛利眼中,抹香鲸是"既稳重又具有深谋远虑的动物"④。它那宽大空旷的额头使它像神一样高贵,而那金字塔般的沉寂则是天才的表征,只有人类中那些拥有既稳重又深谋远虑的脑袋像柏拉图、皮洛、但丁等才能与之相媲美。以实玛利对大鲸的敬畏由此可见一斑。同时大鲸身上还拥有超越人类的本能,人类和大鲸都是既有肺又有热血的动物,但是鲸身上裹有的鲸皮却可以使大鲸"在各种气候、各种海洋、各种时间、各种潮汐中过得舒舒服服"⑤。即使在寒冷的北极也会过得愉快,而人类却会冻僵在大冰块里。大鲸的这种能力让以实玛利敬慕不已,声称从中"看出一种坚强独特的生命力和罕有价值,看出了厚墙固壁的罕有价值,也看出城府深广的罕有价值了"⑥。并情不自禁地发出由衷的赞美:"人呀!你应该礼赞鲸,以鲸作为你的楷模!"⑦以实玛利对白鲸的敬畏与赞美在他初次看到白鲸时达到了极致:"这条悄悄向前游去的鲸,有一种从容不迫的——迅速而又非常和缓安静的情趣。这条令人叹为观止的白鲸这样神妙的游态,决不是那雪白的大公牛和朱必特跟心神恍惚的欧罗巴紧扳着他那优美的两只角,双双游去时所能望其项背……以爽朗迷人的神速,潺潺地直向克里特岛的新房游去,不,决不是育芙,决不是那

---

① [美]赫尔曼·麦尔维尔:《白鲸》,曹庸译,上海:上海译文出版社,1982年,第537页。
② 同上书,第546页。
③ 同上书,第550页。
④ 同上书,第523页。
⑤ 同上书,第432页。
⑥ 同上。
⑦ 同上。

个伟大尊严的神所能望其项背。"①"从容不迫""和缓安静""爽朗"等等带有褒扬和赞美色彩的人格化的词语被用来描述白鲸游水的神态,这种迷人的游姿,即使希腊诸神都无法与之相媲美。白鲸在以实玛利心中的地位显然是崇高的。他眼中的白鲸超越了诸神的形象,颠覆了亚哈心目中白鲸是一切邪恶势力的化身的恶魔形象,也消释了斯达巴克称之为"哑口畜牲"的冷漠,为人与自然生物之间的伦理关系增添了一抹亮色。

借用这种人格化的处理,以实玛利将大鲸和人类等同起来,将大鲸纳入了人的伦理关怀的范畴。大鲸的存在,除了它所特有的经济价值,它和人类一样拥有自己生存的权利。正如施韦泽所说:"动物和我们一样渴求幸福,承受痛苦和畏惧死亡。"②这种生存权利是不容忽视的,它的存在让以实玛利意识到人类对鲸的猎杀无异于对人类的谋杀。所以当他看到他的船友对大鲸的血腥屠杀时,他能深切体会到大鲸的痛苦并流露出深深的同情。我们看到当大鲸被标枪击中后"它那苦痛的身体不是在水里,而是在血里滚动"③。"那只最厉害的大鲸正在苦痛地扭绞"④,"那条病鲸曾经是长着鲸眼的地方,现在暴出两只什么也看不见的大泡泡来,教人一看非常可怜"⑤。当弗拉斯克在病鲸长疮的地方戳了一下时,鲸鱼"苦痛难挨"⑥,"那条被捕鲸铲击中的大鲸痛的发狂"⑦。"苦痛""非常可怜""苦痛难挨""苦痛地扭绞""痛得发狂"等我们用来表达感情的字眼,以实玛利毫不吝惜地给予了大鲸,表达他对非人生命的伦理关怀。

作为捕鲸船上一名职位低下的普通水手,以实玛利无法改变捕鲸船的航程和命运,但他却以仔细的、冷峻的观察和清醒的、理智的思考,以开放的、多维的视角积极审视人与自然的伦理关系,并以自身对自然的热爱,对海洋生物大鲸的由衷敬畏而形成了一种不同于亚哈及其船友们的

---

① [美]赫尔曼·麦尔维尔:《白鲸》,曹庸译,上海:上海译文出版社,1982年,第767页。
② 同上书,第89页。
③ 同上书,第402页。
④ 同上书,第500页。
⑤ 同上书,第502页。
⑥ 同上书,第503页。
⑦ 同上书,第543页。

伦理思想,从而超越了人类这一特殊的物种与生俱来的狭隘和自私自利,将自然生命的价值从麻木而黑暗的深谷提升到同情的光明的峰顶。他将大鲸视为海洋的"居民",正如人类是陆地的居民一样,将大鲸的生命等同于人类的生命,将对大鲸的关怀纳入人与人之间的伦理关怀。以实玛利在航程中逐渐形成的对自然生命的伦理关怀,建构了人与自然和谐共生的伦理观念。这也是为什么在"裴廊德号"沉没后,以实玛利乘坐的小船遭遇到的鲨鱼"嘴上挂了大锁似的","而骇人的海鹰也掩着鸟喙"①。因此以实玛利的神秘生还不是凭借自然的魔力,而是人与自然构建和谐伦理秩序的双赢。它标志着一种崭新的人与自然关系的图景的出现,这就是人类伦理意识的延展使得人与自然的关系获得了不同于以往的内涵:在对待自然的态度问题上,人类需要的不应该仅仅是征服,不应该仅仅是利用,更应该是尊重和关怀。因为自然是人类生命的源泉,它与人类的命运息息相关。

  亚哈的悲剧让人扼腕叹息,以斯达巴克为代表的"裴廊德号"与白鲸的冲突发人深省,而以实玛利的戏剧性生还则充满了幽深的哲思。"作为命运的启示录,这本书太深刻了,决不只是揭示悲伤,它超越了感觉"②。亚哈的悲剧在于他错误地理解自我与自然的冲突,以盲目的、疯狂的偏执摒弃了人类的伦理观念,在同白鲸的搏斗中自始至终表现的都是单向度的"不是你死就是我亡"的生存竞争法则,将自身从人类降格成为兽类,从而为自身的毁灭种下了悲惨种子。讲求实际的斯达巴克理性地周旋在自我与自然之间,然而揭开这层理性的面纱,我们发现他的理性的思想基础是以人类为中心的伦理观念,在这种伦理观念的指导下,自然只能是为人类利益服务的存在,是仅仅具有经济价值的客体,这一经济伦理观念正是导致斯达巴克生存悲剧的根源,也让人类未来的命运蒙上了忧伤的阴影。"裴廊德号"捕鲸船的航程可以说是以实玛利的伦理观念形成的天路历程,始于与亚哈一同视白鲸为对手的同仇敌忾,历涉认同斯达巴克的大鲸

---

  ① [美]赫尔曼·麦尔维尔:《白鲸》,曹庸译,上海:上海译文出版社,1982年,第808页。
  ② [英]D. H. 劳伦斯:《劳伦斯论美国名著》,黑马译,上海:上海三联书店,2006年,第151页。

经济化的物为我用,在航程中思考变得成熟而富有理性①,从人与人之间的相互依存意识到人与自然的息息相关,最终将人类社会的仁爱扩展到了动物世界,形成了人与自然浑然一体、和谐共生的生态伦理观念。亚哈的毁灭和以斯达巴克为代表的"裴廓德号"的悲剧及以实玛利的喜剧性生还折射了麦尔维尔在处理人与自然关系时的伦理取向,并进一步揭示了他传递在小说中的伦理思想:在对待自然的态度问题上,人类需要的不应该仅仅是亚哈式的征服,不应该仅仅是斯达巴克式的利用,更应该是以实玛利式的伦理关怀的延伸及在此基础上所形成的人与自然的和谐共生。人与自然的和谐是构成人类和谐的生存空间的重要因素,是人类命运的终极式救赎。然而,麦尔维尔清醒地认识到,在他所处的时代,在那个美国经济高歌猛进的时代,他的人与自然关系的伦理思想是不为当时的美国人民所接受的。这也是为什么当以实玛利被"拉吉号"捕鲸船救起时,他意识到自己成了一个"孤儿"。

本章小结

本章围绕文学伦理学批评理论中的伦理身份、伦理两难、伦理选择、伦理困境几个关键术语,重点观照和研讨了19世纪美国浪漫主义文学时期的三位代表作家库柏、霍桑和麦尔维尔小说中的各种伦理问题。本章共分为三节,第一节讨论《领航人》中伦理两难及其历史隐喻,第二节考察了霍桑的小说的清教伦理问题,第三节研讨了麦尔维尔小说中人与自然的多维伦理关系。

美国小说先驱库柏在他的第一部海洋小说《领航人》中讨论了人物的伦理身份和伦理困境问题,其实是借机讨论19世纪前半叶美利坚民族身份建构的重大问题。在当时的历史背景下,美国的合法性是受到广泛质疑的,美国身份和地位的合法性尤其受到宗主国英国的强力挑战。总之,

---

① James McIntosh. "The Mariner's Multiple Quest." Qtd. in Richard H. Bredhead, ed. *New Essays on Moby-Dick*. Cambridge: Cambridge University Press, 1986: 49.

《领航人》关于人物的伦理身份及其所导致的两难困境的探讨,本质上是关于美国建国前美利坚民族身份问题的艺术再现和历史隐喻。北美独立战争和第二次英美战争摧毁了英国同北美殖民地之间旧的母子和主仆之间的伦理关系,代之以新的独立、平等的国家间关系,北美殖民地混乱的伦理秩序因此得以重建。除了《领航人》以外,库柏还在《红海盗》《海妖》《海上与岸上》以及《最后的莫西干人》等作品中深入广泛地讨论伦理身份及其选择何种身份时所面临的伦理两难等问题。通过对这些伦理问题的讨论,我们或可窥见库柏的伦理思想。例如,库柏在《领航人》《最后的莫西干人》等作品中塑造了"领航人"、纳蒂·邦波等追求独立自主的人物形象,这既为以自由和权利为核心价值观的美利坚民族身份做了最好的脚注,也为美利坚民族树立了忠诚于家园和崇尚自由的崇高道德形象。不过,库柏对"领航人"琼斯的伦理身份则是矛盾的,因为他在小说中让"领航人"戴上神秘的面纱,并选择"不将秘密公开"。库柏在一定程度上为"领航人"设立了一个有别于历史"英雄人物"的伦理身份,库柏是否借此强调:如果一个人不分伦理,不辨善恶,分不清真正的民主和暴政,那此人就是一个没有伦理道德之人,最终必将遭受道德的审判?小说结尾处格里菲斯对领航人身份的质疑和否定,难道不正是库柏的道德立场的鲜明反映吗?

霍桑的小说《红字》则侧重探讨清教伦理,而对罪孽的忏悔和反思也是其众多小说的核心组成部分,其本质还是回归人物的伦理身份问题。透过文学伦理学批评的棱镜可以发现,在《红字》中,伦理身份问题始终都是缠绕在丁梅斯代尔心中的一个无法解开的死结,而在这一死结上,还缠绕着能否隐瞒罪孽、能否私下忏悔和能否一走了之这几个"伦理结"(ethical knot),这些相互缠绕交织的"伦理结"只有通过公开忏悔才能完成。丁梅斯代尔的公开忏悔,既为他自己的伦理身份,也为珠儿和海丝特的伦理身份的确立奠定了重要基础。需要指出的是,现代读者和评论家大多对丁梅斯代尔持否定态度,而对海丝特赞赏有加,对她没有指责和批判,反而是肯定和歌颂,称她是传统道德的勇敢反叛者,显然,这是从道德批评的立场评价小说中的人物,而不是从文学伦理学批评的立场。文学伦理学批评则"倾向于在历史的客观环境中去分析、理解和阐释文学中的各种道德现象"①。海丝特向当时的伦理秩序挑战,蔑视公认的道德准则,对家庭和丈夫的背叛是有害的,因为她的不忠行为破坏了当时的伦理秩序和道德规则。因此,我们只有回归到当时的伦理现场并仔细揣摩作者的意图,才能理解为什么小说真正的主角是丁梅斯代尔而不是海丝特·白兰,为什么丁梅斯代尔最后选择了公开忏悔而不是隐瞒罪孽或一逃了之。不过,霍桑在描写海丝特的罪孽及其形象的矛盾措辞,即既把她描绘成圣母玛利亚又不断提醒读者她的罪孽,或许映射了霍桑内心矛盾的伦理取向。

赫尔曼·麦尔维尔的《白鲸》是一部深入探讨人与自然的多维伦理关系的经典作品。小说对"裴廓德号"捕鲸船上主要人物船长亚哈、大副斯达巴克和船员以实玛利的伦理行为进行了探究。亚哈在同白鲸的搏斗中,用动物界的丛林法则来处理和白鲸的冲突和矛盾,表现的是"优胜劣汰"的自然伦理观;斯达巴克看重站在以人类为中心的立场上来处理自然与人类的关系,体现的是自然为人类所用的经济伦理观念;以实玛利则将人类社会的仁爱扩展到了动物世界,形成了人与自然和谐共生的生态伦理观念。亚哈的毁灭和以斯达巴克为代表的"裴廓德号"的悲剧及以实玛利的生还,反映了麦尔维尔在处理人与自然关系时的伦理取向:在对待自然的态度问题上,人类需要的应该是以实玛利式的伦理关怀及在此基础上构建的人与自然的和谐;人与自然的和谐是构成人类和谐的生存空间的重要因素,是人类命运的终极式救赎。麦尔维尔的生态伦理取向,同另一位浪漫主义作家亨利·大卫·梭罗的《瓦尔登湖》中所映射的生态伦理思想是何其相似!

总之,透过文学伦理学批评的理论视域可以发现,伦理秩序和道德关系是浪漫主义时期的小说中关注的一个重要主题,19世纪的浪漫主义作家探讨美国特定历史时期的伦理规范和道德秩序,思考社会转型时期的家庭伦理、清教伦理、生态伦理等问题,这或许是作家乃至整个民族在民

---

① 聂珍钊:《文学伦理学批评与道德批评》,《外国文学研究》2006年第2期,第16页。

族自立和国家形塑这一特定历史时期深入探究人与人、人与自然、人与社会、民族与国家乃至国家之间多维伦理关系的真实写照和历史隐喻,作家们试图在伦理秩序和社会道德规范方面为美国发展和社会进步乃至人类文明发展提供各种可能的伦理经验和有益的道德启示。

第二章

现实主义小说的道德批判

　　19世纪下半叶至20世纪上半叶是美国经历剧烈变化的时期。南北战争结束到第一次世界大战开始的这段时期,美国从落后封闭的农业国转变成为发达的工业国。大量海外移民的涌入,使美国人口大幅增加,促进了美国的城市化进程,城市人口由内战时的占美国总人口六分之一,增加至世纪之交的三分之一,其中纽约和芝加哥在此期间发展成为数百万的大型城市。世纪之交,代表开拓进取的西部边疆不复存在,取而代之的是垄断资本主义的加剧和社会道德水平的滑坡。资本主义商业的发展,导致严重的社会腐败,整个社会为金钱疯狂,政治腐败、官商勾结、坑蒙拐骗成为普遍现象。城市化和商业化导致社会严重的两极分化,少数人掌握大部分国家财富,而大量的城市工人则生活在赤贫之中,不仅生活环境恶劣,工作繁重,而且随时受到饥饿、疾病和失业的威胁。

　　这一时期美国在民众的识字率和印刷文化方面取得很大进

展,社会生活日益受到公众辩论、巡回演讲、杂志期刊、戏剧小说等文化活动的影响和塑造。正是在这种文化氛围中,美国现实主义小说从一开始就非常重视文学的社会功能。豪威尔斯称现实主义为"文学中的民主"①,强调小说的道德功能。尽管如贝尔所说,现实主义作家之间的差异远大于共同点②,但我们依然可以从时代需求出发去考察此一时期美国现实主义文学的共同目的。艾米莉·左拉在《实验小说》中称小说家的工作就是带来"最大可能的正义与自由"③,重视小说家的道德教诲功能。这一时期快速的商业化和城市化,导致民众生活方式的剧烈变化。农业社会的伦理规范在新时期逐渐失去效力,而新的伦理规范尚未得以建立。因此,当时的美国社会除了物质崇拜,并未形成有效的规则来规范人们的行为。此时的现实主义小说家,必然对时代伦理现状表达自己的理解,发挥文学的道德反思和道德批判功能。一方面描绘当时美国社会的伦理失序的状态,另一方面思考美国社会建立新型伦理规范的可能性。

  杰克·伦敦(Jack London,1876—1916)、欧·亨利(O. Henry,1862—1910)和西奥多·德莱塞(Theodore Dreiser,1871—1945)都是美国世纪之交的最有代表性的现实主义作家,他们的作品都表达了各自对当时美国社会伦理现状的观察和思考。他们笔下的小说人物经常陷入伦理困境,并通过不同的伦理选择,对自己的命运产生决定性的影响。然而对小说人物的道德判断却不能孤立地进行,而应将其置于整个社会进行思考。无论是杰克·伦敦笔下的海狼拉森,还是欧·亨利笔下的窃贼,还是德莱塞笔下的嘉莉妹妹,都是为了钱而犯了错误的人。但作者虽然有所谴责,却没有将这些人物一棒子打死,而是无一例外地对这些有罪的人表达出同情甚至欣赏的态度。正是作家这种看似矛盾的道德立场,将作

---

① William Dean Howells. "Criticism and Fiction." *Criticism and Fiction by William Dean Howells and the Responsibilities of the Novelist by Frank Norris*. Cambridge, Massachusetts: Walker-de Berry, 1962, p. 187.

② Michael Davitt Bell. *The Problem of American Realism: Studies in the Cultural History of a Literary Idea*. Chicago: University of Chicago Press, 1993, p. 1.

③ Emile Zola. *The Experimental Novel and Other Essays*. Belle M. Sherman, trans. New York: Haskell House, 1964, p. 25.

者的道德批判对象从具体的个人扩大至整个美国社会,强化了作品的表达力度和效果。同时作者对小说人物的道德判断的复杂性,体现了作者对美国社会建立新型伦理规范的思考和构想。

第一节 杰克·伦敦《海狼》对道德虚无主义的思考

《海狼》(The Sea-Wolf)是杰克·伦敦最著名的三部小说之一。[①]《海狼》中的狼·拉森是杰克·伦敦笔下最著名的小说人物,也是世界文学史上最著名的人物形象之一。[②]杰克·伦敦通过拉森探讨人类是否需要道德的哲学命题。在杰克·伦敦自己的讲述中,这个问题的答案似乎一目了然。他说,《海狼》是要表明"超人在现代社会无法成功。超人具有反社会倾向,其有害的超然性在社会和社会学都异常复杂的今天难以成功"。[③]杰克·伦敦的确在《海狼》中塑造了一个完全缺乏道德的尼采超人形象,并让其成为失败者。然而,很多批评家在详细分析文本之后,认为杰克·伦敦宣称的对个人主义和超人哲学的否定与小说内容并不完全吻合。美国著名文学史家帕林顿(Vernon Louis Parrington)认为《海狼》是"美国文学史上对无节制、自我中心和非道德的权力欲望最赤裸裸的表达"[④]。故而有人指出,"作者的'自觉'的道德意识与小说的感情倾向之间存在矛盾"[⑤]。尽管拉森被描述成为一个毫无道德意识的个人主义者,但作者对其倾注的欣赏与同情,使得拉森"并非当初设想的需警惕或谴责

[①] 杰克·伦敦的另外两部经典小说分别是《野性的呼唤》(The Call of the Wild)和《白芳》(White Fang)。

[②] Earle Labor. "Introduction." Qtd. in The Sea-Wolf, by Jack London. New York: Signet Classics,2013: xiv.

[③] Granville Hicks. The Great Tradition: An Interpretation of American Literature since the Civil War. New York: Quadrangle Books,1969, p.192.

[④] Abraham Rothberg. "Land Dogs and Sea Wolves: A Jack London Dilemma." The Massachusetts Review XXI. 3 (1980): 569.

[⑤] Maxwell Geismar. "Jack London: The Short Cut." in his Rebels and Ancestors: The American Novel,1890—1915. Boston: Houghton Mifflin,1953: 153.

的对象"①。《海狼》因此而成为杰克·伦敦"最具争议的作品"②。

利用聂珍钊教授的文学伦理学批评理论,特别是伦理选择与伦理环境辩证关系的论述,可以揭示杰克·伦敦在《海狼》中对伦理问题的深刻思考。《海狼》不同于一般的道德教育小说,在于其包含了多层的伦理意义。首先,他的行为往往是特定伦理环境下的自主伦理选择,具有强烈的伦理意义。其次,拉森既是行动者,也是思想者,他积极地思考道德的价值和人生的意义,与其伦理选择相互参照。再次,范维登作为叙事者和亲历者,一方面受到拉森言行的影响,同时对其言行有所评价,并用自己的伦理选择对抗和呼应拉森的伦理选择,从而产生另一层伦理意义。对三个层面进行对比分析,就可发现《海狼》表达的伦理思考的复杂性。从行动层面来看,极端的个人主义似乎遭到惩罚和批判。然而从思想层面和评价层面来看,道德思考变得复杂而隐晦。生平和历史的考察,可以发现杰克·伦敦伦理立场的复杂性既是其生活经历使然,同时也是时代精神所致。

一、兽性因子与个人主义者的失败

聂珍钊教授认为人身上包含兽性因子和人性因子,唯有在经历伦理选择之后,人才完成了从兽到人的转变。③ 杰克·伦敦在《海狼》中建构了一个相对独立的世界,这个世界远离人类社会,不受社会舆论和法律机器的约束。这样的世界就如同丛林,人类因为失去了外部的约束,在稳定的社会框架下难以实施的行为在这样的环境下就有了发挥的空间。"海狼"拉森的兽性因子在这种环境中得以肆意释放,并最终在伤害别人的同时,也毁灭了自己。

通过隔绝的环境考察人类的善恶,是文学惯用的手段,例如康拉德的

---

① Upton Sinclair. "About Jack London." *The Masses* 10.1 & 2 (1917): 20.
② Abraham Rothberg. "Land Dogs and Sea Wolves: A Jack London Dilemma." *The Massachusetts Review* XXI.3 (1980): 569.
③ 聂珍钊:《文学伦理学批评:伦理选择与斯芬克斯因子》,《外国文学研究》2011年第6期,第1—13页。

《黑暗的心脏》(Heart of Darkness)和戈尔丁的《蝇王》(Lord of the Flies)便是将人物置于与世隔绝的丛林或荒岛,从而让人物经历善与恶的考验。《海狼》中的鬼魂号漂浮在浩瀚的大海之上,船长拉森是这一方世界的绝对主宰。他随心所欲,丝毫不受人类的道德约束。

拉森肆意侵犯他人利益,无视他人的人身自由。拉森把失事落海的范维登救上船,却不让其回家,而是迫使其为自己服务。这种限制他人自由和非法拘禁的行为,很显然违背了人类的道德准则,但这种事情对拉森来说是最稀松平常的事情。后来救上船的失事人员也被迫为其服务,甚至连女诗人莫德也被迫羁留在船,就是在风暴中失散的其他捕杀海豹的船员,他也禁止其回到原来的船上,而是为自己干活。对船上的人事安排,他从来都是随心所欲,不顾他人的感受。他先后任命过两个大副,其中一人没有资格,另一个连航海经历都没有。他将杂务工提拔为水手,当其反对时便挥以老拳,迫其就范。

拉森视人命如草芥,随意伤害他人性命。鬼魂号刚开航,拉森就因为大副未能圆满完成招人的任务而将其杀死。然后在暴风雨中拉森为打捞一只小船而害死了一个船员。后来在风暴中拒绝小船上的约翰逊和李奇登上鬼魂号,反复戏耍两人,长达四个多小时,最终两人被大海吞噬。他仅仅为了发泄愤怒,将厨师悬吊在海水之中,结果让鲨鱼咬掉了一只脚。他为了和另一个捕杀海豹的"死神拉森"竞争,杀死打伤马其顿号的多名船员。当新手哈里森在桅杆上摇摇欲坠、随时可能丧命时,他对此熟视无睹,而且禁止其他船员上去帮助。即使在疾病发作,目盲体衰之时,他也不忘布局设计,试图杀死范维登。他对他人的生命没有丝毫的尊重,对他人生命的消失缺乏应有的感受。每次有人因他丧命之后,他总能够若无其事,毫无心理负担地继续手头的事情。

拉森无视道德,不仅体现为损人利己,而且经常体现为损人害己。他将首任大副殴打致死,是因为大副的行为妨碍了他挣钱。他痛殴李奇,是为了让其填补人员空缺,也与经济利益直接相关。他联合大副将约翰逊打成重伤,是因为约翰逊公开抱怨船长提供的商品质量恶劣,这也与钱有关。他为了一只小船而害死凯利,也是出于经济利益。他杀死打伤马其顿号上的水手,是为了报复马其顿号抢夺其海豹资源,依然是为了一己之私利。然而他缺乏道德的行为并非全部出于获利的目的。在没有任何利益纠葛的地方,他总是永不停歇地咒骂、殴打任何船员。他极为洞悉人的心理,懂得如何用成千上万的琐碎挑衅,让船员们神经失常、精神崩溃。至于单纯为了发泄情绪,而让他人受伤致残,则更加无关利益牵扯。

拉森在小说中往往以动物的形象出现,凸显其身上的兽性因子。拉森能够随心所欲地侵犯他人利益,伤害他人生命,是因为他有远超常人的体格和智商。即使在以体力见长的水手之间,他也拥有远超同侪的力量。他的力量不似人类所具有,而是与动物相类似,其体型如同猩猩,行动如同虎豹,其身体蕴含的惊人力量,叙事者常用"原始""野性"和"动物"来形容。在面对体格弱小者如范维登、李奇和厨师等人时,他随意一脚或一拳,就足以让对方丧失行动能力。而在遇到体格强悍如约翰逊和巨人般的马其顿号水手时,他也能轻而易举地将对方制服。甚至就在水手哗变,杀死大副后,他也能在一群体力不凡的水手的围攻下全身而退。其体力之强,令人叹为观止。试图伺机杀死拉森的水手不在少数,而且拉森本人也心知肚明,但他因为超强的体力和脑力,总能够应付自如,而且对这种生死较量乐在其中。

《海狼》中的拉森遵循弱肉强食的丛林法则,完全处于兽性因子的支配之下,尚未完成从兽到人的伦理转变。无人知道他真实的名字,仅知道他的绰号"狼",彰显了他的动物性。而叙事者用各种猛兽、怪物和魔鬼来形容拉森,突出了其身上的兽性因子。如同丛林中的野兽一样,拉森因为身体的强大,随心所欲。正如叙事者所说:"他是明显的返祖者,一个纯粹的原始人,应该存在于产生道德品质之前的世界。"[①]鬼魂号上的水手基本上也在遵循丛林法则,同拉森一样缺乏道德意识,不是完整意义上的人类,这也是为什么叙事者将其称为"半人类"(semihuman)、人形野兽(human beasts)。他们在更加强大的拉森面前俯首帖耳,而在更加弱小的对象面前飞扬跋扈。他们无休无止地互相攻击打斗,兴高采烈地执行

---

① Jack London. *The Sea-Wolf*. New York: Signet Classics, 2013. p.77.

拉森下达的伤害他人的命令,当有同伴受伤甚或死亡时,他们无动于衷,缺乏同情心。拉森最终以失败而告终,小说似乎以惩罚的方式表明了极端物质主义的失败,并同时表明人类对道德的必需。拉森以极端自私的态度对待他人,而他人也以同样的态度对他。他动辄对他人言语侮辱和肢体的惩罚,而水手们则心怀怨恨,伺机报复。等到死神拉森打上门来时,所有船员都弃他而去。不仅捕杀海豹的挣钱计划成为泡影,而且他自己也病发身殒,葬身大海。

二、道德虚无论者的痛苦

拉森的确受到道德问题的折磨,然而拉森的痛苦却并非来自通常意义上的道德惩罚。一般小说人物因道德问题而遭受的痛苦,无外乎来自外部的惩罚或内心的谴责。例如同为海洋小说的《吉姆老爷》(Lord Jim)中的吉姆因为弃船逃生而受到社会舆论和自己良心的双重谴责,一步步逃避,最终以死谢罪。但拉森则不然,他所处的环境既缺乏司法机构,也没有舆论监督,故而没有外部惩罚;而他本人也从未觉得自己有何过错,因此也不会受到良心的谴责。他从未陷入真正的伦理困境,因为他的行为总是遵从自己最强烈的欲望,没有道德观念的他根本不会面临艰难的伦理选择。

拉森因为道德问题而承受的痛苦,是哲学家的苦恼。虽然他是一个尊崇武力、肢体发达的水手,但与鬼魂号其他水手不同,与自己的兄弟死神拉森不同,他并非"没有头脑的动物"[①],而是通过自学成才,广博阅读,在哲学、文学和技术领域颇有心得。他善于思考,智商超人。体现在人际关系上,他总是能够以最有效的方式达成自己希望的结果。体现在科学技术上,他发明出能够大力改善航海操作的设备。然而作者赋予拉森的知识储备和思辨能力,主要目的则是为了让他有能力对人生的意义和道德的价值进行思考。小说大量的篇幅都是范维登与拉森就道德问题而进行的争论,这种讨论不仅次数多,而且时间长,有时甚至能够夜以继日。

---

① Jack London. *The Sea-Wolf*. New York: Signet Classics, 2013, p.81.

等女诗人莫德也被羁留在船后,道德讨论便增加了一个参与者。这种长篇累牍的道德讨论不仅构成小说情节之外的重要内容,而且反映了拉森的生存状态和未来命运。

拉森深受达尔文、斯宾塞的进化论思想影响,认为人的存在就是弱肉强食,完全否认道德的存在价值。拉森的一段话被评论家反复引用:"我认为生命混乱无序。生命如同酵母,活动不休,其活动或一分钟、或一小时、或一年,甚或一百年,但其活动最终必然停止。大者吞噬小者,以继续活动,强者吞噬弱者,以夺取力量。幸运者吞噬最多,活动最久,仅此而已。"①在拉森看来,生命就是生存竞争,杀死他人,存活自己。由于生存的资源总是有限的,人生的目的就是占据更好的位置,获取更多的资源,确保更久的生存。无论是动物的弱肉强食,还是码头工人的拼抢工作,都是生存竞争。他为了追求利益,无所不用其极,体现了这一世界观对他的影响。然而达尔文主义对他的影响并不仅限于此。

拉森认为生存本身就是生命的目的,生命没有任何价值,"它是世界上的最廉价之物"②。一个人的死亡,"不会给世界带来任何损失。他对世界毫无价值"③。甚至就个人自己而言,生命的价值都是虚妄。尽管对每个人自己而言,自己的生命是世界上最重要的事物,但"人一旦死亡,他同时也丧失意识,无从得知自己已经死亡"④。因此无论世界抑或个人,并不会因为丧失生命而有所损失。因此生命的价值就在于生命本身,人生目的就是活着。同任何生物一样,就是竞争生存而已。拉森对生命缺乏尊重和敬畏,不仅体现在对待他人的残酷上,其实也反映在自己对生死冒险的喜欢上。由于生命本身缺乏价值,因此拉森也无法从自身获得生存的意义和目的。

拉森不承认人类社会所强调的任何精神价值。例如他否认灵魂永恒(immortal soul),甚至否定灵魂的存在,认为那只是生命的意识,身死道

---

① Jack London. *The Sea-Wolf*. New York: Signet Classics, 2013, p. 40.
② Ibid., p. 54.
③ Ibid., p. 55.
④ Ibid.

消，一切皆无。拉森认为，"如果有永生，利他行为则比较划算"①。由于没有上帝和末日审判，没有了来世，没有永生，人类面临的唯有死亡和短暂的一生。因此任何形式的牺牲，任何不利于维持自己生命的行为都是愚蠢而毫无意义的，是对生命的不忠。基于这样的理解，拉森否认"无私"或"利他"等伦理价值的存在。拉森认为："一个人不可能亏待他人。只可能亏待自己。当我考虑别人的利益时，我便发现自己犯了错误。"②拉森不承认任何能够赋予人类生活以意义的道德价值观。因此拉森也无法从外部的社会价值获取生活的意义和目的。

拉森非常孤独。他和任何人都没有亲密友好的关系。一方面因为他从本质上不会尊重任何人，不会真正重视任何人，另一方面他超强的体力和脑力就像一堵墙壁，把他与周围的人群分隔开开来。他要么将他人视为孩童，要么将他人视为可供观察的物体，总之，他从未将任何人置于与自己同等的地位。他屈尊俯就地同水手们交往，就像"人类戏耍小狗一般"③。当水手跳脚咒骂，发誓要置他于死地时，他只是充满好奇地进行观察，自己毫不动怒。拉森从未将水手视为同类，因此他的发怒往往并非因为真的生气，而是认为发火是对待水手的"适当态度"④。他要让别人害怕，而不是让人亲近。即使来自文明世界的范维登和莫德在他眼里也是低他一等的存在。尽管因为智力和知识的接近，拉森很享受同范维登的讨论，但两者的关系始终是"主人与仆从、甚或国王与弄臣的关系"，范维登之于他，就如同"玩具之于孩童"，其存在价值就是供他娱乐，只要拉森高兴，范维登便会安然无事，一旦拉森感到无聊，范维登则可能大祸临头。⑤拉森对待莫德也包含了居高临下和满足好奇的内容。

别人都能够找到自己的同类，从事符合各自圈子的活动。例如范维登和莫德同属文学界，在世界观、知识范围、人际圈等方面具有足够的共

---

① Jack London. *The Sea-Wolf*. New York: Signet Classics, 2013, p. 64.
② Ibid., p. 63.
③ Ibid., p. 59.
④ Ibid., p. 60.
⑤ Ibid., p. 74.

同点,他们属于同类,能够分享彼此的观点和感受,并互相给予精神支持。即使斗殴不绝仇恨滋生的水手们,从本质上来说都是同一类人,能够形成各自的圈子,一起抽烟聊天,交流感受。就是马其顿号上的水手被掳掠上"鬼魂号"之后,两艘船的水手很快打成一片。"鬼魂号"上唯一没有同类的人就是拉森,他是唯一的孤独者,他无法从他人那里获得生活的意义和目的。

拉森本人是自己道德虚无主义的受害者。拉森无法从生命本身和社会伦理中找到生活的价值和目标,导致他时刻生活在抑郁之中。生活在极度孤独中的拉森,无法从他人那里获得精神的慰藉。他每次和范维登讨论道德问题之后,心情总会很沉重。在谈到死神拉森时,他带着"无以言表的哀痛"说死神拉森不懂对生活进行思考,故而要开心很多,而自己"最大的错误就是曾经翻开了书本"。[①] 对生命的悲观,引发持续的抑郁,导致严重的头痛,每次发作的时候,头痛欲裂,丧失行动能力,只能卧床休息。疾病发作日渐频繁,最终导致他双目失明,身体瘫痪,最终丧命。作者似乎以拉森的疾病和死亡,表明道德虚无主义的错误,证明道德之于人类的必需。如有批评家言,在杰克·伦敦的小说中,"文明导致精神疾病"[②],拉森的痛苦与疾病,却并非其非道德行为所致,而是其道德思考引发,少了很多惩恶的批评意义。

三、复杂的道德评价

尽管拉森是杰克·伦敦最著名的人物,也是《海狼》中最引人注目的角色,但小说的主人公不是拉森,而是范维登。这部小说从本质而言,是一部成长小说,讲述范维登从"娘娘腔"向男人的成长历程。然而这种成长却并非自愿完成,而是在拉森的逼迫下完成的。范维登作为有关拉森事件的参与者、目击者、叙事者和意识中心,对拉森的言行心理有所评价,而且自身的言行心理也受其影响。综合两者,可以推测小说对拉森的道

[①] Jack London. *The Sea-Wolf*. New York: Signet Classics, 2013, p. 80.
[②] C. Hartley Grattan. "Jack London." *The Bookman* 6 (1929): 668.

德评价,从而理解杰克·伦敦本人的伦理思考。

　　从表面来看,范维登对拉森持鲜明的批判态度。他反复将"鬼魂号"称为"地狱船"(hell ship),将拉森称为"魔鬼"(Lucifer)和"怪物"(monster),将其比喻为毒蛇、虎豹等动物。他本人被拉森绑架在船,时刻受到生命的威胁,心中自然充满怨恨。当他目睹拉森以极为残忍的手段对待水手的时候,他总能与受害者感同身受,对施害者恨之入骨。他在力所能及的范围内尽量帮助水手,让其免受拉森的折磨。同其他船员一样,他也想伺机杀死拉森。同时范维登的与人为善,使他成为鬼魂号上唯一没有结仇的人,很多人与他的关系非常友好。在他硬性被指派为大副之后,其他的水手都愿意指导帮助配合,让他逐渐成长,能够在船上独当一面。他与莫德的相互帮助,他最终的逃出生天,也都与拉森的孤独与死亡形成对比,在一定程度上证明了物质主义的失败和理想主义的成功。

　　然而范维登对拉森的态度是极为复杂的。拉森的个人主义的物质基础,是其强悍的身体。而范维登对拉森强悍的身体反复表达了崇拜之情,有时甚至达到顶礼膜拜的程度。在范维登看来,拉森的身体不仅蕴含着惊人的力量,而且具有惊人的美感(terrible beauty)[1]。范维登认为女人在其面前将毫无抵抗能力,"必能欣然相就,甘愿牺牲"[2]。范维登在给拉森疗伤时,其裸露的身体让其"目瞪口呆"(took my breath away)[3],别人的身体各有缺憾,唯有拉森的身体是"真正男人的体型,富有阳刚之美,其完美有如神祇"[4]。范维登被拉森的身体所震撼,呆若木鸡,浑然忘记疗伤。我们固然不必如美国批评家罗斯博格(Abraham Rothberg)那样,从中解读出龙阳之好、断袖之癖[5],但范维登对拉森身体的艳羡之情却是昭然若揭。范维登对强悍身体的羡慕,与自己的孱弱的身体直接相关。他

---

[1] Jack London. *The Sea-Wolf*. New York: Signet Classics, 2013, p.112.
[2] Ibid., p.19.
[3] Ibid., p.111.
[4] Ibid., p.112.
[5] Abraham Rothberg. "Land Dogs and Sea Wolves: A Jack London Dilemma." *The Massachusetts Review* 3 (1980): 569—593.

自称为"娘娘腔",一直过着书斋生活,未经体力劳动和体育锻炼,是典型的手无缚鸡之力的书生。在鬼魂号上,他被迫从事高强度体力劳动,最终肌肉变得发达,身体变得强悍,为他之后的逃生奠定了物质基础。无论是范维登对拉森的直接评价,还是范维登在拉森影响下的成长,都体现了作品对强悍身体的肯定。

范维登还表现出对拉森超强精神力量的赞赏。拉森能够在"鬼魂号"上贯彻自己的个人主义,除了依靠其强大的身体,还依靠其超人的精神力量。拉森的精神力量主要表现为坚强的意志。范维登屡屡使用"坚定"(firm)、"决断"(decisive)等词语形容拉森,无论是身陷天灾,还是面对人祸,他都能够坚定不移。在风狂雨骤、大船将倾之际,拉森能够指挥若定,在众人围攻之时,能够沉着应对。每一件事情,每一个时刻,他都能坚决地贯彻自己的意志,从不为外物所移。即使后来为众人所弃,病发身残,他也从未产生自怨自艾的情绪,依然坚持自己的立场,至死都不放弃。这些都赢得了范维登的赞赏。而范维登自己的成长,也包括其意志的成长。其逃生的成功,坚强的意志也是必要条件。从最初的忍气吞声、任人欺凌,到后来的沉着应对,独当一面,莫不体现了拉森的榜样力量。范维登成功逃生,在强调其体力和意志成长的同时,强化了对拉森这两方面品质的赞美。

拉森的道德立场固然也通过其行为得以展示,但更加透彻的展示则来自拉森本人的语言。拉森与范维登经常陷入道德讨论之中,两人的立场完全针锋相对,毫无妥协的余地。拉森否定道德价值,范维登坚持传统道义。尽管范维登尽可能维持自己道德制高点的优越性,但每次的道德讨论基本上都是拉森占据上风。拉森的观点陈述往往逻辑严密,很有说服力,而范维登则往往不知道如何证明自己的观点,更无法有效地反驳拉森的道德虚无论。从表达结果来看,倒是拉森的道德虚无论给人留下难以辩驳的印象。与拉森的连篇累牍、雄辩滔滔不同,范维登经常踌躇犹豫、不知所云,两人几乎无法形成对话局面,更多只是说者与听者的关系。

即使面对拉森的暴力和自私,范维登其实也并非一味反对和憎恨,相反,他隐晦地表达出一定的理解,甚至肯定。范维登发现船上的水手基本上都是一些四肢发达、头脑简单的人物,不仅缺乏正常的理解能力,而且缺乏同情心。他们很多人属于人渣、无赖,很难在其他船上找到工作。这些人唯恐世界不乱,对他人漠不关心,动辄挥拳动刀,打架斗殴从不间断。在范维登看来,也只有自私和暴力更胜一筹的拉森,才能够震慑众人,成为胜者。范维登明白在这种丛林般的小世界中,以暴制暴往往是解决问题最好的方法。他与厨师的冲突便清楚地证明了此点。厨师本人是船上最弱小的人,但范维登成为杂务工之后,范维登在他心目中成为最弱小的人,因此他时刻想尽办法欺凌侮辱他,并天天磨刀霍霍,威胁要杀死他。退无可退的范维登孤注一掷,也开始磨刀,最终厨师意志崩溃,从此在范维登面前言听计从。范维登发现自己有很多次产生杀人的心思,认为自己被环境同化。这种感受实际上部分地表达了对拉森言行的理解和认可,因为范维登的水手生涯毕竟无法同拉森相提并论,前者尚且被暴力同化,更遑论后者了。

无论是对拉森的体力和脑力,语言还是行为,范维登都不由自主地流露出肯定甚至赞美的态度。这种态度与范维登本人所宣称的道德立场形成对立和冲突。究其实质,这种矛盾其实是杰克·伦敦本人道德立场的矛盾,是他对美国商业化时代伦理思考的结果。

四、商业化时代的伦理思考

众多批评家认为拉森是杰克·伦敦自我形象的写照。拉森的绰号"狼",其实也是杰克·伦敦留给自己的名字,据罗斯伯格的考证,杰克·伦敦本人经常以"狼"作为自己信件的签名,其书签上有狼头的图像,他将自己建造的房子称为"狼穴",他经常希望人们以"狼"来称呼他。① 拉森的家庭出生、成长经历和航海资历,都与杰克·伦敦本人的生平极为相似。艰苦曲折的生活经历塑造了拉森极端个人主义的伦理立场。而杰克·伦敦本人也流露过相似的伦理立场。拉森既是商业资本主义的受害

---

① Abraham Rothberg. "Land Dogs and Sea Wolves: A Jack London Dilemma." *The Massachusetts Review* 3 (1980): 576—578.

者,也是商业资本主义的体现者。与之相对,杰克·伦敦也经常在物质主义和社会主义之间游移不定。拉森的道德虚无主义,在谴责资本主义的同时,也暴露了杰克·伦敦本人的伦理立场。

美国诗人、小说家迪基(James Dickey)认为拉森体现了杰克·伦敦本人最欣赏的品质:"勇气、机智、冷酷,以及意志力。"①拉森最喜欢的《失乐园》的诗句是:"地狱中为王远胜天堂为仆。"(Better to reign in hell than serve in heaven.)②拉森也多次被称为"魔鬼"。范维登刚上船的时候,拉森便问他如何谋生,范维登讷讷无言,用拉森的话说,范维登靠着死人的腿脚支撑,因为他依靠先人遗产过着极为丰足的生活,无需事事亲为,挣钱糊口,结果形成了他孱弱的身体和懦弱的意志。与之相对,拉森体现出的品质是一个人在远离文明的丛林世界中竞争生存的必需。有学者在杰克·伦敦的作品中解读出回归自然的欲望,而这里的自然并非梭罗的瓦尔登湖,而是《野性的呼唤》中的雪原和《海狼》中的大海,充满残酷、野蛮和原始的力量,人在其中必须与自然斗,与他人斗,才能存活下来。因为杰克·伦敦坚信"唯有与最真实最强大敌人的最严酷的斗争,一个人才能够发展出最高最好的品质"③。杰克·伦敦在包括《海狼》在内的多部历险作品都表达了极端的个人主义和非道德的超人哲学。很显然,拉森就是这样一个在自然环境下的优秀斗士,是杰克·伦敦赞不绝口的"白人野兽"(Blond Beast)。

聂珍钊认为,文学作品的伦理学研究,必须要回到伦理现场。④ 杰克·伦敦并非凭空宣扬暴力,推崇道德虚无。而是将这种思考置于现实基础之上。拉森的道德立场是其成长和生活环境所致,是其人生经历中

---

① James Dickey. "Introduction." Qtd. in Andrew Sinclair, ed. *The Call of the Wild, White Fang, and Other Stories* by Jack London. New York: Penguin Books, 1981: 7.
② Jack London. *The Sea-Wolf*. New York: Signet Classics, 2013. p.196.
③ Philo M. Buck, Jr. "The American Barbarian" (originally published in *The Methodist Review* Vol. XCIV, No. 5, September-October, 1912). Qtd. in King Hendricks, ed. *Creator and Critic: A Controversy Between Jack London and Philo M. Buck, Jr.* by Jack London and Philo M. Buck, Jr. Vol. VIII, No. 2, (March, 1961): 23.
④ 聂珍钊:《文学伦理学批评:基本理论与术语》,《外国文学研究》,2010 年第 1 期,第 19 页。

形成的生存哲学。用拉森自己的比喻,人的出生,就像种子落地,有些落入肥沃适宜的土壤,有些则落入干旱贫瘠或灌木丛生的土壤。而拉森属于后者。他生于穷人家庭,世代文盲,于海上谋生。拉森的哥哥们一个个走向海洋,有去无回。拉森幼年时生活极为贫困,10 岁便开始在船上当勤杂工,干活多而薪金少,被拳打脚踢乃家常便饭,"恐惧、仇恨和痛苦"是他"唯一的心灵体验"。① 16 岁成为一般水手,17 岁成为资深水手,并成为水手的老大。时刻生活在无边的孤独中,从未有任何人对他施以援手或给予同情。全凭个人的努力,自学了航海、数学、科学、文学等,并拥有了一艘船。用拉森自己的话说,这是他能够达到的巅峰。杰克·伦敦一出生便被父亲抛弃,14 岁时因经济困难辍学打工。干过水手,当过海盗,有过自己的船只。同拉森一样,他自学了马克思、尼采、斯宾塞、达尔文等人写作的书籍,最终成为一个成功的作家。有论者言,杰克·伦敦"天生是尼采和斯宾塞的追随者"②,"善描男女为动物"③,并非偶然。谋生经历让杰克·伦敦将生活视为"最原始的生存竞争"④。杰克·伦敦对拉森的际遇能够感同身受。"鬼魂号"上的其他水手也非常值得同情,他们都出身贫寒,成长坎坷,生活中永远缺乏温情的内容,既造就了他们毫无前途的生活,也塑造了他们冷酷麻木的心灵。

　　拉森的道德虚无主义,并非个例,而是时代精神的体现。20 世纪初期,正是美国快速城市化和商业化的时代,拜金主义甚嚣尘上,传统价值岌岌可危。与杰克·伦敦同时代的欧·亨利与德莱塞也对商业化给美国社会带来的伦理危机进行过类似的探讨。美国诗人桑德堡(Carl Sandburg,1878—1967)认为拉森是野心与控制的极端体现,作为船长和

---

① Jack London. *The Sea-Wolf*. New York: Signet Classics, 2013, p. 79.
② Alfred Kazin. "Progressivism: The Superman and the Muckrake." in his *On Native Grounds: An Interpretation of Modern American Prose Literature*. New York: Reynal & Hitckcock, 1942: 111.
③ Frederic Taber Cooper. "The Individual Note: 'The Game'." *The Bookman* 1 (1905): 35—36.
④ Van Wyck Brooks. "Frank Norris and Jack London." Qtd. in *The Confidential Years: 1885—1915*. New York: Dutton, 1952: 233—234.

船员的绝对主宰,他将任何碍事者清扫干净,毫不留情,"是资本主义的化身"。① 拉森的唯利是图和冷酷无情,的确和商业社会的运行规则极为吻合,与德莱塞和欧·亨利笔下的美国城市氛围息息相通。鬼魂号实质上就是一个商业机构,其产品就是海豹皮,这是唯有上层社会才能够享受得到的奢侈品。鬼魂号上的水手和船长之间是雇佣关系,而鬼魂号与其他海豹捕杀船则是竞争关系。鬼魂号上的"工人阶级"虽然人数众多,但力量弱小,而且相互争斗,难以形成合力推翻"资本家"拉森,无论发生任何惨绝人寰的事情,一旦拉森下达命令,所有人都立刻奉行不违。拉森对待船员和马其顿号的态度,体现了资产阶级对待工人阶级的冷酷和资本主义竞争的残酷。马其顿号的最终胜利,也表明蒸汽船所代表的科技创新对资本主义商业竞争的重要性。

杰克·伦敦曾明言自己讨厌写作,写作的唯一目的就是金钱,是为了给自己的"狼穴"添砖加瓦。② 杰克·伦敦毕竟生活在资本主义的制度之下,他日写千字,高速生产,赚取高额报酬。与杰克·伦敦同时代的文坛巨子门肯(H. L. Mencken,1880—1956)曾言:杰克·伦敦"将自己卖身于出版商为奴,出卖灵魂来换取农场马匹"③。美国小说家弗兰克(Waldo Frank,1889—1967)也认为杰克·伦敦"将自己卖给出版社,以换取单字最大的报酬"④。在表达其社会主义主张和批判资本主义的时候,杰克·伦敦总会下意识地暴露出自己的物质主义倾向。同《马丁·伊德》一样,杰克·伦敦试图在《海狼》中宣扬美德的必需,但结果却展示了对个人主义的崇拜。杰克·伦敦让拉森得病身亡,试图表明拉森的堕落和失败,进

---

① Charles A. Sandburg [pseudonym of Carl Sandburg]. "Jack London: A Common Man." *Tomorrow* 2.4 (1906): 38−39.

② Jack London. "An Interview with Emanuel Haldeman-Julius." Qtd. in King Hendricks, ed. *Creator and Critic*: *A Controversy Between Jack London and Philo M. Buck, Jr.* by Jack London and Philo M. Buck, Jr. Vol. VIII, No. 2, (March, 1961): 11−12.

③ H. L. Mencken. "Jack London." *Prejudice*, first series. New York: Alfred A. Knopf, 1919, pp. 237−239.

④ Waldo Frank. "The Land of the Pioneer." *Our America*. New York: Boni and Liveright, 1919: 35.

而表达其对资本主义物质主义道德伦理的批评。然而杰克·伦敦却不自觉地表达了对拉森的认同与赞美。这既体现了杰克·伦敦本人的伦理困惑,又折射了时代的伦理迷茫。

第二节 《都市报告》与欧·亨利的伦理观

欧·亨利是美国著名的短篇小说家,也是中国读者最熟悉的美国作家之一。他以短篇小说获得崇高的国际声誉,创作了近300篇短篇小说,其中的《都市报告》("A Municipal Report")、《麦琪的礼物》("The Gift of the Magi")、《未完结的故事》("An Unfinished Story")、《带家具出租的房间》("The Furnished Room")、《最后一片叶子》("The Last Leaf")、《警察与赞美诗》("The Cop and the Anthem")等作品都是脍炙人口的名篇。欧·亨利的作品描写美国南部、西部、拉美和纽约,其中以描写纽约市民生活的作品最为著名,呈现了20世纪初城市生活的真实状态,有"曼哈顿的桂冠诗人"之称。

欧·亨利1902年到达纽约从事专职创作,很快便声名鹊起,其声誉在其去世后的十年之内达到巅峰,被公认为美国现代短篇小说大师,与爱伦·坡、霍桑等人比肩。此后其声誉在现代主义文学浪潮中日渐回落,人们开始重新评估其文学成就,出现了各种批评声音,其中就有对其"缺乏道德意识"的批评。小说家凯瑟琳·格鲁尔德在1916年接受采访时说,"莫泊桑具有道德意识,而欧·亨利则没有",认为欧·亨利对美国文学产生了"有害的影响"。① 著名的批评家弗雷德·帕蒂在1923年批评欧·亨利的作品"缺乏真实性,缺乏道德意识,缺乏生活的哲学",从而认为其"无法与世界上伟大的文学创作者相提并论"。② 英国小说家兼批评家普

---

① Katherine Fullerton Gerould. "An interview with Joyce Kilmer." *The New York Times Magazine*:1916—7—23(12).

② Fred Lewis Pattee. "O. Henry and the Handbooks." Qtd. in *The Development of the American Short Story:An Historical Survey*. New York:Harper and Row, Publishers, Inc., 1923:364.

利切特也认为欧·亨利的小说体现出"道德上的疲惫和个性的倦怠"①。

然而,也有一些批评家认为欧·亨利的作品并不缺乏伦理意识。美国著名的批评家卡尔·多伦则认为欧·亨利"以伦理学家的立场观察现实",表达了"人们共处所需要遵守的规则"。② 欧·亨利的传记作家尤金·克伦特-卡西亚认为,对欧·亨利缺乏真实性和严肃性的批评,往往轻率地基于欧·亨利对巧合的使用本身或对单个文本的武断式批评,而不是基于对其作品大量而深入的阅读,这是"罔顾批评家责任的行为"③。

尽管西方学界就欧·亨利作品的伦理意识有所讨论和争议,但这些讨论和争议都是零散而随意的,都是在对欧·亨利进行全面分析的时候一笔带过,其伦理道德立场并未成为学界的关注重点。批评家的兴趣大多集中在其内容的真实性和形式的独特性上,尚未有人对其伦理立场进行专门的讨论。中国研究欧·亨利的学术文章有800多篇,体现了中国学者对欧·亨利的偏爱,但这些文章多围绕欧·亨利含泪的微笑和意外的结尾,尚未有一篇文章讨论其作品的伦理主题。然而正如聂珍钊先生所说,"文学在本质上是伦理的艺术"④,欧·亨利极为关注伦理问题,他的作品往往通过小说人物的伦理选择,表达自己的伦理立场。欧·亨利的伦理表达根植于他对资本主义社会的理解,与他的人道主义关怀紧密相关。

下面以欧·亨利最著名的作品之一《都市报告》⑤为中心,结合其他的小说,分析其伦理表达和伦理立场。

---

① V. S. Pritchett. "O. Henry." *New Statesman*, Col. LIV, No. 1393 (November 23, 1957): 697.
② Carl Van Doren. "O. Henry." *The Texas Review*, II. 3 (1917): 256.
③ Eugene Current-Garcia. *O. Henry (William Sydney Porter)*. New York: Twayne Publishers, Inc., 1965, p. 137.
④ 聂珍钊:《文学伦理学批评:基本理论与术语》,《外国文学研究》2010年第1期,第14页。
⑤ 这篇小说在中国大多译为《市政报告》,让人误以为是政府工作报告。其实小说是以外来者的眼光探讨城市纳什维尔的特征,因此明显不能译为《市政报告》。董洪川将其译为《来自都市的报告》(参见欧·亨利:《欧·亨利短篇小说精选》,刘捷等译,沈阳:沈阳出版社,南昌:百花洲文艺出版社,1996年,第238—254页),比较切合小说的原意。但因为小说原文标题隐含了"关于都市的报告"的意思,故而可以折中翻译为《都市报告》。

一、叙事者的三次伦理选择

《都市报告》讲述了一宗谋杀事件。故事叙事者受一家文学杂志社的委托,前往纳什维尔寻找一名叫阿扎里亚·阿黛尔的随笔作家,希望与其签订协议。在签完协议并预付了 50 美元之后,叙事者准备离开,阿黛尔的丈夫卡斯韦尔少校却在此时遭人谋杀。叙事者掌握了黑人老车夫凯撒的杀人证据,却并没有现身举报,而是在离开纳什维尔途中将其丢弃。这篇小说是欧·亨利最复杂的小说之一,也是在西方学界被评论最多、录入选集最多的作品之一,1914 年被《纽约时报》评选为美国历史上最优秀的短篇小说,被一些学者认为是他的"代表作"①。小说中出现了多种伦理价值的对立,如商业伦理与人道关怀的对立、新兴商业伦理与残余南方社会伦理的对立、法律公正与道义公正的对立。小说叙事者在纳什维尔先后三次陷入伦理困境,并三次做出伦理选择,揭示了伦理规范的潜在局限,表达了作者的伦理立场。

聂珍钊先生强调,文学作品的伦理学研究,必须要回到伦理现场。②《都市报告》从一开始便强调故事发生的伦理环境:纳什维尔是一个商业城市,其制造业在美国具有举足轻重的地位。同时,纳什维尔作为小说的伦理环境,除了商业因素外,还是一个典型的南方城市。商业城市的纳什维尔必然强调商业伦理,而南方城市的纳什维尔则具有美国内战前南方社会伦理的残留。因此,小说的伦理环境是一个正在处于转型期的社会,商业伦理正日益成为快速都市化和商业化的美国社会的主流价值观,纳什维尔也必然受其影响;而美国南方战前的社会伦理却并未随着支撑其的社会制度的消失而消失,而是以各种变体继续存在。两种属于不同历史时期的伦理价值的共存导致人们伦理身份的混乱。这种混乱体现在黑人车夫凯撒、女作家阿黛尔和卡斯韦尔上校身上。他们都是土生土长的南方人,虽然生活在战后商业化的时期,但战前的伦理价值仍然深刻地影

---

① V. S. Pritchett. "O. Henry." *New Statesman*, Col. LIV, No. 1393 (November 23, 1957): 698.

② 聂珍钊:《文学伦理学批评:基本理论与术语》,《外国文学研究》2010 年第 1 期,第 19 页。

响他们的行为。

　　叙事者的第一次伦理选择由凯撒引发。黑人凯撒,曾经的奴隶,如今的自由劳动者。他在两种社会制度下生活过,两种相应的伦理规范在他身上同时存在。他年事已高,靠赶马车挣钱糊口。他身穿的大衣明确地揭露了他窘迫的生活状态:曾经布满流苏和花纹的漂亮军大衣,如今变得破旧不堪,可以推断出这件南部邦联军大衣他已经不间断地穿着了数十年的时间。他的马车也同样非常破旧。同欧·亨利笔下的大量底层打工者一样,凯撒是在大都市出卖劳动力勉强谋生的穷人。作为商业社会的劳动者,他必须公平交易,通过提供服务而获取相应的报酬。乘坐马车到达纳什维尔的任何地方,需要五毛钱,这是所有马车夫承认的公道价格。凯撒作为行业的一员,也应遵守这一不成文的规定。然而凯撒还有另外一个身份,即曾经为阿黛尔父亲的奴隶。虽然奴隶制早已废除,凯撒是完全的自由人,但凯撒并没有摆脱战前的伦理身份,依然全心全意地承担着照顾阿黛尔的义务。他破旧的衣服和马车是他一直照顾阿黛尔的代价。当这两种社会伦理相遇并冲突的时候,凯撒就必须做出伦理选择。当叙事者乘坐凯撒的马车前往阿黛尔家时,凯撒突然提出索要 2 美元的车资。因为当他得知叙事者要拜访阿黛尔时,就知道一贫如洗的阿黛尔无力招待客人,而他平时赶车所得也全部资助了阿黛尔。因此他需要 2 美元让阿黛尔可以招待客人,以保全其尊严。凯撒的伦理选择,违背了商业伦理,却强化了他服务于阿黛尔一家的伦理身份。这个事件也是叙事者遭遇的第一个伦理选择。他必须在坚守公平原则和帮助他人之间进行选择。他选择了后者,并非出于被迫,而是主动放弃了商业伦理所赋予的权利,选择照顾他人更加紧迫的利益。

　　叙事者的第二次伦理选择由阿黛尔引发。阿黛尔,女作家,"旧南方的产物"[①],出生于曾经的奴隶主家庭,如今试图通过撰稿谋生。阿黛尔同样生活在代表两个历史时期的伦理环境中。同凯撒一样,她是城市中

---

① O. Henry. "A Municipal Report." *O. Henry: 100 Selected Stories*. Ware, Hertfordshire: Wordsworth Classics, 1995, p. 315.

谋求生存的穷人,希望通过诚实的劳动过上自食其力的生活。她和杂志社签订合同,按照约定的稿酬赚取稿费,并获得一定的预付款。这些都说明她生活在一个商业社会,遵守商业伦理。阿黛尔除了打工者的身份之外,她还有另外一个身份,即昔日的贵族。她出生于奴隶主家庭,其父曾为法官。曾经的社会上层身份依然是阿黛尔定义自我的伦理身份。虽然她家徒四壁,饥寒交迫,但她的贵族身份让她只愿意接受来自凯撒的帮助,只因为凯撒曾经是她们家的奴隶。她尽可能地维护着自己的尊严,维持着虚幻的贵族身份。当她无法为客人提供茶叶和点心时,当她的丈夫将仅有的钱抢走时,当她饿晕而被人救醒时,她都会提供虚假的理由维护自己的体面。她绝对不会提及自己的困难,体面远比生命重要。双重的伦理身份,让她成为丈夫暴行的被动承受者。正是面对阿黛尔极度的贫穷和极度的自尊,引发了叙事者的第二次伦理选择。他要么遵守商业伦理,按照杂志社的委托,与阿黛尔签订一个字两分钱的合同,或为了帮助阿黛尔,私自提高价格。他最后选择了后者,向杂志社撒了谎,与阿黛尔签订了一个字八分钱的合同,并自作主张,预付了50美元的稿费。

　　叙事者的第三次伦理选择主要由卡斯韦尔上校引发。与凯撒和阿黛拉不同,卡斯韦尔并没有在商业社会找到谋生之路,或者他根本不愿意去自食其力。他从妻子那里抢夺每一分钱,在酒馆里挥霍一空,而妻子则衣衫褴褛,忍饥挨饿。我们虽然不知道他的上校头衔是否内战时获得,但有一点可以肯定,那就是他依然生活在内战前奴隶主的荣耀中。同阿黛拉一样,他也在竭力维持一种虚假的体面,但不同的是,他是通过残忍地剥夺他人微薄的生活费用来维持排场。像孔乙己排出九文大钱一样,卡斯韦尔一边吹嘘自己的妻子如何有钱,一边很有气魄地排出一枚银币。旧社会的伦理观念仍然主导着他的思想,对南方贵族来说,个人的努力远不及出身重要。这也就是为什么他要长篇大论卡斯韦尔家的族谱和妻子家的族谱,强调两者的源远流长。虽然生活在奴隶制解体后的商业化时代,卡斯韦尔并未真正实现伦理身份的转变,依然幻想不劳而获地过上体面的生活。他在遵从一种过时的伦理规则的时候,却违反了更加普遍的伦理规范,他剥夺了他人的生命权,妻子差点因他而饿死。当他再次把阿黛拉的 50 美元稿费拿走四处炫耀时,被忍无可忍的凯撒杀死。叙事者发现了从尸体手中掉落的纽扣,也发现了纽扣的主人是凯撒。这时候叙事者面临第三次伦理困境,必须从交出凶手和庇护凶手之间进行伦理选择。他最终选择了后者,偷偷地拿走了纽扣,并将其丢弃。

聂珍钊认为,"几乎所有伦理问题的产生往往都同伦理身份相关"①。特殊的历史环境和地理环境,造成了凯撒、阿黛拉和卡斯韦尔伦理身份的模糊。阿黛拉的模糊伦理身份与窘迫的经济状况息息相关,因为她根本无法维持最起码的体面生活,只能通过谎言来维持场面,同时也让凯撒不得不违背其他的伦理规范来保护她。可以预测,由于卡斯韦尔的死亡和阿黛拉即将得到的稿费,凯撒和阿黛拉的经济状况将会明显改善,而他们的伦理身份也将更加接近都市打工者。卡斯韦尔的死亡象征性地体现了美国旧南方的伦理规范的弱化和当下商业伦理的胜利。然而凯撒、阿黛拉和卡斯韦尔作为南方伦理的代表,他们本身的伦理观念并没有发生明确的变化,变化更多是外在的。而叙事者则不同,他参与和目睹了所有的事件,不得不做出三次伦理选择,他的世界观和伦理观发生了根本性的变化。

叙事者本人同样具有模糊不清的伦理身份。首先,他受杂志社委托前往纳什维尔,但他本人却不是杂志社的人,也并非专程出差,而是因为私人事务途径纳什维尔,顺道帮杂志社的忙。同时他继承有遗产,这样他就可以不用过多地操心经济事宜。因此,他虽然在执行一项商业任务,但其职业身份却并非商业人士。利益至上的商业规则对他的约束并不是很大,金钱不是他所考虑的第一事项。当车夫凯撒违规索要更多的车资时,他首先要确定是否被无端讹诈,最后他判断凯撒确实有难言之隐,故而满足了对方的要求。他的非商业人士的身份也部分解释了他为什么私自提高了付给阿黛拉的稿酬。面临自己的无足轻重的经济利益和他人更加紧迫的需求的冲突时,他选择放弃了自己的利益。当面临杂志社的无足轻重的经济利益和他人的生存需求的冲突时,他选择牺牲了杂志社的利益。

---

① 聂珍钊:《文学伦理学批评:基本理论与术语》,《外国文学研究》2010 年第 1 期,第 21 页。

叙事者还有一个模糊的伦理身份,他虽然来自北方,却承认自己是南方人。他出生在南方,却没有在南方工作。双重的边缘身份,赋予他一定程度的自由空间,让他具有一种旁观者的清晰视角,能够避免特定伦理规则的约束,能够更加自由地选择符合具体情景的行为方式。当他发现谋杀的真相时,他的同情心很显然在谋杀者一方,因为他能够洞悉谋杀背后的正义,以及对生存权利的维护。从表面上来看,他在三次事件中表现出的急公好义、扶助弱者、轻视金钱等品质,与黑人车夫凯撒极为相似。但双方的伦理身份决定了两者之间本质的不同。凯撒的行为具有唯一指向性,他关注的只是昔日主人的女儿,而叙事者的行为则具有普遍指向性,他关注的是整个社会的弱势群体。

　　伦理规范因其时间性和地域性,往往具有一定的局限性。小说通过叙事者的经历,试图表达突破伦理规范局限性的主题。小说在开头引述了吉卜林的诗:"无论是依山而建/还是面海而立/所有的城市都志得意满/互不服气。"①这首诗点出了小说的主题,指出不同的地域各具特色,人们总是倾向于认可自我,而排斥他人,往往从各自具有地域性的伦理原则来指导行为。叙事者向阿黛尔说,纳什维尔是一个安静的地方,"很少发生不寻常的事情"②。阿黛尔认为这仅仅是表面现象,在安静的表象之下,的确有事在发生:土耳其的苏丹因为妻子在公众场合露出面孔而将其绞死;纳什维尔的男人因为妻子满脸面粉外出而把戏票撕碎。旧金山的中国人因婢女欣怡与美国男友交往而将其下了油锅;纳什维尔的基蒂·莫干因为嫁给了油漆匠而被同学好友拒绝相认。阿黛尔列举了相互映照的两组事件,第一组涉及妻子在公众场合应该遵守的规范,第二组涉及女性寻找男友应该遵循的原则。虽然从表面来看,土耳其和中国城发生的事件残酷而激烈,在纳什维尔发生的两件事温和而平淡,但从伦理观念的狭隘性上来说,这些事件具有相似的本质,都导致对他人行为不公正的评价和待遇,造成他人的不幸。

---

① O. Henry. "A Municipal Report." *O. Henry*: 100 *Selected Stories*. Ware, Hertfordshire: Wordsworth Classics, 1995, p. 307.

② Ibid., p. 315.

小说叙事者正是在经历了种种事件之后,完成了思想的转变,认识到即使是那些波澜不惊的平静生活之下,褊狭的伦理规则引发的事件如同汹涌的波涛一般充斥着人们的生活,人们的生活因此被定义或改变。小说开头还引述了弗兰克·诺里斯的话:"很难想象一部关于芝加哥或布法罗的小说,或者关于田纳西州的纳什维尔的小说!美国只有三座大城市是'故事城'——当然包括纽约,还有新奥尔良,以及最重要的旧金山。"① 根据这段引文,故事地点纳什维尔是一个没有故事可写的城市。初到纳什维尔的主人公很显然非常赞同这种观点,他反复感叹纳什维尔的安静平淡。当他抵达纳什维尔的当天,他得出结论:纳什维尔是一个"安静的地方","缺乏让东西部城市丰富多彩的那种生活。这只是一个不错的、普通的、单调的商业城市"。② "你几乎不会期待纳什维尔能够发生任何事情。"③然而事情的发展却完全出乎他的意料,他一出门便遭人"讹诈",间接地卷入一起谋杀事件,目睹了无私的付出、贫穷的尊严和正义的暴力,被迫做出伦理选择。当叙事者离开的时候,他对纳什维尔的理解完全不同,在小说末尾,他开始想诺里斯认为缺乏故事的布法罗或许也在发生很多事情吧。

平静的生活往往并不平静,仅仅是叙事者获得的认识的一个方面,认识的另一方面在于面对这种不平静时应该采取的立场和行为。他意识到了伦理观念具有的局限性,以及在伦理选择时避免局限性的重要。叙事者正因为自己独特的伦理身份,避免了商业规则、诚实原则、法律公正等伦理规范的局限性,做出了更加有利于弱者的伦理选择。他在第一次伦理选择中违背了商业规则,让自己付出了高于定价的车资;在第二次伦理选择中违背了诚实原则,擅自提高了稿费价格,却向杂志社说是作者的意见;第三次伦理选择中违背了法律公正,掌握谋杀证据,却选择隐瞒包庇。这些对特定伦理规范的违背,都服从于一个作者所认可的更加重要的伦

---

① O. Henry. "A Municipal Report." *O. Henry: 100 Selected Stories*. Ware, Hertfordshire: Wordsworth Classics, 1995, p.307.
② Ibid., p.311.
③ Ibid., p.312.

理规范,即对弱势群体的保护。

二、欧·亨利的伦理观

《都市报告》中的伦理表达,在欧·亨利的其他小说中随处可见,代表了欧·亨利对世纪之交美国社会的理解,体现了他在这一社会中所坚持的伦理立场。欧·亨利描绘最多的是这一时期的美国下层民众,表达了对弱势群体的同情。在快速商业化和工业化的美国,社会底层的打工者生活窘迫,入不敷出。罗斯福总统在努力提高女性工资时说:"是欧·亨利让我发起一场提高办公室女性待遇的运动。"[①]欧·亨利笔下的打工者经常在生存线上挣扎,欧·亨利对《都市报告》中的凯撒和阿黛尔非常同情,甫一见面,叙事者细致入微地描绘两人褴褛的衣衫、破旧的马车和家徒四壁的房屋。等再次见到阿黛尔的时候,细心的叙事者发现她比前一天更加苍白,更加虚弱,而且阿黛尔因为饥饿当场晕了过去。叙事者最后一次见到凯撒的时候,他发现凯撒的眼神在一夜之间变得更差,身上的衣服褪色更加严重,破烂更加彻底。这些细节的描述本身体现了作者对都市穷人的同情。但贫穷的凯撒和阿黛尔却竭力在维护自己的尊严,正是他们体现出的强大的人格力量打动了叙事者,让叙事者选择背叛本应遵守的伦理道德,转而维护他们的最基本的生存权利。

欧·亨利的小说一方面表达对穷人的同情,一方面描述金钱的强大。《财神与爱神》("Mammon and the Archer")就是讲述金钱的强大力量。肥皂商安东尼认为金钱可以买到任何东西,但儿子理查德则认为金钱也有力有不逮的时候,理查德暗恋的女孩马上要离开了,而他没有机会向其求爱。就在理查德送女孩离开的时候,交通突然变得异常拥挤,让女孩没有赶上客轮。理查德抓住机会如愿以偿地追到了女孩,而父亲则在办公室给所有制造交通堵塞的马车夫、司机和警察支付报酬。金钱可以创造机会,让一个人更有可能实现梦想,这是欧·亨利的真实想法。欧·亨利

[①] Gerald Langford. *Alias O. Henry: A Bibliography of William Sidney Porter*. New York: Macmillan, 1975, p.174.

也明白金钱有时可以成为坏人的帮凶。入不敷出的都市打工女很容易沦为有钱人的猎物。表达这一主题最有名的要数《未完结的故事》，达尔西是欧·亨利最出名的"商店女孩"（shop-girl）之一，收入不足解决温饱，但一直不愿因为金钱而牺牲自我。但长期的饥饿和孤独终于有一天让她屈服于富人。另一个同样有名的"商店女孩"是《纽约的艾尔西》（"Elsie in New York"）中的艾尔西，她孑然一身、一贫如洗，在纽约大街上四处求职，各种各样的"好心人"提醒她每一个工作的危险性和潜在的危害性，让她一直未能如愿地找到工作。无奈之下她去求助于父亲生前的老板，遂沦为后者猎艳的目标。也有一些"商店女孩"将傍大款设定为人生目标，如《拨亮的灯火》（"The Trimmed Lamp"）中的南希和卢就是如此。虽然欧·亨利也在批评为富不仁的老板，但他的表达重点并非单纯地揭露资本主义的罪恶，而是描述困顿中人物的伦理状态。无论是逆境中的自尊，还是困境中的屈服，欧·亨利都对其抱有真诚的同情。

在欧·亨利的小说中，自尊的穷人并非个例。《阳光屋》（"The Skylight Room"）中的利森小姐早出晚归地寻找工作，却四处碰壁，最后连吃饭的钱都没有了。当她饿着肚子回到出租屋的时候，连点灯和脱衣服的力气都没有，只能和衣躺下，最后晕死过去。如同阿黛拉拒绝他人的帮助一样，利森小姐其实可以找医生威廉·杰克逊寻求帮助，两人很显然关系亲密，且早已互生情愫，只是互相不知道对方的心理。同时在公寓楼里利森小姐也有很多追求者，她大可以求助以解燃眉之急。然而她将找不到工作的失望、暗恋威廉的苦涩和饥饿的痛苦很好地掩藏起来，将开心快乐的一面呈现给周围的人。在即将饿晕过去之前，她依然面带微笑。在饥饿边缘挣扎的城市打工者还有《菜单上的春天》（"Springtime à la Carte"）中的莎拉、《未完结的故事》中的达尔西、《拨亮的灯火》中的南希、《麦琪的礼物》中的德拉和吉姆、《爱的牺牲》（"A Service of Love"）中的乔和迪莉娅等，他们微薄的收入不足以填饱肚子。然而拮据的生活并没有让他们放弃尊严，也很少让他们放弃生活的梦想，像《带家具出租的房间》中一对恋人因绝望而相继自杀的情形并不多见。欧·亨利对他们怀有真挚的同情，并给予他们生活的希望。

这种希望来自于人物的伦理行为。欧·亨利并非一味地描绘灰暗的贫穷,而是往往通过爱情、友情、同情赋予人物的生活以亮色。为他人的幸福而付出,是人类社会普遍推崇的道德行为。《都市报告》中的凯撒为阿黛拉的付出,叙事者为凯撒和阿黛拉的付出,都是这种崇高品质的体现。这种无私的行为在欧·亨利的作品中随处可见,为落魄者提供希望,为贫弱者增添勇气。《麦琪的礼物》大概是欧·亨利最家喻户晓的名篇,德拉和吉姆互赠圣诞礼物的故事也为大家耳熟能详。德拉卖掉了自己最为之自豪的长发,为丈夫的祖传金表购买了表链;而丈夫则卖掉了金表,为妻子的长发购买了梳子。两件毫无用处的礼物让他们成为虽贫穷却幸福的夫妻。相似的故事发生在《爱的牺牲》中,乔立志成为画家,迪莉娅立志成为音乐家,然而窘迫的家境不允许他们继续学业,他俩各自隐瞒对方,去辛苦地打工挣钱,以便对方能够继续艺术上的追求,直到真相大白,双方都意识到真爱就是付出的道理。牺牲自我,成全他人,并非仅仅存在于夫妻之间。《最后一片叶子》中的老艺术家,为了让他人获得活下去的勇气,而牺牲了自己的生命。《来自布莱克杰克山区的买家》("A Blackjack Bargainer")中将祖业挥霍一空的赌徒高里为了报答恩人柯尔特兰上校,将自己乔装成后者慷慨赴死。

牺牲自己的利益,帮助他人,这是欧·亨利非常推崇的伦理价值。如同《都市报告》所体现的那样,这种品质超越了商业伦理,甚至法律公平。《重新做人》("A Retrieved Reformation")中,保险柜窃贼吉米爱上了安娜贝尔,遂易名为斯潘塞,决定洗心革面。他成功改行经商,并与安娜贝尔订婚。安娜贝尔的侄女意外关入保险柜,随时有可能窒息而死。吉米面临抉择,是否要打开保险柜救出小孩。如果一展绝技,则会暴露自己,从而被尾随而来的普莱斯侦探带走,让一切努力化为泡影。但吉米毫不犹豫地打开准备送人的开锁工具,娴熟地将保险柜快速打开,挽救了小孩的生命。吉米在他的伦理选择中,将小孩的生命放在了自己人生幸福的前面。当吉米走向普莱斯侦探,准备被其带走时,普莱斯做出了他自己的伦理选择,他假装不认识吉米,然后转身离开。普莱斯侦探的做法同《都市报告》中叙事者的做法一样,虽然违背了法律规范,却肯定了无私的美德。

欧·亨利小说为人评论最多的两大特点，意外结尾和快速推进，成为很多人负面评价他的理由，特别是批评其小说缺乏伦理关怀的理由。其实详细解读小说，就可以发现这种评价失之公允。在欧·亨利的小说之中，小说的意外结尾往往由人物的伦理选择构成。正如美国批评家海德·罗林斯在1914年时所说，欧·亨利的意外结尾同莫泊桑的名篇《项链》不同，往往缺乏后者残酷的讽刺意味，欧·亨利的结尾具有"真诚的幽默、真诚的同情、真诚的人性"。① 欧·亨利的意外结尾是一种伦理表达的手段，他经常用意外结尾进行伦理评价，表达伦理立场。《都市报告》《重新做人》和《来自布莱克杰克山区的买家》的意外结尾通过人物积极的伦理选择而形成，表达了对美德的赞美。即使如《拨亮的灯火》和《未完结的故事》那样以人物负面的伦理选择构成的意外结尾，表达了对弱者的同情，同样蕴含深刻的伦理主题。

欧·亨利在现代主义文学强势崛起之时声誉有所下滑，主要原因是其小说快速推进，缺乏心理描写。然而欧·亨利的小说经常以人物的伦理选择为基础建构情节，虽然总是以三言两语快速交代事情的发展过程，但并不意味着人物心理活动的缺乏。欧·亨利小说中推动情节的伦理选择往往是两难选择，人物必须在两个都具有一定合理性的伦理规则中选择一方，这种选择必然意味着对某种重要价值的放弃，人物只有经过艰难的心理斗争才能够做出选择。例如《重新做人》中的普莱斯侦探作为法律执行人，必须尊重法律，要让他放弃法律立场，放过因无私救人而暴露的吉米，并非一件轻易的事情。其实本文中提到的所有伦理选择都发生在艰难的抉择之后。读者的阅读本来就是一个补白填空的过程，文中心理描写的缺席在读者的理解中自然会得到补充。

尽管欧·亨利以"欧·亨利式的结尾"著称，但他能够引起国内国际的重视，能够同时吸引普通读者和专业学者，并非因为其技巧本身。技巧作为一种时尚，很容易消失在人们的视线之中。技巧本身不会导致读者进一步的思考，只有小说主题才能。欧·亨利传记作家、美国批评家史密

---

① Hyder E. Rollins. "O. Henry." *The Sewanee Review* XXII.2 (1914): 225.

斯就认为欧·亨利的杰出成就在于通过丰富短篇小说的主题，并使之多元化，从而拓展了美国短篇小说的范畴，在他的笔下，短篇小说成为表达"社会意识"的工具。① 欧·亨利对孤立的个人不感兴趣，唯有男男女女的社会生活才吸引着他。因为只有在社会生活中，他才能考察人物的伦理关系，将人们的悲剧和喜剧以伦理选择的方式呈现出来。

欧·亨利以真实的细节描写现实，被称为现实主义作家。同时他努力地证明平凡的生活中总有意外和惊喜，因此被一些评论者称为浪漫主义者。例如罗林斯就认为他是"一个努力追求现实主义效果的纯粹的浪漫主义者"②。多伦也认为欧·亨利"在事实的表象之下寻找生活中存在浪漫精神的证据"③。这种意外和惊喜，往往来自于人物的道德力量。尽管我们可以批评欧·亨利批判资本主义制度的不彻底性，但一个世纪之后，资本主义制度依然健在，并且在全球扩张。如何在资本化和商业化的社会生存，本来就是一个难以回答的问题。欧·亨利对伦理问题的重视，以及他对资本主义社会中伦理重要性的表达，无疑是我们应该进一步思考的问题。

第三节　德莱塞《嘉莉妹妹》对消费时代的伦理思考

《嘉莉妹妹》(*Sister Carrie*)是西奥多·德莱塞的首部长篇小说，被誉为"美国最杰出的都市小说"④。1930年辛克莱·刘易斯在诺贝尔文学奖演讲中说，《嘉莉妹妹》"自马克·吐温和惠特曼以来给封闭沉闷的美国(housebound and airless America)带来第一股西部的自由的凉风"⑤。

---

① C. Alphonso Smith. *O. Henry Biography*. New York: Doubleday, Page & Company, 1916, p. 204.
② Hyder E. Rollins. "O. Henry." *The Sewanee Review* XXII. 2 (1914): 228.
③ Carl Van Doren. "O. Henry." *The Texas Review* II. 3 (1917): 254.
④ Donald L. Miller. *City of the Century*. New York: Simon & Schuster, 1996, p. 263.
⑤ Susan Wolstenholme. "Brother Theodore, Hell on Women." Qtd in Fritz Fleischmann, ed. *American Novelists Revisited: Essays in Feminist Criticism*. Boston, Mass.: G. K. Hall & Co., 1982: 243.

1998年美国现代图书馆将《嘉莉妹妹》列入百部20世纪最佳英语小说，排名33。然而在发表之初就因为缺乏"道德"而饱受批评[①]，即使赞赏者也承认其缺乏道德判断，只是将其归为大胆的真实性。如今《嘉莉妹妹》已成经典，当初骇人听闻的情节已经变得稀松平常，批评家的目光基本上被其自然主义特征所吸引，探讨其中的决定论观点，而无暇顾及其伦理问题。

如果从内容简介或情节框架来判断嘉莉或赫斯特伍德等人的行为善恶，难免简单化，甚至曲解。农村姑娘进城追梦，遭遇残酷现实，被人包养，同时与另一个男子勾搭，继而与后者结婚，为生计所迫，演戏挣钱，视其无力挣钱的丈夫为累赘，将其抛弃，自己日益荣华富贵，而被弃丈夫则饥寒交迫，自杀身亡。从这样的概括中可以很轻易地得出对嘉莉不利的道德判断。然而如陆建德所说，小说的伦理效果，关键在于细节。[②]《嘉莉妹妹》是一部具有强烈伦理意义的作品，小说人物的伦理选择同时具有当下性和代表性，人物在具体环境下的艰难抉择，不仅是当时情形所迫，而且是时代大环境使然。从小说细节出发，我们很难简单地对嘉莉等人物进行善恶判断，正是这种伦理问题的复杂性，体现了德莱塞对20世纪美国社会伦理现状的观察和思考。

一、嘉莉的伦理选择

批评家认为德莱塞对人类的生存状况持决定论观点，认为人受到本能和欲望的驱使，受到生存环境的控制，无法自由行事。以此出发，男人受物质和女色的诱惑而行事，女性则以寻欢逐乐、获男性奉承为目标。人们生活在丛林之中，奉行适者生存原则。菲利普·拉夫1949年在《自然主义的衰亡》一文中称："人物受制于环境，并决定于环境，环境代替人物成为主人公，此类小说方能称为自然主义派。德莱塞将其人物完全置于

[①] 例如谢尔曼就是其中最著名的批评者，他认为在德莱塞的小说中"无法找到任何道德价值"。见Stuart P. Sherman. "The Barbaric Naturalism of Theodore Dreiser." in his *On Contemporary Literature*. Los Angeles, Ca.: Holt, Rinehart and Winston, 1917: 85—101.

[②] 陆建德:《文学中的伦理:可贵的细节》，《文学评论》2014年第3期，第18—20页。

决定论的过程中,在美国作家中最为彻底。"①阿内布林克在《美国小说中的自然主义起源》一书中说:"德莱塞的作品标志了美国自然主义的兴起,其首部小说《嘉莉妹妹》就是这一运动的典型代表。"②

　　然而嘉莉虽然一次次陷入伦理困境,被迫进行伦理选择,但她一直有选择的自由,从未丧失独立思考和行动的权利。嘉莉和赫斯特伍德的道路并非命中注定,而是由自己的主观选择所致,从而凸显出小说的伦理意义。嘉莉做出过三次最大的伦理选择,每次伦理选择都导致伦理身份的变化。第一次伦理选择发生在嘉莉走投无路的时候。嘉莉从乡下进城打工,寄居在姐姐家里。她历经无数的失败之后终于在一家制鞋公司打工,每天工作很长时间,长时间的繁重劳动对嘉莉的身体造成严重的负担。每周仅有4.5美元的工资,而且其中的4美元需要付给姐姐作为食宿的费用。剩下的50美分还不够她每天上下班的车资,更别谈为自己添置衣物。天气转冷,衣衫单薄的嘉莉在寒冷和辛劳的双重作用下病倒了。病好后被鞋厂辞退,连续几天忍饥挨饿四处寻找工作,未能如愿。而姐姐一家已经开始将其视为负担,想让其离开。这时候饥寒交迫的嘉莉碰到了销售员德鲁埃。当德鲁埃为其购买食物、衣服,并愿意为其安排住处的时候,嘉莉便面临接受或拒绝的伦理选择。拒绝,将意味着必须回到乡下;接受,将意味着继续留在城市。聂珍钊认为,伦理选择往往与伦理身份密切相关。嘉莉此时的伦理选择将决定她乡下人或城市人的身份。她经过犹豫和思考,最终接受了德鲁埃的安排,和其住在了一起。选择前的嘉莉,其伦理身份处于混乱的状态,她的身份介于农村人和城市人之间。选择后的嘉莉,摆脱了农村女孩和工厂女工的身份,成为比较富裕的城市阶层。

　　嘉莉的第二次伦理选择发生在赫斯特伍德和德鲁埃之间。经德鲁埃

---

① Philip Rahv. "Notes on the Decline of Naturalism." Qtd. in George J. Becker, ed. *Documents of Modern Literary Realism*. N. J.: Princeton, 1963: 584.

② Lars Ahnebrink. *The Beginnings of Naturalism in American Fiction: A Study of the Works of Hamlin Garland, Stephen Crane, and Frank Norris with Special Reference to Some European Influences, 1891—1903*. Upsala, Sweden: Lundequistska Bokhandeln, 1950, p. v.

的介绍,赫斯特伍德认识了嘉莉,并一见钟情,立刻发动感情攻势。赫斯特伍德身为酒店经理,周旋于上层名流之间。丰厚的收入、讲究的衣着和久经锻炼的言谈举止,立刻吸引了嘉莉的注意,德鲁埃与之相比则相形见绌,无论是衣服的品味,还是谈吐的文雅,都无法与赫斯特伍德相媲美。对此时的嘉莉而言,赫斯特伍德明显代表了更高档次的生活。但真正在嘉莉的选择中起到决定作用的是感情因素。德鲁埃只是因为嘉莉的美貌而一时兴起帮助了她,并和她同居。嘉莉在他的心中并没有占据很重要的位置,而只是他已经结识和随时准备邂逅的众多女性中的一个。因此德鲁埃难免在言谈举止中流露出对嘉莉的忽视,而嘉莉生性敏感而敏锐,很容易洞察德鲁埃真实的心态。嘉莉希望与德鲁埃结婚,而德鲁埃总是借口拖延,如是者数次。而赫斯特伍德则表现得全然不同,他让嘉莉觉得他对其非常重视,嘉莉的任何事情都能够让他关注和重视。当赫斯特伍德对其表白之时,嘉莉误以为他想和自己结婚。在权衡两人的形象、对自己的态度,特别是结婚的预期之后,嘉莉选择了赫斯特伍德。当赫斯特伍德偷窃了酒吧的钱,将嘉莉哄骗上了火车之后,嘉莉在经过一番思考和纠结之后,毅然决定和赫斯特伍德一起生活,与其结婚。同样,此次伦理选择前的嘉莉,其伦理身份也处于模糊的状态,她的身份介于情妇和妻子之间。选择后的嘉莉,其伦理身份得以确立,成为赫斯特伍德的妻子。

嘉莉的第三次伦理选择依然发生在她与赫斯特伍德的关系上。这一切发生的前提依然是嘉莉模糊的伦理身份。她当初期待的稳定的家庭,随着经济状况的改变,发生了剧烈的改变,而她作为妻子的伦理身份,也随之变得模糊起来。新婚后两人到了纽约,租住了体面的公寓,雇佣了女仆。赫斯特伍德与人合伙开了酒吧,收入相对稳定。两人基本相安无事地生活了几年时间,然而好景不长,酒吧停业,家里的经济状况出现了问题。两人搬到了更加便宜的公寓,并遣走了女仆。高不成低不就的赫斯特伍德无法找到新的工作,并且在赌博中损失了一些金钱,使得家庭经济雪上加霜。后来赫斯特伍德干脆放弃了找工作的尝试,日复一日地在火炉边看报纸。穷困潦倒的赫斯特伍德衣着不再光鲜体面,对待嘉莉也不再具有绅士风度。两人的争吵中,赫斯特伍德断然否认了自己与嘉莉曾经结婚,这样嘉莉的妻子身份就变得模糊不清。走投无路的嘉莉只好自救,在剧院找到了工作,并一步步取得成功。由于缺乏伦理身份的约束,她逐渐将赫斯特伍德视为累赘,最终决定与其分开。在这次伦理选择之前,嘉莉的身份处于已婚和未婚之间。在伦理选择之后,她的身份彻底确立为单身女性。随着个人演艺的成功,成为富有的单身女性。

　　嘉莉的三次伦理选择,都证明了传统家庭伦理的衰落和金钱至上价值观的盛行。背井离乡的嘉莉居住在姐姐家里,但姐姐和姐夫显然完全缺乏同情心,更不用说有什么亲情。他们在嘉莉到来之前就已经在思考嘉莉能给他们带来多少经济上的好处。他们把嘉莉绝大部分的收入据为己有,让嘉莉饥寒交迫,却想着如何利用嘉莉的钱去购买地产。当嘉莉丢掉工作之后无法为他们带来经济收益时,他们马上变得极为冷漠,希望其立刻走人。嘉莉离开了农村的家,却无法在姐姐家找到家庭的温暖和支持,她和姐姐的亲人关系完全被金钱关系所代替。嘉莉和德鲁埃住在了一起,是以建立家庭为目的的。不仅德鲁埃承诺要尽快结婚,而且他们对外总是以夫妻自称。然而嘉莉对家庭的期待注定是无法实现的,德鲁埃是一个见异思迁的花花公子,从未有过这方面的打算。而且嘉莉并没有真正地爱上德鲁埃。在嘉莉和德鲁埃之间无法建构出真正的家庭伦理关系,两人只是在金钱和美色的基础上形成了一种交换关系。没有了家庭伦理关系,自然缺乏家庭伦理约束。当赫斯特伍德出现时,嘉莉能够比较容易地改换门庭。同样,嘉莉也没有和赫斯特伍德建立起真正的家庭伦理关系。两者关系的实质依然是金钱与美色的交换关系,赫斯特伍德能够对嘉莉保持绅士风度,建立在自己厚实的经济基础之上。同时由于嘉莉发现了赫斯特伍德在婚姻状况上对自己的欺骗,也失去了对他最初强烈的感情上的依恋。之所以嘉莉愿意同赫斯特伍德继续一起生活,是因为嘉莉和德鲁埃闹了矛盾,嘉莉又一次面临着贫穷的威胁,而赫斯特伍德可以解决这一件事情。因此当两人的关系基石——经济状况——出了问题后,赫斯特伍德撕去了绅士的面具,而嘉莉则毫无心理负担地将其一脚蹬掉。

　　家庭伦理关系的缺失和迫在眉睫的经济压力,是促使嘉莉做出三次伦理选择的根本原因。在整部小说中,嘉莉都游离在家庭生活之外。在她离开农村的家庭后,跟家里人再也没有过任何联系。在离开姐姐家后,她也没有和他们有过任何联系。特别重要的一点,嘉莉虽然先与德鲁埃,后与赫斯特伍德长期同居,却始终没有小孩,因此始终没有产生具有约束力的家庭伦理关系。在小说末尾,嘉莉在经济方面已经取得了极大的成功,但她依然孑然一身、孤独地生活着,一点都没有因为金钱而感到幸福。

二、消费时代的伦理现状

家庭伦理的衰落和物质欲望的张扬并非限于嘉莉个例,而是20世纪初期美国社会的普遍状况。当时美国正处于快速城市化和商业化的时代,传统的家庭伦理逐渐解体,而金钱成为界定人际关系和个人身份的主要因素。这一点在赫斯特伍德的家庭中得到彻底的体现。赫斯特伍德为全家人提供丰厚的物质保障,让其享受优越的衣食住行,而却无法得到相应的亲情。他的妻子和儿女和他的关系主要体现为向他反复索取金钱,以满足自己的虚荣。他的家人眼中只有那些更有钱的阔人,心里只有如何模仿别人的行为。当有钱人购买了赛马场的包间时,他们也要购买;当有钱人去欧洲旅游时,他们也提出要去欧洲旅游;当有钱人穿金戴银时,他们便迫不及待地产生购买新衣服的欲望。他们对物质的欲望是永远无法满足的,他们追求有钱人生活的脚步是永远无法停止的。只要赫斯特伍德爽快地满足他们的任何物质需求,家庭便相安无事,而一旦他流露出一丝犹豫,提出一点疑问,家庭关系便会骤然紧张。家人从来没有在乎过他的需求和感受。除了金钱,他在家里属于可有可无的存在,他缺乏对妻子和子女的影响力,而其他人对他也缺乏最起码的尊重。后来他甚至都不知道家里人每天都在做什么。当他和妻子因为度假的事情产生分歧时,妻子便陡然发难,雇佣律师,起诉离婚。其中固然有赫斯特伍德迷恋嘉莉的因素在其中,但经济因素却起了决定性作用。因为赫斯特伍德以前将家产都登记在妻子的名下,对妻子来说,丈夫的净身出户将使她们能够更加快意自由地享受消费生活,而不会有任何物质损失。对他的家人来说,家庭伦理彻底成为虚无,而物质欲望则是指导生活的基本原则。赫斯特伍德的家人在他离开之后，继续奉行经济利益至上的原则，他的女儿嫁给了一个年少多金的人，成就了一桩美色与金钱相结合的美满婚姻。在女婿携带妻子和丈母娘启程前往欧洲之时，丈母娘是何等地快意和满足。

由于缺乏以家庭为核心的传统伦理价值，定义人们身份的便只有金钱。金钱首先定义了社会最底层的穷人。金钱能够保障基本的温饱，让人免于冻饿。嘉莉在芝加哥丢掉了鞋厂的工作之后、德鲁埃离开之后、赫斯特伍德的酒吧关闭之后三次面临生活难以为继的威胁。赫斯特伍德在衰落之后，靠打零工、乞讨和慈善挣扎多年，导致身体虚弱，精神崩溃，最终自杀。在芝加哥，有大量的像嘉莉一样在工厂打工的女孩，她们从事着对身体极度有害的高强度劳动，却挣着极为微薄的薪水，衣衫褴褛，生活拮据。在纽约，有大量的失业人群。即使有工作的一部分人，因为工资微薄，无法养家糊口。例如电车司机工作时间延长，工资却锐减，家人都忍饥挨饿。当公司决定雇用新人代替他们时，他们便彻底沦为绝望人群。德莱塞的小说人物都具有极大的典型性和代表性。无论当初艰难度日的嘉莉，还是后来流落街头的赫斯特伍德，都非个例，都代表了20世纪初期美国城市中大量的底层打工者和无家可归的穷人。这些人只为了满足最基本的生存需求而挣扎，更高的生活追求和精神理想更加无法企及，他们是金钱社会的牺牲品。

对于那些保证了温饱的人群，金钱具体化为服饰、居所、消费方式和言谈举止，对他们进行定义，让他们相互之间进行区分，获得具体的身份标识。嘉莉首次在火车上碰到德鲁埃，便认为德鲁埃代表了上层人士，其根据就是其鲜亮的衣服。反观自己的衣服，则显得破旧老土。后来见到了赫斯特伍德，嘉莉认为赫斯特伍德代表比德鲁埃更加高级的社会地位，因为前者的衣服更加讲究，而德鲁埃的衣服尽管鲜亮，却在品位上稍逊一筹。嘉莉对其交往的任何人，首先是观察其衣着，从而判断对方的经济能力和社会地位。她从穿衣上判断出芝加哥时的邻居和纽约时邻居的富裕和地位。社会富裕阶层对嘉莉最大的吸引力，就是其楚楚衣冠。甚至令嘉莉心醉神迷的演戏，演员和观众华丽高档的服装是构成吸引力的主要元素。嘉莉以衣物观人,也以衣物视己。她对穿衣打扮非常重视。在和德鲁埃一起生活之前,她就对自己衣物的普通陈旧耿耿于怀。对工厂女工的衣衫褴褛感同身受。嘉莉时刻在学习穿衣的学问,不遗余力地改善自己的外部形象。在德鲁埃钱包的支持下,嘉莉对衣着进行了整体的升级换代,后来在赫斯特伍德勉为其难的支持下,嘉莉的装备有了进一步的提高。然而当赫斯特伍德失业,而嘉莉工作的情况下,由于嘉莉需要拿钱补贴家用,从而影响到购衣大业,丈夫不如衣服,嘉莉因此离开了赫斯特伍德。事业成功的嘉莉终于可以随心所欲地购买自己中意的衣服,似乎终于达到了奋斗的目标。同样在追求衣着方面,嘉莉具有强烈的社会代表性,其余的人物均是如此,比如赫斯特伍德的妻女和嘉莉的朋友等人。

　　金钱定义人的身份,还具体化为居所。嘉莉来到城市,所接触的第一个居所就是姐姐的家,逼仄狭窄的房间显然是其拮据的经济状态和低下的社会地位的体现。后来嘉莉同德鲁埃住进了相对体面的公寓,获得了相应的社会地位,从而能够与能够居住同样公寓的人们交往。嘉莉到了纽约后和赫斯特伍德住进了更为宽敞而且装备精良的公寓。这也为嘉莉赋予了和邻居家的阔太太凡斯夫人交往的资格。等到赫斯特伍德经济出了问题之后,两人被迫搬进了地段差、面积小、环境差的公寓。这样的居住环境再也不适合同阔太太交往,嘉莉丧失了同上层社会交往的重要资格。嘉莉演艺走红,豪华酒店闻风而动,为其免费提供豪华套房,从此嘉莉彻底获得了出入上流社会的资格。当凡斯夫人再次见到嘉莉,而嘉莉告知自己在豪华酒店下榻的时候,凡斯夫人更加坚定了同其交好的决心。当德鲁埃得知嘉莉常住在时髦酒店的时候,嘉莉在其心目中的地位更是一路飙升。嘉莉对每次居住的场所,必定详细审视,从而以之界定自己的身份。与嘉莉一路上升的居住环境不同,赫斯特伍德从自家的洋房,到租住的套房,再到更小的公寓,再到更差的旅馆,直到条件最差的12美分一晚的旅店,最后连最差的旅馆都难以保证。居所的一步步下滑,也标志着其身份从体面的酒店经理到不名一文乞丐的破落过程。

　　金钱定义人的身份,还具体化为人的消费方式。自从人类进入消费社会,消费不再仅仅是满足实际需求的手段,而是成为一种生活方式,乃至身份的标识。20世纪初期的美国社会，标志身份的社会性消费行为主要有吃饭与看戏。这里的吃饭不是自己家里的进餐，而是在饭店的消费活动。饭店的级别和档次至关重要，直接关系到食客的身份和地位。因此饭店的装潢、服务、灯光、声誉、顾客群体、所在位置，都是和饭菜本身同等重要、甚至更加重要的内容。嘉莉第一次在高级饭店进餐是由德鲁埃买单的，佐证了德鲁埃有钱人的身份。嘉莉和赫斯特伍德在纽约一起生活时，由于经济所限，很少出去就餐，而邻居太太则经常出入豪华饭店，让嘉莉产生对比心理，进而破坏了心情。其间嘉莉被凡斯夫人邀请，到金碧辉煌的酒店进餐，被豪奢的装潢与离谱的价格所震惊，极度羡慕那些能够随意出入其间的富人。后来嘉莉一夜成名，从此不需要自己掏一分钱，就会有大批的有钱人等着邀请其一起进餐。另外一种具有社会属性的消费行为是看戏。嘉莉在姐姐家提议去看戏，遭到一致拒绝。跟德鲁埃在一起后开始光顾剧院。和赫斯特伍德到纽约后很少看戏，让嘉莉心生怨意。随时出入剧院，是有钱人才能够享有的特权，是其身份的标识之一。

　　金钱除了解决人的温饱问题，满足人对衣食住行等方面的物质需求，还能影响人的言谈举止。嘉莉刚刚进城的时候，还是拖着脚走路的，神态语气乡土气息十足。后来在德鲁埃有口无心的提点之下，嘉莉开始悉心钻研，努力提高个人仪态。同时周围的富人都是她观摩和学习的对象。正是这种大力提高之后的仪表神态，构成了对赫斯特伍德致命的吸引力。嘉莉的仪态学习，在芝加哥和纽约都是一以贯之，从未间断。嘉莉优雅的仪表成为身份的标识，提高了自己在他人心目中的地位，为她带来了社交和演艺事业的成功。嘉莉在追求物质的过程中，她自己也成为被男人追逐的商品，而她对自己言谈举止的优化，抬高了这一商品的价格。

　　由于金钱成为界定身份的决定性因素，人们便陷入无穷无尽的物质欲望之中。无论是对衣物和房屋等有形物质的追求，还是对消费和仪态等隐形物质的执着，都是试图通过获取物质而赢得社会身份的努力。人们的伦理选择也在很大程度上取决于人们的这种动机。

三、德莱塞的伦理思考

德莱塞本人深受自然主义思想的影响,认为人在很大程度上受制于其生存的环境。《嘉莉妹妹》中的嘉莉同周围的人一样,以物质利益为第一追求,以物质享受作为生活选择的根本依据。然而这只是德莱塞对20世纪初期美国社会伦理现状的观察与记录,是对社会现状的真实模写,而不是德莱塞本人的伦理立场。德莱塞对物质至上的社会伦理虽然没有明确的批判,但从小说的字里行间,依然流露出德莱塞的质疑与反思。

首先,小说中的两个主要人物嘉莉和赫斯特伍德,作为物质追求的代表人物,并没有真正实现幸福生活的目标。每当嘉莉产生某种物质欲望的时候,总是认为该物质的获得,必将自然而然地带来幸福,不管这一物质需求是豪华餐馆的宴席,还是时髦的着装,还是阔绰的住房,或高额的收入。在物质的诱惑面前,"她相当确定那里就是幸福"①。但当她一一满足了所有的物质欲望之后,她却发现"这根本并不幸福"。② 德莱塞的伦理思考便寄托在嘉莉的不幸福上。当有钱的男人们像苍蝇一样朝嘉莉蜂拥而至的时候,嘉莉选择了退缩和拒绝。她周围的人,特别是她的女伴非常不理解她,认为她离群索居,落落寡合。甚至媒体都开始报道她安静缄默的特征。一遍遍经历了物质的渴望、追求、满足和失望的循环之后,嘉莉已经认识到了幸福并非单纯的物质可以保证。功成名就的嘉莉经常一个人坐在摇椅之中,孤独地思考。德莱塞将嘉莉塑造为整个世界欲望的象征,而嘉莉追求幸福的失败,也是物质欲望本身的失败。

小说中最具伦理意义的场景是赫斯特伍德的偷窃。同《吉姆老爷》中的吉姆一样,赫斯特伍德在家人的毫无餍足的索取、嘉莉的拒绝、酒醉后的糊涂、未上锁的保险箱、保险箱的意外关闭等种种情形的共同作用下一时失足,偷窃了公司的钱财。很多评论家对赫斯特伍德更感兴趣。他从体面的人生迅速滑向社会的底层,是因盲目追求物质欲望而受到的惩罚。

---

① Theodore Dreiser. *Sister Carrie*. New York: Signet Classics, 2000, p.114.
② Ibid., p.486.

他对嘉莉的追求,是有钱人对美色的追求,同其积蓄房产和犬马一样,都是增加其物质财富的收藏行为。他在追求嘉莉的时候,从未想过放弃自己的家庭。他想的只是在原有稳定优越的生活基础上锦上添花。然而他从未想过生活中的选择往往意味着放弃。他在选择嘉莉的同时,也被迫放弃了包括工作和家庭在内的一切,从此走上了一条日渐衰退的道路。

其次,德莱塞也表达了精神生活的重要性。嘉莉对演艺事业本身充满了激情,这种激情实际上超越了金钱的范畴,成为一种精神追求。在芝加哥的时候,因为偶然的机会,嘉莉参演了一次业余剧团的演出。这次非职业的活动与经济收益没有关系,但嘉莉对此抱有浓厚的兴趣,全力以赴地背诵剧本,演练台词。在众多参演的演员中,嘉莉是投入感情和精力最多的一个。因为演出的成功,嘉莉从中收获的快乐也是最多的。到了纽约,虽然因为走投无路而去剧院工作,但嘉莉对演艺的热爱丝毫没有减退。她并没有像周围的演员一样,将演戏单纯视为挣钱的行当,而是将其视为值得为之奋斗的事业。演戏为她挣来金钱的同时,还为她带来精神上的愉悦满足。德莱塞似乎通过嘉莉来传达某种伦理观念,即物质本身很难让人幸福,而全身心的事业追求则能产生快乐。德莱塞对精神追求的表达,还体现在人物艾姆斯身上。在熙熙攘攘、利来利往的人群中,艾姆斯是唯一一个反对奢华消费、强调精神追求的人物。他致力于实业,却志存高远,不忘投身于精神生活,在文学、音乐和戏剧方面有相当的造诣。他为嘉莉树立了一个向往和追求的目标,估计也是德莱塞为读者树立的理想型人格。

最后,尽管德莱塞描绘了一幅冷酷无情的城市画像,揭示了一个充满残酷剥削、弱肉强食的资本主义社会,但无私与关爱并没有完全消失。随着赫斯特伍德的彻底潦倒,他不得不时时光顾慈善场所。纽约有大量的穷人,但也有不少的慈善机构。有些提供午饭,有些提供面包,给那些饥饿的人们一个活下来的机会。有一个面包商在每天午夜为饥饿者提供面包,无论刮风下雨,无论市面繁荣凋敝,每天都会有四百多人前来领取面包。最令人敬佩的是,该面包商坚持了二十多年,从未间断。甚至有一个退伍军人,本人虽然身无分文,却能够组织流浪者,向过路者乞讨,让他们住进旅馆,以免冰天雪地中露宿街头。在《嘉莉妹妹》中,尽管势利者甚众,却无真正的恶棍,心怀慈悲者亦大有其人。嘉莉就对穷苦者抱有深深的同情。

德莱塞忠实的朋友门肯对德莱塞辩护有加,认为对其道德缺失的指责往往基于学术界"惯用空洞词汇恫吓民众的劣习",源于其"难于理解细节和表达事实的无能"。① 对《嘉莉妹妹》的道德批评,不能简单地以自然主义或消费主义塞责了事,而应该从具体文本出发,结合历史环境,进行全面考察。总体而言,德莱塞对当时的社会伦理现状持悲观的态度。传统伦理价值,特别是家庭伦理的解体,使得金钱成为决定人际关系和人物身份的最重要的因素,因此人们的伦理选择往往只能在物质利益的驱动下进行。德莱塞认为,以满足物质欲望为目标的生活,很难保证真正的幸福。然而德莱塞对精神追求的强调和对慈善事业的描述,为灰暗的时代面貌增添了亮色,也指明了希望所在。正是因为德莱塞对美国伦理现状真实而深刻的探索,安德森认为德莱塞"使得整个美国的空气更加新鲜"②。

本章小结

本章运用聂珍钊的文学伦理学批评理论和方法,对19世纪末、20世纪初的三位美国现实主义小说家其人其作进行了分析。这一时期的美国社会正处于急剧的变化之中。工业化、商业化、城市化促进了垄断资本主义的加速发展,在创造巨额财富的同时,也造就了大批的穷人。资本主义奉行物质主义原则,金钱成为衡量一个人的最主要依据。穷人为了生存,必须竭尽全力地挣钱;富人为了获取更高的社会地位,更是不遗余力地积累财富。当整个社会为金钱疯狂的时候,社会道德水平整体滑坡,社会问

---

① H. L. Mencken. "The Dreiser Bugaboo." Qtd. in John Lydenberg, ed. *Dreiser: A Collection of Critical Essays*. Prentice-Hall, Inc., 1971, pp.75—76.

② Sherwood Anderson. "Introduction." Qtd. in *Free and Other Stories*, by Theodore Dreiser. New York: Boni & Liveright, 1918, pp. vi—vii.

题极为严峻。作为美国杰出的现实主义小说家,杰克·伦敦、欧·亨利和西奥多·德莱塞对19世纪、20世纪之交的美国进行深入观察,对其社会伦理现状进行积极的思考。弥漫于整个社会的物质至上主义,在他们的小说中有充分的体现,几乎所有的主人公都为了钱而犯了错误。然而作者对这些人物并非简单地谴责,而是表达出一种极为复杂的评价态度。历来的评论家虽然也涉及对他们作品的道德评价,但这些评价往往是浅尝辄止、一带而过,而且往往互相抵触。利用聂珍钊的文学伦理学,尤其是伦理身份和伦理选择等概念,能够让我们深入文本细节,深入历史背景,更加准确地理解作者的伦理表达。

批评家们对杰克·伦敦《海狼》的伦理批评是不一致的,有人认为杰克·伦敦批判海狼拉森所代表的道德虚无主义,而有人则认为杰克·伦敦对海狼拉森流露出同情甚至欣赏的态度。聂珍钊关于伦理环境和伦理选择的论述,能够让我们明白这种不一致其实是杰克·伦敦本身的不一致和《海狼》本身的不一致,归根结底根植于杰克·伦敦所处的社会环境。拉森作为鬼魂号的船长,掌握着所有的生产资料,体现出资本家最根本的属性:追求物质利益最大化。他超越常人的体力和脑力,其实也代表了资本家作为一个阶级所具有的压倒一切的强大力量。同整个资产阶级一样,他不顾他人的死活,完全奉行道德虚无主义。拉森为此付出了沉重的代价,他时刻都要承受因为道德虚无主义而带来的孤独、因为找不到任何生命目标而导致的抑郁,最终众叛亲离、病发身死。然而作者又表现出对拉森的欣赏,对其惊人的体魄和超强的毅力赞美有加,认为其暴力倾向是震慑船上流氓无赖的唯一有效手段。杰克·伦敦本人就生活在一个商业社会之中,赚钱是他写作的唯一动力。文学伦理学强调回到伦理现场,拉森的道德立场是其贫苦的成长环境和残酷的生活环境所致,而杰克·伦敦本人的成长经历和生活现状与其如出一辙。杰克·伦敦既惩罚拉森,又认同拉森,体现了杰克·伦敦本人及其时代的伦理困惑。

欧·亨利因为缺乏伦理意识而被众多的批评家所诟病,然而如果利用文学伦理学关于伦理选择的理论来解读其作品,就会发现欧·亨利往往通过小说人物的伦理选择,表达其伦理立场。例如在其最著名的小说之一《都市报告》中,作者的伦理立场通过叙事者的三次伦理选择得以表达。叙事者在车夫索要高额车资的时候,他面临两种相互抵触的伦理规则,商业公平和扶危济困;叙事者在见到贫困潦倒的女作家的时候,他同样面临两种不能兼容的伦理规则,诚实守信和扶危济困;叙事者在发现车夫杀人的证据后,也面临两个不能同时存在的伦理规则,法律正义和扶危济困。叙事者无一例外地选择了后者,而放弃了前者。文学伦理学认为,伦理选择总是与伦理身份密切相关。叙事者能够进行伦理选择,是因为他在每次的伦理困境面前,总是具有双重的伦理身份,每一种伦理身份对他提出迥然不同的伦理要求。叙事者每次的伦理选择,都是牺牲其他具有局限性的伦理规则,服从于对弱势群体的保护。欧·亨利的小说对商业时代的物质主义有明确的批判,对资本主义制度的牺牲者有明确的同情。为他人的幸福而无私奉献,是欧·亨利在不同的作品中坚持不懈地强调的优秀品质。而这种优秀的伦理品质,是通过小说人物的伦理选择表达出来的,从而用人物的道德力量,给残酷的资本主义社会涂上一层亮色,让人们在平凡的现实中发现意外和惊喜。

德莱塞的《嘉莉妹妹》同样是一部充满道德争议的作品,经常因为缺乏道德意识而为评论者批判。如果仅从情节框架上来说,的确可以得出存在主义的结论,认为小说人物受到自身欲望和生存环境的双重控制,没有任何的自由行动空间。然而,如果利用文学伦理学的伦理选择和伦理现场的理论,就会发现《嘉莉妹妹》具有强烈的伦理学意义,人物一次次陷入伦理困境,不得不进行伦理选择,主人公并非评论界所言的毫无行动能力的木偶,而是能够进行自由选择的行动主体。正是这种主动的伦理选择体现了《嘉莉妹妹》对资本主义社会的伦理思考。嘉莉总共进行了三次重大的伦理选择,而每次的伦理选择都体现了世纪之交美国家庭伦理的衰落和物质主义的盛行。主人公嘉莉自从离开农村的家庭之后,再也没有获得过真正的家庭身份,追求物质满足,是嘉莉唯一能够获取身份的途径。嘉莉的伦理选择,是整个社会伦理观念的折射,世纪之交的美国,传统的家庭伦理的衰落,使得金钱不再仅仅是生活物质保障,而成为界定身份的主要依据。尽管《嘉莉妹妹》描述了一个物欲横流的资本主义社会,但小说认为物欲并不能使人幸福，而真正的精神追求才能给人带来持久而深刻的愉悦，同时德莱塞对慈善事业的赞美，也为灰暗的伦理现状添加了乐观的颜色。

　　利用文学伦理学对《海狼》、欧·亨利的短篇小说、《嘉莉妹妹》进行研究，我们能够更加清晰地把握作者的伦理思考和伦理表达。首先，这种伦理思考不是抽象的人性探讨，而是对具体社会环境下的伦理现状的呈现。对这三位作家来说，这个具体的社会环境就是19世纪末、20世纪初的美国社会。正在快速商业化的美国物质主义甚嚣尘上，成为压倒性的社会规则。生活在其中的杰克·伦敦、欧·亨利和德莱塞对此感同身受，在作品中有详细的呈现。其次，在揭露社会伦理现状的同时，作者还在表达自己的伦理立场。三位作者几乎都在批判金钱至上的道德虚无主义，对追求物质的小说人物进行惩罚，同时对善良和无私的优秀品质进行赞美。第三，作者对小说人物的道德评价不是生硬机械的，而是融入细节当中，具有微妙性和复杂性。尽管犯了错误的主人公在面临伦理困境的时候，可以选择不犯错误，但环境的压力却是他们做出错误伦理选择的重要原因。在一定程度上来说，他们的缺点和错误，是整个社会的缺点和错误，具有普遍的社会代表性。因此，尽管作者并不支持主人公错误的伦理观念，但对其命运遭际却往往表达出同情，甚至理解的态度。利用文学伦理学的理论，可以让我们避免非此即彼的简单化的道德判断，而是深入具体的伦理现场，通过人物的伦理选择，进行全面的伦理分析，从而理解三位作者对物质主义既批判又难以全盘否认的复杂伦理立场。

　　限于篇幅，我们仅对三位现实主义作家的作品进行了文学伦理学解读，而作为美国文学半壁江山的现实主义小说浩如烟海，具有强烈伦理批判的现实主义小说亦数不胜数，以19世纪、20世纪之交为例，马克·吐温（Mark Twain）的《哈克贝利·费恩历险记》（*Adventures of Huckleberry Finn*）、豪威尔斯（William Dean Howells）的《赛拉斯·拉帕姆的发迹》（*The Rise of Silas Lapham*）、斯蒂芬·克莱恩（Stephen Crane）的《街头女郎玛吉》（*Maggie: A Girl of the Streets*）、弗兰克·诺里斯（Frank Norris）的《章鱼》（*The Octopus: A Story of California*）、厄普顿·辛克莱(Upton Sinclair)的《丛林》(*The Jungle*)、约翰·斯坦贝克(John Ernst Steinbeck)的《愤怒的葡萄》(*The Grapes of Wrath*)等小说,都具有强烈的社会道德批判,值得我们的关注。利用文学伦理学对以上三位作家作品的解读,能够体现出文学伦理学对文学作品中社会道德批判所具有的独特批评优势,从而让我们更加重视现实主义小说中的伦理思考,进而对其所表达的社会伦理现状和作者的伦理立场进行更为深入的探索。

第三章

成长小说的教诲价值

　　成长小说的重要特征是具有明显的教育功能和教诲价值。在文学伦理学批评视域下,美国成长小说中青少年成长的过程,是逐步具备明确的伦理意识和伦理责任感,进而获得其伦理身份认同的过程。美国成长小说以 Initiation Stories 命名使得这一文学类型从建立之初便具有浓厚的伦理特质。Initiation 有"开始、启蒙、创始、入会仪式"等字面含义,其引申义是成长者个体进入社会,与社会规范进行认知、磨合、叛逆、接纳的过程。因此,在社会中具有什么样的伦理身份以及为取得这个身份而做出怎样的伦理选择,或是在争取身份和进行选择中产生的伦理困惑、伦理两难、伦理反思等一系列的伦理情境,都应是研究美国成长小说不容忽视的重点。由此可见,区别于经典成长小说的"自我教育",美国成长小说是"社会教育",即成长者以在所处的社会中找到适合的伦理身份为目的,探索周边的人文形态和伦理关系,以确立自身存在意义的成长经历。这些成长者的成长经历蕴含着教诲价值,为其他成长者提供启迪和借鉴。

本章以马克·吐温(1835—1910)的《哈克贝利·费恩历险记》(*The Adventures of Huckleberry Finn*)、杰罗姆·大卫·塞林格(Jerome David Salinger,1919—2010)的《麦田里的守望者》(*The Catcher in the Rye*)和乔伊斯·卡罗尔·欧茨(Joyce Carol Oates,1938—)的《我的妹妹,我的爱》(*My Sister, My Love*)三部小说为分析对象,以文学伦理学批评为理论视角,运用伦理选择、伦理身份、伦理困惑、伦理反思、斯芬克斯因子等文学伦理学批评方法中的核心概念,对这些经典作品中的成长主人公的成长历程进行深度分析,阐释美国成长小说教诲价值的生成及特点。马克·吐温的小说《哈克贝利·费恩历险记》的主人公哈克从原生家庭出逃到密西西比河上漂流,在四次上岸追求伦理身份的过程中,经历了从盲目到明确、从被动到主动、从偏差到准确的曲折过程,最终明确了在社会上立身的目标。小说以哈克的成长故事来隐喻美利坚民族的成长历程,彰显出这部经典小说的教诲价值。塞林格的小说《麦田里的守望者》的主人公霍尔顿最后彻底放弃了出逃的想法,标志着他的成长,他愿意做一个维护希望的守望者,因为他认识到自己对挚爱的妹妹承担伦理责任,自己与他人和社会建构伦理关系的必要性,这也正是这部成长小说的伦理教诲价值所在。欧茨的小说《我的妹妹,我的爱》中的主人公史盖乐通过三次伦理选择,使自己获得了伦理意识,获得了对真—假、善—恶、美—丑进行道德判断的伦理认知,实现了自我人性和人格的提升,走出一条感性—伦理—宗教的成长道路,小说正是在这种伦理选择和伦理认知中实现了其教诲价值。可见,在文学伦理学批评的视域中,美国成长小说有着与其他小说类型相区别的叙事模式和与他国成长小说不一样的创作内涵。

在成长过程中,"伦理身份"是一个重要的概念。对身份的意识与渴望是成长者成长的动因,而获得理想的伦理身份则是一个人成熟的标志。想拥有什么样的身份,如何获取身份,始终是美国成长小说的叙事焦点。不同的身份决定了成长者会采取不同的获取方式,不同的获取方式又反过来造成身份获取的成功与偏差。众多美国成长小说为成长者的身份追求提供了经验或文化资源。马克·吐温的《哈克贝利·费恩历险记》就是这样一部经典之作。哈克从一个野地里睡大木桶的野孩子到解救黑人的英雄,其伦理身份始终是他追求的目标。不同于以往在德国成长小说(Bildungsroman)语境下研究出的哈克出逃的目的是要"逃离社会"的结论,主人公哈克的成长主旨在入世,并且在出逃的过程中他的行为从追求个人生存发展为关注他人群体,其伦理意识不断增强,并建立了自己的理性意志,因其反应了19世纪初美利坚民族的社会伦理和主权争夺而使其成为公认的美国伟大经典著作。

文学伦理学批评把伦理意义上的人看成是一种斯芬克斯因子的存在,由人性因子和兽性因子组成。因而人的成长是逐渐摆脱斯芬克斯的困惑,产生善恶意识,变成理性的人。塞林格的代表作品《麦田里的守望者》描写了人的这一成长过程。小说一出版,就在美国青少年中产生强烈的反响。一时间,主人公霍尔顿成了大、中学生争相模仿的对象。六十多年过去了,运用文学伦理学批评方法,力求回到历史现场,在特定的伦理环境和伦理语境中,对塞林格的小说《麦田里的守望者》的伦理结构和伦理表达进行综合考察,发现《麦田里的守望者》实质是对霍尔顿的人性因子与兽性因子及其伦理选择的过程的深刻剖析。成长是逐步具备明确的伦理意识和伦理责任感,进而获得伦理身份认同的过程。霍尔顿认识到自己对挚爱的妹妹承担伦理责任,自己与他人和社会建构伦理关系的必要性,最后彻底放弃了出逃的想法,隐喻着霍尔顿人格发展过程中人性因子对兽性因子的胜利,即人性因子有效地制约了兽性因子,使他获得理性的成熟,走向人格的完善,这也正是这部成长小说的伦理教诲价值所在,对我们今天的生命成长教育及共建和谐社会具有启迪性。

伦理选择是每一个进入社会的成长者都要做的事,成长者通过伦理选择不仅达到道德成熟和完善,而且不同的选择有不同的伦理价值,因而拥有不同的人生。美国女作家欧茨的第39部长篇小说《我的妹妹,我的爱》集中体现了伦理选择对于成长者的重要性。小说以丹麦作家索伦·克尔凯郭尔在《致死的疾病》中的一段话为创作指导思想,叙述了史盖乐成长道路上的三种生存方式:感性人生、伦理人生、宗教人生,在对三种生存方式的选择中,史盖乐陷入了要不要替母亲保守秘密、要不要看望即将做手术的母亲、要不要告发母亲是杀害妹妹的凶手这三次伦理两难的境地,使他处于绝望之中,从而能够进行精神运动,获得伦理意识,实现自我的成长。伦理选择使史盖乐产生了顿悟,走完了人生精神成长的三个阶段。这部小说较欧茨以往创作的成长小说有了更成熟的思想,表现在以往她的小说都是描写社会底层人物所面临的问题,而这部小说是发生在美国中上层家庭的故事,说明青少年在没有道德约束的伦理环境中的伦理困惑和行为失当是一个普遍性的问题。这部小说的成熟性还表现在它不仅展现了处于伦理困境中的青少年所表现出来的问题,还指出了走出伦理困境的出路,从而彰显了欧茨的伦理取向和小说的教诲价值。

第一节　哈克的伦理身份与美利坚民族的成长

自马克·吐温的《哈克贝利·费恩历险记》问世以来,学者们从小说的创作思想、人物分析、语言特色以及种族主义等方面进行了诸多研究。但是,《哈克贝利·费恩历险记》显然更是一部成长小说,国内外也有学者就这部小说的成长主题进行评论,例如沃尔克认为:"它叙述了哈克贝利·费恩道德观念的形成过程,展现了一个年轻人从天真到成熟的传统的成长历程。"[①]芮渝萍认为:"这部小说能够经久不衰的一个重要原因,还在于它表现了一个更为普遍的人生经历——成长的心理历程。"[②]然而,这些评论却没有就此进一步专题探讨该部成长小说,即没有指出作为成长主人公的哈克成长的目的和成熟的标志。

[①] Nancy A. Walker. "Reformer and Young Maidens: Women and Virture in *Adventures of Huckleberry Finn*." Qtd. in Gerald Graff, James Phelan, ed. *Mark Twain, Adventures of Huckleberry Finn: A Case Study in Critical Controversy*. Boston: Bedford Books of St. Martin's Press, 1995: 486—487.

[②] 芮渝萍、刘春慧:《成长小说:一种解读美国文学的新视点》,《宁波大学学报(人文科学版)》2005年第1期,第2页。

当前学界对于成长小说的研究,往往要先判断其是传统成长小说还是现代成长小说,其相对应的主人公结局为最终融入社会还是逃离社会,而这一归类标准是以"现代性"来界定的。可是,关于"现代性"的时间节点却无定论。亨利·亚当斯说"1900年,连续性突然断裂",弗吉尼亚·伍尔夫认为是"在1910年或其前后,人的特质变了",而薇拉·凯瑟发现"1922年把世界分为两部分"。① 据此,有学者就产生了困惑:"无论从上述哪个时间节点来说,1883年(本文注:伯克利加利福尼亚大学出版社1986出版的《马克·吐温文库》提到该小说第一版时间为1884年;美国著名的纸皮书出版社班坦图书公司在其2003年4月经典再版该小说时也标明第一版时间为1884年)马克·吐温出版的《哈克贝利·费恩历险记》都称不上'现代',但从包括马茨在内的众多对现代成长小说模式的界定来衡量,《哈克贝利·费恩历险记》当属'现代'。"②

这种"站队"式的研究虽然让成长小说的成长模式清晰明了,但却使得纷繁复杂、倏忽易变的成长过程简单化了,问题就在于没有一个明确的成长小说范畴,因而不仅没有阐述哈克的成长目标,更没有彰显小说的文学价值。众所周知,《哈克贝利·费恩历险记》被海明威誉为"我们所有书中最好的。一切美国文学都来自这本书"③。费德勒也说"毫不奇怪美国最伟大的书是关于一个男孩,那个'坏'男孩,那就是《哈克贝利·费恩历险记》"④。可见,作为成长小说的《哈克贝利·费恩历险记》有着极高的文学价值和社会意义,值得深入研究。本文在文学伦理学批评视域中重新梳理,认为《哈克贝利·费恩历险记》是有别于他国成长小说的美国的成长小说,其中的成长主人公不存在融入或逃离社会的选择,只有进入社

---

① Jesse Matz. *The Modern Novel: A Short Introduction*. Malden: Blackwell Publishing Ltd, 2004, p. 1.
② 孙胜忠:《英美成长小说情节模式与结局之比较研究》,《安徽师范大学学报(人文社会科学版)》2014年第2期,第235页。
③ Ernest Hemingway. *Green Hills of Africa*. New York: Charles Scribner's Sons, 1935, pp. 22—23.
④ L. A. Fiedler. *Love and Death in the American Novel*. Harmondsworth: Penguin Books, 1984, p. 24.

会的方式以及程度的问题。本文从美国成长小说名称入手,分析哈克成长的伦理诉求和价值取向,彰显小说的教诲价值。

一、《哈克贝利·费恩历险记》:一部旨在入世的美国成长小说

提到成长小说,学界一般以歌德的《威廉·麦斯特的学习时代》为代表,连"成长小说"这一术语也是援用德语中的 Bildungsroman。这种研究现状存在三点问题:一是用德国成长小说名称来研究美国成长小说未免有"名不正言不顺"之嫌,不同国别的同类型文学可以比较,但不能借位。马克思指出"语言是思想的直接现实"[1],因此,用更能确切表达美利坚民族思想观念的语言来命名美国文学中的成长小说这个类型才是美国成长小说研究的意义所在。二是美国成长小说有自己的术语,那就是 initiation story。虽然这一术语是 20 世纪 40 年代才在美国文学批评中出现[2],但并不能就此说明美国成长小说只能放在术语较之早出现的德语 Bildungsroman 语境里去研究。三是德国成长小说和美国成长小说的名称各有其含义,Bildungsroman 的核心概念是德语的 Bildung,也就是"自我教育"[3],而 initiation story 是"入世故事"。套用"词义多样又富于变化的 Bildungsroman 来研究美国成长小说不仅不符合美国成长小说创作的主旨,而且"容易把人弄糊涂"[4]。

initiation 的词义直接而明确,以它来命名美国成长小说具有三重含义:其一,以青少年为描写对象;其二,关注成长者的交往对象;其三,以成长者获得理想的身份为成熟标志。就第一点而言,由于美利坚民族历史短暂,使得美国作家没有自身悠久的文学传统可以凭借,因此,在创作伦

---

[1] [德]马克思、恩格斯:《马克思恩格斯全集》,北京:人民出版社,1995 年,第 525 页。
[2] Mordecai Marcus. "What Is an Initiation Story?" *The Journal of Aesthetics and Art Criticism* Vol. 19, No. 2 (Winter, 1960): 221.
[3] Todd Curtis Kontje. *The German Bildungsroman: History of a National Genre*. Drawer: Camden House, Inc., 1993, p. 1.
[4] Mark Stein. *Black British Literature: Novel of Transformation*. Columbus: The Ohio State University Press, 2004, p. 24.

理上他们喜欢把青少年作为主人公,"总是从头开始"①,不断地审视自己的成长史。就第二点而言,美国人自从1620年乘"五月花"号轮船来到新大陆后,一直力图在世人面前树立崭新的形象。他们既想摆脱宗主国的制约,又因遵循着传统的伦理思想,常常处于矛盾的选择之中。这种矛盾选择反映在成长小说中就是作家非常关注他的成长主人公选择跟什么样的人交往、以什么样的人为榜样,以及需要什么样的引路人。就第三点而言,主人公追求自身的伦理身份是美国成长小说的特质,也是历代美国作家创作的共识。美国早期著名女诗人狄金森认为,存在于伦理社会中的人如果不为自己的伦理身份而奋斗,那这个人"啥也不是"②。美国当代女作家欧茨进一步明确了作家的任务:"一部作品的中心当然是艺术性的,如果你对人生有总体认识,当你重新审视人类生活轨迹时,作家更应该有意识地去努力救赎他的人物,要不就去帮助人物确立伦理身份意识。"③

由此可见,以 initiation 为内质的美国成长小说在发轫之处就立足于"入世",的确有别于所谓"经典的"Bildungsroman,它不像德国成长小说重在描写成长者"精神的探索和精神境界的提升"④,而是重在成长者实际的社会实践活动。如果说 Bildungsroman 语境中的成长小说特质是"自我教育"⑤,那么 initiation stories 语境中的成长小说则是"社会教育"。所以,虽然美国成长小说从诞生之日起就是以现代性的姿态傲然面世,但不可否认的是,美国成长小说无论过去还是现在都是以入世为其宗旨,跟现代性无关,更遑论主人公结局是逃离还是融入社会。这一宗旨在

---

① L. A. Fiedler. *Love and Death in the American Novel*. Harmondsworth: Penguin Books, 1984, p. 24.
② Leif Sjöberg. "An Interview with Joyce Carol Oates." *Contemporary Literature* Vol. 23, No. 3 (Summer, 1982): 268.
③ Stuart Spencer. "Joyce Carol Oates." *BOMB* No. 31 (Spring, 1990): 48.
④ 孙胜忠:《论成长小说中"Bildung"》,《外国语(上海外国语大学学报)》2010 年第 4 期,第 84 页。
⑤ Martin Swales. *The German Bildungsroman from Wieland to Hesse*. Princeton: Princeton University Press, 1978, p. 157.

《哈克》中的故事情节中得以体现,成长主人公哈克贝利·费恩的成长动机就是想弃家入世,因为他既不想做陶格拉斯寡妇教育的"文明人",也不想做酒鬼父亲的"乖儿子",而是想寻求自己心目中的理性身份,便设计逃离了家庭,在社会上闯荡。他先后尝试扮演了各种伦理身份,并在实践这些身份的过程中开始成长。

二、伦理身份:哈克出逃的伦理诉求

既然《哈克贝利·费恩历险记》是一部旨在入世的成长小说,其主要的故事情节自然是围绕主人公自身在社会上的成长经历展开,哈克扮演各种伦理身份的成长历程便成为小说的主要故事情节。众所周知,小说主要是通过故事情节来展现人物性格、表现时代伦理、彰显作品主题的,成长小说更是如此。以往的研究者认为《哈克贝利·费恩历险记》"故事的主要情节就是以哈克帮助黑奴吉姆逃跑展开"①,据此得出结论这是一部关于黑人解放的小说,哈克也就成为解放黑奴的英雄,这样的话未免会有因果颠倒之嫌。只要分析哈克出逃的伦理诉求便能看出他对杰姆的解救是他确立身份之果,而非因,也就是说,哈克成长的故事情节是围绕他上岸寻求身份展开的。

成长小说研究者戈尔曼认为成长小说的故事情节往往被设置为"一种关于寻找的故事样式"(a version of the quest story)②,由此,不难理解马库斯把成长主人公的成长模式分为两种:第一种指成长者"从对外部世界的无知到获得某种重要的认识";第二种指成长者"在对外部世界的探索中有重要的自我发现,并对生活和社会进行重新调适"③。文学伦理学批评则明确了成长小说的故事情节为成长主人公在成长过程中培养伦理

---

① 孙胜忠:《美国地方色彩文学主题探得——从马克·吐温、安德森和福克纳谈起》,《山东外语教学》1999年第1期,第40页。另,本文所参考《哈克贝利·费恩历险记》成时译本中"吉姆"译为"杰姆"。

② Susan Ashley Gohlman. *Starting Over: The Task of the Protagonist in the Contemporary Bildungsroman*. New York: Garland Publishing, 1990, p. 221.

③ Mordecai Marcus. "What Is an Initiation Story?" *The Journal of Aesthetics and Art Criticism* Vol. 19, No. 2 (Winter, 1960): 3.

意识,进行伦理选择,获取伦理身份,最终在社会上获得一席之地。哈克的成长故事情节体现了这些理论的情节设置,它把马库斯的两个模式变成两个阶段,前后相连、互有穿插,通过哈克四次上岸寻找身份加以呈现。

  第一次上岸,是因为哈克在水上的"日子过得又慢又无聊"①,为了寻找刺激打扮成小姑娘,来到一位大娘家想打听镇上人对他逃跑这件事的看法,不想早被大娘识破,慌乱而逃。第二次哈克和杰姆由于撞船落水被冲散了,为寻找杰姆,哈克在岸上经历了谢柏逊和葛伦袭福德两个世仇家族的火拼,他报上假名字,可是转眼就忘记了,险些露馅,他爬到树上才避免了成为两个仇家追杀的牺牲品。第三次上岸是为了满足杰姆想见识王公贵族和听听"法国话是怎么个腔调"②的愿望,哈克扮成英国人仆从,跟着"国王"和"公爵"进行一系列骗局后,遵循本心想办法逃出了他们的控制。最后一次上岸才是为解救黑人杰姆,这次哈克以"汤姆"的身份在汤姆的姨妈家坐镇指挥解救杰姆,当最终揭开了自己的真实身份时,赛莉姨妈却表现出对他的认可:"还叫我赛莉姨妈好啦,我现在已经听惯了,用不着改口。"③

  从哈克的四次上岸"冒险"可以看出,哈克的身份经历了从盲目到明确、从被动到主动、从偏差到准确的过程。一、哈克的身份意识越来越明确。由于性别是一个人在社会中首先要明确下来的身份,第一次哈克的女孩打扮表明他一开始并没有身份意识,而随后的"男孩""英国人"以及冒充成"汤姆",哈克的身份意识随着伦理角色的接近逐渐得以提升,即回归他自己的"本色"身份。二、哈克找寻身份的态度越来越积极。第一次上岸时哈克穿的女孩衣服是杰姆给他找的,而在随后的几次事件中,哈克和杰姆一起商量起个假的男孩名字、主动选择装成从英国来的随从、积极为解救杰姆出谋划策。三、哈克的身份越来越真实。从扮成女孩、用假男孩名、装英国随从到冒充汤姆,哈克的伦理意识逐步增强,经历了自由意

---

① [美]马克·吐温:《哈克贝利·费恩历险记》,成时译,北京:人民文学出版社,2004年,第59页。
② 同上书,第139页。
③ 同上书,第290页。

志、非理性意志和理性意志的变化过程。"意志是人为了达到某种目的而产生的心理动力,"①也是人成长的催化剂。哈克在不断地用理性意志压制自由意志和非理性意志的同时,身份越来越接近真实的自我,从而实现成长。

显然,哈克的成长历程就是寻求伦理身份的过程,就像焦思特说的那样:"事件接着事件,……主人公……所走过的心理历程成了衡量所获得成就的标准。发生的变化是从不确定到确定、从谬误到真理、从混乱到明了,从肉体的要求到精神的追求。"②哈克以四次身份转换实现了"从对外部世界的无知到获得某种重要的认识"的第一阶段,又以越来越清晰的伦理身份表明他"在对外部世界的探索中有重要的自我发现",即"我是谁",并根据新的发现"对生活和社会进行重新调适"。在小说故事即将结束时,哈克恢复了原来的身份,但却不愿意回到原来的生活,他的选择符合成长小说的书写。"在每部小说的结尾,(主人公们)都做好了走向另一种生活的姿势;他们(前一段)经历的结束标志着新生活的开始。"③哈克的伦理身份在小说结束时还没有完全确定,一则他还年轻,只有 14 岁,还只是初入社会的毛孩子;二来他的成长之路才刚刚开始,未来他有充足的时间去获得他理想的身份。但是,他心中已经有了明确的目标:领先汤姆和杰姆到印第安人的领地去,那里才是他不依附于任何人的自我的天地。

值得注意的是,在哈克用繁复的程序解救杰姆时,杰姆已是自由人了。这一情节的设置看似滑稽荒唐,实则含义深刻。正是这个事件说明了不是以解放黑奴为创作目的,也正是这个事件促使哈克不愿再回到寡妇家,因为此时的哈克已不是刚出逃时的那个懵懂莽撞的"坏"男孩,而是拥有理性意志、知道如何建构未来自己身份的"好"男孩。而"一个'好的

---

① 聂珍钊:《文学伦理学批评导论》,北京:北京大学出版社,2014 年,第 278 页。
② Francois Jost. *Introduction to Comparative Literature*. Indianapolis:The Bobbs-Merrill Company, Inc.,1974. p. 139.
③ Geta J. LeSeur. *Ten is the age of Darkness:The Black Bildungsroman*. Columbia:University of Missouri Press,1995. p. 194.

坏男孩'就是美国的自我认识"①。

三、伦理选择:意志较量中的他者心态

如果说想要获得一个理想的身份是哈克的理念的话,那么上岸所做的伦理选择则是他实现理念的具体行动。如前所述,哈克在不同的场合选择不同的身份是他进入社会的尝试和努力,是在成长过程中运用理性对事物加以认知和判断的实践活动。"理性有三个要素:认知、价值判断和道德行为"②,理性发挥作用体现在理性意志上,"理性意志主要用来抑制或约束自由意志,使自由意志变得有理性"。③ 在追求身份的过程中,哈克不断地用已有的理性意志与自身的自由意志和非理性意志进行较量,不仅身份越来越接近真实的自我,而且表明了他对身份选择的价值取向。

哈克第一次上岸用的女性扮相是他的自由意志的表现。男扮女装会造成人物伦理身份的变化,"由于身份是同道德规范联系在一起的,因此身份的改变就容易导致伦理的混乱"④。根据文学伦理学批评理论,一个人的成长是从认识自己开始的,那么首先认识的应是自己的性别。可是一个14岁的男孩子本应知道自己的性别,却装扮成女孩,为的是想获知岸上的人对他"失踪"或"死亡"的态度,并不管自身是男孩还是女孩。哈克也怕别人看出来,花了一天的时间练习女人的动作,但当这种不管不顾的自由意志起主导作用时,人的行为显得盲目而怪异。此时的哈克对想拥有什么样的身份内心并没有答案,只为达到自己的目的,模糊的认知导致这次上岸任务失败。

哈克第二次上岸经历了谢柏逊和葛伦裘福德两个家族的火并,火并的原因是两家是世仇,可两家的儿女却是恋人。哈克不是不想成全这对

---

① L. A. Fiedler. *Love and Death in the American Novel*. Harmondsworth: Penguin Books, 1984. p. 270.
② 聂珍钊:《文学伦理学批评导论》,北京:北京大学出版社,2014年,第252页。
③ 同上书,第253页。
④ 同上书,第257页。

恋人,可是就像他老是记不住自己取的假名字是乔奇·杰克逊一样,他不清楚自己该以什么身份去帮助到他们。当他看见莎菲娅写给哈奈的字条时,理性告诉他应该报告给他的朋友莎菲亚的哥哥柏克,因为私奔在19世纪初仍然被认为是大逆不道有辱门风的事,但是善良又促使他想帮助他们。于是,在这对恋人逃跑那天,哈克选择爬到树上躲避。俗话说"人如其名",哈克这次虽然恢复了男儿身,但他仍然不清楚自己的身份,因而不知道自己该干什么。在非理性意志的驱使下,他隐瞒了莎菲娅的"通风报信",也失去了朋友柏克。

　　哈克第三次上岸的身份是跟随两个打着"国王"和"公爵"名号的骗子的英国男仆。一开始,哈克在非理性意志的作用下,顶着这个假身份,为"国王"和"公爵"跑前跑后,贴海报、卖吃喝,干得很来劲。直到"国王"和"公爵"打劫曼丽·吉恩姊妹仨遗产时,哈克感到自己正参与一场不义之举,是在"一声不响让那老流氓抢她的钱"①。他想告发这两个骗子,又怕反被他们收拾了,于是设计套出他们藏钱的地方,还给了姊妹仨,而骗子也受到了"抹柏油、撒羽毛"②的处分。

　　哈克第四次上岸是想解救被卖掉的杰姆,被赛莉姨妈误认成汤姆,哈克也将计就计地装成汤姆。这次解救杰姆是哈克一路逃亡的必然的结局,也是他一路上都在回避的结局,经历了复杂的心路历程和意志较量。在十五章中,哈克再次遇见惊涛骇浪中失散的杰姆后一度戏弄他,后来又深感惭愧,"觉得自己多么卑鄙,我恨不得吻他的脚"③。在十六章中,哈克本来深悔自己不该帮黑奴逃跑,觉得对不住杰姆的主人华珍小姐,准备把船划到岸上去告发杰姆,可巡逻队来盘查时却说成是自己船上是个生天花的白人。在三十一章中,哈克写好了向华珍小姐告发杰姆的信后,觉得一身轻松,庆幸自己没有下地狱,可当他想到杰姆的种种好处时,拿着

---

① [美]马克·吐温:《哈克贝利·费恩历险记》,成时译,北京:人民文学出版社,2004年,第178页。
② 同上书,第190页。
③ 同上书,第91页。

信全身发抖,于是他把信一撕,"好吧,我就下地狱吧"①。当他下定决心时,理性意志让位给了非理性意志。

从四次岸上的意志较量可以看出,哈克的伦理选择遵循了理性实践的三个过程要素:认知、价值判断和道德行为:首先,在参与事件中进行伦理认知;其次,在认知选择中进行价值判断;最后,在价值判断中进行道德修为。体现在撒谎在这一过程中我们发现,哈克的理性意志没能制约住他的自由意志和非理性意志,体现出强烈的"他者"(the other)心态:既冷眼旁观又渴望参与的矛盾心理。然而这种心理却成为他成长的助推力,因为他人的意识促使了主体的自我意识的形成。在实践中,哈克发现他已有的认知总是与他的价值判断相左,总是让他做出满足"良心"却不符合道德的事,以至于内心十分挣扎,因此,每次他都似乎在偷偷摸摸地干着正确的事。最终也是因为干了件"违背良心"的大事使费尔普斯太太让他还叫她赛莉姨妈,因为她"已经听惯了"②,也就是说她习惯了哈克的"新"理性,于是,哈克从包莉姨妈口中的"坏小子"变成了赛莉姨妈眼里的"好的坏男孩"。

四、哈克成长的教诲价值:美利坚民族成长溯源

文学伦理学批评认为,文学作品是有功利性的,即文学的教诲功能。《哈克贝利·费恩历险记》作为"最伟大的"美国成长小说,其传递出的成长意义在于它的教诲功能。通过哈克对其伦理身份的"试错"选择历程,马克·吐温隐喻了19世纪初美利坚民族的成长历程。哈克这种随性而为的自由意志在美利坚合众国成立初期同样如此。

首先,哈克的伦理意识经历了从兽性到人性的发展历程。文学伦理学批评理论认为,如果达尔文关于人类历史的进化论是成立的,那么,人类文明的进化就应该是从兽性到人性,哈克的成长符合这个规律。小说开头哈克逃离家庭时,做了一个自己死亡的"迷魂阵",他杀了一头野猪,

---

① [美]马克·吐温:《哈克贝利·费恩历险记》,成时译,北京:人民文学出版社,2004年,第216页。

② 同上书,第290页。

用一只旧麻袋装上大石头,蘸着猪血,从门口拖进林子,再拖到河边扔进河里,并把斧头涂满猪血粘几根自己的头发。这个做法同他打扮成女孩一样,是没有分清人和兽的区别的表现,意识还停留在兽性阶段。等到后来几次上岸介绍自己名字时,才意识到身份的重要性,标志着他人性的不断增强。哈克的身份问题在美国建国初期以及其后很长一段时间里反映在主权问题上,美利坚民族对于"主权"的认知经历了从无知到力争的过程。作为刚从当时最强大的英帝国分离出来的合众国,美利坚民族起初并没有"主权"意识,它安于自己的殖民地身份,在政治制度、经济模式、文化习俗、语言交流等一切伦理层面上,都沿用英国宗主国的体例,直到不堪忍受宗主国的高额税收时才想到要建立起自己的外交方针,以保护本国的利益。

其次,哈克的身份建构经历了从天真到成熟的心路历程。哈克在装扮成女孩时天真地认为那位中年妇女"是个外来人,因为这镇上人的脸没有我不认得的"①。在非理性意志的驱使下,他以为只要想着自己是个"姑娘家"就行了,至于名字也是"萨拉""曼丽"的随便起一个。是现实教会了他失去自我的人是得不到他人的认同的。于是,他从对身份的无所谓的态度转变为积极主动地创建身份,强迫自己一定要记住名字,根据当时的情况来建构身份,每前进一步几乎都要靠"撒谎"来维护。而美利坚民族的主权选择也经历了从低级到高级的过程。继 1774 年北美十三州脱离英国统治后,相继有新的州宣布独立。然而,独立只是主权的表层现象,真正的独立是看权力掌握在谁的手里。因此,围绕权力问题美国进行了一系列的斗争:邦联政府与州政府的权力斗争、南北权力斗争、宪法制定斗争、黑人解放运动等。斗争从权力的外部形式转向内部调整,而促使斗争平息的是一次次的妥协。

再次,哈克的伦理选择经历了从自我到他人的道德建设。哈克出逃的初衷是想获得理想的身份,这个身份只关乎他自己,不牵涉他人,因此,

---

① [美]马克·吐温:《哈克贝利·费恩历险记》,成时译,北京:人民文学出版社,2004 年,第 59 页。

他从未想过自己的出逃是否会牵连他人、是否能带动他人、是否会损害他人。当他为了加入"强盗帮"时,他毫不犹豫地赌上华珍小姐的命。然而,当好友杰姆的黑奴身份使他面临着被押回原籍接受酷刑的命运时,哈克不得不在内心进行激烈的告不告发的道德思考。最终他超越了自我,从奴隶制度的看客甚至是赞同者转变为叛逆者。相似地,美利坚民族的主权诉求也从开始的立足发展到领土扩张。1820年,美英为争夺加拿大的殖民统治和海上霸权进行了长达3年的战争,史称"美国第二次独立战争"。同时,美国还进行西部扩张运动,用最小的代价扩展国家的版图,彻底改变了美国的他者地位,到19世纪末20世纪初,一跃发展为超级帝国而改变了世界的格局。

在小说结尾时,哈克已感受到了赛莉姨妈对他母亲般的爱,然而当他得知赛莉姨妈不计前嫌依然愿意收留他,认他作干儿子时,他放弃唾手可得的幸福生活,选择再次出走。那时的哈克伦理身份还没有确立,他的成长远未完成,但他为未来做好了准备,正如美国在争取主权的过程中总是选择妥协,积蓄力量。这是成长小说的开放式结尾特点使然,因为"成长的意义只存在于过程本身,不在任何它可能会达到的目标"①。也说明成长小说"是为(成长的)历程而写,不是为了这一历程所指向的幸福结局而写"②,更表明美利坚民族今后道路既布满障碍又充满希望,障碍或许在于美国原生的宗主国会以文化"亲缘"的理由来插手美国事务,而希望就在美利坚民族自己的手中。

《哈克贝利·费恩历险记》已被公认为美国成长小说中的经典作品,不只是因为海明威对它的无限推崇,也不仅是因为沃尔克对它的高度概括,而是因为每一个美国人都在哈克的身上看见了自己的影子,并且不断地重新塑造他,在社会这个大舞台上从头再来。

---

① Martin Swales. *The German Bildungsroman from Wieland to Hesse*. Princeton: Princeton University Press,1978. p.34.

② Ibid.

第二节 塞林格《麦田里的守望者》中成长的顿悟

《麦田里的守望者》是杰罗姆·大卫·塞林格的代表作,被认为是20世纪美国文学的经典作品之一。主人公霍尔顿曾一度是大、中学生争相模仿的对象。六十多年过去了,历经时间考验的《麦田里的守望者》在当代美国文学中的地位日益巩固,越来越受到文学评论界的重视。

自20世纪80年代初侯维瑞先生撰文《个性与典型性的完美结合——评 The Catcher in the Rye 的语言特色》以来,我国关于《麦田里的守望者》的研究已有近四十年,呈现出以下特点:1. 从微观视角对《麦田里的守望者》的关注是整个研究的中心,主要集中在语言、主题、研究方法等方面,也有研究者对霍尔顿的成长、反抗、守望者、反英雄、困惑、叛逆、孤独、自我、青少年、精神危机等细致入微的描写进行了较为深入的剖析。2. 在理论视角的运用上,虽已逐渐摆脱早期印象式的读解,但局限于解构主义、生态批评、女性主义文学批评、叙事学、文化批评等。国外的相关研究也是近三十年借助新的文学批评理论,进行更为深入细致的研究,理论视角集中于新批评主义、比较文学批评、精神分析、女性主义和禅宗思想等。

在文学批评多元化的时代,当今美国文学研究更加注重整体性,把文学研究与社会文化联系起来,使文学研究贴近现实生活的主题已成为其基本走向。文学伦理学批评无疑是为我们的文学研究方法提供新的选择,增添新的活力。基于上述思考,本节将运用文学伦理学批评方法,力求回到历史现场,在特定的伦理环境和伦理语境中,对塞林格的小说《麦田里的守望者》的伦理结构和伦理表达进行综合考察。

一、伦理困惑:斯芬克斯因子的博弈

人类童年的成长过程,是一个自我扬弃、蜕变的过程,充满伦理困惑,充分体现出斯芬克斯因子的存在与博弈。从伦理意义上讲,人是一种斯芬克斯因子的存在,由人性因子和兽性因子组成,两种因子有机地组合在

一起，构成一个完整的人。《麦田里的守望者》中男主人公霍尔顿的痛苦源自于伦理困惑，即他身上的斯芬克斯因子的博弈。斯芬克斯是古希腊神话中的形象，她那关于人的谜语实则提出的是人类伦理选择问题，即做人还是做兽，而做人还是做兽的前提是人类需要认识自己，即认识究竟是什么将人同兽区别开来。当人性因子能够控制兽性因子时，人会弃恶从善，是有伦理意识的人。反之，一旦兽性因子占了上风，人完全靠本能生存，不讲伦理，不辨善恶，便会无异于野兽。

  16岁的霍尔顿首先遭遇的伦理困惑就是伦理混乱，表现为理性的缺乏以及对禁忌的漠视或破坏。霍尔顿任凭本能的驱使，竭力追求着感官享乐：抽烟、酗酒、打架、滥交女友、热衷于谈论性问题；他放任自流，做事从不考虑后果；举止怪异、言语粗俗，满嘴"他妈的""我他妈的""狗杂种""蠢蛋""狗娘养的"等禁忌语；他谎话连篇，"假模假式"地"融入"社会；他不信教，从来不上教堂；他不用心学习，讨厌学校牧师，对于老师和家长强迫他好好读书不屑一顾，最终被学校第四次开除。透过霍尔顿的视角，读者体验了"美国梦"的破灭：人们物质生活富有，精神上一片空虚。第二次世界大战后的美国，伴随着科学技术的迅猛发展，物质文明变得高度发达，与此同时人与自然的和谐纽带也被机器的利刃斩断了。霍尔顿的孤独是繁华和喧嚣中的孤独，是人群中的孤独。他尽管生活在闹市中，却体会不到人与人之间的亲密气氛，得不到理解，更找不到心灵的朋友。霍尔顿以一种自我本能的失控去否定社会已有的秩序，试图通过放浪形骸来寻找自我，但最终收获的是迷失自我。

  文学伦理学批评认为，"一个人一旦听凭原始本能的驱使，在理性基础上建立起来的各种道德规范就会被摧毁，人又将回到兽的时代，这不仅不是人性的解放，而是人性的迷失"①。正是兽性因子占了上风，导致霍尔顿的行为失范、人性的迷失，其代价是反复的头痛、恶心。回家后不久的霍尔顿大病了一场，被送到一家疗养院里。霍尔顿的思想、行为不能被"正常的人们"所接受，他的出路也只能是被隔绝在"正常人生活环境"之

---

① 聂珍钊：《文学伦理学批评：基本理论与术语》，《外国文学研究》2010年第1期，第19页。

外的精神病院里。因为,人们通常视整个社会的异己形象为疯子。

然而,现实中的人身上的两种斯芬克斯因子往往是在博弈中共存的。人性因子是使人类在从野蛮向文明进化过程中出现的能够导致自身进化为人的因素。正是人性因子的出现,人才会产生伦理意识,从兽变为人。在离开潘西中学之前,霍尔顿捏了一个雪球,但到处都是雪白干净的,他不忍心把雪球扔到任何东西上面去。马路边唱歌的那个小孩使霍尔顿产生恻隐之心,身边是危险的过往车辆,小孩的父母却对此视而不见。在纽约火车站,霍尔顿碰到了两个要去做老师的嬷嬷,被她们的行为感动,主动为她们捐了十美元,看到她们午饭只是吃面包,对比自己的铺张浪费,心中不禁生出内疚,而且似乎还看到了这世界的不公道。当霍尔顿听到自私好色的斯特拉德莱塔要和琴·迦拉格约会时,"差点儿倒在地上死去了"①,这个约会亵渎了他心中纯真的偶像,为此,霍尔顿和斯特拉德莱塔打了一架,这是一场霍尔顿对纯洁的保卫战。

二、伦理选择:精神家园的回归与守望

人类伦理选择的实质就是做人还是做兽,而做人还是做兽的前提是人类需要认识自己,即认识究竟是什么将人同兽区别开来。自我否定的现象一次又一次发生在霍尔顿身上,成为小说叙述语言的一个明显特征。对自身的否定使他的内心出了问题,也导致他与外部世界隔绝,但这背后反映的是一种道德意识在规范着他的行为。一方面,他说自己还是一个处男,另一方面,又说有很多次可以让自己失去处子之身的机会,但是实际上都没有那么做,尽管同时给自己找了很多不能这么做的理由,但最主要的潜在理由还是他不能这么做。同样,当旅馆里看电梯的人毛里斯给他介绍妓女时,他立即自言说这有违于他的原则,不过很快他把原则抛在脑外,表示可以接受,而且还找到一个冠冕堂皇的理由,但在最后一刻霍尔顿控制住了自己,没有和那个妓女进行性交易。结果,他被毛里斯敲诈了五块钱。给他造成打击的不仅仅是这五块钱,而是他自己的无能,连自

---

① [美]J. D. 塞林格:《麦田里的守望者》,施咸荣译,南京:译林出版社,2011年,第29页。

己都保护不了。当毛里斯给他扣上了"上等人"的帽子,并以此来要挟他时,霍尔顿并不惧怕所谓"上等人"的面子问题,却猛然醒悟:心底一直有个声音在呼唤——"人性的高尚"。可见,"兽性因子也不是毫无用途,它可以让人获得反面经验而让人变得更有智慧"①。

作为一个热情、激进的少年,霍尔顿拒绝向这个肮脏的社会妥协。他终于愤怒了,试图为反对这个虚伪的世界而战。血,经常被用于表示恐怖、杀戮、残忍的场景中。通过对霍尔顿脑海中反复出现的"血"的意象的描写,塞林格向我们展示了冷酷无情的世界。在霍尔顿两次与眼中的"伪君子"的争斗均告失败以后,他明白了:暴力解决不了问题,自己无力改变这个令人厌恶的世界。霍尔顿伤痕累累,精神迷惘,找不到人之为人的出路。

塞林格连续构建"鸭子去哪儿了"的问题,意在将霍尔顿驱入对社会与命运的诘问之中,隐含着对自身前途的忧虑。中央公园里的鸭子到底去哪儿了? 每次遇到出租车司机,霍尔顿就提出这个问题,但他们都不屑回答,甚至嘲笑他"幼稚"。在霍尔顿的潜意识里,自己就是那些无处安身的冬鸭,既然鸭子可以飞到南方去过冬,自己又何不离开纽约到西部去隐居遁世,寻求解脱呢?

招眼的"红色鸭舌帽"在小说中反复出现,它是霍尔顿不可缺少的重要精神支柱,同时也是霍尔顿进行艰难的伦理选择的外化道具。每当提起它,霍尔顿总是充满了得意。他喜欢戴着它读最喜欢的书,喜欢在朋友和同学面前炫耀它,甚至把它作为礼物送给他疼爱的妹妹。值得一提的是,霍尔顿在戴这顶鸭舌帽时一反常规,故意将长长的鸭舌转到脑后,而且反复强调:虽然这样倒戴着很好笑,但他偏偏喜欢就这么戴着。这种标新立异、对社会风俗和大众习惯置之不理甚至故意"反其道而行之"的行为,体现了霍尔顿身上所具有的否定一切、叛逆激进的性格特征。霍尔顿赋予这顶"红色鸭舌帽"许多寓意:他幻想着帽子就是逃离世俗丑陋的"保

---

① 聂珍钊:《文学伦理学批评:伦理选择与斯芬克斯因子》,《外国文学研究》2011 年第 6 期,第 11 页。

护伞",戴上"红色鸭舌帽",自己可以像鸵鸟似的自我封闭,从中获得遁世的满足;另一方面,他又无法忍受孤独和寂寞,于是不时将帽子摘下。由此折射出霍尔顿的矛盾心理:他憎恶虚伪的社会,希望逃避,但又害怕孤独,渴望与人交往。身处两个世界的夹缝中,霍尔顿只有靠"倒戴猎人帽",暂时地躲进无忧无虑的儿童世界,才能免受腐蚀、保持纯洁。当菲苾请求霍尔顿带她一块儿隐居时,霍尔顿虽然拒绝了她,却将这顶"红色鸭舌帽"交给了他深爱的妹妹,这是希望长伴自己的帽子能代替自己保护她。如果说霍尔顿鸭舌朝后倒戴猎人帽象征他对儿童世界的留恋与向往,对成人世界的不满和反抗,那么他突然将"那顶猎人帽的鸭舌转到前面",则反映出他性格的另一面:正视现实,渴望长大。当得知与斯特拉德莱塔约会的姑娘就是他心爱的琴时,保护琴的冲动使他一反常态——鸭舌朝前戴上猎人帽。塞林格以此暗示:此刻的霍尔顿多么希望自己马上变成一个大人,变成能与斯特拉德莱塔相抗衡的成人,以便把琴从这个"好色的杂种"手中抢过来,保护她的纯洁。小说结尾部分,霍尔顿在雨中看妹妹玩旋转木马时也戴着这顶猎人帽,但这时的他已不再将鸭舌转向脑后。他终于明白:步入成人世界面对虚伪、肮脏、丑陋已是定局,谁也无法改变,逃避终归不能解决问题。至此,他似乎决定勇敢面对现实,让迷惘软弱的自我死去,让成熟强健的自我复活。

塞林格创造性地借用了英国诗人罗伯特·彭斯的诗《要是在麦田里遇到了我》中的"麦田"意象,原本情人相会的花园,成了"自然"的缩影。霍尔顿告诉妹妹:"有那么一群小孩子在一大块麦田里做游戏。几千几万个小孩子,附近没有一个人——没有一个大人,我是说——除了我。我呢,就在那混账的悬崖边。我的职务是在那儿守望,要是有哪个孩子往悬崖边奔来,我就把他捉住——我是说孩子们都在狂奔,也不知道自己是在往哪儿跑,我得从什么地方出来,把他们捉住。我整天就干这样的事。我只想当个麦田里的守望者。"①这表明他渴望生活在一个更加仁爱的世界。"麦田"是弟弟艾里的世界,妹妹菲苾的世界,是孩子们嬉戏的场所,

---

① [美] J. D. 塞林格:《麦田里的守望者》,施咸荣译,南京:译林出版社,2011年,第159页。

承载着霍尔顿对生命的幻想。在这个世界里,没有暴力冲突,没有谎言欺骗,没有虚伪造作,人类纯洁真诚的美好天性得到自然的释放。而悬崖是一种区隔,是乐园与浊世的临界线,它的下边就是在霍尔顿眼中卑鄙堕落、假模假式的成人世俗世界。正是心中的"麦田"给霍尔顿增添了生活的勇气,指明了人生的方向。

木乃伊的出现为我们揭示了霍尔顿潜意识里的秘密,即伦理意识。在小说中,霍尔顿喜欢木乃伊,因为木乃伊让他"那么舒服,那么宁静"①。可见,霍尔顿喜欢事物保持原样,喜欢这样的简单、静谧和永恒。这也意味着霍尔顿害怕事物的发展变化,害怕自己的成长,害怕与人交流,害怕"麦田"的消失,希望人们永远停留在纯真年代而不改变。当霍尔顿引领两个孩子找到木乃伊的葬所,看见上面竟赫然出现"×你"的脏话,那种现世流氓肆意亵渎古老哀魂的荒谬,让人不能不与霍尔顿发出同样的感慨:"你永远找不到一个舒服、宁静的地方"②。这样的字样出现在学校里和孩子们常去的博物馆里令霍尔顿痛心疾首,但同时也使他认识到:要想铲除这些无处不在的罪恶和丑陋,仅靠自己的一己之力是远远不够的,因为"哪怕给你一百万年去干这事,世界上那些'×你'的字样你大概连一半都擦不掉"③。这件事使霍尔顿震撼,让他明白了没有人可以抹去成人世界的所有丑恶,他必须重新审视自己的生活目标。

在看着骑在旋转木马上手舞足蹈的妹妹的过程中,霍尔顿逐步意识到:这个世界上虽然有无数的丑恶和虚伪,却仍然有快乐和善良,如果不能改变整个世界,那么珍惜身边的美好也是生活的意义。虽然霍尔顿很担心妹妹会"从那匹混账马上掉下来",就像安多里尼先生担心自己会从马上掉下来一样,但他"什么也没说,什么也没做",此时的霍尔顿明白,"孩子们的问题是,如果他们想伸手去攥金圈儿,你就得让他们攥去,最好什么也别说。他们要是摔下来,就让他们摔下来好了,如果说什么话去拦

---

① [美] J. D. 塞林格:《麦田里的守望者》,施咸荣译,南京:译林出版社,2011年,第186页。
② 同上书,第186页。
③ 同上书,第184页。

阻他们,那可不好"。① 自己"麦田守望者"的梦想是不切实际的,即使自己的梦想成真,也会不利于儿童的成长,因为每个人都必须经过"摔打"才能真正长大。菲苾是一个正在成熟的个体,必须让她经历生活的风雨,过自己的生活。这样的思考相对于做孩子们的保护者又是一次进步。倾盆大雨是"净化与救赎,新生和成长"的意象,有着"浸礼"的意味,霍尔顿觉得:"突然间我变得他妈的那么快乐。"②霍尔顿在危机的高潮中突然理解了生活,自我矫正的力量让他规避了可能发生的更加极端和激进的行为。

三、伦理教诲:理性觉醒与社会责任

塞林格运用重复叙述和多重聚焦的手法,成功地将读者引入一个伦理错乱和道德失衡的故事世界,并最终假借小说这一独特的文学样式,巧妙地将伦理教诲传递给了读者。霍尔顿经历的一系列类似成人式的象征死亡的事件,又何尝不是"再生",从而走向成年。按照荣格的原型理论,原始社会中的男孩在青春期必须通过成人仪式象征性地死去一次,才能重新回到成人的世界中。塞林格运用倒叙的手法,开门见山地表明霍尔顿这个少年的精神状态已经发生了转变,以此拉开了霍尔顿的伦理困惑的序幕。故事中的"我"不是现在的"我",而是现在认为有些"荒唐"的过去的"我"。在讲自己过去的时候,霍尔顿依旧骂骂咧咧,他依然看不惯很多事情,他对"假模假式"的攻击却是生动而准确的。但此时的他学会了怀疑自己的眼光,学会了欣赏别人的好处,学会了理解学校教育的意义。当回想起"从前"的自己,在医院里接受治疗的霍尔顿说:

> 我只知道我很想念我所谈到的每一个人,甚至老斯特拉德莱塔和阿克莱,比方说。我觉得我甚至也想念那个混账毛里斯哩。说来好笑。你千万别跟任何人谈任何事情。你只要一谈起,就会想念起每一个人来。③

---

① [美] J. D. 塞林格:《麦田里的守望者》,施咸荣译,南京:译林出版社,2011年,第192页。
② 同上书,第193页。
③ 同上书,第194页。

这说明霍尔顿具有了人的全部理性，说明他已经依靠人的理性摆脱了兽性，并且彻底从兽转变成了人。人性因子有效地制约了兽性因子，使霍尔顿获得理性的成熟，走向人格的完善，这是霍尔顿人格发展过程中人性因子对兽性因子的胜利。

文学伦理学研究表明，人类社会虽然用法律维护整个社会秩序，但是伦理、道德、习俗等共同构建的伦理体系，才是整个社会得以存在的基础。难能可贵的是，在小说的尾声，霍尔顿不仅实现了自我成长、重新确立了自己的伦理身份，而且还同他人达成了和解。他承认自己想念小说中提到的所有人，包括曾经最厌恶的人，表明他已经能够接受经历的所有痛苦和误解，表明他已经有了人的理性或是理性萌芽，这是人的觉醒、人性复归。至此，男孩完成了其伦理身份的转变：不再坚持改变世界，而是乐于接受生活的本来面目，努力从中发现快乐。当所有的人或在期盼成长，或在经历成长，或在回味成长的时候，塞林格用一个十七岁少年的成长经历诠释了成长的必然与其中的艰难。不是因为成长了才去承担，而是因为承担了才会成长！其实，每个人在成长期都不可避免地伴随着一种精神危机的蜕变，小说所描述的正是这种危机出现后，人性因子和兽性因子之间的力量消长。《麦田里的守望者》给全世界无数彷徨的年轻人以心灵的慰藉。

霍尔顿是美国社会的叛逆者、反抗者，同时也是西方文学史上的孤独痛苦的觉醒者，精神净土的守望者和精神家园的追寻者形象。透过霍尔顿的视角，塞林格向我们生动地再现了美国20世纪50年代的社会图画，表达了自己对美国当代社会以及人类命运的深切忧虑，体现了一个人文作家对失衡的社会生态的关注。虽然是短短几天的"流浪"经历，却唤醒霍尔顿对世界的重新认识，给他生命存在的勇气和力量，使他摆脱压抑的情感，让他的心灵得以净化和解放。霍尔顿追寻的目标越来越清晰——不是在压抑、虚无的环境中沉溺，而是寻觅真诚、善良与友爱，并竭力去爱护和守望。对于做过的恶事，不是靠请求对方原谅来解脱，也不归于忘却，而是自己来承担良心的谴责，这是何等的坦荡！这意味着霍尔顿领悟了人生的意义和存在的价值，最终走向成熟。

耐人寻味的是，小说中的人物，包括霍尔顿、艾里、菲苾、安东里尼老师等都先后扮演师父或徒弟的角色。是的，"文学的根本目的不在于为人类提供娱乐，而在于为人类提供从伦理角度认识社会和生活的道德范例，为人类的物质生活和精神生活提供道德指引，为人类的自我完善提供道德经验"①。在小说的尾声，塞林格笔锋一转，赋予了霍尔顿师父的职责，引导读者去认识生活中矛盾和平衡的意义。塞林格以此继续引导霍尔顿在成人的世界中获得更深刻的领悟，也使读者在读完作品后继续思考、探索，从而强化作品的伦理教诲的力度。

简言之，青少年成长的过程，是逐步具备明确的伦理意识和伦理责任感，进而获得其伦理身份认同的过程。从伦理意义上讲，人是一种斯芬克斯因子的存在，由人性因子和兽性因子组成。通过分析霍尔顿的人性因子与兽性因子及其伦理选择的过程和结果，我们认识到，最后彻底放弃出逃的想法是霍尔顿成长的标志。因为他认识到自己对挚爱的妹妹承担伦理责任，与他人和社会建构伦理关系的必要性。这也正是这部成长小说的伦理教诲价值所在，对我们今天的生命成长教育及共建和谐社会同样具有启迪性。

第三节　在绝望中成长：史盖乐的伦理选择

美国女作家乔伊斯·卡罗尔·欧茨自1963年发表处女作短篇小说集《北门畔》(*By the North Gate*)以来，迄今已出版一百余部作品。她不仅创作力旺盛，而且作品质量也高，尤其在小说方面，多次获奖。《何去何从》(*Where Are You Going, Where Have You Been?*)获1967年欧·亨利短篇小说奖和1968年美国最佳短篇小说奖，《他们》(*Them*)获1970年美国国家图书奖，《奇境》(*Wonderland*)获1972年美国国家图书奖提名，《黑水》(*Black Water*)获1993年普利策奖提名，《我们是马尔尼瓦一家》(*We Were the Mulvaneys*)2001年入选"奥普拉读书俱乐部"("Oprah's

---

① 聂珍钊：《文学伦理学批评：基本理论与术语》，《外国文学研究》2010年第1期，第17页。

Book Club",美国脱口秀节目)的推荐书,《大瀑布》(The Falls)获2005年法国费米娜文学奖,本节将要论述的长篇小说《我的妹妹,我的爱》为2009年IMPAC都柏林文学奖的入围作品。

　　欧茨说:"我只关心一件事,那就是我们这一代人的道德观念和社会环境。"①其实,她不仅关心她那一代,还非常关心未来美国人的伦理问题,写了不少有关青少年成长的作品。如《他们》中的朱尔斯和莫琳,他们的父母属于美国白人下层社会中最没有文化、最贫穷的那群人,他们似乎也注定要成为"他们"中的一员,但两个孩子挣扎着,想改变既定的命运,改变贫穷和低微的社会地位,过上一种更有价值的生活,实现他们的美国梦,然而成长的伦理环境使他们习惯于用暴力和性交易来解决问题,没有任何道德顾忌,最终朱尔斯"感到自己的全部精力仿佛已经枯竭",莫琳"不仅仅是为我的前途感到担忧,还为世界的前途感到担忧"。②《何去何从》中的少女康妮不满母亲的唠叨和约束,又受流行文化的影响,喜欢听性摇滚乐,经常和同伴一起无所事事地逛街,接受陌生男子的邀请去咖啡厅,结果她的轻浮行为和打扮最终引狼入室,招来厄运。在《狐火——一个少女帮的自白》(Foxfire: Confessions of a Girl Gang)里,五个贫穷的白人女中学生歃血为盟,纹身立志,组成以"自信、力量和复仇"为宗旨的"狐火"帮,在少女"长腿"萨多夫斯基的领导下,反抗男性霸权和性暴力,结果一步步被逼上绝路,最后覆灭。这是一部"女性版"的《哈克贝利·费恩历险记》,欧茨说:"我以前从未写过在叙述上如此充满传奇性和冒险精神又直面现实的小说……在创作该小说之初的那几个月里,我心里的书名是'我的哈克贝利·费恩'。"③"一定程度上讲,这部小说的社会批判功能和说教功能超过了小说的艺术功能和愉悦功能。"④

---

① 黄志梅:《〈四个夏天〉主人公心理成长历程》,《作家杂志》2013年第2期,第43页。
② 乔伊斯·卡罗尔·欧茨:《他们》,李长兰等译,南京:译林出版社,1998年,中译本序。
③ Joyce Carol Oates. *Foxfire: Confessions of a Girl Gang*, New York: Button, 1993, p.3.
④ 芮渝萍、范谊:《成长的风景——当代美国成长小说研究》,北京:商务印书馆,2012年,第193页。

以上所论及的欧茨反映青少年成长问题的小说已有不少学者研究过了,《我的妹妹,我的爱》是欧茨的第39部长篇小说,国内从2012年出版中译本以来,迄今尚没有对这部小说的评论。然而这部小说较欧茨以往创作的成长小说有了更成熟的思想,表现在以往她的小说都是描写社会底层人物所面临的问题,而这部小说是发生在美国中上层家庭的故事,这就说明青少年在没有道德约束的伦理环境中的伦理困惑和行为失当是一个普遍性的问题。小说的成熟性还表现在它不仅展现了处于伦理困境中的青少年所表现出来的问题,还指出了走出伦理困境的出路,从而彰显了欧茨的伦理取向。本节将从文学伦理学批评的视角来解读这部小说。

一、史盖乐的成长三阶段

《我的妹妹,我的爱》源于美国的一桩至今尚未告破的真实悬案:1996年圣诞节当天,一个六岁的小女孩在家中的地下室惨遭奸杀。欧茨据此创作了这部小说:毕克斯·蓝派克和贝茜·蓝派克育有一儿一女,儿子史盖乐比妹妹布莉丝大三岁。毕克斯每天忙于向上爬的拼搏,贝茜则为挤进富人圈而奋斗,她着力培养史盖乐成为滑冰明星,史盖乐勉为其难,结果因摔瘸了腿而作罢。贝茜转而关注女儿,在妈妈的悉心培养下,布莉丝崭露头角,夺得室内滑冰大赛的冠军,成为史上最年轻的"泽西冰雪小公主"。就在离妈妈梦想的成功日渐逼近时,六岁的布莉丝却突然失踪,尸体在家中的锅炉房里被发现,蓝派克一家成了媒体追逐的焦点,各种猜测纷至沓来,其中不少怀疑指向了因妹妹得宠而被冷落的史盖乐。九岁的史盖乐被诊断患上"精神疾病",离家辗转于各治疗中心和学校。十年后,十九岁的史盖乐将他这段梦魇般的童年和青春期的成长史写成这本回忆录。

欧茨在小说的扉页上写着索伦·克尔凯郭尔在《致死的疾病》中的一段话:"绝望是一种精神之病,自我之病,可能相应地有三种形式:因为不知道拥有一个自我而绝望,因为不想成为自我而绝望,因为想成为自我而绝望。"① 很明显，这段话与这部小说有着密切的关系。这段话说的是人生的三种生存方式：感性人生、伦理人生、宗教人生，也是这部小说的精髓，它暗示了史盖乐的成长之路与克氏所说的这三种形式相关，或者说是这三种生存方式的文学反映形式。有这段话做引导，小说就从史盖乐个人成长的心路历程上升到探寻人类终极价值的哲学高度。所以，首先得搞清楚克尔凯郭尔这段话的内涵，我们才能明白史盖乐是怎样成长起来的。

在《致死的疾病》中，克尔凯郭尔阐述了他的思想："人是精神。但什么是精神？精神是自我。但什么是自我？自我是一种自身与自身发生关联的关系，或者是在一个关系中，这关系自身与自身所发生的关系；自我不是这关系，而是这关系与自身的关联。人是一个有限与无限、暂时与永恒的综合、自由与必然的综合，简言之，是一个综合体。"② 哲学是对"人"的追问，克氏哲学指出人是精神，因此人生的目的就是要追寻一个绝对真理，从而实现自我。精神历程便是寻找自我的历程。在"人"这一综合体中，有限、暂时等有限性因素所主导的人是一种没有"自我"的人，不能超越现实，他们"耽于声色之乐肯定先前就存在于世上，但它并不具备精神性的品格"。③ 此时的人还不是精神，没有实现自我，"不知道拥有一个自我"，生活完全服从于现实直接性，幻想着过"真实"的人生，处在感性人生阶段。在感性人生中，人的生活因受感觉的控制而与道德准则和宗教信仰无关。人一旦从直接性的梦幻中清醒过来，认识到自己的有限性并发现无限和永恒，便开始了他的精神历程。当感性阶段的人陷入绝望而面临选择之时，那些选择超越感性阶段的人就进入伦理人生阶段。在伦理人生中，人选择的是道德，过着一种为道德所支配的生活，追求伦理的普

---

① [美]乔伊斯·卡罗尔·欧茨：《我的妹妹，我的爱》，刘玉红、袁斌业译，北京：人民文学出版社，2012年，扉页。

② Kierkegaard. *The Sickness unto Death*. Princeton: Princeton University Press, 1980, p. 13.

③ [丹麦]克尔凯郭尔：《或此或彼》(上册)，阎嘉、龚仁贵、颜伟、周小群译，成都：四川人民出版社，1998年，第54页。

遍性,其生存的目的就是去追寻"善"。但由于信仰还没有确定下来,人的精神还没有完全实现。伦理阶段的人因道德犯罪感和内疚心理而陷入绝望,"不想成为自我",当面临人生选择之时,那些能够实现精神的高级运动的人则飞跃进入宗教人生阶段。在宗教人生中,人不再遵循普遍性的伦理,转而崇尚独特的自我,从坚持道德自律转向信仰上帝,即刘小枫所说的克服了"当下属己的个体之生存脆弱"实现了对"个体自我理解的更新"①。这是一种"美好的"理想人生。此时人因"想成为自我"而绝望,从而皈依上帝,寻求上帝的拯救。

由此可见,克尔凯郭尔关于人的成长就是精神的成长,是精神运动以三种形态从低级走向高级。而每一次的升级都有一个必要的前提条件,那就是——绝望。相应地,小说的叙述者兼主人公史盖乐,在九岁到十九岁这个人生最重要的成长时期,经历了三次伦理选择,每一次选择都使他陷入绝望之中。但正是在绝望的选择中史盖乐的伦理意识逐渐加强,精神得到了飞跃发展,完成了从感性人生到伦理人生再到宗教人生的生命成长历程。

二、史盖乐成长阶段中的三次伦理选择

史盖乐的成长三阶段体现在三个重要时刻做出的伦理选择中,这就是要不要为母亲保守秘密?看不看望母亲?告不告发母亲?在选择中他一次次要做伦理判断,由此获得了伦理意识,摆脱了绝望处境,保证了他能够沿着实现"自我"之精神的成长道路走下去。

第一次伦理选择发生在布莉丝死亡的那天早晨,贝茜拿出一盒经水浸泡过的录像带放给史盖乐看,录像带中贝茜把史盖乐从床上拉起来,逼问他把妹妹藏到哪里去了,史盖乐满脸疑惑,但却一眼认出录像带里模糊的小孩身影就是自己,然而母亲告诫他不能告诉任何人,即使是耶稣也不要说。其实,那盒录像带是贝茜早晨到史盖乐的房间时偷偷录制的,目的

---

① [丹麦]克尔凯郭尔:《致死的疾病》,张祥龙、王建军译,北京:中国工人出版社,1997年,总序第3页。

就是要掩盖她杀死女儿的真相,把人们怀疑的目光引向史盖乐,因为史盖乐才九岁,不会受到法律的制裁。果然,录像带中的模糊身影"被处理后"刊登在《纽约时报》头版上,人们坚持认为布莉丝的哥哥史盖乐是凶手。是配合案件侦查说出他所知道的,还是按照妈妈跟他说的那样不告诉任何人?史盖乐承受着巨大的压力,面临着是为母亲保守秘密还是说出真相的伦理选择。此刻,九岁的史盖乐处于人生的感性阶段,还没有"自我"的意识,或者说"不知道拥有一个自我",完全依赖于母亲给他创造的"真实"的生活。他因选择的"绝望"而哭泣,最终对妈妈的爱胜过了一切,他选择了沉默。

第二次是史盖乐接到母亲要做手术的信,希望他去见上一面,史盖乐犹豫不决是否要去见她,因为此时他已对父母深深地失望。妹妹死后,父母把他转到一所收费昂贵的私立学校,并把他十六岁前的费用一次交清,不准他离校,史盖乐有家难回,开始了另一种意义上的"流亡"生活。一想到他们两个人都不愿意成为他的监护人,他就惊慌失措。他痛恨父母的绝情,而看到母亲在电视节目中借妹妹的死来推销自己的书和产品时,史盖乐更加愤怒,对自己的姓氏感到羞耻。他害怕别人知道他,进校就改掉了令他感到耻辱的名字,还因罪恶感患上了精神性重郁症。处于伦理阶段的他对于人性的"邪恶"深恶痛绝,不想成为以往那个父母培养出来的"自我",自然也不想去看使他处于绝望之中的母亲。但此时他的"自我"还不完善,不仅不能摆脱原来的家,而且找不到摆脱罪恶感的办法,所以在鲍勃牧师的劝说下,万般无奈的他不会原谅但会去看母亲。

第三次是贝茜死后,史盖乐知道了案件真相,处于告不告发母亲的伦理选择中。看了母亲的遗札史盖乐才知道原来是母亲酒醉后杀死了布莉丝,他感到一阵压抑,"脖子的后面好像被一只穿靴子的脚重重地踩踏"①。想到母亲竟然用那盒损毁的录像带来牺牲他以保全她自己,一种受骗的感觉使他愤怒,他急于向世人证明他的无辜,又因告发的对象是母

---

① [美]乔伊斯·卡罗尔·欧茨:《我的妹妹,我的爱》,刘玉红、袁斌业译,北京:人民文学出版社,2012年,第494页。

亲而惶惶不安。处于伦理阶段的他愤懑、困惑,感到"绝望"是他唯一的力量。鲍勃牧师指出告发母亲摆脱不了他的绝望,却无异于自揭伤疤,于事无补。出路在于信仰上帝,像耶稣一样具有"宽恕"的"美德",寻求外在精神的力量来摆脱困境。牧师启发他:人之信仰的需要"其实就是我们饥饿时所产生的那种需要",若不信仰上帝,"芸芸众生……只能是像追寻各种无用东西的小孩子"①,也就是说永远不能成长,不能"成为自我"。一席话让史盖乐茅塞顿开,精神上产生了顿悟,他"想成为自我",一个真正意义上的人,因此他原谅了母亲,但不是因为布莉丝,他是为了自己才原谅她,也就是说他找到了人生的坐标。顿悟"对于主人公的成长具有决定性的意义,因此它是成长小说结构链上的一个必备要素"。② 顿悟的标志是他放弃了报复的念头,烧毁了录像带和信,从此进入了克氏所说的"宗教人生"阶段,完成了自我的成长。

三、史盖乐三次选择的伦理意义

史盖乐所进行的三次伦理选择,是对真—假、善—恶、美—丑的辩证选择,其过程就是人性因子和兽性因子斗争的过程,亦即理性意志和非理性意志的斗争过程。根据文学伦理学批评理论,人是人头狮身的斯芬克斯在现实中的体现。斯芬克斯所具有的斯芬克斯因子包括以人头为代表的人性因子和以狮身为代表的兽性因子,二者共同存在于人的身上。人要成长就是进行伦理选择,在选择中用自身的人性因子战胜兽性因子,获得理性,从而成人。理性意志是人性因子的外在表现,兽性因子包括三种意志:自然意志、自由意志和非理性意志,这三种意志和理性意志一道,使伦理选择出现不同的组合方式,呈现其复杂性。③ 对于未成年人来说,进行伦理选择是最重要的成人仪式的内容,是长大成人的必经之路,成什么

---

① [美]乔伊斯·卡罗尔·欧茨:《我的妹妹,我的爱》,刘玉红、袁斌业译,北京:人民文学出版社,2012年,第503页。
② 芮渝萍:《美国成长小说研究》,北京:中国社会科学出版社,2004年,第144页。
③ 聂珍钊:《文学伦理批评:伦理选择与斯芬克斯因子》,《外国文学研究》2011年第6期,第8页。

样的人取决于做出什么样的伦理选择。史盖乐的三次伦理选择,不仅是对是非善恶的道德观进行价值判断,而且每一次选择都使自己陷入伦理两难的"绝望"境地,具备了精神提升的前提条件,从而获得了伦理意识,具有成长的伦理意义。

在第一次讲不讲出秘密的伦理选择中,史盖乐获取的是对"真实"和"虚假"进行道德判断的伦理意识。如果他说真话,肯定对妈妈不利,他不能说,他得保护妈妈;如果不说,妹妹的死亡真相,对他又是一种道德责任。他陷入了伦理两难的境地。但他爱母亲,这"爱"是由他的自然意志决定的,出于他的本能。因此在"真""假"的道德判断上,他没有自我,只是本能地以母亲的话为标准。甚至在他十六岁,兰森侦探到学院再次调查布莉丝遇害案件时,虽然他好几次很想开口讲,但他想起妈妈的话,转而说的是:"我真的不、不记得这些事了"①。从不能说到犹豫不决要不要说,以及回答时的结巴,无一不表明史盖乐内心的矛盾和迷惘。但在感性人生阶段,爱妈妈的自然意志和选择遵从妈妈的自由意志主宰着他,就像《海的女儿》中的海公主,为了获得不可能得到的爱情而忍受不能说话的精神之难一样,史盖乐选择了用沉默应对一切。然而,内心对"真""假"的权衡和选择的"绝望"使他具备了进入伦理人生阶段的意识。

在第二次见不见母亲的伦理选择中,史盖乐获取的是对"善良"和"邪恶"进行道德判断的伦理意识。如果史盖乐去见母亲,他内心里对不起布莉丝。因为贝茜在布莉丝死后不仅没有悔意,反而利用她的死为自己捞取名利。贝茜不断地上电视节目,不断地出书写她和布莉丝的故事,不断地督促电视观众速购她的书,还成立了公司生产带香味的布莉丝·蓝派克玩具娃娃。看着贝茜在电视上为配合自己的书或产品恬不知耻地一次次地讲述布莉丝"惨死"故事的恶行,史盖乐崩溃了。在非理性意志的控制下,他不愿意去见"那个女人"。然而,想到在母亲弥留之际都不想去见她一面,他害怕起来,他所怕的就是伦理道德,包括对"垂垂老矣"者的临

---

① [美]乔伊斯·卡罗尔·欧茨:《我的妹妹,我的爱》,刘玉红、袁斌业译,北京:人民文学出版社,2012年,第460页。

终关怀,和"爱母亲"这一最基本的人性之良善。这"怕"还表明他伦理意识在增强,在理性意志的约束下,处于伦理人生阶段的史盖乐没有任由自由意志操纵自己,还是遵循基本的伦理道德去看望了母亲。不仅如此,"善""恶"意识在他思想中的强烈冲突和碰撞,以及对之选择的"绝望"又为他走向宗教人生做好了准备。

在第三次告不告母亲的伦理选择中,史盖乐获得的是对"美好"和"丑陋"进行判断的伦理意识。一开始史盖乐坚持要告发母亲。他这么做,虽然能一解十年来的污蔑与怨恨,却是非理性的,还会陷他于"忤逆"的骂声中,也会让他背负"不仁"的恶名。他告,他是逆子;不告,他无法告慰妹妹的在天之灵。这样的伦理两难让他无法承受,无所适从。绝望中,他需要一个引路人来为他指点迷津,这个人就是鲍勃牧师。在鲍勃牧师的指引下,史盖乐选择了上帝,进入了宗教人生,从而实现了在人格和人性方面的成长。这是小说的第六部,题目很有寓意:"漫游地狱,重归人间",似乎象征着史盖乐以前的生活如同地狱一般,丑陋至极,只有确立了信仰,才有美好的未来。的确,史盖乐认为他这次去看望母亲并参加母亲的葬礼实际上是到地狱漫游了一次,他相信此行是逃离地狱之旅,与丑陋的过去告别。而实现了顿悟后,他一觉睡了十二个小时,醒来时,内心因有信仰而找回了自我,他极度快乐而平静。在经历了"绝望"的选择之后,史盖乐终于告别了"丑陋"的过去,走向了"美好"的宗教人生。

从史盖乐的三次选择中我们看到这样一个事实:每一次的选择都是极度痛苦的两难选择,都使他陷入伦理两难的境地,即无从选择,这也使得他的人生充满了悲剧色彩。但正是这种"置于死地而后生"的绝望处境,史盖乐才能够有机会体验、选择并建构自我的精神本质,其中最重要的是获得了伦理意识,而伦理意识正是成人的标志。"没有伦理意识,就不能分辨善恶;不能分辨善恶,就不能成为真正的人"。[①] 欧茨以往创作的成长小说中,主人公的成长基本上都是不完全的,或者说是不完善的成

---

① 聂珍钊:《文学伦理批评:伦理选择与斯芬克斯因子》,《外国文学研究》2011年第6期,第7页。

长,其关键原因就是由于他们没有经历像史盖乐那样的绝望处境而被迫进行伦理选择,才能获得伦理意识。正是由于有了伦理意识,史盖乐的理性逐渐成熟,才能在人生的道路上从感性人生走向伦理人生,进而走到宗教人生,从而实现真正意义上的成长。史盖乐成长的成功标志着欧茨为她的成长主人公找到了走出伦理困境的出路,也彰显了她的伦理取向:走向宗教人生。

本章小结

本章从文学伦理学批评出发,对《哈克贝利·费恩历险记》《麦田里的守望者》和《我的妹妹,我的爱》三部经典的美国成长小说进行了重新解读和深入挖掘,运用伦理选择、伦理身份、伦理反思、理性意志、斯芬克斯因子等文学伦理学批评的核心概念来审视美国成长小说,有了新的发现和洞见。首先,对美国成长小说的概念有了清晰的认识。使美国成长小说脱离于经典成长小说即德国成长小说的研究框架,给美国成长小说研究一个独立的研究平台,正本清源,使美国成长小说研究返归其应有的研究领域。其次,扩展了美国成长小说的研究路径。由于有了明确的概念边界,为当前成长小说研究的模糊认知提供了研究方向和研究规范,使成长小说研究不再是文本个案的模式研究,而是能对成长小说的本质特征和表达方式进行研究。再次,凸显了美国成长小说的教诲价值。为美国成长小说研究提供新的研究视角,使其不再与其他小说类型混为一体,呈现出其本来面貌。

以往的美国成长小说研究是在德国成长小说的研究框架内进行的,没有表达出美国成长小说自身的伦理诉求和文学价值。在文学伦理学批评的"文学研究应返回当时的历史语境"思想指导下,文明发现美国成长小说其实有自己的名称,只是这个名称晚于德国成长小说出现罢了。用美国成长小说自己的名称,使其返归应有的研究领域,从而有了研究的本体论上的逻辑起点。

在德国成长小说的框架内研究美国成长小说,得出的成长小说叙事模式单一而武断,即逃离社会的是现代美国成长小说,回归社会的是经典德国成长小说。而美国成长小说从起源上就是入世小说,表达的是成长者在入世道路上追求一个成功的定位,以及为此定位而付出的希冀、选择、苦恼、困惑,也就是不同的伦理线串连出不同的伦理结,从而生成不同的成长道路。

由于有了明确的概念边界和多样的研究路径,美国成长小说的教诲价值便凸显出来了。文学伦理学批评认为:"文学的第一功能是教诲",作为指导美国青少年成长的美国成长小说更是体现了无可推卸的教诲价值。美国人的价值观念、美国人希望自己的下一代成长为什么样的人,等等,都体现在成长小说中,成为美国道德培养的不二范本。

《哈克贝利·费恩历险记》是美国成长小说的发轫篇,为后世美国成长小说开辟了创作模式,其中伦理身份是其关注的焦点。为了寻求伦理身份,哈克数次从象征着自由的密西西比河中返回岸上,不断调整自己的名字以期在社会中找到一席之地。这部小说被评论家认为是开创了美国的成长小说,讲述了一个"崭新的故事"①。

《麦田里的守望者》是美国成长小说发展期的代表作,对美国成长小说起着承上启下的作用。无论霍尔顿在逃离课堂进入社会的体验中如何以自身的人性因子压抑兽性因子,伦理身份仍然是他寻求的方向。最终他期望自己能做一个"麦田里的守望者",能守护住像妹妹一样纯洁的孩子。

《我的妹妹,我的爱》是美国成长小说成熟期的代表作,揭示了当代美国社会的价值观。史盖乐的妹妹作为物质极大丰富的老牌资本主义国家的新生代,迷失在整个社会对金钱和私利的狂热追求中,最终无法成长而夭折。史盖乐为了追求真相,不断地调整自己,坚守着内心尚存的对人类的一丝幻想,转而在宗教中寻求精神解脱。

美国成长小说的研究不仅限于对上述三位作家的研究,约瑟芬·约

---

① Michael Egan. *Mark Twain's Huckleberry Finn*: *Race*, *Class and Society*. London: Sussex University Press, 1977, p.11.

翰逊(Josephine Johnson)、斯蒂文·米尔豪瑟(Steven Millhauser)、马克·萨尔兹曼(Mark Salzman)、杰齐·柯辛斯基(Jerzy Kosinsky)、杰克·伦敦(Jack London)等一大批书写美国成长小说的作家,他们的创作继承发扬了美国成长小说的传统,并带有浓烈的个人写作特质,成为美国成长小说的创作力量,有待进一步运用文学伦理学批评去阐释和研究。

由此可见,文学伦理学批评的确担负得起对美国成长小说这一文学范式的批评功能。

第四章

"迷惘的一代"小说的伦理叙事

自从格特鲁德·斯泰因(Gertrude Stein, 1874—1946)用"迷惘的一代"指称海明威及其同时代的作家以来,它已然成为美国20世纪20年代作家的代名词。"迷惘"一词本身就暗示了强烈的伦理内涵,表达了一种伦理困境。因此在他们的创作中,主人公在第一次世界大战后对美国社会现实的迷茫以及对自我认知的困惑成为普遍的伦理主题。本章以典型的"迷惘的一代"作家作品——弗朗西斯·司各特·菲茨杰拉德(Francis Scott Fitzgerald, 1896—1940)的长篇小说《了不起的盖茨比》(*The Great Gatsby*)以及厄内斯特·海明威(Ernest Hemingway, 1899—1961)的短篇小说集《尼克·亚当斯故事集》(*The Nick Adams Stories*)——为分析对象,运用文学伦理学批评中的伦理困境、伦理身份、伦理选择和道德教诲等核心概念,从叙事学的角度切入,探讨小说的叙事艺术和伦理的关系,挖掘小说如何通过叙事形式的变化来表现人物面临的伦理困境和身份困惑。

《了不起的盖茨比》取材于美国历史上享乐主义盛行的"爵士乐时代",表现了在伦理失序的大背景下,追逐美国梦的人们错综复杂的情感和善恶混淆的价值观念。从文学伦理学批评视角来看,小说呈现了人物社会身份的模糊和不确定以及人物情感的错乱和不忠。在这样的伦理失序的社会大环境下,主人公盖茨比陷入金钱与道德的两难选择,他对金钱与权势价值的错误认识导致他丧失了做人的基本道德准则;黛西则在经历伦理身份变化后陷入伦理困惑中,做出了受金钱和实际利益支配的伦理选择。本章第一节通过对小说叙事技巧的解析诠释了作家内心对正常伦理秩序回归的渴望,通过揭示隐藏在作品背后的深层伦理意蕴,还原了文学体现伦理和道德的本质。

厄内斯特·海明威以尼克·亚当斯为主人公的一系列短篇小说,后由菲利普·杨按照它们的写作顺序整理出版并命名为《尼克·亚当斯故事集》。如果我们把所有故事作为一个连贯的整体进行解读,就会发现尼克在整个故事中经历了不同伦理身份确认与否的困惑。童年时代的尼克在与大自然的接触中对自己的伦理身份非常地明确,他视自己是"自然之子"。然而,对"自然之子"这一伦理身份的过度迷恋使他步入社会时难于寻找到合适的社会伦理身份,他于是成为一个"迷惘的人"。但是,尼克并没有彻底迷失,他不断地通过写作、阅读和回忆来进行自我道德教诲,使自己走出伦理身份的困惑。本章第二节探究了整个故事集中的叙事策略的双重功能:一方面,第一人称和第三人称的交叉叙述巧妙地展现了尼克如何确立"自然之子"的伦理身份;另一方面,叙述视角的变化和不可靠叙述等策略的运用又表现出尼克在其社会伦理身份确认过程中的困惑,揭示了"迷惘的一代"的典型特征。

第一节 《了不起的盖茨比》与"爵士乐时代"的伦理困境和伦理选择

弗朗西斯·司各特·菲茨杰拉德作为20世纪上半叶美国最著名的小说家之一,其创作真实反映了20世纪20年代这个"美国历史上最会纵乐、最讲究绚丽"的"爵士乐时代"①的历史真实,揭示了现代消费社会对于传统伦理道德的冲击以及人类所面临的伦理困境。

近百年来,菲茨杰拉德其人其作已在世界范围内产生了广泛的影响。除美国外,英国、法国、意大利、德国、俄罗斯、加拿大、印度、日本等国的学者都对菲茨杰拉德展开了大量的研究,取得了诸多成果。② 近三十年来,菲茨杰拉德及其代表作《了不起的盖茨比》在中国也引起了广泛的关注。不过,从现有的研究状况来看,大多数学者普遍集中于研究该作品的美国梦主题、人物形象、艺术形式与叙述技巧等,鲜有学者运用文学伦理学批评的方法对该作品进行分析。"文学伦理学批评是一种从伦理视角认识文学的伦理本质和教诲功能,并在此基础上阅读分析和阐释文学的批评方法。"文学伦理学批评认为,"在具体的文学作品中,伦理的核心内容是人与人、人与社会以及人与自然之间形成的被接受和认可的伦理关系,以及在这种关系的基础上形成的道德秩序和维系这种秩序的各种规范。文学的任务就是描写这种伦理关系和道德秩序的变化及其引发的各种问题和导致的不同结果,为人类文明进步提供经验和教诲。"③

菲茨杰拉德的代表作《了不起的盖茨比》取材于美国历史上享乐主义盛行的"爵士乐时代",表现了在伦理失序的大背景下,追逐美国梦的人们

---

① 所谓"爵士乐时代",按照菲茨杰拉德的说法,是指1919年5月至1929年10月这十年,他称自己为这一时代的编年史家。See John Kuehl and Jackson R. Bryer, ed. *Dear Scott/Dear Max*. New York: Charles Scribner's Sons, 1971, p.171.
② See Linda C. Stanley. *The Foreign Critical Reputation of F. Scott Fitzgerald, 1980—2000: An Analysis and Annotated Bibliography*. Westport: Praeger Publishers, 2004.
③ 聂珍钊:《文学伦理学批评导论》,北京:北京大学出版社,2014年,第13页。

错综复杂的情感和善恶混淆的价值观念。对于《了不起的盖茨比》这部具有鲜明伦理主题的作品,运用文学伦理学批评进行分析,结合小说的叙事特点,从社会大环境的伦理失序以及伦理冲突下的困境与选择等方面入手,解读隐藏在作品背后的深层伦理意蕴以及男女主人公弃善从恶与放弃伦理道德的过程,能够逐步揭示文本中积蓄在"爵士乐时代"下厚重的道德力量,并揭示出该作品独特的社会意义和教诲价值。

一、"爵士乐时代"的伦理失序

文学伦理学批评重视对文学作品伦理环境的分析,认为伦理环境是文学产生和存在的历史条件。"文学伦理学批评要求文学批评必须回到历史现场,即在特定的伦理环境中批评文学","对文学作品本身进行客观的伦理阐释,而不是进行抽象或者主观的道德评价"。① 在特定的历史时代,社会背景和文化传统影响着伦理秩序的形成,同时,伦理秩序也通过不同时期的社会现象表现出来。在《了不起的盖茨比》中,菲茨杰拉德以20世纪20年代物欲横流的美国社会为背景,描绘了"爵士乐时代"金钱至上的物质法则和人们沉溺于享乐而导致的精神迷茫。基于以钱权为基础的社会大背景,传统的伦理秩序不断遭受挑战,欲盖弥彰、模糊不明的社会身份,同床异梦乃至公然出轨的夫妻关系等诸多方面,均可作为小说中伦理失序的印证。

作品中的伦理失序首先表现为人物社会身份的模糊和不确定。作为《了不起的盖茨比》的核心角色,盖茨比的身份和情感问题从他一出场便引起关注和猜疑。他是"爵士乐时代"的宠儿,人们对他的金钱充满了好奇与渴求。而盖茨比本人由于不光彩的发家史,并没有将其身份完全呈现给好奇的观众。于是,文本中对于其社会身份的猜测和讨论多达九种之多。② 在金钱主导社会话语权的大背景下,人们对他的丰厚财产首先

---

① 聂珍钊:《文学伦理学批评及其它——聂珍钊自选集》,武汉:华中师范大学出版社,2012年,第12页。
② 九种身份分别是:杀人犯,间谍,士兵,牛津学生,私酒贩子,军火贩子,药材生意者,石油生意者,财产继承者。

发出的是"恶"的猜测。

　　"有人告诉我,人家认为他杀过一个人。"

　　我们大家都感到十分惊异。三位先生也把头伸到前面,竖起耳朵来听。

　　"我想并不是那回事,"露西尔不以为然地分辩道,"多半是因为在大战时他当过德国间谍。"

　　三个男的当中有一个点头表示赞同。①

　　盖茨比一开始就被人们怀疑为杀人犯、间谍,然而,他自己一直致力于对自我身份进行"善"的掩饰,当他向尼克介绍自己时,声称自己"曾就读于牛津大学"、做过"石油生意和药材生意"。② 其实,他是靠倒卖军火和贩卖私酒发家,是个地道的军火商和私酒贩子。但当人们想到他的财富时并不对其不光彩的身份引以为耻,反而以能参加盖茨比的酒会深以为傲。他们更愿意用财产的丰厚替代对于他一切不光彩的猜测,让应有的道德操守置于利益之下,反映出伦理秩序中善恶的错位倒置。金钱在人们分辨"善"与"恶"时发挥了主导作用,对于可能是通过罪恶获得的财产,人们丝毫不介意,反而愿意将其美化。可见,盖茨比的金钱掩盖了人们的是非观念,他的多重模糊身份不仅是一个又一个自我辩驳的借口,而且是伦理秩序混乱的体现。而他能在罪恶身份的掩藏下发家致富继而获得社会认同,说明伦理秩序的失衡已成为美国社会面临的重大问题。

　　作品中的伦理失序还表现在人物情感的错乱和不忠。菲茨杰拉德在描写盖茨比付出一切痴心追寻爱情梦的同时,也以汤姆·布坎农的婚后滥情反映那个时代人性的放纵、情欲的泛滥,从而有力揭示了盖茨比爱情悲剧的成因,反映出时代伦理秩序的失衡。

　　汤姆·布坎农在小说中是主人公盖茨比的对立面,两人在性格特征、思想观念和成长经历等诸多方面都形成了鲜明的对比。作为巨额财富的

---

① ［美］菲茨杰拉德:《了不起的盖茨比》,巫宁坤等译,上海:上海译文出版社,2002年,第29页。

② 同上书,第32、57页。

继承者，汤姆习惯于躺在前人留下的财富上肆意挥霍。婚后的汤姆更加显现出淫荡好色、粗蛮无礼的本质，毫不隐藏自己对待婚姻的不忠，不仅可以宣之于口，而且大胆地公之于众：

> 他有个情妇，这是所有知道他的人都认定的事实……一天下午，我跟汤姆同行搭火车上纽约去。等我们在灰堆停下来的时候，他一骨碌跳了起来，抓住我的胳膊肘，简直是强迫我下了车。
> "我们在这儿下车，"他断然地说，"我要你见见我的女朋友。"①

尼克本是黛西的表哥，而作为黛西丈夫的汤姆丝毫不顾及自身已为人夫的伦理身份，居然急切地将自己的情妇介绍给尼克认识，随后三人一同去纽约。由此可见，汤姆的行为既不符合伦理道德，也没有遵从其伦理身份的要求。他最初是在火车上遇见威尔逊夫人的，第一次见面就大胆地对对方进行骚扰和挑逗，两人很快上了同一辆出租车一同离去。威尔逊太太心中翻来覆去想着这样一句话："你又不能永远活着。你又不能永远活着。"②在战后享乐主义盛行的时期，纵情享乐成为了人们生活中的第一要义，对于享乐的追求与沉醉取代了人们先前奉行的伦理观念。夫妻之间既没有爱情又没有责任，也不再维护大家公认的伦理秩序，而是以偷情或出轨满足生理或心理的需求。可见，菲茨杰拉德巧妙地借助人物情感的错乱反映了伦理秩序的混乱与失衡。

二、黛西的身份变化与伦理困惑

文学伦理学批评重视对人物伦理身份的分析："在阅读文学作品的过程中，我们会发现几乎所有伦理问题的产生往往都同伦理身份相关。"③人物的伦理身份是维系其与他人、与社会、与自然之间关系的纽带，彰显出人物对道德规范的遵守。人物在伦理身份发生变化时，必须做出相应

---

① ［美］菲茨杰拉德：《了不起的盖茨比》，巫宁坤等译，上海：上海译文出版社，2002年，第17页。
② 同上书，第24页。
③ 聂珍钊：《文学伦理学批评及其它——聂珍钊自选集》，武汉：华中师范大学出版社，2012年，第14页。

的伦理选择。如果人物不知如何确定自己的伦理身份，便容易使自身陷入困境与两难之中。

《了不起的盖茨比》中的女主人公黛西是一个复杂的人物形象，她出生在一个富有的美国家庭，良好的家庭条件使她从小就养尊处优，爱出风头。评论界一般认为，黛西是一个美丽而浅薄的、只顾自己的、道德空虚的女人，例如库普曼指出，黛西"外表可爱娇媚，浪漫却有寄生性，情感冷漠"[1]。然而，从文学伦理学的角度来看，随着黛西伦理身份的变化，她愈来愈具有双重情感，一面是对年轻时真挚恋情的怀念，一面是对固有的社会地位和财富的迷恋，这使她陷入伦理困境中。

黛西的伦理困境主要表现为伦理身份与自我情感的冲突。她的青春开始于第一次世界大战时期，战争摧毁了人们的理想和信仰，成长于这一时期的青年人，面临着传统价值体系解体而新的价值体系尚未建立的问题。当时的黛西作为盖茨比的女朋友也曾期望新奇而陌生的精神园地，有过纯洁的梦想和纯真的爱情，她为了盖茨比曾和家人闹翻。在与汤姆举行婚礼之前的半个小时，黛西依旧在两种伦理身份中徘徊，她喝得烂醉，手里捏着盖茨比给他的信，甚至要伴娘告诉大家，"黛西改变主意了"[2]。此时此刻，她内心充满了对盖茨比的眷恋之情，但黛西还不具备走出情感困惑的勇气。最终她抛弃内心真实情感，违背了对盖茨比的爱情誓言，走进了自己精心设计的虚幻生活，将虚荣心最终投向了物质世界。

黛西的婚姻选择是建筑在对物质和享受的追求之上的，这是她由一个纯真少女转变为一个冷漠自私而无情无义的人的开端。在她的伦理身份变成了汤姆·布坎农的妻子之后，作为妻子，她应该忠于丈夫、维护自己的婚姻；作为母亲，她应该用炽热的母爱哺育唯一的女儿。然而，婚后的黛西内心是空虚的，物质的富裕并不能填补她的内心空白，寂寞的她选

---

[1] Stanley Cooperman. *F. Scott Fitzgerald's The Great Gatsby*. Beijing：Foreign Language Teaching and Research Press，1996，p.116.
[2] [美]菲茨杰拉德：《了不起的盖茨比》，巫宁坤等译，上海：上海译文出版社，2002年，第48页。

择整天和一些放荡不羁的人混在一起,过着花天酒地的生活。同时,身为人母的黛西并没有珍视这一重要的伦理身份。当尼克与她谈起她的女儿时,她并没有像一般的母亲那样焕发出很大的热情,反而表现得十分漠然和心不在焉。当然,她也强调,她之所以如此,是因为孩子"出世还不到一个钟头,汤姆就天晓得跑到哪里去了",当护士告诉她生了一个女孩时,她很高兴,而且"希望她将来是个傻瓜——这就是女孩子在这种世界上最好的出路,当一个美丽的小傻瓜"。① 这话是黛西对自己也是对女性命运的无奈的嘲讽,女性美丽的容貌是吸引男性从而过上舒适生活的有效手段,而聪颖和才智则会造成女性心灵的痛苦。由此我们也可以窥见她满是伤痕的内心世界以及她背离"妻子"和"母亲"这两种伦理身份的深层原因。

面对情感与道德的冲突,黛西的伦理选择始终是受金钱和实际利益支配的。"巧遇"盖茨比之后,作为"妻子"的黛西如何面对昔日"情人",如何在情感和道德中抉择,这使黛西再次陷入伦理困境之中。此时的黛西已然不是留恋纯真爱情的姑娘,相反,作为丈夫汤姆的附庸与翻版,她已成为了一个自私自利、冷酷无情、虚伪浮华的女人。黛西再次短暂的考虑重回盖茨比的怀抱,并不是情感上还对他有所依恋,而是被盖茨比的巨额财富所吸引。尤其是当她在盖茨比的豪宅参观时,"突然之间,黛西发出了很不自然的声音,一下子把头埋进衬衫堆里,号啕大哭起来"②。这一举动显而易见地表明了她金钱至上的价值观,黛西对于情感的抉择已经完全物质化。因此,她的所作所为都是从她自己的利益和感受出发,爱情在她眼里也只不过是实现她自身利益的工具而已。但当黛西了解到盖茨比的财富来源时,她毫不犹豫地选择了汤姆,因为汤姆有着更加牢固的社会地位和更加合法化的财富来源。这时,她意外开车撞死了汤姆的情人,而且连车子都没停。盖茨比担心她受到汤姆的伤害,一直藏在她家外面的灌木丛中希望保护她,替她承担所有责任。可是屋里的黛西却和汤姆一边吃着凉炸鸡一边策划着一场阴谋,最后黛西接受了丈夫汤姆的劝告,

---

① [美]菲茨杰拉德:《了不起的盖茨比》,巫宁坤等译,上海:上海译文出版社,2002年,第13页。
② 同上书,第58页。

听任其将车祸的责任转嫁栽赃到盖茨比的头上。

黛西在面临伦理困境时并没有作出善的选择,作为一个独立的女人,她本应该遵从自己的情感,但是却陷进了金钱的漩涡;作为一个合格的妻子,她本该忠于婚姻呵护幼子,但却自私冷漠轻佻放荡;作为一个社会的公民,她更应该遵守道德的秩序,在善与恶之间做出正确的抉择,但她却害怕背负责任选择逃避。黛西由于价值观取向的错误常常于伦理困境中徘徊,而最终弃善从恶违背伦理的选择也让她虽然逃过了社会的审判却未曾躲开自我心灵的道德的审判。在小说的结尾处,她继续陷入永无休止的迷茫中,带着对丈夫一刻不离的痴缠空洞地活在虚无的躯壳里。

三、盖茨比的伦理两难与伦理选择

伦理选择是文学伦理学批评的核心术语之一,"在文学作品中,伦理选择往往同解决伦理困境联系在一起,因此伦理选择需要解决伦理两难的问题"[1]。

盖茨比首先面临的是金钱与道德的两难选择。在盖茨比早年追求成功的道路上,他坚信能够通过节俭自律的生活态度和吃苦耐劳的毅力获得大量的物质财富,他曾在《牛仔卡西迪》的空白处写下"学习有用的新发明""不再吸烟或嚼烟""每周储蓄三元""对父母更加体贴"等决心。[2] 然而,盖茨比在经历了爱情变故后,却选择通过犯罪活动而迅速积累大量财富。准确地说,他追求财富的过程也伴随着良心的泯灭和道德的缺失。在盖茨比的"自我奋斗"过程中,有两个人对他的"成功"起到关键作用,其一是丹·科迪,他是"一个头发花白、服饰花哨的老头子,一张冷酷无情、内心空虚的脸——典型的沉湎酒色的拓荒者,这帮人在美国生活的某一阶段把边疆妓院酒馆的粗野狂暴带回到了东部滨海地区"[3];而另一位则是沃尔夫山姆,"他(盖茨比)和这位沃尔夫山姆在本地和芝加哥买下了许

---

[1] 聂珍钊:《文学伦理学批评导论》,北京:北京大学出版社,2014 年,第 268 页。
[2] [美]菲茨杰拉德:《了不起的盖茨比》,巫宁坤等译,上海:上海译文出版社,2002 年,第 108 页。
[3] 同上书,第 63 页。

多小街上的药房,私自把酒精卖给人家喝"①。可见,盖茨比看似一帆风顺的成功之路暗藏了黑社会的许多凶险,他的奋斗环境也使得他丢失了原有的道德原则。

虽然菲茨杰拉德在小说中没有正面描写盖茨比的犯罪发家史,但从他富可敌国的财富可以想象资本的积累必然带有无辜鲜血和深重罪孽。同时,为了遮掩自己曾经犯下的罪恶,盖茨比多次向尼克撒谎,毫无诚信可言,力图掩饰自己的身份,害怕罪恶遭到曝光。这也说明,在他放弃道德、违背善恶追逐财富的过程中,也在金钱的毒害下道德空白化。

然而我们应该看到,盖茨比所做出的恶的伦理选择实则是出于善的动机。盖茨比选择依靠犯罪致富的主要原因,是倍感自己身份低下,无法与心目中高贵的姑娘黛西匹配,他希望能通过自己的努力与黛西重归于好。但他错误地以为,只要拥有财富和地位就能重新赢回黛西的芳心。在他的伦理观念里,爱情和物质是对等的并且可以相互置换,所以当他见到已为人妻的黛西时极为激动热切,当尼克提醒他也许一切都不能回到过去时,他激动地表示为什么不可以,认为他现在的财富地位完全可以换来与黛西重温旧梦的机会。将情感与物质等同的盖茨比并没有意识到,随着他们伦理身份的改变,他们并不能放弃自己的伦理责任而贪图情感上的愉悦。因此,一味想用金钱买回旧爱的盖茨比并不以当下的伦理现实为依据,他的伦理选择自始至终就因为本身的主观性而十分不可靠,因而他一次又一次陷入迷惘和伦理困境之中。

同样是出于对金钱与权势价值的错误认识,在亲情的伦理选择中,盖茨比丧失了做人的基本道德准则。由于他的父母是出身低微的农民,"他的想象力根本从来没有真正承认他们是自己的父母"②;为了挤进上流社会,他看不起父母给他起的名字,将它改为富有上层阶级意味的名字——杰伊·盖茨比,认为自己是上帝的儿子。这一系列行为充分表明了,在名利的驱使下,他任由虚荣心作祟,企图摆脱自己卑微的出身而戴上上流社

---

① [美]菲茨杰拉德:《了不起的盖茨比》,巫宁坤等译,上海:上海译文出版社,2002年,第85页。

② 同上书,第62页。

会的面具。"我是中西部一个有钱人家的儿子——家里人都死光了。我是在美国长大的,可是在牛津受的教育,因为我家祖祖辈辈都是在牛津受教育的。这是个家庭传统。"①为了顾及面子,也为了保护自己作为上流社会一份子的尊严,他抛弃了自己的伦理身份,选择了隐藏与父母的伦理关系,也没有尽到儿子赡养和孝顺父母的伦理责任,最终在凄风苦雨中带着迷惑和虚妄接受了命运最后的惩罚。

可见,盖茨比的一系列选择违背了伦理道德,他试图用恶的积累为善的梦想铺路,竭尽全力地往上层社会攀援,虽然是为了完成自己纯洁的"爱情梦",但是却在追寻爱情的过程中一次次违背了伦理中的善,用带血的罪恶完成了金钱的积累,用虚无的浮华遮盖了潜藏的黑暗。在一次又一次错误的伦理选择之后,他也没有逃脱社会和命运的惩罚——爱情梦破碎、罪恶公布、死于误杀。违背伦理道德终将逃不过惩罚,双重打击也让盖茨比在"爵士乐时代"充当了一个虚无的过客,快速地消散了生命的意义。

四、《了不起的盖茨比》中的叙事艺术和伦理观

作为"爵士乐时代"的代言人,菲茨杰拉德亲身经历了一系列时代和社会的变迁,亲身体验了20世纪20年代美国价值观念所发生的剧烈变化。从他本人的经历来看,他既向往富人生活中所具有的那种奇妙动人的自由和魅力,又能在享乐中逐渐清醒地看到上层富豪和普通百姓之间存在的无法逾越的鸿沟。他在追名逐利的同时也在冷眼旁观,用敏锐的目光审视生活和社会的变化,以严峻的道德标准来衡量发生在周围的一切,以高超的叙事艺术在《了不起的盖茨比》中书写着自己的伦理观念。

首先,菲茨杰拉德对物质与享乐以及人生的目标与追求进行了反思。《了不起的盖茨比》在笼罩着一层失败和不幸的戏剧化氛围中表现了金钱欲望带给人的痛苦。小说中,菲茨杰拉德以"金钱和爱情"为线索,讲述了盖茨比理想之梦如何破灭、最终演变成悲剧的故事,用主人公唯物质式的

---

① [美]菲茨杰拉德:《了不起的盖茨比》,巫宁坤等译,上海:上海译文出版社,2002年,第41页。

爱情梦的破碎，反映了金钱和物质享乐带给人生的消极体验。从叙事策略来看，尼克是小说的主要叙述者，然而作者通过多种叙述声音的并存颠覆尼克叙述的权威性和可靠性，表现了盖茨比所处的伦理失序的环境。小说中除了尼克的叙述之外，还有乔丹·贝克回忆第一次见到黛西和盖茨比的叙述、盖茨比关于自己和黛西的爱情的自述、沃尔夫山姆叙述盖茨比的发迹过程以及老盖茨比回忆盖茨比的童年。这些人物的叙述对尼克的叙述或起到补充证明的作用，或起到相互矛盾的作用，进而使读者拥有了不受叙述者支配进行独立判断的空间。另一方面，小说前五章是以尼克的视角进行第一人称叙述的，但是从第六章开始叙述者采取了全知的叙述模式，因为盖茨比的所思所想都超出了尼克的视角。这样的叙事模式达到了作者进行反思的目的。盖茨比认为只有金钱才能为他带来成功和幸福，可是在拥有巨大的财富之后，不仅不能换取幸福生活，甚至陷入了更大的痛苦。同时，欢歌宴饮的享乐也未曾给盖茨比带来精神的愉悦，而是在众生繁华中陷入一种虚无与迷茫。盖茨比对金钱的迷恋转而到对物质享乐失望的态度，然而作为主人公的盖茨比并不是通过自己的叙述表达这种态度。不能做自己人生故事的叙述者的被动处境在一定程度上也暗示了盖茨比面对的伦理两难，预示了他的悲剧人生。从这一叙述策略还可以看出菲茨杰拉德也正在用冷峻的眼光重新审视物欲横流的社会，剖析金钱和享乐带给人的消极作用，进而反思人生的目标与追求。菲茨杰拉德不再扮演物质和享乐的代言人，面对上层阶级纵情享乐的生活现状，他的羡慕之情已有所减弱，而批判、斥责的声音逐渐增强，使作品呈现出道德的反思力量和巨大的感染力。

菲茨杰拉德曾在《初战告捷》一文中写道："我脑子里浮现出来的故事都带有某种灾难感——长篇小说里漂亮的青年男女都走向了毁灭，短篇小说里的钻石山被炸成了灰烬，百万富翁们好比托马斯·哈代笔下的农民，既漂亮，又注定遭到厄运。"[①] 由此可见，菲茨杰拉德认为金钱和欢乐不是人生的第一要义，不能用钱和权捆绑自己的社会伦理观念，金钱与享

---

① F. Scott Fitzgerald. *The Crack Up*. New York: A New Directions, 1993, p.87.

乐对人们会产生腐蚀作用,过度的欲望会对信念与斗志进行消极的解构。在鼓乐喧天的"爵士乐时代",作为"乐手"的菲茨杰拉德通过《了不起的盖茨比》,重新定义人生的价值,对善与恶、美与丑进行了深刻的反思,从而对社会伦理观念进行严肃的思考。

其次,菲茨杰拉德试图通过其人生及创作捍卫理想与道德。虽然说"尼克更接近作者本人"①,但是如前所述,菲茨杰拉德并没有让尼克做自己在小说中的可靠代言人。相反,他巧妙地运用隐含作者的身份对叙事进行全方位的控制,这一控制恰恰体现的是他的伦理观念,这一点在对黛西的身份变化和伦理困惑的书写中得以体现。菲茨杰拉德不仅在《了不起的盖茨比》等作品中对以黛西为代表的物质追求和享乐主义进行了冷峻的重审,还逐步表达了文学承载道德的宏愿,而且他的社会伦理观在"爵士乐时代"后期愈加清晰。菲茨杰拉德高度戏剧化地表现了物质享受和道德观念之间的矛盾冲突,通过描写富丽堂皇的表象揭露了埋藏着的危机与灾难,宣扬了对理想道德社会的憧憬和追求。在《了不起的盖茨比》中,菲茨杰拉德致力于传达既充满道德力量也符合美国社会发展趋势的伦理观念,他借尼克之口说出自己和享乐生活的诀别:"他们是一帮混蛋,他们那一大帮子都放在一堆还比不上你。"②又以"明天我们跑得更快一点,把胳膊伸得更远一点……总有一天……"③抒发对美好生活的肯定与追求,在罪恶接受审判之后呼唤道德伦理回归社会,重新建构美国新社会的伦理秩序。

第二节 《尼克·亚当斯故事集》的叙事策略与伦理身份之惑

在海明威笔耕不辍的近四十年间,他创作出了一系列跃然于纸上的

---

① 虞建华:《禁酒令与〈了不起的盖茨比〉》,《外国文学》2015年第6期,第40页。
② [美]菲茨杰拉德:《了不起的盖茨比》,巫宁坤等译,上海:上海译文出版社,2002年,第96页。
③ 同上书,第113页。

人物形象,尼克·亚当斯就是其中不容忽视的一个。海明威关于尼克的作品散见于《在我们的时代里》(*In Our Time*)、《没有女人的男人们》(*Men Without Women*)和《胜者无所得》(*Winner Take Nothing*)三个短篇小说集,后来菲利普·杨在海明威留下的未曾出版的手稿中又发现了八篇新作,于是在1972年按时间顺序排列出版了《尼克·亚当斯故事集》(以下简称为《故事集》),并指出通过这样的排列,"长久以来根本没有被广泛地认为是个前后贯穿的角色的尼克·亚当斯,便清晰地凸现为海明威作品中一长串他本人化身中的第一个"①。然而自《故事集》出版至今,国内鲜有把海明威的尼克·亚当斯系列小说作为一个整体进行解读的评论出现。

　　如果把这一系列小说作为一个整体来读,我们会发现尼克经历了从"自然之子"伦理身份的确认到社会伦理身份的困惑的心路历程。文学伦理学批评认为,"只要是身份,无论它们是指社会上的身份,还是家庭中的身份,学校中的身份等,都是伦理身份",而伦理身份的确立则是"道德行为及道德规范的前提,并对道德行为主体产生约束"。② 在《故事集》中,当尼克明确了自己的血亲伦理身份之后,开始试图慢慢确立他的其他伦理身份。换句话说,他进入道德成长过程。在尼克的成长过程中,自然和社会是两个不可或缺的角色。然而,尼克在确认了自己和自然的伦理关系之后,却由于过度依赖于这一关系而陷入了关于自己社会伦理身份无法确认的困惑之中。尼克确认身份和解除自己困惑的方式则是通过阅读、写作和回忆进行道德教诲。分析《故事集》的叙事进程,进而能形成关于它的叙事判断,因为叙事进程和叙事判断之间"存在着一种互为因果、互为依存的关系。叙事判断是读者对叙事做出的反应的结果,这种反应表现在阐释、伦理、审美等层面上,就演变成了阐释判断、伦理判断、审美判断"③。

---

　　① [美]海明威:《尼克·亚当斯故事集》,陈良廷等译,上海:上海译文出版社,2012年,第2页。
　　② 聂珍钊:《文学伦理学批评导论》,北京:北京大学出版社,2014年,第264—265页。
　　③ 尚必武:《当代西方后经典叙事学研究》,北京:人民文学出版社,2013年,第87页。

一、尼克和自然的伦理关系的确立

在尼克确立自己和自然的伦理关系过程中,由于他从小就跟着父亲到森林里去狩猎、钓鱼,自然成为尼克成长中的一个重要环境。在这样的环境中,尼克不仅深爱着大自然,而且还能在大自然中获得心灵的慰藉。大自然能为尼克抚平伤痛,使他远离悲痛,恢复平静。所以,尼克与大自然的关系就像有血缘关系的父子关系,他视自己为"自然之子"。从伦理身份的角度考虑,可以说尼克逐渐确立了他"自然之子"的伦理身份。

关于海明威的写作风格,有学者曾做出这样的总结:他"斩伐了整座森林的冗言赘词,还原了基本枝干的清爽面目。他删去了解释、探讨,甚至议论;砍掉了一切花花绿绿的比喻;清除了古老神圣、毫无生气的文章俗套;直到最后,通过疏疏落落、经受了锤炼的文字,眼前才豁然开朗,能有所见"①。但是,在《故事集》中却有不少文字着墨于细节的描写,充满想象:

> 随着那翠鸟在水面上的影子朝上游掠去,一条大鳟鱼朝上游窜去,构成一道长长的弧线,不过仅仅是它在水中的影子勾勒出了这道弧线而已,跟着它跃出水面,被阳光照上,这就失去了影子,跟着它穿过水面回进溪水,它的影子仿佛随着水流一路漂去,毫无阻碍地直漂到它在桥底下常待的地方,在那里紧绷着身子,脸冲着流水。②

如此细致灵动的景物描写是由叙述者从尼克的视角来观察叙述的,生动地写出了鳟鱼在水中的情景。贯穿在整个故事集中有多处这样关于尼克钓鳟鱼时的细节描写,尼克钓鱼动作的娴熟以及对鳟鱼生活习性的谙熟都反映了尼克对大自然的熟悉热爱程度。尼克最喜欢做的两件事情都与自然有关——狩猎和钓鱼。《两代父子》中,叙述者从尼克的视角回溯他和父亲的关系时说到:"他今年三十八岁了,爱钓鱼、爱打猎的劲头还

---

① 董衡巽编选:《海明威研究》,北京:中国社会科学出版社,1980年,第133页。
② [美]海明威:《尼克·亚当斯故事集》,陈良廷等译,上海:上海译文出版社,2012年,第196页。

不下于当年第一次随父亲出猎的时候。他这股热情从不曾有过丝毫的衰减,他真感激父亲培养了他这股热情。"①苏珊·比格尔从创作主体的角度解读这一短篇时提到森林的砍伐:"给热爱荒野、狩猎和钓鱼的海明威父子带来了持续不断的伤痛……这种伤痛在尼克·亚当斯的故事中也比比皆是。"②由此,自然在尼克生命中的重要性可见一斑,同时文本也暗含了海明威本人对大自然的情愫。

尼克在大自然中不仅获得了钓鱼和狩猎时的快乐,更重要的是他在自然中能够获得内心的平静,这让他进一步确立了他和自然的伦理关系,他视自己为"自然之子",一个随时需要自然呵护的孩子。《三下枪声》中,尼克跟着父亲和叔叔到林子里露营,父亲和叔叔去夜钓,尼克独自回到帐篷时突然感到害怕了,但是"尼克感到只要能听到一声狐狸叫,或者猫头鹰啼啊什么的,就放心了"③。让尼克害怕的不是没有父亲、叔叔陪伴的孤独,而是感觉不到动物存在的自然,因为动物对于尼克而言乃是超越于人伦之间的重要的伦理关系。遵从父亲的话,当他害怕时就开三下气枪。开完枪之后,"他听见枪子儿在林间摧枯拉朽,一掠而过。他只要一开了枪就没事了"④。他不再害怕不是因为父亲马上能回来,而是枪子儿摧枯拉朽的声音让他感觉到了大自然的存在。《印第安营地》中,尼克跟着父亲来到印第安营地为一位难产的印第安妇女接生。整个夜晚,尼克亲眼目睹了女人的生产过程和她丈夫的莫名自杀之后,随父亲返回的清晨,"太阳正从背后升起来。一条鲈鱼跃出水面,激起一个水圈。尼克伸手在水里,朝前溜去。清早冷飕飕的,手倒觉得很温暖"⑤。叙述者显然是从尼克的视角来看清晨的湖面。叙述者没有表现尼克的恐惧或无助感,而

---

① [美]海明威:《尼克·亚当斯故事集》,陈良廷等译,上海:上海译文出版社,2012年,第287页。
② Susan F. Beegel. "Second Growth: The Ecology of Loss in *Fathers and Sons*." 转引自 Paul Smith 编:《〈海明威短篇小说〉新论》,北京:北京大学出版社,2007年,第85页。
③ [美]海明威:《尼克·亚当斯故事集》,陈良廷等译,上海:上海译文出版社,2012年,第3页。
④ 同上书,第4页。
⑤ 同上书,第12页。

是尼克在目睹了生与死的艰难与残忍之后,尼克看到了是大自然的美景和温暖,这说明大自然能够让他忘却伤痛。尼克进而"蛮有把握地相信自己永远不会死"①,他确认了自己作为"自然之子"的身份。这样的身份让尼克坚信大自然的永恒。在《阿尔卑斯山牧歌》中,海明威采用了第一人称人物叙事情境。这种人物叙事情境的特点是:"人物感受、观察、思考,但却不像一个叙述者那样对读者讲话,文本不是用作者的视角,而是用人物的视角,读者乃是通过这个反映者的眼光看待小说的其他人物和事件,既然无人承担叙述者的角色,所以场面好像是直接在读者眼前展开。"②第一人称叙事通过内聚焦的方式使读者不通过任何中介,直接透过尼克的眼光同样看到了"阳光灿烂的五月早晨",也和尼克一样认为"这填墓穴的事儿看来像是不真实的。(我)无法想象有什么人会死去"③。这种人物叙事情境显然还增强了叙述的可靠性,让叙述者尼克更加明确了自然在他生命中的意义,他热爱大自然,同时也需要自然给他心灵的慰藉,他视自己为"自然之子"。

从生态伦理学角度来看,"人类在自身进化中继自然共同体之后与自然之间所形成的空间结合形态"是社会共同体,"从人与自然的关系上讲,社会共同体是人努力摆脱原始的生物必然性的支配,充分张扬人的主体性的一种独立自我的存在方式"。④ 然而,由于尼克视自己为"自然之子",他并不想彰显自己在自然中的主体性地位,相反,他选择依赖于大自然带给他的平静。因而在遇到问题时,他总是回归他的"自然之子"伦理身份,选择逃避。《最后一方清净地》中,猎监员因为尼克捕杀鳟鱼去他家抓他,尼克妹妹给他报信。尼克并不想束手就擒,他妹妹也不希望尼克被逮住,所以尼克决定带着妹妹逃跑。对自然环境非常熟悉的尼克决定带

---

① [美]海明威:《尼克·亚当斯故事集》,陈良廷等译,上海:上海译文出版社,2012年,第12页。
② 张薇:《海明威小说的叙事艺术》,上海:上海社会科学院出版社,2005年,第102页。
③ [美]海明威:《尼克·亚当斯故事集》,陈良廷等译,上海:上海译文出版社,2012年,第269页。
④ 郑慧子:《走向自然的伦理》,北京:人民出版社,2006年,第136—137页。

着妹妹走进森林深处,于是一次逃亡演变成一场自然探险之旅。海明威在这个短篇中采取了零聚焦的叙述模式,更加直观地呈现了尼克进入森林后,引领妹妹玩味森林的静谧:"你且好好玩味眼下的这种气氛,小妹。这对你可有好处哩。从前的森林就都是这样的。这片森林怕是眼前还留下的最后一方清净地了。这儿是从来没有人来过的。"①小说以尼克提议为妹妹念《呼啸山庄》告终,并没有进一步讲明兄妹俩被追捕的结局是怎样的。这样的开放式结局暗示着兄妹俩陶醉与大自然之中,尼克对于自然带给他的力量深信不疑。

既然尼克确立了自己作为"自然之子"的伦理身份,他也会做出与之相应的伦理选择。《大双心河》描述的就是尼克在遭遇战争创伤后,再次走入自然这一极具象征意义的伦理选择。作为海明威冰山风格的最好例证,《大双心河》的文本本身呈现的是尼克扎营钓鱼的故事,但这仅仅是八分之一,那没有呈现出来的八分之七是战争给尼克带来的压抑。因此,已经有不少学者论及了尼克战后还乡的本质目的。② 然而,笔者认为尼克做出这一选择正是因为他明确自己"自然之子"的身份,明确自然能给他带来什么。在自然中,自然的景色和钓鱼可以让他很兴奋,让他又看到生活的希望。兴奋之余,尼克会直接跳出来和读者传递他的钓鱼经验:

> 在黑河上你是总能钓到大鱼的。太阳下了山,它们全都会游到外面激流中去。太阳下山前使河水射出一片耀眼的反光,就在此时,你可能在激流中的任何地方使一条大鳟鱼上钩。但是那时简直没法钓鱼,水面耀眼得就像阳光下的一面镜子。当然啦,你可以到上游去钓,可是在黑河或这条河那样的河道上,你不得不逆水吃力地走,而

---

① [美]海明威:《尼克·亚当斯故事集》,陈良廷等译,上海:上海译文出版社,2012年,第92页。

② 詹姆斯·费伦就认为在《大双心河》中,钓鱼对尼克具有一种治愈力。参见 James Phelan. "*Now I Lay Me*: Nick's Strange Monologue, Hemingway's Powerful Lyric, and the Reader's Disconcerting Experience." Qtd. in Paul Smith 编:《海明威短篇小说》新论》,北京:北京大学出版社,2007年,第53页。马克·西里诺也提到尼克在经历战争创伤后想要回归自然简约的生活。参见 Mark Cirino. "Hemingway's 'Big-Two Hearted River': Nick's Strategy and the Psychology of Mental Control." *Papers on Language and Literature* 2(2011):115—140.

在水深的地方,水会朝你身上直涌。这样大的激流,到上游去钓鱼可并不有趣。①

这是一段自由直接引语,它是"叙述干预最轻、叙事距离最近的一种形式"②。海明威以这样的叙述方式表现了尼克此刻的一种轻松忘我的状态。当然,尼克越是轻松忘我,越是能表现他想要逃离现实的欲望,越是能表现战争给他带来的创伤。

总而言之,在书写尼克确立"自然之子"的伦理身份的叙事进程中,不论是第一人称叙述还是第三人称叙述,海明威都是从尼克的视角进行的,表明尼克对于自己和自然的伦理关系确认无疑。尼克的生长环境和生活经历帮助他确立了"自然之子"的伦理身份,也导致他在遭遇挫折时返回自然寻求庇护。然而,在一定程度上来说,与自然的过度亲近导致了尼克社会交际能力的不足,使得他无法清楚认识自己和社会的伦理关系,进而无法确认自己的社会伦理身份。

二、尼克关于社会伦理身份的困惑

把《故事集》视为一个整体的一个重要原因是它完整地呈现了尼克成长的轨迹:从孩童到青少年,再到士兵、丈夫和父亲。如果从这个角度来解读尼克,那么尼克成长的每一个阶段都意味着一种伦理身份的确立以及与这一身份相对应的社会责任。尼克应该通过一系列伦理选择确定自己和社会的伦理关系,这包括他在家庭和社会中的身份。然而,问题是,面对复杂的社会环境,尤其是由于对"自然之子"伦理身份的过度依恋,尼克无法厘清自己的社会责任,他对自己的社会伦理身份尤为困惑。从叙事进程来看,海明威通过叙述视角的变化和使用不可靠叙事的手段来表现尼克的这一困惑。

青少年是形成社会认知的重要时期,但是已经确立的和自然的伦理

---

① [美]海明威:《尼克·亚当斯故事集》,陈良廷等译,上海:上海译文出版社,2012年,第213—214页。

② 申丹:《叙述学与小说文体学研究》,北京:北京大学出版社,2004年,第299页。

关系让尼克早已习惯并依赖于自然的简单纯粹,他很难适应社会中复杂的人际关系,因此在遭遇困难或挫折时只能做出逃避的选择。菲利普·杨给《故事集》的第二部的五个短篇故事命名为"他独自",即青少年时期的尼克独自走入社会,慢慢形成对世界的认知,但是他的遭遇并没有让他顺利地形成对自己社会身份的认知。五个短篇中的第一篇《世上的光》("The Light of the World")采用的是第一人称叙述者尼克的视角,带领着读者和他一起去寻找"世上的光"。然而,初入酒吧,尼克遭遇的是酒保的冷漠。酒保是一个看到钱才会服务的人,面对尼克朋友汤姆对臭猪脚的抱怨置之不理。失望之余,尼克领着读者继续走入"人头济济"的火车站。初涉世事的尼克好奇心强,观察也很仔细。然而,在车站他没有找到他希冀的光。他满怀真诚地跟车站的人说话,得到的却是一阵调侃。感觉"外面漆黑一团"[①],所以他开始犹豫是否要继续前行,表现在叙事技巧上,就是第二部的后四篇都是以全知视角的第三人称叙述的。全知第三人称叙述旨在使读者能够感到叙述者的存在,这样拉开了尼克和他所处的环境之间的距离,表现出尼克对融入社会的犹豫和不安。《拳击家》("The Battler")和《杀手》("The Killers")两个短篇就以这种方式书写了尼克面对暴力时的困惑。尼克因为偷搭货车被扳闸工揍了一顿,于是他暗自发誓"早晚总有一天要跟他算账"[②]。然而,当看到拳击手阿德·弗朗西斯毁了形的脸庞和发疯的样子,尼克明白用拳头是解决不了问题的。《杀手》中,尼克去给要被刺杀的奥尔·安德瑞森先生送信,劝他逃离却被莫名其妙地拒绝。这让尼克更看不懂这个世界了:"他明明知道自己就会送命,还在屋里等着,我想起来就受不了。这他妈的太可怕了"[③],所以尼克决定离开这个小镇。他的逃避导致他从一开始试图确认自己社会伦理身份时就陷入了窘境。

青少年时期的尼克没有建立对社会清晰的认知,从而无法确认自己

---

① [美]海明威:《尼克·亚当斯故事集》,陈良廷等译,上海:上海译文出版社,2012年,第34页。
② 同上书,第43页。
③ 同上书,第68页。

的伦理身份。这导致他后来对于他无论是作为朋友、恋人,还是作为士兵以及丈夫这些伦理身份所应承担的责任都模糊不清,以致他害怕确认这些身份,无法做出正确的伦理选择。一方面,从朋友和恋人的身份来说,青少年时期的遭遇导致他无法建立对任何人的信任。如果说唐纳德·戴克为尼克的辩护成立的话①,那么为什么他仍然要和玛乔丽分手?是因为好朋友比尔的劝说吗?如前文所分析的,虽然尼克和比尔是朋友,但尼克并不信任他,这从《三天大风》中两人的对话中可以看出。当比尔谈及尼克和玛乔丽结束关系这件事时,比尔对尼克的做法表示了肯定而且还说"男人一旦结了婚就彻底完蛋了",然而自始至终尼克都是"一言不发"②。尼克并不愿意和朋友交换心底的真实想法。事实上,尼克认为是他自己"打发她走的。这是一切的关键"③。他打发玛乔丽走的原因正是因为和玛乔丽这样亲密的关系让他无所适从。在结束了恋人关系后,"他感到高兴了。什么事都没有结束。什么都没有失去过……大风把它从他头脑里刮走了"④。在尼克试图确立"朋友"和"恋人"的伦理身份时,"大风"再次成为自然的象征出现在尼克做伦理选择的过程中,成为尼克拒绝进一步社会关系的建立的重要因素。另一方面,被卷入到战争的尼克更是困惑不已,甚至产生了对婚姻的恐惧。短篇《我躺下》和《在异乡》把读者带入人物叙述情境,使读者跟随尼克一起感受身处战争时的彷徨。曾经因为热爱自然相信生命永恒的尼克在战争中不断遭遇伤亡,于是他"时常夜间独自躺在床上,想到死就害怕"⑤,他甚至不敢入睡,因为他总认为"如果我在黑暗中闭上眼,忘乎所以,我的灵魂就会出窍"⑥。睡不着的尼

---

① 他认为尼克对玛乔丽是充满着尊敬、关系和真爱的。参见 Donald A. Daiker. "In Defense of Hemingway's Young Nick Adams: 'Everything Was Gone to Hell Inside of Me'". *Texas Studies in Literature and Language* 2 (2015): 242—257.
② [美]海明威:《尼克·亚当斯故事集》,陈良廷等译,上海:上海译文出版社,2012 年,第 233 页。
③ 同上书,第 234 页。
④ 同上书,第 236—237 页。
⑤ 同上书,第 189 页。
⑥ 同上书,第 159 页。

克总是在听着蚕吃桑叶,然后终于有一天,另一个也没有睡着的约翰开口和尼克说话了。通过对话,我们知道约翰和尼克一样是从美国到意大利参战的,他有一个赚大钱的妻子。于是,约翰试图劝尼克赶紧结婚,因为"结了婚就不会犯愁了",而且他还试图给尼克娶什么样妻子的意见,在约翰一连串的问题和建议下尼克的回答是"我不知道……我会考虑的……我会考虑的……行啊……",他似乎听进去了,但最后的"我们想法睡一会儿吧"①揭示了尼克的真实想法。也许他只是想聊个天打发时间,而当约翰提到了婚姻时,他并不打算接受约翰的建议,所以他想尽快结束这个对话。另一方面,很具讽刺意味的是,约翰结了婚,可他依然也是夜间睡不着,说明结婚了并不会如他自己所说"不会犯愁了"。到后来,虽然尼克还是结了婚,但是他的妻子海伦是缺场的。即使是在《新婚之日》(Wedding Day)的小短篇里,能发出声音的只有尼克的朋友。叙述者用极具隐喻意义的"路又黑又长"②来暗示两人未来婚姻之路的坎坷。

尼克还陷入了关于种族文化身份的困惑,这主要体现在尼克和其他人对印第安人的态度的不同之处。海明威主要是通过身体体味的书写来表现这一困惑的。印第安人在白人眼里都是一个味儿,这表明在白人世界印第安人是一个没有个性的群体。正如乔·加纳一家,他们认为印第安人身上的味道和臭鼬的味道无异,甚至连穿着都是一模一样的。然而,在尼克看来,印第安人发出的是股"甜腻腻的气味"③。"甜腻腻"表现了尼克的复杂情绪。一方面他认为印第安人"都是挺好的"④,因为他有一个印第安女友,而且是这个印第安女友让他认识了两性问题。所以当加纳一家打趣他的印第安女友的时候,他内心里是感到很高兴的。另一方面,他并没有摆脱他的白人优越感。在他看来,"印第安人没有一个发

---

① [美]海明威:《尼克·亚当斯故事集》,陈良廷等译,上海:上海译文出版社,2012年,第167页。
② 同上书,第256页。
③ 同上书,第27页。
④ 同上书,第96页。

的……印第安人就是这副德行"①。所以,当他知道他的印第安女友可能还有另一个男友的时候,他并没有真真切切地受伤,"如果我这么难受,我的心一定碎了"②。因为在感受爱情伤痛之前,他更多的应该是庆幸自己不用再纠结于印第安人和白人的距离,所以"他醒了老半天才想起自己的心碎了"③。尼克对印第安人这种若即若离的复杂情绪体现出海明威敏锐的种族伦理批评意识,正如有的评论者所言,"海明威对印第安人、黑人、犹太人等他者表现出一种变化不定的矛盾心理"④。

由于尼克对自己一系列需要确立的伦理身份都没有积极确认甚至是逃避,所以他始终无法做出正确的伦理选择。《大双心河》就通过使用不可靠叙述⑤来表现尼克无法确定社会身份时的彷徨。文本中多次出现了"叙事内不可靠性",即叙事者在叙述尼克从战场回到塞内镇这一事件时会出现不一样的"声音"和评论。海明威在这个故事中是采用第三人称外视角模式叙述的,因此叙述者就像一台摄影机,缓慢移动镜头,让读者看到尼克的动作,但是却无法知道他的思想和感情。但是叙述者偶尔会跳脱这一视角,向读者展示尼克的内心活动:"尼克好久没有观望过小溪,没有见过鳟鱼了……随着鳟鱼的动作,尼克的心抽紧了。过去的感受全部都涌上心头"⑥。"好久"和"过去"两词使叙事产生了不可靠,因为外视角叙事者是不可能知道尼克过去经历过什么以及尼克正在想什么。很显然,叙事者在这里采取了全知视角,他暴露了对过去情况的了解。对于这

---

① [美]海明威:《尼克·亚当斯故事集》,陈良廷等译,上海:上海译文出版社,2012年,第28—29页。
② 同上书,第26页。
③ 同上。
④ 于冬云:《"准则英雄"与"他者"——海明威的早期创作与美国现代化进程中的种族政治》,《外国文学评论》2009第1期,第139页。
⑤ 关于"不可靠叙述"的不同定义,可以参见[丹麦]佩尔·克罗格·汉森:《不可靠叙述者之再审视》,尚必武译,《江西师范大学学报(哲学社会科学版)》2008年第7期:第31—40页。笔者在这里主要用的是论文第38页提到的叙述内不可靠性,即:不靠性为很多的话语符号所建构和支撑。凯瑟琳·沃尔称之为"声音",即在叙述事件的某个地方的插话和评论,以及一些没有解决的自我矛盾的地方。
⑥ [美]海明威:《尼克·亚当斯故事集》,陈良廷等译,上海:上海译文出版社,2012年,第196—197页。

样的现象,申丹教授解读为"视角越界"①。无论是不可靠叙述还是视角越界,都表现出尼克内心世界的矛盾混乱,正如里蒙·凯南所说:"不可靠的叙述者的标志……是他对故事所做的描述和/或评论使读者有理由怀疑。"②所以叙述者在这里所做的,使读者开始怀疑尼克到塞内镇森林深处扎营不愿离开的真正原因,即尼克是尝试进入社会确立自己社会身份失败之后在自己热爱的大自然寻找庇护,他要摆脱伦理身份不确定带来的困惑。

文学伦理学批评强调回到历史现场,因此回到海明威创作《故事集》的历史背景,我们会发现"在海明威看来,20世纪是个黑暗的、空白的、多元的时代。西方世界已经失去了目标,背叛了人类的精神和感情。人类需要拯救自我,自己的精神和感情"③,这也就是人们熟知的"迷惘的一代"。从这个伦理语境出发,我们就能理解面对暴力和战争,尼克无法确认自己社会身份。那么,尼克会怎样拯救自我呢?

三、尼克的自我道德教诲

在尼克确定"自然之子"伦理身份和经历社会伦理身份困惑的时候,都获得了一种帮助,这种帮助就是道德教诲。文学伦理学批评认为文学的基本功能是道德教诲;道德教诲是人类在经过自然选择之后,进行伦理选择的重要途径。④ 阅读、写作和回忆在一定意义上说都是文学创作中必不可少的环节。既然文学的基本功能是道德教诲,那么阅读、写作和回忆本身就具备了道德教诲的功能。在《故事集》中,海明威主要通过隐含作者和第一人称回顾性叙述来书写尼克如何通过写作、阅读和回忆三种方式进行自我道德教诲以实现心灵的救赎。通过这些教诲,尼克进一步

---

① 申丹关于"视角越界"现象的论述可参见申丹:《叙述学与小说文体学研究》,北京:北京大学出版社,2004年,第265—286页。
② [以色列]里蒙-凯南:《叙事虚构作品》,姚锦清译,北京:生活·读书·新知三联书店,1989年,第180页。
③ 杨仁敬:《海明威学术史研究》,南京:译林出版社,2014年,第193页。
④ 聂珍钊:《文学伦理学批评导论》,北京:北京大学出版社,2014年,第248—249页。

确认了自己和自然的伦理关系，同时也避免了在不确定社会伦理身份时的彻底迷失。正是通过道德教诲，尼克拯救了自己的精神和感情，并且他将在道德教诲的指引下继续前行。

　　写作对尼克的道德教诲作用主要表现在帮助他在社会环境中摆脱对"自然之子"伦理身份的过度依赖，彰显主体性，积极确立社会伦理身份从而做出正确的伦理选择。"要是能写出来的话，就能排遣开了。他曾写出许多事情，就都排遣开了"①。这是尼克在《两代父子》中的内心独白。它明确表明尼克通过写作排遣了内心的不悦，表明了写作的道德作用。《论写作》是海明威发表《在我们的时代里》时从《大双心河》中删掉的结尾部分。对于这一部分，评论家的争议很多。包括《故事集》编者菲利普·杨在内的许多评论家都认为海明威在这个短篇里完全把自己和尼克等同起来。但是，黛布拉·摩多摩格（Debra Moddelmog）基于尼克是作品中的"隐含作者"的前提，提出"写作使尼克必须面对他在《大双心河》中想要逃避的内心的混乱"②。笔者同意这样的观点，因为在《小说修辞学》中，布斯指出："隐含作者是真实作者的'第二自我'。读者对隐含作者的感觉，不仅包括从作品所有人物的行动和受难中得出意义，而且还包括他们的道德和情感。"③也就是说，作为叙述者的尼克通过写作对故事中的尼克进行道德教诲，使故事中的尼克不至于完全依赖于他自然之子的伦理身份而完全逃避社会责任。

　　阅读这一教诲方式使尼克慢慢走出了伦理身份的困惑。《三下枪声》中，当尼克想到自己总有一天会离世而去时感到非常难受，就选择在过道中借夜明灯看《鲁滨孙漂流记》，希望"借此忘却生命总有一天会断送这一事实"④，阅读让他重拾勇气。《最后一方清净地》中，兄妹俩是要逃避追

---

① ［美］海明威：《尼克·亚当斯故事集》，陈良廷等译，上海：上海译文出版社，2012年，第289页。
② Debra A. Moddelmog. "The Unifying Consciousness of a Divided Conscience: Nick Adams as Author of *In Our Time*." *American Literature* 4（1988）：607—608.
③ ［美］W. C. 布斯：《小说修辞学》，华明、胡苏晓、周宪译，北京：北京大学出版社，1987年，第74—75页。
④ ［美］海明威：《尼克·亚当斯故事集》，陈良廷等译，上海：上海译文出版社，2012年，第4页。

捕的,但如前文所述,他们并没有把这视为此行的重要目的,所以了解尼克的妹妹在准备必需品的时候还带上了好几本书,故事以尼克要为妹妹大声朗读《呼啸山庄》结束。阅读让兄妹俩能忘却可能存在的危险。同样,在《大双心河》中,尼克本人也表达了强烈的阅读愿望:"但愿自己带了些书报来。他想阅读。他不想继续向前走进沼地。"①阅读让尼克深化了对生命的认识,让尼克接受了心灵的洗礼,让他即使是在压抑、危险的处境中也能保持内心的平静。另一方面,正是因为阅读,尼克意识到自己依然有社会责任,不能一味沉心于自然。可以说,阅读让尼克不再是一个对自己身份"迷惘的人"。

回忆给尼克的道德教诲作用主要表现为回忆使尼克正视自己应当确立的社会伦理身份和应承担的社会责任,重新振作起来。在短篇《我躺下》中,海明威运用了第一人称回顾性叙述。在这样的叙述模式中,通常有两种眼光在交替作用:一为叙述者"我"追忆往事的眼光,另一位被追忆的"我"正在经历事件时的眼光。② 故事开始,叙述者"我"就通过"那天夜间""那年夏天"③这样的短语向读者暴露了他的存在。叙述者"我"从现在的角度去回忆战争期间一个个失眠的夜晚,是叙述自我。在具体回忆的事件中,"我"身临其境,是回忆自我。关于叙述自我和回忆自我交替出现的叙事模式所起到的作用,有学者指出:"叙述自我则可以用现在的眼光去观察往事,同时也可以用现在的眼光去审视经历中的'我'。叙述自我,通过'想象'与回忆来重组经验自我曾经的经历,通过叙述将其重新展现,并在叙述中获得反思,从而达到情感宣泄与心灵救赎的目的。"④詹姆斯·费伦也区分了作为战士的尼克和作为叙述者的尼克,指出"叙述者尼

---

① [美]海明威:《尼克·亚当斯故事集》,陈良廷等译,上海:上海译文出版社,2012年,第216页。
② 申丹:《叙述学与小说文体学研究》,北京:北京大学出版社,2004年,第238页。
③ [美]海明威:《尼克·亚当斯故事集》,陈良廷等译,上海:上海译文出版社,2012年,第159页。
④ 方小莉:《叙述理论与实践——从经典叙述学到符号叙述学》,成都:四川大学出版社,2016年,第22页。

克的回忆是为了让战士尼克重拾自律且有治愈力的自我"①。也就是说,因为战争困扰而无法入睡的尼克通过回忆的方式宣泄了压抑的情感,重拾面对生活的勇气,获得了自我心灵的救赎。《两代父子》中,作为儿子的尼克和他父亲的关系也是通过回忆的方式呈现出来的。大篇幅的回忆为尼克提供了从伦理角度重新认识"父亲"这一伦理身份的机会。对父亲的回忆为尼克提供了道德范例,使他获得了如何做父亲的道德经验。

本章小结

本章以"迷惘的一代"代表作家弗朗西斯·斯科特·菲茨杰拉德和厄内斯特·海明威为研究对象,以菲茨杰拉德的代表作《了不起的盖茨比》和海明威的短篇小说集《尼克·亚当斯故事集》为例,运用文学伦理学批评中的伦理困境、伦理身份、伦理选择和道德教诲等核心概念,从叙事学的角度切入,探讨小说的叙事艺术和伦理的关系,挖掘小说如何通过叙事形式的变化来表现人物面临的伦理困境和身份困惑。叙事学和文学伦理学批评相结合是文学伦理学批评跨学科研究的一种尝试,也印证了学者们关于文学伦理学批评未来发展的建议②。

在对《了不起的盖茨比》进行分析时,我们发现菲茨杰拉德通过不可靠叙述和隐含作者等叙述手段,书写了伦理失序的环境和身处这样的环境中人物的伦理困惑和伦理选择,以此严厉谴责和批判了上流社会的为所欲为和冷酷无情,认为有钱阶层的种种粗俗卑劣的行径是导致整个社会腐败堕落的真正原因,他们不分善恶,一味追求财富的做法导致了社会伦理观念的倾颓。在人们将对金钱和财富的永无止境的追求和对上流社会奢靡生活的强烈向往当作唯一的生活目标的时代,菲茨杰拉德以严肃

---

① James Phelan. "*Now I Lay Me*: Nick's Strange Monologue, Hemingway's Powerful Lyric, and the Reader's Disconcerting Experience." Qtd. in Paul Smith 编:《〈海明威短篇小说〉新论》,北京:北京大学出版社,2007年,第53页。

② 相关论述参见尚必武:《一种批评理论的兴起:〈文学伦理学批评导论〉解读》,《外国文学研究》2014年第5期,第26—36页。

的态度、冷峻的目光重新在《了不起的盖茨比》中传递了正确的伦理观念，揭露物质享乐的消极作用，捍卫社会理想与道德，在重构伦理观的同时完成道德回归的宏愿。

在对《尼克·亚当斯故事集》进行分析时，我们发现把《故事集》作为一个相对独立的整体来阅读，分析它的叙事进程和叙事策略，可以看到叙述者首先通过尼克的视角进行第一人称和第三人称的交叉叙述，展现尼克如何在父亲的影响下，因为和自然的亲密接触顺利地确认了作为"自然之子"的伦理身份。然后，叙述者综合运用了叙述视角的变化和不可靠叙述等策略书写尼克在走向社会的成长过程中，由于对"自然之子"身份的过度依赖而陷入了对其它伦理身份的困惑中。他无法确认自己作为朋友、恋人、士兵、丈夫以及父亲的身份，因而无法做出正确的伦理选择，即承担与这一身份相对应的社会责任。尼克的这种困惑复杂的情绪表现了典型的"迷惘的一代"的特征。最后，我们也能在叙述者使用隐含读者的策略引导下预见尼克将通过自我的道德教诲走出困境。通过这些叙事策略的应用，《故事集》表现了尼克对大自然的热爱、对社会的迷惘和对自我的心灵救赎。海明威通过《故事集》的书写也表达了自己对自然的情愫和对社会的迷惘。

一直以来，作为"迷惘的一代"的代表，菲茨杰拉德和海明威的名声在中国大地经久不衰，他们的传奇性的一生以及极富魅力的作品已引发了我国众多读者的兴趣，在人们的心灵上产生了共鸣。人们发现，历史的发展自有其自身的规律和惊人的相似之处，当今社会存在的不少问题早已在他们的作品中被描绘过了。菲茨杰拉德和海明威的作品既融合了他们所处时代的社会风尚、变革中的伦理准则等特征，也融入了他们自己对历史和现实的深刻认识，以及对未来的具有前瞻性的哲学思考。因此，"迷惘的一代"作家的其人其作即使在今天，也具有十分重要的警世和启迪意义。

第五章

战争小说中的英雄伦理

  战争是人类生活中无法避免和无法忽视的重要内容,它的历史和人类的历史一样漫长。美国就是一个在战争中诞生、成长、发展起来的国家,可以说美国的历史就是一部血淋淋的战争史。与美国有关的较大规模战争有美国独立战争、美国南北战争、第一次世界大战、第二次世界大战、海湾战争等,因而在美国文学中涌现出大批的战争小说,正如有学者指出的,"美国是一个战争造就的国家……对一个美国小说家而言,忽略战争显然就是忽略美国。"① 不同时期的美国战争文学有着明显不同的题材、主题、表现方法,但都反映出各时期政治、经济、文化、宗教等社会背景,以及时代主流思想。

  在众多美国战争小说中,本章选择以斯蒂芬·克莱恩

---

① John Limon. *Writing after War*: *American War Fiction from Realism to Postmodernism*. New York: Oxford University Press,1994,p.7.

(Stephen Crane，1871—1900)的《红色英勇勋章》(*The Red Badge of Courage*)、厄内斯特·海明威的《永别了，武器》(*A Farewell to Arms*)和欧文·肖(Irwin Shaw；1913—1984)的《幼狮》(*The Young Lions*)为重点解读文本，运用文学伦理学批评方法结合战争小说的历史，对美国不同时期的战争小说进行分析。通过分析战争小说中英雄在不同的伦理环境成长过程中的伦理意识和伦理选择，发现几乎每个时代对英雄的成长、形成都有着不同的伦理述求，英雄伦理由传统英雄主义演化到新英雄主义，其内涵日渐丰富。

19世纪，斯蒂芬·克莱恩的《红色英勇勋章》以南北战争为背景，具有浪漫主义色彩。这部励志的成长小说，充分体现了古典战争向现代战争的转变。小说讲述了一名青少年从参战到成熟的成长过程。本章运用文学伦理学批评方法分析该小说，发现战争小说中人物的成长就是以战争伦理为标尺，考察个体从新兵到逃兵，最后到英雄的伦理身份，以及一系列身份所面临的一个接一个的伦理困境，经过主人公正确的伦理选择，最终走向社会伦理秩序，完成从普通青年到军人的伦理身份转变。同时小说创作表现出现代化战争的叙事特征，也标志着在文学创作中军人伦理意识、英雄伦理意识的现代化转向。

20世纪，厄内斯特·海明威的《永别了，武器》以第一次世界大战为背景，是一部反战小说。小说带有自传色彩，讲述了美国青年弗雷德里克·亨利受到政府对战争虚假宣传的影响积极参战，战争的血腥、残酷、空虚让弗雷德里克·亨利逐渐意识到战争英雄的幻象，最终走出了对战争的浪漫主义想象，脱离战场走向爱情，却不幸面对了母子双亡的人间悲剧。通过以文学伦理学批评方法分析作品，发现海明威塑造的标准英雄已经脱离了传统英雄观念中所强调的勇敢、威武，而强调危险或困境中坚强不屈、不折不挠的精神。理性意志在英雄的塑造上起着关键性作用，非理性意志、冲动、激情等往往折射出人物的软弱和无能，酿成伦理悲剧。

欧文·肖的《幼狮》是一部反映第二次世界大战的战争小说。小说讲述三名善良的士兵参军前、战争中、战争末以及战争结束后的经历，讲述他们在不同的成长环境下成长为截然相反角色的故事。作者将人物按受反法西斯意识形态影响与否,把他们塑造成恶魔或英雄。本章运用文学伦理学批评方法,在三名青年各自成长的伦理线上,分析他们所面临的伦理困境,以及他们所作出的伦理选择。克里斯汀在哈顿伯格、格莱莘的纳粹伦理教育下逐渐堕落成为一个兽性的战争狂人,而迈克尔、诺亚则通过不断的伦理选择逐渐变得理性、勇敢、人性、坚强,成为反纳粹英雄,其中诺亚构成整部小说中的道德榜样。人物意识形态取向和伦理道德紧密结合,深刻体现出作者对第二次世界大战中交战双方或批判或赞颂的态度。小说中英雄不再以勇敢、理性为标尺,而是以法西斯或反法西斯意识形态为标尺。

第一节 《红色英勇勋章》:战争小说中个人成长的道德寓言

斯蒂芬·克莱恩,是美国著名的现实主义文学家,在他短暂一生中,创作了许多优秀著作,其中长篇小说《红色英勇勋章》奠定了他在美国文坛上不可动摇的地位。其他作品还有《海上扁舟》《街头女郎玛吉》等。《红色英勇勋章》是一部成长小说,亨利接受了血与火的洗礼,完成了一次辉煌的成长经历,"战胜恐惧,从一个毛头小子成长为一条汉子,从一个胆小鬼成长为一名战争英雄"。评论家 M. 所罗门认为,亨利以及战友们在战斗中成长为一名英雄,"因为亨利在战斗中证明自己不是'懦夫',也不是'刨土者'"[①]。也有学者认为,亨利从幼稚到成熟、从恐惧到勇敢的成长经历并不能被看成是英雄的成长过程,而是对战争性质的受教育过程,"亨利的情节与根本转变是从对战争的无知到了解,并非从胆小懦弱到英雄主义"[②]。

国外研究通常把这部小说看成一部伟大的反战小说,"一个尖刻的反

[①] Solomon. "Stephen Crane: A Critical Study." Qtd. in Richard Lettis et al, ed. *The Red Badge of Courage*, *Text and Criticism*. New York: Harcourt, 1960: 159.

[②] Norman Friedman. "Criticism and the Novel."Qtd. in Richard Lettis et al, ed. *The Red Badge of Courage*, *Text and Criticism*. New York: Harcourt, 1960: 172-175.

战寓言,它反对所有美化战争和为战争辩护的人"①。艾伦、威尔逊等学者和詹姆斯·考克斯就小说是否是一部内战小说展开激烈讨论。前者否定《红色英勇勋章》为内战小说,但詹姆斯·考克斯却持相反的看法,认为它不仅是一部成长小说,而且是世界上伟大的战争小说之一。② 国内研究成长小说的学者杨金才教授指出这部小说就是一部诠释战争和重新评价武装行为的作品,反映出美国社会对待战争的观点和文化意识。③ 梅华研究了人物亨利的心路历程,认定小说为一部心理小说,经历了从幻想、恐惧、耻辱、担忧、英雄等五个阶段④。郭栖庆教授认为小说人物回归了荒诞而混乱的社会,解构了美国国家英雄和个人英雄的两个层面的传统神话。⑤ 更多的研究采用国外的研究方法,认为小说人物由懦夫变成了英雄。

美国学者休·霍尔曼认为,成长小说"是以一个敏感的青年人为主人公,叙述他试图了解世界本质、发掘现实意义、得到生命哲学和生存艺术启示过程的小说"⑥。这个过程表现为个体在精神、道德、心理或社会上的演变和发展,暗合了文学伦理学批评所强调的伦理线和伦理结等学术用语。伦理线是"贯穿在整个文学作品中的主导性伦理问题"⑦,讲述了主体在伦理上从幼稚到成熟、从不具有伦理意识到具有伦理意识的过程。从文学伦理学批评角度分析,斯蒂芬·克莱恩的小说《红色英勇勋章》讲述了青年亨利如何认知战争,如何获得战争伦理意识和军人伦理意识,最

---

① Daniel Aaron. *The Unwritten War: American Writers and the Civil War*. New York: Knopf, 1973, p. 215.
② James Cox. "Crane's *The Red Badge of Courage*." Qtd. in Madden & Bach, ed. *Classics of Civil War Fiction*. Tuscaloosa: University of Alabama Press, 2001: 47—50.
③ 杨金才:《评〈红色英雄勋章〉中的战争意识》,《外国文学研究》1999 年第 4 期,第 94 页。
④ 梅华:《战争在美国青年心灵上的投影——评斯蒂芬·克莱恩的〈红色英勇勋章〉》,《外国文学研究》1998 年第 2 期,第 104 页。
⑤ 胡亚敏:《〈红色英勇勋章〉与美国英雄神话》,《外语研究》2014 年第 4 期,第 93—99、112 页。
⑥ C. Hugh Holman. *A Handbook to Literature*(5th. ed). Indianapolis: Odyssey Press, 1960, p. 124.
⑦ 聂珍钊:《文学伦理学批评导论》,北京:北京大学出版社,2014 年,第 265 页。

终实现自己所谓"英雄"伦理的过程。伦理结就是"文学作品结构中矛盾与冲突的集中体现"①,连接在《红色英勇勋章》伦理主线上的三个伦理结分别是理性的英雄伦理意识与非理性的求生意志之间的伦理冲突、理性的军人伦理意识和非理性的虚荣心理的冲突,以及自发的个人主义和规训的集体主义之间的伦理冲突,构成了人物成长过程中的三重伦理困境。人物的成长就是克服伦理困境走向伦理秩序的过程。

一、生存还是死亡:英雄伦理意识和求生意志之间的伦理冲突和选择

德国军事学家克劳塞维茨认为,"战争是迫使敌人服从我们意志的一种暴力行为",他对战斗中的重要因素——"武德"进行了描述:"一支军队,如果它在极猛烈的炮火下仍能保持正常的秩序,永远不为想象中的危险吓倒,而在真正的危险面前也寸步不让,如果他在胜利时感到自豪,在失败的困境中人能服从命令,不丧失对指挥官的尊重和信赖,如果他在困苦和劳累中能像运动员锻炼肌肉一样增强自己体力,把这种劳累看作是致胜的手段,而不看成是倒霉晦气,如果他只抱有保持军人荣誉这样一个简短信条,经常不忘上述一切义务和美德,那么,它就是一支富有武德的军队。"②此处的武德无疑就是指战争中军人所应具备的伦理道德。军队要取得胜利,作为军人必须遵守相应的道德规范。用文学伦理学批评方法分析战争成长小说的目的就是描述个体如何获得军人伦理的过程。此外,亨利在获得军人伦理价值后还进一步获得了新英雄伦理的道德价值认可,因为英雄伦理的道德价值标准高过军人伦理的道德价值标准,而新英雄伦理价值是对传统英雄伦理价值的升华和泛化。

《红色英勇勋章》写于 19 世纪的美国,当时尚武精神和英雄主义受到全社会的推崇,英雄们往往威武无比、骁勇善战、追求荣誉、重然诺轻生死、出身高贵。英雄的核心价值观是个人的荣誉和尊严,勇敢是英雄的第

---

① 聂珍钊:《文学伦理学批评导论》,北京:北京大学出版社,2014 年,第 258 页。
② [德]克劳塞维茨:《战争论》(第一卷),中国人民解放军军事科学院译,北京:解放军出版社,1965 年,第 182 页。

一德性。小说中主人公亨利内心怀有对荷马时代英雄的崇拜，视阿基里斯等荷马时代英雄为道德榜样，期待在一场"血红血红，壮丽多彩"①的古希腊式战斗中，展示自己荷马时代的英雄气概。但亨利认为，在现代社会，希腊式的搏斗不会再有，宗教和世俗教育都扼杀了人的勇气，人类变得更怯弱，不可能再产生荷马时代的英雄。现代社会只能追求军人的英勇，军人的伦理价值远不及荷马时代英雄的伦理价值。但同样也需要勇敢的品质。亨利对战争和英雄的乌托邦式幻想使他虚荣心膨胀，毅然离开母亲和家乡，参加战斗。

文学伦理学认为兽性因子是人动物性的表现，是人进化过程中残留的兽性，包括种族繁衍本能与个体生存本能。非理性意志指"一切感情和行动的非理性驱动力，表现为种种精神因素，如情感、自觉、幻觉、下意识、灵感，包括动机、欲望、信念、信仰、习惯、本能等，都不受理性的控制和约束"②。恐惧属于非理性意志，是来自个体的求生意志受到威胁产生的人的自然情感。与兽性因子和非理性意志相对的是人性因子和理性意志。人性因子是人的伦理意识，约束和控制着兽性因子。理性意志是人性因子的核心和外在表现，与人的动物性本能相对。小说中提倡的英雄伦理和军人伦理属于理性意志和人性因子，是社会对个体行为的价值判断和肯定，勇敢是其中最重要的因素，能够帮助克服恐惧。克劳塞维茨认为："人们力图逃避危险，假如无法逃避就会产生恐惧。勇气使人克制住这种本能的反映，勇气是为了维护精神的尊严，恐惧是怕肉体受到伤害，勇气是一种很高尚的本能。"③文学伦理学批评中的伦理困境是指文学文本中由于伦理混乱而给人物带来的难以解决的矛盾和冲突。小说中亨利的人性因子与兽性因子、理性意志与非理性意志之间的矛盾和冲突造成了伦理混乱，使之陷入伦理困境。

进入部队后亨利抛弃了英雄主义幻想，回归平庸的现实。他开始质

---

① ［美］斯蒂芬·克莱恩：《红色英勇勋章》，黄健人译，桂林：漓江出版社，2012年，第3页。
② 聂珍钊：《文学伦理学批评导论》，北京：北京大学出版社，2014年，第251页。
③ ［德］克劳塞维茨：《战争论》（第一卷），中国人民解放军军事科学院译，北京：解放军出版社，第41页。

疑自己做英雄的勇气和信心，担忧自己的生命，以前"对最后胜利从未动摇过信念，对取得胜利的途径与方法都懒得去想。可如今面对的是性命攸关的大事，他突然悟出打仗时没准儿会开小差"①。英雄伦理身份是他理性的向往和期待，求生意志是生物普遍存在的本能反应，他陷入理性追求和非理性求生意志的冲突困境中，如何在保存生命的同时又成为英雄或军人是他面临的两难问题。人格尊严是人的生命形式所享有的、区别于物和其他生命形式的一种特殊的、应受到社会最起码的尊重的情感形态，②体现着人的发展水平和需要层次。亨利的"英雄"尊严使他不敢公开内心深处的恐惧与担忧，担心朋友们嘲笑自己，由此引发众多的烦恼和疑问，"你看会不会有开小差的？""你从没想过自己没准儿会逃跑么？"③面对朋友威尔逊的勇敢誓言"我不会当逃兵"④和高个子吉姆·康克林在危险面前顺其自然的态度，亨利对战场上自己的英雄表现更没把握了。在第一次战斗中受他人的影响，求生意志和恐惧情感战胜了英雄的伦理意志和军人的身份意识，他逃跑了，"他就大步流星照直往后奔。枪和帽子全丢了，没扣好的上衣被风鼓了起来，子弹盒的盖子胡乱上下跳，饭盒被细绳拖着，在背后打秋千。他一脸全是对恶龙的恐惧。他拿出短跑选手的疯狂，决心把别人都抛在后面。这是场生命的竞赛"⑤。恐惧使他触犯了第一重伦理禁忌，他逃跑了，背弃了英雄伦理和军人伦理这两重伦理标准。

二、走失还是逃遁：伦理困境和伦理身份的选择

有学者认为："成长小说在内容叙述上走的是'双线型'路线：第一条表现为主人公面对现实表现出不平衡——失意、受挫；第二条是心理精神上重建的平衡——不放弃。两条路线间的连接点为'思考与行动'……两

---

① ［美］斯蒂芬·克莱恩：《红色英勇勋章》，黄健人译，桂林：漓江出版社，2012年，第6页。
② 王利明、杨立新：《人格权与新闻侵权》，北京：中国方正出版社，1995年，第97页。
③ ［美］斯蒂芬·克莱恩：《红色英勇勋章》，黄健人译，桂林：漓江出版社，2012年，第7页。
④ 同上书，第13页。
⑤ 同上书，第32页。

条路线总的呈现趋势是'向上'的。"①哈罗德·布鲁姆认为《红色英勇勋章》中的青年"作为美国的荷马，他的主体既非英雄主义的罗曼史，也不是英雄主义的胜利，而是在非英雄时代里英雄主义的困惑"②。在故事的第一阶段，亨利表现出现代小说中反英雄形象所具有的怯弱、虚荣和虚伪等特点，求生意志以及由此引发的恐惧使他选择了逃跑，触犯了英雄和军人的伦理禁忌，于是人物的成长进入第二阶段，也进入了成长小说中的第二条线——重建精神上的平衡。

"逃遁历来是美国文学中的一个重要母题，尤其是战争文学。当个人无法抗拒环境的铁腕时，逃遁便成为一个有效的生存途径。"③在逃跑之际，英雄的伦理意识与非理性的求生意志之间的伦理冲突得到了解决，他走出了英雄与懦夫的伦理困境。但在逃跑之后，他又陷入另外两个伦理困境之中：继续做逃兵，还是回去做军人？如果回去做军人，是以怯弱者的身份还是以走失者的身份回归部队？亨利只有解决了第一个困境才能进入第二个困境。

在世界各国的军事法律中，战时临阵脱逃都是被禁止且会被予以重判的行为。亨利的理性使之意识到逃跑是军事纪律中一项严重的罪行，会受到严厉的处罚。经受法律的煎熬后，他又受到道德上的煎熬，产生道德自责。为求道德安慰，他力图寻找各种理由为自己的耻辱开脱。在森林里，他很自然地借助了松鼠面临危险逃亡的求生意志来证明自己逃亡行为的正确性和明智性，"青年往前走，感到大自然与他所见略同，以他生存在阳光下的证据再次支持了他的观点"④。道德情感并没有促使他接受道德谴责和道德教诲，转向道德自律，做出改正的行为。相反，羞耻的道德情感使他产生非理性虚荣，害怕战友们知晓自己的罪行，成为战友们

---

① 买琳燕:《走近"成长小说"："成长小说"概念初论》，《解放军外国语学院学报》2007 年第 4 期，第 98 页。
② Harold Bloom. *Modern Critical Views: Stephen Crane*. New York: Chelsea House Publishers，1987，p. 67.
③ 李公昭:《美国战争小说史论》，北京：北京大学出版社，2012 年，第 219 页。
④ [美]斯蒂芬·克莱恩:《红色英勇勋章》，黄健人译，桂林：漓江出版社，2012 年，第 36 页。

眼里的可怜虫和笑柄。严重的道德焦虑使他"好像已听见人们嘲弄的哄笑,"①他终于被道德自责掀倒、压垮了。但是内心残留的荷马时代英雄梦都促使他回归战场,他"渴望参战的震颤,耳中响起胜利的钟声,心中充满快速胜利冲锋的狂喜"②,他期望飞奔上前线,"不失时机地逮住并一把扼死了一个制造灾难的斜眼黑女妖"③。他下定决心不再作为一个逃兵而逃亡。这是亨利在经历了英雄和懦夫的伦理选择之后的又一次选择,这一次是做军人还是逃兵的伦理选择。好奇和英雄主义促使他做出了向善的伦理选择。

在亨利走出了"回"还是"不回"的伦理困境之后,又面临下一个伦理选择,以什么身份回归部队,走失的士兵还是逃兵的伦理身份? 个人的人格尊严使他毫不犹豫地选择走失者的身份回归部队,但他不得不为走失寻找借口,不仅可以安慰自己的良心,还能抵挡众人的嘲笑。在寻找借口的过程中,他模糊了自己的伦理身份,再次陷入伦理混乱之中:如果部队失败了,自己才能转弯抹角地为自己辩解,但如果部队胜利了,他则要永远钉在耻辱架上,也永远没有功成名就的机会了。④ 期望己方失败使他有可能会承担叛徒的罪名。正在不断地进行道德批判的过程中,一个撤退的伤兵用枪托重重地砸伤了他的脑袋,帮助他能够以战斗英雄的身份回归部队。在回归部队进行伦理身份选择的过程中,他不断地设计各种借口又否定各种借口,不断地用善的道德价值来评判自己不道德的思想和行为。这一过程加深了他对战争和自己的了解,也证明成长就是不断从伦理混乱走向伦理秩序,个体不断向善的道德价值靠拢的过程。

三、个人英雄主义向集体主义的转向

小说在第二部分描述了亨利关于回还是不回部队和以何种身份回部队的伦理思考,并做出了伦理选择;第三部分主要讲述亨利如何维护假冒

---

① [美]斯蒂芬·克莱恩:《红色英勇勋章》,黄健人译,桂林:漓江出版社,2012年,第35页。
② 同上书,第50页。
③ 同上。
④ 同上书,第52页。

的英雄荣誉，避免被人们识破、知晓他的罪恶行为，并以实际行动来证明"是神们挑中的人，注定要做顶天立地的英雄"①。在这部小说里，成长无疑就是关于亨利对战争伦理、军人伦理等的重新认识和体会。首先是亨利对于个人英雄主义的认识向集体主义认识的转变。个人英雄主义思想以个人主义为原则，强调个人在社会生活和历史活动中的作用，追求自由、重视个人力量，将"集体的力量和智慧"置于次要地位，好图虚名，自以为是，居功自傲，常犯自由主义和无政府主义的错误。这种价值观源自西方以人为本，讲究个人自由、个人奋斗的世界观。荷马史诗中阿基里斯就是典型代表，无组织无纪律，为个人恩怨擅自离开军队，而又因个人荣誉杀死了赫克托耳招致自己的死亡，虽然表现出了强烈的英雄气概，但却是个人英雄主义的做法。

《红色英勇勋章》故事开始，青年的母亲指出他的个人英雄主义思想："别以为一上阵就能打败叛军，你办不到。你不过是一大群毛头小伙子之一。"②他认为自己在战斗中有勇气和能力用双手扼住敌人的喉管，像雄鹰般地保护家乡人民。他幻想着手中操纵战争的命运，英名万古流芳。在一次与敌人的短暂交锋中，在同伴们停火之后，他爆发出一种兽性凶猛，不停地猛烈扫射，并沾沾自喜，"稀里糊涂莫名其妙就成了一名自己所谓的英雄"③。这种勇猛是非理性情感的释放。有学者认为："非理性化和象征秩序的压抑和控制力驱动着弗莱明做出英雄的举动，而这种举动又是非人性的、是兽性的。"④克劳塞维茨指出："军人的勇敢完全不同于普通人的勇敢，普通人的勇敢是一种天赋的品质，而军人的勇敢也能通过锻炼和训练培养出来。军人的勇敢必须摆脱个人勇敢所特有的随心所欲和不受控制地显示力量的倾向，它必须遵从更高的要求：服从命令、遵守

---

① [美]斯蒂芬·克莱恩:《红色英勇勋章》，黄健人译，桂林:漓江出版社，2012年，第68页。
② 同上书，第4页。
③ 同上书，第76页。
④ 张放放:《〈红色英勇勋章〉中英雄典型弗莱明的心理解读》，《外国文学研究》2005年第5期，第132页。

纪律、遵循规则和方法。"①强烈的个人英雄主义使他自以为是，认为他的见识远远超过了那些愚蠢、白痴般的将军；他想向兄弟们发表演说，指出战争的本质、军人们的命运和将军们的白痴。他对于上司极为不敬，在逃跑途中甚至有指责将军愚蠢和狠揍将军的冲动。这种个人英雄主义完全违背了军队中下级绝对服从、信赖、尊重上级规定的军人伦理，是极端自由主义的表现。克劳塞尔茨认为：

> 战争的主要精神要素，主要是通过这个团体的制度、规章和习惯固定起来的……如果轻视军队中可能和必然或多或少具有的这种团体精神，那是极不正确的。在所说的武德中，这种团体精神好像是将起作用的各种精神力量的黏结在一起的黏合剂。组成武德的那些晶体，要依靠这种团体精神才能荣誉地结合在一起来。②

集体主义主张个人从属于社会，个人利益应当服从集团、民族、阶级和国家利益，勇敢品质的表现也应有所拘束。集体主义还讲求团体精神，与团队成员和平相处，相互谦让、宽容、褒奖。

亨利在经历逃亡并再次回归部队后，在伦理道德上有了众多向善的改变。首先他重新认识了自己的微不足道，并较大改变，与战友相处，变得更加宽容和友善，并与威尔逊、中尉建立了深厚的战斗友谊。在战斗争夺军旗的过程中又与威尔逊心生默契，"两人都乐意让对方拥有它（红旗），却又都感到有义务声明，愿意高举着团队的标志，进一步冒生命的危险"③。他不再蔑视、抗拒上级，多次服从、配合中尉一同冲锋陷阵，相互鼓舞、号召大家前进，并欣喜地体会到这种默契，"感到与中尉之间有种微妙的手足之情和平等。两人嘶哑的喉咙一唱一和，相互支持"④。他不再强调个人的力量，开始注重集体的力量，时常高举军旗，鼓励大家冲锋，

---

① ［德］克劳塞维茨：《战争论》（第一卷），中国人民解放军军事科学院译，北京：解放军出版社，1995年，第181页。
② 同上书，第182页。
③ ［美］斯蒂芬·克莱恩：《红色英勇勋章》，黄健人译，桂林：漓江出版社，2012年，第86页。
④ 同上书，第87页。

"呼唤着并不需要激励的战友"①,他感受到了他们之间浓浓的友谊,"时刻感到同伴们的存在,感到微妙的战友之情比他们为之战斗的事业更为强大。这是一种产生于死亡厌恶与危险的神秘友情"②。对于世事,他开始心态平和,认为作为一个勇敢无畏、器重战友的人,他用不着指责这个世界,还是这个社会的任何错误。③

亨利的集体主义还表现在集体荣誉感上。面对他人"泥软蛋""赶骡子的"的侮辱,他没有了冲上去报复的冲动,只感到耻辱、愤怒,并试图以勇敢来血洗耻辱,报复侮辱者。军旗是军队荣誉、勇敢和统一指挥的象征,彰显着强烈的集体主义精神。他眼里的军旗从一只奋勇搏击狂风暴雨的小鸟变化为美与不可战胜的造化,对军旗的感情也从冷冷的快乐转变超过生命的意义。亨利所体会到的集体荣誉感和萌生的对军旗的热爱意味着他已经渐渐培养出了军人品德,从一个幼稚的青年慢慢成长为一名合格的军人。战争因此从失败走向了胜利。

罗伯特·贝拉在《心灵的习性》中指出,"美国的文化传统,是通过把个人高悬在无比荣耀却又极其恐怖的孤立状态中,来界定个性、成功和人生目的"④。对于这种美国内部强烈的个人主义意识,作者深恶痛绝。在作品《海上扁舟》中,他大力颂扬了四个船员为了共同目标团结互助的精神:"在这大海上建立起来的微妙的手足之情,很难用笔墨加以形容。谁也没说情况如此。谁也没提起过这种手足之情。然而,船中确实存在着这种友情,因为使每个人感到温暖。"⑤他推崇集体主义精神,渴望人们走出极端个人主义,在战斗和危难之中寻找到一种唇亡齿寒般的兄弟情谊。

---

① [美]斯蒂芬·克莱恩:《红色英勇勋章》,黄健人译,桂林:漓江出版社,2012年,第98页。
② 同上书,第26页。
③ 同上书,第68页。
④ [美]罗伯特·贝拉等:《心灵的习性:美国人生活中的个人主义和公共责任》,北京:三联书店,1991年,第8页。
⑤ [美]斯蒂芬·克莱恩:《街头女郎玛吉》,孙致礼译,沈阳:辽宁教育出版社,2000年,第70页。

四、战争伦理意识和新英雄主义

成长，意味着个体在伦理规范和道德价值上不断地更新认识，直到成熟。克劳塞维茨认为："战争是迫使敌人服从我们意志的一种暴力行为。"①亨利起初对战争的目的和本质以及军人伦理一无所知。他只是认为战争就是"血红血红，壮丽多彩"的战斗，勇敢就是无所畏惧地英勇杀敌，军人的职责就是"尽量留心自己的舒适。……琢磨些肯定让将军们激动的念头。还有就是训练、训练、检阅：再训练、再训练、再检阅"②。面对内心的恐惧，他才开始坦诚自己的无知。在经历了多次战斗，看到了战争造成的血腥和痛苦之后，他才渐渐地从渴望战争转向仇恨战争，祈望温柔而永久和平的生活。

战争伦理包括开战正义、交战正义和战后正义。交战正义又包括区别性原则，即指要区别性地对待战斗人员和非战斗人员，包括放下武器的战俘。在荷马奴隶时代，贵族形成奴隶主，战俘最终的命运就是奴隶，被奴隶主视为财产，为主人服务并被主人随意处置。1899年和1907年《海牙公约》明确规定对战俘的处理，"在本公约中所没有包括的情况下，平民和战斗员仍受那些来源于文明国家间制定的惯例、人道主义法规和公众良知的要求的国际法原则的保护而后管辖"。③ 罗尔斯的战后正义理论认为，士兵是战争的牺牲品，他们被应征入伍、被迫参战，一旦放下手里的武器投降，他们就不再是敌人而成为普通人，别人对他们不再有生杀职权。小说中四个战俘的遭遇反映出现代战争中的交战正义伦理。面对这些战俘，亨利和战友们对他们都保持着友好的态度，"他们聊着战争和形势，人人感兴趣，相互交换着看法"；战俘们对自己的命运也处之泰然，脸

---

① ［德］克劳塞维茨：《战争论》（第一卷），中国人民解放军军事科学院译，北京：解放军出版社，1995年，第4页。
② ［美］斯蒂芬·克莱恩：《红色英勇勋章》，黄健人译，桂林：漓江出版社，2012年，第5页。
③ 转引自姜楠：《美国战争伦理的研究：以第一次世界大战为例》，黑龙江大学硕士学位论文，2012年，第33页。

上没有丝毫"为明天路窄而忧心的表情,诸如牢房呀、金额呀、虐待呀之类"。① 这种新时代的战争伦理与荷马时代的战争伦理大不相同。

西方战争伦理思想形成三大流派:纯粹道义战争伦理思想、战争无伦理差别思想以及和平反战伦理思想。纯粹道义战争伦理思想强调战争的正义性来源于某种抽象和普遍的道德律令,并以这种道德标准来划分人的道德水平和文明程度,道德和文明程度高为战争正义的一方,可以采用一切暴力手段征服或改造另一方。中世纪的宗教式圣战属于纯粹道义战争。军事理论家阿隆认为自卫战争也具有正义性。战争无伦理差别的思想强调战争没有正义与非正义之分,战争与道德没有直接联系,战争只是实现利益的工具,现实利益决定了战争行为。近现代大部分军事理论家,如克劳塞维茨就认同此观点。和平反战伦理思想主张消除战争灾难,赞美和平,相信人类可以通过道德自律和制度约束来实现不诉诸战争而达到真正的和平。

1924年,卡尔·范·多伦写道:"准确地说,现代美国文学从斯蒂芬·克莱恩那里就开始了。"②杨金才认为:"小说标志着战争已从前工业时期转变到一个机械化战争时代。……其矛头不是直接指向政治意识形态,而是指向了战争的表征问题。"③由此可见,以美国南北战争中查莎拉堡战役为背景的《红色英勇勋章》可以说是文学史上较早描述现代战争的作品。当时的《日晷》杂志评论该小说思想苍白,"既没有表现爱国主义,也没有真正的故事可言。不见传统意义上的情节,而且在叙述上也是有问题,随意性很大"④。因为这部现代战争小说也没有涉及战争的正义性和非正义性。回顾美国短暂的战争史,《红色英勇勋章》之前的《间谍》歌颂着美国独立战争的正义性,之后的一战小说,例如《丧钟为谁而鸣》和《太阳照样升起》等等都属于反战小说。《红色英勇勋章》在整个故事中既

---

① [美]斯蒂芬·克莱恩:《红色英勇勋章》,黄健人译,桂林:漓江出版社,2012年,第100页。
② Carl Van Doren. "Stephen Crane", *American Mercury* No.1, (1924): 11—14.
③ 杨金才:《评〈红色英勇勋章〉中的战争意识》,《外国文学研究》1999年第4期,第95页。
④ 参见杨金才:《评〈红色英勇勋章〉中的战争意识》,《外国文学研究》1999年第4期,第97页。

未涉及战争的正义性问题,也没有描写亨利对战争的认识问题,只是在故事结束时作者表达了一种对和平的期望,"他(亨利)转而以情人的焦渴向往……温柔而永久和平的生活"①,因此可以说这是第一部描写现代战争的小说,标志着古代战争伦理向现代战争伦理的转变。同时小说第一次采用了内省式叙事模式,注重人物的内心活动,《美国文学:作家与作品》认为《红色英勇勋章》是美国小说史上向内审视自我的开端:"自霍桑以来,是他第一次用英语……第一次用现代形式创作出了具有心理深度和诗话的故事。"②这种向内审视的叙事模式和大篇幅的心理描写内容都无疑有利于描述个体的道德情感、道德省思和道德批判,有利于表现个体在精神、心理和道德方面不断的成长。

该作品中战争伦理的转变还表现在对英雄伦理的重新认识上。有学者认为,克莱恩借用现代的"非英雄"形象对荷马史诗中的传统英雄主义进行了重新阐释,改写了史诗所崇尚的价值和信念。③ 在克莱恩眼里,新英雄主义使人在面临巨大危险时能正视并克服自身怯弱的勇气,这与他是谁,具有何种身份和地位无关,而取决于他所具有的道德品质:真诚、勇敢、对真理和事实的洞察力。这与传统英雄仪表堂堂、勇猛杀敌、神族高贵的血统完全不同。本文认为,在亨利身上,除了至高无比的荷马时代的英雄主义意识之外,还有个较低的军人伦理意识。勇敢是两种伦理意识共有的价值标尺。虽然亨利无法实现荷马时代的英雄气概,并且还触犯了英雄伦理和军人伦理的伦理禁忌,但并没有妨碍他在故事最后实现了军人伦理和新英雄主义伦理。克莱恩借助了青年母亲的话语和吉姆·康克林的行为阐释了新英雄主义的内涵:听从上帝的意志,顺其自然,勇敢地面对困难,即使是死亡。最后,亨利发现其真正内涵,并有自己的深刻

---

① [美]斯蒂芬·克莱恩:《红色英勇勋章》,黄健人译,桂林:漓江出版社,2012年,第105页。
② Cleanth Brooks, ed. *American Literature: The Makers and the Making*. Vol. II. New York: St. Martin's Press, 1973, p.1650.
③ 郑丽:《对英雄主义的重新阐释——斯蒂芬·克莱恩〈红色英勇勋章〉的主题探析》,《外国语言文学》2005年第4期,第282页。

体会:"他发现自己敢于回顾早先信条的厚颜无耻装腔作势,而且把它们看得非常透彻。真高兴自己现在已能蔑视这些破玩意儿。"①这就意味着他已经成为现时代的新英雄,成为真正的男子汉。直到此时,亨利才完成了在道德伦理认识上的成长。

克里斯汀·布鲁克·罗斯在评论《红色英勇勋章》时认为,"青年是魔鬼,军队中的每一个人都是魔鬼。每一个人可能是英雄……魔鬼和英雄就是同一个人"。② 用文学伦理学批评来分析成长小说就是要研究青年从普通人或者"魔鬼"转变为英雄的成长轨迹,发现成长就是个体不断地从一个伦理困境中挣脱出来进入另一个伦理困境之中,从伦理混乱中不断地进入新的伦理混乱,最终进入伦理秩序中,实现自己的理想。成长小说的道德价值和社会意义也在于此。《红色英勇勋章》中主人公亨利经历了三个伦理结,重新认识了"英雄"主义——新英雄主义,最终成长为合格的现代军人。现代社会的军人伦理构成了从英雄主义伦理到新英雄主义伦理不可或缺的桥梁。

第二节 《永别了,武器》的
文学伦理学解读:英雄的理性与常人的激情

厄内斯特·海明威是20世纪美国最优秀的现代主义作家之一,美国"迷惘的一代"作家中的代表人物,他的作品对人生、世界、社会都表现了迷茫和彷徨。他创作了《永别了,武器》《丧钟为谁而鸣》《战地钟声》《老人与海》等多部作品,其中前三部作品往往被解读为反战小说。2001年,海明威的《太阳照样升起》与《永别了,武器》两部作品被美国现代图书馆列入"20世纪中的100部最佳英文小说"。在几乎所有的作品中,他都塑造了一系列"标准英雄"形象。《永别了,武器》讲述了美国青年亨利受当时政府媒体的欺骗,对战争和英雄充满浪漫主义幻想,参加了意大利军队,

---

① [美]斯蒂芬·克莱恩:《红色英勇勋章》,黄健人译,桂林:漓江出版社,2012年,第104页。
② Lee Clark Mitchel:《〈红色英勇勋章〉新论》,北京:北京大学出版社,2007年,第34页。

投身第一次世界大战。战场上严重负伤住院接受治疗,期间与英国护士凯瑟琳陷入爱河。亨利逃离战争,并与凯瑟琳逃亡到瑞士过上幸福生活。期间凯瑟琳怀孕,住院准备生育,但不幸在医院里接受分娩手术中被施用了过多的麻醉药引发大出血,同时婴儿在子宫中窒息,母子双亡,亨利由此陷入对前途的迷茫状态。

对于小说《永别了,武器》,研究者通常聚焦于英雄主义、存在主义,偶尔也研究爱情和宗教问题。20世纪70年代,菲利普·扬提出了"准则英雄"观念,开创了《永别了,武器》中的英雄主义研究的先河。同时,女权主义者也开始研究这部小说,如朱迪斯·菲特利(Judith Fetterley)和威廉·斯波福德(William Spofford)开始探究海明威对女性的态度,强调女性的平等权利。90年代,学者继续关注海明威小说中的雌雄同体和性别问题。在知网上搜到从20世纪80年代到21世纪初,中国学者研究成果200篇,研究主题丰富,包括小说的叙事结构、创作方法、生态主义、反战、"迷惘的一代"等,部分成果涉及小说中雨的意象和凯瑟琳形象等。虽然有不少研究分析了作品中的英雄主义,但都仅仅罗列事例证明小说中英雄主义的存在。

本节拟从文学伦理学批评的角度分析理性意志在英雄形象形成中的关键性作用。理性意志给小说人物带来生命、安全,帮助亨利克服了死亡恐惧,形成硬汉形象,同时又帮助他认清战争的本质并做出正确的伦理选择。相反,非理性自由意志和自由意志给人物带来的是伦理悲剧。凯瑟琳等人的"英雄"他者气质以及英雄的非理性冲动导致凯瑟琳母子双亡的悲剧。英雄主义从荷马时代的勇敢、威武演化到19世纪《红色英勇勋章》中新英雄主义勇敢、坚强地承认、接受现实,20世纪初的《永别了,武器》丰富了新英雄主义内涵:重压下保持坚强、克制、忍耐、保持压力下的优雅的英雄气质。

一、英雄主义、理性意志

海明威善于刻画英雄形象,其作品中的英雄形象往往具有崇高的道德品质和人格,"勇气、坚强、果敢、激情、冒险、无畏",能够克服恐惧、面对死亡、战胜对手后获得快感。这类英雄又称为准则英雄,即"重压下的优雅风度,为了荣誉和勇气把压力变为动力,痛苦反而能成为男子汉的气概。"有学者认为,准则英雄就是硬汉子,就是具有一种坚强不屈的信仰,面对失败还奋斗不息、身临险境而视死如归,始终保持个人的尊严。学界普遍认为海明威式的英雄就是海明威自己。

存在主义哲学认为,"英雄主义首先是而且永远是对死亡恐惧的一种反应"①。死亡是人特有的最大的焦虑。② 焦虑引发恐惧,死亡恐惧实际上是一种自我保护本能的表现,应付威胁生命的种种危险,以维系生命。文学伦理学认为,理性意志属于伦理学范畴,是人性因子的核心和外在表现,它以善恶为标准或指导自由意志弃恶从善,③是关于善恶的高级认知能力,主要用来抑制或约束自由意志,使之变得理性,与人的动物性本能相对。"非理性意志表现出来的种种精神因素,如情感、自觉、幻觉、下意识、灵感,包括动机、欲望、信念、信仰、习惯、本能等。非理性意志的突出表现是激情和冲动"④,属于激情范畴,"某些激情往往是失去理性控制的结果,与冲动类似,是自由意志的表现形式,如狂喜、愤怒、恐惧、痛哭、绝望等"⑤。激情、死亡恐惧属于非理性意志。理性意志的作用是意志或约束非理性意志,使非理性意志变得有理性。英雄主义正是理性意志的体现。这类英雄能够在有特定环境下保持对生理、精神、心理上痛苦的克制。《永别了,武器》中的英雄主义就是人物对死亡恐惧的克服。小说中描写了战场上大量的人员伤亡,但这并没有给亨利造成恐惧,他轻描淡写地描述了战争残酷:"冬季一开始,雨便下个不停,而霍乱也跟着雨来了。瘟疫得到了控制,结果部队里只死了七千人。"⑥

研究者德尔莫·锡瓦茨将海明威小说中的英雄风格看作是"压力下

---

① [美]N. S.谢勒:《个体:生死研究》,陈慧译,上海:上海译文出版社,1990年,第73页。
② [美]马斯洛:《存在心理学初探》,昆明:云南人民出版社,1987年,第71页。
③ 聂珍钊:《文学伦理学批评导论》,北京:北京大学出版社,2014年,第253页。
④ 同上书,第251页。
⑤ 同上。
⑥ [美]海明威:《永别了,武器》,林疑今译,上海:上海译文出版社,1995年,第6页。

的优美",即"每个人都必须勇敢地、诚实地游戏,控制情绪,接受痛苦,绝不哭喊"。① 19世纪90年代,弗洛伊德提出"冰山理论",认为人格就像海面上的冰山,人的意识是露出水面上冰山的一小部分,而隐藏在水面以下的冰山的绝大部分是人的无意识,决定了人的发展和行为。海明威将"冰山理论"用于文学创作,文学作品就像海洋上漂浮的冰山,作家只讲述露在水面上的八分之一,隐藏水面下的八分之七,表现出文学现代主义流派强调的客观、冷漠、精炼、简约,暗示人物的无情绪、麻木,要求中断意识和身体感受,是种不存在(nothingness)、消失的状态,正是药物麻醉通过消除或降低身体感知来消除疼痛的效果。生物麻醉在消除男女主人公面对身体疼痛和生活苦难过程中,起到疏远、"冷漠""客观"的作用,②帮助英雄形象形成压力下的优美。在《永别了,武器》中海明威将麻醉学、麻醉药物充分运用于现代主义流派客观、冷漠的描述中,缩略英雄们的情绪、感受,将空间留给读者的想象,形成作者所追求的重压之下的优雅风度。

  英雄就是能够利用理性意志控制非理性意志和自然情感的群体。海明威刻画的英雄人物首要的特征是坚强,能够抗拒各种生理、心理上的疼痛和压力。在战场上海明威就遭受过炮弹袭击,受了重伤。小说叙述了亨利腿部、手部、脑部都受到的严重创伤:"手受了伤……膝盖没了,我的脑袋里有什么东西在动,就像洋娃娃会转动的眼睛后面扶着铁块,它在我眼珠后面冲撞了一下。我的双腿又暖又湿,鞋子里也是又湿又暖。"③尽管负伤,他依然在积极营救身边的战友,"我想贴近帕西尼,给他腿上绑上一条带子来止血,但是我无法动弹"④。在战场上,他完全用理性意志和英雄主义来克制住对死亡的本能恐惧与身体的痛苦,不喧哗、不哀求、不呼号,"我躺着不动,任凭伤口疼痛下去。"⑤亨利对疼痛这一非理性感受

---

① Jeffry Meyers, ed. *Hemingway*: *The Critical Heritage*. London: Routledge, 1982, p.246.
② Bonnie Wilderness Cunningham. "Autobiography and Ananesthesia: Ernest Hemingway, Storm Jameson, and Me." *Women's Studies* Vol. 24 (1995): 615—629.
③ [美]海明威:《永别了,武器》,林疑今译,上海:上海译文出版社,1995年,第63—64页。
④ 同上书,第63页。
⑤ 同上书,第69页。

始终保持无知觉性、沉默。感官麻木,疼痛消失,即使疼痛也不以情感表述。为了忘却、麻木身体的剧痛,亨利不停地在病房、医院、列车等各个场合喝酒,麻木自身。

英雄人物所承受的痛苦不限于身体上的,还包括精神上的创伤。亨利从战场逃离,期盼过着世外桃源的幸福家庭生活。喝酒麻木的不仅是痛苦,也包括焦虑、恐惧。在等待妻子分娩过程,亨利不停喝酒,"我喝了好几杯啤酒。我什么都不想,只是看对座客人的报"①。在医院手术室里,亲眼看着自己的儿子、妻子先后死去却无能为力,一夜之间亨利从幸福的顶峰跌落谷底,这是多大的悲痛。亨利用理性意志力抑制住这种悲痛非理性情感,将痛苦掩藏内心深处,在冷漠、客观的描述中反映最深处的情感:"过了一会儿,我走出去,离开医院,在雨中走回旅馆。"②

海明威推崇准则英雄和理性意志,鄙视、惩罚了他那些"英雄"符码的"他者",包括凯瑟琳、帕西尼等人。"他者"是性别化的、女性气质的,缺乏理性意志,难以承受、战胜战争创伤之痛、社会公认的性别之痛(生产之痛)。救护车队中帕西尼在战场上被炮弹击中,感受到无比疼痛,拼命呼号:"我的妈,我的妈啊","天主保佑您,马利亚。噢耶稣开枪打死我吧基督打死我吧我的妈我的妈噢最纯洁可爱的马利亚打死我吧。停住痛。停住痛。停住痛"③。这种呼号出自本能,是非理性的冲动,证明帕西尼是个懦夫,最终他死了。

凯瑟琳也打破"英雄"符码所要求的客观、冷漠的省略原则,分娩时表现出女性的柔弱和非理性意志,过多地渲染自身的疼痛感受,受到了男权的惩罚。因分娩之痛,凯瑟琳不停地呼号、哀求、倾诉,"给我""给我""给我""我觉得我就要死了""有时候我知道我就要死了""但是我倘若死了呢?"④表现出死亡恐惧。死亡恐惧导致了凯瑟琳的多次哀求和言语,影响到她的健康和手术。医生多次交代凯瑟琳需要理性:"你讲得太多

---

① [美]海明威:《永别了,武器》,林疑今译,上海:上海译文出版社,1995年,第355页。
② 同上书,第358页。
③ 同上书,第63页。
④ 同上书,第348页。

了……你不会死的。别傻了。"①死亡恐惧是自由意志的表现形式,其中包括狂喜、愤怒、恐惧、痛苦、绝望。小说中的英雄主义意识批判、惩罚了凯瑟琳、帕西尼的软弱,强化了海明威主张的"接受痛苦不哭喊"的"优雅"原则,也强化了理性意志在生命过程中的重要性。

二、冲动参战、理性意志、逃遁

文学伦理学认为,非理性意志指"一切感情和行动的非理性驱动力,表现为种种精神因素,如情感、自觉、幻觉、下意识、灵感,包括动机、欲望、信念、信仰、习惯、本能等,都不受理性的控制和约束"②。理性意志属于伦理学范畴,是人性因子的核心和外在表现,它以善恶为标准或指导自由意志弃恶从善。③ 非理性意志让亨利产生了对战争的浪漫主义想象,冲动地参加了战争;理性意志使亨利看清了战争的本质,帮助他克服了"逃兵"身份带来的死亡恐惧,使其走向爱情,成长为准则英雄。

> 冲动体现的是自由意志,同时非理性意志也体现为冲动。作为一种自由意志力,冲动既可以通过行为体现出来,也可以通过思想意识体现出来。由于冲动往往源于本能的推动,因此冲动行为缺乏理性判断,表现出感情用事,草率鲁莽,不计后果的特点。④

亨利是海明威根据自己经历塑造出来的,在其身上可以看出作者的影子。海明威的祖父母都参加过美国内战,给了海明威强烈的爱国主义家庭教育。1917 年 4 月美国对德宣战,时任总统威尔逊将美国定位为"自由卫士"和"世界领袖",为美国人民建构了一个捍卫自由、民主、正义的梦幻。海明威年轻时代就立志为国作贡献,"我长得又高又强壮。我的祖国需要我时,我就去了。叫我做什么,我就做什么。我什么都做,那不

---

① [美]海明威:《永别了,武器》,林疑今译,上海:上海译文出版社,1995 年,第 357 页。
② 聂珍钊:《文学伦理学批评导论》,北京:北京大学出版社,2014 年,第 251 页。
③ 同上书,第 253 页。
④ 同上书,第 247 页。

过是我的义务。"①更受威尔逊总统"梦想"的蛊惑,他相信这场战争是场"结束所有战争的战争",于1918年5月冲动地参加了战争。在他给朋友代尔·威尔逊的信开头一连用了"哈哈!哈!哈!哈!哈!",足以证明他来到意大利战场的兴奋心情和对战争的激情。亨利是作者的影子,同样受到政府欺骗,非理性地选择参战。这是亨利的第一次伦理身份选择。

亨利对第一次世界大战的态度是变化的,分为撤退前与撤退后两个阶段。在第一阶段,受威尔逊的欺骗亨利沉浸在帝国英雄梦中,把帝国主义战争浪漫化了。在第一阶段,亨利曾希望自己能像拿破仑或者像长相好看的意大利公爵亚俄斯塔那样具有军事才干,幻想着拿破仑的帝国战争。战争中他一直抱怨战争没有提供给他施展才干的机会。尽管他告诉凯瑟琳参加意大利军队是因为"我当时人在意大利,并且我会讲意大利话"②,但从他随意的解释中仍能看出他对战争的期待和对自己职责的骄傲。事实上战争确实带来了战争英雄的荣誉与凯瑟琳爱情,满足了他的父权意识和对帝国战争的想象。在第二阶段,经历战争的残酷后,海明威的英雄荣耀幻灭了。因而作品人物亨利对战争感到厌倦,"这已经不是我的战争"③,在凯瑟琳死后亨利对战争的态度更表现出彻底的麻木、冷漠。后来在回忆起这段经历时,海明威感慨地说:"我真是个大笨蛋,竟会加入这场战争中去。"④"大笨蛋"就是自身受骗冲动参加战争行为的否定。亨利也有同样的经历和感受。

人是人性因子和斯芬克斯因子的结合体。当初参战亨利身上带有非理性因子,意气用事、容易冲动、兽性欲望,构成成长为英雄的障碍。理性意志帮助他克服了这些障碍完成人物的成长。文学伦理学认为:"理性是人在特定环境中的正确认知和价值判断,是人拥有的使自己区别于兽的

---

① Robert Cooper,[2002—4—3] https://www.observer.uk/worldview/story/11581,680095,00.html,2020年5月1日访问
② [美]海明威:《永别了,武器》,林疑今译,上海:上海译文出版社,1995年,第26页。
③ 同上书,第252页。
④ Stephen Cooper. The Politics of Ernest Hemingway. Ann Arbor: UMI Research Press,1987,pp.2—3.

美德。理性有三个要素:认知、价值判断和道德行为。"①理性使亨利对战争重新认知,并重新判断战争的价值,这次战争的实质是帝国主义争夺利益所发动的不义战争,与光荣、神圣、荣耀、义务都无关,退出战争,这是亨利的第二次伦理选择。库柏曼教授认为,小说中亨利对美国政府宣传的东西越是深信不疑,后来对所有的口头价值就越是痛恨不已。② 这场战争就是地球上最残酷的大屠杀,③所谓的战争神圣、光荣、牺牲等战争宣传只不过是一场骗局。尤其是当他爬上列车看到军队的进军,现场所看到的只是空虚。④

亨利经历意大利军队撤退事件之后,对战争的观念发生了变化,尤其在后方战场遇见意大利宪兵们随心所欲地枪决撤退部队中的那些上校们,让他感觉到战争的无序性、混乱和官兵间无端的仇恨,宪兵指责军官们"就是你们这种人,放野蛮人进来糟蹋祖国神圣的国土……就是因为有像你这样的叛逆行为,我们才丧失了胜利的果实"⑤。其后又见到运送到前线的大炮时,更感到了空虚、无奈、滑稽。因为亨利意大利语发音不标准,他被宪兵误认为是混入意大利撤退军队中的德国士兵,要被判执行枪决。趋生避死的本能促使亨利跳进了河里逃命。

"伦理两难由两个道德命题构成。如果选择者对他们各自单独地做出道德判断,每一个选择都是正确的,并且每一种选择都符合道德原则。"⑥亨利的伦理选择发生在逃离宪兵击毙的命运后的火车上。他经过了漫长的思考,想到了凯瑟琳,也想到了自己的命运,并借百货店巡视员的命运和选择来阐释自己的伦理困境。百货店失火货物烧毁喻示亨利押送的救护车遗失,巡视员被枪毙隐射撤退途中被宪兵"枪毙",店员的选择

---

① 聂珍钊:《文学伦理学批评导论》,北京:北京大学出版社,2014 年,第 252—253 页。
② Stephen Cooper. *The Politics of Ernest Hemingway*. Ann Arbor: UMI Research Press, 1987, p. 36.
③ Larry W. Phillips. *Ernest Hemingway on Writing*. London: Granad Publishing Limited, 1985, p. 23.
④ [美]海明威:《永别了,武器》,林疑今译,上海:上海译文出版社,1995 年,第 352 页。
⑤ 同上书,第 243 页。
⑥ 聂珍钊:《文学伦理学批评导论》,北京:北京大学出版社,2014 年,第 262 页。

隐喻亨利自己不再回归战场的选择。理性使亨利看清了战争的本质——赤裸裸瓜分殖民领地的战役，毫无荣耀可言，同时也帮助他抑制、克服了"逃遁"身份带来后果的非理性恐惧。因此逃离战争、拒绝杀戮或被杀戮是一种理性的道德行为。

"逃遁历来是美国文学中的一个重要母题，尤其是战争文学。当个人无法抗拒环境的铁腕时，逃遁便成为一个有效的生存途径。"①在世界各国的军事法中，战时临阵脱逃会被严惩的罪行。亨利虽然选择逃遁，但这是认清战争本质后的理性行为，而不是像意大利士兵因为贪生怕死而成为逃兵。他也非常清楚战场上逃兵的命运，帕西尼的老乡就是逃兵的典型，自身被枪决，还牵连到家人。亨利严格遵守军队纪律，遵从上级指令，"我们是直属军团的……但是在这儿，我受你的指挥。自然，你什么时候叫我走我就走"②。战场上他也亲自击毙两名意大利逃兵。在"逃兵"身份的压力下，亨利依靠理性意志坚持了真理和事实，做出了伦理选择——脱离战争，因为"这已经不是我的战争"，荣誉也是他们的，不是我的③，与敌人"单独媾和"，全身心地投入与凯瑟琳的爱情中。

三、自然情感、理性情感、伦理选择

海明威在小说中塑造准则英雄形象，通过亨利对凯瑟琳的自然情感发展到理性情感的转变，并在理性情感指引下追求事实真相这一系列事件，强调了生命中理性意志的积极意义和作用。同时通过凯瑟琳的死亡批判了冲动、激情的危害性，指出非理性意志会带来毁灭性的后果。

文学伦理学批评认为："自然情感指不受道德约束的一种生理和心理反应。从生理学观点看，情感是人动物性本能的自然反应，如饥饿引起的对事物的渴望，性欲导致的对爱情的追求以及其他欲望所导致的对满足的寻求等。"④亨利与凯瑟琳的交往经历了由占领军士兵的非理性兽欲和

---

① 李公昭：《美国战争小说史论》，北京：北京大学出版社，2012，第219页。
② [美]海明威：《永别了，武器》，林疑今译，上海：上海译文出版社，1995年，第205页。
③ 同上书，第252页。
④ 聂珍钊：《文学伦理学批评导论》，北京：北京大学出版社，2014年，第260页。

自然情感升华为英雄的理性爱情的过程。最初美国大兵亨利对待凯瑟琳抱有占领者的心态。第一次世界大战期间,美国总统威尔逊鼓励美国以救世主的身份到了意大利战场,领导世界摆脱纷争和苦难。受此影响,亨利来到意大利,逛妓院、追求女友、调戏镇上的英国姑娘和随军教士。李公昭认为:"美国占领小说中常见的情节是占领国军人——美军——对被占领国女性的玩弄,体现了一种征服者的性霸权。他们与意大利女孩打交道的唯一目的就是要把她们弄上床,然后走人。"①

这种心态也见于亨利身上。在他与凯瑟琳第二次见面的时候就抱有玩弄的心理,伴有非分举动,"我抓住她的手……并伸出手臂去抱住她,"②遭到激烈的反抗,却非常老到,好像在下棋"早已看得清清楚楚"③。都体现了亨利的阴谋和征服心态,甚至拿凯瑟琳和妓院里的姑娘相比,认为"就是有点神经也没有关系,我何必计较这个。这总比每天晚上逛窑子好得多"④。战友雷纳蒂描述亨利就是一副发情狗的模样,追求凯瑟琳的目的就是生理需求。亨利也自称道,"我正在经历男性站着求爱无法坚持长久的困难,"⑤隐喻他的男性欲望。美国评论家彼得·艾辛格(Peter Aichinger)认为,典型的美国人往往为了满足精神和生理需求寻找当地女性,慰藉在异乡的孤独与空虚,满足他们的性需求,为此他们会打着"恋爱"的旗帜接触女性,其实并不真正出于爱。⑥

在两人接触之初亨利带着非理性的自然情感与凯瑟琳交往,但随着交往的深入逐渐变得冷静、理性,男性欲望变成一种精神依赖。当亨利从战场逃到凯瑟琳身边,他不再有那种欲望的冲动,他平静得就像回家,不

---

① 李公昭:《大美国主义的失败——美国二战"占领小说"的批判意识》,《外国文学研究》2012年第2期,第101页。
② [美]海明威:《永别了,武器》,林疑今译,上海:上海译文出版社,1995年,第30页。
③ 同上。
④ 同上书,第35页。
⑤ 同上书,第36页。
⑥ Peter Aichinger. *The American Soldier in Fiction*,1880—1963:*A History of Attitudes toward Warfare and the Military Establishment*. Illinois:Iowa State University Press,1975,p.47.

再"寂寞,害怕"①。理性让他感觉到生活的美妙,指引他思考人生的真谛和生活中的英雄,这些"最善良的人,最温和的人,最勇敢的人"②能够在被打垮之后仍然勇敢、坚强。亨利自认为他就是这类英雄。

在赞颂亨利理性意志之后,海明威还通过凯瑟琳的死亡批判了非理性意志对生命的危害。文学伦理学认为,伦理身份是一个人在社会中存在的标示,人需要承担身份所赋予的责任和义务。③ 负责凯瑟琳分娩手术的医生工作了一上午,中午时分应她的要求离开手术室去吃中饭,亨利接替了他的工作。亨利的伦理身份是开救护车的士兵,不具有专业知识。同时从伦理上说,面对家人或亲人的危险和痛苦,医生的情绪和感情容易影响他的判断和决定。故事中亨利处于"医生"、丈夫、军人等伦理混乱的境地。在治疗过程中丈夫的身份又占据了主导位置。面对妻子和病人的凯瑟琳的痛苦时,冲动地做出了错误的选择。"伦理选择具有两方面的意义。一方面,伦理选择指的是人的道德选择,即通过选择达到道德成熟和完善;另一方面,伦理选择指对两个或两个以上的道德选项的选择,选择不同则结果不同,因此不同选择有不同的伦理价值。"④医生离去时交代亨利在必要时限制性地帮助凯瑟琳吸入麻醉。麻醉用于消除身体的疼痛并保护生命,但当麻醉用量过多、时间过长就会导致病人在睡眠中死亡,造成"自我毁灭"。根据临床经验,高浓度麻醉药中的"碳"会引发致命的、不可逆的缺氧。如果缺氧情况持续、反复的话会造成受者低血压或休克,最终导致无法控制的大出血。亨利缺乏行医经验,又忘记医生的嘱咐,面对妻子发出本能性的哀求时,失去了客观、冷静、理性,对她千依百顺。在麻醉药暂时失去效用的时候,凯瑟琳非理性地喧闹"不灵了。不灵了。不灵了。你不要在意,亲爱的。请你别哭,不要在意"⑤,加剧了亨利的非理性行为,"我一定使它灵。我把它全开到,"他把麻醉仪表上的指针转到了

---

① [美]海明威:《永别了,武器》,林疑今译,上海:上海译文出版社,1995年,第270页。
② 同上书,第271页。
③ 聂珍钊:《文学伦理学批评导论》,北京:北京大学出版社,2014年,第263页。
④ 同上书,第267页。
⑤ [美]海明威:《永别了,武器》,林疑今译,上海:上海译文出版社,1995年,第347页。

头,暂时缓解了凯瑟琳的痛苦。之后麻醉药剂量不断加大,指示盘上的指针也远远超过医生交代的"2",拨到了"3""4"。面对妻子的痛苦,他也一反常态,失去理性多次祈祷上帝:"我知道她快要死了,我祈祷要她别死。……亲爱的上帝,求求你,求求你,求求你别让她死。"①

亨利冲动地给凯瑟琳输入麻醉的行为属于非理性冲动和本能。"冲动是自由意志的表现形式,往往从非理性意志幻化而来。冲动是一种感情脱离理性控制的心理现象,主要依靠本能推动,也依靠激情推动,带有强烈的情绪色彩。"②冲动是在激情驱使下的非理性行为,必然导致悲剧的发生。亨利多次超额输给凯瑟琳麻醉药,犯下了不可弥补的错误,最终造成胎儿缺氧死在子宫内,凯瑟琳短暂休克后又接受剖腹产,造成她的大出血、死亡。"我将指数拨到了3,甚至4,……拨过了2字,我心里就慌张。"③亨利的心理活动证实了过度麻醉对凯瑟琳造成的后果。从凯瑟琳母子死亡的情节,读者能够看到凯瑟琳非理性行为、亨利错误的伦理选择、冲动造成母子死亡的伦理悲剧。

有学者认为,美国作家斯蒂芬·克莱恩在美国第一部战争小说《红色英勇勋章》中,借用现代的"非英雄"形象对荷马史诗中的传统英雄主义进行了重新阐释,改写了史诗所崇尚的价值和信念。④ 在克莱恩眼里,新英雄主义是个体在面临巨大危险时能正视,并克服自身怯弱的勇气,这与他是谁、具有何种身份和地位无关,仅取决于他所具有的道德品质:真诚、勇敢、对真理和事实的洞察力。小说人物吉姆·康克林的行为阐释了新英雄主义的内涵:听从上帝的意志,顺其自然,勇敢地面对困难,即使是死亡。这与传统英雄仪表堂堂、勇猛杀敌、神族高贵的血统有所不同。《红色英勇勋章》中的人物触犯了英雄伦理和军人伦理的伦理禁忌,但并没有妨碍他在故事最后实现了军人伦理和新英雄主义伦理。在《永别了,武

---

① [美]海明威:《永别了,武器》,林疑今译,上海:上海译文出版社,1995年,第356页。
② 聂珍钊:《文学伦理学批评导论》,北京:北京大学出版社,2014年,第247页。
③ [美]海明威:《永别了,武器》,林疑今译,上海:上海译文出版社,1995年,第349页。
④ 郑丽:《对英雄主义的重新阐释:斯蒂芬·克莱恩〈红色英勇勋章〉的主题探析》,《外国语言文学》2005年第4期,第282页。

器》中，亨利的理性促使他在"逃兵"身份的压力下选择了新的伦理身份，脱离战场投身于爱情，保持了生活压力下的优雅，延续了《红色英勇勋章》对新英雄主义的定义：个体在面临巨大危险时能正视并克服自身怯弱的勇气，保持自身的道德品质：真诚、勇敢、对真理和事实的洞察力。通过凯瑟琳、帕西尼等人的非理性行为导致的伦理悲剧反衬了理性意志给个人生命带来的意义。

第三节 《幼狮》：伦理身份与人性的悲剧

美国20世纪欧文·肖是一位关心社会问题、主张为人生而艺术的著名作家。他的作品《幼狮》《富人，穷人》《埋葬死者》《乞丐，窃贼》《夜工》《保守隐秘的罪人》等，都和社会矛盾紧密相联，题材涉及政治、种族、战争等人类重大问题。其中《幼狮》描绘第二次世界大战，是一部反纳粹小说，也是欧文·肖的成名作，与《永别了，武器》《西线无战事》并称"战争小说三大经典"。评论家对这部作品以高度评价，"能将战争写得如此绝望悲情，欧文·肖为第一人"，是与海明威齐名的"20世纪美利坚的双子星座"①。小说以两名美国士兵诺亚·艾克曼、迈克尔·惠特克和一名奥籍德军士兵克里斯汀·迪尔斯特的遭际为主要线索，从1937年除夕写到1945年法西斯德国覆亡的前夜，通过一系列的事件的描述，揭露了战争对人的摧折。

国内有关《幼狮》的研究不多，研究较为深入的石艳玲，以萨特的存在主义哲学视角，从个人与国家、个人与民族、个人与他人等三种伦理关系分析三名士兵的道路抉择，认为作者以道德言说的形式对人性做了存在主义式的解读，即个人抉择指引着人的道德演变②。欧华恩、王若梅等学者的研究阐明了战争彻底解构了善与恶的界限，人性堕落为最为本质的欲望状态。

---

① ［美］欧文·肖：《幼狮》，晏奎译，海口：南海出版公司，2008年，扉页。
② 石艳玲：《〈幼狮〉中的个人抉择与道德嬗变》，《求索》2015年第2期，第143页。

本文从文学伦理学批评角度研究,发现小说中存在两条伦理主线,即两类人的成长线路,一条是关于哈顿伯格、克里斯汀走向邪恶、一步一步陷入伦理混乱的伦理线;另一条是迈克尔、诺亚等人追求正义和人性、由伦理困境进入伦理秩序的英雄成长的伦理线。在两条伦理线上,意识形态和两性伦理成为英雄认定的重要标尺。

一、伦理教育、伦理身份、伦理意识

聂珍钊教授认为:"文学伦理学注重对人物伦理身份的分析。在阅读文学作品的过程中,我们会发现所有伦理问题的产生往往都同伦理身份相关。"[①]纳粹士兵克里斯汀的堕落就体现在他伦理身份的不断转变上,经历了平民、新兵、老兵和败兵等四重身份的变化,从理想主义的滑雪教练转向有标准有理性的德国军人,从单纯、善良的新兵转向阴险、残忍的纳粹老兵,从血腥的占领军蜕变成狼狈的败兵。不同的身份体现出不同的伦理选择,喻示他一步步走向堕落,从人性走向兽性。

克里斯汀·迪尔斯特伦理身份的第一阶段是滑雪教练和入伍新兵。参军前他是一名具有正义感和社会良知的滑雪教练,曾经帮助遭受纳粹分子弗雷德里克侵扰的美国姑娘玛格丽特,批判当时奥地利的时局。虽然他忠实地拥护纳粹主义,认为它能够振兴自己的民族,憧憬纳粹主义的美好未来,但在玛格丽特看来,他还是一名谦和、理性、正直的青年,相信和平,立志为民族的繁荣、昌盛而战。作为德国军人,他有着崇高的战争目标,"他喜欢战争,因为只有战争可以磨砺男人的意志……战争结束……那期盼中的繁荣和秩序也即将到来,"[②]他有着过硬的军事素养、军人荣誉、使命感,鄙视利用战争的牟利行为,"我是军人,不是黑市贩子!"[③]文学伦理学认为,人是天性及人性的载体,同时具有动物的特性和人的道德属性。此时克里斯汀还未受到哈顿伯格等人思想的影响,具有普遍的人性,善良、仁爱,能够严守军纪,尊重、善待普通百姓,即使战败国

---

① 聂珍钊:《文学伦理学批评:基本理论与术语》,《外国文学研究》2010年第1期,第21页。
② [美]欧文·肖:《幼狮》,晏奎译,海口:南海出版公司,2008年,第69页。
③ 同上书,第116页。

百姓,也"谨言慎行,以礼相待"①。珍爱战友,珍惜彼此间的情谊,不惜付出生命代价维护与布兰兹的战友情谊。

　　克里斯汀伦理身份的第二阶段为纳粹老兵。他接受了哈顿伯格、格莱莘的人性和性爱的"伦理教诲",人性发生了转变,渐渐由思想单纯、心地善良的德国军人慢慢堕落为凶残、阴险的纳粹士兵。文学伦理学认为,文学通过一系列的道德事例和榜样达到教诲、奖励和惩戒的目的,帮助人完成择善弃恶的目的。同样人的堕落也必然在伦理环境中形成。在军队中,军官被视为父亲象征权力,中尉哈顿伯格就承担起中士克里斯汀精神之父的身份和职责,给克里斯汀进行毫无人性的纳粹主义的"伦理教诲":"切记要做个嗜血的民族,因为只有嗜血的民族才能长盛不衰"②"军人的本分就是杀人不眨眼……嗜血是每个军人必备的本性"③。他也以实际行动指导、影响克里斯汀。在非洲战场上他表现出嗜血狂热,"撇着嘴,半眯着眼,牙齿微露,呼吸急促……迷失在纵欲的狂喜之中"④。

　　死亡的快乐让哈顿伯格感到生命意义和生存的动力,并纵声大笑感染着克里斯汀和其他士兵,终于大家都"笑作一团"。笑声隐喻了纳粹对生命的蔑视和内心的兽性,折射了纳粹战争狂人成功地"教诲"了包括克里斯汀在内的纳粹新兵。克里斯汀逐渐完全继承了精神之父凶残、阴险、虚伪的兽性。其标志性事件就是他向格莱莘索取了哈顿伯格的遗像,"我十分尊重他。他帮了我不少忙,他教了我很多东西。他很了不起,真的很了不起"⑤。伦理身份发生转变,个体的兽性逐渐凸显而人性之光渐渐熄灭。克里斯汀完全是哈顿伯格的复制。哈顿伯格曾伏击过英军,克里斯汀也带队伏击了美国士兵,他的表现与前者一样的残忍,他冷漠地看着美国士兵逃窜,"好像在观察一只奋力反抗,即将被群蚁拖进巢穴的甲虫,感

---

① [美]欧文·肖:《幼狮》,晏奎译,海口:南海出版公司,2008年,第109页。
② 同上书,第223页。
③ 同上书,第224页。
④ 同上书,第159页。
⑤ 同上书,第330页。

叹清晨的美好"①。

　　第二次世界大战中美军成功登陆诺曼底后，德国部队就像一头僵死的野兽，失去理性和一切希望，开始在欧洲大陆上逃窜。此时，克里斯汀进入伦理身份的第三阶段——败兵。文学伦理学批评认为："一旦人物的伦理身份发生改变，原有的伦理秩序势必遭到破坏，导致伦理混乱。"②败兵身份转变的标志性事件是克里斯汀的战友伯尔被杀。事件让克里斯汀陷入伦理混乱境地，在逃跑途中暴露出他的强烈兽性。克里斯汀的内心开始失衡，仇恨、绝望湮灭他的伦理道德，肆意掠夺、杀害生命来消除精神痛苦，感受到生命和生存的动力。法国姑娘弗兰索瓦在战前深深爱着他，即使在他逃亡到巴黎时也依然迷恋于他，为他提供避难之地，并委身于他。但是克里斯汀伦理身份由占领军转变为逃兵，伦理关系也发生了改变。短暂的亲热后，克里斯汀陷入爱人和敌人伦理两难之中。仇恨慢慢滋生并逐渐占据主导地位，"对法国人不能心慈手软……他们要为所做的付出一切代价，"③弗兰索瓦在他眼中慢慢由爱人变成敌人。最终兽性战胜人性，坚定了他背叛爱人和战友"生死之间同志之谊"的伦理选择。布兰兹、弗兰索瓦不再是战友、爱人，而是导致德国失败的重要原因，他背叛了两人。当克里斯汀看到两人被捕时，内心居然涌起一阵快意，"看见没有，一切都还没有结束。即使在现在，德国人还能征服几次呢……"④这种兽性情感类似于哈顿伯格嗜杀时的兴奋和欲望的高潮：死亡总是令人兴奋，总能使你明白自己还活着。此外，为了逃命克里斯汀效仿哈顿伯格虐杀战友、掳掠士兵和无辜百姓。逃跑途中他不幸偶入了一所囚犯暴动的监狱，求生的本能迫使他凶残地杀害了监狱指挥官，"一只手把指挥官摁在墙上，一只手拿刀去割他的脖子。指挥官喉咙里发出咕噜咕噜的声

---

① ［美］欧文·肖：《幼狮》，晏奎译，海口：南海出版公司，2008年，第287页。
② 尚必武：《让人不安的艺术：麦克尤恩〈蝴蝶〉的文学伦理学解读》，《外语教学》2012年第3期，第83页。
③ ［美］欧文·肖：《幼狮》，晏奎译，海口：南海出版公司，2008年，第426页。
④ 同上书，第445页。

音,然后又惨叫了几声"①。完成了他从人到兽的退化。

二、正义的伦理两难与伦理选择

人性与兽性相对,"人性的核心是善,因而人性是人的道德体现"②。小说在叙述克里斯汀的人性堕落为兽性的同时,描述了迈克尔、诺亚的非理性意志如何通过伦理两难和伦理选择获得人性。文学伦理学批评认为:"在完成自然选择后,在伦理选择的过程中逐渐成熟而成为一个人的。所以,人只有在伦理选择的过程中,才能逐渐消除动物性即兽性而获得人性。"③

"道德榜样是一个理性的人物,依靠身上的美德感动人……道德榜样能够通过人性因子控制兽性因子,通过理性控制自由意志,在伦理线中不断进行道德完善,给人启示。"④诺亚是小说中唯一的道德榜样。诺亚身上作为"榜样"的道德主要表现在追求人类正义、和平的反纳粹事业,与和谐、理性的男女两性关系上。诺亚本性善良、单纯、正义、爱好和平,立志抛弃个人幸福,追求人类平等、和平,甚至在他结婚的日子里,听到德国侵略的消息也感到自责。婚后他立志成为"一个充满荣誉感的公民,一个愿意舍生忘死的战士,一名反法西斯斗士。"⑤虽然他有各种各样的理由能够逃避战争,例如第一次参军体检检出了肺结核问题,但他没有逃避、退缩。

虽然如此,但人是人性因子和斯芬克斯因子的结合体。故事之初诺亚身上也带有一定的非理性因子,意气用事、容易冲动、怯弱、狭隘等,构成他成为道德榜样的障碍。"伦理两难由两个道德命题构成。如果选择者对他们各自单独地做出道德判断,每一个选择都是正确的,并且每一种

---

① [美]欧文·肖:《幼狮》,晏奎译,海口:南海出版公司,2008年,第516页。
② 聂珍钊:《文学伦理学批评:人性概念的阐释与考辨》,《外国文学研究》2015年第6期,第17页。
③ 聂珍钊、黄开红:《文学伦理学批评与游戏理论关系问题初探——聂珍钊教授访谈录》,《江西师范大学学报(哲学社会科学版)》2015年第3期,第58页。
④ 聂珍钊:《文学伦理学批评导论》,北京:北京大学出版社,2014年,第248页。
⑤ [美]欧文·肖:《幼狮》,晏奎译,海口:南海出版社,2008年,第137页。

选择都符合道德原则。"①在部队里他面临的第一个伦理两难,是做一名抗争的犹太人还是忍辱负重的懦夫? 诺亚具有犹太人身份,在部队里一直受到种族主义者的羞辱、排挤,在社会上也同样如此,甚至妻子霍普来看望他准备住宿时也遭到宾馆的拒绝。这一切都激起了他身上的怨恨,变成积怨,失去理性,在受到连队战友的捉弄之后冲动地接受挑战。原因就是他眼光狭隘,一味沉迷于个人恩怨,缺乏大局观念。怨恨是一种不符合理性的价值判断和冲动,导致非理性行为。"冲动是自由意志的表现形式,往往从非理性意志转化而来。冲动是一种感情脱离理性控制的心理现象,主要依靠本能推动,带有强烈的感情色彩。"②当然非理性行为的目的是为"每一个犹太人都能得到公正的待遇"③,但结果受到了巨大的伤害,被连队战友们打得遍体鳞伤。

第二次伦理两难发生在逃兵和士兵之间。在打败连队最强的战友后,他并没有获得预想的尊重。考虑到自身前途渺茫,诺亚怀着仇恨和失望开小差逃跑了。在出逃的过程中,诺亚进行了深刻的反思,最终理性战胜了怨恨,冒着被送上军事法庭的危险返回部队,必须返回部队继续战斗,最终与战友和睦相处至建立深厚的感情。这一伦理选择帮助了人物逐渐走向成熟和理性、获得人性、走向道德。在日后欧洲大陆战斗的磨练中,他完全抛弃往日的激情和冲动,更稳重、成熟、理性,最终成长为战争英雄,以至于迈克尔暗暗佩服他,"他内心已经达到了某种平衡,处处让人感到一种深思熟虑而又不显山露水的成熟与稳重"④。战争中他获得了一枚由蒙哥马利将军亲自颁发的银星勋章。

另一名士兵迈克尔的成长经历也经受了漫长的伦理考验,改变了传统知识分子胆小怕事、软弱、过于仁慈的性格,成为敢于斗争的、理性的、坚强的、成熟的战士。"胆小怕事、软弱、过于仁慈"属于非理性意志。小说中迈克尔的伦理混乱主要表现在英雄伦理和男女两性关系伦理上。迈

---

① 聂珍钊:《文学伦理学批评导论》,北京:北京大学出版公司,2014年,第262页。
② 同上书,第247页。
③ [美]欧文·肖:《幼狮》,晏奎译,海口:南海出版社,2008年,第257页。
④ 同上书,第477页。

克尔参军前原是纽约的一名电影导演,典型的知识分子。长期受浪漫主义情怀的熏陶和英雄梦的影响,他对于纳粹德国横行欧洲、祸害世界的罪行感到愤慨,立志参军,为道义和自由而战、为那些被压迫的民族而战,为和平而战,①要"不惜一切代价拯救世界文明"②。为实现这一目标,他首先面临着成为战斗英雄还是合格的人夫、人父、人子的伦理身份冲突。一旦参军,他就面临着父母、小孩的生活费,以及妻子劳拉的赡养费等一系列问题,不得不感叹"就像其他义行善举一样,爱国主义对富人来说确实更容易些"③;如果选择安于小家,他又陷入深深的自责:"难道这就是杰斐逊和富兰克林缔造的伟大子民吗?……难道这就是惠特曼歌颂的伟人的新世界吗?"④经过一段时间的伦理纠结,他做出了正确的伦理选择。

"兽性因子是天生的,是人与生俱来的,因此也是人的本能。"⑤伦理两难和伦理选择贯穿着迈克尔的整个军旅生涯。迈克尔是纽约市的一名导演,知识分子的善良、软弱、胆小怕事、虚伪的正义感等一切特性他都具有。在他完成第一次伦理选择之后,上述兽性因子将他置于第二个伦理困境,做一名奋勇杀敌、功勋卓著的战斗英雄还是庸庸碌碌、苟且偷生的士兵?军营里艰苦的受训生活和战友诺亚所遭遇到的不公平待遇,都让他心生退意。同时因为他曾支持过西班牙内战中的反对派,被军方认为是共产主义的同情者,无法进入军官学校,扑灭了他对军旅生涯的梦想。身上的兽性因子坚定了他做逃兵的想法,并给他找到了各种借口,"或许被派遣为劳军协会招募女合唱队队员,或许在舒伯特剧院工作自己会更有用武之地,更能为国家效力"⑥。终于他通过关系逃离了步兵营,"摆脱这可怕的军旅生涯"⑦。随后他进入伦敦的劳军协会、新兵补给站,成为管理平民事物官员派伏尼的司机。安全、平静的工作时时让他处于英雄

---

① [美]欧文·肖:《幼狮》,晏奎译,海口:南海出版公司,2008年,第239页。
② 同上书,第76页。
③ 同上书,第143页。
④ 同上书,第145页。
⑤ 聂珍钊:《文学伦理学批评导论》,北京:北京大学出版社,2014年,第275页。
⑥ [美]欧文·肖:《幼狮》,晏奎译,海口:南海出版公司,2008年,第238页。
⑦ 同上书,第287页。

和懦夫伦理两难的煎熬中。理性又让他期望英雄的荣誉,"我总有一种奇怪的预感,觉得自己一定会履行职责……杀人或者被杀,"[①]"要想要人听自己说话,现在必须挣得那个权利。……只有那些在这战场上出生入死的人才有这个权利,"[②]为自己庸庸碌碌的命运担忧,对战争和生活充满绝望,终日借酒浇愁。趋利避害、生存本能都是弗洛伊德提出的个体"快乐原则"的表现,这种求生的本能一次又一次控制着他的理性,动摇了他的英雄伦理观念,尤其在危险的卡昂城市郊区,他认为"保住自己的性命才是最要紧的事"[③]。但在一次又一次英雄和懦夫的伦理纠结中,他逐渐变得理性、坚强、勇敢。最后,在诺亚受害后他沉着、冷静、机智地击毙狡猾顽强的纳粹士兵克里斯汀,完成向优秀士兵伦理身份的转变,也象征正义对邪恶的胜利。

三、纳粹的两性伦理教育

伦理选择是通过教诲进行,正确的、合乎人类普遍道德的教诲,而错误的荒谬的伦理教育会产生严重的后果和灾难。在克里斯汀的成长过程中,哈顿伯格、格莱莘等人教给了他纳粹主义的两性伦理观念,包括克里斯汀的"乱伦"、哈顿伯格的"契约论"、格莱莘的同性恋、弗雷德里克的性暴力等,因此克里斯汀无法建立正确的伦理意识、人性观和善恶观。

"客观的伦理环境或历史环境是理解、阐释和评价文学的基础。"[④]在参加纳粹军队之前及初到巴黎时,克里斯汀对弗雷德里克的性暴力行为和哈顿伯格在巴黎逛妓院、变态等行为做了道德批判,认为是"下流胚、人类的残渣""纳粹中的败类"[⑤],因为他们的行为缺乏情感表述,完全屈从于动物本能冲动,暴露赤裸裸的兽性。克里斯汀的精神之父哈顿伯格的思想完全代表了纳粹两性伦理思想,即女性是男性的仆役、工具,又是男

---

① [美]欧文·肖:《幼狮》,晏奎译,海口:南海出版公司,2008年,第302页。
② 同上书,第402页。
③ 同上书,第356页。
④ 聂珍钊:《文学伦理学批判:基本理论与术语》,《外国文学研究》2010年第1期,第14页。
⑤ [美]欧文·肖:《幼狮》,晏奎译,海口:南海出版公司,2008年,第13页。

性的陷阱,战败国法国女性是德国人的战利品。法西斯德国"国家社会主义妇女联盟"领袖的格特鲁德·肖尔茨-克林克认为,"法西斯国家和独裁国家的氛围严重依赖男权制特征来维持,"①德国女性是属于男性的财富,女人唯一的工作就是服侍德国男人——管理家庭,女人的职责是从男人存在的第一刻到最后一刻,照料男人的生活、灵魂、身体和精神。第二次世界大战中法国战败之后,德国士兵眼里法国女性理所当然地成为优秀种族德国男性的玩物,鄙视法国人是一群贪生怕死的懦夫,作为胜利者应该品尝法国人的美酒和他们的女人。②哈顿伯格还认为两性婚姻是种契约关系,妻子只是丈夫往上爬的工具。在格莱莘之前,他曾经真心爱上过一名离婚、带有两个孩子的德国女人,但为了前途断绝了与她的往来,"和粗俗的女人打交道就是自取灭亡"③。虽非真心喜欢,但格莱莘却是一个他向上爬的好工具,"日后对我会很有用"④。哈顿伯格的纳粹两性伦理违背了康德的目的论,把他人作为了手段而不是目的。同时女性是陷阱,男人们对待她们应该谨慎小心,"为女人牺牲自己是最软弱的自我放纵,""傻瓜"⑤。是促成了克里斯汀背叛弗兰索瓦的重要原因之一。在成为败兵后,克里斯汀将睡在床上的弗兰索瓦视为害人的一条蜿蜒盘曲的蛇。⑥

克里斯汀到达法国巴黎后,伦理身份变为占领军,伦理观念发生改变。"战争使地狱打开了大门,战争麻木了人类所有的美好情感,战争把人变成了野兽。"⑦他找了个法国情妇科林,但内心充满嫌弃之情,不停地慨叹自己的不幸,"干吗跑这么大老远找一个这样的货色:肥硕结实,没头

---

① Wilhelm Reich. *The Mass Psychology of Fascism*. Theodore Wolfe, trans. New York: Orgone Institute Press,1946, p.88.
② [美]欧文·肖:《幼狮》,晏奎译,海口:南海出版公司,2008年,第65页。
③ 同上书,第222页。
④ 同上。
⑤ 同上。
⑥ 同上书,第443页。
⑦ 李公昭:《美国战争小说史论》,北京:北京大学出版社,2012年,第87页。

没脑"①。克里斯汀在科林身上追求的是动物性欲望的满足,是情欲的发泄,"天性是人的自然性或自然本性,同人性相对"。② 同时他默认了科林委身于他的企图——安全和物质生活,利用他做战争生意。两人之间建立了一种相对平稳的性契约关系,正是受哈顿伯格纳粹伦理教育的结果。

克里斯汀的这种动物天性还进一步表现在与格莱莘的关系上。在克里斯汀伦理身份发展的第三个阶段,他接受了哈顿伯格和格莱莘的纳粹理论。格莱莘是哈顿伯格的妻子,她的经历本身也体现了伦理身份和伦理观念之间的关系。婚前她是一文不名的地理、算术教师,性情娴静腼腆,忠于爱情。婚后来到柏林遇到一名女摄影师,受其诱惑堕落为同性恋,专为纳粹宣传部门拍招贴画。从教师变为纳粹,身份的改变迅速导致了伦理意识的改变。"人是社会的人,社会又是人的社会,所以文学对人的描绘从来不会脱离人的生存环境——社会来孤立地描绘。"③格莱莘变得淫荡、贪婪,与将军、政客士兵等各种人物建立了违背道德的契约型两性关系,满足对方的性欲,谋取自己的利益,包括荷兰的奶酪、法国的丝袜、阿尔及尔的葡萄和油桃、俄国的貂皮大衣、熏肉、巴黎的衣帽、罗马运来的提香小素描等等。

克里斯汀与格莱莘之间的关系是他与科林之间关系的复制,只不过更具有兽性。"弗洛伊德认为,人的无意识主要由两种基本本能构成,自我本能和性本能。但是人的本能受文明的压抑。其中,被压抑的最彻底的是针对情人的性和暴力,也就是乱伦和弑亲。"④精神分析中的"俄狄浦斯情结"指的是恋母情结,即儿子依恋母亲,嫉妒父亲。在人类文明的发展过程中,杀父娶母作为乱伦禁忌成为整个社会都必须遵守的道德结论。在人的本能中,被最彻底压抑的是针对亲人的性和暴力,也就是乱伦和弑亲。在所有文化中乱伦和弑亲都是被禁止的。在战争文学中,"俄狄浦斯

---

① [美]欧文·肖:《幼狮》,晏奎译,海口:南海出版公司,2008 年,第 115 页。
② 聂珍钊、黄开红:《文学伦理学批评与游戏理论关系问题初探——聂珍钊教授访谈录》,《江西师范大学学报》2015 年第 3 期。
③ 李定清:《文学伦理学批评与人文精神建构》,《外国文学研究》2006 年第 1 期,第 45 页。
④ 聂珍钊:《文学伦理学批评导论》,北京:北京大学出版社,2014 年,第 261 页。

情结"常被用作军官夫人和士兵之间关系的隐喻。军队中军官常被塑造成父亲形象,军官夫人被塑造成母亲形象,这样有利于激发士兵杀敌的勇气。文学中士兵与军官夫人之间发生的两性伦理关系被视为士兵对军官父亲或体制的报复和反抗。"士兵跨阶级地占有军官之妻象征对权力的征服和对上级的报复,也体现自身的价值。"①如美国二战小说《从这里到永恒》的沃尔登与卡伦、《第二十二条军规》的约塞连莫不如此。军权和父权的双重压力禁锢了男性士兵们对"母亲"的欲望,"禁忌"的快感和"报复"的心态衍生士兵弑父娶母的欲望。女性的出轨同样源于报复军官丈夫。但克里斯汀、哈顿伯格、格莱莘之间的关系完全不同于《从这里到永恒》或《第二十二条军规》中的人物关系,因为哈顿伯格和克里斯汀不是对立的阶级敌人,而是"父"与"子"的关系。在索要哈顿伯格的相片时,克里斯汀非常肯定地评价了前者。所以,克里斯汀和格莱莘之间伦理混乱源于赤裸裸的兽欲,反映出邪恶纳粹主义伦理对传统伦理道德的践踏。

"文学作品中,伦理混乱表现为理性的缺乏以及对禁忌的漠视或破坏。"②小说还包括同性恋禁忌和乱交禁忌,格莱莘与女摄影师、朋友洛伊斯和姬格小姐之间就具有隐秘的同性恋关系。相反,美国士兵完全遵循传统道德伦理,反对同性恋伦理,如士兵派伏尼殴打、驱赶一对来自纳粹国家意大利的同性恋,因此参军发誓消灭同性恋,因为同性恋喻示了邪恶、奢侈、贪婪、跋扈、淫纵、操弄政治、左右军队、阉割男性,是军队、社会、人类的死亡之神。这两种不同的伦理关系象征第二次世界大战中盟军和纳粹势不两立的立场,也预示纳粹德国必将毁灭的命运。

伦理意识的最重要特征就是分辨善恶的能力,即如同伊甸园里偷吃了禁果的亚当和夏娃那样,能够分辨善恶。③ 在与格莱莘的关系上,克里

---

① 蒋天平、纪琳:《美国二战小说中的隐形战场——性》,《外国文学研究》2012 年第 5 期,第 127 页。
② 聂珍钊:《文学伦理学批评:基本理论与术语》,《外国文学研究》2010 年第 1 期,第 21 页。
③ 聂珍钊:《文学伦理学批评——伦理选择与斯芬克斯因子》,《外国文学研究》2010 年第 6 期,第 6 页。

斯汀经历了纳粹混乱的两性伦理和基督教传统、保守的两性伦理冲突，最终难以分辨善恶，认同了纳粹观念。激情是"一种强烈的情感表现形式。……某些激情往往是失去理性控制的结果，与冲动类似，是自由意志的表现形式，如狂喜、愤怒、恐惧、痛苦、绝望"①。家庭中的基督教育让克里斯汀信奉传统、保守的两性伦理关系，这与他和格莱莘的性乱行为构成极大反差，基督教认为这是弥天大罪，他陷入伦理困境，"痛恨自己怎么能和她一起堕落"②。但是激情、本能又让他的理性失去控制。为了寻找理由，他接受了尼采的权力意志论和超人哲学：人们应该在上帝死了之后，破除往日的清规戒律去超越自我，重估一切道德价值。尼采理论的衣钵继承人正是纳粹主义。在纳粹士兵克里斯汀眼里格莱莘就是超人，具有超人的特质，"令人望尘莫及的美貌、高雅的品味和超人的经历，"③因此，格莱莘超人应具有超越凡人的道德标准，不能受一般的伦理道德束缚。欲望驱使他不断堕落，满脑子里想的都是貂皮大衣、两个女人、扭成一团的肉体、浓烈的香水气息，而把军人的纪律和拯救人类的战争理想抛之脑后，战争不过是自己发财的机会。他在离开格莱莘后立即开始盘算倒卖汽油的计划。缺乏正确的伦理教诲，克里斯汀失去了正确的认知观和善恶观，只能走向堕落。

四、高尚的两性伦理及伦理选择

"所谓人性，就是人的道德性，或者说是人的道德属性。一个人是否为有道德的人是由其道德属性决定的。"④德国哲学家费尔巴哈指出，两性关系可直接看做基本的道德关系，是道德的基础。⑤ 反纳粹小说通常充斥着爱情诗意元素，爱情为反纳粹注入生命情感，因此反纳粹主流意识

---

① 聂珍钊：《文学伦理学批评导论》，北京：北京大学出版社，2014年，第251页。
② [美]欧文·肖：《幼狮》，晏奎译，海口：南海出版公司，2008年，第127页。
③ 同上书，第127页。
④ 聂珍钊、黄开红：《文学伦理学批评与游戏理论关系问题初探——聂珍钊教授访谈录》，《江西师范大学学报（哲学社会科学版）》2015年第3期，第23页。
⑤ [德]费尔巴哈：《费尔巴哈哲学著作选集》（上卷），荣震华、李金山等译，北京：商务印书馆，1984年，第572页。

形态规范着两性伦理,《幼狮》中意识形态与爱情紧密结合。"性爱是一种高级的心理现象,是一种负责、圣洁、崇高的感情交流。性爱是高尚的道德感情和道德关系。"① 与迈克尔的情境主义、克里斯蒂和格莱莘的性乱主义相比,作为道德榜样的诺亚奉行真爱主义。真爱主义认为,主张性与爱合一,夫妻平等、忠诚、负责任,婚姻内的性行为才是符合伦理的,反对婚前、婚外任何性行为。诺亚恪守犹太教的两性伦理,忠于妻子,具有强烈的家庭责任感。诺亚夫妻间的点滴生活强化了传统伦理观念:战争间隙共同的诗歌创作、孩子教育、未来生活等问题。虽然诺亚很喜欢跳舞,为了忠实于家庭,在多佛期间拒绝了一位女郎跳舞的邀请,因为传统伦理观念让他觉得背着家庭与其他女人逍遥快活是不道德的。这正是诺亚的人性对兽性的否定,与克里斯汀的行为形成鲜明对比。

情境主义是性自由主义与真爱主义的折衷,是对从性爱合一转向性爱分离过渡的认同。情境主义选择性地认同真爱主义的某些论点以迎合社会对爱与性的憧憬与要求,但实际行为却接近自由主义方式,认为性与爱应当合一,基于爱情之上的性行为即符合伦理的,同时又认为爱情与否应由当事者自行认定而非必要的婚姻誓言及责任,因此标准模糊而成为自由主义者追求性爱的理由。这一伦理观点在第二次世界大战时期非常普遍。

顺应当时的伦理环境,迈克尔信奉情境主义,在伦理观念上坚守性与爱的和谐统一。他生性多情,少年时代已对女性抱有广泛、博爱的追求,同时他的文明、儒雅和知识也让女性们乐于亲近。在文学伦理学批评中,"力比多"是种本能,是兽性因子的一部分。虽然迈克尔有着较强烈的兽性因子,但他能够用理性意志控制自己的非理性情感,人性因子控制兽性因子,遵守普遍的、基本的伦理道德,做出合理合法的伦理选择,不违反社会道德,不违背他人的意志,不侵犯朋友的妻子等等。"人同兽的区别,就在于人具有通过理性分辨善恶的能力,能够通过人性因子控制人的动物

---

① 王伟、高玉兰:《性伦理学》,北京:人民出版社,1992 年,第 88—89 页。

性本能,从而使人成为有理性的人。"①虽然小说人物海伦美貌绝伦,但因为迈克尔和她丈夫是最好的大学同学,他控制住自己的兽性因子,拒绝了海伦,"一半因为震惊一半因为情操高尚"②;弗劳伦斯是迈克尔的同乡,年轻、美貌,也遭到拒绝,理由是"把贞操随随便便给一个眼下和将来都不可能爱她的男人,对姑娘不公平"。③ 迈克尔的行为与克里斯汀苟合于格莱莘、弗雷德里克强暴玛格丽特、哈顿伯格逛妓院等纳粹的行为完全不同,前者是理性控制下的情感,而后者完全是屈从于兽性本能的表现。因为在作者眼里,性道德和爱情意味着和平、自由、博爱和正义。小说人物艾亨评价战时自由世界中的两性关系代表了作者的观点,"关于战士男男女女之间的关系……这种关系是健康自由的,只求暂时拥有,不求长相厮守,充满悲剧性的浪漫情怀"④。迈克尔的情境主义和行为更证明了反纳粹主义事业的人性,是崇高的、正义的,而克里斯汀、弗雷德里克等人完全是兽性行为。

　　作者从意识形态伦理和两性伦理视角,结合伦理教诲、伦理两难、伦理选择、伦理榜样等关键词分析了道德榜样诺亚的成长过程和恶魔克里斯汀的堕落过程,表达了作者对纳粹战争的批判和对反纳粹战争的颂扬。纳粹与反纳粹意识形态之间的斗争就是对立的道德和非道德的伦理、善与恶之间你死我活的斗争,这种斗争将长期存在。诺亚的死亡隐喻善的道德伦理遭遇暂时性的挫折,迈克尔在战争中存活则预示道德伦理的道路漫长而曲折,但是必定有着光明的未来。克里斯汀的灭亡证明了邪恶终将灭亡,不管它曾经多么的风光。同时,诺亚作为英雄的道德榜样也给荷马时代以来的英雄主义注入新的内涵:荷马时代强调英雄的勇敢、威武,演化到 19 世纪强调英雄承认、接受现实的勇气,再到 20 世纪早期"压力下的优雅"的英雄品质,最后到 20 世纪中期文学创作开始强调英雄的

---

① 聂珍钊:《文学伦理学批评:人性概念的阐释与考辨》,《外国文学研究》2015 年第 6 期,第 15 页。
② [美]欧文·肖:《幼狮》,晏奎译,海口:南海出版公司,2008 年,第 401 页。
③ 同上书,第 401 页。
④ 同上书,第 464 页。

意识形态问题。

本章小结

　　本章围绕"战争小说中的英雄伦理"展开研究，以克莱恩、海明威、欧文·肖的小说为例，深入研究了美国战争小说中英雄伦理的形成和发展。选择这三个作家是基于他们的创作具有时代的代表性，描绘了不同时代的英雄形象和英雄主义。美国文学史流传下来的第一部美国战争小说是J.库帕的长篇小说《间谍》，这是最早记录美国独立战争的作品，也是第一部以间谍作为主题的作品，其后就是《红色英勇勋章》。内战小说创作数量很多，但真正优秀的内战小说作家只有德芙莱斯特、比尔斯、克莱恩等三人。[①] 南北内战是第一场现代战争，战争使用了军舰、潜艇、电报通讯和铁路运兵等等现代化设备。因此，《红色英勇勋章》可以说是第一部古典战争小说转向现代战争小说的经典之作，开启了现代战争的序幕。虽有不少学者认为这部小说与内战毫不相干，但更多美国人认为这是一部伟大的美国内战小说，描述了美国内战对生命的毁灭和对人性的考验。小说中的英雄人物已经完全脱离了荷马时期的英雄观，形成新英雄主义。有学者认为，克莱恩借用现代的"非英雄"形象对荷马史诗中的传统英雄主义进行了重新阐释，改写了史诗所崇尚的价值和信念。[②] 小说的反战主题也成为20世纪海明威的《永别了，武器》的反战源头。

　　美国主流观点认为一战小说都是反战主题[③]，最有名的反战作品中包括海明威的《永别了，武器》。海明威经历过两次世界大战，对战争有着深切的体会和感受。他根据自己的战争经历创作了《永别了，武器》，同《幼狮》《西线无战事》一起被评为20世纪最优秀的战争小说。"一战的反

---

　　① Wayne Charles Miller. *An Armed America, Its Face in Fiction*. New York: New York University Press, 1970, p. 81.
　　② 郑丽：《对英雄主义的重新阐释：斯蒂芬·克莱恩〈红色英勇勋章〉的主题探析》，《外国语言文学》2005年第4期，第282页。
　　③ 李公昭：《美国战争小说史论》，北京：北京大学出版社，2012年，第282页。

战思潮在二战文学中消失,美国主流二战小说没有背离美国战争小说的反战传统,放弃对战争的批判和方式,但是在部分作品中这种批判和方式意识表现得相当强烈。"①在第二次世界大战文学中,本章选取了欧文·肖的作品《幼狮》,他被认为是和海明威齐名的战争小说作家。这一阶段意识形态开始进入战争小说,反纳粹成为战争小说的创作主题。沃德梅尔在《第二次世界大战的美国小说》中将二战小说分为三类:真实表现战争、揭示战争对个人心理产生影响、通过战争表现意识形态等小说,即"意识形态战争小说"②。意识形态作家包括梅勒、欧文·肖、斯蒂芬·海耶、基伦斯、沃克、卡尊斯等等。《幼狮》的产生证明欧文·肖完全是一位伟大的意识形态小说作家。

现代社会的军人伦理构成了从英雄主义伦理到新英雄主义伦理不可或缺的桥梁,现代战争小说容易产生对英雄的讨论。本章在分析《红色英勇勋章》时,紧紧抓住战争英雄成长的术语,阐述人物的成长过程中的伦理身份、伦理困境、伦理选择等环节。透过对小说的分析,从而窥视美国战争小说的核心问题,即英雄人物的界定和成长。内战时期的美国社会开始进入现代社会和小人物时代,小说人物塑造已远离荷马时代的英雄形象。荷马时代传统英雄主义强调人物的威武、英勇、勇敢,新英雄时代人物的塑造虽然还强调英勇,但具有更多的内涵,强调面对困难接受现实、克服困难的勇气、坚韧、胆识。美国评论家哈罗德·布鲁姆认为,《红色英勇勋章》中亨利"作为美国的荷马,他的主体既非英雄主义的罗曼史,也不是英雄主义的胜利,而是在非英雄时代里英雄主义困惑",③本研究通过文学伦理学分析,发现亨利不仅对英雄主义困惑,更对新英雄主义进行了阐释。现代社会战争小说中的反英雄形象具有怯弱、虚荣和虚伪等特点,他们容易因死亡恐惧而产生逃遁心理,与军人伦理发生冲突,陷入

---

① 李公昭:《美国战争小说史论》,北京:北京大学出版社,2012年,第276页。
② Waldmeir. Introduction: *American Novels of the Second World War*, The Hague: Mouton, 1968, p.12.
③ Harold Bloom. *Modern Critical Views: Stephen Crane*, New York: Chelsea House Publishers, 1987, p.67.

伦理困境。理性的伦理选择促成战争英雄或者逃兵的形成。此外,传统个人英雄主义也开始转化为新时代集体英雄主义,并产生新时代的军人伦理。通过对斯蒂芬·克莱恩作品的伦理分析,读者可以窥视美国战争小说的英雄这一核心问题。

受《红色英勇勋章》的影响,海明威创作的《永别了,武器》也表现了强烈的反战思想,同时延续了《红色英勇勋章》的新英雄主义,并给其添上新的色彩。由于海明威的男性气质和创作爱好,他善于刻画、描述准则英雄形象,继承传统英雄勇敢、威武的内涵外,还强调坚强、容忍、重压下的优雅,即使失败也要优雅地站立的英雄气质。在对于《永别了,武器中》分析中,论文抓住了小说中准则英雄的核心术语,分析理性意志在准则英雄形成和认定中的作用和意义。文学伦理学批评认为,英雄的产生来源于个体理性意志对自由意志的抑制和克服,能够勇于质疑、反抗,追求事实真相和真理,非理性意志往往造就了懦夫。逃遁通常成为战争小说检验英雄的标尺,但小说人物亨利脱离战争正是出于对事实真相的理性认识,勇于质疑战争、体制、权威,面对"逃遁"身份的压力,这是理性意志对非理性情感的否定,更是勇气的表现,最终人物推动了"二战小说"反战、反集权、反专制的主题。

李公昭教授认为:"美国主流二战小说在基本支持战争(许多作品反对战争本身)前提下将批判的矛头指向美国内部以美军为代表的法西斯倾向,这是另一战线的反法西斯战争,是小说家具有历史感和社会责任感的具体体现。"①作为反纳粹题材小说,《幼狮》与前两部小说有相似之处,就是对英雄人物的刻画。"欧文·肖完全接受了三十年代(左翼)意识形态价值观,"②因此《幼狮》被视为一部典型的意识形态战争小说。作品中纳粹主义和反对纳粹主义成为检验英雄的标尺。从文学伦理学角度分析这部小说,发现意识形态决定了人物的道德善恶,英雄的产生不断从一个伦理选择走向另一个更高道德水平的伦理选择,否则堕落为恶魔。在故

---

① 李公昭:《美国战争小说史论》,北京:北京大学出版社,2012年,第282页。
② Hoffman J. Fredric. *The Twenties: American Writing in the Postwar Decade*, New York: Collier Books, 1949, rev. 1962, p.190.

事演进中,诺亚和迈克尔的道德认识不断得到提高,从一个伦理境界走向另一个更高的道德伦理境界。而克里斯汀则不断触犯伦理禁忌,违背军人的伦理身份,最终丧失人性变为野兽,堕入地狱。

美国战争小说中表现出英雄伦理和伦理冲突的作品还有很多,不只局限于这三部作品。例如,有关独立战争的小说《间谍》、有关南北战争的小说《进军》、第一次世界大战小说《三个士兵》、第二次世界大战小说《第二十二条军规》、越战小说《绿色贝雷帽》等等。其中第二次世界大战时期的战争小说最多,大部分作品表达了对战争本质、人性本质、军队本质的认识,如《第二十二条军规》,都继承了传统美国战争小说对英雄的呼唤和歌颂,并且不断质疑英雄主义,给英雄定义添加新的内涵。就战争小说的未来发展趋势,李公昭认为,"基于官方意识形态与传统战争观的文学作品一定会随着时间淡出人们的视线,反思、质疑、批判战争的作品会沉淀下来,最终进入美国文学的经典行列。"[①]因此,进入现代战争小说的英雄形象必定会包含正义感、人道主义、善良、追求真理等特征,并且未来战争小说中英雄的人性会越来越丰满。

---

① 李公昭:《美国战争小说史论》,北京:北京大学出版社,2012年,第517页。

第六章

南方小说的伦理探索

美国南方文学可谓源远流长,其源头可追溯到17、18世纪英国殖民地时期,一直到现在仍然活跃着一大批南方作家。尽管南方文学都不乏独特的地域特色和地方色彩,美国南方文学已远非地方文学这一范畴所能概括,因美国南方独特的历史和传统,通过对南方的历史与现实的书写,美国南方文学展示了作家的伦理思考和探索。本章将通过研究两位最具代表性的南方作家的代表作品,以窥南方小说的伦理探索。

作为最重要的南方作家,也是最重要的现代主义小说家,威廉·福克纳(William Faulkner,1897—1962)在约克纳帕塔法世系小说中以娴熟的意识流手法,表现了向现代社会过渡时期,现代人复杂而微妙的精神世界。不论是《喧哗与骚动》(*The Sound and the Fury*)中望族的没落,还是《押沙龙,押沙龙!》(*Absalom, Absalom!*)中庄园制的消亡,抑或是《我弥留之际》(*As I Lay Dying*)及《献给艾米莉的玫瑰》(*A Rose for Emily*)

中挥之不去的死亡,福克纳通过描写南方的衰败与南方家族的没落史,呈现了一幅幅南方社会历史沿革中的伦理现状以及过渡期的伦理冲突:传统美德过时消失,传统价值观"弥留"、解体而使人们的伦理价值观处于无着落的状态,人性之恶的一面凸显而致人们道德沦丧。福克纳正是通过"客观地"呈现那一时期南方社会的伦理现状,来实现其伦理探索——不是通过直接的伦理价值判断和介入,而是通过激发读者对这些伦理现状的伦理拷问、伦理思考来实现的,并由此进一步激发读者对人性最基本的东西,对人性之美的思考,而这正是福克纳小说的伦理感染力和伦理价值。

本章第一节将以《喧哗与骚动》为对象,从南方骑士精神这一独特视角出发,探讨福克纳对南方新秩序的伦理反思问题,第二节讨论弗兰纳里·奥康纳短篇小说的伦理蕴含。奥康纳没有福克纳那么沉重的历史"包袱",其小说也缺乏历史凝重感;不过通常的研究认为,奥康纳作为天主教徒,有更强的宗教意识。奥康纳的小说,具有典型的南方哥特小说的特点,尤其是其长篇小说《暴力夺取》(*The Violent Bear It Away*)和短篇小说集《好人难寻》(*A Good Man Is Hard to Find*)。小说中人物怪异,情节往往荒诞离奇,充满了暴力、神秘或不幸;同时从结构上看,小说中都有所谓的"天惠时刻"(Moment of Grace),即一种因上帝的恩惠让人顿悟而获得的精神解脱。奥康纳小说中的宗教因素是无法忽视的,但如果仅仅因其宗教信仰和"天惠时刻"便将其作品局限于宗教意义的解读,显然削弱了作品的伦理批判力和感染力。奥康纳正是通过极端怪诞的情节,夸张的手法,促使人们重新面对现实,认识现实,并对这种重现的现实进行伦理审视。如果说福克纳是通过"伦理拷问"来实现伦理探索的,那么奥康纳则通过伦理审视实现新南方的伦理探索。

第一节 《喧哗与骚动》:"新南方"进程的伦理拷问

威廉·福克纳被誉为美国"南方文学的旗手",他所扛起的大旗是南方文学的大旗,也是南方崛起的大旗。《喧哗与骚动》是福克纳的第四部长篇小说,也是他的代表作和"创作生涯的里程碑作品"①,在这部作品里,他不仅表达了对旧南方传统文化的同情与审视,也寄予了对"新南方"伦理秩序建设的期望。国内外对《喧哗与骚动》的伦理研究集中在小说的基督教伦理、女性主义伦理、种族伦理、生态伦理、作品人物的罪感和乱伦倾向以及小说的伦理叙事和叙事伦理等方面。现存的研究没有将康普生家族和南方社会的倾覆与骑士精神的衰微联系起来,对伦理内涵的把握流于空泛,对具体人物的分析缺乏伦理环境的还原和全局性观照,难免有失偏颇。以文学伦理学批评方法来观照《喧哗与骚动》,能够在深度解读小说的伦理现状、伦理环境的基础上,把握小说代表人物的伦理身份、伦理责任和伦理选择,反映新旧南方转型期,以康普生家族为代表的南方贵族家庭中的种种乱象以及残存的希望,则表达了福克纳对"新南方"进程的伦理拷问和对"新南方"伦理秩序重建的思考。

一、战后美国南方的伦理现状

骑士精神虽然源于中世纪的欧洲,以荣誉、爱情、尚武、忠贞为核心信条,但在美国南方却被赋予了新的内涵和外延。福克纳将其概括为纯粹的荣誉和诚实,是"为了荣誉的目的而信奉纯粹的荣誉,为了诚实的目的而信奉诚实"②。南方绅士们往往被称为"南方骑士",他们及其执掌下的贵族家庭是骑士精神活的象征。无论是在战前现实的南方社会还是在福克纳的小说世界里,骑士精神都是旧南方社会最坚实的精神支柱,因而,从某种程度上讲,南方人在战争中的溃败就是南方英雄的溃败和骑士精神的溃败。内战以后,"骑士精神"的衰微表现在方方面面:贵族世家的衰落、家庭乃至社会伦理秩序的紊乱、贞操观的裂变等。这些衰微的表征同时也构成了南方人所面临的特殊伦理环境,深刻影响着南方人的选择。

骑士精神衰微的第一个明显表征是随着南方骑士崛起、分化和消亡,南方大家族从"高贵化"走向"去高贵化"。由于发展的跨越性,美利坚可

---

① 潘小松:《福克纳全传:美国南方文学巨匠》,长春:长春出版社,1996 年,第 63 页。
② Frederick L. Gwynn and J. L. Blotner. *Faulkner in the University*. Charlottesville: University of Virginia Press, 1959, p. 8.

能是少有的、没有既成贵族的一个民族,因而美国的大家族大都历经了由土地走向政治的"高贵化"历程,囤地、从军或参政成为走向荣耀的必要手段。康普生家族亦是如此,《喧哗与骚动》的附录这样记载家族的历史:1779年,苏格兰印刷工人的儿子昆丁·麦克拉昌带着孙子杰生·利库格斯逃到美国,其后,查尔斯·斯图尔特来美与父亲和儿子会合。1812年,杰生用一匹小母马从印第安酋长手里换得一平方英里的土地,后被称为"康普生领地"。因为田地是通往权势的必经之路,至此康普生家族崛起了,"从这时候起,它像是有资格哺育出亲王、政治家、将军和主教了"①。再后来,该家族出了一位州长昆丁和一位将军杰生。内战中杰生将军打了败仗,将一块土地抵押给了新英格兰来的暴发户,康普生家族便开始走下坡路,从此,"那位常败将军只得把下半辈子的四十年功夫用在零碎敲打地把田地逐块卖掉上"②。与简明扼要的家族辉煌史相比,小说正文花费了数倍于此的篇幅来讲述康普生家族"去高贵化"的历程,"北佬"和后起的斯诺普斯家族③蚕食了康普生家族存在的根基——土地,权势也随之离开这个家族,随着康普生先生的离世、昆丁的自杀、班吉的去势和离家、杰生操起棉花投机生意,康普生家族的骑士们分化了,而随着家族老宅的出售,康普生家族便消亡了。

　　家庭伦理和社会伦理失序是骑士精神衰微的又一重要表现,一旦支撑南方伦理秩序的诚实、荣誉等骑士精神内核遭到颠覆,家庭和社会的乱象就会成为必然。南方骑士的职责之一是守卫贵族家庭,保障家庭伦理秩序的良好运行,并将这种家庭责任推及经济社会领域,从而保障社会伦理的井然有序。贵族家庭是旧南方伦理秩序的根基,《飘》反映了战前旧南方家庭中宁静而和谐的庄园生活和等级分明的主仆关系,这正是旧南方家庭伦理的真实写照。而康普生一家的经历则深刻地再现了战后一蹶不振的南方家庭伦理失序的状况:随着垮掉的精神,整个家庭充斥着不绝

---

① [美]威廉·福克纳:《喧哗与骚动》,李文俊译,桂林:漓江出版社,2013年,第321页。
② 同上书,第322页。
③ 福克纳所虚构的约克纳帕塔法小镇上有些穷苦白人,利用南北战争后的形势,使自己成为暴发户。他们的故事见《村子》《小镇》和《大宅》。

于耳的喧哗与阵阵不安的骚动。家长康普生先生失去了家长的威严和高贵,整日醉醺醺、沉醉于旧日的家族荣耀中,愤世嫉俗地发表对现状的不满;长子昆丁在彷徨和漫无目的的闲荡中盘算着怎么终结生命;深受实利主义影响的二儿子杰生盘算着早日当家作主;小儿子班吉则浑浑噩噩,哼哼唧唧,活在无法言状的"缺失感"①中。南方社会伦理秩序混乱:诚实经营不敌投机取巧,姑娘们打扮得花枝招展在街上闲逛,男女之间婚内出轨。

"骑士精神"的衰微还表现在南方骑士无力守卫南方传统的贞操观和"南方淑女"。南方骑士的另一重要职责是守卫南方淑女的贞操,"绅士们的义务是在女性周围架起高墙,保护她们的纯洁,并在内心供奉女性圣洁的偶像。相对于南方种植园文化的其他价值形态,以女性贞洁为中心的道德理想则是绅士们刻意追求的主要价值倾向,女性贞洁的存留则对绅士们构成十足的影响"②。当骑士精神的荣光不再,南方传统的贞操观失去了原来的意义,南方淑女的分化加速。传统"南方淑女"的伦理身份要求女人无知而盲目地严守贞操,正如杰生所说:"大家闺秀总是不谙世故的,她们愈不懂事愈显得自己高贵,"③已婚女人最重要的职责就是约束自己的品行以及管束后辈;绅士们则以保护这些一无所知的纯洁女人为豪。在这样的贞操观和妇女观的观照下,南方淑女们极易走向人格扭曲或离经叛道的极端:恪守传统贞操观的康普生太太躲在"南方大家闺秀"身份的躯壳里惺惺作态、无病呻吟,推脱各种家庭责任,对孩子们缺乏母亲应有的温柔和关爱。当她发现凯蒂和男孩子接吻,便穿上丧服宣称女儿死了,却并不以母亲应有的方式教导她;凯蒂失贞、怀孕之后她只想息事宁人,赶紧把女儿嫁出去,并不管她幸福与否。对此,昆丁痛苦地哀呼:

---

① 易晓明认为《喧哗与骚动》中的昆丁、班吉和杰生这三个叙述个体都有一种共同性,就是他们感觉到"缺乏",这就是一种"缺失感",因为班吉是一个不会说话的白痴儿,他的这种感觉只能是莫可名状的。参见易晓明:《碎片化与整体性〈喧哗与骚动〉的历史感之建构》,《外国文学评论》2003年第1期,第62页。

② 钟京伟、郭继德:《福克纳小说中南方女性神话的破灭》,《当代外国文学》2011年第3期,第22—23页。

③ 威廉·福克纳:《喧哗与骚动》,李文俊译,桂林:漓江出版社,2013年,第260页。

"如果我能说母亲呀。母亲。"①另一个"南方淑女"的代表是凯蒂,小时候的她纯洁美好、善良有同情心,从青春期开始叛逆,从15岁起与男孩接吻,17岁失贞,婚前与多人厮混并怀上私生女小昆丁,而后遭丈夫抛弃,一路飘向远方,直至最后被发现沦为纳粹的情妇。凯蒂的反叛是对"南方淑女"的反叛,也是本能的宣泄。正如凯蒂的第一个情人达尔顿·艾密斯所说的:"凯蒂也是个女人,请你(昆丁)记住了。她也免不了像个女人那样地行事。"②然而,对于南方骑士们而言,本能和放纵是无法容忍的,女性的贞操与家族荣誉紧密联系,因此凯蒂的失贞和离家对康普生家的荣誉是致命的一击,也是对骑士精神致命的一击。

整个南方从家庭基石到精神支柱再到社会经济领域,无一处不渗透着危机和困境。在这样的伦理状况下,南方社会的英雄们该如何选择,他们是否有选择呢?文学伦理学批评将人物还原到特定的伦理环境和伦理语境中进行考量,在这一"文学作品存在的历史空间"中理解人物,"甚至要求批评家自己充当文学作品中某个人物的代理人,做他的辩护律师,从而做到理解他"③。从南方骑士们所处的伦理环境来看,他们其实选无可选,被历史的洪流推动着前行,只能被迫作出各自所处困境中可能的选择。只是由于个人的伦理身份不同、所处具体环境存在差异,他们各自的选择存在较大差异。

二、伦理选择之困

杰生·康普生是康普生三世,此时的贵族家长,然而,他的身份职责的规定性与其能力之间有着巨大差距,这是他所处困境的实质,也是他最终放弃继续履职的根本原因。伦理选择和伦理身份是文学伦理学批评的两个核心概念,一个人物的伦理身份决定了他的责任和义务,也成为其进行伦理选择的基础,"人的身份是一个人在社会存在中的标识,人需要承担身份所赋予的责任与义务……只要是身份,无论它们是家庭中的身份,

---

① [美]威廉·福克纳:《喧哗与骚动》,李文俊译,桂林:漓江出版社,2013年,第99页。
② 同上书,第96页。
③ 聂珍钊:《文学伦理学批评导论》,北京:北京大学出版社,2014年,第256页。

学校中的身份等,都是伦理身份"①。"文学伦理学批评不仅从人的本质的立场理解伦理选择,而且认为伦理选择是文学作品的核心构成。文学作品中只要有人物存在,就必然面临伦理选择的问题。"②南方骑士和贵族家长这两个自觉的和既成的伦理身份规定:杰生·康普生要继续坚守土地和权势的贵族标志,并肩负造福当地、维继并发扬家族荣光等职责,然而,在南方战后几十年来的伦理状况下,康普生无法履行以上职责。

首先,造福当地成了时下对康普生家最荒谬的讽刺。时至20世纪之交,资产几乎消耗殆尽的康普生家族,早已失去了继续充当民族英雄、地方精英的资格。所以,尽管多年来康普生先生不顾日益拮据的经济状况,依然纳税资助一家州立大学,可是,他的善举却从未得到来自校方任何人的正面评价。杰生不无讽刺地说:"这学校除了在举行棒球联赛时我进去过两回之外平时跟它毫无关系。"③

另外,康普生家族的荣光,到了康普生三世这一代,已经消磨了大半,可供继承和发扬的遗存所剩无几,剩下的只有贵族最后的体面——产业和精神遗留。"康普生领地"是康普生家发家的起点和高贵化进程的开端,祖宅是往昔荣誉和当下颜面的直接体现;而精神遗留方面的体面,则外化于家族成员的举手投足之间——家长的高贵慷慨、太太的大方得体、贵族公子的优雅谦恭和贵族小姐的虔诚贞洁等。然而,在康普生家,这一切都受到了挑战,康普生先生的律师事务所常年没有业务,家庭没有固定的收入来源,家族产业岌岌可危;康普生太太常年卧床、无病呻吟,四个孩子尚未成年立业且心性不稳,大儿子敏感脆弱、女儿叛逆、二儿子乖张自私,小儿子又是个低能儿,理想的家庭生活遥不可及。

正是这时,康普生先生到了不得不作出重大决策的时候。17岁的小女儿失身于人且怀有身孕,给家人丢尽了脸,当务之急必须赶快找到遮羞的办法,安排出嫁是可行的办法之一。恰逢大儿子成年,到了为未来规划的时刻,上所名校将是一条不可多得的出路。一筹莫展的康普生先生面

---

① 聂珍钊:《文学伦理学批评导论》,北京:北京大学出版社,2014年,第263—265页。
② 同上书,第267页。
③ [美]威廉·福克纳:《喧哗与骚动》,李文俊译,桂林:漓江出版社,2013年,第234页。

临着嫁女儿和送儿子上大学两件家族大事,这是他在履行家长职责方面作出的最重要的一次伦理选择,也是一个蕴含着转机和危机的两难选择,要么为了女儿体面出嫁,儿子交上哈佛的学费,出让家族最后的一块"康普生领地";要么继续维持家庭的现状,任由孩子们发展。

但是,选择的难处在于,卖掉祖产风险极大,而不这么做,康普生家将没有希望;卖掉祖产是败家和对祖宗的背叛,体面地嫁出女儿和送儿子上哈佛又是对家族颜面的维护和对祖宗荣耀的延续。后两种选择都是正确的伦理选择,而且它们还可能为家族迎来复兴的希望;可是,一旦失败,则意味着更深刻的覆灭。凯蒂体面地出嫁和婚后的幸福,以及昆丁成功从名校毕业为新一代康普生继续留在贵族阶层提供了可能,因为凯蒂的丈夫许诺为杰生提供银行的职务,他的资助也为昆丁完成学业提供了可能,一旦一切走上正轨,康普生家还有复兴的希望。可是,如果凯蒂和昆丁的事无法按照设想的轨迹进行下去,不仅一时的体面保不住,还会因此彻底切断家族最后的经济命脉,切断贵族最后的根基,更不会有重返辉煌的机会。康普生先生最终选择了卖地,而后来,事态果然朝着不尽如人意的方向发展,凯蒂的丈夫发现她婚前失贞,毅然抛弃了她,直接造成凯蒂偏离正途、滑得更远;杰生因而失去了银行职务,为其反叛家庭埋下了隐患;昆丁陷入家庭困境,无力自拔,选择了自我毁灭。

其实,不论康普生先生作什么样的选择,康普生家和整个旧南方一样,必然滑向深渊,这不是一个关乎选择的问题,而是一个涉及价值观转向的问题。首先,将希望寄托在凯蒂的丈夫赫伯特身上,本身是一个危机重重的考虑。上过哈佛的赫伯特声名显赫、家底殷实,其实却劣迹斑斑,在哈佛时考试作弊、打牌作弊,还和镇上的小寡妇厮混。他准备收买昆丁,不向其父母泄露这些内情。以荣誉和诚实为价值信条的康普生先生根本无法料想赫伯特的人品,也不可能保证他兑现自己的承诺,为康普生家的复兴尽全力。而且,以为上哈佛就能为昆丁铺就锦绣前程的想法也不现实。最终,责任与现实的脱节、"理想与现实的脱节使他(康普生先生)悲观厌世,只能借助虚无主义与酒精来麻痹痛苦的灵魂"①。

三、坚守之痛与不伦之爱

昆丁是家族的昆丁三世,家里的长子,同时是新生代的南方骑士。南方骑士的首要职责是守卫荣誉,而对昆丁而言,"这种荣誉,如今却决定于他妹妹那脆弱的、朝不保夕的贞操"②,加上他对妹妹产生了不伦之恋,说不出口的爱与高贵的荣誉形成隐秘的交织,昆丁只能在愤懑、痛苦和绝望中选择结束自己的生命。综合分析昆丁覆灭的原因,有历史方面的因素,有客体对象方面的原因,更有其自身原因。

美国内战导致过去和现在的断裂,这是作为传统继任者的昆丁覆灭的原因之一。内战之后,南方骑士的荣耀其实大半已经被战火所埋葬,对正统的骑士精神——荣誉和诚实的捍卫几乎不可能。当父亲将代表家族传统的表送给昆丁时,也将人生的悖论一并告诉了他:时间是埋葬希望的陵墓,在时间的战场上,胜利仅仅是幻想,"这只表是一切希望与欲望的陵墓……你靠了它,很容易掌握证明所有人类经验都是谬误的……因为时间反正是征服不了的……这个战场不过向人显示了他自己的愚蠢与失望,而胜利,也仅仅是哲人与傻子的一种幻想而已"③。在昆丁三世这里,荣誉和诚实已经稀释得所剩无几了,他终于意识到维护荣誉的不可能,活着根本无法改变时间留下的痕迹,荣誉只存在于过往,珍视荣誉的昆丁只能随时间而去,死亡成为必然的选择。从某种意义上讲,他的荣誉感比起祖辈和父辈来有过之而无不及:他的祖父游戏人生,父亲在努力不成之后尚能苟且于人世;而昆丁却有一种誓与荣誉共存亡的担当,以及一种难能可贵、虽败犹荣的堂吉诃德式英雄主义,"昆丁的那份荣誉感尽管有点虚幻……却令人肃然起敬"④。

---

① 武月明:《历史的伤痕:昆丁形象的文化解读》,《当代外国文学》2002年第2期,第135页。
② [美]威廉·福克纳:《喧哗与骚动》,李文俊译,桂林:漓江出版社,2013年,第323页。
③ 同上书,第79页。
④ 易晓明:《碎片化与整体性〈喧哗与骚动〉的历史感之建构》,《外国文学评论》2003年第1期,第61页。

再者,昆丁与他所认定的捍卫对象之间伦理观念的冲突,以及体格和心智上的脆弱,使他无法改变对方,客观上促成了他选择以死明志的方式。在对待贞操上,昆丁将妹妹的贞操看做家族荣誉的重要标志,昆丁十余年的灌输和管束,仍然抵不过凯蒂对此的不屑一顾,"她根本不认为贞操有什么价值,那一层薄薄的皮膜,在她心目中,连手指甲边皮肤上的一丝倒刺都不如"①。昆丁的软弱无力也让他无法在妹妹失贞之后采取强硬的方式:他打算像个绅士一样杀死妹妹然后自杀,"我把尖刀对准她的咽喉用不了一秒钟只要一秒钟然后我就可以刺我自己刺我自己,"②而在准备动手的时候失了勇气。他还决定像个真正的骑士那样和达尔顿决斗,然而讽刺是,即使对手将手枪塞到他的手里,他也没有胆量发出一颗子弹,而是"像一个女孩子那样的晕了"③。昆丁的孱弱、优柔寡断令他无法与凯蒂抗衡,约翰·皮克里斯认为在昆丁和凯蒂之间,凯蒂的"生机勃勃、任性而富于变化、独立自主"④令其处于支配地位。同样不可否认的是,在破除旧南方的贞操情结、反抗贞操对女性的束缚方面,凯蒂有着破旧出新的意义,她的叛逆和强劲无疑给日渐式微的骑士精神带来了最为羞耻的一击。

另外,昆丁对妹妹的超越兄妹的感情和他所认为的家族荣誉之间错综复杂的交织,使昆丁意识到,不伦之恋的杂质掺杂到了家族荣誉的高贵诉求之中,这成为促成昆丁自杀最隐秘的原因。得知凯蒂失贞的消息,昆丁的第一个选择是向父亲承认自己犯了乱伦罪,将妹妹失贞的过错揽到自己头上。对此通常的理解是,昆丁为了维护家族的体面,他不允许推销员出身的达尔顿和妹妹有一丝瓜葛;即使自己承受乱伦的重罪,让出身高贵的妹妹失贞于同样出身高贵的哥哥,也比让她被一个出身低贱的人玷污更体面。这种观念的形成与福克纳在附录里的宣称有关:"他倒不是爱

---

① [美]威廉·福克纳:《喧哗与骚动》,李文俊译,桂林:漓江出版社,2013年,第324页。
② 同上书,第156页。
③ 同上书,第167页。
④ John Pikoulis. *The Art of William Faulkner*. London and Basingstoke: The Macmillan Press LTD, 1982, p. 21.

他妹妹的肉体,而是爱康普生家的荣誉观念。"①倘若照此说法,昆丁更加看重家族荣誉,而他仅有的荣誉就是妹妹的贞操,那么捍卫荣誉就等于捍卫妹妹的贞操。以此解释昆丁在凯蒂失贞之前对她严厉的管教,是行得通的。可是,在凯蒂失贞之后,昆丁的做法就不能仅仅被理解为捍卫荣誉:凯蒂失身后,昆丁的第一个念头就是承认和凯蒂乱伦,并带凯蒂离开,让人不由得联想到恋人的私奔。凯蒂与达尔顿等多人厮混怀孕,昆丁一再询问她:"你爱他吗"②,"你当时爱他们吗凯蒂你当时爱他们吗"③。当失贞成为既成事实,爱与不爱相比荣誉是无关紧要的,这样的问话倒更像发生在情人之间。父母为了遮羞急于让凯蒂出嫁,昆丁却以赫伯特的人品为由阻碍凯蒂嫁给他,并提议拿自己的学费,和班吉一起出走。父母和昆丁的不同做法正反映了维护家庭颜面和像情人一样爱凯蒂之间的区别。凯蒂出嫁是在 1910 年 4 月 25 日,昆丁自杀是在 6 月 2 日,时间间隔一个月零七天。从昆丁的叙述中没有提到凯蒂被赫伯特抛弃,文中其他地方也没有提到凯蒂被抛弃的具体时间,据此可以推断昆丁自杀时凯蒂的婚姻还是完整的。如果说妹妹终于出嫁了,失贞给家族荣誉带来的影响暂时可以缓和一些,那么将荣誉看得高于一切的昆丁应该可以释怀,不至于在这个时候选择自杀。那么促使昆丁自杀的原因只能是妹妹决定出嫁,不肯接受和他一起,昆丁的绝望是因为荣誉的不保以及妹妹无法报以等量的爱。

四、骑士伦理的反叛

杰生是康普生家族的杰生四世,家里的第二个儿子,也是家族最后的一个。作为叙述者之一,"由于他的野蛮(以及极度滑稽)的声音和举止",个性特点上的种种缺陷,"使杰生比班吉和昆丁博得读者少得多的同

---

① [美]威廉·福克纳:《喧哗与骚动》,李文俊译,桂林:漓江出版社,2013 年,第 323 页。
② 同上书,第 168 页。
③ 同上书,第 153 页。

情"。① 他常常被作为与康普生先生和昆丁相反的人物而被批判;李文俊认为:"随着金钱势力在南方上升,他已顺应潮流,成为一个实利主义者,仇恨和绝望有时又使他成为一个没有理性、不切实际的复仇狂和虐待狂。"② 如果从文学伦理学批评的立场来看,必须还原杰生生活的特定历史背景和特定伦理环境,才能理解其伦理处境和伦理选择。以此观之,杰生之不同于其父和兄长,是因为他所秉持的观念与父兄身上的骑士精神之间的背离;也正是因为他身体力行实利主义的信条,从而得以在新南方社会中立足。

杰生反对骑士精神盲目慷慨和挥霍无度的弊病,突出表现在其实利主义积极、务实的一面。在他的叙述中,父亲不顾囊中羞涩常年资助州立大学以博得好名声,是毫无意义之举;对父亲卖地送哥哥上大学,他觉得得不偿失;父亲常年酗酒在杰生看来就是败家的根本原因。父亲和哥哥去世之后,杰生管家,他在敛财方面体现了不同于父亲的超强克制力,在经营家族产业方面表现出超乎父亲的精明。他令全家节衣缩食、节省开支,把省下的钱拿到期货市场倒卖棉花;他把大宅间隔成一间间小房间出租;他从做店伙计的微薄工资里省下钱,送自己到孟菲斯学习鉴定棉花等级,并建立起自己的买卖。他从店伙计起步,最后收购了老板艾尔的农具店。从他在管教小昆丁、管理康普生家和经营家族产业中体现的果敢手段和坚定意志,也能看到杰生绝不像昆丁那样孱弱无力、脆弱不堪。

当然,杰生身上最为本质的特征——残忍、自私、冷酷、过度理性和偏执狂式的自制力是实利主义这一矛盾集合体的表征。杰生过度的理性、冷漠和自私使他无视人伦亲情、抛弃传统商业伦理:杰生无情无爱,仇视家里的一切成员,恨父亲卖掉农场给姐姐做嫁妆、送哥哥上哈佛,却不为他的事业作安排。他质疑班吉是母亲在外生的"野种",是一笔上帝也弄不清的糊涂账。对兄长、姐姐和弟弟之间的兄妹情义嗤之以鼻,独断专行

---

① Theresa M. Towner. *The Cambridge Introduction to William Faulkner*. New York: Cambridge University Press,2008,p.21.
② 李文俊:《译本序》,威廉·福克纳著:《喧哗与骚动》,李文俊译,桂林:漓江出版社,2013年,第2页。

地给弟弟做了去势手术,并送他进精神病院。他利用凯蒂对小昆丁的爱,一次次敲诈她,并私吞小昆丁的抚养费。他辱骂外甥女小昆丁"天生是贱坯就永远是贱坯"①,无情折磨直至逼走她。偏执狂式的自制力使他"牺牲了一个三十岁单身汉有权并理应也有必要享受的一切快乐"②,以疯狂敛财为生活的全部目的。他看不惯传统南方的那一套商业伦理,鄙视老板艾尔经营不善,以自己的虚伪揣度他人的高贵和诚实,贬斥艾尔热心慈善:"哼,要是让我把他的买卖接过来,一年之内,我可以让他下半辈子再也不用干活;不过他又会把钱全部捐给教会什么的。如果说有什么让我最最不能容忍,那就是一个伪善者了。"③

归根到底,杰生代表了新精神对骑士精神的叛逆,体现了在新旧南方转型期、伦理转向过程中新旧精神的对立和对抗。在杰生这里,二者呈现出非此即彼、你死我活的抗争态势。首先,骑士精神对荣誉和诚实的高度珍视,与实利主义对从事实务、聚敛财富的诉求形成对峙。再者,杰生将一个实利主义者的自私自利与骑士们的利他无私对立起来,在唯利原则下,南方骑士们那温情脉脉的人伦亲情、甜蜜的爱情都遭受着无情践踏,利己成为最高目标。

五、南方新秩序的伦理反思

随着旧南方的"随风而逝",旧有的伦理秩序被砸碎,新的伦理秩序尚未构建,南方将走向何处?《喧哗与骚动》对这一历史进程发出了伦理拷问。通过南方骑士们的伦理选择,福克纳发出了警示的呼告:无论是"旧南方"传统的骑士贵族文化,还是现代工业文明,都有其致命的弊端,二者都无法拯救危难中的南方,南方的希望在于宗教伦理、人性的光辉和各种族精神的融合。

其一,旧南方的倾覆是必然的,其深层次的原因是,康普生们所秉持的骑士精神已经与时代精神相去甚远,其内部的种种缺陷和来自外部的

---

① [美]威廉·福克纳:《喧哗与骚动》,李文俊译,桂林:漓江出版社,2013年,第184页。
② 同上书,第331页。
③ 同上书,第230页。

冲击,加速了骑士精神与时代的不兼容。从内部因素上看,在战后南方特殊的伦理环境中,骑士精神的衰落和骑士精神中无法与时俱进的缺陷,以及新生代骑士们的软弱无力,导致其再也无法维系新南方伦理秩序大厦。康普生们那深入骨髓的"骑士精神"和骑士品性在日新月异的南方社会缺乏灵活性和竞争力。作品中,康普生先生在维护家族体面上表现出的无力和在维继家族营生上表露出的捉襟见肘,从表象上看是他的无力无为,从本质上讲,正体现了骑士精神与时代精神的不相适应。骑士精神中的肆意洒脱、慷慨大度与实利主义的务实激进相比缺乏竞争力。威廉·比尔德二世说新英格兰人"勤俭耐劳",南方人则"松懈散漫,挥霍无度"①,表现在康普生先生这里是慷慨大度、宽厚待人和生活散漫。康普生先生不会放下身段,在市场竞争和投机倒把大行其道的时刻,从事更有利于敛财的职业;他只能以醉死而非累死彰显贵族最后的体面。昆丁这样的新生代南方骑士,更是举步维艰,他们不仅失了高贵的标志——土地和权势,在体格上和心智上还远不如他们的祖先们那么孔武有力、坚韧不拔,他们徒有对荣誉的热爱,却没有肩负荣誉的能力。

从外部因素上看,南方人口的基质性构成发生了改变——黑人的移出以及新移民的移入,巩固了工商业经济生产方式,带来了新的观念,削弱了旧南方的伦理根基,加速了骑士精神的瓦解。有数据显示,"在世纪之交,有90%的黑人生活在南方城市里,到了20世纪60年代,有650万人移出。黑人移民、城市化进程和无产阶级化改变了美国的社会经济状况,造成南方劳力短缺,黑人移民的意义和可能性结果引起骚动性争论"②。他们的移出加速了庄园经济的瓦解;外来移民的涌入带来新观念,也造就了大量新南方人;文中大量亚美尼亚人、意大利人移入美国,渗

---

① 陈永国:《美国南方文化》,长春:吉林大学出版社,1996年,第4页。
② Cheryl Lester. "Racial Awareness and Arrested Development: *The Sound and the Fury* and the Great Migration (1915—1928)." Qtd. in Philip M. Weinstein, ed. *The Cambridge Companion to William Faulkner*. New York: Cambridge University Press, 1995, p. 128.

透至南方,促成了"美国身份的当代裂变与本土空间的瓦解"①。新移民的移入促成工业文明和实利主义的扎根;伴随着工业化进程,为了最基本的生存需要,新移民们成为机械化生产中的一个个齿轮,碾压着南方庄园经济中主仆伦理规约下的手工劳作生产方式,击垮了低效率的南方传统经济模式。伴随着这种新的经济模式的建立,依赖传统经济模式运转的南方贵族阶层和贵族家庭逐步解体并衰亡,骑士精神也随着承载主体的衰亡而渐行渐远。

其二,新旧转型期北方工业文明下的实利主义有其致命问题,贪婪、功利、欲望泛滥等都是其致命伤,因而,不加取舍地套用实利主义的伦理内核也不能为奠定新南方伦理秩序提供启示。北方现代工业文明的价值体系——实利主义对传统道德的践踏和全面摒弃也不足取,其在康普生家族中的典型代表是杰生。虽然他为自己的疯狂暴虐频频辩解,但他疯狂地虐人、克己,都说明他是"以极端自私、缺乏任何道德与文化的内涵的势利而空虚的形象出现的"②;福克纳企图通过这种极端形象展现北方现代工业文明的各种病灶。凯蒂从青春期开始就表露出的无尽欲望也是实利主义价值观的表现。以当下立场观之,欲望泛滥所带来的灾难犹如覆水难收,相比而言,旧南方传统道德中对理性的宣扬和欲望的节制不无意义。

其三,福克纳对南方"骑士精神"的存在、发展和演变做了系统梳理,具有历史的前瞻性和深刻性;同时,他以全方位的思考深刻地揭示了传统骑士精神无法拯救危难中的南方这一事实。一百年后的今天,人们对南方去路的思考和担忧还没有停滞,在《新南方精神》中有这样的描述:"诚然,连罗马帝国都最终坠落了,南方确实会在某一天消亡的……'我看到家庭之爱,对父母的尊重正在消失,'一位北卡罗莱纳州的女士说,'我看

---

① Randy Boyagoda. *Race, Immigration, and American Identity in the Fiction of Salman Rushdie, Ralph Ellison, and William Faulkner*. New York: Routledge, 2008, p.79.
② 易晓明:《碎片化与整体性〈喧哗与骚动〉的历史感之建构》,《外国文学评论》2003 年第 1 期,第 61 页。

见骑士精神就要死去了。'"①而在20世纪上半叶,福克纳的19部长篇小说与120多篇短篇小说中,15部长篇与绝大多数短篇都可列入"约克纳帕塔法世系";这一世系反映了南方伦理秩序大厦的倾覆和重建的整个过程。

纵观福克纳的创作,《沙多里斯》《喧哗与骚动》《圣殿》和《去吧,摩西》这四部作品集中反映了他在不同创作时期对"南方骑士"和"骑士精神"的伦理反思。《沙多里斯》被誉为约克纳帕塔法世系的开端,沙多里斯将"南方骑士"的高度荣誉感、勇敢、顽强等品质全力展现出来。沙多里斯作为旧南方的代表人物和旧时代的象征,身上既有南方英雄们坚毅、顽强、勇敢的优秀品质,又有固守奴隶制的罪恶的一面,这种践踏人性的罪恶导致了沙多里斯的毁灭。《喧哗与骚动》将南方"骑士精神"中的高贵、慷慨和悲情演绎到了极致。《圣殿》中将南方绅士霍拉斯放置在已然倾覆的旧南方大背景下,力图以一己之力为谭波尔声张正义,然而他无力扭转乾坤,无法对抗整个法制不张的南方社会。《去吧,摩西》中,艾萨克的祖上因蓄奴而犯下了各种罪——与黑人女孩通奸、与自己的黑人女儿乱伦等。为了给祖上赎罪,他自愿放弃家产,自谋营生,以"自然之子"的姿态出现在南方最后的荒野里,尊优秀猎人印第安酋长与女黑奴的孩子山姆·法泽斯为精神领袖,将"骑士精神"与种族的博爱融合,为其赋予种族包容的内涵,暗含了种族精神的融合是骑士精神的出路之一。在这四部作品中,福克纳对作为南方伦理秩序基石的"骑士精神"的存在、发展和消亡做了系统梳理,描绘了频繁出现和再现的"南方骑士"们,以及这一形象的不同侧面和该形象的嬗变;同时,通过他们将"骑士精神"的多面性——英雄的一面、软弱的一面、残忍的本质、挥霍无度和盲目珍视荣誉等方面都揭露出来,最终又通过种族包容的形式将这一精神延展和升华。

《喧哗与骚动》集中反映了康普生家族的倾覆和"南方的失落",与基督教末世论色彩形成暗合,主要表现为天灾人祸,道德沦丧,爱的缺失,充

---

① Tracy Thompson. *The New Mind of the South*. New York: Simon & Schuster, 2013, p.33.

满憎恨,沦于物欲、情欲之中,远离上帝,属灵的生命已死。作品充斥着混乱和躁动,直到最后一个部分,迪尔西带领家人和班吉去教堂,才呈现一片祥和和宁静。可见,要拯救南方于水火之中,必须借助宗教的力量。而宗教伦理熏陶下的完美人格的代表——迪尔西则是理想的伦理精神的化身,她"勇敢、大胆、豪爽、温存、诚实"①,充满爱、同情、怜悯和忍耐。"在整个摇摇欲坠的世界里,只有她是一根稳固的柱石。她的忠心、忍耐、毅力与仁爱同前面三个叙事者病态的性格形成了对照。通过她,作者讴歌了存在于纯朴的普通人身上的精神美。"②值得注意的是,迪尔西还有一重种族身份——黑人,她和《去吧,摩西》中的印第安酋长山姆·法泽斯一同,向我们昭示了新伦理秩序的构建离不开各种族精神的共融共存。作品再次向世人宣告:传统的南方骑士精神救不了南方,实利主义也救不了南方,南方伦理秩序的建构应该从宗教伦理、完美人格和各种族精神的融合中寻求。

第二节 弗兰纳里·奥康纳短篇小说的伦理蕴涵

弗兰纳里·奥康纳没有福克纳那么沉重的历史"包袱",其小说也缺乏历史凝重感;在对其作品解读中,作者虔诚天主教徒的身份,往往更多地起到了"诱导"或"误导"的作用。奥康纳的小说,具有典型的南方哥特小说的特点,尤其是其长篇小说《暴力夺取》及短篇小说集《好人难寻》;小说中人物怪异,情节往往荒诞离奇,充满了暴力、神秘或不幸,同时小说又往往在暴力、死亡、不幸中戛然而止,似乎"弃读者而不顾"。奥康纳将之称为"天惠时刻",一种因上帝的恩惠让人顿悟而获得的精神解脱。按照奥康纳的观点,"暴力具有奇特作用,将(小说中的)人物带回现实并为接

---

① 李文俊:《关于〈喧哗与骚动〉》,福克纳:《喧哗与骚动》,李文俊译,杭州:浙江文艺出版社,1992年,第471页。
② 同上书,第471—472页。

受他们的天惠时刻做好准备"①。因此,尽管奥康纳对作品的宗教式的解读颇不以为然②,但"天惠时刻"本身的神秘和宗教气息却让其作品无法完全摆脱宗教意蕴。然而,如果我们回归到文学本身,奥康纳作品中的神秘氛围以及"天惠时刻"的意图便不难阐释和理解。根据聂珍钊的观点,"文学在本质上是关于伦理的艺术"③,"教诲是基本的功能"④。而在奥康纳看来,作家的职责便是将文学作为工具,"在抽象教条、规则、法律等都失效的情况下,我们必须诉诸故事"⑤,以便激发"新的神秘感"⑥。也就是说,文学作为艺术,具有独特的教诲功能,而故事、神秘感、"天惠时刻"只是达到教诲目的的手段。在这一点上,阿维斯·霍维特的观点值得借鉴;他认为奥康纳的写作目的是"将读者带回到现实中来"⑦。不过,这里的"现实"意欲何指?霍维特对此语焉未详。事实上,奥康纳通过这种极端怪诞的情节和夸张的手法,促使人们重新面对现实,审视现实中的伦理现状(ethical reality),并由此以"天惠时刻"之名,行伦理教诲之实。

一、游离的伦理身份

奥康纳的"天惠时刻"通常出现在小说的结尾或接近结尾处,但奥康纳通过小说叙事揭示的社会伦理现状却贯穿于小说始终,其中几乎所有小说都围绕着一个核心伦理问题或者说一个核心伦理困惑,即什么是人?

---

① Flannery O'Connor. *Mystery and Manners*: *Occasional Prose*. selected and edited by Sally and Robert Fitzgerald. New York: Farrar, Straus and Giroux, 1969, p. 112.

② See Robert A. Jackson. "Religion, Idolatry, and Catholic Irony: Flannery O'Connor's Modest Literary Vision." *Logos*: *A Journal of Catholic Thought and Culture*, Vol. 5, No. 1 (Winter, 2002): 19.

③ 聂珍钊:《文学伦理学批评导论》,北京:北京大学出版社,2014年,第277页。

④ 同上书,第249页。

⑤ See Robert A. Jackson. "Religion, Idolatry, and Catholic Irony: Flannery O'connor's Modest Literary Vision." *Logos*: *A Journal of Catholic Thought and Culture* Vol. 5, No. 1 (Winter, 2002): 22.

⑥ Flannery O'Connor. *Mystery and Manners*: *Occasional Prose*, selected and edited by Sally and Robert Fitzgerald. New York: Farrar, Straus and Giroux, 1969, p. 184.

⑦ Avis Hewitt and Robert Donahoo. *Flannery O'Connor in the Age of Terrorism*. Knoxville: University of Tennessee Press, 2010, p. ix.

应该说,这也折射了当时美国南方的社会现实。在奥康纳的小说中,游荡或游离不定的小说人物几乎俯拾即是。在《救人就是救自己》(*The Life You Save Maybe Your Own*)中,男主人公谢弗特利特是个典型的流浪汉(tramp),之所以说典型是因为其行头和扮相将他的身份定格下来,"尽管老妇和女儿离群索居,从没有见过谢弗利特利先生,但是隔着老远便认出他不过是个流浪汉。"① 在《好人难寻》中,游荡者米斯非特在越狱后四处逃窜。《乡下好人》(*Good Countryman*)中的游荡者在表面上则似乎是个好人——走家串户推销《圣经》。

与这些人物游荡式生活状况或身体状况相对应的,是他们游离的伦理身份。例如,小说《救人就是救自己》中,谢弗特利特便有着"一串"身份:

> 他告诉她,他二十八岁,干过各种营生。他曾经当过福音歌手,铁路工人,殡仪馆助理,还和洛伊大叔与他的红河牧童乐队做过三个月的电台节目。说他为了祖国浴血战场,去过所有的国家,所到之处看到人们做事情不择手段。他说小时候可没有人这样教他。②

尽管谢弗特利特在此只是向"老妇"和盘说出自己干过的"营生",不过这些营生的不定,也恰恰说明了主人公飘忽不定的身份;正如米利塔·肖奥姆在研究中指出的那样,谢弗特利特这个"漂流者和骗子,就像掏出一副牌一样,摊开了自己的一沓身份"③。具有讽刺意义的是,这位骗子通过对他人的道德评判,在"老妇"面前宣示了他良好的品德;或许这是出于达到"骗人"的目的,正如其吹嘘的"去过所有的国家"大有唬人的意味一样。但"人们都不择手段"大抵道出了此时的社会伦理现状,而故事中的男女主人公各自心怀鬼胎,为达目的不择手段,也恰恰印证了这一现状。

---

① [美]弗兰纳里·奥康纳:《好人难寻》,周嘉宁译,北京:人民文学出版社,2015 年,第 59 页。
② 同上书,第 63 页。
③ Melita Schaum. " 'Erasing Angel': The Lucifer-Trickster Figure in Flannery O'Connor's Short Fiction." *The Southern Literary Journal* Vol. 33, No. 1 (Fall, 2000): 5.

与谢弗特利特一样,《好人难寻》中的米斯非特也是一位"身体"与身份的漂流者与游荡者。小说中,老太太一家三代出游,出行线路考虑到了要避开刚与同伙越狱出逃的危险人物米斯非特,然而一家人却阴差阳错地与越狱者不期而遇,并出了车祸。在同伙枪杀了老太太的儿子巴里后,米斯非特对她说道:

> 我做过一阵子的福音歌手,我什么都做过。服过兵役,陆军和海军,国内国外都待过,结过两次婚,做过殡仪工,在铁路上干过,耕过地,经历过龙卷风,有一次看见一个人被活活烧死……我还见过一个女人挨鞭子。①

两个人都是身体与身份的游荡者,都自诩"什么都做过"尽管一个是行骗者,另一个是残忍的施暴者。罗伯特·杰克逊在研究中指出,奥康纳小说中那些不合时宜(misfit)的人物,是"持异见者和边缘人物……,自觉地与主流文化保持距离","与美国当代文化的主流背道而驰"。② 的确,如前文所述,像谢弗特利特、米斯非特这样的人物在奥康纳小说中俯拾即是;他们有着游离的伦理身份,且大多数看上去是传统意义的反面角色。然而,杰克逊未能注意的是,这表面上的对立与"背道而驰",潜藏的则是边缘与主流的某种同质性。例如,在《好人难寻》中,米斯非特便道出了自己的残忍、暴力与冷漠之源,即主流社会——司法的不公、人们的残忍与冷漠("有一次看见一个人被活活烧死……我还见过一个女人挨鞭子")。实际上,在奥康纳的小说中,边缘与主流、正面与反面的界限,往往被模糊化,正如《救人就是救自己》中的弗特利特与老妇之间相互欺骗算计,《好人难寻》中的米斯非特冷漠地杀死冷漠自私的老太太。或者说,恰恰是游离性和边缘化,使得米斯非特们能更清晰、更尖锐地指出主流社会的问题。可以说,奥康纳正是借助游离者的视角,对主流社会进行伦理审视;

---

① [美]弗兰纳里·奥康纳:《好人难寻》,周嘉宁译,北京:人民文学出版社,2015年,第42页。

② Robert A. Jackson. "Religion, Idolatry, and Catholic Irony: Flannery O'Connor's Modest Literary Vision." *Logos: A Journal of Catholic Thought and Culture* Vol. 5, No. 1 (Winter, 2002): 37.

而米斯非特们游离的伦理身份，折射的便是主流文化与社会的游离性。

在《好人难寻》中，逃犯的名字米斯非特，系英译，英文原名是 the Misfit，意指"不合时宜的人"或"不和谐的人"。人的名字作为专有名词，与人的自我与身份有着直接的联系；正如保罗·利科所言，名字起到了"确认身份和自我的作用"①。奥康纳的小说中，人物的命名也同样与身份问题密切相关，进而与小说的意义相勾连。例如，《好人难寻》中两位女性人物都没有名字，女主人公被称为"祖母"或者"老太太"，儿媳则仅被叫做"孩子他妈"；米斯非特的真名则消失了，我们只知道这个他为自己重新取的不是名字的名字。米斯非特的自我命名，一方面表达了他对主流社会的不满与拒抗，另一方面使其伦理身份的游离性与不确定性显露无疑。《乡下好人》中以圣经推销员身份游荡于各个村镇的骗子，走一个村镇，换一个名字；对他及读者而言，他的真名是什么已毫无意义。《救人就是救自己》中的谢弗特利特，虽然向"老妇"介绍了自己的姓名，却又告诉她（及读者）他的姓名与他的身份一样，也是游离不定的——"我告诉您我的名字叫田纳西·T. 谢弗特利特……你怎么知道我没在撒谎？您怎么知道我的名字不是什么艾伦·斯巴克斯……或者您怎么知道我不是从阿拉巴马露西来的乔治·斯必德？您怎么知道我不是从密西西比图拉弗斯来的汤姆森·布莱特？"②在这里，这一串"您怎么知道"，与其说是谢弗特利特在问"老妇"，不如说是他在问询自己。这里的问询行为又是探寻自我身份与伦理问题的表征。实际上，困惑他的正是最核心也是最基本的伦理问题，即什么是人，正如他接下来所说的："……我是个男人。但是太太，人是什么？"③

二、伦理标准的缺位

奥康纳通过刻画这些游离于主流社会的边缘人，并借助他们的视角

---

① Paul Ricoeur. *Oneself as Another*. Kathleen Blamey, trans. Chicago and London: The University of Chicago Press, 1992, p. 29.

② [美]弗兰纳里·奥康纳：《好人难寻》，周嘉宁译，北京：人民文学出版社，2015年，第62页。

③ 同上。

反观主流社会,勾勒出了20世纪南方社会的伦理现状,或者说伦理困惑——无法把握自我,无法确定自身的伦理身份。奥康纳曾对美国南方的伦理现状表达了明显的担忧,"南方的现状是,没有任何东西不值得怀疑,我们的身份模糊不清,无法确定"①。按照米利塔·肖奥姆的观点,这种模糊与不确定性正是当时美国南方社会与文化危机的表征:"奥康纳的南方,是一个处在十字路口的世界,其文化经历着身份的变化……这一代人面临的是善与恶的道德问题。"②因此,奥康纳短篇小说中的频繁出现的暴力、怪诞,决不只是为了小说出奇的效果,而是通过将人物、故事推到离奇的极端,迫使读者停下来去思考、审视。在这些小说中,奥康纳内嵌的根本问题是,什么是伦理的善(ethical goodness)?什么是善的标准?当然,奥康纳无意于探讨一个共同的善,而是将对现实的伦理审视置于具有独特历史和地理特点的美国20世纪南方。

在短篇小说《流离失所的人》(*Displaced Person*)中,农场女主人麦克英特尔太太把监工(管家)肖特立夫妇称为"乡下好人"(good country people)。对此,卡洛儿·哈里斯认为"好人"一词只是起到修辞作用,并没有任何伦理道德的意蕴,因为"在奥康纳的小说世界里,'乡下好人'是委婉语,是白人农场主用来称呼那些他们雇佣且不得不天天与之打交道的白人垃圾"③。或许在这部小说中,"好人"或"乡下好人"的确只是一种委婉语,而肖特立夫妇是麦克英特尔太太雇佣的第七位"乡下好人"/"白人垃圾",但将这一用法和意义拓展至奥康纳所有小说,显然有失严谨。在以这个称呼命名的小说《乡下好人》中,骗子男主人公既被称作也自诩为"乡下好人",然而他与霍普威尔太太并没有雇佣关系,他是一个自由自

---

① Flannery O'Connor. *Collected Works*. New York: Library Classics of the United States, 1988, p. 846.
② Melita Schaum. "'Erasing Angel': The Lucifer-Trickster Figure in Flannery O'Connor's Short Fiction." *The Southern Literary Journal*, Vol. 33, No. 1 (Fall, 2000): 23.
③ Carole K. Harris. "The Politics of the Cliché: Flannery O'Connor's 'Revelation' and 'The Displaced Person'." *Partial Answers: Journal of Literature and the History of Ideas* Vol. 9, No. 1 (Jan, 2011): 121.

在的、随时准备逃离到另一处的骗子。哈里斯这一解读的问题在于，在突出"乡下好人"的修辞意义的同时，抹去了作者使用"好人"或"乡下好人"应有的伦理意图。在《好人难寻》中的祖母便深谙此中道理。在一家出游途中，她与加油站老板瑞德·萨米都感慨道："现在真是好人难寻"——他们在对其他人作出道德判断的同时，也将自己划入了好人之列，获取了一种道德优越感。

的确，这篇小说里，似乎没有一个"好人"——祖母的儿子贝利不听她的劝阻，执意带家人去佛罗里达而不是田纳西度假，贝利的妻子"长得就像白菜"，孩子们没有一个喜欢祖母，米斯非特则是典型的滥杀无辜的坏人。而实际上，站在道德制高点上的祖母才是真正的"坏人"，也正是以自我为中心、自以为是的她将一家人领入歧途，遭遇米斯非特，最终全家人被杀。虽然对当今社会做出了"好人难寻"的价值判断，她对好、坏却无标准。她说萨米是好人，只是脱口而出；说米斯非特是好人，只是为了保命。出行前，她进行打扮，戴上帽子，这样便"像一个女士"——这便是她判断善与恶、好与坏的标准。《好人难寻》既概括了世风，也点出了症结——伦理标准的缺位。人们不再相信有好人，不再相信善，尤其是他人的善，更无符合伦理规范的善的标准，社会由此进入了一个恶的恶性循环和怪圈——"当道德警示沉睡时，骗子与小偷便横行"[1]。

《好人难寻》中，从出车祸伊始，祖母心中的"坏人"之恶一如既往地展示出来："'我们出车祸了！'孩子们狂喜地嚷嚷。'可惜一个人都没死。'"[2]而自与杀人犯米斯非特面对面开始，自诩为"好人"的祖母的"恶"便显露无疑。正是老太太不经意说出自己认出对方的逃犯身份，才使米斯非特痛下杀手（"如果你没认出我来，说不定对你们所有的人都好"[3]）。在这个过程中（即小说第三部分），老太太似乎两次表现出亲人被杀的痛

---

[1] Melita Schaum. "'Erasing Angel': The Lucifer-Trickster Figure in Flannery O'Connor's Short Fiction." The Southern Literary Journal, Vol. 33, No. 1, Fall 2000, p. 18.

[2] ［美］弗兰纳里·奥康纳：《好人难寻》，周嘉宁译，北京：人民文学出版社，2015年，第36页。

[3] 同上书，第39页。

苦,一次是儿子巴里被杀时("'巴里,我的儿子啊!'"①),另一次是儿媳及两个孩子被杀时("'巴里,我的儿子啊,巴里,我的儿子啊!'"②)。然而,她的痛苦是转瞬即逝的,随着"痛苦"的喊叫声的结束而结束;她的痛苦也近乎是机械式的,即如儿媳与孩子们被杀时,她机械般地重复着第一次痛苦的喊叫。在面临生死之时,老太太的言行一方面反映出她的自我中心与自私自利,另一方面反映出社会的伦理标准缺位。在认出米斯非特的身份后,她的第一反应便是保住自己的命("你不会冲一个女人开枪吧?"③),甚至在其他人都被杀后,她依旧只是想着保命,依旧重复着那句话,似乎已经被射杀的儿媳不是女人一样。抑或说,在她眼里,儿媳从来就不是一位品德高贵的女士;老太太用的是 lady 而不是 woman 一词,而她出门前的精心打扮,不正是为了让自己看上去更像一位 lady 吗?

为了能使米斯非特对自己手下留情,老太太一方面不断让他祈祷,告诉遇到苦难与不公时,"耶稣会帮助你"④,似乎即便你并不真正信奉宗教,代表善、怜悯与正义的耶稣都能为你解决问题。而另一方面,老太太将善与恶的标准彻底置之脑后,或者说她本来就没有标准,违心地不断恭维米斯非特是个好人。"你是个好人"这句话被老太太重复了七遍,其中两遍是在儿子被杀之后。在其他家人都被杀后,老太太依旧不放弃努力,依旧与米斯非特对话着:

> "我不在场,所以没法说他没有(指耶稣能起死回生;笔者注)。"米斯非特说,"我真希望我在场。"米斯非特用拳头捶打地面。"我应该在那儿,如果在那儿就会知道了,听着,太太,"他提高嗓门说,"要是我在那儿,就会知道,就不会变成现在这样。"他的嗓门都快破了,老太太的脑袋顿时清醒了一会儿。她看着男人扭曲的脸凑近过来,

---

① [美]弗兰纳里·奥康纳:《好人难寻》,周嘉宁译,北京:人民文学出版社,2015 年,第 40 页。
② 同上书,第 45 页。
③ 同上书,第 39 页。
④ 同上书,第 43 页。

像是快哭了,她低声说:"唉,你是我的孩子啊。你是我自己的孩子啊!"她伸出手去抚摸他的肩膀。米斯非特像是被蛇咬了一口似的跳了起来,对她当胸开了三枪。然后他把枪扔在地上,摘下眼镜,擦了擦。①

在这里,老太太最后的言行正体现了奥康纳的"天惠时刻"。然而,如果"天惠时刻"指因上帝的恩惠让人顿悟而获得的精神解脱,对老太太来说,她的顿悟具体又是什么?她又为何做出那种怪异的行为呢?对此,学界并没有作出进一步的阐释;究其原因,或许是如玛丽塔·纳达尔所言,读者更关注的是小说中的"暴力,施虐狂,以及宗教主题,黑色幽默"②等等。的确,小说的哥特式诡异及其风格特点,表征出来的宗教主题等等,极易掩盖作者的真实意图(而这也许是作者的高明之处)。至于老太太的怪异行为,如果我们沿着之前的思路进一步分析,切合逻辑的解释势必是,这是老太太以宗教和伦理为武器自救的进一步演化,是老太太的垂死挣扎。不过,我们不妨以作者自己的解释,来破解这一费解的行为。奥康纳这样写道:"最后就剩祖母一人了,面对米斯非特。她脑子清醒了会儿;虽然只是朦胧之中,但她意识到,她对面前这个人负有责任,与他有着某种亲缘关系,这种关系深深根植于某种神秘之中,而她之前一直唠叨不停的其实就是这一点。想到这里,她做了该做的事情,做出了该有的手势。"③因此,在作者看来,老太太此时看似突兀、怪异的言行,并非源自伦理标准的缺位,而是相反,是伦理标准的复位,是源于她真诚的道德意识。老太太在"天惠时刻"的顿悟,不是宗教意义的,而是伦理意义的顿悟。在此之前,她与奥康纳小说中很多人物一样,虽然时时将善、宗教挂在嘴上,

---

① [美]弗兰纳里·奥康纳:《好人难寻》,周嘉宁译,北京:人民文学出版社,2015年,第42—43页。

② Marita Nadal. "The Shadows of Time: Chronotopic Diversity and Ethical Unreadability in Flannery O'Connor's Tales." *Papers on Language & Literature* Vol. 49, Issue 3 (Summer 2013): 282.

③ Flannery O'Connor. Mystery and Manners: Occasional Prose, selected and edited by Sally and Robert Fitzgerald. New York: Farrar, Straus and Giroux, 1969, pp. 111—112.

本质上却"忽略了道德约束的必要性,总能为他们的行为披上道德的外衣"。① 此时,在家人一个个被射杀之后,在看到"扭曲的脸凑近过来"之时,她突然意识到她与米斯非特在骨子里是同一类人。当然,这个"同类",并非"好人",而是被剥夺了善,充满着恶的人。

  前文在谈到伦理标准缺位时,曾引用一句话,"当道德警示沉睡时,骗子与小偷便横行";当然,这里的骗子与小偷只是比喻性的用法。伦理标准的缺位,意味着道德判断的沉默,意味着人们可以为自己的任何行为找到道德上的合法性,正如《好人难寻》中的祖母可以为一己之私利,随意调整善的标准,也如其中的米斯非特可以为自己滥杀无辜找出充分理由。在《救人就是救自己》中,谢弗特利特与"老妇"则各怀鬼胎,互相欺骗——"老妇"想骗他娶自己的痴呆女儿为妻(即便他只是个流浪汉),而谢弗特利特则想从"老妇"那里骗得那辆破旧的汽车。最后,谢弗特利特成功地将已娶为妻的痴呆女抛弃到路边小店,驾车逃走,驶向目的地。不过,"获胜"的他突然想起了伦理道德问题("他也觉得有车的人应该对他人尽义务"②),于是将一个在路边站着的男孩搭上了车。由流浪汉变成了有车人,谢弗特利特似乎觉得自己立刻高人一等,以之前说话完全不同的语气赞美起母亲来。然而,小男孩的回应却完全出于意料:"男孩突然在座位上暴跳如雷。'你去死吧!'他嚷嚷:'我妈是个烂货,你妈是个臭婊子!'说着他打开车门,抱着箱子跳进沟里。"③谢弗特利特回到当下的现实,直面社会的伦理现状,"觉得这个腐朽的世界正要吞噬他"④。小男孩的言行与粗鲁预示着只要伦理标准缺位依旧,这种伦理现状必然持续下去。

---

  ① Randy Boyagoda. "A Patriotic 'Deus ex Machina' in Flannery O'Connor's 'The Displaced Person'." *The Southern Literary Journal* Vol. 43, No. 1 (Fall, 2010): 72.
  ② [美]弗兰纳里·奥康纳:《好人难寻》,周嘉宁译,北京:人民文学出版社,2015年,第71页。
  ③ 同上书,第72页。
  ④ 同上。

三、伦理价值的错位

与伦理标准缺位相对应,奥康纳的小说还呈现了南方社会中存在的伦理价值错位现象,而这种错位又以两种形态表现出来。第一种形态指善恶标准失当,以外在标准替代伦理标准,包括穿着、职业等;如《好人难寻》中的祖母,认为打扮得像位太太,道德上便优人一等,《乡下好人》也向读者展示了这种形态。第二种形态则将某个阶层、群族的伦理标准位移给另一个阶层或群族,或以维护本阶层、群族利益为最高伦理标准。第二种形态更加隐秘,危害性也显然更大,因为它导致了阶层群族间以及社会与个人间的割裂。奥康纳的小说中,《上升的一切必将汇合》(*Everything That Rises Must Converge*)、《流离失所的人》等都涉及这一问题。

前文曾谈到,奥康纳借助游离者的视角,对主流社会进行伦理审视;《乡下好人》中的骗子——圣经推销员就是这么一位游离者。在这次行骗中,他为自己取的名字是曼雷·波恩特(Manley Pointer)。然而,正如前文所言,对他这个走一个地方换一个名字的骗子来说,名字唯一的作用就是骗取别人的信任。作为游离于主流社会之外的游荡者,他显然知道以霍普威尔太太及其女儿为代表的主流社会的症结所在,充分利用了这个社会伦理标准的错位、价值观危机。他伪装成《圣经》推销员,因为人们只相信外衣。他随身携带一个箱子,给人错觉是里面放了不少《圣经》,但实际上只是表面上装了两本,其中一本还是空的,取代《圣经》的是威士忌、淫秽扑克、避孕套。他并不担心被人识破,因为他知道在信仰缺失的社会,没人买《圣经》。小说中,霍普威尔太太不买的借口是她已经有了,放在床头(实际情况是扔在了阁楼上),而女儿是无神论者,不让把《圣经》放在客厅里。波恩特骗取信任的第二个诀窍是伪装成"乡下好人"。霍普威尔太太非常信任、倚重乡下好人("乡下好人才是世上的盐啊"[①]),管家弗里曼夫妇也属于她口中的"乡下好人"。如前文所言,称他人为"好人",本

[①] [美]弗兰纳里·奥康纳:《好人难寻》,周嘉宁译,北京:人民文学出版社,2015年,第219页。

身就内嵌了一定的伦理蕴含——自动地将自己归入好人行列而获得道德优越感。在霍普威尔及其女儿等人眼中,"乡下好人"还潜藏着另外两层意义。表面上,霍普威尔太太雇弗里曼夫妇是因为他们是"善良的乡下人",①实际上是因为她看到了他们可利用的价值。弗里曼太太不仅唠唠叨叨,而且什么都想管,而霍普威尔太太知道如何"有效运用别人的坏毛病",决定"不仅让她管,而且确保她对一切负责"。② 霍普威尔太太的女儿容忍了弗里曼一家,也是因为他们有用——"她不用再陪母亲散步了",而弗里曼的两个女儿则"分散了原本集中在她身上的注意力"。③ "乡下好人"的另一层意义是指"简单""愚笨""无趣"等等,就像霍普威尔太太在结尾评价波恩特时说的那样,"……他脑子太简单了。但是我们如果都那么简单,世界或许会变得更好"④。

  霍普威尔太太的女儿,正是基于这样的认识,决意勾引并作弄波恩特,却落入"乡下好人"早就设下的陷阱,被着实戏弄了一番。这位太太的女儿,原名叫乔伊,10岁时出去打猎,腿被意外打断,于是一直装着假肢生活到了32岁,21岁时为自己改了一个无意义的、拗口的新名字,哈尔加。乔伊-哈尔加是位哲学博士,学识自然是小说中最高的。她改名的行为,一方面说明她对自我、身份的迷茫,另一方面说明她对生活的认知——无趣,无欢乐可言。于是,自以为是的乔伊-哈尔加将乡下好人波恩特当做了可用的猎物,主动约他第二天野外见面——推销《圣经》的乡下好人,既是好人值得信赖,又愚笨简单容易捉弄,同时自己还不会受到伤害。乔伊-哈尔加为自己的计划兴奋不已,"她整夜想象自己勾引他……她想象事情就在那里发生了,她轻易地勾引了他,接着她还安慰他无需自责。真正的天才能把想法传达给愚蠢的头脑。她想象自己把他的

---

 ① [美]弗兰纳里·奥康纳:《好人难寻》,周嘉宁译,北京:人民文学出版社,2015年,第211页。
 ② 同上书,第212页。
 ③ 同上书,第214页。
 ④ 同上书,第235页。

自责握在手里……。她把他的羞耻转变成了某种有用的情感"①。可以看出乔伊-哈尔加有着多么强烈的优越感,但同时又多么渴望获得一种道德优越感。然而,互为猎物的约会,最终结果是波恩特将她的耻辱变成了有用的东西。一如他以前"收缴"女人的玻璃眼珠等一样,他将她的假肢扔进了装着《圣经》的箱子里,一走了之;留给她的是最后一句话:"你没那么聪明。我生下来就什么都不信了!"②不可否认,这篇小说的确可以作为奥康纳主题类型小说的代表,说明了"身体残疾与精神折磨的一致性:与乔伊-哈尔加的假肢相对应的,是其'残疾的灵魂'"③。然而,在此"天惠时刻",乔伊-哈尔加势必不得不对自己、对自己所处的社会重新进行伦理审视和伦理思考。

  创作于美国民权运动时期的《上升的一切必将汇合》,同样探讨伦理标准错位问题,而且涉及错位的两种形态。在小说中,依旧带着明显种族偏见的朱利安的母亲,一来如《好人难寻》中的祖母那样,将外在的穿着及举止得体作为善与"好"的标准,并以此将自己与黑人和"白人垃圾"区别开来,获得高人一等的自我形象。在朱利安母亲看来,那顶新帽子便起到了这样的作用。然而,她的这一标准和高贵的幻像,却被坐上同一辆公交车、带着小孩的普通黑人母亲结结实实地戳破了——她戴着一顶同样的帽子。此外,朱利安的母亲完全无法理解黑人的善恶标准。下车后,她如同对待其他白人小孩那样,准备给那个黑人小孩一个硬币,作为她喜欢小孩的善举,结果却在黑人母亲拳脚相加下倒在了地上。第二种形态的错位,因伦理标准与价值观念的错置,导致不同阶层、群族之间的个人与个人以及个人与社会之间的割裂。威廉·伯克在分析小说《流离失所的人》时,曾这样论述道,这篇小说旨在告诉读者,"人的流离失所(displacement),不仅发生于人与地理空间的关系之中,也发生于人与社会(community)的关系

---

  ① [美]弗兰纳里·奥康纳:《好人难寻》,周嘉宁译,北京:人民文学出版社,2015年,第226页。
  ② 同上书,第234页。
  ③ Margaret Earley Whitt. *Understanding Flannery O'Connor*. Columbia, South Carolina: University of South Carolina Press, 1995, p. 76.

之中"①。不过,奥康纳通过这篇小说及其他小说,更关注的应该是因为个体的流离,最终导致社会的流离状态和无根状态(uprootedness)。

《流离失所的人》中的肖特立太太(及其丈夫)是农场主麦克英特尔太太雇来的帮工,太太口中的"乡下好人"。肖特立太太大部分时间与麦克英特尔太太在一起,但两人都以姓氏称呼对方,既维持了严格的阶层差异,又相处融洽。同时,尽管农场里的黑人既懒惰无能又喜欢偷东西,但肖特立太太却乐于与他们共处于农场,也非常依赖于他们的存在,因为这些黑人保证了自己一家不处于社会阶层的底层。就这样,三个阶层构成的小社会相安无事地存在着,直到波兰人古扎克一家的到来。古扎克是二战难民,在神父的引荐下到农场帮工。勤劳能干的古扎克让麦克英特尔太太大喜过望,"终于,我有了一个可靠的人。这么多年来我都被一群废物扰得团团转。废物啊,没用的白人垃圾,还有黑人"②。然而,肖特立太太却找各种理由极力劝说麦克英特尔太太解雇波兰人,因为她感受到了自己的地位岌岌可危,尽管她冠冕堂皇的理由是为了那些黑人考虑——"我可宁要黑人,也不要那些波兰人。还有,到时候我要护着黑人"③。结果麦克英特尔选择解雇了肖特立夫妇,一家人不得不离开农场,肖特立太太在离开的当天便中风而亡。当麦克英特尔太太得知,波兰人想让表妹嫁给农场上的黑人,进而来到美国这个自由之地时,她愤怒了。她想让神父接走波兰人,神父未加理会,而是告知她虽然收留波兰人非法律规定,却涉及道义责任(moral duty),并说"他是来救赎我们的"④。肖特立先生回到了农场,留下来帮工,并在某一天制造了一起"事故"——在麦克英特尔太太、肖特立先生和黑人帮工"共谋式"沉默的注视中,大型拖拉机辗过波兰人的身体。最后,肖特立先生和黑人帮工都离开了农场,

---

① William Burke. "Displaced Communities and Literary Form in Flannery O'Connor's 'The Displaced Person'." *Modern Fiction Studies* Vol. 32, No. 2 (Summer 1986): 220.
② [美]弗兰纳里·奥康纳:《好人难寻》,周嘉宁译,北京:人民文学出版社,2015年,第129页。
③ 同上书,第135页。
④ 同上书,第158页。

而麦克英特尔则因病终日卧床。不管是以哪种方式，波兰人必须走。这绝不是因为麦克英特尔太太要"对自己国家打过仗的肖特立先生负责"，①更不是因为"'他是多余的人'"，而是因为波兰人的诉求"破坏了这里的平衡"②，"触犯了南方社会神圣的荣誉准则"③。换言之，麦克英特尔太太将维护南方传统伦理秩序视为最高道德责任，并以此为自己的任何行为找到合法化借口，但最终导致的却是以农场为代表的南方传统社会的根本动摇。

如前文所言，《救人就是救自己》提出了一个奥康纳小说的核心问题——什么是人？《流离失所的人》则提出了一个与之相关且更加具体的问题，即谁是流离失所的人（Who is displaced person）？在这篇小说中，波兰人古扎克自然是最典型的 displaced person，也是最符合该词汇基本定义及最常用外延的人——难民。然而，小说中其他几个人物实际上都是 displaced person。在离开农场时，肖特立太太觉得"在曾经属于她的世界里再也没有容身之地（been displaced in the world from all that belonged to her）"，"仿佛第一次认真地凝视着祖国广袤的边境"。④ 甚至麦克英特尔太太都觉得，她在自己的农场里是个 displaced person——"当救护车把死者带走时，她感觉自己身处国外，伏在尸体上的人才是当地人（指古扎克的家人，笔者注），而她则形同异乡客"⑤。就这样，奥康纳通过审视南方农场这样的群落（community），隐射美国社会的症结所在。这些群落本身就具有流离性（displacement）；在这里，伦理标准的缺

---

① [美]弗兰纳里·奥康纳：《好人难寻》，周嘉宁译，北京：人民文学出版社，2015 年，第 160 页。
② 同上书，第 163 页。
③ Margaret Earley Whitt. *Understanding Flannery O'Connor*. Columbia, South Carolina: University of South Carolina Press, 1995, p. 81.
④ [美]弗兰纳里·奥康纳：《好人难寻》，周嘉宁译，北京：人民文学出版社，2015 年，第 143 页；Flannery O'connor. *A Good Man Is Hard to Find and Other Stories*. New York: Farrar, Straus and Giroux, 1955, p. 223.
⑤ [美]弗兰纳里·奥康纳：《好人难寻》，周嘉宁译，北京：人民文学出版社，2015 年，第 143、169 页。

位以及伦理价值的错位,使得生活于此的人势必成为游离者,无法找到自己的伦理身份,也势必成为无所归属的人,成为自己家园的流离失所者。

本章小结

除了本章讨论的两位代表性作家外,美国南方文学的重要作家还有凯瑟琳·安·波特(Katherine Anne Porter)、托马斯·沃尔夫(Thomas Wolfe)、卡森·麦卡勒斯(Carson McCullers)等等。限于篇幅,本章不可能将所有作家纳入讨论范围,但作为以文学伦理学批评的方法研究南方文学的尝试,希望对未来南方文学研究有所启发。一般来说,南方文学研究通常将关注点集中于南方传统、家庭及社群意识、宗教问题、种族与社会阶层问题以及南方方言等等。从本章的研究来看,南方文学的确与这些主题或元素无法剥离,不过文学伦理学批评能为研究这些主题提供新的思路和方法,也能为这些元素提供一种新的考察方式。

福克纳在《喧哗与骚动》中呈现的是新旧交替之际的南方,拷问着传统伦理道德丧失殆尽的伦理现实。在这部小说中,似乎没有典型的两难伦理选择,因为在旧的伦理价值被摒弃的同时,新的社会语法、伦理规范尚未形成,人们无需选择、无可选择。同样,这部小说里,也没有严格意义上的伦理冲突;即便有,也只是如此的伦理现实与已成为影子的传统道德的冲突。南方的传统道德消失了,与之同时消失的还有传统的叙事模式。而福克纳正是通过反传统的叙事方式,迫使读者在不舒适的阅读中,对小说所呈现的伦理现状进行思考,进而达到对南方现实进行伦理拷问的目的。多视角的叙事方式,形成了小说的碎片化、多棱化的反线性结构,作为叙事的小说也成了反叙事的叙事。读者透过这些"客观呈现"的主观世界和碎片,所"看到"的和梳理的,不仅仅是遁形的线性故事,更是同样成为碎片的、无序的伦理现实。

本章讨论的奥康纳短篇小说中,《好人难寻》《乡下好人》《救人就是救自己》《流离失所的人》在结构上都有典型的"天惠时刻"。从我们的研究中不难看出,这种"天惠时刻"给予小说人物及读者的,不是宗教意义的精神解脱,而是伦理意义的顿悟。这种顿悟也就是奥康纳本人所说的,抽象的教条、说教无法传达的。换言之,奥康纳的"天惠"实则"教诲"。

第七章

美国非裔小说的伦理诉求

鉴于美国黑人的特殊历史经历和生存境遇，美国非裔文学从奴隶叙事开始就表现出浓厚的伦理特质，而且其表征的伦理问题并不仅仅局限于族裔范畴，而是有着相当的普遍性，对当今社会的诸多伦理与道德问题进行了深刻的反思。本章以理查德·赖特(Richard Wright，1908—1960)的《黑男孩》(*Black Boy*)、约翰·基伦斯(John Killens，1916—1987)的《杨布拉德》(*Youngblood*)和托尼·莫里森(Toni Morrison，1931—2019)的《慈悲》(*A Mercy*)三部有着浓厚伦理意蕴的长篇小说为分析对象，运用文学伦理学批评方法中的伦理禁忌、伦理身份、伦理选择、伦理两难等核心概念对这些经典作品中的黑—白种族之间以及黑人家庭和社区内部伦理关系的扭曲和错位、南方白人男性的种种道德失范以及美国黑人遭遇的种种伦理困境背后的社会文化动因进行深度分析。

作为族裔文学中的典范，美国非裔文学首先在种族伦理关系的书写方面取得了卓越的成就,为人类反思和处理种族关系提供了宝贵的素材。在这方面,理查德·赖特是最值得关注的一位作家,其开启的抗议小说传统显然是对美国不平等的种族伦理秩序的控诉和抗议。《黑男孩》是赖特早期的代表作,它不仅再现了白人与黑人之间的种族伦理关系,而且对这种不平等的种族伦理关系带来的黑人家庭和社区内部的诸多伦理问题也进行了深刻的再现。本章第一节运用文学伦理学批评方法中的伦理禁忌、伦理两难和伦理身份等重要概念,结合"呼与和"这种传统的布鲁斯叙事技巧,审视该作中的复杂伦理关系,重点考量白人种族主义者炮制的种种伦理禁忌在维系白人与黑人之间不平等的伦理关系中扮演的角色,以及这些伦理禁忌给黑人带来的伦理两难、伦理身份的认同危机、家庭伦理关系的扭曲等问题。

与种族问题密切相关的是性别问题。从某种意义上讲,白人至上的种族伦理与父权制体系下的性别伦理之间有着很大程度的同构性和共谋性,这一点在第一节的分析中已经有所体现。可以说,种族问题和性别问题经常交织在一起,给美国非裔文学的创作带来了巨大的叙事张力。其中,约翰·基伦斯的长篇巨著《杨布拉德》就是这方面的典型之作。在该作中,约翰等南方白人男性在白人女性和黑人身上做出种种惨无人道、卑鄙无耻之事却没有任何良心的不安和愧疚。对于这一文学现象,以往的批评更多地停留在对约翰等南方白人的人格与道德的批评方面,对其人格扭曲与道德失范背后的社会文化因素缺乏深入探究。本章的第二节将借助文学伦理学批评的伦理身份这一核心概念,结合男性气质相关理论和美国南方性别文化传统,对约翰·基伦斯的长篇巨著《杨布拉德》中约翰等白人男性种种道德失范行为背后的伦理根源进行深入剖析。

作为美国非裔文学造诣最高、影响最大的作家,托尼·莫里森的文学创作中更是蕴含着浓厚的伦理意识,其长篇小说《慈悲》就是这样一部典型作品。该作以"卖女为奴"这一事件为核心,通过运用重复叙述和多重聚焦的手法,成功地再现了美国奴隶制时期的伦理图景,将读者引入一个伦理错乱和道德失衡的故事世界。本章第三节以文学伦理学批评中的伦理选择和伦理身份、伦理结等重要概念,沿着"卖女为奴"这条伦理主线,通过还原该事件发生的"伦理现场",逐一解构小说中的"伦理选择""伦理身份"和"伦理意识"等"伦理结",希冀由此剖析浸淫于作品深处的伦理特性。

第一节　呼与和:赖特《黑男孩》中的伦理关系

《黑男孩》是著名美国非裔作家理查德·赖特继《土生子》(Native Son)之后推出的经典代表作,它们被并誉为美国黑人文学的里程碑。自1945年《黑男孩》问世,它就受到美国评论界的高度重视。纵观国外评论界对它的研究,主要分为抗议种族主义的主题研究、小说艺术风格研究、黑人自传传统研究、成长小说母体研究以及小说主人公的身份研究。但这些研究基本呈现出或完全脱离历史语境的纯文本、纯艺术性研究,或将小说过度政治语境化而忽略了它本身的艺术特色的两极化研究倾向。国内学界对赖特这部《黑男孩》的研究尤显薄弱,所发表的相关专题研究论文仅十余篇,主要集中在主题研究和小说人物主体研究两个方面,涉及小说艺术风格的研究却寥寥无几,而且论述比较浅显泛化。

《黑男孩》是赖特以自己童年和青少年时代辗转于南方各地的亲身经历和所见所闻为蓝本创作的一部自传体小说。它书写了白人—黑人的种族关系、黑人内部的家庭关系、社区关系等不同社会侧面的伦理关系。其中有些内容是社会现实的一种投射,反映了那个时代的道德伦理标准,另一些则是赖特个人对黑人身份困境的思考和对黑人伦理秩序的反思性杜撰。鉴于国内外对该书的研究现状和它自身的艺术价值和伦理意义,本节将综合运用文学伦理学批评方法和传统的布鲁斯理论,挖掘这部小说"客观存在的伦理价值",寻找其中揭示的"生活现实的真相"。[①] 这样既能兼顾小说产生背景中的社会伦理观念,又避免了因为将小说过度政治

---

① 聂珍钊:《文学伦理学批评及其它——聂珍钊自选集》,武汉:华中师范大学出版社,2012年,第15页。

化或社会化研究,而忽视了小说自身文学价值的研究。

"呼与和"是布鲁斯音乐中的一种常见的叙事技巧。它最早是以非裔美国人的传统民俗形式走进人们的视野。因布鲁斯独有的能动性、对话性和延展性叙事功能,自哈雷姆文艺复兴起,不少黑人作家和诗人纷纷有意识地将其运用到了自己的小说和诗歌创作之中,在文学世界中再现黑人生存环境的悲惨和他们面临的身份困境。赖特也不例外地在《黑男孩》运用到了布鲁斯的"呼与和"来进行篇章布局。这种技巧是对传统的布鲁斯音乐叙事方式的移用。"呼与和"是指两个不同乐句间存在的一种延续的关系,通常情况下由不同的乐手来分别表演,第二乐句往往是对第一乐句做出直接的评论或是对第一句做出的应答。布鲁斯乐手通过对乐句歌词或曲调上的重复变奏和断奏,以此进行"呼与和"的交流。① 他们以出乎意料的对比、各种方式的重复或解答或阐释或评论,在表现生活睿智和讽世讥俗中展现生活、表达自我。因此,随着布鲁斯不断地深化发展,它已经远远超出了音乐交流的本身,它还是黑人与白人主流文化对话的一种方式。

生活在美国南方的赖特,从小对布鲁斯耳熟能详。他认为布鲁斯这种黑人民俗方式可以包容性地展现黑人所处的各种复杂的社会关系网,并深谙这些网络又如何束缚了他们并使他们无法获得完整的人性。于是,他将白人与黑人间的种族关系以及黑人内部等各种伦理关系布局在《黑男孩》的结构之中,并以布鲁斯的呼与和的叙事形式来对美国家长制的伦理传统进行了声讨——他一方面声讨那些以父亲自居的白人们,掀开了白人家长制伦理体系欺骗性的面纱,剖析了暴力是他们维系权威的一种有效的规训方式。另一方面,他也毫不留情地问责了黑人爸爸们在

---

① 在传统的乡村布鲁斯中,乐器提供了音乐表演者另一种"声音"去言说。这种布鲁斯是基于一种"呼与和"的形式结构,它确保了布鲁斯演奏者无论多么孤独,都能一直交流下去。这种叙事风格被赖特运用到了其小说叙事结构上,将其小说人物关系编织入了一种布鲁斯式的对话性伦理关系网之中,从而使家庭伦理关系、种族伦理关系与社会伦理关系相互交织在一起,形成一张强大的有生命力的社会伦理关系网。参见李怡:《布鲁斯化的伦理书写——理查德·赖特作品研究》,北京:中国社会科学出版社,2016年,第208页。

家庭伦理关系中的失职,并表达了对深受其害的黑人女性家长不自觉地长期维护这套话语体系的同情和批评。

一、父权神话与暴力的种族伦理秩序

美国的奴隶制是"人身奴役和种族压迫的产物"①。自美国种植园时期起,为了维护社会生产结构的稳定性,白人利用他们在政治上的话语权,以立法的形式确立了白人以奴隶主的身份来统治黑人奴隶的法规。为了规避法律手段的时效性,这些白人将自己的肤色、种族和宗教信仰结合起来构建了一个"白肤色—安格鲁—萨克逊—清教徒"(简称 WASP)为主体的白人神话王国。他们还自称白人是"上帝的选民",肩负着拯救和解放新大陆包括印第安人、黑人等"非文明群体"的神圣使命。"种族优越论"和"上帝选民论"为白人确立家长身份获得了所谓顺应天命、遵循人道主义的理论依据。②

白人在将自己与其他种族的伦理关系家庭化、责任化的过程中,白人越强调自己对黑人负有责任,黑人种族劣等的文化理念就越被强化。久而久之,备受种族歧视的黑人只能以家庭成员的方式采取被动地适应的态度,渐渐习惯自己的卑劣地位,习惯于顺从谦卑。就这样"家长制种族主义"的文化殖民机制不断得到内化,成为社会决定论的文化核心价值。

---

① 李剑鸣:《美国的奠基时代:1585—1775》,北京:人民出版社,2002 年,第 207 页。
② 根据聂珍钊教授的观点,"伦理的核心内容是人与人、人与社会以及人与自然之间形成的被接受和认可的伦理关系,以及在这种关系的基础上形成的道德秩序和维系这种秩序的各种规范。"如果从这一观点出发,白人所建立的家长伦理秩序是白人眼中的道德秩序,因此这套伦理秩序实际上是出于保护白人权利而进行严格规范的秩序。为了让这套秩序看似合乎道德,白人不断神化其家长身份的伦理性以维系社会的稳定性。笔者认为赖特在其小说中将伦理秩序的建构置于一个权力话语的语境之中,并以此说明一个事实:即对于统治者来说其一切需要规范的伦理秩序都是出于保护自身利益的伦理规范,这在统治者眼中无疑是合乎道德的。抑或说,即使它不符合道德,也需要将这些秩序进行"道德"掩饰。赖特正是利用了这种秩序存在着权力建构的话语特征,通过书写白人看似合理与道德的秩序神话本质,揭示出美国白人所神化的家长秩序反道德、不人道的暴力伦理本质,从而给读者提供了一种在是与非的对话中进行正确的价值判断的可能。参见聂珍钊:《文学伦理学批评导论》,北京:北京大学出版社,2014 年,第 13 页。

它从意识上、心理上到社会各领域的实践上都保障了白人的权利空间,在这个空间里白人将他们对黑人血腥的政治控制有效地转化成看似合乎伦理道德的一种特殊的家长权力机制——即有责任心的家长对可能误入歧途的孩子行使监管权。随着时间的推移,到重建期间,这套机制发展成为一套复杂的包括立法、经济、政治和社会实践的综合性伦理法则,它被称为"吉姆·克劳法则"。这套法则首先是基于种族剥削,然后则是建立在男性权威话语的家长制伦理的基础之上。

为了确保白人父权伦理秩序的稳定性,这套法则从社会意识形态到物质生活等方方面面设立了很多种族间的禁忌,以此来规范黑人的伦理行为。这使得南方成为一个特殊的伦理环境,生活其中的黑人挣扎在各种伦理禁忌之中,他们发现自己的每种行为都有可能打破白人所谓的禁忌。因此他们在做每件事时,都是在伦理两难中被迫抉择。"从最初的伦理来说,禁忌主要是针对乱伦的禁忌,即禁止在有血缘关系的人之间发生性关系或者发生屠杀,这主要是对父母子女以及兄弟姐妹之间的乱伦关系和相互残杀的严格禁止。"①白人为了确保他们种族的纯净度,利用了欧洲的父权制文化意识和他们掌控的立法权制定了种族禁忌,确立了种族间的伦理秩序。黑人男性不得与白人女性性交就是一种成文的禁忌。在白人男性的父权意识里,黑人与其他族裔都是他们的子民。那么白人男性与其他族裔的社会伦理关系即父子关系。一旦白人发现其他族裔的男性特别是黑人男性与白人女性间有"性关系"时,这就被视为儿子对母亲性侵犯的乱伦关系,这是绝对的禁忌。他们通常以民众私刑的方式处死这些禁忌的破坏者。这不仅惩治了那些违禁者的犯罪行为,更是对其他活着的人的最有效的威慑。从政治和种族的话语权的视角来看,对黑人男性性欲任意的歪曲与指控早已成为白人维系其父权地位的一种畸形的陈述方式。

小说中,赖特同学的哥哥鲍勃就因触犯了性禁忌受到了私刑的迫害。

---

① 聂珍钊:《文学伦理学批评导论》,北京:北京大学出版社,2014年,第41页。

"他们(白人)说他在旅馆里跟一个白人妓女胡搞"①,所以白人有权用私刑来惩戒他。白人惯于通过指证黑人男性的性违禁,阉割黑人男性的生殖器或在阉割后将其绞死、烧死。这些惩戒行为慢慢被仪式化,白人的权力因此也得到具象化的提升和神化。在白人看来,"如果你是黑人,你将不可能像成年人那样做事,白人使这一定义行之有效,并惩罚和重新定义一切独立自主的行为"②。鲍勃被阉割并枪杀的悲剧命运是笼罩在南方成年黑人男性头顶上挥之不去的阴影,它也是白人父权制伦理法则摧残黑人身心的有力证据。

赖特在杰克逊一家眼镜店里工作时,也险些招致店里的两个白人伙计雷诺兹和皮斯的私刑。因为"在南方的社会,荣誉代表着作为男人的自豪感——男子汉的勇气、身体的力量和骑士的道德风范。男孩子从小就被告知要毫不迟疑地保卫自己的荣誉"③。南方的白人男性将誓死保卫自己所谓的荣誉。在种族秩序深严的南方,黑人是绝不被允许去直呼白人的名字的,这在白人看来,这就是黑人儿子在侵犯白人父亲的名讳。白人将会为了维护自己的荣誉对黑人采取极端的惩治。

当皮斯和雷诺兹耀武扬威地来责问赖特是否直呼过皮斯的名字时,赖特无异于已经深陷侵犯白人荣誉的伦理禁忌的困境之中。他深谙自己的黑人身份已经使自己陷入有口难辩的伦理两难——如果默认白人对自己的诬陷,"这就等于承认自己有罪,这可是一个黑人对南方白人的莫大侮辱"④。皮斯必然会为了维护自己的荣誉,暴打他一顿。可如果他坚持做诚实的人,为自己从未做过的事辩护,那就证明雷诺兹在说谎,雷诺兹同样会为了维护自己的面子暴打赖特。而且暴打已经是对他最轻的惩戒了。要是他胆敢继续坚持为自己的清白辩护,势必会激化种族间的矛盾,

---

① [美]理查德·赖特:《黑孩子》,程超凡译,武汉:长江文艺出版社,1985年,第208页。
② Elizabeth J. Ciner. "Richard Wright's Struggle with Fathers." *Bloom's Modern Critical Interpretations: Richard Wright's Black Boy*. Harold Bloom, ed. New York: Chelsea House An imprint of InfoBase Publishing, 2006: 119.
③ 张立新:《文化的扭曲——美国文学与文化中的黑人形象研究(1877—1914年)》,北京:中国社会科学出版社,2007年,第237页。
④ [美]理查德·赖特:《黑孩子》,程超凡译,武汉:长江文艺出版社,1985年,第231页。

等着他的可能就是白人暴民的私刑。那么说不定他比鲍勃死得还惨。此时,他唯一能做的就是求饶并保证马上离开。雷诺斯与皮斯的行为是南方父权化意识形态的外在表现。骨子里他们认为一旦赖特学会了手艺,他们就给了黑人一个与白人竞争的机会,这使黑人男性从经济上获得自信并因此成为一个可与他们抗衡的男子汉。赖特在遭到白人无端的贬损和污蔑后更加明白了在白人暴力的威胁下,黑人只能忍气吞声地做他们的"乖孩子"了。这就是美国南方黑人无法选择的生存伦理。

赖特别具匠心地将黑人生存的无奈和悲伤,以布鲁斯叙事的方式融入小说的叙事结构之中。他把自己在不同成长阶段所经历的事件编写成一种"呼与和"的复调形式。在眼镜店遭遇的这个莫须有的"名字事件"激发读者联想到与赖特祖父名字相关的另一情节。赖特的祖父曾在南北战争中参战,可由于白人对黑人的歧视惯性,不负责任地登记了他祖父的姓名,导致他的祖父退役时无法得到政府允诺的抚恤金。之后无论他写多少信去申诉要求应得的权利,都被白人置若罔闻,这成为困扰他一生的伤痛。这实际上是从美国奴隶制沿袭下来的对黑人"不命名"现象的白人伦理惯性。因为他们认为黑人和牲口没什么两样,根本不需要名字。

通过赖特祖孙两代人经历的名字事件可以看到,白人对自己的名字与对黑人名字的两极化的态度,正如同硬币的两面,在文本上形成了"呼与和"的复调形式,反复地再现了白人与黑人间不可调和的矛盾和父权制的白人神话对黑人男性身心的重创。在呼与和的对话中,他揭示了父权制白人神话中一个客观存在的盲点——它通过贬损黑人的姓名来贬损他们的存在;同时通过神话自己的姓名来强化自己的权威。由此,赖特控诉白人构建所谓的"家长—孩子"的伦理关系不仅是基于血腥暴力的规训,更是因为这种关系在肆意贬损黑人生存的前提下神化自己的权威。不仅如此,赖特还借这些事讽刺了白人伦理禁忌的悖论性。如果黑人与白人女性的性行为是乱伦,如果黑人男性对白人男性的名字的直呼也是伦理禁忌,那么白人对黑人的私刑则是亲人间的相互屠杀。白人自己在设置种族间伦理禁忌时,已经自相矛盾地证明了自己的行为本质是不道德的、不合乎伦理的。赖特也就此激发读者反思,黑人是否真正如白人所说是受到他们监护的"孩子"?这一伦理身份是否是一种合乎伦理的身份?

二、矛盾的伦理身份与病态的黑人男性伦理关系

伦理身份是文学伦理学批评的一个主要术语。文学伦理学批评注重对人物伦理身份的分析。在阅读文学作品的过程中,"我们会发现几乎所有伦理问题的产生往往都同伦理身份相关"①。尽管在一定程度上,伦理身份和文化身份以及社会身份有一定的相似性,或者说在一定的语境中可以相互替换。但是伦理身份的侧重点不同,它更多地强调身份主体对该身份在社会文化期待视野中那些约定俗成伦理规范的制约采取的是接受还是否定的伦理取向,即身份主体为解决问题而做出的伦理选择。

事实上,黑人男性在基于父权制的家长伦理体系中被视为"孩子"的伦理身份本身就是一种证明——它揭示出白人的这套家长制的伦理机制和道德秩序"是一组随意性的残酷、野蛮的仁慈、和蔼的专政的代码,它凝结在控制这个国家黑人与白人关系的美国传统之中,并生根、发芽、蔓延至今"②。为了深刻地挖掘美国文化中的暴力对黑人伦理身份起到的决定性的规训作用,赖特以布鲁斯的呼与和的叙事应答方式来展现受到"吉姆·克劳法则"规训的黑人们如何将自己对暴力和漠视的焦虑投射和转移到家庭伦理关系上,他们在不断地复制白人的暴力和漠视时,又无可逆转地成为白人统治者的帮凶。黑人男性们渐渐被调教成了"汤姆叔叔"式的奴性男子,缺乏与白人抗衡的勇气,只能在宿命论的安慰下自怜自艾将他们囚禁在"长不大的黑男孩"的伦理身份之中。黑人对自己身份的认同,以及他们受到的伦理规训也是这部小说书名所隐含的深刻喻意。

赖特的生父是一个生长在南方种植园的农民,种族主义的压迫使他被迫离开自己熟悉的土地、拖家带口地来到城市谋生。在赖特的记忆中,父亲曾是全家的中心,那时他在一家杂货店当夜班守门人。当他白天睡觉时,孩子们是不能吵闹的,他让赖特和他弟弟觉得父亲是家里唯一能发

---

① 聂珍钊:《文学伦理学批评导论》,北京:北京大学出版社,2014年,第263页。
② Richard Wright. 12 *Million Black Voices*. New York: Thunder's Mouth Press, 2002, p.18.

号施令的人。父亲很少和他们交流,甚至从来没给过他们笑脸。赖特常常战战兢兢地偷偷溜进厨房,观望着父亲那庞大的身躯萎靡不振地坐在桌子边吃饭饮酒:"他(父亲)要吃很长时间,吃得好多好多。……对于我(赖特)来说,他始终是个陌生人,不知怎么总有点疏远。"①

赖特笔下的父亲形象说明了黑人成年男子在其家庭伦理角色中的矛盾性:他们拥有如上帝一般的权威却又如孩子般的任性。由于父亲制的文化体制内化到黑人的意识形态中,使他们认为一个成年黑人男性在家庭中有着举足轻重的地位,他们在自己的家庭空间里拥有在公共空间中白人拥有的家长支配权,他们拥有家庭秩序的制定者和维护者的伦理身份。他们从心理上也需要在私人空间树立权威身份,来抵消来自白人父权伦理体制对他们精神上的迫害与阉割。支配权让这些男性在家庭中放纵自己的欲望,这也是他们心理疗伤的一种方式。赖特的爸爸通过满足食欲来缓解压力,然而这不能消解社会外部压力给他带来的压抑感,所以他会边吃边叹气,最终通过睡觉来逃避现实中的压抑与郁闷。

即便这样,赖特的父亲还是无法忍受生活的压力,最终离家出走。他的选择代表了当时一批从农村到城市求生的黑人男性的心态。他们失去了农业化的开放空间,被幽闭在城市黑人区的格子中间,现实使他们对男人的尊严彻底绝望。正如赖特所说,狭小的生活空间在"我们(黑人)的个性中被注入了压力和焦虑,让我们中很多人失去奋斗的勇气,抛下妻子、丈夫,甚至孩子一走了之,以便能最好地去改变自己的生活方式"②。赖特通过家庭中不正常的人伦关系批判了美国南方给黑人提供的"生存空间太小以至于无法培育出具有人性的人,特别是具有人性的黑人"③。

---

① [美]理查德·赖特:《黑孩子》,程超凡译,武汉:长江文艺出版社,1985年,第10页。
② Richard Wright. 12 *Million Black Voices*. New York: Thunder's Mouth Press, 2002, p. 93.
③ Kenneth Kinnamon and Michel Fabre, ed. *Conversations with Richard Wright*. Jackson: University Press of Mississipp, 1993, p. 65.

当家庭中父亲缺席时,生活在黑人社区中的一些男性充当了"社会父亲"①这样的伦理身份。他们也自然成了这些没有生父的孩子们的行为偶像。他们如何展现个人男性气质和父性气质决定和影响了这些孩子未来男性气质和父性气质的发展趋势。在《黑男孩》中,赖特从不同角度展现了他的社会父亲们身上或多或少的那份不负责任的男孩气。例如神父在黑人社团中很受尊重,他们常被黑人视为精神父亲。可是赖特笔下这位精神之父一旦进入黑人社区或家庭空间,就将上帝的权威性移植到家庭之中,尽情享受这种被放大的权力,让其大男孩的伦理身份暴露无遗。面对晚餐中美味的炸鸡,他完全忘记了身为神父对妇女和儿童应尽的伦理关爱。不做任何谦让,他放纵自己的食欲,不一会儿将餐桌上的鸡统统吃掉。他的行为背叛了他的神职身份,他不仅吞噬了一个饥饿男孩对美味的渴望,更毁掉了男孩对宗教的尊重和美好的憧憬,让赖特在这些细节中看到了宗教的伪善和对权力的滥用。

在赖特的记忆中,他甚至没有与家庭中其他男性正常交流过。舅舅们与他最常规的对话方式就是皮鞭。赖特性格执拗,不愿像家里的其他成员那样笃信宗教,加上他经常坚持按照自己的意愿行事;这让家中的舅舅们觉得自己的权威地位受到了挑衅。他们常常拿起皮鞭对赖特不分青红皂白地乱打,希望暴力让他就此听话。然而他们家暴行为的本身从一个侧面反映了三百多年的种族歧视政策对黑人身心的摧残,他们已失去了基本的维系和睦家庭伦理关系的能力。黑人男性从他们的"白人家长"那里体验到了暴力让人屈服的威力,他们为了维系自己的家长地位,也诉诸暴力来证明自己的强大。殊不知这些行为已将暴力的种子播在了他们的孩子的灵魂深处,这些孩子们长大成人后又继续以这种方式与自己的孩子们交流。

---

① 社会父亲这个术语与生身父亲相对,它指涉了在孩子成长过程能给予其物质上的养育或精神上的向导的所有成年男性。社会父亲包括孩子的祖父、叔叔、舅舅、姑父、姨夫、自家兄长或者社团中像神父等邻家叔伯类的公共人物。参见 Michael E. Conner and Joseph L. White, ed. *Black Father: An Invisible Presence in America*. New Jersey: Lawrence Erlbaum Associates Inc., 2006, p. 6 and p. 56。

在《黑男孩》中，赖特记录了这些父亲们和社区的成年男性们如何用暴力和漠视在家庭和社区空间树立自己所谓的权威。孩子们从小在冷漠的亲情中自我毒害、自怨自艾。这在整个黑人社区内部建构起了屈从权力和暴力的怨恨之维。根据社会伦理学家舍勒（Max Scheler）的定义："怨恨是一种有明确的前因后果的心灵自我毒害。……这种自我毒害的后果是产生出某些持久的情态，形成确定样式的价值错觉和与此错觉相应的价值判断。"①赖特笔下的生父和社会父亲们都徘徊在逃离生活困境的儿子和滥用权威的父亲这两种伦理身份之间，这种身份转化导致的伦理混乱在黑人孩子们的成长过程中无法正确地、道德地引导他们获得一种健全的身份认同感。等到他们的孩子们长大，这些孩子又延续父亲的这一套，继续折磨着自己的家人，而使黑人社区进入了一个不可逆转的伦理关系怪圈。从这个意义上来说，黑人男性对白人强加给他们的"孩子"身份同样负有不可推卸的责任。

三、伦理规训与黑人女性家长的暴力示爱

为了进一步阐释"吉姆·克劳法则"已从本质上扭曲了黑人种族内部的伦理关系这一事实，赖特刻画了他身边一群可悲的女性家长的生活困境，阐明了"吉姆·克劳法则"已经成为一种规训黑人生活的伦理范式，它同时更是毒害黑人民族特别是黑人女性心灵的毒药。她们自觉不自觉地扮演着历史的叙述者、残酷的见证者、屈辱文化的传承者的角色；与此同时，孩子在她们的调教下学会了忍受暴力和利用暴力的求生本领。

赖特在书的开篇就描述了拥有家庭权威的黑人女性采取的是抑制她们孩子身心成长的教育方式。因为赖特的祖母病了，呆在家中的他和弟弟被迫保持安静。因为无聊，四岁的赖特在好奇心的驱使下，点燃了窗帘险些烧死自己和家人。之后等待他的是妈妈的痛打，直到他被打得失去知觉大病一场。在病中赖特一直梦见像母牛丰满的乳房一样晃动白色的

---

① ［德］舍勒：《舍勒选集》（上），刘小枫选编，倪梁康等译，上海：上海三联书店，1999年，第37页。

大口袋,发自内心地恐惧大口袋里的液体会把他弄得湿透。① 赖特的梦反映了他在心理上对母爱的拒绝,他对类似牛乳液体白色袋子的拒绝表明他潜意识中将母亲的鞭打和白色的压迫联系在一起。这是一种精神创伤的外化象征。赖特在这种场景的处理中隐喻了另一层含义,黑人女性的暴力管教是白人种族主义对黑人暴力镇压的内化形式。她们已经将外部社会的暴力转化为家庭惩治孩子的好奇心和冒险精神的权威话语。换言之,毒打孩子成为黑人母亲们维护家庭秩序、教会孩子向权威屈服、日后在以暴力为内核的种族主义体制下求生的方式。从这个角度来说,她们又成为白人种族主义的维护者。《黑男孩》从家庭教育方式中深刻地检讨了黑人种族世代对白人逆来顺受的内因;即当慈祥的母性只能以暴力手段来保护她们的孩子免受白人侵害时,这种爱是何等的畸形,这种示爱的方式又何等无奈?

妈妈对赖特的鞭打和耳光在《黑男孩》中反复出现,它如同布鲁斯式地吟唱,叙述着暴力对孩子心灵的扭曲和毒害,叹息着这无药可解的痛苦。令读者印象深刻的应属赖特的外婆为他洗澡的一幕。天真的小赖特对外婆提出吻一下他的屁股的要求。这本是孩子渴望得到家长爱抚和亲昵的一个幼稚的请求,没料到引来所有家长对他轮番的暴力教育。当外婆听到赖特的请求的瞬间如同受到电击一般,猛地一把将他推开,"把湿毛巾举过头,然后对准我(赖特)赤裸裸的脊背猛力地抽打下来"。她一直把他打到跪伏在地上。然后赖特的妈妈出现了,当她得知小赖特说了这种话后,不假思索地拾起毛巾接着追打赖特。最终妈妈在厨房里用软枝条又狠狠地抽打了他一顿。

妈妈最终选择软枝条而不是毛巾责打小赖特,这一细节的变化说明妈妈对赖特还是手下留情的。家长们一个劲地指责赖特的话"下流",却没人向他解释他这么说到底错在哪里。这种情节的处理是黑人传统的常规叙事方式的一种。正因为"性禁忌"是被南方"吉姆·克劳法则"严格禁止的话题,在南方,一个黑皮肤的孩子对一个白皮肤的女性提及性,就意

---

① [美]理查德·赖特:《黑孩子》,程超凡译,武汉:长江文艺出版社,1985年,第6页。

味着私刑和死亡。全家对不知性为何物的小赖特会如此反应激烈，可以视为是黑人群体对私刑根深蒂固的极度恐惧。赖特对祖母提出的这种要求在大人看来表现了他的一种性倾向，这让熟知"吉姆·克劳法则"的女性家长们极度不安，她们希望通过猛力的鞭打给赖特一个深刻的教训，以彻底祛除他幼小心灵里那可怕的不良倾向。

可见，这些女性家长对私刑的恐惧已经夺取了她们正常表达亲情和感受亲情的能力，全然不能理解小赖特对亲情、对爱的渴望。同时，她们这种病态的示爱方式进一步阐明了白人对黑人男性肆意地强加罪名并随意处以私刑等伦理方式，这些方式随时随地规训着黑人的行为和意识。暴力作为一种有效的规训伦理悄然从外在形式内化成了恐惧的心结和克服恐惧的条件反射。从叙事方式上看，赖特童年时在他的女性家长们这里学到的违反"性禁忌"的教训与鲍勃因为与白人妓女厮混被处以私刑在结构上生成了遥相呼应的布鲁斯式复调，从而有力地证明了黑人的家庭暴力微观地反映了整个社会范围中黑人所接触到的社会暴力。

从黑人女性家长以暴力形式教训孩子的方式中，赖特揭示了"最具有危害力（或影响力）的控制来自黑人社团内部施加的影响。在白人统治的世界中，黑人们为了生存和自保，自觉地适应白人制定的规则，并且训练自己的后代去适应和接受"①。可见这些女性家长已经接受了白人为他们塑造的角色、学会了压抑自己对"吉姆·克劳法则"下的社会关系的不满。她们天真地以为只有在黑人家庭范围内，"训练孩子从小远离好奇和冒险，这样才能免除他们长大后做出超越黑人社区疆界的事而招致私刑的危险"②。可悲的是，她们已经不自觉地变成了帮助白人镇压自己同胞的同谋；她们甚至成为发展和延续"黑孩子"这一不公的伦理身份的维系者和传承者。

在《黑男孩》中，赖特以他对南方黑人苦难的理性认知为依托，利用了布鲁斯呼与和在叙事上的对话性和延展性功能，将黑人生存的伦理困境

---

① 王卫平：《解读〈黑孩子〉（〈美国饥饿〉）中的"隔离（distance）"主题》，《外语教育》2008年第8期，第172页。
② Ralph Ellison. *Shadow and Act*. New York: Random House, 1964, p.91.

拓展至一个历史的维度，开创了边缘—主流的对话模式——即一方面，他公开地批评了白人基于暴力的所谓的家长—孩子的种族关系对黑人身心压迫和性格的扭曲；另一方面，他反思了黑人种族被白人几个世纪不断地妖魔化的内因，探析了黑人家庭中错位的伦理关系与他们悲惨境遇的因果关系，从而深层次地揭示出了黑人边缘化的生存处境对美国社会以及黑人种族家庭带来的弊端。

赖特指出了在欧洲父权制体系下衍生的美国种族家长制伦理机制对美国黑人行为取向和价值判断上造成的病态的误导。他以此为据向天下昭示，美国社会伦理秩序的建构基础和维系方式本身就是不道德和非伦理的，它是造成美国种族问题的根源所在。如果黑人想要在这一深渊中涅槃重生，他们除了要改变对"黑孩子"这种受到歧视的伦理身份的认同外，还需要在黑人家庭内部彻底改变基于暴力的对话方式和示爱方式。如果黑人能以家庭的力量培养孩子的自信与品德，辨清真理的方向，完善自身的品质，这个种族才能真正地改变一直处于"孩子"的伦理身份，健康地迈向成年的通途。

第二节　基伦斯《杨布拉德》对美国南方白人男性气质的伦理批判

长篇巨著《杨布拉德》是当代美国著名非裔小说家约翰·基伦斯的代表作品，曾获普利策奖提名，是学界公认的一部现代美国文学经典。该作品不仅史诗般地再现了20世纪二三十年代杨布拉德父子在美国南方佐治亚州的生活以及抗击白人种族歧视的曲折经历，而且还塑造了以约翰为代表的几个南方白人形象，再现他们的生活和精神面貌。在该作品中，约翰在其妻子马萨和黑人身上的所作所为令人发指，已经到了灭绝人性的程度。值得注意的是，约翰没有对自己的行为表现出任何的惭愧和歉疚，他也没有为此受到任何形式的惩罚，反而得到其他男性的声援和支持。这就说明他的道德失范行为并非个案，而是具有相当的集体性和普遍性。在这种情况下，仅仅对其进行道德谴责是不够的，还要探究其行为背后的社会原因。

我们发现,约翰等南方白人男性所做的种种不道德的事情,与其所认同和遵从的以"保护南方淑女的贞洁"(to protect the southern womanhood)为其要义的男性气质(masculinity)规范有关。从本质上讲,该男性气质是一种伦理身份,而"伦理身份是道德行为及道德规范的前提,并对道德行为主体产生约束,有时甚至是强制性约束"①。本节运用文学伦理学批评方法中的伦理身份概念,结合美国南方性别与种族文化传统,对约翰等白人男性的一系列道德失范行为背后的伦理动因进行深入分析。

一、以"保护南方淑女的贞洁"为伦理诉求的美国南方白人男性气质

在美国南方文学中,"保护南方淑女的贞洁"是一个重要的文学母题和书写传统,也是美国南方白人男性确证其男性气质的性别规范和衡量标准,是美国南方伦理环境下白人男性的性别身份赋予他们的责任和义务。

起初,该男性气质与美国南方文化中的骑士精神有着密切关联,其价值取向和评判标准与传统男性气概(manliness)非常接近。根据美国男性特质研究学者里奇·理查森的考察,在美国南方,男性气概曾一度被"骑士精神、荣誉感、温文尔雅等概念所界定"②。然而随着南方种植园经济向工业经济的变迁以及生产主义价值观向消费主义价值观的蜕变,南方骑士精神逐渐式微,早先蕴含的"谦卑、荣誉、牺牲、英勇、怜悯、忠诚、诚实、公正"③等积极的道德理想与人格诉求逐渐衰退,与这种骑士精神密切相关的传统男性气概内涵也日趋狭隘,逐渐被空洞的、缺乏道德价值判

---

① 聂珍钊:《文学伦理学批评导论》,北京:北京大学出版社,2014 年,第 264 页。
② Riché Richardson. *Black Masculinity and the U. S. South*: *From Uncle Tom to Gangsta*. Athens: University of Georgia Press, 2007, p. 5.
③ 李军欣:《美国"南方文艺复兴"时期作品中的骑士精神探奥》,《中南大学学报(社会科学版)》2014 年第 1 期,第 212 页。

断的现代男性气质所取代,正如萨默斯所言,"随着美国由生产型社会到消费型社会的转变,在20世纪初的三十年中,美国人在按照主流文化标准怎样才能算得上一个男人这一问题上表达了不同的理解。一种男性气质(masculinity)的现代思潮代替了19世纪早期的男性气概(manliness)观念"①。由于放逐了内在人格与道德诉求以及过度看重外在评判标准,现代男性气质已经与传统男性气概无法同日而语,已经成了导致人性扭曲的异化力量,甚至成为很多重要社会问题的根源,正如托德·利泽尔所说的那样,"现代社会的许多问题可以被看作是男性气质(masculinity)的各种要素所导致的结果:暴力、战争、性别歧视、强奸和同性恋恐惧症,所有这些都与男性气质(masculinity)有着某种关联"②。

另外,随着奴隶制的结束和南方黑人的崛起,南方白人对黑人的恐惧和敌视也日益增强,南方白人男性气质的建构开始与对女性、有色人种等他者的压制与打击联系起来,这也体现了美国男性气质的一贯传统,正如男性研究专家迈克尔·基默尔所说的那样,美国男性气质"起先就是建立在对黑人和女性、非本土出生者(外国移民)和真正本土出生者(印第安人)的排斥基础之上,其理由则是他们不是'真正'的美国人,也不能被看作是真正的男人"③。到了后来,南方男性气质甚至逐渐堕落为"允许私刑的存在和倡导白人优越论观念,并同时把黑人男性塑造成强奸犯形象,从而大肆强调保护白人女性纯洁与神圣的必要性"④的负面概念。至此,"保护南方淑女的贞洁"已经成为美国南方白人男性气质的主要伦理诉求,该主题在美国南方文学中也得到相当程度的再现,成为重要的书写传

---

① Martin Summers. *Manliness and Its Discontents: The Black Middle Class and the Transformation of Masculinity, 1900—1930*. Chapel Hill & London: The University of North Carolina Press, 2004, p. 8.

② Todd Reeser. *Masculinities in Theory: An Introduction*. Chichester: Wiley-Blackwell, 2010, p. 7.

③ Michael Kimmel. *Manhood in America: A Cultural History*. New York: Oxford University Press, 2006, p. 26.

④ Riché Richardson. *Black Masculinity and the U.S. South: From Uncle Tom to Gangsta*. Athens: University of Georgia Press, 2007, p. 5.

统。在南方佐治亚州土生土长并以该地作为其主要创作背景的基伦斯显然没有回避对该文学主题和书写传统的思考,其代表作《杨布拉德》在一定程度上就是对该主题和书写传统的回应。

在该作中,作为美国南方白人男性气质的伦理诉求,"保护南方淑女的贞洁"这一概念主要通过白人男性约翰之子小奥斯卡的观察和体验得以展现。对于父亲蛮横粗暴的家长作风,小奥斯卡一直心怀抵触。但他对父亲身上的这种以"保护南方淑女的贞洁"为伦理规范的男性气质却非常敬重:

> 他父亲身上有一样东西他是非常认可的——那就是要做个男人——无论这个男人是多么可恨、多么残忍、多么无知——但只要他还算得上是一个男人,一个上帝缔造的男人,这些都算不了什么!一个男人是不允许任何人来骚扰他的女人的,不管他有没有工作。这就是南方的规则——不管他是不是农场的监管人,他都要遵守这些规则。他无数次地听父亲黑鬼、黑鬼、黑鬼的大喊大叫,而且还说他们对南方淑女的贞洁来说是多么大的威胁,还说南方淑女的贞洁一定要得到保护。接着他就开始左一个南方淑女的贞洁,右一个南方淑女的贞洁,翻来覆去地说个没完,直到他确信已经把它当成自己从来都不会违背的规则为止。①

这段话对于读者理解美国南方白人男性气质的特性起着至关重要的作用。它不仅强调了男性气质对美国南方白人男性身份确证的重要意义,而且还进一步告诉读者"保护南方淑女的贞洁"在美国南方白人男性气质体系中的主导地位。首先,男性气质是美国南方文化传统的一大要素。无论一个男人"多么可恨、多么残忍、多么无知",只要"终究还算得上是一个男人",或者说只要他具有男性气质,他就会被尊重,他的一切缺陷或罪过都可以得到宽宥,即便他没有工作,也不会被鄙视。也就是说,男性气质是可以凌驾于人格与道德之上的。其次,这种倍受推崇的男性气

---

① John Killens. *Youngblood*. Athens:The University of Georgia Press,2000,pp. 240—241.

质与能否"保护南方淑女的贞洁"密切联系在了一起。

在此,我们有必要解释一下我们把引文出现的核心概念 the southern womanhood 译成"南方淑女的贞洁"的原因。就 womanhood 在权威词典中的三个主要意项来看,"女子成年期"这一意项显然与该词使用的语境不符,因为"女子成年期"是不太需要"保护"的。比较容易引发争议的是"女子或妇女的总称"这一意项。因为按照人的常规思维,把女性作为"保护"对象对男性来说似乎是很自然的事情。然而,根据约翰等南方白人对白人女性所做的种种令人发指的行为来看,显然他们不是把人作为保护对象的。因此,该词这一意项显然不符合其在这部小说中的文化语境。最接近的是"女子特性或女子特质"(the qualities considered to be natural to or characteristic of a woman)这一意项,比较接近人们常说的"妇道",而"贞洁"在古今中外大多数父权文化中都被看作是妇道的一项核心价值。从美国南方的性别文化传统来看,白人女性的贞洁被看作是头等大事,而保护南方淑女的贞洁一直是淑女神话的核心议题,正如有的学者所说的那样:"女性神话是美国南方绅士移植欧洲文明时随之固定的一种女性范式,神话的中心是女性贞操,绅士们的义务是在女性周围架起高墙,保护她们的纯洁。"[①]显然,在南方传统的性别文化中,最受重视和保护的不是南方白人女性,而是南方白人女性的贞洁。可见,southern womanhood 是一种约定俗成的简略表达方式,其完整形式相当于理查森所说的"the purity and sanctity of white womanhood"[②]。在南方土生土长的基伦斯自然深谙此道,但为了避免读者误解,作者在引文中还是先用 southern white womanhood 这一完整的方式表示"南方淑女的贞洁",之后才直接用 southern womanhood 表述,从而与美国南方文化传统中的惯常表述方式统一了起来。在国内学界,"南方淑女"也约定俗成地专指"南方白人女性",不包括其他有色人种的女性。因此把 to protect the

---

① 钟京伟、郭继德:《福克纳小说中南方女性神话的破灭》,《当代外国文学》2011 年第 3 期,第 22 页。

② Riché Richardson. *Black Masculinity and the U. S. South: From Uncle Tom to Gangsta*. Athens: University of Georgia Press, 2007, p. 5.

southern womanhood 译成"保护南方淑女的贞洁"还是比较确当的。

从上段引文可以看出，约翰显然已经根深蒂固地把"保护南方淑女的贞洁"当成了自己的性别伦理规范和确证自己男性气质的标准。而在小奥斯卡看来，不管一个成年男性是恶棍还是土匪，只要能保护自己的女人的纯洁性就是男子汉了，就有男性气质了。小说在此以少年奥斯卡的视角揭示"保护南方淑女的贞洁"这一伦理规范与美国南方白人男性气质内涵之间的内在关联可谓独具匠心。一方面，由于敌视父亲在家中的种种暴虐行为，小奥斯卡在情感上与父亲非常疏远，因此他对父亲的观察和描述不会被情感所蒙蔽，因而有一定的客观性和可信度。另一方面，对父亲充满抵制情绪的他，竟然对父亲身上的这种所谓的男性气质崇敬不已，并且理所当然地把"保护南方女性纯洁性"当成美国南方男性气质的伦理规范，这说明这种男性气质观念在美国南方影响深远而广泛。除了约翰父子外，该作中出现的牧师、地方治安官，甚至老麦克也都是"保护南方淑女的贞洁"的拥护者，更说明南方男性对该性别伦理身份认同的普遍性。

二、"保护南方淑女的贞洁"伦理诉求下的道德失范

颇具讽刺意味的是，约翰等白人男性在对南方男性气质的实践过程中，并没有真正履行该男性气质为其规定的责任和义务；相反，在"保护"的名义下，他们对白人女性与黑人做出了种种有悖人格与道德的事情，具体表现在以下三个方面。

首先，约翰等南方白人男性所标榜的对南方淑女贞节的保护在很多情况下蜕变为对南方白人女性的压迫和控制，这一点从约翰发泄在妻子身上的恶毒语言以及对其施加的种种暴力行为中就得到充分体现。小说中交代，在南方白人种族歧视氛围中长大的白人女性马萨对黑人虽然也有着一定的偏见，但她的良知还没有因此而完全泯灭。当丈夫约翰因为儿子与黑人男孩吉姆一起玩耍而对其进行殴打时，她立刻上前劝阻，结果约翰凶相毕露："他给了她重重的一击，把她孱弱的身体打到了房间的另一边。'我过一会儿再来收拾你！'他吼叫道，'你这个一无是处、只爱黑鬼

的婊子！'"①可见，南方白人男性对女性毫无尊重和关爱可言，而是充满了侮辱、蔑视和赤裸裸的暴力。

其次，当南方白人女性的贞洁真正遭到威胁和侵犯时，约翰等南方白人男性并没有提供实质性的保护，他们有着严重的外强中干、欺软怕硬的倾向。众所周知，约翰为之效力的白人农场主查理·威尔考克斯是个远近闻名的色魔、流氓，"无论白人女性还是黑人女性，已婚的还是单身的"②，他都想调戏。查理对约翰的妻子屡次进行骚扰，而约翰只是装聋作哑，不敢表现出任何不满，不敢对之有任何抗议，也没有给妻子提供任何"保护"。由于约翰一味姑息和退让，查理对马萨更是肆无忌惮。有一天，他把马萨骗到树林中，欲行强奸之事，马萨拼死反抗，结果恼羞成怒的查理对她大打出手，马萨在逃跑时摔断了腿，动弹不得。这种情形恰好被路过的黑人青年吉姆看到，后者把马萨背回到她的家中。然而荒谬的是，约翰一看到小吉姆，不问青红皂白，马上就跑去拿枪，口里面还不停地骂着"狗娘养的大黑鬼"。尽管马萨再三解释说如果不是吉姆，自己早就陈尸荒野了，但是约翰执意不听，"我认为根本不可能是查理·威尔考克斯。你一定是在试图保护那个黑鬼，我早就知道你一直对他有好感"③，而且坚持要组织白人暴民去进行"黑鬼猎杀"（nigger hunting）。约翰之所以无视妻子的劝说、一口咬定是小吉姆做的案，主要是为了转移矛盾，避开与有权有势并影响到自己命运的农场主查理的正面冲突。这样既保全了自己虚伪的颜面，不至于被人认为缺乏男性气概，又让自己的行为没有什么风险和代价，这也充分暴露出他在人格方面的怯懦本性。

再次，约翰等白人男性所谓的对南方女性贞洁性的保护实际上还体现为对她们的利用，这是白人种族主义者对黑人男性进行妖魔化的策略，以及煽动和组织白人暴民对其进行镇压和迫害的冠冕堂皇的借口。为了把强奸的罪名彻底转嫁到小吉姆身上，以便使对小吉姆一家人的追杀出师有名，约翰首先要做的就是逼迫妻子做假供。为了达到这个目的，约翰

---

① John Killens. *Youngblood*. Athens: The University of Georgia Press, 2000, p.233.
② Ibid., p.240.
③ Ibid., p.244.

可谓无所不用其极,使出了最卑鄙的手段,对她的妻子进行灵魂与肉体的折磨。他甚至请来了他的帮凶——地方治安官及其副官,并和他们一起对马萨进行轮番轰炸,千方百计地让她改口,证明事情是小吉姆干的。良知未泯的马萨开始时还坚决站在正义一面,拒绝助纣为虐。发现他们的努力毫无成效后,这个几个人竟然请来了牧师。这个牧师以上帝的名义说出了一套魔鬼般的话语,像利剑一样无情地刺激着马萨的神经:

> 真相只有一个,那就是,每个活着的男性黑鬼都盘算着强奸白人女性,上帝想让你帮忙制止这件事。如果你不能改过自新、说出真相的话,你就会万劫不复、罪该万死了。如果今天晚上想说出真相的话,我会在礼拜日的时候为你祈祷,并且请求上帝原谅你。但如果你执意拒绝向上帝敞开你的灵魂的话,我就会祈求上帝把你打入地狱。①

这也充分暴露出"保护南方淑女的贞洁"这一文化概念的潜台词:即黑人男性是天生的强奸犯,是对南方淑女贞洁的最大的威胁,必须严厉打压。这显然与事实不符。从历史上看,白人男性对黑人女性进行强暴的案例不胜枚举,而黑人男性对白人女性的强暴则不多见。根据罗伯特·斯特普尔斯的调查,"尽管白人对似乎无处不在的黑人强奸犯感到惶恐不已,但所有强奸案中只有百分之十的案例涉及黑人男性与白人女性。事实上,反而是黑人女性应当警惕被强奸,因为她遭受性侵犯的概率要远远大于白人女性"②。而为了达到他们卑劣的目的,这些南方白人"男子汉"们竟然把上帝搬了出来,而且把他们所做的无耻勾当说得那么义正词严、那么理直气壮。这段歹毒的话虽然很有威慑力,但马萨还是没有屈服。此时她感到万分愤懑和悲哀,她喊叫着让这些轮番对她威逼利诱、摇舌鼓噪的人滚出去,"但他们还是死死抓住她不放。最后,他们在她面前逐渐幻化成一张张晃动的脸——邪恶、白色、男人的脸,一个接一个地站到她

---

① John Killens. *Youngblood*. Athens: The University of Georgia Press, 2000, p. 249.
② Robert Staples. *Black Masculinity: The Black Male's Role in American Society*. San Francisco: The Black Scholar Press, 1985, p. 63.

面前冲她叫喊和咆哮"①。小说在此再次清晰地揭示了白人男性所谓的对"南方女性纯洁性"的保护其实更多的是对她们的压迫和利用,没有任何尊重和关爱可言。牧师发现自己打出的这张上帝牌同样无效后,马上又想出了更加歹毒的计策:

> "听着,"他对她说,"该死的,你给我好好听着。如果你还不把真实的故事说出来的话,鲍特里神父就会向他所在的教会所有的会众说你是如何长期与这个黑鬼勾搭成奸的,然后他会用布道把你直接打下地狱,罗斯科博士将会证实你心智的失常并且告诉人们你已经失常了多久了。"②

到目前为止,我们真正见识了治安官、牧师和丈夫的丑恶嘴脸,也真正领略了以"保护南方女性纯洁性"为诉求的男性气质的本质。在这些阴魂不散的魔鬼、"男子汉"们百般逼迫下,马萨的意志力彻底崩溃,终于说出了"真相",这段人类文明史上罕见的无耻闹剧算是画上了一个句号。在这几个南方白人男性的"保护"下,一个有着一定的良知和正义感的"女性"最终变成了为虎作伥的骗子。有了"确凿"的证据后,约翰马上组织起白人暴民,开始对小吉姆一家进行无情的追杀,而且残忍地烧毁了他们的房子。

三、对美国南方白人男性气质规范的伦理批判

约翰等南方白人男性之所以对白人女性如此蛮横暴虐、对黑人如此惨无人道,当然与这些白人的道德意识淡薄和人格修养低下有关,自然不值得称道,但导致其道德失范行为背后的伦理因素更值得我们关注。更何况白人男性对白人女性和黑人的暴力行为并非个案,而是有着多人参与的集体道德事件,这更说明其行为背后必然有一定的社会基础。因此,对于约翰等白人男性的种种行为仅仅进行主观道德批判是不够的,还要"回到历史的伦理现场,进入文学的伦理环境或伦理语境中,站在当时的

---

① John Killens. *Youngblood*. Athens: The University of Georgia Press, 2000, p.249.
② Ibid., p.250.

伦理立场上解读和阐释文学作品","分析作品中导致社会事件和影响人物命运的伦理因素"①,这样才能发现人物道德行为背后的客观原因。种种迹象表明,约翰等白人男性道德实践中出现的问题与其认同和践行的这种以"保护南方淑女的贞洁"为伦理规范的男性气质有着密切关联。一方面,男性气质是男性的一种性别伦理身份,而"人的身份是一个人在社会中存在的标识,人需要承担身份所赋予的责任与义务"②。可以说,男性气质是在特定伦理环境中,男性的性别伦理身份为其赋予的责任、义务和道德规范。因此,对约翰等南方白人男性所认同和践行的以"保护南方淑女的贞洁"为特性的男性气质的伦理性分析是把握其道德行为背后客观原因的一条重要途径。

首先,"保护南方淑女的贞洁"这一南方男性气质的伦理规范本身有着严重的缺陷。正如本节在第一部分中所分析的那样,在这一伦理规范中,最受重视和关注的是南方女性的贞操和纯洁,而不是南方女性。根据美国南方社会的传统性别伦理观念,"南方淑女一定要纯洁,南方淑女的贞操受到至高无上的保护,像宗教的信条一样不可侵犯"③。可见,南方女性作为人的存在实际上是缺失的。根据文学伦理学批评方法,"在现实中,伦理要求身份同道德行为相符合,即身份与行为在道德规范上相一致"④。因此,如果这一伦理规范保护的对象是"南方淑女"的话,它的伦理导向也将发生根本的变化,小说中约翰等南方白人男性对白人女性人格尊严的污蔑、身体的伤害以及在其遭受其他白人男性侵犯时表现出的冷漠态度则难以解释,他们也应当因其行为违背了该伦理身份或规范而遭受谴责或惩戒。但事实是,他们并没有因此而遭受任何法律与道德的谴责和惩罚,这就说明他们的行为是被社会的伦理秩序和规范默许的。这也是我们把 southern womanhood 翻译成"南方淑女的贞洁"而没有译

---

① 聂珍钊:《文学伦理学批评导论》,北京:北京大学出版社,2014年,第7页。
② 同上书,第263页。
③ 冯溢、姚进:《从〈喧哗与骚动〉看福克纳笔下的南方淑女形象》,《东北大学学报(社会科学版)》2010年第6期,第551页。
④ 聂珍钊:《文学伦理学批评导论》,北京:北京大学出版社,2014年,第264页。

成"南方淑女"或"女性"的重要原因。

正是因为南方白人男性气质把"保护南方淑女的贞洁"作为其核心的伦理规范，以约翰为首的南方白人男性不但没有对其在白人女性身上施加的种种暴力行为感到内疚和惭愧，而且他们也没有因此受到舆论谴责和法律惩罚。首先，"保护南方淑女的贞洁"实际上是确保自己的妻子不被其他男性，尤其黑人男性玷污，其最终目的还是对男性尊严和荣誉的捍卫和维护。在这种情况下，南方白人男性在情感上已经把南方白人女性当成其防范甚至敌视的对象，因为后者随时可能让他们失去男性尊严和荣誉，这也很可能成为其对后者动辄恶语相向、拳脚相加的一种重要的主观心理动因。其次，这种保护背后所映射的是一种父权制文化基础，其逻辑前提是让女性在伦理身份上成了男性的私有财产和附属品，这种保护实际上是一种对私有财产和附属品的保护，很多时候是暴力的代名词，而社会似乎也默许了这种"保护"，不会对施暴者给予多少谴责和惩罚，这也是很多家庭中存在的虐妻行为的伦理基础。在这种情况下，南方白人女性本身的人格尊严、情感意愿和人身安全是得不到重视和保障的，这一点从约翰等南方白人男性对南方白人女性的态度以及在她们身上施加的种种暴行就可看出。

另外，美国南方男性气质体系仅仅把"保护南方淑女的贞洁"当成了南方白人男性的责任、义务和道德规范，当成评判其男性气质的标准，从而极大程度地窄化了传统男性气概的思想内涵，使之变得狭隘和单一。其中，道德与人格等维度的忽略是其致命弱点。由于缺乏对正义、荣誉、人道、良知等道德诉求的强调，男性个体在其男性气质实践过程中缺乏应有的道德约束，因而很容易做出道德失范之事。事实也恰恰如此。

其次，这一伦理规范体现的是一种不平等的性别关系，维护的是美国南方父权社会的性别伦理秩序，有着相当的性别歧视色彩。就"保护"（protect）这一词本身来看，它是以一种居高临下的姿态，预设了女性的被动、弱势和从属地位，从而让男女处于一种失衡的性别等级关系之中。从根源上看，"保护南方淑女的贞洁"是美国南方旧性别伦理秩序的产物，正如学者所说的那样，"旧南方父权制奴隶社会孕育了'南方淑女'文化，它强调女性为男性的附属品"①。另外，由于缺乏正义、良知、责任等道德意识以及对女性本身的尊重与关爱，南方白人男性气质所谓的对南方淑女贞节的"保护"实际上已经蜕变成对南方白人女性的统治、支配和控制，已经成为暴力的代名词。正如雷琼所说的那样，"他们并不是真正关心妇女，只不过是给自己的暴行找了一个合适的借口"②。正因为如此，在小说中，约翰对妻子没有表现出半点尊重和关爱，没有提供任何意义上的保护，而是对她充满了鄙视和暴虐，给她带来更多的是肉体和灵魂上的折磨和痛苦。

最后，该男性气质规范体现了美国南方社会不平等的种族伦理秩序，蕴含着严重的种族歧视思想，与之相关联的则是赤裸裸的种族暴力。在本节第一部分的引文中，"保护南方淑女的贞洁"已经成为约翰的口头禅，被其反复叨念，"直到他确信已经把它当成自己从来都不会违背的规则为止"。然而，众所周知，"南方淑女的贞洁"是一个旧南方性别文化概念，是美国内战之前，南方特定伦理环境下的产物，"奴隶制种植园经济是其赖以生存的经济基础"③；而《杨布拉德》的创作历史背景是20世纪初，此时南方淑女的贞洁神话早已随着奴隶制种植园经济基础的瓦解而日渐消亡。显然，约翰等南方白人男性认同的这种伦理身份与其伦理环境之间存在着一定的错位，把"保护南方淑女的贞洁"标榜为南方白人男性气质伦理规范的动机则更为可疑。从历史上看，"保护南方淑女的贞洁"其实是把黑人男性作为假想敌和重点防范对象，是对黑人男性进行打压的冠冕堂皇的借口，最终是为了维护白人种族优越论神话，捍卫白人的种族利益："他们只是拿南方淑女当作对黑人实施暴力的借口。南方淑女神话实

---

① 冯溢、姚进：《从〈喧哗与骚动〉看福克纳笔下的南方淑女形象》，《东北大学学报（社会科学版）》2010年第6期，第550页。

② 雷琼：《南方淑女神话——论〈干旱的九月〉》，《安徽文学》（下半月）2007年第3期，第11页。

③ 赵冬梅：《田纳西·威廉斯笔下的南方淑女之消亡》，《天津外国语学院学报》2004年第5期，第65页。

质上成了南方白人对待黑人问题的一块挡箭牌。"①换句话,这一伦理规范实际上是南方种族歧视制度的帮凶,捍卫的是南方不平等的种族伦理秩序,而约翰等南方白人男性在保护南方淑女贞洁性的幌子下对黑人做出的种种丧心病狂、灭绝人性的事情是得到这一种族伦理秩序的规范许可的。正因为如此,他们在黑人种族身上施加的种种罪行没有受到任何道义谴责和法律制裁,他们也没有对自己的罪行感到任何良心的不安。

第三节 莫里森《慈悲》中的伦理意识

托尼·莫里森的作品《慈悲》中有这样一个场景:"一个机会,我想。虽然没有保护,但是却有区别。你穿着那双大鞋子站在那里,那个男人笑了,说他想带走我来抵债。我知道主人是不会同意的。我说了你。带走你,我的女儿。因为我看到那个高个子男人把你看作是人而不是一块价值八里尔的银币。我跪在他面前。希望有奇迹出现。他同意了。"②

在上述场景中,叙述者是一位没有名字的黑人奴隶妇女。她正在回忆自己当年请求来访者雅克布带走女儿弗洛伦斯,以抵消主人多尔格特拖欠的债务。该事件在小说中先后被主人公弗洛伦斯、第三人称叙述者、弗洛伦斯的母亲以不同的视角重复讲述了三次,成为小说的叙事核心。为什么弗洛伦斯的母亲执意要把自己的亲生女儿作为奴隶转送给他人?甚至她还为此不惜牺牲自尊,跪倒在地,祈求上帝和来访者达成自己的心愿。在小说的故事世界之内,无论是"卖女为奴"事件的受害者弗洛伦斯还是该事件的见证者兼完成者雅克布都对此感到十分困惑。在小说的故事世界之外,批评家们纷纷围绕该事件对作品做了多视角的阐释。例如,美国著名作家约翰·厄普代克认为,《慈悲》是莫里森又一个"崇高和必要的小说课题,揭露出奴隶制度的罪恶和作为非裔美国人的艰难"③。王守

---

① 雷琼:《南方淑女神话——论〈干旱的九月〉》,《安徽文学》(下半月)2007 年第 3 期,第 11 页。
② Toni Morrison. *A Mercy*. New York: Alfred A. Knopf, 2008, p.166.
③ John Updike. "Dreaming Wilderness." *The New Yorker* (November 3, 2008): 112.

仁、吴新云重新审视了《慈悲》中"奴役"的含义,认为莫里森以"超越"种族的视角,表现了她对历史、社会和人心的深刻洞察。① 胡俊认为《慈悲》折射了莫里森对美国这个国家的想象,其核心思想是关于"家"的建构。② 笔者曾在修辞叙事学的框架下重点讨论了小说人物和读者对该事件的叙事判断。③

"文学是特定历史阶段伦理观念和道德生活的独特表达形式,文学在本质上是伦理的艺术。"④因此,若要对"卖女为奴"事件的发生动因、本质及其影响做出客观公正的阐释和判断,我们就需要从伦理的视角出发,以该事件发生的伦理现场为立足点,对小说人物所处的伦理环境以及人物与人物之间的伦理关系做出梳理辨析。"卖女为奴"这一事件是贯穿《慈悲》始终的伦理主线,萦绕在这条主线上的是三个至关重要的"伦理结",即伦理选择、伦理身份和伦理意识。对于弗洛伦斯的母亲而言,让雅克布带走女儿无疑是一个艰难的伦理选择,而这一事件的发生也改变了小说人物的伦理身份以及他们之间的伦理关系,并引发了某种程度的伦理混乱。此外,在伦理意识的驱使下,弗洛伦斯母女分别通过文字形式与"口头叙述"形式的"生活书写"来记录这段非同寻常的伦理经验,演绎了一曲让人扼腕叹息的伦理挽歌。⑤

一、艰难的伦理选择

从叙事结构来看,《慈悲》是一部形式非常奇特的小说。该小说一共由三个部分组成,每部分都讲述了一个内容相同的故事,即弗洛伦斯的母亲请求雅克布带走自己的女儿,把女儿作为奴隶来抵消主人多尔格特拖欠的债务。援引叙事学的批评术语,该事件无疑是小说中的"核心事件"。

---

① 王守仁、吴新云:《超越种族:莫里森新作〈慈悲〉中的"奴役"解析》,《当代外国文学》2009年第2期,第35—44页。
② 胡俊:《〈一点慈悲〉:关于"家"的建构》,《外国文学评论》2010年第3期,第200—210页。
③ 尚必武:《被误读的母爱:莫里森新作〈慈悲〉中的叙事判断》,《外国文学研究》2010年第4期,第60—69页。
④ 聂珍钊:《文学伦理学批评:基本理论与术语》,《外国文学研究》2010年第1期,第14页。
⑤ 同上书,第12—22页。

但若按照文学伦理学批评的分析路径,该事件则是贯穿小说始终的伦理主线,给小说人物和读者带来了一系列伦理上的困惑与难题。其中,最关键的问题莫过于为什么弗洛伦斯的母亲恳求雅克布带走自己的女儿来抵消主人多尔格特拖欠的债务这一违背人伦关系的行为。

从道德哲学层面出发,弗洛伦斯的母亲让雅克布带走自己的亲生女儿、让女儿成为他人的奴隶,触犯了骨肉相残的伦理禁忌,是极不道德的行为。因为作为母亲,她没有尽到抚养子女的义务,藐视和破坏了正常的人伦关系。但是作为一种客观的、历史的批评方法,文学伦理学批评与道德批评的不同之处在于它"主要运用辩证的历史唯物主义的方法研究文学中的道德现象,倾向于在历史的客观环境中去分析、理解和阐释文学中的各种道德现象"①。因此,若要探究这位黑人奴隶妇女实施"卖女为奴"行为的真实原因,我们就必须返回到她当时采取这一行动的伦理现场,在客观的历史语境中,站在她的立场上审视她的动机与目的,进而从道德层面对其行为作出公正合理的判断。

文学伦理学批评强调"回到历史的伦理现场,站在当时的伦理立场上解读和阐释文学作品"②。在《慈悲》中,弗洛伦斯的母亲是多尔格特种植园中的一名奴隶。在那里,奴隶们根本没有自由和尊严,他们只是奴隶主多尔格特牟取暴利的工具,是他随意拿来抵债、交换的物品。尤其是对于女性奴隶们而言,多尔格特种植园堪比人间地狱,她们随时都面临被肉体侵犯的危险。用弗洛伦斯母亲的话来说:"这里没有保护。在这个地方,女人就是一个不能愈合的伤口。即便伤口结了疤,伤疤底下也是溃烂不堪。"③女儿弗洛伦斯就是她遭受性侵犯的产物与见证。"我不知道谁是你的父亲。天太黑了,看不见他们。他们在夜里闯进来,把我、贝斯等三个人带到了一个储藏室。男人们的影子坐在桶子上,然后站起来。他们说,他们被通知要求闯进来的。"④她非常清楚多尔格特种植园上的男人

---

① 聂珍钊:《文学伦理学批评与道德批评》,《外国文学研究》2006年第2期,第16页。
② 聂珍钊:《文学伦理学批评:基本理论与术语》,《外国文学研究》2010年第1期,第14页。
③ Toni Morrison. *A Mercy*. New York: Alfred A. Knopf, 2008, p.163.
④ Ibid., p.163.

们想要什么——"没有什么比女人的乳房更能给他们带来快乐"。① 糟糕的是,女儿弗洛伦斯的胸脯发育过快,胸口的那块布已经无法再给它们提供遮掩,这不仅引起了种植园上男人们的注意,而且也引起了奴隶主多尔格特的注意。根据自己的切身经历和实际观察,她判断女儿发育过快的身体向外界传递了一个异常危险的信号——只要弗洛伦斯还在多尔格特种植园,她就随时有可能成为下一个被性侵犯的对象。

更让这位黑人母亲揪心的是,女儿弗洛伦斯对即将来临的危险毫不知情。非但如此,女儿还特别渴望成长,喜欢穿象征长大的成年妇女的鞋子,这又增加了她被侵犯的危险系数。作为母亲,她内心无时无刻不希望可以帮助女儿脱离险境,使她远离多尔格特种植园。但是作为一名失去自由的奴隶,她又无能为力,无计可施。这就使得她陷入无边的痛苦和焦虑之中。雅克布的到来让她看到了一丝希望的曙光。根据她的判断,同主人多尔格特相比,雅克布无疑是一个不错的归宿。因为"我想他的方式是另外一种方式。他的国度离这里很远。在他的心里没有兽性。他从来不用主人看我的那个样子来看我。"②在弗洛伦斯的母亲看来,同主人多尔格特相比,雅克布的心里没有"兽性",而多了一份让人感觉温暖的"人性"。这一点已经足够让她相信,把女儿交给雅克布不啻为一个明智的选择。

但是这个决定又使她陷入一个非常尴尬的伦理困境。作为母亲,她一旦要求把自己的亲生女儿交给雅克布,让她来代替自己偿还奴隶主多尔格特拖欠的债务,就会使自己在伦理道德层面上处于非常不利的地位。首先,这一举动会被女儿理解成是抛弃她的行为。这种抛弃会在她幼小的心灵上留下永恒的创伤,会给她未来的生活带来负面的影响,而且女儿也很有可能终生都不会原谅自己,更不用说领会自己的良苦用心。其次,在更广泛的层面上,她很有可能会因此背负"卖女求荣"的骂名,被误认为是为了讨好主人,为了向主人表白自己的忠心,所以才不惜以出卖自己的

---

① Toni Morrison. *A Mercy*. New York: Alfred A. Knopf, 2008, p.162.
② Ibid., p.163.

女儿为代价,进而会被看作是一个自私、冷血的母亲。如果把女儿留在身边,固然不会招致骂名和引起女儿的误会,既可以保全自己的声名又可以维系正常的母女关系。但从另一方面来说,这同样是一种不道德的、丧失伦理准则的行为。她心里明白,自己没有能力保护女儿,无法履行母亲应尽的责任和义务,继续把弗洛伦斯留在身边就等于无视她即将遭遇性侵犯的危险。在有机会使得女儿脱离危险的时候,仅仅因为自己个人的声誉得失,就轻易地选择放弃,是一种逃避责任的不道德行为。所以,无论是把女儿弗洛伦斯留在身边,还是请求雅克布带走弗洛伦斯来抵消主人多尔格特拖欠的债务,对于这位黑人奴隶妇女而言都是一个异常艰难的伦理选择。

如果我们观察一处细节就会发现,雅克布首先要提出带走的是弗洛伦斯的母亲,而不是弗洛伦斯。正如她本人所说,女人在多尔格特种植园就是一个永远无法愈合的伤口。[①] 有鉴于此,对弗洛伦斯的母亲而言,能够使自己脱离这个危险的场所,无疑是一个千载难逢的机会。但她为什么要执意放弃这个机会呢?她的解释是,"我知道主人不会同意的。"[②]根据小说的上下文,我们不难推断,这绝对不是她没有离开多尔格特种植园的真实原因。作为多尔格特的债主,只要雅克布坚持他的选择(带走弗洛伦斯的母亲来抵消欠款),拖欠债务的多尔格特毕竟处于劣势地位,他除了答应之外,压根就没有讨价还价的余地。在笔者看来,弗洛伦斯的母亲之所以选择留下,跪在地上哀求雅克布带走她的女儿,主要归因于她个人的伦理规范。从伦理的层面来看,她首先是一位母亲,有一个正在吃奶的儿子和一个正处于发育期的女儿,她有抚养他们的责任和义务。如果她只顾及个人安危,随着雅克布离开多尔格特种植园,就等于抛弃了自己的一双儿女,其后果很有可能是让嗷嗷待哺的儿子饿死在种植园,让正在发育的女儿惨遭性侵犯。鉴于上述可能发生的严重后果,她不忍心丢下子女不管,无法做到任由他们自生自灭、放手追逐自己个人的安全。

[①] Toni Morrison. *A Mercy*. New York: Alfred A. Knopf, 2008, p.163.
[②] Ibid., p.167.

可见,摆在弗洛伦斯母亲面前的是三个难以取舍的伦理选择。第一,她可以选择丢下一双儿女,独自一人随着雅克布离开多尔格特种植园。这虽然会使她的个人安全得到保障,但后果是不仅自己的儿子会有性命之忧,而且女儿也会有被性侵犯的危险。第二,她可以选择留下,把一双儿女都留在自己身边。这样固然可以确保儿子的性命暂时无虞,但却会使女儿处于被性侵犯的危险之中。第三,她选择留下,让雅克布带走自己的女儿弗洛伦斯。这一选择的优点在于不仅可以保住儿子的性命而且也可以成功使得女儿脱离被肉体侵犯的危险,但是自己很有可能终身都要被女儿所误解,甚至还要背负"卖女求荣"的骂名。无论哪个选择都有强烈的伦理取向:第一个选择的实质是为了自己个人的利益,牺牲儿子和女儿;第二个选择的实质是为了儿子的利益,牺牲自己和女儿;第三个选择的实质是为了儿子和女儿的利益,牺牲自己。事实证明,这位始终没有名字的黑人奴隶妇女毅然作出了第三个选择,以牺牲自己的代价,保全了儿子的性命,保障了女儿的人身安全。

虽然这位不知姓名的黑人奴隶妇女没有人身自由、没有政治权利,甚至于连自己的个人安全都得不到保障,但是她却用自己的实际行动诠释了人类崇高的伦理道德,诠释了自己对于母爱、对于人的理解。当雅克布答应自己的请求,同意带走弗洛伦斯时,她不禁感慨:"这不是一个奇迹。不是一个由上帝赐予的奇迹。这是某种慈悲。某种由人所提供的慈悲。"①什么是人?人最重要的品质是什么?人与兽之间的区别在哪里?在弗洛伦斯的母亲看来,答案就在于"某种慈悲"(a mercy),这个具有伦理性质的词汇。"人"(a human)之所以区别于"兽"(an animal)就在于其内心深处的"慈悲"。如果她先前只是从雅克布观看自己的样子上判断出他心里没有"兽心",那么他答应了自己的请求这件事则充分验证了自己的判断,雅克布是内心存有"某种慈悲"的"人"。此处,还有一个细节特别值得我们留意,即:在雅克布答应弗洛伦斯的母亲带走弗洛伦斯之前,这位黑人奴隶妇女一直称他为"高个子男人"(the tall man),但是在此之后

---

① Toni Morrison. *A Mercy*. New York: Alfred A. Knopf, 2008, pp. 166—167.

却改口称他为"人"(a human)。一方面,两个不同的称呼反映了弗洛伦斯的母亲对雅克布前后态度的变化。但是另一方面,"a human"这一称呼前的不定冠词"a"使之具有模糊的指称含义。首先,"a human"是指雅克布,因为他身上所展现出的人性,他没有像原主人多尔格特那样看待自己,也没有把弗洛伦斯看作是一块价值八里尔的银币,而且答应了自己请求,同意带走弗洛伦斯。其次,这里的"a human"实际上也是指弗洛伦斯的母亲自己。她之所以如此狠心地把女儿送给别人做奴隶,实在是情非得已。她以牺牲自己的利益和尊严为代价,跪倒在地,请求雅克布带走女儿弗洛伦斯,甚至为此背负抛弃女儿、"卖女求荣"的骂名,她这么做的根本原因在于她自己内心深处的"慈悲",这是对女儿无比深沉的爱。对于弗洛伦斯的母亲而言,她既然无法改变女儿生下来就当奴隶的命运,要么就像《宠儿》中的塞斯一样,杀死自己的女儿,让她不再重走自己的奴隶之路;要么就是帮女儿找一个富有人性的奴隶主,使她过上比自己更好的奴隶生活。但无论哪种选择,都是一种艰难的伦理困境。弗洛伦斯的母亲选择了后者,这固然是在特定的社会环境下上演的一出伦理悲剧,但同时又闪耀出人性伦理的熠熠光辉。

二、伦理身份的移形与换位

聂珍钊教授指出,"文学伦理学批评注重对人物伦理身份的分析",因为"几乎所有伦理问题的产生往往都同伦理身份相关"。① 在《慈悲》中,雅克布最终答应了弗洛伦斯母亲的请求,同意带走弗洛伦斯来抵消奴隶主多尔格特欠下的债务,最终完成了这笔"最不幸的交易"(the most wretched business)。② 从文学伦理学批评的视角看来,这是一个具有转折性质的伦理事件,该事件使得小说人物的伦理身份以及他们之间的伦理关系发生了根本的改变。

雅克布是这起事件的见证者与完成者。他虽然拥有一个小农场,但

---

① 聂珍钊:《文学伦理学批评:基本理论与术语》,《外国文学研究》2010年第1期,第21页。
② Toni Morrison. *A Mercy*. New York: Alfred A. Knopf, 2008, p.26.

他主要靠放高利贷为生，从不染指奴隶生意。当多尔格特说自己无力偿还拖欠的债务，提出以奴隶来抵债时，遭到了雅克布的断然拒绝。在被领着观察那些被准备用来抵债的奴隶后，"雅克布突然感觉到肚子一阵痉挛。烟草的味道，在他刚刚抵达的时候，是那么的热情友好，现在却使他感到恶心"。① 为什么先前感觉"热情友好"的烟草味现在却使他恶心？原因在于，当雅克布亲眼看到种植园上的奴隶们之后，自己的心态发生了变化。为了生产这些烟草，那些遍体鳞伤的奴隶们承受了莫大的苦难，这些烟草实质上就是奴隶们被剥削、被压榨的罪证。巨大的困境是，虽然雅克布憎恨奴隶生意或奴隶制度，但是他却无法改变社会的现状，他唯一能做的就是恪守自己的道德底线，不与这些万恶的奴隶主或奴隶贩子们同流合污。

但是狡猾的多尔格特却执意要求雅克布带走奴隶，抵消自己的债务，甚至向他建议处理这些奴隶的最直接方式——"你卖了他们"（You sell them）②。他甚至主动提出自己可以雇佣押运工人以及安排运输等。对于多尔格特的建议和要求，"雅克布愤怒了，肠胃翻滚，似乎连鼻孔都遭到了攻击。他认为这是一场灾难"③。但是对于这样灾难，他除了愤怒之外又能怎样呢？尽管雅克布"因为自己处于弱势地位，羞愧地热血沸腾"④，但他终究无计可施。如果答应多尔格特的要求，雅克布就会违背自己的道德准则，成为和多尔格特一样的奴隶贩子；如果不答应多尔格特的要求，自己除了干生气外，没有任何办法。

所幸的是，在途径厨房的时候，雅克布看到一位带着两个孩子的黑人奴隶妇女。这位黑人奴隶妇女看起来比较健康，比其他人吃得要好，而且也没有被放在用来交换的奴隶之列。据此，雅克布判断，这位黑人奴隶妇女肯定是多尔格特不愿意拿来抵债的。为了实施报复，雅克布故意提出要带走她来抵消债务。果不其然，多尔格特没有同意自己的要求。多尔

---

① Toni Morrison. *A Mercy*. New York: Alfred A. Knopf, 2008, p. 22.
② Ibid., p. 22.
③ Ibid., p. 23.
④ Ibid.

格特解释说，这名奴隶是他们家做饭的主厨，自己的妻子离不开她。这恰好达到了雅克布的目的，因为既然多尔格特不同意拿这位黑人奴隶妇女来抵债，雅克布可以理所当然地要求他以货币形式来归还欠款，并从此打消以奴隶来抵债的念头。本以为这样可以为难多尔格特，平复自己受伤的自尊。但是让雅克布出乎意料的是，这位黑人奴隶妇女竟然跪在地上恳求自己同意让她的女儿来顶替她，让那个穿着一双成人鞋子的小女孩来抵消这笔债务，这完全让雅克布陷入了一个异常绝望的伦理困境。

我们知道，雅克布的本意不在于从多尔格特种植园里带走奴隶，更不同意多尔格特以转让奴隶的方式来抵消债务的做法。但是让雅克布没有想到的是，这位黑人奴隶妇女竟然主动要求自己带走她的女儿。毫无疑问，她的这一举动得到了奴隶主多尔格特的强烈支持。雅克布所处的困境是，如果答应这位黑人奴隶妇女的请求，就会违背自己的道德准则，在客观上成为一名奴隶贩子——不仅自己会成为多尔格特之流的同类，同时也会使得黑人小女孩自幼失去母亲，沦落为孤儿。无论是对于小女孩还是对于她的母亲而言，骨肉分离的悲惨结局都是一种残忍。如果拒绝这位黑人奴隶妇女的请求，无疑会辜负她的期望，同样也是一种残忍，因为他分明从她的声音中听出了紧迫感，从她的眼神中看到了"恐惧"（terror）。虽然不明白她提出这种请求的具体原因，但这绝对是一桩"最不幸的交易"①，其中定有他所不了解的隐情。我们知道，在这两难的选择中，雅克布最终还是选择了后者，他答应了弗洛伦斯的母亲，同意带走弗洛伦斯来抵消多尔格特拖欠的债务，以牺牲自己的伦理价值观为代价来成全这位黑人奴隶母亲。

但是他的这一决定使得小说人物的伦理身份发生了变化，其最严重的后果是引发了伦理混乱（ethical confusion），以及小说人物对自己伦理身份的困惑。首先，就雅克布个人而言，"卖女为奴"的事件使他由一个从不染指奴隶生意的高利贷债主变成了奴隶主，在客观上沦落为多尔格特的同类。原先，雅克布对多尔格特之流的态度是，"他决定除了做生意之

---

① Toni Morrison. *A Mercy*. New York: Alfred A. Knopf, 2008, p.26.

外,无论这些人的地位高低与否,他永远都不和他们混在一起,不与他们来往"①。荒谬的是,雅克布答应了弗洛伦斯母亲的请求,就等于造成他已经成为一名奴隶主的客观事实。欠款是一种没有被完全实现的货币,弗洛伦斯是多尔格特种植园上的一名奴隶。就此看来,雅克布以抵消欠款的形式带走弗洛伦斯,在某种程度上等于实施了买卖奴隶的行为。作为买卖的一方,雅克布在客观上给人的感觉是他认同了奴隶交易,承认其合法性,这显然违背了他的道德准则。那么使得雅克布答应弗洛伦斯母亲的请求,并最终履行了这一请求的根本原因是什么呢?聂珍钊教授提到:"对文学的理解必须让文学回归属于它的伦理环境和伦理语境,这是理解文学的一个前提。"②因此,若要真正理解雅克布带走弗洛伦斯来抵消多尔格特拖欠自己债务的动机,我们就需要结合雅克布做出这个决定所处的具体语境。

　　细读文本后,我们不难发现这样的一个细节,即在雅克布去多尔格特种植园收债之前,雅克布家里发生了一幕惨剧:女儿帕特里夏被马踢破了头颅,不治身亡。雅克布和妻子罗蓓卡一共生有四个孩子,其中三个都接连夭折。幸运的是,长女帕特里夏一直都很健康,给了他们夫妻极大的快乐和满足。不过,令他们没想到的是,帕特里夏长到5岁的时候,竟然被一匹母马踢碎了头颅。帕特里夏的死是对妻子罗蓓卡最致命的打击。根据雅克布的观察,弗洛伦斯看起来似乎和帕特里夏年纪相仿,因此他内心的想法是:"或许罗蓓卡会喜欢家里有一个孩子。"③至此,我们可以充分理解雅克布之所以同意带走弗洛伦斯的真正动机,即他是为了安慰妻子,替死去的女儿帕特里夏找一个替代品。但是雅克布带回弗洛伦斯,是否真的可以给妻子罗蓓卡带来快乐,帮助她走出丧女之痛的阴影呢?

　　实际情况则与此相反。弗洛伦斯的到来使得罗蓓卡的伦理身份发生了变化。罗蓓卡原本是一位英国少女,在18岁那年,被父亲以"邮购新

---

① Toni Morrison. *A Mercy*. New York: Alfred A. Knopf, 2008, p.23.
② 聂珍钊:《文学伦理学批评:基本理论与术语》,《外国文学研究》2010年第1期,第19页。
③ Toni Morrison. *A Mercy*. New York: Alfred A. Knopf, 2008, p.26.

娘"的身份，远嫁美国，成了雅克布的妻子。除了遭受被父亲遗弃的创伤外，罗蓓卡还经历了长女帕特里夏意外离世的沉痛打击。丈夫带回弗洛伦斯，使得"邮购新娘"罗蓓卡具有了两重身份：她既是弗洛伦斯的女主人，也是弗洛伦斯的领养者。第一重身份使得罗蓓卡与弗洛伦斯之间建构了不平等关系，她是弗洛伦斯的统治者与压迫者，成了操控弗洛伦斯生死大权的人。这也是为什么她后来可以登出海报，准备卖掉弗洛伦斯的原因之一。第二重身份加深了罗蓓卡痛失爱女帕特里夏的创伤。弗洛伦斯与帕特里夏年纪相仿，她的出现使得敏感的罗蓓卡不断地巩固和强化自己的特殊身份——一个失去孩子的母亲，这势必加重了她内心深处的痛苦以及她对死去女儿的思念。根据弗洛伦斯的描述，在某年冬天，因为天气寒冷，在征得罗蓓卡的同意后，自己借用了帕特里夏生前穿过的鞋子。但是当罗蓓卡看到弗洛伦斯穿上帕特里夏鞋子的时候，"她突然坐在雪地里哭起来。先生过来了，用双臂把她抱进屋子"①。换言之，只要弗洛伦斯在身边，罗蓓卡就很难走出痛失爱女帕特里夏的阴影。由此说来，雅克布带回弗洛伦斯的良苦用心也就付诸东流了。雅克布从多尔格特种植园带回了弗洛伦斯这个与帕特里夏年纪相仿的女孩，其出发点是为了尽到丈夫的责任，帮助妻子走出丧女之痛的阴影。事与愿违的是，此举反而加重了罗蓓卡内心深处的创伤，雅克布也因此由一个关爱妻子的"好男人"变成了揭露妻子伤疤的"负心汉"。

此外，"卖女为奴"这一事件也使得该事件的主角弗洛伦斯母女的伦理身份发生了根本性的改变。她们原本是一对相依为命的母女，这一事件的结果使得她们之间的母女关系发生断裂。母亲成了主张让女儿以奴隶身份来抵债的主谋，原本维系她们之间关系的血肉亲情演变成母亲用来转让女儿的理由和筹码。弗洛伦斯的母亲由爱护女儿的"慈母"变成了将女儿狠心遗弃的"毒妇"。尽管像我们在前面所指出的那样，弗洛伦斯的母亲在主观上是出于自己无比深沉的母爱，但这并不能否认她在客观上造成自己抛弃女儿的事实，在背负"卖女求荣"的骂名的同时，也不可避

---

① Toni Morrison. *A Mercy*. New York: Alfred A. Knopf, 2008, p.69.

免地导致了这种伦理上的过失与混乱。

作为这起事件的核心和最大受害者,弗洛伦斯的伦理身份也发生了彻底改变。突然之间,她由一名快乐无知的小女孩变成了一个被亲生母亲抛弃的孤儿。对此,弗洛伦斯毫无思想准备,其严重后果是,她对自己的伦理身份产生了困惑。在被雅克布带走之后,她禁不住开始怀疑自己是否就是一个没有人要的女孩。尤其是当弗洛伦斯在向自由的黑人铁匠表白爱情遭到拒绝后,她变得更加失落和迷惘。在小说中,出离愤怒的弗洛伦斯严厉地控诉黑人铁匠,"你的意思是我对你什么都不是?我在你的世界里毫无意义?"①这里的指控表面上只是针对拒绝自己爱情的黑人铁匠,实则将控诉的矛头指向了当年抛弃自己的母亲。无论控诉对象是他们两人之中的哪一个,都掩盖不了弗洛伦斯对自己的伦理身份感到困惑这一事实。

三、伦理意识驱动下的"生活书写"

雅克布从多尔格特种植园回来之后,开始近乎疯狂地建造一座大房子。不幸的是,在房子还没有完全建好之前,他就因病离世。此后,这座房子一直处于废弃状态。就是在这座被废弃而且还有点闹鬼的房子里,弗洛伦斯每天晚上都冒着被别人发现的危险,不畏严寒酷暑,一只手拿着火把,一只手艰难地在墙壁和地板上刻下自己被母亲抛弃、被雅克布带走为奴的经历。在某种意义上说,《慈悲》所讲述的故事就是弗洛伦斯"生活书写"(life writing)的产物。从内容上来说,生活书写是"对自我、记忆和经历的记录"②;从风格上来说,它借用了"传记的模式,以及沉思和自白的文体"③。弗洛伦斯为什么要不惜冒着巨大的危险,忘却害怕和黑暗,忍受常人难以忍受的痛苦,在墙壁和地板上艰难地刻下这些文字?她写

---

① Toni Morrison. *A Mercy*. New York: Alfred A. Knopf, 2008, pp. 141—142.
② "Life Writing." [2019—12—19] https://en.wikipedia.org/wiki/Life_writing,2020年5月1日访问.
③ Peter Childs and Roger Fowler. *The Routledge Dictionary of Literary Terms*. London: Routledge, 2006, p. 21.

作的出发点和动机是什么？支撑她一直写下去的动力又在哪里？

借用文学伦理学批评的利器，上述问题迎刃而解。在文学伦理学批评家看来，"文学的产生最初完全是为了伦理和道德的目的"①。文学的根本目的"在于为人类提供从伦理角度认识社会和生活的道德范例，为人类的物质生活和精神生活提供道德指引，为人类的自我完善提供道德经验"②。照此看来，弗洛伦斯克服重重困难，坚持书写自己人生经历的主要原因在于她内心深处的伦理意识。正是在伦理意识的驱动下，弗洛伦斯才勃发了强烈的写作冲动。她希望可以借助书写这种独特的方式，来记录和保存自己的伦理经验，以便与自己深爱的黑人铁匠，乃至与广大读者分享。

虽然从整部小说看来，弗洛伦斯的受述者是她所爱恋的黑人铁匠，但是她在写作中故意使用了第二人称"你/你们"（you），有意识地放大了自己的读者群，即要与更多的人来分享自己的伦理经验。在英语中，you 是一个非常特殊的人称代词，它不仅模糊了性别、年龄、国籍、种族之间的界限，而且模糊了单数与复数之间的界限，任何一个读者都可以是 you 所指称的对象。此外，使用第二人称 you 的效果还在于拉近了读者和她之间的距离，建构起一种亲密关系。在小说的一开始，弗洛伦斯说："不要害怕。我所讲的东西不会伤害你。"③她为什么在叙述的开始阶段就告诫读者"不要害怕"（Don't be afraid）？她担心读者害怕的内容是什么？回答这些问题，同样需要借助伦理这一重要元素。

首先，答案在于弗洛伦斯所讲述的故事本身。弗洛伦斯所要讲的是一个关于伦理秩序混乱和道德失衡的故事，这也是弗洛伦斯从她的个人立场对自己人生经验所做的一个判断。如果说人压迫人，把人作为奴隶、作为商品来买卖，违背了人人平等的道德准则，折射了一个伦理失常的社会制度，那么一位母亲主动要求把女儿送给别人做奴隶，则更是一个让人感觉不可思议的伦理悲剧。毋庸置疑，这个故事会让任何一个具有道德

---

① 聂珍钊:《关于文学伦理学批评》,《外国文学研究》2005 年第 1 期,第 8 页。
② 聂珍钊:《文学伦理学批评:基本理论与术语》,《外国文学研究》2010 年第 1 期,第 17 页。
③ Toni Morrison. *A Mercy*. New York: Alfred A. Knopf, 2008, p. 3.

正义感的读者感到触目惊心。

其次,答案还在于弗洛伦斯个人的叙述行为和叙述目的。她警告读者的原因是为了让读者相信自己的叙述行为的无害性,耐心地听自己讲完这个故事。尽管自己所要叙述的故事让人感觉匪夷所思、耸人听闻,但这的的确确是发生在自己身上的真人真事。在叙述的过程中,她没有编造、没有撒谎。换言之,她是忠实可靠的叙述者。自己虽然是这起事件的受害者,但她重新讲述这个事情的目的不是为了吓唬读者,更不是为了伤害他们。这就是弗洛伦斯首先想要阐明的伦理立场。忠实可信是她作为叙述者所要努力承担的伦理责任。实际上,"生活写作"的重要力量就是它的真实性。个人生活中的善行和美德会给读者以激励与鼓舞,而其错误和缺点则会给读者以告诫与警惕,由此强化了"生活写作"教诲功能。套用杨正润先生对传记教诲功能的评价,"生活写作"的教诲"不可能通过虚假的宣传和美化得到,而只能通过对真实的人物命运的思考所产生"①。

"伦理意识导致人类渴望用固定的形式把自己的伦理经验保存下来。"②在所有用来保存伦理经验的固定形式中,文字是一种最基本的实现手段。这一点在文字的起源上也能够得到解释。文学伦理学批评认为:"人类为了表达自己的伦理意识,逐渐在实践中创造了文字,然后借助文字记载互相帮助和共同协作的事例,阐释人类对这种关系的理解,从而把抽象的和随着记忆消失的生活故事变成了由文字组成的文本。"③虽然弗洛伦斯识字不多,不仅没有安定的写作环境,甚至还要冒着生命危险,但她毅然坚持写完了自己的生活故事,其最根本的原因就是受到了伦理意识的驱使。

难能可贵的是,在写作的过程中,弗洛伦斯不仅实现了自我成长、重新确立了自己的伦理身份,而且还同母亲达成了和解。如果说弗洛伦斯为拯救女主人罗蓓卡的生命去寻找黑人铁匠的旅程,象征着她在寻找和

---

① 杨正润:《现代传记学》,南京:南京大学出版社,2009年,第218页。
② 聂珍钊:《文学伦理学批评:基本理论与术语》,《外国文学研究》2010年第1期,第18页。
③ 同上书,第14页。

发现自我的身份,那么她富有伦理特性的"生活书写"则更是这一过程的体现。在小说的开始部分,即弗洛伦斯刚刚开始讲述自己的故事的时候,她对母亲把自己交付给雅克布来抵消原主人的多尔格特所欠下的债务的做法,颇为不满,并将此阐释为母亲抛弃自己的行为。而且,弗洛伦斯还把母亲抛弃自己的原因阐释为是她对弟弟的偏爱。为此,她曾经憎恨过自己的弟弟,埋怨过自己的母亲。弗洛伦斯试图割裂自己与弟弟、自己与母亲之间的关系,把弟弟称之为母亲的小男孩或宝贝儿子,即"她的小男孩"(her little boy)或"她的宝贝儿子"(her baby boy)。长期以来,她一直不肯原谅母亲当年抛弃自己的行为,甚至于做梦都不想看见母亲。"这个梦总比梦见母亲和她的小男孩要好。在那些梦里她总是想告诉我什么。是她睁开的双眼。是她一张一息的嘴巴。我把目光移开了。"①在弗洛伦斯看来,不管梦见什么,总比梦见母亲和"她的小男孩"要好。即使在梦里见到了母亲,尽管在梦里母亲看着她,试图想说些什么,弗洛伦斯也要"把目光移开"(look away from her)。可见,在这一阶段,弗洛伦斯对自己的身份产生了困惑,始终怀疑自己是一个"弃儿",一个被亲生母亲抛弃的人,尽管她在心里始终不敢承认或者不愿意承认这一身份。

但是,随着弗洛伦斯的成长以及她书写过程的延续,她对母亲的态度逐渐有了改变,对自己的身份也有了新的认识。年幼的弗洛伦斯只注意到了母亲作为母亲的第一重身份,而没有注意到母亲的另外一重她终生都无法改变的身份——一名失去自由和权利的奴隶。当年,母亲请求雅克布带走自己,就母亲的第二重身份而言,也是没有办法的办法。无论是母亲还是自己都是原主人多尔格特的财产,真正主宰自己命运的是多尔格特,能够做出决定卖掉自己的也是多尔格特。长大后的弗洛伦斯逐渐意识到,自己被雅克布带走抵偿主人多尔格特拖欠的债务,并不是母亲的过错,罪恶的奴隶制度才是自己被转手为奴的根本原因。对于自己的去与留,母亲实际上是无能为力的。至此,弗洛伦斯不仅原谅了母亲,而且后悔自己长期以来对母亲的误解。

---

① Toni Morrison. *A Mercy*. New York: Alfred A. Knopf, 2008, p.101.

我们知道,弗洛伦斯把自己的写作称为"自白"(confession)①。在英语中,confession 除了具有"自白"的含义之外,还含有"忏悔"的意思。从某种意义上说,《慈悲》既是弗洛伦斯的"自白书",也是她的"忏悔录"。一方面,她很坦承地向受述者黑人铁匠,或者在更大层面上而言,向广大读者毫无保留地讲述了自己的生活故事,尽管这个故事的内容略显可怕。另一方面,她也是在为自己误解母亲而忏悔。换言之,在书写的过程中,弗洛伦斯不仅走出了自己被抛弃的阴影,而且还消除了对母亲的憎恨,原谅了母亲。这实际上也体现了弗洛伦斯身上所具有的理解和宽容等伦理品质。同时,书写还帮助弗洛伦斯重新确定了自己的伦理身份,即:她不是母亲的"弃儿"而是母亲的"爱女",母亲当年抛弃自己的根本原因是在于她内心深处对自己浓厚的爱。

如果说弗洛伦斯的"生活书写"是通过自己刻在墙壁和地板上的文字来实现的,那么她母亲的"生活书写"则完全采用了"独白式"的"口头叙述"形式。但是这两种形式的"生活书写"都有两个共同的特点:第一,它们在文学上最终都是以真实作者莫里森所撰写的小说《慈悲》为表现样式,并由此在现实世界得到了流传。第二,它们的成因都是源于人物的伦理意识,目的是为了记录并保存自己的伦理经验。在这方面,弗洛伦斯母亲的"生活书写"显得尤为明显。在小说的结尾处,她对受述者弗洛伦斯的告白,让人感到一种心灵的悸动:"我的心将会没日没夜地沉没在尘土之中,直到你能够理解我所知道的也是我一直渴望告诉你的一切:被人控制是一件艰难的事情;控制别人是一件错误的事情;让别人控制自己是一件邪恶的事情。"②这是弗洛伦斯的母亲对自由与控制之间关系的理解,也是她穷其一生,努力传授给女儿的伦理经验。

很明显,弗洛伦斯的母亲完全从伦理道德的角度来对与自由相关的选择做出是非正义的价值判断。首先,她认为"被人控制是一件艰难的事情"。就其个人而言,作为主人多尔格特的奴隶,她完全失去了自由。在

---

① Toni Morrison. *A Mercy*. New York: Alfred A. Knopf, 2008, p. 3.
② Ibid., p. 167.

多尔格特庄园,自己作为奴隶的日子苦不堪言,不仅被无情地剥夺了辛勤劳动的果实,而且还时刻面临被肉体侵犯的危险,连女人最基本的个人安全也得不到保障。这也说明了她为什么要尽自己的最大力量帮助女儿弗洛伦斯离开这里,脱离被多尔格特控制的魔掌。其次,"控制别人是一件错误的事情"。从小的方面来说,这是她对主人多尔格特的控诉;从大的方面的来说,这则是她对整个奴隶制度的控诉,因为人压迫人的奴隶制度背离了"人生来平等"的原则,是极不道德的行为。最后,她认为"让别人控制自己是一件邪恶的事情"。这条经验无疑是对女儿弗洛伦斯的告诫:自由是非常宝贵的,如果主动放弃自由、让别人来控制自己,不仅是自我的迷失,而且也是一种对自我不负责任的行为。"从文学伦理学批评的观点看来,几乎所有的文学文本都是对人的道德经验的记述。"①无论弗洛伦斯以文字形式的"生活书写"还是其母亲以"口头叙述"形式的"生活书写",它们的本质都是在伦理意识的驱使下小说人物对自己生活的道德经验的叙述与判断,并最终假借小说这一独特的文学样式成功地"流传给后代并与人类分享"②。

本章小结

在文学伦理学批评方法的启发和引导下,我们对《黑男孩》《杨布拉德》和《慈悲》三部美国经典非裔作品所蕴含的伦理价值有了更深刻的认识和挖掘,对其中所表征的伦理问题有了更为准确的学术定位。其中,在文学伦理学批评方法中的伦理禁忌、伦理身份、伦理两难、伦理选择等核心概念的帮助下,我们不仅洞悉了造成黑人家庭和社区内部伦理关系的扭曲、南方白人男性的种种道德失范以及美国黑人经常遭遇的伦理困境等问题背后的社会根源,为反思和解决这些问题提供了有益参照;而且还看到了美国非裔文学所蕴含的超越种族视域的面向,对不同文化和民族

---

① 聂珍钊:《文学伦理学批评:基本理论与术语》,《外国文学研究》2010年第1期,第20页。
② 同上书,第18页。

的读者都具有相当的道德教诲意义。

在对《黑男孩》进行分析时我们发现,赖特将白人与黑人的种族关系以及黑人内部等各种伦理关系布局在该作结构之中,以他对南方黑人苦难的理性认知为依托,利用了布鲁斯呼与和在叙事上的对话性和展性功能,将黑人生存的伦理困境拓展至一个历史的维度,开创了边缘—主流的对话模式。一方面,他公开地批评了白人所谓的家长—孩子的种族伦理关系及其赋予黑人男性的伦理身份对黑人身心的压迫和性格的扭曲,揭示了以暴力支撑的伦理禁忌是他们维系其权威地位的一种规训方式;另一方面,他反思了黑人种族几个世纪以来被白人不断妖魔化的内因,探析了黑人家庭中错位的伦理关系与他们悲惨境遇的因果关系,从而深层次地揭示出了黑人边缘化的生存处境对美国社会以及黑人种族家庭带来的弊端。同时他也毫不留情地问责了黑人父亲在家庭伦理关系中的失职,并表达了他对身为受害者的黑人女性家长不自觉地长期维护这套伦理体系的同情和批评。

赖特指出了在欧洲父权制体系下衍生的美国种族家长制伦理机制对美国黑人行为取向和价值判断上造成的病态的误导。他以此为据向天下昭示,美国社会伦理秩序的建构基础和维系方式本身就是不道德且非人性的,它是造成美国种族问题的根源所在。如果黑人想要在这一深渊中涅槃重生,他们除了要改变对"黑孩子"这种受到歧视的伦理身份的认同外,还需要在黑人家庭内部彻底改变暴力的对话方式和示爱方式。如果黑人能以家庭的力量培养孩子的自信与品德,辨清真理的方向,完善自身的品质,这个种族才能真正地改变一直处于"孩子"的伦理身份,获得健康地迈向成年的通途。

在对《杨布拉德》进行文学伦理学分析的过程中,伦理身份这一重要学术概念让我们认识到该作中约翰等南方白人男性种种道德失范行为与美国南方男性气质之间的密切关联。因为从本质上讲,男性气质是一种伦理身份,一种性别伦理身份,是社会赋予或强加在男性个体身上的责任和义务,对男性个体的思想和行为有着深远的影响和强大的制约力。通过对该男性气质的概念辨析以及对南方种族和性别文化的审视我们发现,以"保护南方淑女的贞洁"为核心的美国南方男性气质在一定意义上是男权思想和种族歧视合谋的产物,本身就包含着对女性和非白人人种的歧视和压迫。约翰等南方白人男性在白人女性和黑人身上犯下种种令人发指的罪行而没有任何良心的不安和愧疚之情,与该男性气质对他们的误导是分不开的;而他们犯下的这些良知泯灭、道德沦丧的罪行并没有受到任何形式的道德谴责和法律制裁则说明这些行为也是南方社会所默许甚至纵容的。

可见,伦理身份这一文学伦理学批评概念可以让我们更好地把握男性气质这一社会学概念的文化属性和运行机制,更充分地认识到其对男性个体人格与道德实践的影响力。这也要求我们在对作品人物形象的人格和道德进行分析的过程中,不能忽略该人物形象的伦理身份对其思想和行为的影响及制约,这样才能找到其人格或道德问题的症结,从而找到解决问题的途径,才能标本兼治。受种种因素的影响,既定的伦理身份本身也存在一定的局限性,容易给社会个体的思想和行为带来误导。这也提醒人们要对这些负面因素保持一定的反思和防范意识,不能盲目认同与遵从,避免被其扭曲和异化。

在对《慈悲》这部经典作品进行分析的过程中,伦理选择这一文学伦理学批评概念向我们揭示了弗洛伦斯的母亲在"卖女为奴"这一事件中所面临的伦理困境及其伦理选择的艰难,也让我们更深刻地认识到奴隶制的罪恶,同时也彰显了母爱的深沉和伟大。而伦理身份这一概念则让我们看到"卖女为奴"这一事件给雅克布造成的伦理混乱,让他获得了其原本憎恶的奴隶主这一伦理身份,成了多尔格特的同类。可见,在奴隶制这一罪恶的体制下,几乎没有人可以"独善其身",没有人可以保持道德上的完美无暇,这也进一步体现了奴隶制的原罪性。尽管如此,在雅克布这个白人男性身上,我们依然能够看到没有被摧毁的良知和慈悲之心,这也是该作的一个伟大之处。该作虽然揭露和控诉了美国奴隶制的罪恶,但同时也颂扬了人性的伟大,并对人的自我救赎寄予希望。这种使人之为人的东西则可以称为伦理意识,一种超越兽性因子和丛林法则束缚的东西,一种博大的胸怀和精神品质。正是在这种伦理意识的驱动下,弗洛伦斯开始了"生活书写",不仅在书写的过程中重构了自己的主体性,实现了自我救赎,而且还把自己的经历以现身说法的方式与广大读者分享,让他们在她的叙述中得到激励和启迪。

　　通过以上的分析可以看出,美国非裔文学所表征的诸多伦理问题既有其族裔特殊性,也有着相当的普世价值。作为族裔文学的典范,美国非裔文学对美国乃至世界种族问题的反思是最为深刻和犀利的。在三部作品中,奴隶制和种族歧视是造成白人—黑人以及黑人内部家庭和社区伦理关系扭曲、伦理混乱以及黑人所面临的种种伦理困境和伦理两难的一大罪魁祸首,就连本属性别范畴的美国南方男性气质的思想和规范中也隐含着浓厚的种族歧视成分。因此,即便在所谓的"后种族时代",种族伦理依然是美国非裔文学研究不能回避的课题。难能可贵的是,非裔美国文学作品中的人物形象并没有因其遭受的种种不公和非人道的待遇而自怨自艾,而是对其个人、家庭和黑人社区中存在的种种伦理问题保持着相当程度的反思和自省意识,并通过各种努力实现在非正义社会的自我救赎。这种积极向上的精神是非常宝贵的,对于任何身处逆境的个人和族群的成长和发展都是一种催人向上的正能量。另外,正如《慈悲》中的弗洛伦斯那样,美国非裔作品中的人物并没有沉浸在自身的苦难和创伤中不能自拔,而是表现出一定的超越性,心怀天下,希望更多的读者在他们的苦难经历中受到道德教诲。

　　以上三部作品仅仅是群星璀璨的美国非裔小说的冰山一角,同样有着强烈伦理诉求和道德意蕴的作品还有很多。赖特的《土生子》、詹姆斯·鲍德温(James Baldwin,1924—1987)的《向苍天呼吁》(*Go Tell It on the Mountain*)、拉尔夫·埃里森(Ralph Ellison,1914—1994)的《看不见的人》(*Invisible Man*)、切斯特·海姆斯(Chester Himes,1909—1984)的《孤独的征战》(*Lonely Crusade*)、艾丽斯·沃克(Alice Walker,1944—)的《格兰奇·科普兰的第三次生命》(*The Third Life of Grange Copeland*)、欧内斯特·盖恩斯(Ernest Gaines,1933—)的《刑前一课》(*A Lesson Before Dying*)、莫里森的《宠儿》(*Beloved*)、伊斯梅尔·里德(Ishmael Reed,1938—)的《逃往加拿大》(*Flight to Canada*)和爱德华·琼斯

(Edward Jones,1950—)的《已知世界》(*The Known World*)等小说，同样具有独特的伦理特性，值得我们持续关注。但由于篇幅所限，本章仅对这三部典型作品中几个具有代表性的伦理问题进行分析，希望能够起到抛砖引玉的作用，引发学界对美国非裔文学作品中伦理问题的兴趣，对其中蕴含的深刻伦理思想进行广泛和深入的研究。

第八章

美国华裔小说中的伦理选择

美国华裔文学始自19世纪中叶,距今已有一百五十余年沧桑史,发于微而日渐兴盛。随着20世纪六七十年代美国"泛亚裔运动"的不断推进和深远影响,美国的华裔文学自发端时起一直与亚裔文学"共生共荣"(张子清),涌现出如汤亭亭(Maxine Hong Kingston)、赵健秀(Frank Chin)、谭恩美(Amy Tan)、任碧莲(Gish Jen)、雷祖威(David Wong Louie)、黄哲伦(David Henry Hwang)、哈金(Ha Jin)等一批成就非凡的华裔美国作家。美国华裔文学研究自20世纪70年代起,蓬勃发展了四十余年,不仅在美国本土出现了如陈光耀(Jeffery Paul Chan)、金惠经(Elaine Kim)、林英敏(Amy Ling)、黄秀玲(Sau-ling Cynthia Wong)、林玉玲(Shirley Geok-lin Lim)、骆里山(Lisa Lowe)、张敬珏(King-Kok Cheung)、尹晓煌等诸多重要的批评家,而且在太平洋彼岸的中国发展迅猛、方兴未艾,中美两国已形成各具特色与规模的研究模式,研究视角多元、内容丰富、成绩斐然。

由于"美国华裔文学"具有典型的跨语言、跨民族、跨国别、跨文化的天然属性,中美学界一直对其概念定义存有争议,同时,该概念的内涵和外延也伴随着亚裔/华裔美国文学批评史的发展而处于不断变化之中。为了便于讨论,本章采取较为宽泛的定义,将"美国华裔文学"界定为定居美国(拥有美国国籍)、具有中国血统的作家用美国官方语言(英文)创作的文学作品。本章以美国华裔小说家伍慧明(Fae Myenne Ng,1956—)的《望岩》(*Steer Toward Rock*)、任碧莲(Gish Jen,1956—)的《莫娜在希望之乡》(*Mona in the Promised Land*)两部长篇小说以及李翊云(1972—)的《千年敬祈》(*A Thousand Years of Good Prayers*)、《金童玉女》(*Gold Boy, Emerald Girl*)两部短篇小说集为重点分析文本,试图运用文学伦理学批评方法对不同时期的美国华裔小说予以解读和考察,结合美国华人百年移民史、美国华裔文学发展史,以中国传统伦理道德价值观为参照,分析美国华裔小说创作的历史沉积与现实语境,探讨美国华裔文学中华人面临的特殊伦理环境,展现华人面临的多重伦理困境及其艰难的伦理选择,发掘华人伦理选择背后蕴含的复杂动因,并呈现华人身份认知与伦理选择的动态轨迹,从而揭示美国华裔文学对跨文化背景下中美伦理观念建构的深刻意义。

伍慧明的第二部长篇小说《望岩》创作于21世纪初,再现了20世纪中叶麦卡锡时代背景下美国政府向当地华人实施"坦白计划"的沉痛历史,重现了特殊时期孤立、封闭的华人社区及其扭曲、畸形的家庭伦理关系,展现了华人移民所面临的身份困惑及其对自身伦理身份的不懈追寻。小说围绕着旧金山唐人街的"纸生仔"杰克追寻美国公民身份的伦理主线展开叙事,探索华人移民以"契纸"为纽带构筑的民间契约伦理对其法律上和事实上的家庭伦理造成的干扰,揭示几代华人移民面临契约伦理身份与现实伦理身份错位的困境,以及这些伦理困境对美国华人个人身心、家庭关系和社区关系造成的严重创伤。小说不仅通过司徒金—杰克—维达一家三代扭曲的家庭关系来书写美国华人移民史上普遍存在的"契纸"现象及其历史成因,警示读者铭记排华时期华人的痛苦遭遇;同时也真实地再现了"坦白计划"下阴云密布的唐人街社区,以及困境中的华人移民对自我伦理身份的执着探寻和融入美国社会的艰辛历程。本章以文学伦理学批评为研究视角,紧扣剧中主人公的伦理身份困境和伦理选择问题展开论证,并探讨了华裔作家伍慧明打破沉默、还原历史的创作倾向和文学价值。

任碧莲的第二部长篇小说《莫娜在希望之乡》创作于20世纪末,延续了其第一部小说《典型美国人》中对族裔本质属性的高度关注,继续探索族裔身份多元性、不确定性、流动性和自我建构性等特质,表现出非常超前的族裔身份观念。小说围绕着第二代华裔、黄皮白心的"香蕉人"莫娜质疑自己的华人血缘伦理身份,向往并主动选择非原生族裔的文化身份的故事而展开。小说中华人伦理身份在美国性与族裔性方面不是二元对立的,不是相互抵触、背道而驰的,而在本质上是殊途同归的。莫娜经过对自我伦理身份的质疑和探寻之后明白:作为一个美国人,其伦理身份中的"美国性"让她拥有了族裔身份自我建构和自我选择的可能性和合法性。莫娜的"美国人"身份让她拥有身份转换的自由,因此能够抛弃其基因定义的华人族裔身份,转换成美利坚民族身份,并且最终能根据自己所皈依的犹太教精神信仰选择转换成犹太裔美国人。该小说打破了多数华裔小说浓墨描绘的封闭的唐人街家庭故事和社群关系的书写模式,展现了美国作为多民族、多元文化汇集的移民国家所呈现的异族通婚、异族交往等文化杂糅现象。在莫娜与朋友建立的"古格尔斯坦营"里,华人、犹太人、日本人、黑人、白人可以不带种族偏见、公开坦诚地讨论种族问题并选择自己的族裔身份。"古格尔斯坦营"可被视作一个"族裔理想国",寄托了华裔作家任碧莲锲而不舍地追求独立自我,构建多族裔和平共处之理想国的美好愿景。本文以伦理身份与伦理选择为关键词,论证莫娜质疑—探索—选择的身份探寻三阶段,并与《望岩》中杰克的伦理身份探寻进行比较分析,展现了几代华人伦理身份和伦理选择的嬗变。

与哈金一样,李翊云是一位在中国出生、成长、大学毕业以后才移居美国的新移民作家,一直用英语创作并屡次斩获西方文学大奖,在当代英语写作世界,尤其在短篇小说创作领域占有重要席位。李翊云的成名作

《千年敬祈》描绘了社会转型中底层人民的生活,真实再现了改革开放初期中国的社会变迁和中外交流,反思了中国在现代化进程中经济腾飞、物质繁盛与道德滑坡、伦理缺位的悖论;第二部短篇小说集《金童玉女》着力表现20世纪末全球化进程中与世界高度互动的中国,侧重描写小人物内心的孤独与疏离,却寄望于表现人性之爱来憧憬未来。李翊云的两部短篇小说集聚焦平凡小人物的生活,反映其多样的生存状态和丰富的精神世界,通过对小人物群像伦理境域的集合性描绘,两部小说集从不同侧面折射了新旧交替时期的社会现状和社会转型中的各种伦理冲突,突显了作者深厚的人文关怀和崇高的道德理想。本章运用文学伦理学批评方法,将李翊云两部短篇小说集中非英雄式主人公所面临的伦理困境进行提炼总结、分类阐述,探讨他们在理性意志与自由意志的多轮博弈下作出的理性的、非理性的或延宕的伦理选择,并分析以李翊云为代表的美国华人新移民作家如何借助英文小说来回望故国、反思母国的历史与文化、展现普世性伦理价值。

第一节 美国华裔小说中
华人伦理身份与伦理选择的嬗变

华裔美国文学作为美国少数族裔文学的重要组成部分,近几十年来呈现蓬勃发展的态势。伍慧明和任碧莲都是20世纪90年代崭露头角的美国华裔女作家。伍慧明曾获得过"古根海姆基金会奖"(2009)等多项大奖。《望岩》是伍慧明继处女作《骨》(Bone)之后完成的第二部长篇小说。这部小说虽然创作于21世纪初,反映的却是20世纪中叶麦卡锡时代美国政府向美国华人实施"坦白计划"(The Chinese Confession Program)背景下,华人移民所面临的伦理身份的困惑及对伦理身份的追寻。《莫娜在希望之乡》是任碧莲继《典型美国人》(Typical American)之后的第二部长篇小说,该书获得了"国家批评界奖"和"《纽约时报》年度好书"的称号,还被《洛杉矶时报》评为"1996年十佳书籍"之一。《莫娜在希望之乡》虽然创作于20世纪末期,尚未进入21世纪,但其中倡导的族裔伦理身份的多样性与流变性观念却具有超前性。本文试图运用文学伦理学批评方法,通过对这两部小说主人公伦理身份与伦理选择的比较分析,考察华裔美国作家笔下美国华人伦理身份及伦理选择的嬗变。

一、《望岩》中杰克伦理身份的错位、缺失与找寻

伍慧明的小说《望岩》讲述了 20 世纪 60 年代,中国广东青年梁有信为了获得赴美资格,向旧金山唐人街开赌场的司徒金购买假身份,取名杰克·满·司徒,做了司徒金"契纸"上的儿子。他与唐人街里华裔女孩儿乔伊斯相爱并育有一女维达,却被迫娶"契纸妻子"伊琳为妻,但伊琳实际上却是她的"契纸父亲"司徒金的"替代妻子"。为了摆脱畸形家庭关系带来的痛苦,杰克参加了美国政府的"坦白计划"。因此司徒金受到牵连,杰克也被报复致残。杰克在晚年,申请成为了美国公民。《望岩》中人物的伦理关系,都围绕着"契纸"展开,故事线索由杰克对美国公民身份的追求贯穿始终。杰克经历了自我伦理身份的错位、缺失和寻找过程后,最终确立了伦理身份。

《望岩》中人物伦理身份和伦理关系,是由"契纸"建立的。主人公杰克在 19 岁时为了到美国谋生,与司徒金建立了书面契约上的父子关系。由于"契纸"的约定,杰克履行着儿子、丈夫应尽的义务,比如孝敬司徒金,和"契纸"妻子伊琳举行婚礼等。

除契约基础上建立的伦理身份以外,作品中的人物还具有第二层伦理身份,即现实中的伦理身份。比如司徒金和伊琳现实生活中的夫妻身份,杰克与华裔女孩乔伊斯的情人身份等。由于美国的移民政策规定,已婚的司徒金无法和他在中国的妻子团聚,所以只能借杰克妻子的身份,在美国娶了一位替代的妻子。杰克与乔伊斯存在真实的感情,并且育有一个女儿维达,但是因为杰克和伊琳的法律关系,两人只能以情人的身份相处。

契约构成的伦理身份和现实中人物的伦理身份之间,并不互相平行独立,而存在着交叉和错位。从契约的角度来看,司徒金是杰克的父亲,伊琳是杰克的妻子。但是从现实生活的伦理身份看,伊琳是司徒金的妻子、杰克的母亲。这种交叉错位的伦理身份,让杰克陷入了一种伦理混乱和伦理两难的境地。如果他接受契约上的伦理关系,那么自己的父亲娶了自己的妻子。如果从现实的伦理身份来看,杰克娶了他的母亲,而情人乔伊斯虽与他生育了女儿,却因为没有合法的妻子身份,不能与他结婚。

杰克在双重错位的伦理身份之间游走纠缠,一直找不准自己的身份定位,正如杰克所说:"我爱的女人不爱我,我娶的女人不是我的女人,张伊琳在法律上是我的妻子,但事实上她是司徒一通的女人。"① 错乱的伦理关系,导致杰克对自己的伦理身份认识不清晰。

如果从社会层面来看杰克的伦理身份,可以看到他的伦理身份其实是缺失的。聂珍钊教授指出,"由于社会身份指的是人在社会上拥有的身份,即一个人在社会上被认可或接受的身份,因此社会身份的性质是伦理的性质,社会身份也就是伦理身份"②。杰克在到美国之前,已经被抱养给了一个村子里没有孩子的女人,随后移民到美国,从这一层面来说,杰克血缘上的伦理身份已经被隔断。来到美国后,美国政府实施的"坦白计划"要求以"契纸儿子"身份入境的华人移民坦白自己的伪造身份,如果继续隐瞒伪造身份而被查出,将会被遣送回国。"坦白人"不会遭到处罚和遣返,但需交出美国护照随时听候遣返处置。杰克为了摆脱伦理身份混乱的处境,打算参与"坦白计划",以坦白自己与司徒金之间的契约关系而确立自己的社会伦理身份。但"坦白"依然是一个伦理两难的选择。如果杰克选择坦白,他相当于出卖了自己的父亲,背负了不孝和背叛的罪名,同时坦白还会引起连锁反应,改变与他建立契约的亲属关系的伦理身份,扰乱现存的伦理秩序。如果他选择不坦白,就会永远陷入伦理身份不明晰的处境。由于契纸身份是伪造的身份,所以杰克一直以来用不真实的身份来定位自己。在杰克坦白以后,他的美国护照被没收,这意味着从社会层面来说,杰克的身份是缺失的,这种身份的缺失陪伴着杰克走过大半辈子的生活历程,直到杰克晚年在女儿维达和"契纸"妻子伊琳的鼓励下

---

① Fae Myenne Ng. *Steer toward Rock*. New York:Hyperion,2008,p.3. 译文见[美]伍慧明:《望岩》,陆薇译,长春:吉林出版集团有限责任公司,2012年,第3页。

② 聂珍钊:《文学伦理学批评导论》,北京:北京大学出版社,2014年,第264页。

正式成为美国公民。

虽然杰克一直面临伦理身份错位乃至缺失的处境，但他始终没有停止对伦理身份的找寻。"人的身份是一个人在社会中存在的标识"①，如果一个人不具备明确的身份定位，那么他生存在世界上就没有归属感，也就无法拥有正常人的权利和自由。杰克之所以在"契纸儿子"身份及"坦白计划"中徘徊，其实是在寻找一种心理的归属感，一种在异国站稳脚跟的踏实感。

杰克对伦理身份的找寻分为两种方式，一种是回到中国，重新连接起自己血缘上的、文化上的伦理身份。杰克在晚年不止一次向维达表示过重回中国的愿望。这个愿望由维达帮他实现。维达拜访中国，在广东的小村落里找到了杰克的亲生母亲，回溯了杰克的身世来源。维达以这种形式化的行为连接起了血缘文化上的伦理身份。此时维达也明白了他父亲要回国的意思："回中国就是回到母亲的怀抱。"②这是在心灵上对归属的寻求。

杰克另一种追寻伦理身份的方式是申请美国国籍，成为合法的美国公民。在杰克通过申请美国国籍考试后，官员问杰克选择梁有信还是杰克·满·司徒为自己的真实名字时，维达观察到了杰克的表情："爸爸张着嘴，我感觉像是被关进中级监狱一样。那个时候我明白了，他的表情是我一生都在为之困惑的，也是我在中国处处可以看见的。那是一张坚持、执著但又困惑的脸。"③杰克执着坚持的是自己伦理身份的找寻，困惑的是由伦理身份不明确导致的混乱和迷茫，这种伦理身份的缺失和不明晰，困扰了杰克一生。最后维达帮助父亲选择了杰克·满·司徒这个名字为杰克的美国公民名字，而不是杰克的真名。这说明无论是中式的名字还是美式的名字都不重要，它只是一个符号。重要的是，要有一个明确的、合法的名字的确立，这样才意味着，杰克拥有了一个合法的、明晰的伦理身份。至此，杰克用了几乎一生的时间，找到了自己的伦理身份。

---

① 聂珍钊：《文学伦理学批评导论》，北京：北京大学出版社，2014年，第263页。
② ［美］伍慧明：《望岩》，陆薇译，长春：吉林出版集团有限责任公司，2012年，第224页。
③ 同上书，第272页。

然而,正如《望岩》的译者陆薇所言,杰克最终获得的伦理身份仍具有悖论色彩。女儿维达为父亲选择了杰克·满·司徒作为登记美国公民的名字,因为这是"陪伴他度过了大半辈子的名字,这是他通过自己的努力换来的名字,是他为了爱而选择的名字,这个让他变得更真实的名字"①,但所谓"让他变得更真实的名字"毕竟是"他的假名字",杰克是以假名字、假身份才进入美国的,他之所以能获得真公民的资格,是以他坦白自己的假身份为前提的。这便是与杰克有着同样经历的美国华人所经历的共同的生存悖论:一个"契纸儿子"只有以承认自己伪造身份的方式才能获得美国公民的身份;在历尽艰辛终于获得选择的自由时却已经失去了选择的能力;"在假身份之下人们付出和得到的都是真感情,在真感情中,身份的真假已变得无足轻重"②。在这样的伦理困境中,"真实与虚假并不是绝对的二元对立的概念,它们是特定历史语境下的权宜的、相对的、在某些特定条件下甚至可以相互逆转的概念"③。对于杰克而言,来到美国之后经历的诸多磨难已让他感觉真名与假名之间没有太多分别,真名不过是个符号,假名却成为了不得不接受而且是习惯了的事实。真和假"都已经失去了他们本质上的绝对意义,因为他们本身就是社会建构的产物,是权力的附属品"④。

二、莫娜对自己伦理身份的质疑与重新选择

《莫娜在希望之乡》的故事开始于1968年,那时,"族裔意识的天空已经破晓,即将染红张家人所住郊区的夜空"⑤。作品一开始便点明了所讲述的是莫娜作为第二代美国华裔皈依了犹太教而引发的一系列故事。

莫娜出生并成长于美国,一直受到美国文化的教育,其思想和认知与

---

① [美]伍慧明:《望岩》,陆薇译,长春:吉林出版集团有限责任公司,2012年,第272页。
② 陆薇:《作品介绍》,[美]伍慧明:《望岩》,陆薇译,长春:吉林出版集团有限责任公司,2012年,第26页。
③ 同上。
④ 同上书,第27页。
⑤ Gish Jen. *Mona in the Promised Land*. New York: Vintage, 1996, p.3.

父母存在很大的不同。莫娜崇尚民主、自由、平等，对家庭和社会赋予她的既定的"华裔"身份不满，加上处于青春期的叛逆心态，她通过与朋友一起建立多种族组织"古格尔斯坦营"（Camp Gugelstein）来表达自己对伦理身份的认识和探求。最后，莫娜自己选择犹太伦理身份，加入了犹太教。她对伦理身份的自主选择，引发了与其母亲的矛盾，莫娜不得不离家出走。最后莫娜得到了母亲的谅解，她与美籍犹太裔青年赛斯结了婚，坚定了自己的犹太伦理身份。

莫娜对伦理身份的探寻过程经历了质疑、探索与选择三个阶段。莫娜自小拥有一个良好的生活环境，虽然她幼年在华人区居住，但在8岁时，已经随父母搬往犹太富人区。莫娜的父母拉尔夫与海伦作为第一代华人移民，经过一生的打拼，当上了煎饼店的老板，为莫娜和莫娜的姐姐凯莉创造了优越的生活环境。并且，莫娜的父母都积极向美国白人上流社会靠拢，希望能够拥有较高的社会地位。为此，他们努力摆脱自己的华人影子，教育两个女儿认真勤奋努力，在父母原有的基础上更上一层楼。莫娜的姐姐凯莉考上了哈佛大学，但莫娜却与家庭的整个氛围不相融合。这种不融合源于莫娜对自己既定的伦理身份的不满。从法律层面上来看，莫娜是法定的美国公民；从家庭层面看，莫娜作为华人移民的女儿，被父母要求尽力融入美国，拥有传统的中式特征和修养。但是在美国土生土长的莫娜是一个"香蕉人"，除了外貌上保留了华人特征外，在其他方面莫娜都已经被美国化。莫娜不懂中文，更不了解中国传统文化。因此莫娜无法接受美国社会固有的对华人的认知，她认为自己完全是一个美国人。外在赋予莫娜的伦理身份与莫娜内在的伦理身份是不相符合的，这引发了莫娜对自己伦理身份的质疑。

为了摆脱自己的典型华人标签，莫娜和朋友一起组织建立了"古格尔斯坦营"，以探索对伦理身份和不同族裔文化进行自由选择的可能性。"古格尔斯坦营"是一个包括黑、白、黄三个人种的团体，在承认种族的差异和多样性的同时保持平等和友爱。在营中，成员们没有陈规式的种族概念。莫娜加入了犹太教，决定做犹太人；莫娜的男朋友美籍犹太裔赛斯则按照日本文化方式生活，而且在犹太人、日本人、黑人和美国人等多重身份之间不断跳跃、转换;凯莉的大学室友黑人女孩内奥米则在预科学校里学会了中文,对中国文化十分感兴趣,养成了打太极、坐禅、诵经、练瑜伽、喝茶和制作风筝的习惯,甚至还会烧几个中国菜。

按照莫娜的理解,自己是美国人,而"美国人意味着能够成为你想成为的任何人"①。因此,每个人的伦理身份并不简单地由自己出生时的血缘伦理身份和伦理环境所决定,个人可以依照自己内心的意愿进行重新选择。作品中"转换"(switch)是莫娜口中出现频率最高的一个词语。在莫娜看来,美国社会的自由民主体制和多元文化现实为人们自主选择自己的伦理身份提供了条件,作为一个"美国人"是享有身份转换自由的。她说,"每个在这里出生的人都是美国人,也有人是从他们原来的身份转变过来的","无论如何你都能成为美国人,就像我变成犹太人一样,只要我想。我所要做的就是转换,只是转换而已"②。也就是说,美国这个由多元文化构成的"希望之乡"为人们提供了任意建构伦理身份的机会和可能。这种伦理身份可以自由转换的可能性使所有生活在美国的人都可以成为"美国人"。

作品以"莫娜在希望之乡"命名是有深意的。"希望之乡"一词出自《圣经》,意指上帝赐给以色列人祖先的"应许之地"——迦南,那是一个"美好宽阔流着奶与蜜之地"。莫娜作为在美国出生和成长的第二代华裔,接受了美国文化的熏陶,认为美国社会文化强大的包容力使得这个国家有可能成为各少数群体的希望之乡,美国是种族上的、文化上的和性别上的充满希望的自由之地。小说通过莫娜对于自己伦理身份的自主选择说明,"'美国人'这个身份是上帝赐予的'希望之乡'的标志,这是全球移民汇聚于这块土地的精神动力,因为只有在美国,每一个个别人才能选择自己喜欢的族群文化身份,所以说,美国人的身份是普遍意义上一个民族和文化的标志"③。

---

① Gish Jen. *Mona in the Promised Land*. New York: Vintage, 1996, p.49.
② Ibid., p.14.
③ 江宁康:《美国当代文学与美利坚民族认同》,南京:南京大学出版社,2008年,第320—321页。

三、两部作品主人公伦理身份选择之比较

对比《望岩》和《莫娜在希望之乡》的主人公对自己伦理身份的认知和选择,两者呈现出很大的差异,这种差异又源于两人生存处境和伦理环境的不同。

第一,由于杰克的伦理身份长期处于错位和缺失状态,所以杰克自我对伦理身份的认知和找寻限于最基本的生存需求阶段,即获得一个合法、合乎秩序的伦理身份。莫娜在已经是合法的美国公民的前提下,却对自己已有伦理身份进行质疑,大胆抛弃了自己的美籍华人身份,选择做一名犹太人。莫娜对自己伦理身份的认知和选择已高于生存的基本需求,并对整个美籍华人的伦理身份观念进行了颠覆。

二者的区别首先反映了美国城市中居住在不同社区的两个社会经济群体的华人的生存环境及伦理身份的差异。尹晓煌在《美国华裔文学史》中指出,"自20世纪60年代以来,美国华人社区的贫富分化越来越明显","美国华人社区便分化为两个不同的社会经济群体:郊区华人(定居于环境优雅的郊区的中上阶级华人)与唐人街华人(住在拥挤的市区贫民窟的贫穷华人)"①。莫娜和杰克分别为这两个社区华人的典型代表。

《望岩》中主人翁杰克是唐人街华人的代表。他的生活环境与美国实施排华法案的大背景密切相关。19世纪,随着美洲淘金热的兴起,掀起了华人向美国移民的浪潮。1882年,美国政府实施《排华法案》,法案剥夺了华人移民的美国公民权。法案通过后,在美华人鲜有机会与家人重聚或是在他们的新家园开始家庭生活。在种种限制下,为了获得进入美国的准许,大量的靠"契纸"建立的无血缘家庭应运而生。然而美国政府又在1956年实施"坦白计划",对"契纸"家庭进行大量清洗。美国华人移民在这个时期,受到了各种歧视、不公正的待遇,亲情、爱情缺失,自我身份处于不合法的位置,陷入了生存危机。这是美国华人移民在当时共同

---

① [美]尹晓煌:《美国华裔文学史(中译本)》,徐颖果主译,天津:南开大学出版社,2006年,第222—223页。

面临的伦理环境。杰克处于 20 世纪 50 年代、60 年代"坦白计划"期间,"坦白计划"针对的是伪造身份的华人移民,伪造身份多见于从中国移居到美国的华人。这些华人多是底层的来美国谋生者。他们被迫栖居于穷困的唐人街,干着最低下的工作,所关心的只是如何维持生计,此外他们还受到"坦白计划"的威胁,连基本的伦理身份和生存权利都无法得到保障。杰克的遭遇其实与莫娜的父辈相似,在任碧莲的小说《典型美国人》中,就讲述了莫娜的父辈移民美国时类似的谋生历程。

相比于杰克对自己伦理身份选择的无奈,莫娜的伦理选择则多了自主性和自由性。莫娜所处的伦理环境是在 20 世纪 60 年代末期,她代表了定居于富人区的中上阶级华人。莫娜的父母经过奋斗,已经为莫娜创造出了一个相对富足安稳的生活条件,莫娜无需为自己的身份是否合法而担忧,莫娜也不会像杰克那样为生存而挣扎,对自己伦理身份的认识和选择多了自主性。加上此时正是美国民权运动高涨时期,20 世纪 60 年代末,美国联邦政府实行铲除种族隔离制的改革,强调了公民权利的平等,至此美国少数族裔开始积极争取自己的权益,试图改变固有的弱势群体地位。自幼接受美国教育的莫娜在此影响下,具备了争取自我权益的意识。因此莫娜大胆选择了她所信仰的犹太教,选择做一名犹太人。而在中国长大的杰克,则保有中国人传统的伦理意识,对华人的伦理身份确信不疑。另外再加上杰克在美国的不合法身份和契纸儿子带来的畸形身份,杰克首要关心的是自己的基本生存问题,即拥有一个正常的伦理身份。

杰克和莫娜也分别代表了两代美籍华裔,杰克代表的是从中国移民到美国的父辈一代,带有传统中国人的勤劳、拼搏性格,想努力改变自己的生存环境。莫娜则是在美国出生的华裔,与父辈相比,他们的生活条件有了很大的改善。除了与生俱来的外表特征外,他们受到美国文化的深刻影响,思想观念比父辈更加开放和包容,这给了他们以新的眼光审视自己伦理身份的机会。出生时代、伦理环境的差异,导致了杰克和莫娜不同的伦理身份选择。

第二,杰克的伦理困惑与选择局限于在美国身份与中国文化身份之间,而莫娜则着眼于思考多元文化之间身份的流动性和可选择性;杰克将外在的、生理上的标志作为确定伦理身份的准绳,莫娜则认为只有在思想上和精神上对某种价值观念和宗教信仰加以选择和认同,才是真正美国人的追求。

如果说伍慧明以及汤亭亭、谭恩美等当代美国华裔小说家着力于描写东西方文化冲突并在作品中突出中国文化元素,任碧莲的小说则更加关注在多元文化、多种族共处的美国社会中,如何定义"典型的美国人",以及如何实现各种族之间的平等交流及文化身份的自由流动等问题。任碧莲的作品不仅仅聚焦于美国华裔,并且将多个种族的人们汇聚在一起,如日裔、犹太裔、非裔等少数族裔,同时也包括主流群体的白人。这是对以往华裔美国文学创作着重表现单一华裔群体的突破。任碧莲的小说借助人物的伦理选择,提出了伦理身份的多样性和流变性理论。在一篇访谈中任碧莲谈到《莫娜在希望之乡》的创作初衷:

> 这本书描绘的是一个大美国,不是传统意义上的白人的美国,这个美国最重要的特征就是认同的流变。事实上,美国的由来就是有一群英国人决定不再做英国人,身份的变化一开始就是美国文化的特点。……现在有些人认为,如果你是华裔,那就是你最重要的身份,生来就有,永不改变。如果你想把自己造就成别的什么人,那就是背叛了你的真实自我。……在我看来,在美国,各个种族之间互相融合,没有哪个种族的文化是纯粹的,……认为一个人只可能有一种文化身份的想法是非常幼稚的。①

对于人物伦理身份的认定,任碧莲突破了传统观念中以血缘、出身等外在条件为准绳的观念,而强调思想上和精神上对特定文化的选择与接受。如莫娜选择犹太伦理身份,是因为它受到犹太文化的感染,渴望皈依犹太教。莫娜之所以喜欢犹太教,是因为拉比"让每个人都提问、再提问,而不仅仅是服从、再服从","是因为人人都能成为自己的拉比,直接与上

---

① 石平萍:《多元的文化,多变的认同——华裔美国作家任璧莲访谈录》,《文艺报·文学周刊》2003年8月26日,第4版。

帝一起做自己的事"。① 从这段话可以看出,莫娜皈依犹太教的本质是追求独立自主的自我,这与美国文化所崇尚的个人主义价值观是一致的。尽管莫娜的伦理身份转变带有理想主义色彩,但是作品对于伦理身份问题的思考却给予当代美国以重要的启示。

四、美国华人伦理身份与伦理选择的嬗变

从杰克到莫娜的伦理身份转变,可以大致勾勒出美国华人伦理身份与伦理选择的嬗变。

华裔美国文学所描写的美国华人对自己的身份大致持有三种心态:逗留者心态、追逐者心态和以美国人自居心态。② 逗留者心态把美国视为一个淘金之地,一旦发财便荣归故里,衣锦还乡;持有追逐者心态的华人则极力迎合白人主流文化,有意识去掉自己的中国特征,以融入白人主流文化圈为最高目的;而以美国人自居的华人则认为自己本来就是美国人,拥有美国人的思想价值观,不认为应以自己是华裔而被视为美国人中的特例。

杰克对自己伦理身份的认知还属于逗留者的心态,莫娜则属于以美国人自居的心态。这种伦理身份意识的演变轨迹,也照应了华裔美国文学作家对自我伦理身份认知的演变。早期的华裔美国文学多表现的是在异域生存的艰辛和荣归故里的心切,比如天使岛的华人诗篇,华人对自己的伦理身份认识还停留在中国人、美国客人的阶段。之后的华裔美国文学,明显可以看出迎合美国主流文化的倾向,比如刘裔昌的《父亲与裔昌》(*Father and Glorious Descendant*)、黄玉雪的《华女阿五》(*Fifth Chinese Daughter*)等,这些作品的作者通过对中国文化异域情调的夸张渲染,来迎合美国主流文化。在此阶段,华人作家站在美国主流文化的视角,来审视自己的伦理身份,这种审视带有种族歧视、东方主义的影子。但其间赵建秀、徐忠雄等作家,在其作品中塑造新的华人男性形象,试图打破美国

---

① Gish Jen. *Mona in the Promised Land*. New York: Vintage, 1996, p.34.
② 参见[美]尹晓煌:《美国华裔文学史(中译本)》,徐颖果主译,天津:南开大学出版社,2006年,第1—50页。

主流文化对华人纤弱形象的定位,以此来重新定位自己的伦理身份,以此摆脱华裔美国文学中东方主义的影响,寻求主动独立的身份定位。而在任碧莲的《莫娜在希望之乡》中,作者的思想摆脱了固定的伦理身份限制,认为个人生理上的特征并不能决定其伦理身份,个人可以根据自我的价值取向,以自我选择来确立自己的伦理身份。华裔美国文学对自我伦理身份的认识,大致沿着这一规律发生演变。

从《望岩》和《莫娜在希望之乡》这两部作品可以看出,美国华人对于伦理身份的认知经历了从二元到多元化转变的历程。长期以来,在美国这个白人主流文化占据主导地位的单一伦理环境下,华人及其他少数族裔文化被逼到边缘地位。华人对自己身份的认知具有模糊性和对立性,即华人身份与美国人身份的二元对立。单一文化的倾轧,也使华人对自己身份的认知显得狭隘,《望岩》便反映了华人对自己身份的狭隘认识。随着民权运动的兴起,少数族裔的地位有所提高,美国华人对自己身份的认识有了一定的改变。《莫娜在希望之乡》则更大胆地提出了可以自主选择自己的伦理身份这一观念,这个伦理身份可以不是本民族的伦理身份,也可以不是主流的白人身份,而是其他少数族裔的伦理身份。"任碧莲就是以民族身份转化的文学叙述回答了'谁是美国人'这个与美国历史一样长久的问题。'自由决定自我身份'的核心就是自主原则,这也就是美国性的核心。"①这部作品提出的有关伦理身份动态变化的崭新理念,有助于扩展对伦理身份和伦理选择内涵的界定,即伦理身份可以不由个人所处的血缘或文化背景所决定,它不是固定不变的,而是流动可变的,它能根据个人的伦理选择来确定,这对于探讨全球化时代移民的伦理身份与伦理选择问题也提供了借鉴和启示。

《望岩》的作者伍慧明和《莫娜在希望之乡》的作者任碧莲属于同一个时代的美国华裔女作家。伍慧明选择还原历史的创作走向,"敢于直面华裔美国历史上种族主义移民法案所带来的创伤与灾难"②,在《望岩》中揭

---

① 江宁康:《美国当代文学与美利坚民族认同》,南京:南京大学出版社,2008年,第321页。
② 陆薇:《译者序》,[美]伍慧明:《望岩》,陆薇译,长春:吉林出版集团有限责任公司,2012年,第22页。

示早期华人移民在伦理身份的错位、缺失与找寻过程中遭遇的不幸,作品涉及了美国华人历史上的排华法案、坦白计划,道出了华人不能说、不敢说的沉默历史,"使人们能够重新审视官方书写的'正统历史',以及它背后的政治、文化霸权"①,这在种族不平等并未完全消除的当今美国社会,显然仍具有重要的启示作用。任碧莲则在《莫娜在希望之乡》中,通过主人公对自身伦理身份的质疑、探索与选择,大胆提出伦理身份自主选择的新颖概念,打破了长期以来华人对于中国传统文化和美国文化认识中的二元观念,用更加宽容自由的态度处理二者的关系,预示了全球化背景下移民之伦理身份与伦理选择的未来发展趋势。两位作家创作倾向不同,但都打破以往美国华人作家的创作路径,一个直面历史,一个观念新颖,他们都为华裔美国文学创作开辟了新路。

第二节 华人新移民作家李翊云小说中的伦理困境与伦理选择

李翊云是著名的美国华人新移民女性作家,主要用英语进行文学创作。1996年她赴美攻读免疫学博士学位,2000年开始弃理从文,先后出版了两部短篇小说集《千年敬祈》《金童玉女》,两部长篇小说《漂泊者》(*The Vagrants*)、《比孤独温暖》(*Kinder than Solitude*),以及一部回忆录《亲爱的朋友,我从我的生活写给你生活里的你》(*Dear Friend, from My Life I Write to You in Your Life*)。李翊云曾获弗兰克·奥康纳国际短篇小说奖(2005)、美国笔会海明威奖(2006)、怀丁作家奖(2006)、麦克阿瑟"天才"研究基金(2010)、美国艺术与文学学院"本杰明·H.丹克斯奖"(2014)等多项大奖,曾担任美国国家图书奖、布克国际文学奖等评委,作品被翻译成二十余种文字在世界各地出版,她在当代英语写作世界,尤其在短篇小说创作领域占有一席之地。李翊云的成名作《千年敬

---

① 陆薇:《直面华裔美国历史的华裔女作家伍慧明》,转引自吴冰、王立礼主编:《华裔美国作家研究》,天津:南开大学出版社,2009年,第361页。

祈》聚焦社会转型中草根阶层的精神世界,集中描写了中国改革开放之后二十年的社会变迁,收录的十个短篇如多棱镜般从不同侧面透视主题,共同折射出在现代化进程上日益演变的当代中国图景,呈现了"令人心碎的诚实",展现了"令人钦佩的驾驭短篇小说形式的能力,是一部富有历史感和人道主义的小说集"①。《金童玉女》收录了一部中篇和八部短篇,着力表现20世纪90年代后走向城市化、全球化的中国,侧重描写小人物内心的孤独与疏离,却寄望于表现人性之爱来憧憬未来,小说写作基调朴实温暖,写作题材和风格既承接前作又有所突破。

国内对李翊云的研究尚处起步阶段。虽然有关李翊云的获奖报道和访谈屡见各大报刊媒体,但国内学界对其作品的研究多停留在评介阶段,有见地而深入的评论只有寥寥几篇。目前国内对李翊云的作家作品研究显然与其近十五年来所取得的文学成绩和国际声誉不相匹配,也与学界近年来对其他美国华裔/华人作家如汤亭亭、任碧莲、哈金等的火热研究形成较大反差。李翊云的小说始终聚焦平凡小人物的生活,反映其多样的生存状态和丰富的精神世界,其深厚的人文关怀特质尤其值得研究者关注。本节运用文学伦理学批评方法,将李翊云两部短篇小说集中小人物所面临的伦理困境进行分类阐述,探讨他们在理性意志与自由意志的多轮博弈下作出的不同的伦理选择,并分析李翊云等美国华人新移民作家如何借助英文小说在跨国界、跨语言、跨文化的多元背景下回忆原乡和回望故国,如何超越时空地反思母国的历史和文化,如何在书写特殊个体中展现共同价值。

李翊云的短篇小说集以当代中国社会转型为背景,视野开阔,跨越了

---

① 首届弗兰克·奥康纳国际短篇小说奖评委会称该小说集"才华横溢,原创独到","文笔优美,呈现了令人心碎的诚实"。参见 Stella Dong. "Song of Prose." *South China Morning Post*, 2006-1-22(5). 该奖评委会主席 Val McDermid 在颁奖典礼后接受采访时表示,评委会一致评定《千年敬祈》获奖,认为该小说集"展现了令人钦佩的驾驭短篇小说形式的能力,不断呈现出非凡卓越的瞬间,是一部富有历史感和人道主义的小说集"。参见 Sarah Crown. "Inaugural Short Story Award Goes to Debut Author." *The Guardian*, 2005-9-26. [2017-6-10] https://www.theguardian.com/books/2005/sep/26/news.awardsandprizes,2020年5月1日访问。

国土疆域、城乡二元、历史时空、现实与虚构等边界,笔触游走于政治革命、经济剧变、法理冲突、性别错位、宗教信仰、神话寓言、代际隔阂等各方面。国内最早提出并系统阐述"社会转型"理论的社会学家李培林认为,"在社会转型时期,人们的行为方式、生活方式、价值体系都会发生明显的变化"①。中国在现代化进程中,随着经济增长、科技进步、社会开放,国家的物质文明空前繁盛,人民的生活水平得到质的升跃;然而社会转型时的剧烈变革同样也带来了物欲膨胀、文化衰退、精神凋敝和道德滑坡等各种负面影响,使道德主体陷入种种困境。在文学伦理学批评体系中,伦理困境指"文学文本中由于伦理混乱而给人物带来的难以解决的矛盾与冲突",它"往往是伦理悖论导致的,普遍存在于文学文本中"②。李翊云的两部小说集描摹和展现了小人物在社会转型中面临的多重伦理困境,主要表现为生存困境、身份困境、精神困境三个层面。

一、社会剧变中的生存困境与非理性选择

改革开放初期,中国经历了全方位的、急剧的社会变革:从计划体制转向市场体制,从乡村社会转向城市社会,从半封闭社会转向开放社会,从伦理社会转向法理社会,从传统社会转向现代社会③。在这新旧交替、变动不居的特殊历史时期,面对经济、政治、法制、文化和社会生活等各方面的巨大变化,老百姓们常手足无措,无所适从。小说《多余》(Extra)通过林奶奶"失业—结婚—失婚—再就业—又失业"的故事,生动再现了改革开放初期城市下岗工人所面临的生存困境。纺织女工林奶奶在快速席卷而来的经济改革浪潮中,不断被推向新生活,几个月内接连遭遇三次生存危机。第一次是她毕生服务的单位突然内部改制,她被提前退休却领不到分文退休金,成为国企改革中的"多余人"。第二次是她迫于生活压力嫁给退休教师老唐,虽然物质生活得到改善,但仅被视为照顾患病丈夫

---

① 李培林:《另一只看不见的手:社会结构转型》,《中国社会科学》1992年第5期,第7页。
② 聂珍钊:《文学伦理学批评导论》,北京:北京大学出版社,2014年,第258页。
③ 有关社会转型的具体内容,参见雷洪:《社会问题:社会学的一个中层理论》,北京:社会科学文献出版社,1999年,第214页。

的免费保姆，无法融入新家庭，老唐意外身故后她成为丈夫家庭的"多余人"。第三次是她到贵族学校当清洁工，因孩子康的恶作剧被学校遣离，在熙攘的大街上徘徊时还被人抢了行李，彻底沦为社会的"多余人"。小说开头和结尾处出现的不锈钢饭盒遥相呼应，寓指计划经济体制下国有企业的"铁饭碗"。在轰轰烈烈的国有经济体制改革中，无数工人丢掉了手中的长期饭票，在物质文明飞速发展的背后，有一群林奶奶式的普通下岗工人被新的经济体制淘汰，他们缺乏现代技能傍身，没有家世背景支持，面临着严峻的生存困境。

政治变革也是小人物陷入生存困境的重要诱因。《玩笑》(*Death Is Not a Bad Joke If Told the Right Way*)中的庞先生就是在政治变革中不能接受自己社会伦理身份改变、无法适应新生活而陷入生存困境的悲剧式小人物。庞先生的身世像《活着》中的福贵，性格如孔乙己般迂腐，新中国成立前出生于富贵之家，每日风花雪月、游手好闲，新中国成立人生境况一落千丈，家产被充公，因成分问题被单位开除，生活每况愈下，逐渐变成"失心疯"：衣着邋遢、沉默寡言、举止怪异。庞先生由一个锦衣玉食的"贵族子弟"沦为栖身在大杂院里的贫民，饱受妻子的冷眼和邻居的嘲笑，后来经人介绍在出版社当临时工，勤勉工作16年却难逃命运的玩笑：他为了守护兜里的微薄工资被抢劫的歹徒刺死。庞先生性格及命运发生极大转变的原因在于他无力应对接踵而来的一系列社会政治体制变革给他带来的心灵创伤。小说在时空交错中勾勒出北京四合院半个多世纪的历史图景，其笔墨重点落在描绘社会转型时期的经济飞速增长、新旧体制交替、外来文化入侵、工人下岗失业、社会治安混乱等一系列社会问题对普通百姓造成的心理冲击与影响上。

社会转型中伦理体系与法理体系之间的矛盾也导致小人物陷入生存困境，这在农村地区尤为典型。《柿子》(*Persimmon*)深度刻画了在"传统伦理"与"现代法理"之间的尖锐冲突中，农民"老大"在面临生存困境无法解决时引发的人性扭曲。"老大"5岁的儿子因嘲弄前来水库钓鱼的县城官员，被扔进水里淹死了，妻子听到消息后喝下农药随着儿子赴了黄泉。"老大"突然遭遇丧子丧妻双重打击，一方面"为妻、为子报仇""杀人偿命"

等传统伦理观念在其脑海里根深蒂固,另一方面在现代法制社会中他又不得不受法律约束、服从法庭审判,因而陷入困顿的"两难处境"。

在文学作品中,"只要有人物存在,就必然面临伦理选择的问题",伦理选择"往往同解决伦理困境联系在一起"①。李翊云笔下的小人物在面临伦理困境走向伦理选择时,其内心的理性意志与自由意志在进行不断角斗、抗争和抵牾,其伦理选择则是两者不断博弈后谁占主导地位的结果。在面对经济剧变、政治革命和法理冲突等因素导致的生存困境时,随着生存压力激增、外界刺激加剧,小人物身上的自由意志与理性意志的对抗不断加强,自由意志往往尽力挣脱理性意志的束缚,当他们无法用理性意志控制自由意志时,就会选择错误的伦理立场、作出错误的伦理判断,从而导致悲剧发生。

有时自由意志与理性意志的博弈时间非常短。当遭遇剧烈的外界刺激时,内心强烈的情感冲动会激发自由意志的力量,突破道德和法律的约束,随心所欲地追求行为的绝对自由,理性意志根本来不及发挥作用,因此道德主体会作出鲁莽轻率的非理性伦理选择。《柿子》中"老大"的妻子是典型的传统农村妇女,恪守封建社会"三纲五常"的伦理规范,认为自己为人妻的天职就是生儿子传香火,民族积淀传承下来的伦理观念已内化成她的心理潜意识,所以当遭遇儿子身亡的重大打击时,她只想到自己已经结扎,无法再生育,愧对丈夫和先祖,自由意志驱使她吞服6瓶农药自杀,以便腾出位置让丈夫续娶生子、传宗接代。她还未理性地思考自己行为的后果以及丈夫和三个女儿未来的生活就草率、任性地结束了自己的生命。

大多数情况下,伦理选择往往是道德主体身上自由意志和理性意志多轮博弈后的结果。"老大"在一天之内接连遭遇丧子丧妻惨事,内心悲恸的情感驱动自由意志发生作用,结集村民带上锄头斧子去县里讨说法。当村民的抗争受到地方军队镇压时,"老大"意识到在法治社会仅凭武力无法解决问题,理性意志让他收敛了暴力维权行为,转向诉诸法律手段。

---

① 聂珍钊:《文学伦理学批评导论》,北京:北京大学出版社,2014年,第267—268页。

他状告肇事官员,可法官却判其无罪,随后再上诉也毫无结果。这个任人拿捏的"软柿子"终于万忍成钢,选择了极端的反抗形式,在除夕之夜潜入县城,枪杀了17名相关官员,酿成惨绝人寰的社会悲剧。小说的伦理环境是改革开放初期的农村,当时国家的法制法规还很不健全,不少乡镇干部仍保留着封建社会官官相卫的处事遗风,认为通过武力恫吓以及装腔作势的审判就可以欺瞒村民。整个事件中,县里的法官哪怕是把肇事的干部抓起来关几天,或者给"老大"些许经济赔偿或情感安抚,而不是堂而皇之地宣布他儿子是意外溺水身亡,他也不至于心理崩溃,身上"趋恶"的自由意志完全遮蔽了其"求善"的理性意志,强烈的复仇情绪冲昏了他的头脑,最终造成骇人听闻的恶性社会惨案。该小说有力地鞭挞了重男轻女、官官相护、法制不公等社会现实,提供了深刻的道德警示,让读者在对"老大"哀其不幸、怒其不争的同时,反思造成其非理性伦理选择的社会环境动因。

道德个体在面临生存困境时,除了作出理性或非理性的伦理选择之外,还有可能因价值迷失、身份焦虑或主体性缺失而精神迷茫,无法作出当下的、即时的选择,笔者称其为消极延宕的伦理选择。《多余》中的林奶奶,从未婚到初婚再到失婚,从国有企业工人到家庭保姆再到私立学校女工,每一次生活境况的改变都不是她自己主动选择的结果,而是被动地接受生活的安排。在伦理选择的过程中,她的主体性严重缺失,因此无法对生存环境的变化做出积极应对,这使她在令人眩晕的社会剧变中迷失方向,无法走出困境的牢笼。林奶奶是社会变革的被动接受者,是典型的弱势群体代表,小说通过对林奶奶下岗后波折际遇的书写,让读者走进那代下岗工人面临体制改革的迷惘心态。值得注意的是,消极延宕的伦理选择可能只是暂时的状况,当伦理环境发生改变时,道德主体会产生新的心理动向,重新做出新的认知和价值判断,受理性意志或者自由意志的主导支配,最终作出理性或者非理性的伦理选择。

二、性别错位下的身份困境与理性选择

李翊云的短篇小说集中有不少故事关注同性恋人群的情感世界与精

神生活,他们的特殊身份隐藏在"地下",因不容于中国传统伦理而难以见光,所以他们从不轻易向外人、朋友甚至最亲密的家人公开自己的性别身份。"在文学文本中,所有伦理问题的产生往往都同伦理身份相关"①,而同性恋人群身份的隐蔽性是其伦理困境生成的根本原因。《儿子》(Son)中,美籍软件工程师韩是未"出柜"的同性恋者,一直戴着不同的"人格面具"过着"地下"生活,因为当时无论是在中国还是在美国,同性恋行为都受到严厉的社会规训和惩戒。他表面看来坦然淡定,工作体面,衣着光鲜,追求个性和高品质生活,处事讲求原则,但因为同性恋人群所遭受的歧视和压制,他无法信任身边的人,常在深夜上网用多个账号扮演不同的身份与陌生人聊天,或夜间去酒吧交友,表现出人格分裂的倾向。《金童玉女》中的同性恋者韩枫也曾在纽约、蒙特利尔、温哥华、旧金山等北美各地放纵自己、四处寻伴,多年来始终未觅得真爱,无法保持稳定的恋情,其母戴教授可能也是隐秘的女同性恋者②,母子俩严守着各自错位的性别身份,因无法言说的情感秘密而备受困扰。《内布拉斯加公主》(The Princess of Nebraska)中,博深原本是小城市的医生,他因帮助同性恋人群建立咨询热线而丢了工作,只得离家前往北京私人诊所兼职。博深虽然勇敢地公开了自己的同性恋身份,并积极维护同性恋群体的权益和宣传预防艾滋病,但却因此受到严密监控的惩罚。随后他与刚取得美国身份的女同性恋朋友假结婚去了美国,但这种形式上的异性婚姻却让他背负了背弃同性恋人的恶名,被视为是"不可宽恕的背叛"③,同时也使他遭

---

① 聂珍钊:《文学伦理学批评导论》,北京:北京大学出版社,2014 年,第 263 页。
② 著名的亚裔美国文学研究专家、加州大学洛杉矶分校英语系的张敬珏教授认为思雨暗恋戴教授,戴教授未必爱恋思雨,但她在婚前曾有过同性恋人。参见 King-Kok Cheung. "Somewhat Queer Triangles: Yiyun Li's 'The Princess of Nebraska' and 'Gold Boy, Emerald Girl'." Qtd. in Robert C. Evans, ed. *Critical Insights: Contemporary Immigrant Short Fiction*. Ipswich, Massachusetts: Salem Press, 2015, pp. 93-102. 笔者认为,戴教授可能是隐秘的同性恋者,但思雨自幼丧母,她对戴教授的仰慕可能只是视其为心理上的"代母亲"。参见王璐:《表现全球化时代的孤独与爱:〈金童玉女〉》,转引自卫景宜等:《当代西方英语世界的中国留学生写作:1980—2010》,北京:中国社会科学出版社,2014 年,第 206-208 页。
③ Yiyun Li. *A Thousand Years of Good Prayers*. New York: Random House, 2005, p. 80.

遇了社会身份降格、与爱人分离等困境。

除了性别身份的不可言说性,男同性恋者常面临"自我"与"儿子"双重伦理身份悖论的困境。韩虽然很孝顺,每年给母亲丰厚的赡养费、定期回国探望陪伴,但多年在美国的生活让他变得思想独立、开朗健谈、勇于追求自我价值,他既不愿为了尽孝而相亲结婚,也不愿向母亲坦露自己的同性恋身份,从而陷入两难处境。此外,韩也无法悦纳自己的同性恋身份,潜意识深处一直在"做儿子""做父亲"和"做自己"的身份悖论中挣扎。同样,韩枫厌倦了长期漂泊海外的生活,回国照顾母亲戴教授,在母亲的催促下与其学生思雨相亲,一方面他要面对自己真实的性取向,另一方面作为儿子他要履行对年迈母亲的责任和承诺,"自我"和"儿子"双重身份矛盾而对立,构成难以调和的伦理悖论。

一旦同性恋者涉及双性情感,其性别身份的错置性和复杂性就表现得更为突出。博深的同性恋人阳是京剧男旦,相貌清秀,艺术天分超群,常在戏中反串饰演公主因而性别身份模糊,先后与博深和女大学生莎夏产生恋情。作为男旦,阳从小接受各种训练去模仿女性的音容举止,呈现出观音般的"男身女像"①,过度的职业规训导致他对自己的性别身份困惑迷茫:与博深同居时,他"像自己在台上所饰演的最贤德的女子"②,等待着博深帮助他重返京剧舞台;当博深自身难保时,希望破灭的他又转向莎夏处寻求安慰,从被动到主动与莎夏产生恋情;可当莎夏再三邀请他一同赴美时,他又转向以生理的、家庭的、社会的男性身份拒绝她:"我去美国做什么呢?被你当金丝雀困着吗?……没有什么比靠当女人的寄生虫来生活更能羞辱一个男人了。"③阳从同性恋逐渐演变成双性恋是其生理的、职业的、社会的、心理的性别身份发生严重错位的结果,他与莎夏的恋情也直接导致莎夏在美国求学时面临未婚先孕的窘困处境。通过这段离奇的三角恋故事,李翊云用犀利的视角和细腻的笔触生动再现了同性恋

---

① Yiyun Li. *A Thousand Years of Good Prayers*. New York: Random House, 2005, p. 76.
② Ibid., p. 73.
③ Ibid., p. 88.

人群纠葛、复杂的内心情感和伦理困惑,并且展现出作家对性别身份的表演性和流动性特质等问题的深刻思考。

李翊云笔下的同性恋者在面临性别身份困境时虽然犹豫、纠结,但经过内心的斗争后其理性意志大都能战胜自由意志,对自己纠葛的伦理身份作出正确的认知,进行理性的伦理选择。韩以往回国总以学业、事业、前途等各种借口搪塞,逃避与母亲谈论结婚生子的话题。这次回国他已经取得了美国国籍,再无法拒绝母亲安排相亲的要求,于是面临是否向母亲摊牌的抉择。据实告知,他怕母亲遭受打击;顺从安排,他又不愿委曲求全。在这种矛盾、郁结的心理驱动下,自由意志让他产生了强烈的叛逆情绪,不断与母亲产生口角冲突;批评她的政治信念,嘲讽她的宗教信仰,挑剔她的为人处事,甚至把母亲为他特别定制的、雕刻着受难耶稣的纯金十字架丢进箱底。当目睹乞儿兄妹遭遇车祸时,他偏执地把被撞死的乞儿想象成男孩,他认为只有这样,这个被父亲利用来行骗的乞儿才会受到上天的惩罚,才会和他自己一样,或像耶稣一样固化于儿子的身份,永远无法拥有父亲的身份。耶稣的隐喻和"男"乞儿的悲惨结局显然就是韩在面临性别身份困境时,抑郁苦闷、内心冲突到极点的精神写照和情感宣泄。但最终韩冷静的理智还是战胜了他悲怆的情感,一直等母亲安全穿越马路到达他身边后才艰难地向她坦白自己的同性恋身份:"妈妈,有些事我希望你能理解。我永远不会结婚。我只喜欢男人。"① 出乎韩的意料,其实母亲早已猜到真相,所以不再安排他相亲,并期望通过信仰基督教以求儿子平安幸福,母子双方最终在真诚的对话中达成理解和共识。

《金童玉女》和《内布拉斯加公主》中的主人公们也试图通过理性的方式来解决他们各自面临的身份困境。韩枫回国后在与母亲的相处中学会了理解和包容,音乐汇演上,母亲呈现出的衰老强烈地震撼了他的心灵,他决定承担起儿子的责任,"庇护她不受这个世界敌意的伤害"②。韩枫在与思雨的约会中,逐渐发现她与自己身世相近,和他母亲一样是个"美

---

① Yiyun Li. *A Thousand Years of Good Prayers*. New York: Random House, 2005, p. 125.

② Yiyun Li. *Gold Boy, Emerald Girl*. New York: Random House, 2010, p. 209.

丽而忧伤的女人"①,他决定顺从母亲的心愿,与思雨结成符合中国传统
婚恋观的"金童玉女"般的夫妇。在订婚晚餐上,思雨想象着自己凭栏倾
听韩枫和戴教授四手联弹钢琴,希冀有一天自己能取代戴教授,和丈夫韩
枫一起演奏和谐而幸福的乐章。韩枫、思雨和戴教授都是这个世界上孤
单的个体,他们选择用这种特别的三人相处方式,"去开创一个能慰藉他
们孤独心灵的新世界"②。莎夏因即将赴美留学而内心迷惘焦灼,她任性
地与阳开始了短暂的恋情,一厢情愿地想纠正阳扭曲、错乱的性别身份,
却让自己陷入意外怀孕的窘境。她害怕自己像母亲一样被孩子羁绊和拖
累,于是去找博深商量堕胎的事宜。对于博深的提议:与阳结婚把他带出
国,他们三人一起抚养孩子,莎夏一开始断然拒绝,后来被腹中孩子的胎
动所感动,几经思量决定生下孩子。依照小说结尾莎夏对胎儿去留的选
择,博深、莎夏和阳很可能将在美国开创一个三人共处的新型家庭模式。
正如存在主义哲学家萨特所言,"人在为自己作出选择时,也为所有的人
作出选择"③,因此当韩枫选择与思雨相亲、结婚,莎夏选择在美国生下孩
子,其实他们也为事件中的三人群体作出了共同的选择。英国著名的哲
学家乔治·摩尔认为,"当我们断言一行为是最好的做法时,我们就断言
这一行为及其后果一起所提供的内在价值的总和,大于任何其他可能的
选择"④。显然,在《金童玉女》和《内布拉斯加公主》中,主人公们试图建
立三人新型家庭模式的选择能够为故事中所有人的情感利益提供最大的
内在价值总和,这是理性的、最佳的伦理选择,并能为我们整个人类在面
对错综复杂的同性恋情感问题时提供自我完善的伦理道德范例与经验。

三、价值失范引起的精神困境及伦理选择

在社会转型中,国家和社会面临"旧的社会规范"与"新的价值体系"

---

① Yiyun Li. *Gold Boy*, *Emerald Girl*. New York: Random House, 2010, p. 218.
② Ibid., p. 221.
③ [法]让-保罗·萨特:《存在主义是一种人道主义》,周煦良、汤永宽译,上海:上海译文出版社,2008年,第6页。
④ [英]乔治·摩尔:《伦理学原理》,长河译,上海:上海人民出版社,2005年,第28页。

交错并立,且"常常伴有新规则的暂时缺位而呈现出价值失范的局面"①,因此道德个体往往混乱迷茫、举步维艰,深陷精神困境,这主要表现为信仰危机、价值观冲突和代际隔阂等方面。

"信仰危机是当今世界一种比较普遍的精神迷失现象,也是人类社会在不同的转型过程中必然发生的精神生活问题"②。早在"五四"时期,西方的"民主"与"科学"精神已撼动中国两千多年来形成的"超稳定"封建社会结构,传统的儒家伦理体系遭受到巨大的冲击。到了改革开放后的社会转型期,各种文化思潮和宗教教派带着各自的信仰体系和价值取向不断侵蚀传统的儒家道德信仰和以共产主义为主导的国家政治信仰,形成广泛、全面的信仰危机。这种深度的社会信仰危机给人们带来的精神困扰在李翊云的短篇小说集里随处可见。《此生之后》(*After a Life*)中,方先生目睹股市散户无法盈利,只能被圈钱时,开始质疑"股市在这个国家是否可行,如果可行的话,马克思政治经济学如何解释这一全新的、显然是资本主义的经济现象"③。《儿子》中的信仰危机表现为多元价值观念对民众精神生活的渗透以及盲目的宗教信仰趋热现象,韩的母亲从绝对听命于丈夫到将儿子的话奉为圭臬再到视耶稣为救世主,展现了社会转型中普通民众信仰观混乱的精神迷失现状。

改革开放后,随着国内经济成分和生活方式的多样化、国际间文化交流日益频繁,社会的价值体系呈现出多元取向的趋势。不同的道德主体相遇交往时容易因价值观不同而产生冲突,从而使道德主体陷入精神困境。《囚牢》(*Prison*)中移民美国的宜兰夫妇,因女儿意外身故回国,在乡下找女子扶桑代孕,而后扶桑却拒绝履行合约。宜兰夫妇代表了美国资本主义价值观念,认为胚胎来自他们夫妇双方,他们是出钱借扶桑的肚

---

① 胡发贵:《社会转型时期道德作用的变迁》,《学海》2002年第2期,第151页。
② 杨桂华主编:《社会转型期精神迷失现象分析》,天津:南开大学出版社,2009年,第293页。
③ Yiyun Li. *A Thousand Years of Good Prayers*. New York: Random House, 2005, pp. 26—27.

子来孕育孩子、购买其代孕服务,"代孕母的作用仅仅只是生物孵化器"①,他们与扶桑只是契约关系,扶桑背后的家庭悲剧与他们毫不相干,因而无需帮助扶桑赎回被拐卖的儿子。而扶桑是中国农村妇女的典型代表,几乎没有受过学校教育,她认为自己有权决定腹中双胞胎的生死去留,并以此要挟宜兰夫妇去赎救她的亲生儿子。宜兰夫妇和扶桑因立场和价值观不同而产生激烈的矛盾,双方信任的天平被打破,宜兰和扶桑作为孩子的基因母亲和代孕母亲,同居一屋檐下却陷入了互相为对方编织的精神牢笼。

《千年敬祈》中主人公的精神困境源于父女两代人因时代、地域等伦理环境的变化所引起的代际隔阂和冲突。退休科学家石先生从北京来美国探望刚离婚的女儿,他发现自己与女儿之间存在很深的隔阂:女儿不愿陪伴他旅行,不吃他做的饭菜,劝说他早日回国,更不愿向他敞开心扉交流思想和情感。其实,女儿的沉默源于长期以来父权制下压抑的家庭关系,她在出国后蜕变成了一个全新的个体:主动选择离婚,并与罗马尼亚男友开始了一段跨种族的新恋情。面对女儿的冷漠,父女之间心灵上的鸿沟应该如何来修补和弥合,石父百思不得其解。小说围绕着石父在美国遭遇的精神困境深刻地探讨了跨国别、跨文化的代沟以及婚姻、语言和信仰等问题。

面对精神困境,李翊云笔下的某些小人物能运用理智去控制其情感、欲望、直觉,作出正确的价值判断和伦理选择。石先生努力从各方面去表达对女儿的爱:得知女儿离婚的消息,他不断去电话劝慰并赴美探望;珍惜与女儿相处的机会,找话题与她聊天,提出陪她散步、观影和旅行;每日为女儿精心烹制晚餐并不断为她布菜。他认为,人与人之间的"任何一段关系都有其存在的缘由"②,而父女关系则是双方修炼千年才得来的缘分,每日的烹饪化为他向上天诚心祷告、借以修补父女关系的仪式。女儿行为冷淡时他毫不气馁,女儿言语顶撞时他也尽力忍让,心情压抑时便去

---

① Yiyun Li. *Gold Boy, Emerald Girl*. New York: Random House, 2010, p. 109.
② Yiyun Li. *A Thousand Years of Good Prayers*. New York: Random House, 2005, p. 192.

公园与一位讲波斯语的伊朗女子聊天,尽吐心事、排解压力。在与女儿的多次沟通甚至争吵的过程中,他逐渐明白女儿已在新环境中成长为独当一面的现代女性,他的理性意志最终掌控住他深厚的父爱情感,于是他决定回国,从女儿的新生活中退场,给予她想要的自由。

然而,也有些小人物在面对精神困境时,内心的"善"与"恶"激烈交锋,自由意志脱离理性意志的控制、压制理性意志的作用,从而导致小人物作出错误的价值判断、选择错误的伦理立场。这种情形在小说《囚牢》中得以充分体现。扶桑两岁丧母,八岁被父亲"出租"给一对乞丐夫妇开始流浪乞讨,18岁时被人贩子卖到一户偏远农家给他们的傻儿子当媳妇,被囚禁一年,直到生下儿子才重获自由。扶桑对自己和孩子未来的生活失去希望,于是把两岁的儿子带出村子送给人贩子,她天真地以为孩子会被卖到好家庭,过上幸福生活,却不想孩子却沦为乞儿,重蹈了她的童年悲剧。如果扶桑仅仅只是出于儿子前途的考虑而遗弃他,那还可以归因为其受教育程度低、愚昧无知。可扶桑抛弃儿子的主要原因是为了报复购买并囚禁她的公公婆婆,她没能正确认知自己身上的多重伦理身份,完全忽略了自己作为孩子母亲的身份,选择了"冤冤相报"的错误伦理立场,复仇的欲望让她作出冲动而轻率的非理性决定,造成母子分离的家庭悲剧。扶桑在意外遇见遗失的儿子后,就是否赎救孩子一事与宜兰产生了激烈的冲突。宜兰认为此事与代孕合约无关,且不能确定乞儿的真实身份,因此拒绝赎救孩子,于是母爱的天性驱动扶桑身上的自由意志再次任性发挥,她爬上餐桌威胁宜兰拿出赎金:"记住,你的双胞胎孩子还在我肚子里。我可以跑掉再把你的孩子卖掉。如果你设法把我困在这,我可以不吃东西把孩子饿死。……我现在就可以不停地跳来跳去,让孩子流产。……我以后还能生很多孩子,你如果不答应就永远见不到你的孩子了。"[1]扶桑与宜兰夫妇进行代孕交易,违反了国家法律;代孕期间扶桑拒绝履行合同,违背了契约精神;而她拿腹中的胎儿安危来要挟宜兰,更是违背了最基本的生命伦理。扶桑的一生充满了错误的伦理选择,这些非理性的

---

[1] Yiyun Li. *Gold Boy*, *Emerald Girl*. New York: Random House, 2010, p.130.

伦理选择直接导致了她的悲剧人生,也为我们提供了深刻的伦理警示。

四、李翊云对小人物群像伦理境域的"存在之思"

Horizont(境域)是现象学中的重要概念①,指的是"某一个别对象或行为得以产生的整体和背景",胡塞尔把"境域"理解为"理论直观行为的背景",海德格尔则把"境域"理解为"日常实践行为的前提"②。在此,笔者将"伦理境域"界定为道德主体日常实践行为产生的伦理环境、道德主体面临的伦理困境及其作出的伦理选择,伦理境域中的伦理环境、伦理困境和伦理选择相互之间构成一个互为因果、循环延伸的意识场域。

社会是由一个个独立、个体的人构成的,李翊云的短篇小说集不在于刻画个别人物的生活情境,而在于陈述一个时代的社会问题。李翊云对社会转型中小人物群像伦理境域的集合性描绘的意义就在于:从不同的侧面折射处在新旧交替时期的、复杂的社会现状和百姓的生活现实,并且探究其背后深刻的社会历史动因。通过客观再现小人物群像的伦理境域,李翊云的小说首先映射出当代中国社会转型中出现的社会分层与贫富分化严重的现象。在《多余》中,代表穷人阶层的抢劫犯、代表平民阶层的林奶奶、代表中产阶层的老唐一家、代表富人阶层的美美贵族学校的校董和家长,不同社会阶层在物质和精神生活上差距极大,各阶层间的"层际关系"紧张,人际关系疏远;而《柿子》中的悲剧则是不同社会阶层之间矛盾冲突激化的集中表现。其次,李翊云的小说反映了社会转型中道德

---

① Horizont 在哲学上是一个隐喻词,国内学界的翻译尚未完全统一。90 年代出版的胡塞尔、海德格尔等译著中多采用"视域""视界""视野""边缘域""界域"等译名,但由于"视域""视界"等词暗示以自然人目光为视点的"外界",用来形容抽象主体在意识层面的场域不够妥切,"边缘域""界域"等词又缺乏"无限伸展之可能"的哲学意义,因此后来有学者将 Horizont 译为"视野—境域"或者直接译为"境域"。本文采用"境域"的译名,参阅[德]马丁·海德格尔:《现象学之基本问题》的附录"重要译名对照表"(丁耘译,上海:上海译文出版社,2008 年,第 468 页);以及海德格尔:《存在与时间(修订译本)》的附录二"德—汉语词对照表"(陈嘉映、王庆节译,北京:生活·读书·新知三联书店,1999 年,第 508 页)。

② 有关胡塞尔和海德格尔对"境域"一词的理解,参阅彭立群:《海德格尔的"境域格式"概念解析》,《复旦学报(社会科学版)》2010 年第 6 期,第 67—73 页;倪梁康:《胡塞尔现象学概念通释》,北京:生活·读书·新知三联书店,1999 年,第 215—220 页。

滑坡的普遍问题。《玩笑》《多余》等小说多次描写偷盗和抢劫事件,《儿子》《囚牢》等小说中拐卖妇女、买卖儿童和乞儿行骗等现象折射了治安不良、诚信缺失、拜金主义等社会弊病。再次,李翊云的小说还展现了改革开放中日益频繁的跨文化交流给普通民众带来的心理冲击、价值观混乱和信仰危机等负面影响,随着人们对物欲、金钱、名利和权力等的追求日益增加,人们的情感日趋疏离、心灵日渐空虚。

李翊云的两部短篇小说集立体、丰满地展现了社会转型中平凡小人物所面临的多重伦理困境及其不同的伦理选择,体现了她对生命状态呈现、人生际遇变化、世界存在方式的思考,饱含了深厚的人文关怀和崇高的道德理想。作为远离故土、移民美国的作家,李翊云对中国转型期社会变革的观察与思考是一种隔着时间和空间双重距离的深刻反思:中国在走向现代化的进程中,能否克服社会在急剧前进、高速运转中所引起的价值观的混乱和迷失?如何处理好中国传统伦理观念与西方现代价值体系交流碰撞时所产生的矛盾与冲突?中国在社会转型时期所呈现的社会伦理境域是否可折射西方国家走向现代化时曾经的历史,或者能启示世界其他国家现代化进程中可见的未来?

在存在主义的哲学观中,世界是荒诞的,人的存在先于其本质,人是自由的,可以自主地作出任何选择,只要他为自己的选择承担相应的责任,自由度越大,则人需要承担的责任就越大。存在主义哲学"用行动说明人的性质","它把人类的命运交在他自己手里"①,而且"在行动的方式中始终有希望在"②。因此,萨特认为人的一生是不断进行选择的过程,人的各种境遇迫使其必须作出各种选择并承担相应的责任,人"在自己承担责任的同时,也使整个人类承担责任"③。困境和选择是文学作品中永恒的母题,这是作家对"人"作为"人类"的生存状态和生存方式的展现,是对存在主义哲学中关于"人生""世界""存在""意义""价值"等问题的深刻

---

① [法]让-保罗·萨特:《存在主义是一种人道主义》,周煦良、汤永宽译,上海:上海译文出版社,2008年,第16页。
② 同上书,第26页。
③ 同上书,第19页。

思考。文学伦理学批评认为文学的根本目的在于"为人类提供从伦理角度认识社会和生活的道德范例,为人类的物质生活和精神生活提供道德警示,为人类的自我完善提供道德经验。"①从这个意义上来说,李翊云的写作超越了书写当代中国社会中普通小人物生活状态的特殊性,已经上升到探讨"人"作为"人类"的普世性存在及其价值,提供"人"作为"人类"的道德经验与道德指引,体现了作家超越族裔性写作的创作倾向。

李翊云的短篇小说集《千年敬祈》和《金童玉女》展现了当代中国转型社会中小人物群像的伦理境域,塑造了小人物们丰富的精神世界,为我们提供了明确的道德指引和深刻的道德警示。李翊云声称自己不喜欢在小说中塑造英雄式人物,她对描写人生中的灰色地带情有独钟,尤其热衷于描绘处在灰色地带的小人物的日常生活,她坦言:"如果我写美国的故事,也会是同样的情况。我不会写美国多么阳光多么现代,我还是会写那些遭受痛苦的人们。"②李翊云笔下的小人物虽然多有性格缺陷,但个个血肉丰满、个性鲜明,他们在宏大的社会历史叙事中无法决定自己的未来,常常被命运之手推向人生选择的十字路口,他们是传统与变革间社会转型的牺牲品。通过客观描摹不同伦理环境下的小人物所面临的生存、身份和精神层面的伦理困境及其作出的理性或非理性的伦理选择,李翊云向世界读者展现了当代美国新移民作家如何对母国文化和历史进行澄明的"存在之思",如何以跨文化视角和世界公民意识对不同文化生态中的政治、权力、变革进行思考,如何对孤独、疏离、焦虑等人类深层文化心理进行个性化表达。此外,李翊云的作品也让我们看到北美新移民作家的英文小说如何理性地正视和面对人类性格中的瑕疵,折射出重要的伦理教诲价值。

同时,我们也应该注意,李翊云集中书写大时代背景下小人物的悲剧人生既是目前其作品中的鲜明特色,也不免成为其文学创作中的某种局限与瓶颈。社会症结、人生变幻、命运无常,这些毕竟只是时代奏鸣曲中

---

① 聂珍钊:《文学伦理学批评导论》,北京:北京大学出版社,2014年,第14页。
② David Evans. "Shades of Grey." *South China Morning Post*, 2008—9—28(7).

的一个声部,如果过于强化和突显,势必无法让人听到完整、立体、丰盈的乐章。作为自小成长在中国的美国新移民作家,李翊云以反思当代中国的社会问题为题材,并通过英文书写进入世界读者的视野,无论作者如何自我辩护,始终难免被读者和评论界有意或无意地误读。而这些误读,无论出于什么原因,都可能违背甚至歪曲作者原本纯粹的创作理念与创作初衷。当然,李翊云的创作才华与写作技巧绝对无可厚非,毕竟她的写作生命还很长,我们也应该以历史、发展的眼光,以包容、乐观的心态期待她更加优秀的作品,迎接她更加绚丽的未来。

本章小结

本章围绕着"美国华裔小说中的伦理选择"展开论证,并以伍慧明、任碧莲的两部长篇小说和李翊云的两部短篇小说集为例,研究当代美国华裔文学中的伦理身份、伦理困境与伦理选择等问题。选择这三位作家是因为她们作品所反映的主题在美国华裔文学中既具有突出的典型性,又具有各自的独特性,能够很好地引领我们从不同层面对华人的伦理身份、伦理困境和伦理选择等问题进行思考。伍慧明是第二代华裔,出生于旧金山唐人街的移民家庭,对唐人街的文化和华裔美国人面临的身份困境有切身体会,虽然目前只发表了2部长篇小说《骨》《望岩》和为数不多的短篇小说,但其作品在中美两国的接受度非常高,它们曾入围"美国国家图书奖"和"福克纳文学奖",伍慧明也被评论界誉为"新生代作家""直面华裔美国历史的华裔女作家"等。任碧莲也是第二代华裔,出生于纽约长岛的华人移民家庭,在纽约多个地区生活成长,曾在美东的哈佛大学、美西的斯坦福大学和美中的爱荷华作家工作坊攻读学位,对美国的民族特性、自由民主体制和多元文化现象具有理性的、深刻的思考。任碧莲至今发表了4部长篇小说、1部短篇小说集和2部文学随笔集,成名较早,获奖无数,成就非凡。如果说任碧莲、伍慧明等第二代华裔作家是当代美国华裔文学的中流砥柱,那么在中国改革开放之后移居美国的新移民作家哈金、李翊云、裘小龙等则是美国华裔文学的生力军。他们在中国出生、成长、接受正规的学校教育,大学毕业后才移居美国,具有丰富而直接的中、美生活经历并深受中美两国文化的长期熏陶,能够为美国华裔文学带来新鲜的血液和充足的养分。他们的作品从主题思想、人物塑造到艺术表现上都与任碧莲、伍慧明等土生华裔作家的创作迥然不同,代表了美国华裔文学多元化发展的新动态和新趋势。其中,李翊云的短篇小说创作在新移民作家中独占鳌头,极具代表性。本章从文学伦理学批评视角切入,对以上三位作家的小说进行文本细读,为当代美国华裔文学研究提供新的研究思路。

在论述美国华裔小说中华人伦理身份与伦理选择的嬗变时,本章将伍慧明的《望岩》和任碧莲的《莫娜在希望之乡》这两部主题相近的小说进行比较对读,紧紧围绕着"伦理身份"这一核心术语,详细阐释了第一代华人杰克与第二代华裔莫娜在对各自伦理身份探寻时复杂的心路历程。杰克处于美国政府对华人实施"坦白计划"的背景下,经历了伦理身份错位、缺失到找寻和确定的历程,最终合法地成为美国公民;而一出生就具有美国公民身份的第二代华裔莫娜,则对家庭和社会赋予她的既定的"华裔"身份不满,自主选择了犹太族裔身份,不断探索对伦理身份进行自由转换和自由选择的可能性。二者对伦理身份选择的不同,既反映了美国城市中居住在不同社区的两个社会经济群体的华人的生存环境及伦理身份的差异,也反映出两代美国华人伦理身份意识的转变及华人伦理身份观念从二元到多元的变化。杰克和莫娜对自己伦理身份认知的演变轨迹也照应了不同时期的华裔美国作家对自我伦理身份认知的嬗变历程:从早期华裔诗歌创作者的"逗留者"心态,到刘裔昌、黄玉雪等作家的"追逐者"心态,到汤亭亭、谭恩美等女作家的"以美国人自居者"心态,再到赵健秀、徐忠雄等男作家建构"亚裔感性"的主动归属族裔身份的主张,最后到任碧莲、黄哲伦等倡导的摆脱血缘伦理身份限制,强调精神上、信仰上对特定族裔文化的选择与接受。通过对伍慧明和任碧莲小说的分析,可以梳理一百多年来几代美国华人面临的身份认知问题。虽然两位华裔作家的创作倾向不同:一个直面历史,一个观念新颖,但都打破以往美国华人作家的创作路径,都为华裔美国文学创作开辟了新路。

不同于第二代华裔作家的作品,新移民作家李翊云在其创作的前十年主要以回望故国的反思性作品为主。短篇小说集《千年敬祈》和《金童玉女》以当代中国社会转型为背景,描摹和展现了小人物在社会转型中面临的生存困境、身份困境、精神困境等多重伦理困境。本章将小人物在社会转型期中陷入生存困境的原因总结为经济体制改革、政治制度变革、伦理体系与法理体系之间的矛盾等三方面。面临生存困境,随着生存压力激增,小人物身上的自由意志与理性意志的对抗不断加强,当他们无法用理性意志控制自由意志时,往往作出非理性的伦理选择,导致悲剧发生。李翊云小说中同性恋人群的身份困境主要源于其性别身份的不可言说性,追求独立"自我"与做他人"儿子"的双重伦理身份背驰,以及双性恋复杂、暧昧的三角关系等不同因素。这些同性恋者在面临性别身份困境时虽然犹豫、纠结,但最终其理性意志大都能战胜自由意志,对自己纠葛的伦理身份作出正确的认知,通过积极对话沟通等方式进行理性的伦理选择。社会转型中因价值体系的交错并立而出现暂时的价值失范局面,从而让道德主体陷入精神困境,主要表现在信仰危机、价值观冲突和代际隔阂等方面。李翊云笔下的小人物在面对精神困境时,其伦理选择不再是简单的非理性或者理性的选择,而往往呈现出多元取向的伦理选择。作为远离故土、移民美国的作家,李翊云对中国转型期社会变革的观察与思考是带着中、美两种价值观对母国文化和历史进行的深刻反思,以跨文化视角和世界公民意识对故国的政治、权力、变革进行思考,对孤独、疏离、焦虑等人类文化心理进行个性化表达。此外,李翊云的作品也让我们看到美国新移民作家的英文小说如何理性地正视和面对人类性格中的瑕疵,折射出重要的伦理教诲价值。

虽然以上三位华裔作家的小说具有突出的典型性,美国华裔文学中的伦理身份、伦理困境和伦理选择研究绝不局限于对上述作家作品的探讨。在美国华裔文学一百五十余年的历史中,华裔文学的定义不断被刷新,其版图也不断在扩大,华裔作家层出不穷,新老作家更迭交替实属自然现象。随着20世纪40年代出生的汤亭亭、赵健秀、徐忠雄、林露德(Ruthanne Lum McCunn)、李健孙(Gus Lee)等老一代华裔作家因日渐年迈而逐渐淡出人们的视野，20世纪50年代、60年代出生的谭恩美、黄哲伦、任碧莲、梁志英（Russell Leong）、李立扬（Li-Young Lee）、伍慧明、邝丽莎（Lisa See）、陈美玲（Marilyn Chin）、张岚（Samantha Cheung）、姜峰楠（Ted Chiang）、伍美琴（Mei Ng）等华裔作家已成为当代美国华裔文坛上的中坚力量。这些作家大都已经功成名就，为了自我突破和满足读者的期待，依旧在进行文类上的跨界和文学形式上的创新，也有一些作家仍不断尝试开拓新的主题思想。而20世纪70年代、80年代出生的何舜廉（Sarah Shun-lien Bynum）、黄锦莲（Kim Wong Keltner）、杨谨伦（Gene Luen Yang）、伍绮诗（Celeste Ng）、林韬（Tao Lin）、邱静瑜（Christina Chiu）等作家俨然已成为华裔文坛上的后起之秀，他们成长于更加开放、自由的社会历史时期，又受到后现代思潮的影响，其文学创作呈现出多元、分化的趋势。他们身上少了一分身份焦虑，却多了一分族裔自信，他们的作品不再囿于老一辈华裔作家揭秘家族历史、探寻社群关系、突显族裔特征或声称美国身份这些尝试，而是更加关注美国多元文化背景下个体身份的自我型塑，对当代美国的社会症结、生态环境和人类命运等问题进行思考，因此题材丰富、手法多样、图文互动，常常呈现出魔幻现实主义、后现代主义和奇幻主义色彩。随着全球化进程的加速、中美文化交往更加频繁、世界日益多元开放，美国华裔文学中涌现出越来越多出生在中国、改革开放之后才移民美国的新移民作家，除了上述提到的哈金、李翊云、裘小龙之外，还有闵安琪（Anchee Min）、王屏（Wang Ping）、刘宇昆（Ken Liu）、严歌苓（Geling Yan）、王蕤（Anna Rui Wang）等代表作家，他们的创作表现出显著的跨国身份意识、越界思想、迁徙心态和双语/多语创作倾向。此外，如果华裔作家或者新移民作家个人或上一代曾在东南亚、欧洲或日本长居，则其伦理身份还要增加一层他国族裔色彩和地域风情，这样的作品则表现出更加复杂、多元和兼容的特征。

总而言之，当代美国华裔文学版图开阔、内容丰富、层次分明、生生不息，这些华裔小说、诗歌和戏剧中蕴含了大量的个人伦理、家庭伦理、社会伦理和国际伦理问题，尚存非常大的挖掘空间，有待我们进一步运用文学伦理学批评理论去发现、研究和阐释。

第九章

美国犹太小说中的伦理身份与道德困境

20世纪的美国犹太文学取得了举世瞩目的卓越成就,是美国文学的重要组成部分。应该说,作为族裔文学中不可或缺的一极,美国犹太文学既具有鲜明的美国特性,同时也有着犹太民族文化中的独特要素。

美国犹太作家在创作中会涉及一些共同的母题和主题,如"父与子"母题、"祭祀—救赎"母题;同化问题、"犹太身份与美国身份""犹太性"等等。他们通常将个体命运进程与整个犹太民族的历史际遇紧密连接在一起,从而将个人置于广阔而深邃的历史文化背景中加以展现,实现了时代性与历史性、世界性的有机融合。

美国犹太文学的兴起是随着东欧犹太移民向美国大迁徙发展起来的,打上了深刻的时代烙印。犹太移民们抵达美国后无一例外面临着文化冲突和身份危机,他们在原本的价值观、宗教观、伦理观等各个方面都遭到了前所未有的挑战。作家们开始利用小说这种体裁以艺术化的方式书写犹太移民们悲欢离合的生活,反映现实境遇和人生百味。美国犹太小说见证了犹太移民的变迁史以及他们为了融入美国主流社会做出的艰辛努力。本章以两位诺贝尔文学奖得主、美国犹太作家索尔·贝娄(Saul Bellow,1915—2005)的《赫索格》(*Herzog*)、《洪堡的礼物》(*Humboldt's Gift*)以及艾萨克·辛格(Issac Bashevis Singer,1904—1991)的《卢布林的魔术师》(*The Magician of Lublin*)等长篇小说作为研究对象,运用文学伦理学批评方法对经典的美国犹太小说予以观照,结合犹太民族传统文化、犹太教等因素分析美国犹太小说产生的特殊伦理环境,多角度地阐述其中蕴含着的伦理内涵,探讨美国犹太小说中存在着的多元伦理身份的冲突及其不同代际的移民面临的不一样的道德困境和启示价值。目前国内外学界对于上述作品的研究已取得丰硕的成果,评论家们运用各种批评理论,从各个视角进行了阐释,但鲜见运用文学伦理学批评方法深入解读和分析。

索尔·贝娄的《赫索格》讲述了学识渊博的大学教授摩西·赫索格因两次婚姻失败、遭遇好友背叛、被逐出家门、失去心爱的小女儿,精神处于崩溃边缘的故事,小说展示了中产阶级知识分子犹太移民后裔赫索格的精神危机和道德困境。本章主要着眼于小说同名主人公赫索格复杂的伦理身份以及由此导致的与之相对应的多种伦理选择进行分析探讨。赫索格的婚姻伦理身份、职业身份、族裔身份相互交织在一起,彼此之间发生矛盾冲突,因兽性因子的主导致使他的生活中出现伦理混乱与伦理两难的境况。赫索格在记忆伦理的指引之下,确认了犹太幸存者的身份及其肩负着的深沉的道德责任,最终从伦理困境中摆脱出来。

贝娄的另外一部长篇小说《洪堡的礼物》则充分展示了艺术家洪堡和西特林在物欲横流的美国现代社会中所面临的身份认同危机,作为犹太移民的后裔,他们面临着各自的道德困境,如果说二代移民洪堡更多地遭受反犹主义的迫害,有着替罪羊的身份和自省意识的话,那么三代移民西特林则在面临美国同化问题的时候,迷失了自我。他们之间的伦理关系经历了由伦理契约化到契约伦理化的变迁,从契约缔结到背弃而后复归,分别对应着伦理契约化——契约精神的毁坏——契约伦理化这一进程的转变。契约伦理精神最终指引着洪堡和西特林走出了身份危机所带来的道德困境。

艾萨克·辛格的长篇小说《卢布林的魔术师》出色地展示了17世纪波兰犹太人雅夏寻求身份认同而遭遇失败,最后皈依宗教终获救赎的艰辛历程。雅夏的多重伦理身份随着他在不同空间——小城镇卢布林和大都市华沙之间转换,而交织在一起,使雅夏产生了深重的身份认同危机,这构成了他所面临的复杂的伦理困境,导致了他艰难的伦理选择。空间的生产与身份的建构这二者之间是互为表征的。从卢布林到华沙再复归卢布林,这是祛魅化而后又复魅的过程。雅夏所面临的错综复杂的伦理困境终究经由犹太会堂中的宗教仪式而得以摆脱。犹太会堂从空间和道德两方面为雅夏找到了自省和救赎之路。而雅夏最后的伦理选择和伦理身份的确认是在所谓"神圣空间"中铸就的。

第一节 《赫索格》中的身份认同与伦理选择

长篇小说《赫索格》取得的巨大成功是令美国犹太作家索尔·贝娄得以问鼎1976年诺贝尔文学奖的重要因素之一,这部作品在贝娄整个创作生涯中占据着非常重要的位置。国内外学界的同仁已运用各种理论对该作进行全方位的解读,可见这部佳作具有无以伦比的艺术魅力。本节试图运用文本细读与文学伦理学批评方法对这部小说进行新的阐释,认为赫索格复杂的伦理身份导致他面临与身份相对应的多种伦理选择,然而无论当他面对哪一种伦理选择时,多重的身份必然使他陷于伦理混乱之中。赫索格的婚姻伦理身份、职业身份、族裔身份交织在一起,相互之间发生矛盾冲突,导致他的生活中出现伦理秩序的混乱,使他深陷伦理困境中。赫索格最终确认了自己的犹太幸存者身份,无论从历史的纬度还是哲学的思辨角度来看,犹太幸存者都肩负着深沉的道德责任。赫索格最终从伦理困境中摆脱出来,作出正确的伦理选择。

一、赫索格的身份危机与伦理混乱

小说主人公赫索格具有多种伦理身份。聂珍钊教授指出:"在文学文本中,所有伦理问题的产生往往都同伦理身份相关。伦理身份有多种分类,如以血亲为基础的身份、以伦理关系为基础的身份、以道德规范为基础的身份、以集体和社会关系为基础的身份、以从事的职业为基础的身份等。"① 就血缘关系而言,赫索格既是父亲,也是儿子;就婚恋关系来说,他既是黛西和马德琳的前夫,也是园子、旺达、雷蒙娜等人的婚外情人;就职业来看,他既是大学教授,也是隐居的学者;就族裔身份而言,他既是犹太人,也是美国人;既是幸存者,也是受害者。赫索格的婚姻伦理身份、职业身份、族裔身份的建构过程交织在一起,相互之间发生矛盾冲突,导致他产生身份认同危机,生活中出现伦理秩序的混乱,使他深陷伦理困境中。

首先,赫索格作为丈夫不能忠于自己的妻子,不断到婚外为自己找情人。他这种非理性的强烈欲望让他忘记了自己丈夫的身份,造成了他的伦理混乱。赫索格经历了两段不幸的婚姻,他不顾自己的伦理身份而数次移情别恋,在丈夫与情人之间不能做出正确的伦理选择,这实际上是一种身份认同危机。

第一次婚姻期间,赫索格在兽性因子驱动之下忘记了自己作为丈夫的伦理身份,成为背德者与欺骗者,与情人园子、旺达、马德琳等人发生婚外情,成为婚外情人。伦理身份的错位必然造成伦理秩序的混乱。然而,赫索格对此并无任何忏悔之意,他不认为自己的背叛对妻子黛西和儿子马科造成了情感上的伤害。

赫索格背叛自己的妻子,同婚外的情人马德琳结了婚,终于变成了婚外情人合法的丈夫,同马德琳形成了新的伦理关系。但是,他作为丈夫又成了被骗者,遭遇第二次婚姻危机。当他得知妻子马德琳与自己最好的朋友格斯贝里奇通奸时,面临爱情与友情的背叛,他痛不欲生:"要是他俩真能在这种忘情负义的淫欲中,得到他们的生命和爱情,他倒愿意默不作

---

① 聂珍钊:《文学伦理学批评导论》,北京:北京大学出版社,2014年,第263—264页。

声地退到一旁。是的,他愿意退位让贤。"①遭到欺骗和背叛后,赫索格认为自己是受害者和"待罪的羔羊"②,这里再现了《圣经》文学中的替罪羊原型。犹太人自古以来就是替罪的羔羊,在几千年来的大流散过程中不断遭到驱逐、被隔绝在"隔都"内、惨遭"大屠杀"的厄运。"替罪羊既指受害者的无辜,又指集体矛头对准他们,也指这种集中的集体合目的性"③。无辜者受到迫害却又无法申述只能被迫承担他者的罪责已成为犹太人根深蒂固的集体无意识,内化于他们的心灵深处。身为犹太后裔的赫索格认为自己是无辜的,可是却不得不承受马德琳和格斯贝里奇本应承担的背叛的罪责。与此同时,社会、法律却共同限制了他的自由,使得他无法为自己辩护。

由于伦理身份导致自身的伦理错位,赫索格始终在兽性因子的驱动下无法作出正确的伦理选择。赫索格在没有解除黛西合法丈夫的伦理身份的情况下,就做了马德琳的非法婚外情夫,此后就陷入伦理困境无力自拔。如果赫索格继续婚姻生活就不得不放弃情人马德琳,而选择马德琳也就意味着必须抛妻弃子,二者无法两全,最终赫索格选择了后者。他的抉择为他带来了新的伦理身份,从马德琳的非法情夫转变成了合法丈夫。但是充满反讽意味的是,此后他终将面对和遭受被背叛的痛苦与不幸。

同赫索格一样,马德琳伦理身份的错位使得她陷于伦理混乱而无法作出正确的选择。首先是宗教伦理身份的转换。作为一名犹太后裔,她选择皈依了天主教,成了看似虔诚的教徒。然而在此期间,她一方面违背教义,与赫索格发展婚外情,另一方面又因自己的行为不端向神父表示深切忏悔。赫索格认为这是"一种戏剧性的行为"④。对马德琳而言,信仰宗教不过是表演的艺术而已,事实上她是一个伪宗教信徒,"彻头彻尾的

---

① [美]索尔·贝娄:《赫索格》,《索尔·贝娄全集》(第四卷),宋兆霖译,石家庄:河北教育出版社,2001年,第77页。
② 同上书,第142、230页。
③ [法]勒内·吉拉尔:《替罪羊》,冯寿农译,北京:东方出版社,2002年,第50页。
④ [美]索尔·贝娄:《赫索格》,《索尔·贝娄全集》(第四卷),宋兆霖译,石家庄:河北教育出版社,2001年,第152页。

叛教分子"①。其次是婚姻中伦理身份的变化。马德琳由最初非法的婚外情人转变为合法的妻子，而后又成为格斯贝里奇的婚外情妇。她违背了婚姻伦理中忠诚的原则，有过两次婚外情。格斯贝里奇同样存在复杂而又不可理喻的伦理身份错位和混乱。他从赫索格曾经的挚友变成了背叛他的情敌，从马德琳的朋友变为了非法的婚外情夫，从琼妮的叔叔变成了继父。与此同时，他依然是菲比的合法丈夫和孩子们的父亲。

除了婚姻伦理身份混乱无序外，赫索格同时还面临族裔身份认同危机，这二者互为因果，交织在一起，令他深陷伦理困境。赫索格既是事业有成的美国大学教授、知名学者，也是饱经磨难的犹太幸存者。身处美国文化与犹太文化既对立又融合的环境中，赫索格没有像他的两个哥哥一样被美国主流社会同化，成为坚定的实用主义者。在现实生活中，"实用主义伦理思想用实际功效或实际效果来衡量人生的意义和价值，对美国人的生活态度影响深远，尤其是在铸造以成败论英雄、以金钱论成就的'美国梦'方面发挥了不容忽视的作用"②。显然，赫索格既不能被美国文化完全同化，也无法像父亲一样继承犹太文化传统成为正宗的旧式犹太人。他一直困惑于自己的身份认同问题。身份认同事实上是自我身份建构的过程，并且处于不断的变化之中。赫索格在美国人、犹太后裔这两种族裔身份之间摇摆不定，从而影响他人生道路上的选择。年轻时，赫索格被同伴们当作外国人，"聪明的犹太人"；人到中年，作为功成名就的美国大学教授，情人雷蒙娜认为"他不像一个美国人"③。这令赫索格感到伤心，因为他从内心深处期望获得美国主流社会的认同，做一个真正的美国人。但是，赫索格的美国化之路并不顺利，从他的外表到言行举止都显示出想要获得身份认同极其艰难。曾有人问他："你是在哪儿学的英语——

---

① [美]索尔·贝娄：《赫索格》，《索尔·贝娄全集》（第四卷），宋兆霖译，石家庄：河北教育出版社，2001年，第323页。
② 向玉乔：《人生价值的道德诉求——美国伦理思潮的流变》，长沙：湖南师范大学出版社，2006年，第15页。
③ [美]索尔·贝娄：《赫索格》，《索尔·贝娄全集》（第四卷），宋兆霖译，石家庄：河北教育出版社，2001年，第212页。

在速成学校么?"①他对此既觉得好笑,也感到痛苦。好笑是因为被他人有意识地曲解和误会,痛苦是由于付出全部的努力却没有得到期许中的认可。为了使"他这个犹太人在昂格鲁撒克逊新教徒这班高等白人控制的美国,争得一席立足之地"②,赫索格付出了巨大的代价,却没有获得美国人的身份认同。

复杂的身份让赫索格在伦理选择中始终感到困惑和迷惘,无法从伦理混乱中摆脱出来。他焦灼、彷徨、不安的情绪以及分裂的自我意识,正是由于他混乱的伦理身份造成的。实际上,他的身份认同危机令他在伦理困境中越陷越深。

二、赫索格的伦理困境与两难选择

赫索格的身份危机引发了婚姻伦理秩序的混乱,导致他不得不面临各种伦理困境。复杂的伦理身份、分裂的自我、混淆的伦理秩序以及双重的伦理标准,所有这些都是使赫索格陷于伦理困境的重要因素。

事实上,正是由于伦理身份的错位以及伦理准则与伦理行为的不一致导致了赫索格的伦理困境。作为丈夫,他本应忠于自己的第一任妻子戴西,可是他在情感和身体上背叛了她。与此相对照的是,他不仅没有因此忏悔,相反却对自己第二任妻子的背叛怒不可遏,想"迫使马德琳和格斯贝里奇有点良心"③。作为父亲,他本应尽到伦理义务。然而小说描写说:"两次结婚,两个孩子,而现在居然要独个儿去无忧无虑地要上一个星期了。他竟然要不管自己孩子长大成人的事,这实在有伤他的天性和犹太人的感情。但这有什么办法?到海滨去!到海滨去!"④作为犹太人,赫索格本应遵循犹太教教义、教规与伦理准则,可是为了得到情人马德琳的欢心,他居然做出了叛教的行为,不止一次陪她去天主教堂。赫索格甚

---

① [美]索尔·贝娄:《赫索格》,《索尔·贝娄全集》(第四卷),宋兆霖译,石家庄:河北教育出版社,2001年,第213页。
② 同上书,第398页。
③ 同上书,第351页。
④ 同上书,第41页。

至自我怀疑,"他是一个丈夫,一个父亲。他已经结了婚,他是个犹太人。他干吗到天主教堂里来?"①最终他自己都承认在父亲家里他"摆出一副长期受难的样子,装出一副基督徒般的傻笑"②。赫索格错位的伦理身份产生了各种伦理困境。

更重要的是,赫索格的外在形象和内在自我认知也是分裂的。赫索格认为在他者的凝视中,他是自由主义者、知识分子、空头理论家,甚至有可能是疯子、白痴、傻瓜,然而在他的自我意识中,他是"一个有思想的人"③。正因为"人是会思想的芦苇",所以才会感觉到精神上的痛苦和折磨。在赫索格的意识维度中,作为主体的他并不能意识到自己的分裂和无意识的存在。小说中对此有一段描述:"他厌恶地看着自己穿着游泳裤,带着草帽,越看越不像是做拉比的材料。……瞧那嘴巴!充满乞求欲望和难消的愤懑。……瞧他那身材!那曲折盘绕在手臂和垂着的双手上的条条青筋,这一历史比犹太人本身还悠久古老的循环系统。"④镜中的凝视使得赫索格获得了主体意识,他是镜像中被观看的存在。作为渴望在美国主流社会获得认同的教授和学者,赫索格几乎彻底背离了犹太文化传统,更枉论成为拉比——犹太智者。作为犹太后裔,这个古老民族有着悠久的"崇智"传统。赫索格的母亲期望自己的孩子"成为律师、议员、拉比或者是音乐家。他们这家人对社会地位这件事一个个简直都着了迷。不管生活多么贫苦,现在的地位如何低下,他们从来都没有忘记想象中的显赫,未来的光荣,今后的自由"⑤。赫索格成年后的职业选择既出自于本身的兴趣爱好,同时也与父辈的期许有着密切关联。作为一名学者,赫索格自己的事业获得了极大的成功,然而他在个人生活中则是一个彻头彻尾的失败者。缺乏犹太根基的赫索格在美国化的过程中备受折

---

① [美]索尔·贝娄:《赫索格》,《索尔·贝娄全集》(第四卷),宋兆霖译,石家庄:河北教育出版社,2001年,第91页。
② 同上书,第323页。
③ 同上书,第213页。
④ 同上书,第39页。
⑤ 同上书,第189页。

磨,这一切都显现在他的外表上。

其实,赫索格是以他者的眼光凝视自身的存在的,这个他者正是基于犹太传统的价值判断。以此为标准,他对自己的评判是"厌恶的""愤懑的"。可见赫索格是一个清醒的道德沦丧者。他向往善行,痛恨恶德,然而却无力反抗,甚至享受其中。小说描写说:"我没有力量拒绝一个巨大的工业文明对精神上的要求所开的享乐主义的玩笑,对赫索格式的高尚的期望,对他的道德上的痛苦,对他的对真与善的向往所开的玩笑。在他这样寻思着的时候,赫索格的心一直在痛,他很想把他的心摇撼几下,或者把它从胸腔中掏出来,把它赶出去。赫索格憎恨心痛这种见不得人的喜剧。"①在兽性因子驱动下,赫索格把对婚姻的背叛、肉体上的享乐归因于现代工业文明对于人的戕害和纵容,但对自身应当承担的伦理职责却熟视无睹。

由此可见,赫索格的伦理秩序是极其混乱的。作为没有被美国主流社会彻底同化的犹太人,他深受犹太伦理传统的影响,尊崇父权伦理秩序:"一个有家室的人,父亲,传宗接代,过去与未来之间的媒介"②,然而在现代化的美国社会,犹太伦理显得如此不合时宜。赫索格用父权制的犹太伦理要求马德琳,希望她遵循婚姻传统,却从来不以此自律。显然,赫索格以双重伦理标准对待自己两次不幸的婚姻生活,反映了男性中心主义的伦理意识与道德价值体系。不仅如此,赫索格一直是以男性中心主义的眼光注视女人的身体,包括他的两任妻子和情人们。在欲望主体的叙述中,女性的肉体被客体化了。作为主体的男性,其欲望投射在客体身上,并转化成语言。主体的看与客体的被看成为一个无法回避的问题。女人的身体是被观看和被审视的对象。小说的叙述者通过赫索格的眼光描述了他的两位妻子和历任情妇的容貌仪表,并对此大加评论。

赫索格的身份危机、伦理错位,导致他深陷伦理困境,面临两难的境地。需要指出的是,无论作为丈夫、朋友还是父亲,赫索格的伦理身份和

---

① [美]索尔·贝娄:《赫索格》,《索尔·贝娄全集》(第四卷),宋兆霖译,石家庄:河北教育出版社,2001年,第220页。
② 同上书,第264页。

伦理情感都被无视了。作为丈夫，他希望马德琳尽到妻子的责任和义务，忠于婚姻伦理。作为朋友，他渴望格斯贝里奇成为同盟者。作为父亲，他渴求见到女儿琼妮，给予她父爱。"同其他社会群体相比，家庭构成了无法解散的整体，即便由于死亡和离婚等等原因致使家庭关系破碎了"①，父亲依然是父亲，女儿依然是女儿，他们之间存在不可更改的伦理关系。然而，赫索格正当的伦理诉求没有得到正面回应。伦理诉求存在于人与人之间一切的伦理关系中，而个体伦理诉求的被消解必然导致主体产生巨大的空虚感和挫败感。当个体无法影响甚至接触不到另一个人时，暴力会成为最直接的驱动力。作为婚姻中的受害者和被背叛的丈夫，赫索格憎恨情敌格斯贝里奇，于是他愤怒地举起了手中的枪。然而，当赫索格亲眼目睹瘸腿的格斯贝里奇为女儿洗澡的温馨场面时，他陷入了伦理两难的境地中，开始思考是否应该为自己复仇。"伦理两难由两个道德命题构成，如果选择者各自对它们做出道德判断，每一个选择都是正确的，并且每一种选择都符合普遍道德原则。但是，一旦选择者在二者之间做出一项选择，就会导致另一项违背伦理，即违背普遍道德原则。"②作为犹太后裔，赫索格认为自己的复仇是正义之举，感到自己"需要正义。他觉得他需要以牙还牙，以其人之道还治其人之身，这是他作为被迫害一方的权利"③。这是符合犹太传统伦理准则的。然而，作为美国人，赫索格的复仇是不符合现代法治伦理秩序的。从情感伦理的角度而言，如果他选择开枪伤害甚至杀死格斯贝里奇，他有些于心不忍。如果他不实施报复，又会让自己在精神上饱受折磨，痛不欲生。赫索格的伦理困境来源于他的双重道德判断标准。匪夷所思的是，他完全忘记了自己曾同样背叛和伤害过第一任妻子，也从来没有为此悔罪。不过值得庆幸的是，他最终的向善阻止了他的恶行。

---

① [德]韦尔策编：《社会记忆：历史、回忆、传承》，季斌、王立君、白锡堃等译，北京：北京大学出版社，2012年，第110页。
② 聂珍钊：《文学伦理学批评导论》，北京：北京大学出版社，2014年，第262页。
③ [美]索尔·贝娄：《赫索格》，《索尔·贝娄全集》（第四卷），宋兆霖译，石家庄：河北教育出版社，2001年，第286页。

三、记忆的伦理与终极选择

尽管赫索格因为伦理身份的错位而无法做出正确选择,但是他在记忆伦理之中最终确认了自己的犹太幸存者身份,从伦理困境中摆脱出来,作出了正确的伦理选择。

人的记忆是带有选择性质的,趋利避害的本性会驱使人有意识地遗忘那些痛苦并折磨人的记忆,留下愉悦、欢快的回忆。作为个体的人并非孤立的存在,人是在与他人的伦理关系中进行回忆的。"记忆的传递塑造着个体身份的形成。它在每个人所受的影响中占据了一个重要位置。"① 人的记忆充满各种情谊和情绪,这一切都与伦理关系有着千丝万缕的关联。记忆的消失在一定程度上意味着某种伦理关系的终结和消解。西方学者认为,"记忆伦理的核心概念"是"宽恕和忘记"②,宽恕意味着克服仇恨和愤怒。记忆尤其是集体记忆承载着过去,这对于犹太人而言至关重要。

对于赫索格来说,作为幸存者的犹太人本身就意味着历经沧桑,患难相共。他指出:"在这个时代里,我们都是幸存者,深知我们付出过的代价,因此各种关于人类进步的理论不适合我们的身份。认识到你是个幸存者,你会感到震惊;认识到这就是你的命运,你会潸然泪下"③。记忆无法磨灭,它存在于人的灵魂深处,时刻警醒着犹太人,告知他们受难是犹太人漫长流散生涯中的伦理宿命,唯有接纳所有的苦难、承担伦理责任。赫索格拥有无法忘怀的家庭记忆,他说:"我以我超人的记忆力,把所有死去的人和疯子,都监禁起来,连可能被忘掉的人我也不放过,我把他们全

---

① [法]阿尔弗雷德·格罗塞:《身份认同的困境》,王鲲译,北京:社会科学文献出版社,2010年,第42页。
② [以色列]阿维夏伊·玛格利特:《记忆的伦理》,贺海仁译,北京:清华大学出版社,2015年,第9页。
③ 索尔·贝娄:《赫索格》,《索尔·贝娄全集》(第四卷),宋兆霖译,石家庄:河北教育出版社,2001年,第106页。

都捆绑在我的思想中,而且折磨他们"①。"我过去的岁月,年湮日渺,真相比埃及的历史还要久远"②。历史记忆对于赫索格而言更是刻骨铭心,《希伯来圣经》昭示着犹太人自古以来经历的种种磨难,成为他们共同的文化记忆,沉淀在无意识的脑海之中。赫索格"对这种心灵的哭泣,至今依然记忆犹新。……可是所有这一切全是年湮日渺的往事了——是的,就像《圣经》中的犹太人的旧事,就像《圣经》中说的那些个人经历和命运。看过上次大战中发生的事,赫索格父亲所诉说的,实在算不上什么特别的苦了。……赫索格家的这些个人历史,这些旧时代的老故事,也许已经不值得追忆了。可我仍然记得。而且我必须记住"③。历史性的创伤记忆在很长一段时间之内是无法平复的,而赫索格早已将自己的生活纳入可以获得自我认同的犹太史中,他的生命连接着过往所有的一切,在一定意义上,他已成为传统的一个载体。犹太民族受难的集体无意识深深地根植于他的记忆中,他那极富宗教文化底蕴的名字"摩西"及其精神受难史无不昭显着这一切。赫索格说自己"有了一种逃亡奴隶的心理状态"④,数千年前希伯来英雄摩西率领备受奴役压迫的奴隶们逃亡埃及,这次出走不仅意味着摩西在耶和华指引下完成了一次胜利的壮举,同时也使受迫害的希伯来人获得了彻底的解放。然而,生活在美国现代社会的摩西·赫索格恰如现代浮士德,他想方设法逃离和规避的是沉重的肉身以及深植于肉身的兽性因子,却依然无法挣脱灵魂的桎梏,尤其是他根本无法摆脱混乱的伦理困境。所以小说伊始,他有的仅仅只是逃亡的心态,却并无实际的行动。

之后,在经历了人生两个阶段的身份转换,赫索格深刻地意识到:"我的行为暗示我的生活里有一道障碍,从一开始我就在排除这道障碍,我一

---

① [美]索尔·贝娄:《赫索格》,《索尔·贝娄全集》(第四卷),宋兆霖译,石家庄:河北教育出版社,2001年,第180—181页。
② 同上书,第187页。
③ 同上书,第198页。
④ 同上书,第247页。

生都在排除这道障碍,因为我认为,我必须排除它,而且一定会获得结果"①。这里的"障碍"指的正是他的兽性因子导致的一系列伦理混乱,而他非理性的选择正是导致这一切产生的根源。

并未缺失的人性因子和理性意志使得赫索格对于自己的多重身份——丈夫、父亲、儿子、知名学者等进行重新思考。贝娄在接受访谈时指出,赫索格"在他所拥抱的文化中,他找不到支持"②。这就是说,无论在美国主流文化还是欧洲浪漫主义文化中他都寻不到身份认同感,处于无所适从的状态。赫索格最终接纳并认同了自己犹太幸存者的身份。无论从历史的维度还是哲学思辨的角度来看,犹太幸存者都肩负着深沉的道德责任。所有活着的犹太人都是幸存者,幸存者理念一直贯穿于贝娄的小说创作中,在他的最后一部杰作《拉维尔斯坦》中贝娄再次重申了这一观点。历经磨难而得以幸存下来的犹太民族形成了特有的受难意识,《以赛亚书》第53章指出"苦难有代人受过的性质,正直的人并非只是因为他们自身的罪而受难。通过受难,他承担并赎抵了其作恶同伴所犯下的罪行"③。苦难事实上具有救赎的力量。《希伯来圣经》中摩西代为赎罪的经历已构成他生命中不可或缺的一部分。犹太幸存者摩西·赫索格最终承担了他者的罪责,与此同时,他也认识到自己的伦理责任:"我有责任,我对理性负有责任……我对子女有责任。"④最后,他的人性终于回归本真。

学者型作家贝娄博闻强识,他借鉴了自18世纪以来欧洲书信体小说的传统,并融合现代小说的意识流表现手法,以出神入化的叙事策略巧妙地展示了《赫索格》中的身份认同危机和伦理困境。赫索格曾希望把一切

---

① [美]索尔·贝娄:《赫索格》,《索尔·贝娄全集》(第四卷),宋兆霖译,石家庄:河北教育出版社,2001年,第300页。

② [罗马尼亚]诺曼·马内阿:《索尔·贝娄访谈录:在我离去之前结清我的账目》,邵文实译,北京:中信出版集团,2015年,第77页。

③ [美]撒母耳·S.科亨:《犹太教——一种生活之道》,徐新、张利伟等译,成都:四川人民出版社,2009年,第45页。

④ [美]索尔·贝娄:《赫索格》,《索尔·贝娄全集》(第四卷),宋兆霖译,石家庄:河北教育出版社,2001年,第418页。

的思想都变成语言,不可言说之思最终付诸笔端,整部作品从头到尾穿插着他给无数人写的从未发出的信。结尾处赫索格归隐田园,他不再对任何人发出任何信息。在一定意义上,这意味着身为犹太幸存者的赫索格终于选择了最为适宜的生存方式,以宽恕为核心的记忆伦理谅解了所有人,他分裂的自我也终归同一。

第二节 《洪堡的礼物》中的身份错位与契约伦理

长篇小说《洪堡的礼物》是索尔·贝娄重要的作品之一,该作展示了艺术家洪堡和西特林在物欲横流的美国现代社会中面临的身份认同危机,他们之间深挚的结拜兄弟情谊历经由伦理契约化到契约伦理化的变迁,对契约伦理法则的破坏导致二人的关系由相互的全然信任到背离乃至分道扬镳。小说中,洪堡与西特林亦师亦友,他们是精神上的父子关系、结拜兄弟,洪堡的身份与社会地位不断下降,而西特林则不断上升,他们的命运交织在一起,相互映衬,显示了艺术家在实用主义占主导倾向的美国不可避免遭受毁灭的厄运。洪堡与西特林之间存在着一定的契约伦理关系,以平等、公义和诚信为核心,主体双方以情感为纽带,以对方提供的一张空白支票为信用凭证。他们的契约伦理关系经历了缔结——背弃——复归三个阶段,分别对应着伦理契约化——契约精神的毁坏——契约伦理化这一进程的转变。

一、身份认同与伦理契约化

诗人洪堡和剧作家西特林终其一生都在追寻身份的自我认同。作为出身社会底层的犹太移民后裔,西特林和洪堡非常渴望获得美国主流社会的认同,他们所追寻的艺术家身份与社会身份的需求之间发生了强烈的矛盾与冲突。

西特林和洪堡所具有的复杂多重伦理身份在不同的际遇下交织在一起,形成了各种伦理结,进而导致了相似而无法摆脱的伦理困境。就职业而言,西特林和洪堡都是艺术家,前者是获普利策奖功成名就的剧作家,而后者是穷愁潦倒身败名裂的诗人;就婚姻而言,西特林和洪堡都是不幸婚姻的缔造者和受害者,西特林是不称职的丈夫和父亲,而洪堡是有暴力倾向的丈夫;就族裔身份而言,西特林和洪堡既是犹太人,也是美国人;就情谊来说,西特林和洪堡曾经是最好的朋友、结拜兄弟和莫逆之交。与此同时,洪堡还是酒鬼、药罐子、天才、狂郁症患者、阴谋家。

小说伊始,西特林与洪堡之间的身份与社会地位相去甚远。西特林最初是洪堡的仰慕者和追随者,到后来成为成功的文人作家,之后受尽磨难身处危难之时得到洪堡的礼物——一份剧本大纲从而摆脱困境。在这一生命进程中,西特林的伦理身份不断在发生动态的变化,处于建构的过程中,他由初出茅庐的文学青年,转变为成功的剧作家,而后被各色人等剥削成为流离失所的失败者。

彼时洪堡是《大角星》杂志的诗歌编辑、基金会的顾问,西特林不过是他的门徒——初出茅庐的文学青年。洪堡是才华横溢的诗人,有着较高的社会地位,属于美国的中产阶级,过着衣食无忧的生活。尽管如此,他依然有着极其深刻的身份危机感。洪堡的危机意识源自于他的犹太族裔身份,在当时美国的反犹主义倾向下这是不被主流社会所认可的少数族裔身份。尽管洪堡的诗才早已获得文坛认可,可是他对自己的犹太身份被接纳的程度有着相当清醒的认识:"在普林斯顿,你我都是阿猫阿狗,一场犹太杂耍表演。我们被当做笑料。滑稽可笑的无名鼠辈作为普林斯顿团体的一员,是不可想象的。"①

正因为如此,洪堡需要西特林与自己结盟。首先,他要让西特林有着相同的身份危机感。洪堡说:"我想让你和我一样感到羞辱……你为什么不感到愤慨呢?你不是个真正的美国人。你对此反而感恩戴德。你是个外国人。你像那些刚刚到美国来的犹太移民,老是低三下四,卑躬屈膝。你也是经济萧条的产儿。你大约万万没有想到自己会有一个职业,还配备上办公室、办公桌和私人专用橱柜。你是受宠若惊了。你不过是这些

---

① [美]索尔·贝娄:《洪堡的礼物》,《索尔·贝娄全集》(第六卷),蒲隆译,石家庄:河北教育出版社,2001年,第168页。

基督徒大宅子里的犹太小耗子,而却又妄自尊大,目中无人。"①显然,洪堡采用了行之有效的策略——激将法,他想要激起西特林对于不公正待遇的愤懑之情;接着,他一针见血地指出西特林的卑微身份——低三下四的犹太移民;最后迫使他正视自己的可悲处境——"基督徒大宅子里的犹太小耗子"。其次,他主动提出与西特林结盟——以结拜兄弟的方式来巩固同盟意识,从而达到身份同一性和利益共同体的目的。最后,在伦理关系契约化的前提下,洪堡让西特林去游说上级帮助他获得普林斯顿大学现代文学教授的职位。

需要指出的是,洪堡与西特林从文化心理深处认同自己的犹太族裔身份,这是属于他们的深厚的犹太家园情结。作为数千年来流散民族的后裔,犹太人的家园意识和身份认同感都显得格外与众不同,他们中的很多人终其一生都在追寻自我,尤其是试图同化于异国主流社会时渴望获得身份认同。西特林与洪堡有着相同的族裔身份以及共同的文学爱好,作为知己好友,西特林深刻地理解洪堡的身份危机感。他意识到:"被放逐的灵魂渴望着故国旧土。每个活着的人因失去故国旧土而哀伤。"②正是因为他们都属于既没有家园,又没有故国,毫无根基处于大流散状态的犹太人,缺乏安全感和归属感,所以他们的孤独感和疏离感要比其他任何民族都来得更为强烈和深刻,也更渴望被美国社会所接纳,进而被同化。

对于洪堡来说,他面临着深重的身份危机,仅仅作为知名诗人获得文坛的认可是远远不够的,他渴望成为普林斯顿大学的教授,这不仅意味着能够掌控学术界的话语权,还可以获得大笔薪俸,更重要的是洪堡能得到一直以来盼望的平静安宁的生活。为了获得名校教授身份以及稳定的社会地位,他选择了门徒西特林作为他的同盟者,以互赠空白支票的方式,结拜成为了异姓兄弟,尽管没有血缘关系,却胜似兄弟情谊,他们将这种伦理关系契约化了。

伦理契约化是犹太教鲜明的特性。犹太契约伦理历经数千年的发

---

① [美]索尔·贝娄:《洪堡的礼物》,《索尔·贝娄全集》(第六卷),蒲隆译,石家庄:河北教育出版社,2001年,第168页。

② 同上。

展,已成为"现代政治伦理和经济伦理的一个主要的思想基础"①。犹太民族以恪守契约伦理闻名于世。以平等、公义和诚信为核心的契约伦理精神无疑铸进了具有犹太族裔身份的艺术家洪堡和西特林的血脉中,指引着他们的为人处世和行事作风。

西特林与洪堡最初缔结契约伦理关系时,以互签一张空白支票给对方,全权委托对方可以提取存款为条件,随后洪堡表示:"我们这就成结拜兄弟了。我们已经盟誓了,这就是盟约(covenant)。"②显而易见,西特林与洪堡除了是彼此的挚友,在这里有了更为深刻的伦理关系——变成了结拜兄弟。"结拜兄弟"意味着他们不是具有血亲关系的兄弟,然而在情感上胜似兄弟。在英文中,"covenant"可释义为契约、盟约。实际上这不仅在形式上将二人的结拜兄弟伦理关系契约化了,尤为重要的在于该契约是以双方署名的空白支票的形式呈现的。空白支票意味着契约主体给予了双方全部的信任,"信任不仅意味着'一个人必须学会怎样依赖外在供养者所具有的同一性和连续性',而且也意味着'人可以相信自己'"③,这其中体现了公正、平等和诚信的原则。结拜兄弟的情感当然无法也无需用金钱来衡量,因为这是无价的,所以洪堡才指出,"问题不在钱上,这是全部问题的所在。如果你经济困难,填上你所需要的数目,兑成现金。对我也一样。我们要起誓,作为朋友和兄弟,决不能滥用一气。把它保存着,应付最紧急的需要"④。这意味着西特林与洪堡愿意因共同的身份认同感而以全部的身家财产作为抵押,将这份患难结拜兄弟的情谊契约化。由此,他们不仅构成了一种利益共同体,更是从情感上认同这份契约伦理关系。

---

① 谢桂山:《圣经犹太伦理与先秦儒家伦理》,济南:山东大学出版社,2009年,第241页。
② [美]索尔·贝娄:《洪堡的礼物》,《索尔·贝娄全集》(第六卷),蒲隆译,石家庄:河北教育出版社,2001年,第174页。
③ [波兰]彼得·什托姆普卡:《信任:一种社会学理论》,程胜利译,北京:中华书局,2005年,第71页。
④ [美]索尔·贝娄:《洪堡的礼物》,《索尔·贝娄全集》(第六卷),蒲隆译,石家庄:河北教育出版社,2001年,第174页。

二、身份错位与契约精神的毁坏

如果说在第一阶段,西特林与洪堡共同将结拜兄弟的伦理关系契约化了,那么到了第二阶段,他们各自伦理身份的错位以及由此而来的社会地位的沉浮则将以平等、公义和诚信为核心的契约精神彻底毁坏。

这一阶段的洪堡已经被普林斯顿大学解聘,他成了一个落魄的诗人、暴躁的失败者,遭受到婚姻与事业双重挫败的打击。洪堡的落败不仅表现在穷愁潦倒的生活上,他还有着寒碜的外表——面色苍白、老态龙钟、一身晦气。洪堡的身体是隐喻性的存在,昭示着他每况愈下的身份和社会地位。

随着洪堡身份的变迁,西特林的身份和社会地位也发生了逆转,他由一文不名的文人转变为杰出的成功剧作家。身份认同令个体产生同一感、归属感和安全感。西特林高度认同自己的伦理身份,这一身份不仅意味着较高的社会地位,同时令他名利双收——普利策奖得主、荣誉军团骑士。西特林的身份认同感表现在以下几方面:首先,身处上层社会且有与之匹敌的丰裕的物质财富;其次,他所处的社交圈子都是达官显贵——美国参议员、市长、来自华盛顿的官员、第一流的记者等等;最后,西特林拥有健美的体形,他对此颇为自信。在现代个人身份问题中,良好的身体形象极其重要。对于富有青春活力的身体的维护不仅是个人和社会的主要财富,更有助于塑造自我形象。因为这昭示着西特林良好的社会性的自我——传达出富有性活力的自我。现代社会中,自我是再现的自我,其价值和意义通过其外在形象得到塑造并由此获得认同。

与西特林自我感觉良好的身份认同相比,作为诗人的洪堡在实用主义伦理居于主导地位的美国社会遭遇难以逾越的身份危机。洪堡晋升教授之路终告失败后,他的精神财富和文学成就除了审美价值之外,别无他用。身为诗人,洪堡所寻求的是美与真理,然而,正如西特林指出的那样,"如果你抛弃了功利主义和人生的正当追求,那你将会像这个可怜虫一样被关进贝莱坞。"①小说中,作者贝娄对于洪堡的诗人身份在美国主流社会所具有的价值和地位进行了鞭辟入里的剖析:"诗人就像醉汉和不合时宜的人,或者精神变态者,可怜虫;不论穷富,他们毫无例外地都处于软弱无力的地位……一首诗能把你用飞机不出两小时把你从芝加哥送到纽约吗?它能计算出一项空间射程吗?它没有那样的能力。哪里有能力,哪里就会吸引人。"②作为颂扬真、善、美的主体,具有讽刺意味的是诗人居然已成为不合时宜的人、精神变态者和可怜虫。作品在这里显示了深刻的反讽性,而接下来以一连串的疑问句和设问句则强化了这种反讽意味。"俄尔甫斯感动了木石,然而诗人们却不会做子宫切除术,也无法把飞船送出太阳系。奇迹和威力不再属于诗人。"③贝娄在这里引经据典,借用了古希腊神话中的一个典故,俄尔甫斯以自己的绝妙诗才和精湛的七弦琴技艺感动了冥王。作为欧洲文明源头之一的古希腊创造了辉煌而灿烂的文明,孕育了后来的西方文化。然而,没有任何实用价值的诗歌艺术在功利主义至上的现代美国社会早已无用武之地,诗人的价值和地位也随之被边缘化和弱化,作者将今昔对比,借古讽今。

西特林的成功与洪堡的失败形成鲜明的对照,而他们彼此身份的错位和巨大反差令二人之间的契约伦理关系岌岌可危。毋庸讳言,这毕竟只是一份口头的契约,并未以书面的形式确立下来,因此根本不具备任何法律效力。需要指出的是,在契约伦理中,诚信是其最基本的品质。在他们将伦理关系契约化不久,西特林就发现洪堡给他签名的那张空白支票不翼而飞,其原因不明。这为他们日后契约关系的终结埋下隐患。双方各自在握的支票意味着契约关系的确立,可是洪堡提供的空白支票的缺失意味着他作为契约主体的一方无须承担任何责任,契约关系成了西特林单方面的承诺。此举破坏了契约精神的平等性,这是其一。叙述者没有为空白支票的消失做出任何解释,这为读者留下了巨大的阐释空间,召

---

① [美]索尔·贝娄:《洪堡的礼物》,《索尔·贝娄全集》(第六卷),蒲隆译,石家庄:河北教育出版社,2001年,第207页。
② 同上书,第206页。
③ 同上书,第159页。

唤他们去填补阅读空白。消失的缘由有可能是多方面的,支票被洪堡本人或者他人窃走,当然也许这不是洪堡的所作所为,但却毫无疑问地成为洪堡丧失诚信且无须背负责任的确凿证据。这是其二。洪堡与西特林契约关系的彻底终结是以洪堡在西特林挚爱的女友黛米死亡之时兑现了那张象征着契约伦理精神的支票为标志的。那张支票总共兑现了六千七百六十三元五角八分,他甚至连零头都没有留下。此举令西特林感到兄弟情谊被背叛,在他最绝望痛苦之时,洪堡剥夺了他所有的现金。毫无疑问,此举破坏了契约精神的公义性,这是其三。由此,洪堡与西特林破坏了契约精神的核心品质:平等、公义和诚信。所有这一切的发生昭示着他们契约关系的彻底终结。

　　洪堡以支票的兑付践行了契约订立之初时两人的共同承诺。这是以剥夺西特林情感与金钱的双重痛苦为代价的。西特林最初并不理解也完全不接受洪堡的这种做法,他认为洪堡"反诬我背叛了他,还说我——他的把兄弟背弃了神圣的盟约,并说我同凯丝琳狼狈为奸,要叫警察抓他,说我欺骗了他"①。事实上洪堡渴望的是情感的复归和安慰。表面上看,伦理关系契约化是以金钱为保障的,然而在更深层次的意义上,洪堡去兑现支票并不是为了索取金钱,根本原因在于他的结拜兄弟西特林"没有到贝莱坞去看我。我在受苦,你却躲得老远老远,这不是一个好朋友应当做的。我决定惩罚你,伤害你,罚你的款。你接受了处罚,因而也接受了罪愆"②。这是对西特林背叛他们结拜兄弟情谊的惩戒。

　　洪堡之死令二人的契约关系走向终结,更重大的意义在于西特林领悟到"死亡是伟大的'皈依',它将人从尘世与有限中解脱出来。由于死亡,尘世幻灭,永恒浮现"③,他开始重新反思自己的艺术家身份以及与洪堡之间的契约伦理关系。虽然他们的契约关系结束了,可是伦理情感依

---

① [美]索尔·贝娄:《洪堡的礼物》,《索尔·贝娄全集》(第六卷),蒲隆译,石家庄:河北教育出版社,2001年,第174—175页。
② 同上书,第429页。
③ [德]利奥·拜克:《犹太教德本质》,傅永军、于健译,济南:山东大学出版社,2004年,第134页。

然存在。

三、伦理选择与契约伦理化

西特林与洪堡的契约关系因后者兑现空白支票而告终结,又因他们各自的悔恨而选择谅解对方的所作所为,洪堡赠送给西特林最后的礼物——一份剧本大纲作为报偿,他们的伦理关系最终得以恢复,将曾一度中断的契约关系上升到伦理层面,实现了契约关系伦理化。

洪堡和西特林都曾因对金钱的追逐迷失了自我,将主流社会对于成功人士的评判标准——钱权加持——内化为自我的行为准则和道德标准。"洪堡坚信世界上是有财富的,尽管不是属于他的,而他对这些财富拥有绝对的要求权,同样他也坚信自己一定能弄到手"。他认为自己有了一百万块钱,"就可以自由自在了,我就可以不操别的心而致力于诗了"。"假如我不在乎钱,那我还算什么美国人呢?……金钱就是自由。原因就在这里。"① 在现代美国社会,金钱的确是通往最终价值的桥梁,然而诗人却无法永远栖居在桥上。诗人的创作以审美为最终目的,具有非功利性和非利害性。然而,在金钱政治居于主导地位的美国,实用主义伦理占据绝对上风。诗歌创作与金钱资本原本不相融合。洪堡以诗人之名光耀于文坛,最终却以精神病人谢幕于人生舞台。他比西特林更早意识到金钱社会对艺术家的戕害,也早已看出西特林将被金钱和荣耀击中。临终前的洪堡头脑无比清醒,他选择原谅结拜兄弟西特林的背信弃义之举,为他留下了一份剧本大纲,正是这份礼物挽救了西特林的财务危机,使他免于彻底的失败。小说标题"洪堡的礼物"具有深刻的象征性:其一,这是洪堡选择谅解西特林的最后见证;其二,象征着他们亲如兄弟般伦理关系的恢复;其三,这也是艺术家以疯癫为代价留给世人最后的生命之书,具有非凡的启示性。

西特林在洪堡去世以后,不断进行伦理忏悔和自我反省。正如犹太

---

① [美]索尔·贝娄:《洪堡的礼物》,《索尔·贝娄全集》(第六卷),蒲隆译,石家庄:河北教育出版社,2001 年,第 210 页。

哲学家、神学家拜克曾指出的,忏悔事实上是持续不断的伦理升华,"我们的生命拥有这样两个世界:一个是现世的世界,另一个则是永恒的赎罪悔过的世界。生命同时具有尘世和超越尘世的存在。它是一个有限的、确认的事实,又具有走向无限的使命"①。现世生活中的西特林因忏悔而赎罪,表面上看,他与洪堡的契约关系因后者单方面兑换空白支票而告破裂,事实上是西特林因自己身份和地位的上升而背信弃义抛弃了自己的落难兄弟,所以他后来因良心的自我谴责而不断悔罪。另一方面,西特林对于自我身份的认知充满不确定性,所以才会因此产生伦理困惑。"在过去,这些自我都披着各自的外衣,披着与各自的身份相称的外衣,不是高贵的外衣便是卑贱的外衣,每个自我都有各自的风度、各自的相貌、各自合身的衬衫。而现在呢?连衬衫也没有了,变成了赤裸裸的自我。只是赤裸裸的自我伴随着赤裸裸的自我,难以忍受地燃烧并制造恐慌。"②西特林意识到过去个体的自我具有同一性,外在与内在是合一的。然而现在人们的自我是分裂的,不相融合的,这种分裂给人带来极大的不安全感和荒诞感。

在悔罪和反思的过程中,西特林良善的本真天性得以复苏。如果说因兄弟契约支票的兑现和女友黛西之死,西特林选择终结与洪堡的契约关系的话,那么在经过持续不断的忏悔过后,他同洪堡一样都做出了相同的伦理选择:谅解对方曾犯下的一切过错。西特林还重新安葬了洪堡和他的母亲。葬礼的仪式将西特林重新与洪堡联系在了一起。死亡结束的只是个体的生命,而并非伦理情感。聂珍钊教授指出,"伦理选择指的是人的道德选择,即通过选择达到道德成熟和完善"③。在每一个个体的生命中都存在一种创造性的伦理力量,它可以使人超越存在的局限性,具有更高的精神上的追求。西特林在这最终的仪式上实现了与洪堡最后的和

---

① [德]利奥·拜克:《犹太教德本质》,傅永军、于健译,济南:山东大学出版社,2004年,第134页。
② [美]索尔·贝娄:《洪堡的礼物》,《索尔·贝娄全集》(第六卷),蒲隆译,石家庄:河北教育出版社,2001年,第285页。
③ 聂珍钊:《文学伦理学批评导论》,北京:北京大学出版社,2014年,第267页。

解,他也获得了自我救赎。尽管洪堡与西特林的兄弟契约关系早已结束,然而,他们彼此的深情厚谊永远存在。兄弟契约是暂时存在的,而伦理关系并没有消失,相反在葬仪上得到了升华。

作为身处犹太传统文化与美国文化交融碰撞中的美国犹太作家索尔·贝娄,其全部的小说创作都贯穿着犹太民族特有的受难意识和犹太伦理价值取向。在他的经典之作《洪堡的礼物》中通过艺术家洪堡和西特林在现代美国社会遭遇的身份危机、伦理困境,展示了犹太教延续至今的契约伦理意识,他们彼此之间身份与地位的浮沉映照出伦理关系的演变过程,由伦理关系契约化经由契约精神的毁坏最终过度到契约关系的伦理升华,显示出作家深刻的人文关怀以及对人类未来不可磨灭的积极信念。

第三节 《卢布林的魔术师》中的空间表征与身份追寻

美国著名犹太作家艾萨克·辛格以长篇小说《卢布林的魔术师》荣膺1978年的诺贝尔文学奖,该作品出色地展示了17世纪波兰犹太人雅夏寻求身份认同而遭遇失败,最后皈依宗教终获救赎的艰辛历程。小说中的雅夏具有多重伦理身份:犹太后裔、魔术师/催眠大师、漂泊的异乡人、丈夫、婚外情人、犯罪未遂者。雅夏在不同空间中流转,经历了从卢布林(家宅空间)到华沙(都市空间)再复归卢布林(神圣空间)的过程,这是祛魅化而后复魅之路。他的伦理身份不断发生着变化,这使他产生了深重的身份认同危机,伦理关系也随之改变,这些共同构成了他复杂的伦理困境,导致了艰难的伦理选择。

一、空间表征与雅夏的身份危机

人到中年的魔术师雅夏婚姻生活并不美满,事业进展也不顺利,他面临着强烈的身份危机,对内在的自我价值、外在的整个世界都产生了无法言喻的虚空感。身为没有故国和家园的犹太人,雅夏脚下没有一块土地是属于他自己的。作为千百年来处于大流散状态的犹太人,他一直是四处漂泊的异乡人,身处社会底层,无所依傍,无论精神还是肉体都无所归属。雅夏游走于卢布林与华沙之间,于他而言这是完全不同的两种空间存在形式。雅夏在不同的空间之间进行转换、位移,而他的自我意识、伦理身份、伦理关系也在相应地发生着变化,由此产生深重的身份危机。身份的不确定性令雅夏仿若浮萍,无论拥有多少个情人,获得多少世俗赞誉,都无法让雅夏产生安全感和归属感。他浓重的身份危机就在于身为现代社会中的犹太后裔,他是缺乏文化根基的异乡人,尽管受惠于犹太传统文化,却缺乏文化的传承性,不得不四处流浪,在漂泊的过程中他得不到主流社会的认可,由此无法对自己的犹太身份产生高度的认同感。

小说中,雅夏在不同的空间之间流转,经历了从卢布林(家宅空间)到华沙(都市空间)再复归卢布林(神圣空间)的过程,这同时也是从祛魅到复魅之路。他的伦理身份不断发生着变化,伦理关系也随之改变。正如亨利·列斐伏尔指出的那样:"空间是社会性的;它牵涉到再生产的社会关系,亦即性别、年龄与特定家庭组织之间的生物—生理关系,也牵涉到生产关系,亦即劳动及其组织的分化。"①空间既是物质的存在,也是形式的存在,是所有社会关系的容器。这种社会关系当然包括伦理关系。"只有当社会关系在空间中得以表达时,这些关系才能够存在:它们把自身投射到空间中,在空间中固化,在此过程中也就生产了空间本身。"②"社会空间既是行为的场所,也是行为的基础。"③需要指出的是,空间的转换会使得主体的人际关系、伦理身份乃至个体记忆发生不同程度的变化,进而影响到个体的伦理选择和命运走向。雅夏具有数重不同的伦理身份:犹太教教徒、丈夫与情人、犯罪未遂者。这些伦理身份随着雅夏身处空间的不同和时间的流转而发生着变化,身份的建构是一个动态过程。空间的生产与身份的建构这二者是互为表征的。

如果说卢布林是雅夏的故土家园,那么华沙就是他的梦想之城;如果

---

① [法]亨利·列斐伏尔:《空间:社会产物与使用价值》,转引自包亚明主编:《现代性与空间的生产》,王志弘译,上海:上海教育出版社,2003年,第48页。
② Henry Lefebvre. *The Production of Space*. Donald Nicholson-Smith, trans. Oxford: Blackwell, 1991, pp. 182—183.
③ Ibid., pp. 190—191.

说卢布林是传统的小城,那么华沙则是日渐现代化的大都市;如果说卢布林的社会空间是静止的,没有变化的,那么华沙则日新月异。作为没有被现代文明入侵的小城,卢布林依然保持着传统的建筑物外观,人们过着相对稳定的生活。正如德国社会学家西美尔曾指出的,小城镇的生活是相对封闭和自给自足的。相较于封闭的卢布林,外在的空间正发生着翻天覆地的变化。小城镇卢布林停滞不前的时候,雅夏看到各个国家、族群都在不断向外拓展领地,英国和美国都试图通过压缩时间征服更为广阔的空间,这说明人类正在向外部空间上天入地地不断扩张,它带来了居住环境的极大改变,以及个体发展空间的扩大化。

  小说对大都市华沙的景观空间进行了详尽的描述。"这座城市具有国际性城市的外貌,却一直保持着地方特色,直到现在才开始扩建。"①"一片喧嚣中,火车拉响汽笛,发出嘶嘶的声音;铁路连接处铿锵作响。开往彼得堡、莫斯科、维也纳、柏林、海参崴的列车从这里出发了。1863年起义后,波兰曾经历了一段清醒期,之后终于进入了工业革命时代。……在华沙,木板人行道拆了,室内管道装上了,马车轨道铺上了,高楼大厦拔地而起,整个郊区和市场也建起来了。剧院掀起新的旺季:戏剧、喜剧、歌剧和音乐会一场接着一场。著名的演员们从巴黎、彼得堡、罗马甚至遥远的美国赶来。书店里陈列着刚出版的小说、科学著作、百科全书、词典和字典招揽顾客。"②这段话包含着丰富的意蕴:首先,都市空间的延展很大程度上仰赖于迅捷的交通工具,铁路和火车的出现象征着工业文明的进步,改变了人们的时空观,不仅压缩了人们的时间,也在极大程度上拓宽了人们对外联系的空间。"铁路交通的革命,不只是空间关系的物质性,还包括了社会关系、私密性与感受。"③铁路延伸出的触角,联结着越来越广阔的空间,改变着人们原来的时空观。铁路与火车通过压缩时间征服了越来越广阔的空间,反之亦然。从小说中可以看出,华沙在走向现代化

---

  ① [美]辛格:《卢布林的魔术师》,任小红译,南京:江苏文艺出版社,2012年,第84页。
  ② 同上书,第78页。
  ③ 转引自[美]大卫·哈维:《巴黎城记:现代性之都的诞生》,黄煜文译,桂林:广西师范大学出版社,2010年,第125页。

的进程中付出了极大的努力，它从各个方面展开了与外界的交流，空间的延展是最明显的表现。其次，剧院丰富了人们的精神生活。空间的流变促进了文化交流，改变着人们的生活方式、消费习惯和审美趣味。最后，空间的生产带来了印刷业的繁荣，促进了知识的广泛传播。

显而易见，这样的都市空间与偏狭闭塞的家乡卢布林相比，雅夏更倾向和倾慕于前者的生活环境、社会氛围以及人际关系。这也是导致他后来进行伦理选择的一个重要因素。西美尔曾指出，"构成我们环境的圈子越小，那些能够取消人与人之间界限的与他人的关系就越受到限制，对那些自我成就、生活行为、个人的看法越是留意，就越是焦虑不安"①。毋庸置疑，构成周边生活环境的群体越小，个体与他人的自由交往就越是受到局限，群体就越是会忧心忡忡甚至专横跋扈地管束每一个个体的言行举止、生活方式，乃至思想。与小城镇相比，现代城市为个体的内在和外在发展提供了超出想象的发展空间，给予了个体思想和行动的自由。这正是雅夏视华沙为梦想之城的原因。对雅夏来说，从卢布林到华沙不仅实现了空间上的跨越，而且在时间上他从宗法制的封建社会过渡到了现代工业文明社会。华沙这个大都市给予了雅夏实现自我的空间，他的声名得以确立。正如斯宾格勒指出的那样："城市不但意味着才智，而且意味着金钱。"②

雅夏希望能够凭借魔术师的力量征服更为广阔的空间，而这一梦想只有在大都市才能实现。因为"空间是政治性的、意识形态性的。它是一种完全充斥着意识形态的表现。空间的意识形态是存在的"③。对空间的占有意味着个体权力的实现。正如福柯指出的那样："空间是任何公共生活形式的基础。空间是任何权力运作的基础。"④然而，作为犹太后裔

---

① [德]西美尔：《时尚的哲学》，费勇吴香译，北京：文化艺术出版社，2001年，第193页。
② Oswald Spengler. *The Decline of the West: Perspectives of World History*. New York: Alfred A Knopf, 1945, p. 97.
③ [法]亨利·勒菲弗：《空间与政治》，李春译，上海：上海人民出版社，2008年，第46页。
④ [法]福柯：《空间、知识、权力——福柯访谈录》，转引自陈志梧译，包亚明主编：《后现代性与地理学的政治》，上海：上海教育出版社，2001年，第13—14页。

的雅夏不可能在现实生活中占有任何一个空间。因为"空间是等级化的,从最卑贱者到最高贵者、从马前卒到统治者"①。雅夏身份的卑微导致他处于空间等级化的最底层。现实中无法实现的对于空间占有的梦想,雅夏在幻想中得以实现。他不止一次地设想过:"要是他雅夏翱翔在华沙上空,或是在罗马、巴黎、伦敦的上空,那他将会在全世界引起多大的轰动啊!"②华沙是波兰的首府,而罗马曾是在历史上地跨欧亚非三洲的大帝国、文化名城,巴黎历来是全世界瞩目的艺术之都,伦敦则是大英帝国当之无愧的政治经济文化中心,能够征服这些空间对雅夏而言意义非比寻常,这些大都市既是政治权势和经济资本的集中地,同时也是意识形态和社会舆论的操控地。作为被关注和被观看的客体,雅夏渴望超越个人身体的局限性,逾越自己所处的狭窄的空间,翱翔在世界各国首都的上空,这说明他期盼万众瞩目,被普罗大众仰视,得到他们的认同和拥戴。与此同时,他也是高高在上主宰舆论、俾睨众生的主体。他能够俯瞰这些空间,借由征服空间彰显自己的非凡能力,实现他对于声名的权欲野心。

雅夏不仅想象自己实现了名利双收的梦想,而且在头脑中征服了广阔的空间和无涯的时间。雅夏不仅渴望世俗社会中的权力、财富和荣誉,而且是一个具有相当程度男权思想的人。雅夏在现实生活中未能实现的对于空间的占有欲在他的白日梦中得以成真了。现世中无法实现的自我价值以白日梦的形式映射了出来,反映了雅夏的权欲野心。在他内心深处,依然认同自己的犹太族裔身份,否则他的终极梦想不会是成为犹太民族英雄摩西。正如当代法国思想家巴什拉在《空间的诗学》中指出的那样:"我们并非生活在一个均质的和空洞的空间中,相反,却生活在全然地浸淫着品质与奇想的世界里。我们的基本知觉空间、梦想空间和激情空间;或再度地,是一个暗晦的、粗糙的、烦扰的空间;或是一个高高在上的巅峰空间,或相反的是一个塌陷的混沌空间,或再度地,是一个涌泉般流

---

① Henry Lefebvre. *The Production of Space*. Donald Nicholson-Smith, trans. Oxford: Blackwell, 1991, p.282.
② [美]辛格:《卢布林的魔术师》,任小红译,南京:江苏文艺出版社,2012年,第41页。

动的空间,或是一个像石头或水晶般固定的凝结的空间。"① 雅夏的梦想空间与生存空间是相异的、对立的、悖谬的,他的梦想空间有多恢弘伟大,他的生存空间就有多鄙陋渺小。雅夏的潜意识深处有着对于生存空间、社会空间、权力空间、历史空间的无限占有欲和征服欲。

然而,必须指出的是,无论小城镇还是大都市,都不是雅夏的栖息之地。他对自己所处的都市空间——华沙经历了一个祛魅化的过程。雅夏深刻地意识到,"不管是在卢布林还是在华沙,不管是在犹太人中间还是在异教徒中间,他一直都是个外人。他们安居乐业,他却漂泊不定;他们子孙绕膝,他却无儿无女;他们有他们的上帝、有他们的圣徒、有他们的领袖,他却只有怀疑;死亡对他们意味着天堂,对他却意味着恐惧"②。雅夏在卢布林和华沙这两个不同空间之间转换、漂泊,却无法对身处其中的任何一个产生身份认同感和归属感。因为无论生活方式抑或血脉传承,无论宗教信仰还是死亡意义,雅夏都与他人截然不同。在小城镇卢布林,雅夏被看作是"外人","不管雅夏的父辈还是祖辈,都是土生土长的卢布林人,雅夏也出生在卢布林,可他始终是个外人——不仅仅因为他抛弃了犹太人的传统,还因为他本来就是个外人"③。卢布林无法令雅夏产生归属感。而在大都市华沙,雅夏的身份是异乡人、外来者。一方面,雅夏的族裔身份使得他不被主流社会所认同。都市空间只允许具有相同身份的人进入其中,可雅夏"是犹太人,所以被拒之门外。他的犹太血统让他比那些留着胡子和鬓脚的虔诚的犹太人遭遇到更大的阻碍"④。另一方面,雅夏无法投入、效忠和顺从都市生活,成为华沙居民共同体中的一员。雅夏自觉被孤立,他无法融入都市生活,使自我价值得到最大限度的实现。可见,"城市并不有助于实现更充分的自我感,正相反,城市会使自我更加迷

---

① [法]福柯:《不同空间的正文与上下文》,转引自陈志梧译,包亚明主编:《后现代性与地理学的政治》,上海:上海教育出版社,2001年,第20页。
② [美]辛格:《卢布林的魔术师》,任小红译,南京:江苏文艺出版社,2012年,第17页。
③ 同上书,第16—17页。
④ 同上书,第84页。

惑"①。

在卢布林,雅夏的伦理身份是埃斯特的丈夫。作为丈夫,雅夏与妻子埃斯特之间应遵循一定的婚姻伦理规范,但是他违背了忠贞诚信的伦理准则。由于职业身份是魔术师的关系,他常年在外,是个有名的浪荡子。家宅——对他人而言是非常重要的空间存在形式,于雅夏却只是逢年过节的栖息地。加斯东·巴什拉在《空间的诗学》中指出家宅不仅是庇护所,还是堡垒。"让孤独的人在其中学会战胜恐惧"②,家宅具有"道德能量"③,"没有家宅,人就成了流离失所的存在。家宅在自然的风暴和人生的风暴中保卫着人。它既是身体又是灵魂。它是人类最早的世界"④。家宅是伦理关系尤其是婚姻关系续存的重要外在形式。这是一个边界固定、以伦理关系和居住时限为基础建立起的空间。雅夏对家宅的疏离,不仅仅在于他与埃斯特的婚姻生活中缺少维系夫妻情感的重要血缘关系的纽带——孩子,还因为他们之间缺乏共同语言,埃斯特对于雅夏的精神世界一无所知。无论经济收入、社会地位,还是价值理念、学识眼界,他们都是完全不平等的。两人的婚姻完全仰赖宗法制来维系,一旦外界的魅惑增加,雅夏很容易出轨。

魔术师的职业身份使得雅夏不可能一直待在卢布林,随着生活和工作空间的转换和扩大,在华沙,除了丈夫这一固有的伦理身份,雅夏的伦理关系出现了新的变化。作为犹太教教徒,雅夏在卢布林时从不去教堂,不遵守任何教义教规,可是后来在华沙因着各种机缘巧合他三次进入犹太会堂并最终确立了自己的宗教身份;作为丈夫,他违背了婚姻中忠诚的原则,在婚外有三个不同的情人:玛格达、埃米莉亚和泽弗特尔,同时与她们保持着肉体上或精神上的关系;作为具有一定理性的成年人,他知道为

---

① [美]理查德·利罕:《文学中的城市:知识与文化的历史》,吴子枫译,上海:上海人民出版社,2009年,第197页。
② [法]加斯东·巴什拉:《空间的诗学》,张逸婧译,上海:上海译文出版社,2015年,第56页。
③ 同上书,第57页。
④ 同上书,第6页。

了婚外情铤而走险盗窃钱财是犯罪行为,然而雅夏对于自己的每一重伦理身份都作出了非理性意志的选择。他不仅准备选择放弃犹太教教徒的身份,改变宗教信仰,甚至想摈弃对于埃斯特他作为丈夫的身份,将婚外情人变成合法的妻子,更加匪夷所思的是为了实现第二重伦理身份的转变,他居然想去犯罪。

雅夏婚外生活中三个不同的情人分别担负不同的职责,满足他不一样的情感需求。有学者指出:"这些女人代表着雅夏复杂自我的不同方面。"①事实上,雅夏并未完全丧失道德感,他受制于身上的兽性因子无法自控,人性因子令他产生羞耻感和自省意识,这二者交织在一起,生发出无数纠葛和矛盾冲突。

第一个情人玛格达是他的舞台助手、女佣、性伙伴。雅夏需要的是玛格达的助手身份,但是并不爱她。他始终瞧不起她,"农民就是农民,什么时候都改不了"②。在雅夏眼中,农民的身份不仅意味着地位低下,而且隐含着愚昧无知、视野狭隘、学识贫乏等深层次意蕴。玛格达与雅夏在男女关系中是处于绝对不平等地位的。

第二个情人是泽芙特尔,在雅夏眼中,泽芙特尔的身份不过是被丈夫遗弃的女人、佣人和妓女(后者才是她极有可能具有的身份)。作为没有经济保障来源的弃妇,泽芙特尔唯一可资利用的是自己尚存的几分姿色,为自己赢得生存保证。对泽芙特尔而言,出卖肉体是换取安定平稳生活的筹码。所以尽管她不爱雅夏,为了生存,她乐于把裙子撩起来卖弄女人的风情勾引他。"在卖弄风情的女人行为中,男人感到赢得和不能赢得相互接近和相互渗透在一起,这就是'价格'的本质,通过将价值变成价格的追随者的转向,卖弄风情使这种赢得对男人来说成为有价值的、令人渴望的东西。"③正是因为泽芙特尔会玩弄风情,以欲迎还拒的手腕勾搭雅夏,

---

① Lothar Kahn. "The Talent of I. B. Singer, 1978 Nobel Laureate for Literature." *World Literature Today* Vol. 53, No. 2 (Spring, 1979): 200.
② [美]辛格:《卢布林的魔术师》,任小红译,南京:江苏文艺出版社,2012年,第184页。
③ [德]西美尔:《金钱、性别、现代生活风格》,刘小枫选编,顾仁明译,上海:华东师范大学出版社,2010年,第158—159页。

使得他欲罢不能,感觉自己永远没有得到泽弗特尔。雅夏对泽弗特尔只有性欲。作为男人,雅夏有着与生俱来的征服欲,泽弗特尔仅仅只是经由他的性魅力征服和捕获的诸多女人之一,是情场上的猎物、战利品。雅夏渴求在泽弗特尔身上满足他的性欲望,借此彰显他的性权力。

应该说对于玛格达和泽弗特尔,雅夏不仅有着生理性别和社会地位上的优越感,还有出自男性原始本能的征服欲和控制欲,他一直俯视着她们,操控着她们的情感和行为。

除了玛格达和泽弗特尔,雅夏还有第三个情人埃米莉亚。无论相貌学识,还是阅历见解,埃米莉亚与雅夏的其他两个情人截然不同。她与雅夏没有肉体上的关系,却是灵魂上与雅夏最接近的女人。就精神层面而言,所有的女人中只有埃米莉亚最了解雅夏面临的精神困惑和身份危机。她给予雅夏非常中肯的建议,"欧洲其他地方早就没人再把这些限制当回事儿了。那里评判一个艺术家只看他的才华如何"①。显然,对于雅夏而言,重要的是能够给予他自由和施展个性的更为广阔的空间,而不是以身份为名束缚个体发展的狭窄的乡村空间。雅夏爱上的不仅仅是埃米莉亚自身的美貌、雍容和气度,在更深层的文化意义上,他爱上的是埃米莉亚所代表的高级知识分子的居住环境和生活方式。小说中写道:"他一直都非常欣赏这幢公寓的洁净,处处都彰显出富贵人家特有的整洁。所有的物什都摆放在应该摆放的地方,房间里一尘不染。住在这里的人似乎从来也一尘不染,没有废物垃圾,没有难闻的气味儿,也没有不安的躁动。"②埃米莉亚的起居环境整洁雅致,居住空间仿佛是她人格的外化。而埃米莉亚的体态、服饰、穿着打扮无不显示出她良好的教养和与众不同的品味。

尽管埃米莉亚早已是雅夏的情人,然而在公众场合他依然称呼她为"克拉博兹基太太",显示出雅夏对埃米莉亚作为教授遗孀身份的敬畏,这是由阶层差异和身份高低带来的。埃米莉亚的犹太裔和波兰贵族身份,

---

① [美]辛格:《卢布林的魔术师》,任小红译,南京:江苏文艺出版社,2012年,第84页。
② 同上书,第92页。

加上她的阅读经历和思想深度,所有这一切都对雅夏造成极大的诱惑,构成了令人炫目的爱情魔力。雅夏的爱情让他变得谦卑,他害怕自己配不上埃米莉亚,从仪表举止到语法礼节都让他惶惶不安。雅夏不仅爱着埃米莉亚,甚至对她的女儿海莲娜都心怀觊觎。

可是,埃米莉亚不满足于自己的婚外情人身份,要求与雅夏正式结合在一起,从而转变伦理身份——成为他的合法妻子。她甚至愿意给雅夏生下血亲关系的重要纽带——孩子,让雅夏获得他渴望已久的伦理身份——父亲。前提是雅夏必须满足以下几个条件:他务必放弃自己的宗教身份和婚姻身份,即成为天主教徒并与埃斯特离婚。

从卢布林到华沙的空间转换令雅夏产生了深重的身份认同危机,由卢布林的家宅空间过渡到华沙这样的都市空间,雅夏的伦理身份有了极大的改变。如果说在卢布林他仅仅只是埃斯特的丈夫的话,那么在华沙他有了不同的婚外情人,发展出婚姻之外的伦理关系,与此同时,雅夏对自己的犹太族裔身份和犹太教教徒身份产生了深刻的怀疑,由此陷入伦理困境。

二、伦理困境与犹太会堂、宗教仪式

雅夏所面临的错综复杂的伦理困境终究经由犹太会堂中的宗教仪式而得以化解。对于雅夏而言,犹太会堂是宗教空间和神圣空间,而其中进行着的宗教仪式对于身处世俗空间的他起到了引领和启迪的作用。犹太会堂从空间和道德两方面为雅夏找到了自省和救赎之路。

雅夏各种复杂的伦理身份交织在一起,造成了他无法摆脱的三重伦理困境:宗教身份与婚外情人身份的悖谬,理想中的伦理身份与现实生活中身份的反差,从伦理混沌过渡到伦理自觉的困惑。雅夏参与犹太会堂中的宗教仪式得以摆脱伦理困境,仪式给予了雅夏身份认同感和归属感,在这一特定的宗教空间中,他的个体记忆和历史记忆被激发出来,而犹太民族特有的集体无意识起到了关键性作用。

雅夏的伦理困境之一在于他既想保持自己的宗教身份和婚姻身份,也想继续婚外情人的身份。他并未泯灭良心,依然有着理性思辨能力。

雅夏对妻子埃斯特有着道德责任感。雅夏的伦理困境之二在于他理想中的伦理身份与现实生活中的身份存在巨大反差。与现实生活中漂泊的异乡人、犹太后裔、魔术师身份相背离,雅夏理想中的伦理身份是成为了不起的催眠大师、帝王,甚至是英雄、圣人。雅夏的伦理困境之三在于他的伦理意识开始觉醒,从伦理混沌过渡到伦理自觉,然而由于他并不具有道德自律性,从不遵循任何伦理规则,这一历程充满混乱和艰辛。雅夏内在的兽性因子和人性因子纠缠在一起,不断在进行搏斗。小说对此有精彩的描绘:"他突然意识到自己变了。以前他有时也会不由自主地同时在五六个女人中间周旋,可他玩得如鱼得水,不假思索地欺骗她们,必要的时候一刀两断,一点儿也不会良心不安。可是现在他经常翻来覆去地思索一些最微不足道的小问题,总想把事情都做好。"①"他对这些纠缠不清的男女关系非常吃惊,却又变态地享受着其中的乐趣。"②在雅夏所处的伦理环境中,充斥着各种混乱的伦理关系。

作为犹太教教徒,雅夏对上帝的虔信经历了一个过程:从最开始的不屑一顾,到后面的半信半疑,直至最终信仰臻于内心。最初,雅夏对犹太教及其源远流长的文化无法产生精神上的归属感和认同感,他本是一个无根之人,宗教意识非常薄弱。然而,纵观雅夏从卢布林到华沙而后返归卢布林的整个人生历程,他曾去过华沙的犹太会堂三次。每一次都有着不同的动因、心理、目的和结果。如果说第一次是无意中闯进去的,那么第二次则是为了避祸进入的,第三次是有意识地去祷告、忏悔、坦白自己的罪行。犹太会堂是举行宗教仪式的特定空间。雅夏每一次进犹太会堂都进一步强化了他的身份认同感。宗教仪式能够使人从繁琐庸常的日常生活中暂时脱离出来,仪式不会呈现和强化生活在同一社会环境中人们的境况,而会模糊彼此之间的差异,使人在仪式中对于共同进行礼仪制式的群体产生认同感和凝聚力,由此圣化自己的生命,规范自己的行为。会堂中举行的宗教仪式提升了雅夏的精神境界,对于解决他的伦理困境起

---

① [美]辛格:《卢布林的魔术师》,任小红译,南京:江苏文艺出版社,2012年,第132页。
② 同上书,第131页。

到了关键性作用。

雅夏第一次进犹太会堂是从卢布林前往华沙的路途中,下起了倾盆大雨。为了躲雨,他带着情人异教徒玛格达进了犹太会堂的祈祷室。雅夏认为自己"是这个团体的一份子,他跟他们同族同源,他的血肉中已经烙上了烙印。他懂这些祈祷者们"①。由此可见,身处宗教仪式之中的人们的情感在相当程度上会被身边的人所左右。雅夏渴望获得群体的认同,表达出与他人一致的感受。尽管如此,他依然是以一个旁观者的姿态在目睹犹太人的祷告仪式,并没有参与其中。可是,幼时孩童时期记忆中的气味、节日的气息令雅夏觉得自己"小时候跟这个孩子一模一样。他突然产生一种奇怪的冲动,恨不得马上去读一读那本撕破了的圣书上的字句。他对这位祖母也生出一阵依恋"②。童年时代参加过的仪式活动将对个体成年后观念的形塑产生持续性的影响。"那些早就被他忘到脑后的《圣经》片段、祷告词、祖母的格言、父亲的训诫就会跳到他的脑子里。赎罪日的曲子会在他心里回荡……忏悔的念头萦绕着他。"③雅夏从小生活在虔诚的犹太人中间,仪式唤起了他的童年记忆及其对过往岁月的深厚情感。

第二次是雅夏盗窃失手后为了躲避警察的追捕逃到了犹太会堂中。如果说第一次雅夏还只是一个旁观者的话,那么这一次他开始披上祈祷披巾,带着经文护符盒,捧着祈祷书,跟着族人们一起祷告。值得关注的是,雅夏经由门进入犹太会堂。从打开门到参与犹太会堂的仪式中,作者对于雅夏身处门外门里复杂紧张的心理活动有着细致入微的描绘。按照巴赫金的看法,"'门坎'一词本身在实际语言中,就获得了一种隐喻意义(与实际意义同时),并同下列因素结合在一起:生活的骤变、危机、改变生活的决定(或犹豫不决、害怕越过门坎)"④。作品中,穿过门即可抵达

---

① [美]辛格:《卢布林的魔术师》,任小红译,南京:江苏文艺出版社,2012年,第74页。
② 同上书,第76页。
③ 同上书,第113页。
④ [前苏联]巴赫金:《小说的时间形式和时空体形式》,《巴赫金全集》(第三卷),白春仁、晓河译,石家庄:河北教育出版社,1998年,第450页。

犹太会堂,这二者是紧密联系在一起的。门里门外两重天,门外意味着危险、冲突与矛盾,而门里则是平静、详和与安宁,打开门意味着通往犹太会堂这个神圣空间。门是一道屏障,隔绝了雅夏与俗世空间的联结,同时也意味着雅夏精神危机的解除,以及对于生活的彻悟。

雅夏失魂落魄惊慌失措之时,他需要寻找精神上的支撑,亟待在共同体中排遣自己的焦虑和痛苦。犹太宗教共同体恰到好处地给予了他情感上的慰籍。"仪式的精神是蕴含其中的信仰。"①宗教仪式具有规范化的行为模式,而人们不仅在情感上被仪式所激励,同时也是支配者和创造者。犹太教仪式所营造的情感氛围本身就是信仰和观念的有力铸造者。

雅夏在会堂里幡然悔悟,参与宗教仪式给雅夏带来心理上的强烈刺激以及情绪上的激发,通过这些感觉,仪式构建了雅夏的现实感和对自我乃至周围世界的深刻理解。宗教仪式不仅在认知层面上对雅夏的皈依产生影响,而且在他的情感上也有强大约束力。雅夏在宗教仪式中得到了心理上的安慰感、满足感和归属感。

当雅夏遵循犹太教教规和礼仪,开始祈祷之时,他内在的精神信仰开始觉醒。祈祷不仅是仪式的一部分,还起到约束自我、涤荡灵魂的作用。"雅夏感觉经文护符盒上有一道光射进他的脑子,打开一个个房间的门锁,照亮了幽暗的处所,打开了千千心结。所有的祷词中都说着同样的话:有个上帝,他看着人类,听着人类,对人类施以怜悯;他心怀惩戒,宽恕罪行,愿人们忏悔,他不仅在现世惩恶扬善,而且在另一个世界里扬善惩恶。"②由雅夏遵从祈祷仪式的举动可以看出,他不只从外在形式上,更重要的是在情感深处认同了自己的犹太身份,作出了伦理选择——"做犹太人。跟其他犹太人一样的犹太人!"③

如果说雅夏经由第一次和第二次的犹太仪式完成了对自己犹太族裔

---

① [英]简·爱伦·哈里森:《古代的艺术与仪式》,吴晓群译,郑州:大象出版社,2011年,第66页。
② [美]艾萨克·巴谢维斯·辛格:《卢布林的魔术师》,任小红译,南京:江苏文艺出版社,2012年,第166页。
③ 同上书,第166页。

身份的认同感,那么第三次则彻底地回归了犹太信仰,完成了伦理身份的最终转变——犹太教信徒。第三次是雅夏向埃米莉亚坦白自己罪行的那个所谓审判日,他再一次进入犹太会堂。正是这最后一次使得他决心回归犹太信仰之途。

当雅夏面临伦理困境和精神危机时,他开始求助于早年被他抛诸脑后的犹太传统文化。"他们至少还有信仰,有精神上的家园,有历史,有希望。除了那些打理买卖的法规,他们还有哈西德派文献,还研究自己的卡巴拉神秘哲学和伦理学著作。"①所有这些都构成了身处异国他乡的犹太人的精神家园。"面对一个具有令人难以控制的不确定性的世界,是人类永恒的难题。人们尽力确定一种简单的和已知的现实,如此方能知道如何措其手足,以及明了他们在世界上所处的位置。仪式的稳固性和永恒性,正为尝试着驯化时间和界定现实的人们提供一副安慰剂。"②华沙于雅夏而言就是这样一个无法掌控的外在世界,作为异乡人,他始终无法融入其中,唯一能够使他产生认同感的只有犹太会堂中的宗教仪式。这对于雅夏而言是复魅化的过程。它不仅将千百年来四处流浪迁徙的犹太人融为一体,也令浪荡子雅夏有了深刻的族裔身份认同感。雅夏认识到如果回归信仰之途,找回自己的犹太族裔身份,并真正从心理上认同它,那么他必然会重回正道。梅尔霍夫认为:"仪式借助永恒不变的和潜藏着的形式,把过去、现在和将来联系在一起,从而消除了历史和时间。"③宗教仪式构建了雅夏的伦理观。他在审视自己的灵魂后认为自己介于虔诚的犹太人与被同化的犹太人之间。

---

① [美]艾萨克·巴谢维斯·辛格:《卢布林的魔术师》,任小红译,南京:江苏文艺出版社,2012年,第215页。
② [美]大卫·科泽:《仪式、政治和权力》,王海洲译,南京:江苏人民出版社,2015年,第13页。
③ Barbara Myerhoff. "A Death in Due Time: Construction of Self and Culture in Ritual Drama." Qtd. in John J. MacAloon, ed. *Rite, Drama, Festival, Spectacle*. Philadelphia: ISHI, 1984, p.152.

三、雅夏的伦理选择与神圣空间

最终,历经身份危机和伦理困境的雅夏面临着三重伦理身份的抉择:宗教身份、婚恋身份、罪犯身份。纵观全书,雅夏的伦理选择经历了犹疑延宕——回归传统的历程,这也是他的犹太族裔身份觉醒之路。他最后的伦理选择和伦理身份的确认是在所谓"神圣空间"——卢布林的小砖房中铸就的。

需要指出的是,雅夏的伦理选择经历了一个犹疑不决反复无常的过程。首先,他不是虔诚的宗教信徒,不习惯遵循所有的教义规则。他仍然对犹太人信仰的上帝心存疑虑。其次,他的非理性意志仍然主宰着他的行为和生活方式,他的理性意志与非理性意志、人性因子与兽性因子一直在进行搏斗。他渴望改变,渴望遵循传统的犹太伦理准则。

真正促使雅夏发生伦理身份转变的因素主要源于一天之内发生的无数事件合力的结果:盗窃失手、受伤腿瘸、埃米莉亚的诀别分离、玛格达的自杀身亡以及泽芙特尔的移情别恋。所有这些悲剧事件发生的渊源都在于雅夏决心放弃婚姻中丈夫的伦理身份和宗教中犹太教教徒身份。

最初,雅夏日渐觉醒的伦理意识和逐步回归的犹太身份认知使得他最终选择向情人埃米莉亚坦诚了自己的盗窃行径,这也意味着他对婚外情人身份的最终放弃。埃米莉亚能够接受雅夏的各种伦理身份:埃斯特的丈夫、玛格达的情夫、无神论者,然而她不能接受雅夏是个小偷,还是个不合格的小偷。这是道德败坏和伦理逾矩。

如果说这个时候的雅夏还在回归犹太身份与魔术师之间徘徊,那么情人玛格达的自杀令他幡然醒悟,他为自己不负责任的行为付出了沉重的代价。雅夏之前曾想以钱财对玛格达做出经济上的补偿,可惜他永远不会有这样的机会了。雅夏以金钱来衡量他与玛格达之间的关系,想以此作为了断,借金钱的算计性质,来界定甚至终结彼此之间的伦理关系。然而,玛格达的自杀宣告了他们伦理关系的终结,她不再是一直以来委曲求全的婚外情人,不再是不顾一切为雅夏付出所有、无视世俗眼光与责难的卑微女佣,她只是因爱生恨自绝于人世的渺小女性。玛格达与雅夏之间的伦理结在于玛格达希望成为雅夏唯一的婚外情人,然而雅夏所爱另有其人。他不能满足玛格达的伦理诉求,却需要玛格达忠于事业帮手这一伦理身份,为了对她实施控制的同时也满足自己的生理需求,他残忍地利用了玛格达对他无条件的爱。玛格达以死亡实施了她对雅夏的惩罚,"把一切善恶都留在了身后。她跨过了那道无法架设桥梁的深渊"①。这深渊是生死之界。

最后,他曾经的婚外情人泽弗特尔轻易地背叛了他,成了皮条客赫尔曼的情妇。死亡与纵欲在一定程度上都会给人带来无穷无尽的虚无感,死亡带来的不仅仅是肉身的消亡,更多的是虚妄与空泛,灵魂不灭与永生的愿望只是个体的美好想象。而纵欲意味着欲望无限度的满足,可是没有任何爱意加持的欲望的达成只能带来虚无感。雅夏在目睹泽弗特尔和赫尔曼苟且偷情的那一刻,实际上看到的是另一个自我。他和不知廉耻的赫尔曼并无二致,都是背德者。纵欲者总归会滑向死亡的深渊。实际上,这是雅夏的灵魂濒临死亡的时刻。在这向死而生的须臾,雅夏看到了自己任性妄为、骄纵霸道、恶德败行,他的灵魂因自我反省而获得新生。

正如列斐弗尔所说,"为了改变生活……我们必须首先改造空间"②。魔术师雅夏由背德者彻底转变成了"忏悔者雅各布先生"应归咎于他为自己营造的所谓"神圣空间"。这是美国学者米尔恰·伊利亚德在《神圣与世俗》中提出的重要概念。他指出:"神圣空间的揭示使得到一个基点成为可能,因此也使在均质性的混沌中获得方向也成为了可能。"③雅夏把自己禁闭在只有一扇小窗而没有门的小砖屋中长达三年之久,日夜苦修赎罪,经历着肉身与灵魂的双重磨难与历炼。自我禁闭的小砖房与其周围所处的环境分属于一个完全不同性质的空间,然而它对于雅夏而言就

---

① [美]艾萨克·巴谢维斯·辛格:《卢布林的魔术师》,任小红译,南京:江苏文艺出版社,2012年,第222页。
② Henry Lefebvre. *The Production of Space*. Donald Nicholson-Smith, trans. Oxford: Blackwell, 1991, p.190.
③ [罗马尼亚]米尔恰·伊利亚德:《神圣与世俗》,王建光译,北京:华夏出版社,2002年,第3页。

是所谓的"神圣空间",不仅是独属他一人的私人领地,更是他净化灵魂、提升精神境界的场所,这给予他的生活以不同寻常、无以伦比的崇高意义和神圣价值。

毋庸置疑,雅夏在这个"神圣空间"中展现自己灵魂的苦修以及自省的决心和毅力,同时也塑造了这个空间,使之神圣化,这二者之间是互为表征的。他之所以将自己禁闭在此,是因为他认为自己罪孽深重,应对玛格达及其母亲的死亡、博莱克的牢狱之灾、泽芙特尔的堕落,甚至包括埃米莉亚的失踪负责任。"门在屋内空间与外界空间之间架起了一层活动挡板,维持着内部和外界的分离。正因为门可以打开,跟不能活动的墙相比,关闭门户给人以更强烈的封闭感,似乎跟外界的一切都隔开了。"①没有门意味着雅夏摒弃了与外在空间的交流,他把沉重的肉身禁锢于其中;仅有一扇小窗证明雅夏只需要维持生命的必需品,他已舍弃一切身外之物。这扇小窗就是界限和疆界,区分出世俗与神圣两个截然不同的空间。小窗意味着空间连续性的中断和阻隔,但也正是在这里,世俗空间过渡到了神圣空间。尽管虔诚的犹太人并不赞成这么做,因为"上帝创造世界是要人运用自由意志的。亚当的子孙必须时常在善恶之间做出抉择。为什么要把自己封闭在砖石中?生命的意义在于自由,在于控制自己犯罪作孽。丧失了自由意志的人就像一具尸体"②。可是,对于雅夏这样踯躅人世的浪荡子而言,禁锢肉身的自由以及严苛的自我封闭才是通往精神自由之路的前提。幽闭的空间有利于灵魂的苦修。

雅夏的日夜忏悔和祷告得到了报偿。首先,在犹太人眼中,雅夏的伦理身份开始发生变化,他从浪荡子变成了拉比,人们开始请他赐教和祈福。这说明上帝宽恕了他,没有让他毁于罪孽。其次,雅夏得到了埃米莉亚的谅解。此前,他的忏悔持续了三年之久,不曾得到任何故人的回应。原因如下:其一,玛格达及其母亲之死消解了所有的伦理诉求;其二,博莱

---

① [德]齐美尔:《桥与门——齐美尔随笔集》,涯鸿、宇声等译,上海:上海三联书店,1991年,第4页。
② [美]艾萨克·巴谢维斯·辛格:《卢布林的魔术师》,任小红译,南京:江苏文艺出版社,2012年,第244页。

克与泽弗特尔早已从他生活中彻底消失,断绝了彼此之间曾经有过的任何伦理关系。然而,雅夏的身份早已发生逆转,他被看作是"圣人",犹太男女们都等待他的祈福。作为"忏悔者雅各布先生"的伦理诉求亟需得到回应,他不能永远在回忆中进行忏悔。终于,他那忏悔者的声名传到了埃米莉亚的耳中,埃米莉亚回信表示她愿意担负道德上的责任,为雅夏"圣人"伦理身份的转变感到高兴和感恩。这说明她的理性意志和人性因子取得了胜利。事实上,埃米莉亚对雅夏的妻子埃斯特一直都有道德上的歉疚感和负罪感,她感觉自己偷走了别人的丈夫。伦理身份的错位令埃米莉亚深陷伦理困境。雅夏不仅为自己,同时也在为埃米莉亚犯下的过错赎罪,从而产生了伦理升华。

　　作者辛格展示了魔术师雅夏经历的完整的空间循环,他从卢布林(家宅空间)到华沙(都市空间)而后回归卢布林(神圣空间),这期间实现的不仅仅是雅夏身体在不同空间中的转移和复归,更重要的是展示了他伦理身份的动态建构过程,雅夏经由兽性因子与人性因子的搏斗,最终从背德者转变成为真正的忏悔者、圣人,实现了自我灵魂的解救和升华。"辛格使我们看到了他对于我们道德处境的有效探寻。"①在这其中,犹太教的伦理教诲和宗教启示对于雅夏的自我救赎之路和最终的伦理选择起到了决定性作用。从中可以窥见犹太作家辛格的宗教观和伦理观:犹太教信仰显示出千百年来强大的人文感召力、凝聚力和向心力,对于身处异国他乡的犹太后裔而言,犹太传统是他们永远的精神家园和文明之根。身处迷惘和困境中的犹太后裔们历经重重磨难,迷失自我,身份错位,然而只要他们一心向善,皈依犹太教,成为虔信的犹太人,终将得救。浪荡子雅夏的自我拯救之路正显示出犹太教坚不可摧的力量。这在一定程度上昭示着作家辛格的创作倾向,与20世纪的其他作家艾略特、庞德等人一样,他们都将人类的自救之途指向了宗教,显示出宗教信仰对于堕落人性的拯救和启迪价值。

---

① J. S. Wolkenfeld. "Isaac Bashevis Singer: The Faith of His Devils and Magicians." *Criticism* Vol. 5, No. 4 (fall, 1963): 358.

本章小结

本章围绕着"美国犹太小说中的伦理身份和道德困境"展开研究,并以索尔·贝娄和艾萨克·辛格的长篇小说为例,研究美国犹太文学中犹太移民们普遍面临的伦理身份的困惑及其道德处境。选择这两位作家是基于以下几方面的缘由:其一,索尔·贝娄于1976年获诺贝尔文学奖,他是第一位获此殊荣的美国犹太作家,而艾萨克·辛格两年后荣膺1978年的诺奖。两位犹太移民后裔都曾得到这一重要奖项,足以证实他们卓绝的文学地位和斐然的文学成就;其二,这两位作家从不同的侧面展示了犹太移民复杂的生活状态以及不一样的道德困境,如果说索尔·贝娄侧重表现犹太知识分子在商业化的美国社会中遭遇的精神危机的话,那么艾萨克·辛格主要展现犹太移民在主流社会中无法避免的同化问题,以及犹太性与犹太教、犹太传统等之间的张力;其三,作为杰出的犹太作家,他们对美国文坛产生了广泛而深远的影响,不仅延续并继承了犹太文化传统,而且在相当程度上丰富和发展了20世纪美国文学史。本章运用文学伦理学批评研究方法,对上述两位作家的三部代表作进行文本研读和深入解析,为美国犹太小说的研究提供了新的视角和方法。

索尔·贝娄的经典之作《赫索格》中的同名主人公是深陷精神危机的中产阶级犹太知识分子。本章运用了伦理身份、道德困境和伦理选择等文学伦理学批评的核心术语,阐释了作品主人公在面临婚姻伦理身份和族裔身份时,陷入伦理混乱与两难选择的处境。赫索格最终由记忆伦理确认了幸存者身份,作出了正确的伦理选择。在贝娄之后创作的长篇小说《洪堡的礼物》中,艺术家洪堡和西特林面临着相似的身份认同危机,而经由彼此契约伦理关系的转变,他们最终各自作出正确的伦理选择,洪堡的礼物帮助西特林摆脱了财务危机和精神困境。这两部作品在主题的凸显、人物的设置上存在一定的相似之处:首先,主人公都属于中产阶级犹太知识分子;其次,作品竭力展现他们各自在美国主流社会中经历的精神危机和道德困境;最后,犹太传统文化对于他们精神境界的提升有着不同程度的引领和启示作用。区别则在于前者侧重表现记忆伦理与身份认同之间的关联，而后者展示了契约伦理精神在人物伦理选择中起到的至关重要的作用。

辛格在《卢布林的魔术师》中书写了波兰犹太人卢布林的身份认同和伦理选择的问题。同为美国犹太作家，索尔·贝娄与艾萨克·辛格之间存在颇多相似之处，如他们都是东欧犹太移民，在大迁徙中来到美国成为具有多重文化身份的作家。而他们创作中的不同之处也非常突出，相较于贝娄创作中体现出的犹太文化与美国文化的融合，辛格的小说更多地展示了犹太性，他坚持采用意第绪语进行创作，而民族语言是文化的表征，这意味着辛格更加认同自己的犹太族裔身份。尤其值得关注的是，辛格极为注重犹太教对于移民们的救赎意义和启示价值。

限于篇幅，美国犹太小说的研究仅仅选取了两位诺奖得主的代表作，而除了索尔·贝娄和艾萨克·辛格之外，美国犹太文学领域还有着诸多杰出的作家及创作，如伯纳德·马拉默德的《修配工》《杜宾的生活》，菲利普·罗斯的《鬼作家》、"美国三部曲"等等。这些美国犹太作家的创作在不同程度上承袭了犹太文化传统，并与美国的多元文化相融合，对犹太文学的发展起到了重要的作用。需要指出的是，这些作家作品中关于身份、记忆、历史、家庭等相关的伦理问题有待进一步研究和挖掘，应当且必须给予更深刻的分析和阐释。

第十章

现代戏剧的伦理冲突

"美国现代戏剧"(American modern drama)相对于欧洲现代戏剧而言,发展较为滞后,但自尤金·奥尼尔之后,美国现代戏剧后发制人,在阿瑟·米勒(Arthur Miller)、田纳西·威廉斯(Tennessee Williams, 1911—1983)、爱德华·阿尔比(Edward Albee, 1928—2016)等剧作家的努力下,美国现代戏剧逐渐发展壮大,并对世界现代戏剧史的发展产生了广泛的影响。西方学者对于美国现代戏剧的研究无论从深度上还是从广度上都取得了卓越的成就,其中对于美国现代戏剧的总体研究便出版了系列论著。本章以田纳西·威廉斯的《热铁皮屋顶上的猫》(*Cat on a Hot Tin Roof*)、爱德华·阿尔比的《动物园的故事》(*The Zoo Story*)以及托尼·库什纳(Tony Kushner, 1956—)的《天使在美国》(*Angels in America*)等戏剧为重点解读文本,试图运用文学伦理学批评方法对美国现代戏剧作品予以考察,结合古希腊古典戏剧、欧洲现代戏剧分析美国现在戏剧产生的特殊伦理环境,多角度地分析美国现代戏剧的伦理内涵,探讨美国现代戏剧伦理冲突的现实语境及其矛盾根源,从而总结出美国现代戏剧的伦理冲突背后,美国伦理转型和文学思潮更迭对其所产生的根本性影响及其规律特点。

田纳西·威廉斯的《热铁皮屋顶上的猫》是一部因背弃伦理身份而陷入伦理危机的家庭伦理悲剧。该剧围绕一个传统话题,即财产的分割问题展开,讲述了兄弟两家在家庭遗产争夺中的明争暗斗。本节以文学伦理学批评为研究视角,紧扣剧中人物因为对财富的欲望、对人心的猜忌、对亲情的淡漠而导致的身份认识困惑,探索背离夫妻身份,兄弟、妯娌身份,父子身份所导致的亲人间不可调和的伦理冲突,揭示了在金钱诱惑下,人身上的兽性因子不断滋长的现象。通过对这个"猫咪"家族的伦理分析,证实了人与人之间稀薄的爱,虚伪、欺骗、冷漠、堕落的生存方式,再现了资本主义上流社会亲情的淡漠、人的贪婪和伪善、人际关系的唯利是图和尔虞我诈,同时也表明了作者对现代社会中人际关系扭曲的深深担忧、对爱的强烈呼唤和对人类幸福的无限关怀。

爱德华·阿尔比的《动物园的故事》讲述了一则关于人类精神隔离的悲剧。主人公杰瑞先后遭遇一系列家庭伦理变故,诸如母亲因为离家出走并过度淫乱而亡、父亲因此绝望自杀、杰瑞最终成为一个孤儿并开始他的童年生活,这给主人公带来了身份焦虑和心灵创伤。剧本围绕着杰瑞渴望心灵表达、寻求伦理存在而展开,讲述现代社会由于人与人之间的冷漠与隔阂,造成的彼此交流的障碍和人际关系的危机。阿尔比在《动物园的故事》中所凸显的叙事旨趣与伦理情怀在于:该剧中杰瑞居住的公寓乃至整个人类社会,都是一个巨大的"动物园"——精神动物园,就像动物园里的动物一样,人与人之间没有心灵的沟通、没有平等的对话,甚至彼此之间相互仇视,被无形的精神栅栏相互隔离。剧中"人狗交流"的失败意味着人与人之间的关系只有依靠利益交换才能实现交流,甚至这种交流也只是短暂的,不可持续;而剧中"凳子风波"旨在隐喻人与人之间的关系就像动物园一样,被人为地设置了"精神栅栏"而彼此隔离,一旦一方试图要拆除他们之间的栅栏,则会引起彼此之间的斗争或者矛盾,甚至双方会付出生命的代价。

托尼·库什纳的戏剧《天使在美国》是一部具有多重主题、涉及诸多美国当代重大社会政治问题的重要作品。本节从剧中人物乔·皮特遇到的伦理困惑入手,分析他作出的伦理选择、他所持有的宗教和政治伦理观念对他的影响以及在他作出伦理选择的过程中其伦理身份建构的过程及结果,剖析这一人物所代表的美国同性恋人群所面临的困惑和身份认同焦虑,并探讨作者通过这一形象试图传达的伦理教诲。长期的同性恋经历让库什纳对同性恋问题有着深切的体会和深刻的认识,与同一时期其他同性恋剧作家单纯表现同性恋人群的悲惨经历、控诉政府对同性恋人群的漠视和敌意不同,库什纳创作《天使在美国》,将同性恋题材作品中一个重要的伦理问题加以凸显,通过分析剧中人物面对不同的伦理困惑作出的伦理选择和建构的伦理身份,试图传递出他对当时美国同性恋问题的思考。

第一节 田纳西·威廉斯 《热铁皮屋顶上的猫》中的伦理危机

田纳西·威廉斯是 20 世纪下半叶美国戏剧的领军人物,在戏剧史上与阿瑟·米勒齐名。评论界普遍认为,他是继尤金·奥尼尔之后美国历史上最伟大的剧作家。纵观他的一生,可谓人生之路坎坷,创作之路艰辛。学界对他的评价也是众说纷纭,好评与恶语苛责不断。但是在他短短四十多年的创作生涯中,却给我们留下了六十多部戏剧,除此之外,他还创作了电影、电视剧本,短篇、长篇小说,诗集和回忆录等。创作之丰,足以与奥尼尔媲美。在众多作品中,其中一部让他自己最满意的作品是《热铁皮屋顶上的猫》,该剧演出六百多场,赢得了各界好评,并获得了唐纳森奖、戏剧评论奖以及他再度捧上的普利策奖。

不仅威廉斯本人对《热铁皮屋顶上的猫》十分满意,学界也相当看好这部戏剧,对该剧的研究也在不断深入。早期研究者较多关注该剧在百老汇的上演情况。爱德华·茂莱指出"《热铁皮屋顶上的猫》是威廉斯剧作中搬上银幕的最耐人寻味的一例,尽管在结构上存在缺陷,仍不失为一部成功的剧作"①。在演出的版本问题上,布赖恩·帕克认为"只有1975年的这一版和'猫一号本'值得认真关注,因为这两个版本演得很成功,都'大有活动空间'"②。本书的中译本译者陈良廷更是对《热铁皮屋顶上的猫》的版本进行了详细了解,他指出这部剧"遵循亚里斯多德的教诲,恪守传统戏剧的三一律,不换景,按照剧情时间顺序一幕紧接一幕连续演下去"③,同时译者也充分肯定了威廉斯多次修改的举动和他严肃认真的写作态度。在关注版本问题之余,译者陈良廷也注意到《热铁皮屋顶上的猫》的主题"始终贯穿在揭露社会上和家庭中普遍存在的虚伪、欺骗和谎言这方面"④。众多学者也发现威廉斯在《热铁皮屋顶上的猫》中表现出对现实主义的回归,特别是社会化的矛盾冲突在这部剧作中体现得尤为明显。其中韩曦就指出所有矛盾冲突都源自于"对肉体的一种欲望以及要在精神上帮助对方的美好愿望"⑤,但这种美好愿望很难实现,因为剧中人物始终坚持"拒绝而不愿意救赎"⑥的态度,因此剧中人物往往会呈现悲剧的命运。在研究视角的选取上,叙事学、动物视角、心理学批评、黑格尔冲突理论都成为阐释这部戏剧的重要手段。郝志琴从读者的阅读体验出发,揭示布里克的"疏离境遇"⑦。田俊武和张志则以动物为视角,认为动物意象暗示了戏剧的动物性主题,并指出《热铁皮屋顶上的猫》剧就

---

① [美]爱德华·茂莱:《电影化的想象:作家和电影》,邵牧君译,北京:中国电影出版社,1989年,第59页。
② [加]布莱恩·帕克:《玩转一只猫》,转引自田纳西·威廉斯:《热铁皮屋顶上的猫》,陈良廷译,上海:上海译文出版社,2010年,第328页。
③ [美]田纳西·威廉斯:《热铁皮屋顶上的猫》,陈良廷译,上海:上海译文出版社,2010年,第328页。
④ 同上书,第329页。
⑤ 韩曦:《百老汇的行吟诗人——田纳西·威廉斯》,北京:群言出版社,2013年,第225页。
⑥ 同上书,第235页。
⑦ 郝志琴:《从疏远到亲近的阅读体验——〈热铁皮屋顶上的猫〉中布里克疏离境遇的叙事修辞》,《文艺研究》2014年第9期,第69页。

如一个"家庭动物园"①,"剧中的人都具有明显的动物本性:贪婪、狡猾、无情"②。这些研究为进一步走进威廉斯的戏剧世界创造了条件,提供了丰富的资料。

实际上,《热铁皮屋顶上的猫》是一部因身份危机而导致家庭成员间冲突不断、人际关系逐渐隔离、亲情走向淡漠的伦理悲剧。根据文学伦理学批评,一切伦理问题的产生都与伦理身份相关,"伦理身份是评价道德行为的前提,在现实中,伦理要求身份同道德行为相符合,即身份与行为在道德规范上相一致。伦理身份与伦理规范相悖,于是导致伦理冲突,构成文学的文学性"③。无论是以血亲关系为基础的身份,还是以社会关系为基础的身份,《热铁皮屋顶上的猫》中人物都只停留在表面的身份维护上,忽略了身份的实质内核以及身份所赋予的责任,这使他们越来越远离自己的伦理身份。对身份的错误认知和背弃,导致家庭伦理冲突不断。布里克和玛吉之间欲望与猜忌的膨胀,导致他们对夫妻身份的背弃;兄弟间的敌对、妯娌间的仇视促使他们对兄弟、妯娌身份的疏离;父亲与孩子间爱的缺失,使父子身份偏离了正常的状态。剧中人物与身份的疏离引发了一系列伦理冲突,使得由财产分割问题引发的家庭矛盾更加尖锐。虚伪、谎言和欺骗无限膨胀,整个家庭都陷入到伦理危机中,难于自拔。作品真正想要表达的主题,并不仅仅是身为种植园主的大爹患癌症后而引起的财产分割方面的家庭矛盾,更是想通过这一"障眼法"④的设置,揭示背弃身份引起的伦理冲突和伦理危机,再现资本主义上流社会亲情的淡漠,人的贪婪和伪善,人际关系的唯利是图和尔虞我诈以及生存方式的虚伪、欺骗、冷漠和堕落。

---

① 田俊武、张志:《田纳西·威廉斯剧作中的动物意象和动物主题》,《俄罗斯文艺》2005年第4期,第67页。
② 同上书,第68页。
③ 聂珍钊:《文学伦理学批评导论》,北京:北京大学出版社,2014年,第264页。
④ 李尚宏:《谁是那只"猫"?——重读〈热铁皮屋顶上的猫〉》,《外国语(上海外国语大学学报)》2010年第4期,第95页。

一、欲望与猜忌:对夫妻身份的抛弃

　　故事发生在密西西比河三角洲的一座公馆里,家庭成员因为大爹的65岁生日齐聚一堂,表面的灯火辉煌和热闹非凡背后暗藏着重重危机。大爹在经过详细的检查后,确认患有癌症,将不久于人世。全家人除了大爹和大妈不知道外,其他人都已知晓这个事实。大爹所拥有的2.8万英亩肥沃棉花地、1000万的现金和股票将由谁来继承。这个问题让家庭成员变得焦躁不安,儿子、儿媳带着各自的目的来赴大爹的生日之约。长子古柏和其妻梅与弟弟布里克和其妻玛吉的一场冲突不可避免。

　　玛吉从小就受尽亲戚的冷嘲热讽,穷对于玛吉来说就如死神一样可怕,"这就是穷光蛋的滋味,你不得不向那些叫你痛恨的亲戚溜须拍马,就因为人家有钱"①。小时候的遭遇,让她明白金钱的分量。她嫁给布里克除了是因为那微弱的爱情,更是想通过依附于男人来获得财富和地位。她将自己与布里克的爱情染上了浓浓的金钱色彩。除了对金钱的渴望,对丈夫的占有欲也让她与布里克的爱情从互生好感走向相互厌弃。她拥有作为布里克妻子的这一身份,但是她的欲望又让她陷入岌岌可危的境地。为了维护她在家族中的地位,为了以后衣食无忧的生活,玛吉拼尽全力。但是在巩固地位的途中,她将自己与布里克的爱情彻底毁灭,她勾引丈夫的挚友斯基普,让斯基普承认自己是同性恋,从而独占丈夫。这种疯狂的举动让布里克甚是反感,作为对妻子的报复,他对妻子提出的同床要求置之不理,甚至对妻子的一个吻都深感厌恶。她越是欲望迫切,越是将自己推进极限的生存境地之中。面对自己的强大对手——古柏和梅,玛吉深知自己难以取胜。面对毫无作为、整日醉酒的丈夫,她就如热铁皮上来回踱步的猫,焦急不已。她明白自己的不利处境,古柏是一名专业律师,对财产的争夺相当了解,而且在财产的争夺中也将不遗余力。有无子嗣是财产继承的重要条件,古柏一家已有五个孩子,第六个孩子也即将出

---

①　[美]田纳西·威廉斯:《热铁皮屋顶上的猫》,陈良廷译,上海:上海译文出版社,2010年,第49页。

生。可是玛吉的丈夫是个过气的运动员,终日与酒精为伴,对财产问题丝毫不感兴趣。她与布里克的婚姻是一种"共生性结合"①,玛吉爱布里克更多地是需要布里克满足她的欲望,是一种伪装的爱。布里克看透了这种伪装,玛吉想用孩子来增加夺取财产筹码的计划,因此被布里克毫不留情地拒绝了。这让玛吉在财产的争夺中处于被动的地位,她急得如热锅上的蚂蚁,对自己的丈夫欲弃不忍,欲进不能。但是玛吉是一只充满欲望、永不言弃的"猫","我还没有退场呢,我横下一条心要取胜"②,她继续在争夺中前行。

布里克是大爹的次子,也是玛吉的丈夫。但是身为丈夫的他并没有做丈夫的责任感和担当,原因是他认为玛吉逼死了他的好友斯基普。斯基普是戏剧中唯一没有出场却影响着几代人关系的关键人物,虽然他已死去,但是却阴魂不散地影响着幸存者的生活。这个人不仅让布里克自己整日活在自责愧疚中,让他与大爹的谈话不欢而散,也让他从此改变了对妻子的态度。斯基普与布里克之间有着深厚的情谊,他们的关系非同一般,甚至已经到了形影不离的地步。这种亲密的关系让玛吉无法忍受,她用了一个比较极端的方式证明斯基普是同性恋,斯基普在承认这场不伦恋后自杀了。布里克将好友的死归咎于妻子,所以对于妻子的百般讨好,他都无动于衷。因为妻子的行为似乎戳穿了他极力想掩盖的秘密,即他与斯基普不正常的关系。布里克这样评价这段友谊:"斯基普跟我之间的关系光明正大,纯洁无暇!——我们之间的友谊几乎是一辈子都这么纯洁……两个人之间的关系光明正大,实在少有,反而不见得正常。"③布里克越是想证明这段感情的纯洁,就越让玛吉觉得这份感情有猫腻。当大爹和他谈论这件事时,他一改平日超然的态度,暴跳如雷、心跳加快,呼吸急促,汗珠涔涔,在与大爹的争辩中嗓子也沙哑了。"如果真有这回事,

---

① 李早霞:《爱的呼唤——论〈热铁皮屋顶上的猫〉中爱的缺失》,《外语教学》2008年第4期,第75页。
② [美]田纳西·威廉斯:《热铁皮屋顶上的猫》,陈良廷译,上海:上海译文出版社,2010年,第21页。
③ 同上书,第128—129页。

在他们生活的这个社会里,要'保全面子'也硬是不能承认,这一点也许正是布里克借酒排解自己所厌恶的'欺骗'的实质。"①布里克是万万不会承认这段同性恋关系的,妻子的行为触碰了布里克的底线,他也不会重新爱上妻子。布里克对感情的向往与现实世界的普遍价值体系相违背,于是他宁愿做一个"逃避者"②来寻求归属感。他的喝酒买醉,既是对妻子的责备,也是对自己的惩罚;既是祭奠好友的最佳方式,也是他面对生存困境时绝望而痛苦的回应。

　　根据文学伦理学批评,伦理问题的产生往往与身份有着紧密的关系,伦理身份是构成文学文本中最基本的伦理因素,它与伦理线、伦理结、伦理禁忌等联系在一起。"由于身份是同道德规范联系在一起的,因此身份的改变就容易导致伦理混乱,引起冲突"③。背弃伦理身份,将会改变原有的伦理关系,导致伦理混乱。玛吉和布里克之间的冲突变得激烈,是因为二人都在背弃伦理身份。玛吉背弃了妻子的身份,怀疑丈夫与斯基普有同性恋关系,千方百计诱使后者说出真相,不惜与其好友私通。在得知大爹患有绝症后,为了争夺继承权,玛吉又在物欲的驱使下争取与布里克同床,并在最后对公婆谎称自己已怀孕。布里克也背弃了丈夫的身份,婚后与斯基普走得很近,与好友的感情一直让人捉摸不透,好友死后,布里克用酒精来麻醉自己,将所有责任归咎于妻子,对妻子的百般讨好置之不理。玛吉和布里克对身份的背弃,让他们难以维持和谐的夫妻关系,夫妻间没有了爱和信任,玛吉整日沉浸在思考如何进行财产争夺的世界中,布里克完全沉醉于酒精之中,玛吉想要的充满财富的世界与布里克安于现状的自我世界之间矛盾不断,导致他们之间婚姻关系的异化。

---

　　①　[美]田纳西·威廉斯:《热铁皮屋顶上的猫》,陈良廷译,上海:上海译文出版社,2010年,第121页。
　　②　黎林:《黑色的眼睛寻找光明——从田纳西·威廉斯的戏剧创作看其人道主义价值观》,《戏剧(中央戏剧学院学报)》2007年第4期,第56页。
　　③　聂珍钊:《文学伦理学批评导论》,北京:北京大学出版社,2014年,第257页。

二、敌对与仇视:对兄弟、妯娌身份的背离

古柏和布里克是亲兄弟,古柏是大哥,布里克是弟弟。这对兄弟之间的亲情因为父亲的巨额遗产而遭受了前所未有的考验。原本的亲兄弟关系在金钱的诱惑下变成了敌对关系。古柏一心想得到父亲的遗产,为此他情愿撕下面具,不顾兄弟之间的情谊,甚至将兄弟情彻底毁灭。金钱至上是古柏的价值观。他为了得到遗产预谋已久,只等最佳时机的到来。布里克对亲人间欺骗的本质看得清清楚楚,他对这种虚伪的爱感到恐惧,在父母、兄弟、婚姻三种关系中他都没有找到真实可信的爱,于是转向同性寻求生存的力量。在与大爹的交流中曾说"欺骗是我们的生活方式。喝酒是一条出路,死亡是另一条出路"①。生活是一场骗局,兄弟之情是这场骗局的牺牲品,布里克选择了用酒精来回应生活的欺骗本质。古柏瞧不起布里克,对布里克的态度冷淡。布里克整日与酒精为伴,却让古柏从心底里感到高兴,弟弟的无所事事正凸显了古柏善于经营管理的才能,这为古柏获得最终的财产继承权赢得了更多筹码。为了在这场家庭战争中获得更大的主动权,古柏用一种卑鄙的方式窥探布里克的隐私,他和妻子梅偷听布里克夫妇的讲话,想抓住弟弟不可告人的秘密,从而在争夺中取胜。当玛吉质问古柏对待兄弟邪恶的态度时,古柏理直气壮,当众宣称"我跟他就是势不两立"②。当玛吉说出她已怀孕时,古柏和梅迫不及待地将偷听到的结果告诉大爹大妈:"我们在这里听见你们说话,他不肯跟你睡觉,我们听见的,所以别妄想糊弄得了我们,也别妄想糊弄得了一个眼看要死的人——"③当面对这样的大哥与大嫂时,布里克没有反抗,但是他的沉默正是对古柏最有力的回击。兄弟身份对于他们来说形同虚设,兄弟间的手足之情,在财富的诱惑下一再被商品化。

如果说兄弟间还只是一种敌对的态度,那么妯娌之间的恨已深入骨

---

① [美]田纳西·威廉斯:《热铁皮屋顶上的猫》,陈良廷译,上海:上海译文出版社,2010年,第137页。
② 同上书,第166页。
③ 同上书,第184页。

髓。"她们过去所熟悉的文明为一种陌生的、赤裸裸的生存竞争和人欲所取代"①,玛吉从一开始就认识到梅和古柏是他的对手,"大哥就能一手抓住钱袋,施舍给我们一点残羹冷饭,说不定搞到了全权委托书,开张支票给咱们,随时随地只要高兴就可以掐断我们的财路。王八羔子……"②,她清楚地认识到如果不努力去争夺财产,最后将被大哥踩在脚底。玛吉的话语中总是带着对他们的讥笑和讽刺,孰不知她们其实是同类,都是自私而又贪婪的"猫"。玛吉因为自己没能生孩子,对梅的孩子相当厌恶,嘲讽他们是"没脖子的小鬼""小猪崽子"。梅是家中的长媳、长嫂,但在她身上却没有长嫂该有的气量和善良。对待公公婆婆,她极尽谄媚之能事,表面上她和古柏不远千里、不辞劳苦赶来给大爹过生日,实质上她巴不得大爹早点死去,早日实施他们预谋已久的计划,得到他们梦寐以求的财产。对待大妈,梅表面上十分关心和孝敬,内心却不能体谅大妈作为妻子、作为母亲的心情。他们带着目的来给大爹庆生,为了能尽快解决财产的归属问题,她迫不及待地将大爹的病情告诉大妈,一方面她假心假意地问候大妈,想得到大妈的支持,另一方面又想快点将财产争夺到手。对待玛吉她毫不心软,无论是送给大爹的礼物,还是玛吉假怀孕的事,梅都一次次将其谎言揭穿。对待小叔子她极尽调侃。在她身上,猫的自私卑劣、贪婪凶残的本性都显露出来,兽性因子在她的体内不断滋长,并且控制着她的行为。

文学伦理学批评要求在特定的伦理环境中分析和批评文学作品,对文学作品本身进行客观的伦理阐释,而不是进行抽象或者主观的道德评价。该剧产生的大的伦理环境是在经济发达的美国南方种植园中,处于社会最顶层的是人口占绝对少数的大种植园主阶级,诸如大爹就是这个阶级的代表。小的伦理环境是大爹将不久于人世,财产的分割问题被提上议程,家族成员为夺得遗产淡忘了爱的存在。在这个伦理环境中产生

---

① 汪义群:《试论田纳西·威廉斯笔下的南方女性》,《当代外国文学》1991年第3期,第151页。
② [美]田纳西·威廉斯:《热铁皮屋顶上的猫》,陈良廷译,上海:上海译文出版社,2010年,第10页。

了诸多伦理问题,伦理问题是伦理冲突产生的诱因,兄弟间、妯娌间的伦理冲突因争夺大爹财产的归属问题而起。在这样的伦理环境下,兄弟间、妯娌间的情谊烟消云散。从他们在财产争夺中的出格表现可以看到人体内的动物本性的突显,可以说兽性因子主导并覆盖了人性因子,促使他们成为金钱和欲望的奴仆。在文学伦理学批评实践中,"'斯芬克斯因子'由两部分组成:人性因子(human factor)与兽性因子(animal factor)。这两种因子有机组合在一起,构成一个完整的人。在人的身上,这两种因子缺一不可,但是人性因子是高级因子,兽性因子是低级因子,前者能够控制后者,从而使人成为有伦理意识的人"①,斯芬克斯因子组合的不同,也会产生不同的结果。人能够与动物相区别,原因就在于人性因子占上风,有能力控制兽性因子。《热铁皮屋顶上的猫》中,妯娌间的争夺让兽性因子不断侵占人性因子的领地,猫性在她们身上不断显现。梅变成了一只自私而又贪婪的猫,玛吉变成了一只狡猾而又焦灼的猫。她们都站在热铁皮上等待最佳的战斗时机。猫性已将她们的妯娌身份掩盖,伦理矛盾和冲突不断,动物性本能的开启,让她们抛弃了原来的身份,开始了两只猫之间血腥的较量。

三、爱的缺失:对父子身份的违忤

在这个大家庭中维系家庭关系的不再是亲情而是金钱。"家庭关系的商品化是人类面临的悲哀"②,在财产分割前,家庭成员会为了各自的利益展开激烈的争夺,亲情被践踏得一文不值。一旦财产被划分,维持亲情关系的纽带被切断,家庭伦理关系也会遭到严重破坏。古柏作为家族中的长子,作为布里克的哥哥,他对父亲和弟弟的关心却是别有用心的。他关心大爹的身体状况,是为了得到最后的财产继承权。他"关心"弟弟有无子嗣,是为了在财产的继承中掌握主动权。亲情在这个庄园内只是

---

① 聂珍钊:《文学伦理学批评:伦理选择与斯芬克斯因子》,《外国文学研究》2011 年第 6 期,第 5 页。
② 张生珍、金莉:《当代美国戏剧中的家庭伦理关系探析》,《外国文学》2011 年第 5 期,第 59 页。

虚谈,当大妈得知大爷的病情后,一场家庭的财产争夺战正式开始。古柏的立场鲜明,他以一个长子的身份要求被公平对待,如果分配不均,他将以律师的身份维护自己的合法权益。在他心中除了物质利益,爱是毫无用处的,冷酷、贪婪成为了他对待亲人的方式。古柏对父亲和弟弟的虚伪的爱在他的一段宣言中跃然纸上:"大爷现在喜不喜欢我,过去喜不喜欢我,将来喜不喜欢我,我都不管! 我只希望按照人之常情,希望一视同仁,公平对待。实话对你说吧,我恨只恨大爷打从布里克出世起就一直对他偏爱,对待我的态度呢,一向就当我只配做一个受气包,有时连这个资格都没有。大爷生了癌眼看就不行了。癌在他全身扩散了。所有重要器官,包括肾脏都受到侵袭,目前也得了尿毒症,希望大家都知道尿毒症是怎么一回事,就是身体不能排毒而使整个机体中毒。"[①]在这段宣言中,我们看不到半点对父亲的关心或是怜悯,反而看到了他的愤恨和幸灾乐祸。他期盼这一天的到来,为此他事先拟定了瓜分家产的草案,准备将财产吞噬殆尽。

  古柏的冷酷无情与大爷的教育方式密切相关。大爷对古柏的爱很吝啬,从小大爷就很少正眼瞧他,大爷偏爱布里克,对古柏一家充满厌倦,这致使古柏一家对大爷的关心也更为表面。大爷作为父亲,给了古柏生命,但却没有给他真正的父爱,这让本该相亲相爱的父子从一开始就埋下了最终要走向敌对仇视的种子。结果确实也证明了这对无爱的父子之间的隔阂越来越深。作为儿子的古柏,完成了父亲所希望的一切,当了律师、与梅结婚、生了一群孩子,但是这一切并没有让父亲改变对他的态度,一贯的不屑与冷漠让古柏对父亲的爱也日渐稀薄。古柏沿袭了父亲对待家人和对待金钱的态度,可以说古柏是大爷的复制品。大爷厌恶古柏的人生观和价值观,但是他又不愿承认自己也是那样的人,他不想正视自己否定的正是他自己对待生活的态度。身为这个大家族的长子,古柏所做的一切都是为了财产,并没有试图想要改变父子间冷漠关系的愿望。大爷

---

① [美]田纳西·威廉斯:《热铁皮屋顶上的猫》,陈良廷译,上海:上海译文出版社,2010年,第167—168页。

对古柏的关注较少,但是古柏今天的生活离不开大爹的支持。作为回馈,古柏的行为显得太过功利和无情,他的一切行动都在为最终争夺遗产的胜利服务。家庭对于他们来说是战场,而不是爱的港湾,争夺利益是他们的目标,爱对于他们来说太过奢侈,只是达到利己目的的手段。无论是作为父亲的大爹,还是作为儿子的古柏,他们都忽视了身份所赋予的责任,在偏离的轨道上越走越远。

布里克是大爹的次子,也是大爹愿意疼爱的孩子。对于大爹来说,这辈子只有两件事,第一件事是成为出人头地的种植园主,第二件事就是花心血抚养布里克。但是布里克并没有成才,而是不断堕落。全剧的第二幕主要是布里克与大爹的谈话。他们的谈论内容包括大爹自己的人生经历,对生活本质的理解,斯基普和布里克的关系,还有大爹患病的事。一次开诚布公的谈话,充满了对双方的不认同、不信任。大爹咄咄逼人的气势让布里克说出了心中的秘密,让他一直不愿承认的秘密被揭露。作为报复,布里克也将患癌的事告诉了大爹。布里克不愿意与大爹交谈,他宁愿在酒精中醉生梦死,几次想结束谈话,都被大爹拒绝了。大爹愿意好好爱这个孩子,可是他只是提供了优越的物质条件,没有从内心真正关心孩子的成长。他想将自己的生活理念强加到儿子身上,大爹的一生在欺骗中度过,他想让布里克也如此,布里克为了逃避这种欺骗的生活,他宁愿与酒精为伴,也不愿顺应这种可怕的现实。大爹爱金钱胜过爱家人的做法,让布里克无法接受。大爹实际上希望布里克能够发愤图强,继承家业,他要求小儿子像他一样容忍一切谎言和欺骗,戴着面具做人。大爹作为父亲,没有给孩子树立榜样,而是教孩子如何在欺骗中生活。作为儿子,布里克在认清现实后,没能振作起来,而是终日在酒精中寻找快乐,没有家族责任感,活在自我的小世界中。父子间浓得化不开的亲情在这个家庭变得异常冷淡,看上去这个家庭热闹非凡,其实每个人都有自己的打算,就连在农场干活的那些苦力,也想通过阿谀奉承在大爹死后分得一杯羹。

在文学伦理学批评中,对伦理身份的忽视容易导致伦理冲突,"把人同兽区别开来的本质特征就是人具有伦理意识。这种伦理意识最初表现为对建立在血缘和亲属关系上的伦理身份的确认,进而建立伦理秩序"①。《热铁皮屋顶上的猫》中大爹与古柏、布里克属于直系亲属,父亲与儿子的身份再明晰不过,可是他们对伦理身份的违忤,导致本该温馨的家庭充满各种矛盾,家庭的聚会也因此演变成一场遗产的争夺战。身为父亲,不明白亲人与金钱的地位孰轻孰重,对孩子的爱不能保持均衡,对孩子的教育充满负能量。不可否认,古柏为了利益不顾一切的性格完全是大爹的翻版,布里克虽然不在乎财产,但是他那种目空一切,看透生活毫无意义的消极的生活态度也受到了大爹的影响。大爹对父亲身份的背弃,造成了他与孩子们无法弥补的隔阂,兄弟间、父子间的冲突更加激烈。作为孩子,没能用亲人间的默默温情打动大爹冰冷的内心,在父亲身患重病后,也没能团结一致,承担起家庭的责任。大爹还没离开人世,孩子们已经为大爹打下的江山争得你死我活。他们都抛弃了各自的身份,背离了他们应该承担的伦理责任,致使他们在家庭伦理冲突中无法和解。

综上所述,《热铁皮屋顶上的猫》是一出因背弃伦理身份而引发伦理冲突的家庭伦理悲剧。在这出剧中,除了对布里克夫妇起重要作用的斯基普不在场外,其他家庭成员无人缺席,而在这个臃肿的大家庭里,每个人都打着自己的如意算盘。表面上为大爹庆生的热闹场景背后隐藏着更大的危机,即将爆发的财产争夺战将把家人之间最后一点亲情消磨殆尽,谎言与欺骗、欲望与丑陋、冷酷与残忍充斥着这个家庭。对于这个分崩离析的家庭来说,家不再是温暖的港湾、灵魂的栖息地,而是利益财产的角逐地、更或是生命灵魂的桎梏。在这片繁华落尽后,剩下的是冰封了的亲情和冷漠的家庭关系,造成这一结果的重要原因就是家庭成员对伦理身份的背弃。在文学伦理学批评中,对身份的背弃,将导致伦理冲突和伦理危机。剧中人物因为对财富的欲望、对人心的猜忌、对亲情的淡漠而导致了对伦理身份的背离,对夫妻身份,兄弟、妯娌身份,父子身份的背弃引发了亲人间不可调和的伦理冲突,这期间因为金钱的巨大诱惑、兽性因子的不断膨胀,猫的贪婪本性不断显露。通过对这个"猫咪"家族的伦理分析,

---

① 聂珍钊:《文学伦理学批评导论》,北京:北京大学出版社,2014年,第257页。

作品揭示了欲望控制下婚姻关系的冷漠化，兄弟妯娌关系的敌对化，代际关系的利益化，同时作品也表达了作者对爱的呼唤，对珍视伦理身份、承担伦理责任的期盼，对维护正常的家庭伦理关系的渴望。

第二节 爱德华·阿尔比戏剧 《动物园的故事》中的人际隔离

《动物园的故事》是阿尔比的早期独幕剧，此剧是阿尔比作为献给自己30岁生日的礼物而进行创作的，于1959年9月28日首次在德国柏林的"席勒剧场工作坊"（Schiller Theatre Werkstatt）演出。由于阿尔比拥有特殊的人生经历，尤其是他作为被遗弃的婴儿和他被收养的身世是他戏剧创作的源泉，他的戏剧创作因此有着明显的自传色彩，正如梅尔·古索所指出的那样："通过阿尔比的戏剧，人们能看到他是如何塑造戏剧人物的、能理解为什么他就是阿尔比和他为何成为一个剧作家的原因。"[①]针对该剧作过于简略的人物与情节，史蒂芬·博顿斯指出，剧作"以引人注目和富有争议的对话（controversial dialogue），和以'两个男人和普通公园长椅'、能负担得起的低预算的'极简主义'（minimalism）风格，作为代表新剧作家声音的发射场，来吸引批评家、舞台制片人和公众对外百老汇戏剧的再生潜力的关注。"[②]对于《动物园的故事》的创作手法而言，罗斯·津巴多认为："《动物园的故事》之所以成为我们戏剧的新发展的标志，在于阿尔比通过混合象征主义和自然主义的方式来凸显它的主题。"[③]有关《动物园的故事》的创作旨趣，学者们还分别从荒诞派、存在主义、虚无主义等理论和视角对之进行阐释，这些研究成果无疑为我们理解

---

① Mel Gussow. *Edward Albee: A Singular Journey: A Biography*. New York: Simon & Schuster, 1999, p.17.

② Stephen Bottoms, ed. *The Cambridge Companion to Edward Albee*. New York: Cambridge University Press, 2005, p.3.

③ Rose A. Zimbardo. "Symbolism and naturalism in Edward Albee's The Zoo Story." Qtd. in C. W. E. Bigsby, ed. *Edward Albee: A Collection of Critical Essays*. Englewood Cliffs, N.J.: Prentice-Hall, 1975, p.45.

《动物园的故事》提供了多维的视角。

然而,归根到底,《动物园的故事》是一部因身份危机而导致人际隔离的伦理悲剧。根据文学伦理学批评,人类在文明发展过程中所面临的问题"就是如何把人同兽区别开来以及在人与兽之间做出身份选择"[①]的问题。《动物园的故事》围绕着主人公杰瑞遭受的一系列家庭伦理变故而展开,讲述杰瑞沦落为一个被社会所抛弃的流浪汉孤儿的故事。本节采用文学伦理学批评研究方法,紧扣主人公杰瑞遭遇身份危机与人际隔离的伦理主线,逐一分析杰瑞遭受家庭伦理变故因而陷入伦理困境的诸多伦理结,探究杰瑞身份危机背后的根源及其伦理选择的过程,进而挖掘作品的伦理内涵。

一、家庭伦理变故与身份认同危机

《动物园的故事》以阿尔比一贯的"极简主义"风格演绎了一场现代社会人与人之间相互隔离的故事。故事的主人公杰瑞在公园里游荡,之后与正在享受午后休闲阳光的彼得搭话,彼得出于礼貌简单回应杰瑞的询问与对话。期间,杰瑞向彼得描述了他租住的公寓、公寓里的陌生人,和他所有"财产"。让人不可思议的是,他是以一种"局外人"的口吻讲述他自己的身世和遭遇的:

> ……当我十岁半的时候,亲爱的老妈抛下亲爱的老爸离家出走;她参与我们南方城市的通奸巡回活动……一个持续一年的旅途……和她交往最密切的一个男人……在那些人中,在她交往的很多人中……是一个叫巴雷库恩先生。至少,亲爱的老爸是这么告诉我的……在他倒下之前……他去把她的尸体带回北方。我们在圣诞节和新年之间接到的噩耗,你知道,即亲爱的老妈在阿拉巴马州的某个垃圾场里与死神一起离开人世。而且,要是没有死神的话,她就不会那么受欢迎。我的意思是,她是谁?死尸……一条北方的死尸。不管怎样,亲爱的老爸庆祝新年超过两个星期,之后倒在一辆运行中的

[①] 聂珍钊:《文学伦理学批评导论》,北京:北京大学出版社,2014年,第32页。

市公共汽车前轮底下一命呜呼,这彻底解决了家庭纠纷。哦不,还有我妈妈的妹妹,她既不犯罪,也不沾酒。我搬过去和她同住,她的印象已经很模糊了,只记得她做任何事情都哭丧着脸,哪怕睡觉、吃饭、工作和祈祷。在我高中毕业那天下午,她上楼回到她的房间,也是我的房间,失足倒在楼梯上死了。一个恐怖的中欧笑话,如果你问我的话。①

从杰瑞这段自白中可知,杰瑞先后遭受了三次家庭伦理变故:其一,杰瑞的母亲参加巡回通奸活动,导致过度纵欲而死。其二,在杰瑞的母亲死后,杰瑞的父亲前往阿拉巴马州认领杰瑞母亲的尸体并带回安葬。之后,杰瑞的父亲倒在了公共汽车的前轮下而自杀身亡。其三,双亲去世后的杰瑞寄养在其姨妈家里,他的姨妈是其剩下的唯一亲人,她终生未嫁,终日沉默寡言,最后猝死在楼梯上。

显然,杰瑞从一个有父母疼爱的幸福孩子变为一个孤儿,直至沦落为没有任何亲人照顾、乃至最终被社会所抛弃的流浪汉。杰瑞因为自己父母的双亡,幼小的心灵遭受了重大的创伤,尽管杰瑞对自己的遭遇报以无所谓的态度,甚至他对于自己父母和亲人的离世早已麻木不仁,但是可以想象,年仅十岁的杰瑞在其父母去世以后,在他的寄居生活里并没有得到应有的慰藉和关怀,相反,他的姨妈和他就像陌生人一样,从不交流,这对杰瑞的心灵创伤无疑是雪上加霜。

根据文学伦理学批评,伦理问题的产生往往与身份有着紧密的关系。"在众多文学文本里,伦理线、伦理结、伦理禁忌等都同伦理身份联系在一起……伦理身份是构成文学文本最基本的伦理因素……伦理身份的变化往往直接导致伦理混乱。"②杰瑞所遭遇的系列家庭伦理变故是杰瑞生活中遇到的系列伦理结,这些伦理结的形成改变了他的伦理身份,也改变了他的生活。因此,杰瑞伦理身份的改变是其身份危机的根源,而且这种认

---

① Edward Albee. *The Collected Plays of Edward Albee* (Volume 1). New York: Overlook Press, 2005, p. 23.
② 聂珍钊:《文学伦理学批评:基本理论与术语》,《外国文学研究》2010年第1期,第21页。

同危机伴随着他的一生,影响着他的价值判断与伦理选择。

文学伦理学批评强调在文学批评实践中力求还原伦理现场,探寻伦理身份、伦理选择与伦理环境之间的必然关系。在特定的伦理环境中,人的伦理选择有时是主动的、有时却是被动的,人从出生开始,直至生命结束都在经历着种种伦理选择。杰瑞沦落为孤儿是被动的选择,但是杰瑞沦落为流浪汉却是杰瑞主动选择的结果,至少杰瑞在主观上放任自己,与世隔绝,最终被社会所抛弃。因此,伦理身份是伦理选择的前提,同时伦理身份的改变也是伦理选择的结果。杰瑞被迫接受伦理身份的改变,成为一个没有亲人的孤儿,这个被动接受的伦理身份影响了杰瑞之后的伦理选择。世界上的孤儿有很多,有的孤儿在社会的关照下融入社会,积极追求属于自己的幸福;有的孤儿却因为其自身遭受的创伤,始终无法融入社会。杰瑞便是后一种类型的孤儿,他成为流浪汉这一结果既是由其伦理身份的改变所带来的,同时又是其伦理选择的结果。

值得说明的是,根据文学伦理学批评,伦理身份往往与伦理责任和伦理义务紧密联系在一起。在《动物园的故事》中,杰瑞沦为流浪汉孤儿,与其说是杰瑞遭遇的一种伦理变故,还不如说杰瑞的遭遇是其父母的伦理选择的结果。从杰瑞简单的回顾中,我们不难发现,杰瑞母亲离家出走参加巡回通奸活动,并因此过度纵欲暴毙。我们不禁追问,杰瑞母亲为何要离家出走?是主动离家出走还是被动离家出走?离家出走之后为何陷入纵欲的通奸活动而不愿意归家?她为何宁可死在垃圾堆里也不愿意与自己的丈夫和儿子生活在一起?这些疑问在剧本中无从查询,但是可以肯定的是,杰瑞母亲背离了作为妻子和母亲的伦理责任和伦理义务。"伦理选择是从伦理上解决人的身份问题,不仅要从本质上把人同兽区别开来,而且还需要从责任、义务和道德等价值方面对人的身份进行确认。"[①]显然,杰瑞母亲的伦理选择与其伦理身份不相符合,离家出走等同于放弃了她应尽的责任与义务,参与通奸活动又违背了其应该遵循的道德准则。

在杰瑞的母亲死后,杰瑞父子在圣诞和新年之间接到了这个噩耗。

---

① 聂珍钊:《文学伦理学批评导论》,北京:北京大学出版社,2014年,第263页。

杰瑞的父亲在"庆祝"新年之后选择自杀。同理,杰瑞的父亲为何要"庆祝"?之后为何要自杀?他的父亲刻意"庆祝"新年是因为窃喜他的母亲"死得活该"而再不"丢人现眼"?亦或是杰瑞的父亲过于悲伤、难过以致精神失常?杰瑞父亲的自杀是因为杰瑞母亲的行为而含恨自杀?还是因为杰瑞母亲的去世而悲痛自杀?可以说,杰瑞父亲同样遭遇了其妻子非正常死亡的伦理变故,他选择自杀身亡因而同样放弃了其作为人父的伦理责任与伦理义务,把这一切悲伤和痛苦留给年仅十岁的杰瑞,并由此造成杰瑞遭受的系列伦理变故和身份危机。实际上,无论杰瑞的母亲还是杰瑞的父亲,他们在对他们自己的身份认同的过程中,也同样遭受到自我认同的危机,最终他们放弃了属于自己的伦理身份,也就等同于放弃了自己应该履行的责任与义务。

二、渴望情感表达与寻求伦理存在

根据文学伦理学批评,"由于人的斯芬克斯因子的特性,人性因子和兽性因子在伦理选择中形成的不同组合导致人的情感的复杂性,即导致自然情感向理性情感的转化或理性情感向自然情感的转化。文学作品就是描写人在伦理选择过程中的情感是如何转换的以及不同情感所导致的不同结果。"[①]所谓的理性情感便是道德情感,非理性情感是自然情感,两者之间可以实现转化,转化的可能则取决于人性因子与兽性因子之间较量与博弈的结果:如果人性因子有效地控制和约束了兽性因子,则人的伦理意识发挥作用,道德情感得以形成;反之,兽性因子主导了人性因子,则人受到本能的驱动,道德情感则可能转化为自然情感。

从杰瑞的自我追溯中,他的道德情感被他自己刻意淡化或隐藏,比如杰瑞自始至终没有描述他父母之间的感情、他与他父母之间的感情,甚至我们也感受不到他对他已故父母的思念。杰瑞袒露道:"那是很久以前的事,而且我承认我早已无动于衷"[②],可见杰瑞对其父母的感情十分淡薄,

---

① 聂珍钊:《文学伦理学批评导论》,北京:北京大学出版社,2014年,第250页。
② Edward Albee. *The Collected Plays of Edward Albee* (*Volume 1*). New York: Overlook Press, 2005, p. 23.

相反他把其父母的非正常死亡看成是一个"中欧笑话"。此外,从杰瑞的追溯中也能看到,他对姨妈也没有好感,甚至他对姨妈猝死在楼梯上的原因也毫不关心。按理,杰瑞的姨妈作为他最后的亲人,如果对杰瑞精心呵护、严格管教,也许杰瑞高中毕业之后会选择进入社会,谋求一份职业,不至于沦落为一个流浪汉。然而,在杰瑞的寄养生活里,其身份认同的危机感并没有消减,相反日益加强;杰瑞渴望心灵表达、渴望情感呵护,然而他所处的现实环境满足不了这种需要。

　　杰瑞身上道德情感的缺失与他自己没有获得这种道德感情的体验有关,然而,杰瑞却对自己的自然情感津津乐道。杰瑞袒露,由于其父母的离世,他心灵上产生了难以愈合的创伤,加之从他姨妈那里得不到任何情感温暖和道德指引,在其孤独无助和缺乏交流的青春期,杰瑞陷入了一段与公园管理员之子的同性恋情。同性恋经历让处于青春期的杰瑞对性行为产生了厌恶,使他在心里觉得他自己是一个古怪的人。之后,成年的杰瑞虽然摆脱了同性恋对他的折磨,但却无法和女性正常交往,他一度沉迷于风尘女子。在杰瑞仅有的"财产"中,保留着一副春宫画纸牌,说明杰瑞成年后依旧有着对异性的渴望。杰瑞对异性、爱情和婚姻是充满渴望的,而他之所以无法正常与异性交往,一方面他的伦理遭遇让他对这一切产生了恐惧,另一方面他的伦理身份在客观上没有为他的需求提供一个有利的条件。此外,杰瑞渴望情感表达与寻求伦理存在的过程中,其日常人际交往也经历了失败:一方面,他不知道自己如何定位自己在社会中的关系和角色,另一方面,杰瑞生活在一个"无声"的世界里,自从他沦落为流浪汉之后,社会各类人群也逐渐抛弃了他。杰瑞虽然居住在曼哈顿西区,却对自己的邻居一无所知,更谈不上相互串门、互为朋友。正如杰瑞自己说的那样:"我是一个永远的过客,我的家在纽约市曼哈顿西区一个令人恶心的寄宿公寓里,而纽约是世界上最大的城市。阿门。"[①]

　　作为一个伦理上存在的人,杰瑞自然渴望着人与人之间的交流、渴望

[①] Edward Albee. *The Collected Plays of Edward Albee* (Volume 1). New York: Overlook Press, 2005, p. 32.

着情感表达,实现人在社会中的存在价值。杰瑞自然情感的袒露,充分说明了他身上人性因子和兽性因子对其发挥的不同作用,及其伦理选择的过程和结果的不同。在与人交往失败之后,杰瑞把目光转向了动物,在公寓里与一只黑狗建立起短暂的关系,但很快这种关系便破裂。作为《动物园的故事》的"戏中戏",杰瑞向彼得分享的"杰瑞和狗的故事"占据着大量的篇幅。杰瑞和狗的纠缠,对彼得来说不过是一个笑话。"对杰瑞来说,这却是极为重要的关系;他不仅能通过这个关系看到自己的悲剧,而且也能看到整个人类的悲剧。"①

根据杰瑞的叙述,剧中的黑狗对杰瑞汪汪直叫并咬破他的裤子,这被杰瑞理解为一种特殊的"待遇"和"殊荣":这只狗对他十分友好。之后杰瑞与黑狗纠缠不清:先是杰瑞对狗百般溺爱,就像宠爱亲人、朋友一样,以期与狗成为朋友,然而,由于杰瑞"讨好"黑狗只能换取短暂"友情",这让杰瑞非常生气,几乎失去理智。在非理性意志的推动下,杰瑞决心要毒死这只狗,以此报复它对他的"背叛与欺骗"。有趣的是,杰瑞企图杀狗,却又对自己的行为十分后悔,万般担心狗的生命安危,虔诚地为狗的生命所祈祷,甚至愿意与狗一起死去。所幸经过抢救,黑狗"大难不死",杰瑞经历了与狗"感同身受"之后与狗达成一致谅解。正如杰瑞所说:"我们怀着既悲伤又猜疑的复杂心情相互凝视着,然后我们假装漠不关心。我们安全地从对方身旁走过;我们之间达成了谅解。"②

由此可知,杰瑞与狗之间"爱恨情仇"暴露着杰瑞渴望交流、渴望表达的内心需求。人与动物的本质区别在于人依靠理性去约束自己的言行,而动物则依靠本能行事。杰瑞为何会把这只黑狗当作"人类"来对待呢?杰瑞为何会作出如此错误的判断呢?实际上,杰瑞与狗之间建立起的"短暂情缘"是杰瑞一厢情愿的结果,是其道德情感得不到有效释放而任由自然情感泛滥的结果。杰瑞的行为与动物无异就体现了杰瑞身上兽性因子

---

① [美]凯瑟琳·休斯:《当代美国剧作家》,谢榕津译,北京:中国戏剧出版社,1982年,第79页。
② Edward Albee. *The Collected Plays of Edward Albee* (Volume 1). New York: Overlook Press, 2005, p.31.

发挥作用,这控制着他身上的人性因子。正是杰瑞身上人性因子和兽性因子的不同组合与变化体现了他作出的种种伦理选择的不同。

三、"斯芬克斯之死":人际藩篱的拆除

在古希腊悲剧《俄狄浦斯王》中,斯芬克斯在俄狄浦斯回答了问题之后,明白了人与兽之间的本质区别,也明白了它自己作为具有理性的"兽"在外型上无法与人类相同这一事实,从而选择跳下悬崖自杀身亡。"斯芬克斯关于人的谜语实际上是一个怎样将人和兽的区别开来的问题"。[①]斯芬克斯的自杀也证明了人是一个有理性意识的人,而动物则纯粹凭借动物本能生存。"人同兽的区别,就在于人具有分辨善恶的能力,因为人身上的人性因子能够控制兽性因子,从而使人成为有理性的人。人同兽相比最为本质的特征是人具有伦理意识,只有当人的伦理意识出现之后,才能成为真正的人。从这个意义上说,人是一种伦理的存在。"[②]因此,人具有了人的外形之后,仍需通过伦理选择把自己从动物中区分开来,构成人的本质特征在于人是否具有理性意识,是否像人一样与人建立起一种亲善的人际关系。

《动物园的故事》中,杰瑞作为故事讲述者,多次向彼得重复自己去了动物园,要告诉彼得一个有关"动物园的故事"。在他们并不积极的互动交谈中,彼得表面上彬彬有礼、无动于衷,却忍不住多次追问、催促杰瑞讲述"动物园的故事"。阿尔比充分运用这种语言重复的策略,并且将这种策略贯穿全剧。实际上这种会话策略正是构成杰瑞和彼得之间继续交谈下去的驱动力,惟其如此,杰瑞才能有机会向彼得展示人与人之间、人与动物之间的区别和联系。直到最后,杰瑞告诉了彼得有关"动物园的故事":

  杰瑞:现在我来告诉你动物园里发生了什么;但是首先,我应该

[①] 聂珍钊:《文学伦理学批评导论》,北京:北京大学出版社,2014年,第37页。
[②] 聂珍钊:《文学伦理学批评:伦理选择与斯芬克斯因子》,《外国文学研究》2011年第6期,第5页。

告诉你我为什么去动物园。我去动物园是为了探寻更多人与动物存在的方式,动物与动物共同存在的方式,动物和人共同存在的方式。也许这不是一个公正的结论:每个人都被栅栏彼此隔离,动物之间绝大多数也是被栅栏隔离的,人与动物也总是被栅栏所隔离。但是,如果是一个动物园,就是这样的存在方式。①

由此可见,在杰瑞所讲述的"动物园的故事"里,杰瑞自己本身就是一个"动物":住着动物园一样的楼阁,与邻居之间像动物一样彼此互不了解、互不往来。人与人之间、人与动物之间、动物与动物之间都被无形或有形的栅栏相互隔离(separated),这种隔离是造成彼此之间无法真正了解和交流的根本原因。因此,《动物园的故事》中杰瑞所讲述的"杰瑞和狗的故事",一方面可以帮助我们理解杰瑞作为"流浪汉孤儿"长期所遭受的"非人"般的待遇,最后只得与狗交流、与狗建立起一种社交关系的情节,由此窥见这一切背后的人情冷暖与世态炎凉;另一方面杰瑞对彼得讲述的有关"动物园的故事"就是暗指杰瑞所租住的公寓就是一个"动物园",甚至整个人类包括杰瑞和彼得在内的故事都是"动物园的故事":"杰瑞与狗的故事成为阿尔比关于人类关系的看法的相似物。"②

为激起彼得的愤怒,让彼得真正表达出自己的情绪而不是无动于衷地回应,杰瑞对彼得挠痒痒,还试图把彼得从凳子上挤下去。为了进一步地刺激彼得,杰瑞拿出自己的小刀威胁彼得。显然,杰瑞的目的不是为了刺杀彼得,而是为了激怒彼得,让彼得能真正产生情绪反应,能真正意义上实现有效的交流,就像杰瑞并非真心想毒死那只黑狗而只是为了与黑狗达成某种谅解一样。正当彼得紧握着短刀企图自卫的时候,杰瑞却扑上去自杀身亡。杰瑞的自杀构成了戏剧冲突的核心,使剧情实现了"突转"。由于杰瑞长期忍受着被当作动物而被人为地隔离开来,因而他在内心里渴望打破这种僵局,希望拆除掉人与人之间的栅栏。"他苦于人际关

---

① Edward Albee. *The Collected Plays of Edward Albee* (Volume 1). New York: Overlook Press, 2005, p. 34.
② Ronald Hayman. *Contemporary Playwrights: Edward Albee*. London: Heinemann, 1971, pp. 6—7.

系的冷酷，人与人之间的不能沟通，于是以死完成了与他人真正的沟通：人为了自己，也为了别人。"①杰瑞自杀之后，他催促彼得尽快离开现场而免遭别人看见或被警察抓住，同时杰瑞还做了两件事以确保彼得的人身安全：用手帕擦掉小刀上的指纹、提醒被吓蒙了的彼得把落下的书带走。在某种意义上来说，杰瑞用自己的死亡提醒彼得以后不要再麻木不仁和无动于衷："阿尔比试图让我们明白，杰瑞的死亡与像基督的牺牲是一致的。"②

需要补充说明的是，杰瑞的自杀早有预谋：从杰瑞遇到彼得开始，杰瑞就告诉彼得他去过动物园，并要告诉彼得有关动物园的故事。在与彼得谈话开始不久杰瑞便说："如果今晚你在电视上看不到有关动物园的消息，你明天会在报纸上读到"③。杰瑞为何要这么预测彼得一定会在电视上或者报纸上阅读到这个消息？显然，杰瑞渴望被关注、被重视，而他得到人们的关注就是他最后死在动物园的消息："一个流浪汉在公园里自杀身亡"，而这个有关流浪汉自杀身亡的故事就是一个"动物园的故事"。因此，杰瑞用自己的生命打破了他和彼得之间的僵局，拆除了他们之间的藩篱，实现了真正有效的沟通。"《动物园的故事》的启示纯粹体现在濒临自杀的异乎寻常往往比普通的恐吓和危害市民更有趣。"④由此可见，杰瑞遭受身份认同危机之后，在渴望情感表达与寻求伦理存在的过程中，面临着斯芬克斯之谜的问题：即做人还是做兽的问题，仅有人的外形却没有人的灵魂、没有人的情感，成为一个被关在动物园里的、与动物无异的人，这不是杰瑞继续活下去的理由，这种蓄谋已久的自杀行为正好是杰瑞伦理意识发挥作用的结果。

---

① 张鸿声：《满纸荒唐言——荒诞派戏剧》，海口：海南出版社，1993 年，第 83 页。
② Dorothy Parker, ed. *Essays on Modern American Drama*: *Williams*, *Miller*, *Albee*, *and Shepard*. Toronto: University of Toronto Press, 1987, p. 109.
③ Edward Albee. *The Collected Plays of Edward Albee* (Volume 1). New York: Overlook Press, 2005, p. 17.
④ Wendell V. Harris. "Morality, Absurdity, and Albee." *Southwest Review* vol. 49, No. 3 (summer, 1964): 249—256.

在古希腊神话中,尽管斯芬克斯有着人的头形,却没有人的理性与情感,选择自杀的方式结束自己的暴行这一举动恰恰证明了斯芬克斯最终做出了人的行为,即通过死亡证明了自己是一个有理性的人,用死亡的方式完成了伦理选择。在《动物园的故事》中,无论是杰瑞的父亲因为母亲的背叛和遗弃而绝望自杀,抑或是杰瑞自己因为长期遭受到人际隔离而绝望自杀,其实质都是主体在情感驱动的作用下,受到非理性意志的驱动从而选择了终结自己的生命并结束这种生活。通过分析《动物园的故事》中的伦理冲突,我们发现作品展现出的特定伦理环境下的伦理悖论:杰瑞居住的公寓乃至整个社会,都是一个巨大的"动物园"——人与人之间就像动物园里的动物一样,甚至相互仇视,没有心灵沟通、没有平等对话,人与人之间的关系就像动物园一样,人为地设置了"精神栅栏"而彼此隔离,而一旦一方试图要拆除他们之间的栅栏,则会引起彼此之间的斗争或者矛盾,双方甚至会付出生命的代价。实际上,阿尔比戏剧中所表现的这种特定伦理环境下的伦理悖论并非仅仅存在于阿尔比戏剧作品之中,当代美国戏剧作品中也普遍地表现了反映这种悖论的伦理命题,这恰恰是当代社会伦理危机的寓言:传统的伦理关系与伦理准则遭遇破坏,在此基础上产生了种种矛盾冲突和不同于以往的道德尺度。毫无疑问,这对于处于转型时期的中国社会有着一定的警示意义。

第三节　托尼·库什纳戏剧《天使在美国》中的伦理困惑

美国当代著名剧作家安东尼·罗伯特·库什纳(一般简称托尼·库什纳)于20世纪90年代创作的长篇戏剧《天使在美国》是一部具有多重主题、涉及诸多美国当代重大社会政治问题的重要作品。全剧分为"千禧年来临"(Millennium Approaches)和"重建"(Perestroika)两部分出版,其中上部"千禧年来临"一经问世就获得如潮好评,并荣膺1993年普利策戏剧奖;下部"重建"问世后同样得到评论界的肯定,获得1994年托尼戏剧奖,并被认为是"托尼奖设立以来的最佳剧本"①。国内外学术界对这部作品的相关研究主要集中在对酷儿性、宗教主题、艾滋病隐喻和戏剧演出版本及戏剧艺术等问题的探讨上。根据文学伦理学批评的观点,在具体的文学作品中,伦理的核心内容是"(虚构的)人与人、人与社会以及人与自然之间形成的被接受和认可的伦理关系,以及在这种关系基础上形成的道德秩序和维系这种秩序的各种规范"②。本文运用文学伦理学批评方法,从剧中人物约瑟夫·皮特遇到的伦理困惑入手,分析他作出的伦理选择、他所持有的宗教和政治伦理观念对他的影响以及在他作出伦理选择的过程中其伦理身份建构过程及结果,剖析这一人物所代表的美国同性恋群体所面临的困惑和身份认同焦虑,并探讨作者通过这一形象试图传达的伦理教诲。

　　文学伦理学批评要求在特定的伦理环境中分析和批评文学作品,因此有必要交代一下本文所论述的人物约瑟夫·皮特所处的 20 世纪 80 年代美国的伦理环境,而这一时期的伦理环境与美国历史上对同性恋者的态度有着承续的关系。自 1776 年《独立宣言》(*The Declaration of Independence*)发表至今,"基督宗教信仰是美国文化的主流"③。在历史上,由于基督教认为同性恋爱渎神④的缘故,美国政府、社会和普通人对同性恋及同性恋群体都持排斥态度。20 世纪 80 年代,艾滋病开始在美国肆虐,不明真相的大众报刊等媒体开始将同性恋者和艾滋病患者错误地划等号,媒体耸人听闻的宣传、普通民众对艾滋病和同性恋群体认知的匮乏和恐惧交织在一起,使同性恋群体在美国人眼中成为了"对国家形成威胁的危险人物"⑤。与此同时,美国联邦政府对这件发生在国内的重大灾难性事件视而不见,拒绝承认艾滋病是一个全国性的医学危机,直到

---

　　① 朱新福:《论托尼·库什纳的同性恋剧〈美国天使〉的"国家主题"》,《外国文学研究》2003 年第 4 期,第 29 页。
　　② 聂珍钊:《文学伦理学批评导论》,北京:北京大学出版社,2014 年,第 13 页。
　　③ 董小川:《美国文化概论》,北京:人民出版社,2006 年,第 77 页。
　　④ 基督教经典《圣经》中出现了多处否定和丑化同性恋现象和同性恋群体的观点,如《旧约·利未记》和《新约·罗马书》中关于同性恋的有关描述。
　　⑤ 黄兆群:《美国的民族、种族和同性恋》,北京:东方出版社,2007 年,第 372 页。

1987年美国当年艾滋病患者死亡人数达到2万人,里根政府才打破一贯的沉默,发布了抗击艾滋病的有关声明。艾滋病的肆虐、同性恋群体悲惨的遭遇以及美国政府对同性恋所受苦难的漠视态度引发了同性恋群体的不满和抗议,他们以各种方式为自己发声,并表达了对同性恋运动和艾滋病疫情控制的思考。美国剧作家、《天使在美国》的作者托尼·库什纳就是这些同性恋美国人中的一位代表。他来自一个犹太裔美国家庭,出生在国际大都市纽约,在美国南方的路易斯安那州查尔斯湖小镇(Lake Charles,Louisiana)度过了大部分童年,直到去哥伦比亚大学攻读文学学士学位时才公开自己的同性恋性取向。作为一个在南方保守环境中长大的同性恋者,独特的成长经历让他对社会、对同性恋运动产生了自己的理解。1994年11月,库什纳在《纽约客》上撰文,谈论《天使在美国》的主题时认为:"同性恋者遭受的压制和压迫已成为日常政治生活的一部分"①。库什纳对同性恋在美国社会中遇到的各种困难和问题有着深切的体会和独到的认识,在20世纪80年代同性恋剧作家描绘同性恋群体的悲惨经历、控诉政府对同性恋群体的漠视和敌意的基础上,库什纳创作的《天使在美国》将美国戏剧界对国内同性恋群体和艾滋病问题的思考与美国政治、宗教和社会议题结合起来进行思考,将对这些问题的反思力度推进到了一个新的层次。本节内容试图对剧中一位重要人物——约瑟夫·皮特进行考察,将其一系列伦理焦虑和伦理选择作为该作品的一个重要伦理面向加以凸显,通过分析其为缓解自己的伦理困惑而作出的伦理选择及经由这些选择所建构和解构的伦理身份,试图对剧作家通过塑造这一人物所传递的对当时美国同性恋问题的思考进行解读。

一、同性恋性取向与身份认同焦虑

约瑟夫·皮特是《天使在美国》中的一个重要人物,他的伦理焦虑主要来自他内心潜藏着的对同性的欲望和自幼接受并长期信奉的各种伦理

---

① Tony Kushner. "The Subject of a Play's Vision." *New Yorker* (November 23, 1994): pp. 48—49.

观念之间深刻的矛盾,这两者之间的激烈冲突使他产生了深刻的伦理焦虑。他所信奉的伦理观念可以分为三个方面:以摩门教①教规为主的宗教伦理观念、美国政坛保守派中盛行的"丛林法则"伦理观和以摩门教鼓吹家庭完整和男尊女卑的家庭伦理观,这些观念和他备受压抑的、对同性的渴望形成了强烈的冲突,造成了他的伦理困惑和身份认同焦虑。

首先,摩门教教规禁止同性恋爱和生活的宗教伦理观念和约瑟夫·皮特本人对同性的渴望之间有着不可调和的冲突。约瑟夫·皮特自小在有摩门教"圣城"之称的盐湖城(Salt Lake City)出生和成长,他的家人都是虔诚的摩门教徒。在这样的家庭环境中,约瑟夫自小受到摩门教经典和家人言传身教的影响,耳濡目染之下接受了摩门教的一整套伦理观念,认为同性之间的爱恋和亲密关系是错误、应当受到禁止的。根据摩门教的"贞节律法"(Law of Chastity),拥有这种性取向的人都属于"异端",会受到信仰摩门教信徒的唾弃和上帝的惩罚②。虽然感受到了自己对同性的欲望,约瑟夫却因害怕受到唾弃和惩罚而没有勇气满足自己的欲望,因而他产生了深刻的伦理焦虑。

除宗教伦理观念和内心的冲突外,约瑟夫从以时任总统罗纳德·里根为代表的美国政治保守派那里所承继的政治伦理观念对同性恋群体的蔑视和冷漠态度与他本人的同性恋性取向之间的矛盾是他遇到的另一大伦理困惑。《天使在美国》情节发生的背景是里根政府执政时期的美国,而时任总统里根正是凭借极力鼓吹"传统家庭伦理观"、贬低其他多元的伦理观念而在总统大选中获胜,并成为当时美国保守主义势力的代表的。约瑟夫对里根总统推崇备至,认为由于他的胜选"美国重新发现了它自己",不假思索地全盘接受了以里根为代表的美国保守政治势力所秉持的

---

① 摩门教,又名耶稣基督后期圣徒教会(The Church of Jesus Christ of Latter Day Saints),由小约瑟·斯密(Joseph Smith, Jr.)于1830年在纽约州法耶特镇(Fayette, New York)创立,是美国基督教新教的一大重要分支,在美国和世界范围内都有着广泛的影响力。

② 作为基督教在美国和世界上最重要的新兴教派之一,摩门教在早期发展历史上曾在教徒内部大力推行一夫多妻制,后在美国政府的压力下被迫宣布废止这一政策,但仍对一切不以生育和繁衍后代为目的的亲密关系和行为持反对和敌视态度,这其中自然也包括同性恋爱关系。

政治伦理观念,渴望贯彻总统和政府的执政方略,并谋求自身政治事业的发展、实现伟大的政治抱负。他曾认真考虑过要放弃纽约的公职前往华盛顿,因为那里"有一个大事件正在发生",而他想要"成为这个事件的一部分",需要"一些伟大的事情提升自己"①。而当时美国同性恋群体正处在一种非常不利的政治环境中,大量的同性恋者被公司、学校解雇,陷入失业和没有生活保障的境地。他们的合法政治权利尚且无法得到保障,更遑论在美国政坛上拥有一席之地、发出属于自己的声音、争取更多更大的政治权利了。在这样的大环境下公开自己的同性恋倾向,无异于提前结束自己的政治生涯,而这肯定不是志在获得更高的政治地位的约瑟夫所乐见的。因此,他无法直面自己内心的真实欲望,更无法与其和谐相处。

另外一个不可忽视的事实是,约瑟夫与同为共和党人的著名右翼律师罗伊·科恩过从甚密,罗伊在言行举止中流露出的、对同性恋群体的轻蔑不屑和里根政府对同性恋群体遭受艾滋病重创的悲惨境遇所表现出的忽视态度和冷漠无情,两者结合起来给约瑟夫的内心带来了巨大的冲击,间接导致他无法弥合自己内心的矛盾和冲突,从而加剧了他的伦理焦虑。作者在戏剧开篇描写两人相识多年,且约瑟夫曾直接表达过对罗伊的感激之情:"从实际情况来讲,我现在拥有的一切都是托您的福。"②尽管戏剧不曾详细叙述过罗伊究竟给约瑟夫提供了什么帮助令他如此感激,但从这些只言片语里不难看出:对约瑟夫而言,罗伊是约瑟夫政治人脉中非常重要的一部分,是他政治上的引路者和依靠。在 20 世纪 80 年代,包括同性恋个体本身在内的美国大众对同性恋现象和相关群体的认识都非常匮乏,充满了误解和偏见。作为引路人和依靠的政治前辈罗伊对于同性恋群体的态度如何,将直接影响到约瑟夫对于这一群体的认知和态度,更将影响到他对自己性取向的认识以及他的个人幸福。虽然罗伊自己同样是一个同性恋者,且因为招男妓染上了艾滋病,但他拒不承认自己是个同

---

① Tony Kushner. *Angels in America*: *A Gay Fantasia on National Themes*, Revised and Complete Edition. New York: Theatre Communications Group, 2013, p. 26.
② Ibid., p. 60.

性恋,因为在他看来,"同性恋"这个词并不是用来形容性取向为同性而非异性的人,而是对于没有权势的人的一种称呼:"不是说你跟别的男人同床共枕,你就是同性恋;……同性恋是那些不认识谁,也不为人所重视的人。(同性恋)是零权势的人。"①同性恋毫无权势、处境悲惨的现在与罗伊大权在握、呼风唤雨的政坛地位之间有着鸿沟一般的差距,罗伊不能接受自己是他们的一分子这一事实。罗伊对同性恋者毫无政治力量、在美国政坛上毫无地位和权利可言的看法和他对他们的漠视和轻蔑态度,通过他的言行举止深刻影响了约瑟夫·皮特。既然接受并承认自己的同性恋伦理身份,成为一个同性恋者就意味着失去政治地位,渴望在事业上有所作为的约瑟夫自然不会任由性取向的特殊断送自己的政治生涯。然而,隐藏性取向和压抑自己的欲望又违背了他的生理和情感需求。于是,约瑟夫·皮特就遇到了一个伦理上的困境:如果公开自己的同性恋倾向,不单日后事业的发展成为泡影,被尊重的政治前辈瞧不起,还有可能会丢掉法庭书记官长的工作、受人唾弃;为了保住自己的工作、取得事业的进一步发展,他又必须压抑自己对同性的生理欲望。

  不仅如此,剧中的约瑟夫·皮特还是已婚男性,有一位名叫哈佩·皮特的女性异性恋妻子,他作为哈佩的合法丈夫,负有不可推卸的、照顾她的家庭伦理责任。这时的约瑟夫尽管已经厌倦了和哈佩的婚姻,却没有忘记自己肩负的家庭伦理责任。与哈佩的婚姻已被证实无法给约瑟夫带来快乐和幸福,他并未将哈佩作为自己的妻子来看待,每天工作结束后依旧在外游荡以致深夜不归。尽管如此,当哈佩激烈反对他搬家去华盛顿司法部任职的提议时,作为丈夫的约瑟夫尽管不爱妻子,也不能听任其自生自灭;丈夫这一伦理身份命令他必须遵循传统的家庭伦理,至少也要在形式上与哈佩同住一个屋檐下。面对向他伸出橄榄枝、让他去华盛顿司法部任职的罗伊,他无奈地回应道:"我就是不能(去华盛顿),罗伊。她需要我。"②一方面是自幼秉持的宗教、政治、家庭伦理观念对同性恋群体的

---

① Tony Kushner. *Angels in America*: *A Gay Fantasia on National Themes*, Revised and Complete Edition. New York: Theatre Communications Group, 2013, p.46.
② Ibid., p.46.

敌意与其对家庭责任的强调,另一方面是自己的情感需要和对同性的渴望得不到满足,事业上的瓶颈也无法突破,处于多重伦理冲突之中的约瑟夫·皮特彷徨无措,被深沉的伦理焦虑折磨。

二、两次伦理选择:异性恋和同性恋身份的建构

为缓解来自内心的各种欲望和自幼习得并崇奉的宗教、政治、家庭伦理观念之间的激烈冲突所带来的伦理焦虑,约瑟夫·皮特作出了一系列重要的伦理选择,先后建构了负责任、讲原则的异性恋伦理身份和玩世不恭、朝秦暮楚的同性恋伦理身份两大重要的伦理身份。《天使在美国》文本中并没有对约瑟夫·皮特的内心独白进行描写,因此读者无法直接了解到他的心理活动,唯有通过他与别人的对话和动作才能窥探到他的所思所想。随着他作出一个个重要的伦理选择,他的心灵世界也渐渐展开在读者面前。

在戏剧前半部分的篇章里,自幼习得的、代表社会主流伦理规范的各种观念在约瑟夫内心的激烈斗争中占据主导地位,促使他对外隐瞒自己的同性恋倾向,对内则极力压抑自己对同性的欲望,接着他作出了与异性恋女性兼教友的哈佩结婚的双重伦理选择,试图建构起负责任的丈夫这样一个异性恋伦理身份。尽管约瑟夫自陈"自从懂事开始就已经知道这件事(自己是同性恋)了"[1],但是在意识到摩门教和美国社会对同性恋的敌视态度后,约瑟夫选择屈服于自己长期接受的宗教和家庭伦理观念,竭力消灭自己对同性的欲望。为了贯彻这个伦理选择,他娶了一位名叫哈佩的女性为妻。除了是一位异性恋女性,哈佩的另一重身份也很值得注意:她也是一个摩门教徒。这就意味着约瑟夫与哈佩不仅具有夫妻这层家庭伦理关系,而且具有教友这一宗教伦理关系。摩门教教义宣称,教友们互相帮助是一种美德;因此,帮助教友可以发扬宗教伦理,对自己来说也是修行的一部分。而哈佩的成长环境很糟糕:"她的家庭环境实在太差

---

[1] Tony Kushner. *Angels in America*: *A Gay Fantasia on National Themes*, Revised and Complete Edition. New York: Theatre Communications Group, 2013, p.80.

了,我想,在那里酗酒和家庭暴力都很严重"①,在这种环境下长大的哈佩"有着深深的悲伤"②,并且患有严重的广场恐惧症,要靠具有镇静作用的药物才能入睡。按照约瑟夫·皮特的设想,他与哈佩的结合不仅可以促使自己从同性恋向异性恋转变,还能够帮助哈佩摆脱原生家庭环境的不良影响,可谓是一举两得,极大地满足了他的内心对自己的期许:做一个给同是信仰摩门教的教友带来幸福的生活,并因此收获伴侣的崇拜和爱,成为受邻里赞扬的异性恋榜样;同时,这也可以在社区和教团内部给他带来良好的声誉和人望,是他进一步在政坛上大展宏图的基础。

　　在作出和哈佩缔结婚姻关系的伦理选择后,约瑟夫·皮特的诸多伦理焦虑并没有得到根本缓解。尽管他靠着意志力作出了和一个完全没有爱情的异性恋女性走进教堂、成为合法夫妻这样一个困难的伦理选择,也曾向罗伊坦承过自己对哈佩的怜惜和好感,但他对哈佩的感情并不是真正的夫妻之爱,他也没能像自己所期待的那样扭转自己的性取向。与哈佩的朝夕相处和形式上的婚姻关系并没有让他对后者产生丝毫真正的爱意,对同性的渴望依然烧灼着他的心灵,让他无视哈佩对爱的渴望。尽管他很努力地培养和哈佩的感情,并在每次回家的时候都效仿那些恩爱的情侣与哈佩接吻,但他的行为背叛了她:每天晚上下班之后,他都在外面漫无目的地闲逛,时常要到半夜才回到家中,罔顾在家中苦苦等待着他、渴望得到他陪伴和抚慰的妻子;他与哈佩之间也是以"伙伴"(buddy)相称,而不是以美国普通配偶和爱侣之间常见的称谓——"亲爱的"(dear)——相称。而哈佩则由于广场恐惧症的困扰不敢走出家门寻找丈夫、与他人接触,因而在家中格外孤独。她在剧中第一场第八幕中向约瑟夫抱怨道:"我得靠想象出人来和我说话"③,因为现实生活中根本没有人与她交流——丈夫经常晚归,他们没有孩子,双方父母也都不在她身边,她不得不日复一日孤独寂寞地生活。在这样的情况下,她的精神状态越

---

① Tony Kushner. *Angels in America: A Gay Fantasia on National Themes*, Revised and Complete Edition. New York: Theatre Communications Group, 2013, p. 55.
② Ibid., p. 56.
③ Ibid., p. 40.

来越不正常,并经常深陷于自己臆想出的幻境中不可自拔。

　　面对痛苦的妻子和处在困境中的婚姻,约瑟夫作出的各种努力都以失败告终。他"总是发誓不会再外出散步了,可就是做不到"①;即使回到家里与哈佩发生性关系时,约瑟夫也缺乏正常夫妻应有的激情和快乐,"总是闭着眼睛",原因正如哈佩所指出的,是因为约瑟夫总是想象自己是在和一个男性对象——而不是他的法定妻子哈佩——有鱼水之欢。这些事实都表明:约瑟夫在自己所信仰宗教教义的指引下作出的伦理选择并没有带来他所希冀的满足和快乐。尽管成为异性恋者可以让自己免于受到宗教伦理、政治伦理和家庭伦理观念的否定以及周围人的谴责和排斥,但约瑟夫始终无法彻底消灭内心对同性的渴望。

　　尽管在婚姻中无法获得真正的幸福和满足,深受美国传统家庭伦理影响的约瑟夫·皮特仍然勉力维持着他与哈佩的婚姻关系;同时,作为一个公职人员,他面对政治前辈、有权有势的罗伊的不合理请求,作出了拒绝和罗伊进行政治黑幕交易的伦理选择,在这一点上,他无疑坚守住了自己的政治伦理观念和职业道德底线。在"千禧年来临"第二场第六幕,罗伊·科恩伙同里根政府司法部官员马丁·哈勒游说约瑟夫辞去法庭书记官的职务,去华盛顿司法部工作。然而,关于突然向他抛来橄榄枝的原因,罗伊一直闪烁其词,顾左右而言他。最后,还是马丁揭露了罗伊的真实意图:作为律师,罗伊诈骗了他的顾客大量钱财,这一知法犯法、严重违反职业和经济伦理并触犯美国法律的行为激怒了他的同行,纽约州律师协会因此打算开除罗伊的会籍,将他逐出纽约的律师界。为了免受处罚和开除的命运,也为了反击自己的政敌,罗伊撺掇约瑟夫前去华盛顿在司法部任职,以便后者利用职权阻止纽约州律师协会开除罗伊的行为。在了解到罗伊的真实目的和自私企图后,面对罗伊为自己开脱的种种无耻言论和他与马丁的联合游说,约瑟夫虽未明确表明态度,但还是非常官方、客套地敷衍并婉拒了他的邀请。约瑟夫相当清楚自己的政治伦理身

---

① Tony Kushner. *Angels in America : A Gay Fantasia on National Themes*, *Revised and Complete Edition*. New York: Theatre Communications Group, 2013, p. 80.

份,也明白如果他答应帮助罗伊的可能后果:不能徇私枉法,或是因为自己与罗伊的交情就和他进行政治交易,帮助他免受相应的惩罚;况且,这种政治黑幕交易一旦被公之于众,最终损失更大的还是自己,甚至会有因此而断送自己政治生涯的风险。所以,尽管对工作和地位感到不满,并满心憧憬能在华盛顿这一全国最高的政治舞台大展拳脚,约瑟夫依然较为清醒地意识到了自己的处境和伦理身份及相应的伦理责任,直到剧终也没有前往华盛顿任职。他的这一伦理选择让他成功地坚持住了自己的职业操守,也同时说明:他可以分辨私人交情和公职操守之间的界限,也能够坚守自己所认定的政治伦理观念和原则,算是个合格的政府官员。

综上所述,在戏剧前半部分,约瑟夫·皮特选择了压抑自己的同性恋性取向,不遗余力地履行着一个负责任的丈夫、称职的联邦政府官员所应当具有的伦理责任,竭力打造一个有远大政治理想、坚守传统政治和家庭伦理观念、富有责任感和职业操守的异性恋男性形象。一方面,他努力挣钱养家,竭力给予法定妻子哈佩以温暖和关怀,尽量培养自己对她的感情,并因为她的激烈反对而放弃了去华盛顿实现政治抱负的机会;另一方面,他婉拒了自己政治上的引路人和依靠罗伊·科恩拉拢他去华盛顿任职以便打击异己的邀请,守住了自己作为政府官员的底线。这个时候,尽管因为压抑内心欲望、壮志难伸而感到压抑和痛苦,但约瑟夫·皮特的个人正面形象还是成功树立起来了,哈佩仍然爱着他,并且每天忍受着孤寂和对他的思念操持家务,让他每天工作后就有温馨的家庭作为休憩的港湾。这段时间里,约瑟夫·皮特所作出的伦理选择固然给他带来了内心的痛苦,但也带给了他稳定而温馨的家庭以及外界的认可。

随着时间的推移,约瑟夫不但没有达到改变性取向、建构一个负责任的异性恋形象,反而因为对内心欲望的过度压抑而招致潜意识的激烈反抗。在与哈佩的争执中,他表露了自己在遵从社会伦理规范和顺应内心欲望这一伦理困境中进退维谷、痛苦挣扎的内心;虽然他"试图把我的心拧成一个结、一个不再解开的死结",试着"学会行尸走肉、麻木不仁地活着",然而一旦看到"可心的人",他内心深处被极力压抑而不得不潜藏着的、对于男性的欲望就会如同"一根烧红的道钉一般刺穿我的胸口"①,给他带来巨大的痛苦和折磨。纠缠于本我内心对同性的渴望与超我信奉的宗教、政治和家庭伦理观念的激烈矛盾与冲突,约瑟夫终于在戏剧上部"千禧年来临"的第二场第七幕发出了"蜕去每一块旧皮,挣脱出去,没有任何负累地走向早晨"②的呐喊。笔者认为,这里的"旧皮"(old skin)既包含约瑟夫作为个体所拥有的集摩门教徒、纽约市第二巡回法庭司法厅书记官长和哈佩丈夫于一身的三重伦理身份,也包含这三重身份所要求所有者必须承担的伦理责任和义务。经历了长期的自我压抑和种种消灭内心对同性的欲望以建构负责任的异性恋伦理身份的尝试和努力后,约瑟夫依然无法改变自己的性取向、无法无视潜意识中的欲望,这种欲望让他备受折磨,而母亲汉娜和哈佩的不理解和责备让他的超我终于崩溃了。从此,他的本我开始接管身体的控制权,在本我看来,这些超我所坚持的伦理身份和伦理责任已成为自己"走向早晨"所预示之希望的"旧皮"和沉重的负担,放纵自己、满足自己对同性的生理渴望压倒了他长久以来培养出的责任感和家庭伦理观念,他不再满足于坚守自己原有的伦理身份,对新的同性恋伦理身份建构的渴望已如火山喷发般无法遏制。

当约瑟夫·皮特深处这一系列伦理困境难以自拔时,他惊喜地发现:自己供职的巡回法庭同事、打字员路易斯·爱恩森是一个男性同性恋者。路易斯和他所代表的同性恋生活方式以及他所秉承的伦理观念对约瑟夫产生了很大的吸引力,最终促使约瑟夫作出建构同性恋伦理身份的一系列选择,改变了约瑟夫的伦理身份和他的人生轨迹。路易斯·爱恩森是《天使在美国》中另一位重要的同性恋人物,是纽约市第二巡回法庭的打字员。路易斯的出现正好满足了约瑟夫对理想同性伙伴的要求——路易斯是一个身份低微、毫不起眼的打字员,因此他们的交往不会引起政府要员们的注意,从而使约瑟夫得以规避真实性取向泄露的风险;同时,路易斯主动热情且经验丰富,能够引导没有同性恋爱和性经验的约瑟夫·皮

---

① Tony Kushner. *Angels in America: A Gay Fantasia on National Themes*, Revised and Complete Edition. New York: Theatre Communications Group, 2013, pp. 80—81.
② Ibid., p. 75.

特探索同性爱的奥秘。早在剧中第一次见到约瑟夫时,路易斯就对约瑟夫有过富有性暗示意味的暧昧行为。在"千禧年来临"第一场第六幕二人第一次邂逅中,路易斯敏锐地察觉到约瑟夫是个同性恋者,在告辞时,路易斯"假意要(同约瑟夫)握手,却在约瑟夫脸颊上啄了一下,随后离开"①。笔者认为,这一举动对于约瑟夫来说是意味非凡的,因为它为后者带来了除去与哈佩维持乏味的婚姻、竭力塑造自己的异性恋伦理身份之外,另一个更刺激、更富诱惑力的伦理选项,即任由内心的欲望支配,不计后果地与同性伙伴待在一起。

约瑟夫来到了人生一个新的十字路口:究竟是恪守传统家庭伦理道德,并选择继续痛苦地待在自己亲手编织的婚姻牢笼中,从而维系自己的异性恋伦理身份,还是背叛哈佩、"勇敢"地追寻真正想要的生活并建构自己的同性恋伦理身份?这是约瑟夫在认识路易斯后所面临的主要伦理困惑,这一困惑构成了作品的又一个伦理结。而在第二次见面时,面对约瑟夫"我需要改变"的心声,路易斯热情地予以回应。接下来,他进一步鼓励前者打破陈规,"听从内心的声音",而不是屈从外界的压力,过着被传统的宗教、政治和家庭伦理观念束缚而毫无乐趣和激情的行尸走肉般的生活。路易斯如此主张的理由在于:他们身处的美国是一片"自由的土地",当初来到美洲的先贤们建立美利坚合众国的目的就是创造出一片可以让人自由自在、不受约束地选择自己想要过的生活的乐土,作为他们的后代,每个美国人都应该勇敢地追求个人幸福而不必过于在意他人的眼光和利益。而面对这样一位同性恋同事如此热情的邀约,约瑟夫更服膺于这位同事的伦理价值取向,他终究还是屈服于自己的欲望,作出了抛弃自己苦心经营的伦理身份并转而追逐感官享乐、建构自己同性恋伦理身份的决定。

在作出背叛妻子、追求感官享乐的决定后,约瑟夫身体力行,在工作结束后的例行游荡中跟踪路易斯来到一处公园,主动和路易斯进行亲密

---

① Tony Kushner. *Angels in America*: *A Gay Fantasia on National Themes*, Revised and Complete Edition. New York: Theatre Communications Group, 2013, p.30.

接触。同时,因抛弃罹患艾滋病的伴侣普莱尔·沃尔特而备感孤独寂寞的路易斯,在起初象征性的抗拒之后也积极回应约瑟夫的亲密举动,二人关系迅速升温。早在"千禧年来临"中的第二场第七幕里,路易斯就对约瑟夫说:"我们都是里根的孩子","自私、贪婪、没有爱心而且盲目"。① 路易斯对二人的共同点有着清醒的认识:他们都缺乏足够的伦理责任感,考虑问题均以自己的利益为出发点,为了追求自己的个人幸福和快乐都倾向于牺牲他人的幸福。因此,他们会在面临重大的伦理困境时作出背离原有的伦理身份而选择满足自己内心的欲望、建构不为当时社会所认可的伦理身份这一伦理选择。面对路易斯对二人共同点的概括和判断,约瑟夫并没有否定和反对。尽管由于深受摩门教和美国传统家庭伦理观念的影响,他担忧自己会因为对同性的爱欲受到上帝的惩罚,也对自己任由妻子不知所踪、自生自灭的不负责行为怀有一丝内疚和自责,但当路易斯热情地向他发出一同回家的邀请时,约瑟夫再也无法压制住内心对同性的欲望,作出了不顾一切地和路易斯开始同居生活的选择。这个重要的抉择是约瑟夫作出抛弃有责任感的异性恋伦理身份并建立毫无责任心、只贪图一时之快的伦理身份这一伦理选择的标志,也是他在剧中形象和命运变化的转折点:从此,他变得越发自私自利、玩世不恭,最终迎来了孤单落寞的结局。

三、伦理责任缺位导致身份被解构

自与路易斯·爱恩森同居开始,约瑟夫·皮特就逐步抛弃了自己多年来奉行的美国传统家庭和摩门教伦理观念,解构了之前苦心经营的负责任、有担当的异性恋伦理身份。在上篇"千禧年来临"中,约瑟夫在与哈佩的最后一次争执里说出了自己的心声:他对哈佩从未有过感情或是欲望,而且也不想再继续这种压抑自己感情、行尸走肉般的生活了。面对深受伤害的妻子和她的离开,约瑟夫·皮特没有做出任何试图挽留的举动;

---

① Tony Kushner. *Angels in America: A Gay Fantasia on National Themes*, Revised and Complete Edition. New York: Theatre Communications Group, 2013, p.77.

之后的一段时间内,尽管得知母亲从盐湖城赶来纽约并试图联系自己以及妻子精神崩溃、行为失常的消息,约瑟夫仍然选择在至亲最需要自己的时候弃她们于不顾,只顾享受和同性伙伴路易斯在一起的自由、感官享乐和毫无任何责任的生活。在戏剧下半部"重建"中,为了向路易斯证明自己对他的爱,更为了向路易斯、向自己证明所作出的伦理选择的正确性,约瑟夫·皮特脱下了象征着摩门教徒神圣信仰的"寺衣"(temple garment)①,表现出他对自己长期奉行的宗教伦理观念的背离。

在摒弃自己长期坚持的传统家庭和宗教伦理观念、卸下肩负的伦理责任后,约瑟夫确实在短时间内拥有了从前所不曾经历的感官享乐,并感受到了没有任何伦理责任所"束缚"的、和从前完全不同的"自由"生活带给他的轻盈和自在。然而,这种建立在享乐和"自由"之上的、与同性伙伴的亲密关系却并不如表面上的那么纯粹、简单——实际上,他与路易斯的亲密关系中掺杂了太多其他的因素和目的。他与路易斯·爱恩森在同居前并无任何来往,彼此之间也没有进行深入的了解,二人同居其实各有自己的利益诉求:路易斯和他在一起是为了填补自己离开普莱尔所造成的情感真空,并利用和约瑟夫在一起获得的感官刺激和享乐逃避和冲淡自己拒绝承担伦理责任、抛弃爱侣普赖尔所带来的愧疚之情;约瑟夫则是为了反抗自己长期以来接受的传统伦理观念,同时满足自己内心长期受压抑而从未实现的、对同性的欲望和与同性建立亲密关系的愿望。此外,从路易斯抛弃衰老的祖母和罹患艾滋病的爱侣普莱尔这两件事情可以看出:他是一个伦理观念淡薄、不愿承担伦理责任的人,即使是亲人都会因为身患重病被他毫不留情地抛弃。因此,从感情的角度来看,约瑟夫和路易斯的感情完全不是基于双方深入了解基础上的爱、奉献和责任,而仅由生理上的刺激、性吸引力和新鲜感,对责任的逃避、对传统伦理观念的叛逆以及对孤独寂寞的恐惧所组成和维系,因而他们的感情基础是相当薄弱的。从现实的角度上说,两人都残忍地抛弃了自己的前任伴侣,且双方

---

① "寺衣"是摩门教徒的固定装束,一般贴身穿着,即使睡眠时也不脱下。这种服饰象征着摩门教徒们的纯洁和对伴侣的忠贞不二,被认为是教徒的"第二层皮肤"。

的关系本就缺乏美国联邦法律的保障①,也缺乏深厚的感情基础作为维系关系的坚强纽带,因而是相当脆弱、经不起任何风雨的。

短暂的激情和快乐退却之后,随着对彼此了解的逐步深入,约瑟夫和路易斯在政治和宗教伦理观念方面的深刻分歧也渐趋明显,这成为阻碍他们关系进一步发展的障碍。尽管约瑟夫为保持和路易斯的亲密关系做出了种种努力,但路易斯仍然深有疑虑:一个在宗教和政治伦理观念与自己大相径庭的人,或许还是双性恋,有可能真正成为自己稳定的同性伴侣吗?在路易斯看来,或许这位新交的男友可以把象征着摩门教信仰的"寺衣"除去,但他过去的种种经历、遵从的信仰和伦理观念已然成为了他的"第二层皮肤",是他身体的一部分,不可分割、难以改变;即便约瑟夫能够为了证明对自己的"爱"去脱下这件外在的"寺衣",然而他从年幼就开始接受并信仰的价值和伦理观念却不似物质的衣物那样可以轻易改变或是抛弃,而是早已深入骨髓的。相比之下,二人短暂的激情和亲密反而更容易随着时间而消逝,况且这种狂热的感情也不能被称为真正的爱,而没有爱情又缺乏外在责任约束或法律保障的关系是注定不可能长久的。戏剧叙事的发展也证实了路易斯的担忧:约瑟夫或许能够在激情的裹挟下短暂地抛弃原本坚持的伦理观念,但他终究无法彻底抛弃自己原本奉为圭臬、深信不疑的一整套政治观念伦理价值取向,而这也是他与路易斯最根本的分歧所在。

约瑟夫和路易斯二人政治理念存在深刻的分歧,这种分歧最终导致他们的关系彻底破裂。约瑟夫信奉适者生存、赢家通吃的丛林法则,坚决维护大资产阶级和权势阶层的利益,即便为此牺牲无辜居民和工人们的合法权益和生命财产安全也在所不惜;路易斯则更加强调平民百姓和弱势群体的利益,他宣扬社会平等、反对恃强凌弱。因此,约瑟夫和路易斯的政治伦理思想从根本上就是尖锐对立、无法调和的,他们无法达成政治上的共识。从黑人护士卜丽兹的谈话中,路易斯得知:约瑟夫与罗伊有着

---

① 美国联邦最高法院在 2015 年 6 月 26 日举行的大法官投票中,以 5∶4 的投票结果裁定同性婚姻在美国全境合法。

非同寻常的关系,是罗伊的"小弟"(buttboy)。先前,约瑟夫对路易斯态度是非常和蔼可亲、平易近人的,他丝毫没有因为二人地位的差距而对他不假辞色,令路易斯感动之余盛情邀请约瑟夫和自己一起生活。在得知约瑟夫和罗伊的暧昧关系之前,路易斯尚且还能勉强接受约瑟夫错综复杂的伦理身份,那么当他发现这一事实真相后,由于他对罗伊臭名昭著的行迹持反对和鄙夷的态度,二人的矛盾和冲突就升级到了难以忍受的程度。

为了彻底辨明约瑟夫隐藏在平易近人、举止文雅面具下的真实面目,路易斯翻阅约瑟夫的庭审卷宗,还逼问约瑟夫有关他审判案件的事实真相。约瑟夫在面对路易斯逼问时的反应也体现了两人深层次的伦理观念分歧是无法调和的。他先是讥讽后者"不过是个在秘书休息室端茶倒水的",流露出他内心对路易斯工作的蔑视;之后,他冷酷地表明对法律、正义的观点:"这是法律不是正义,这是权力,而不是什么实践出来的美德或是理想的表达。"①约瑟夫这些观点对于鼓吹平等自由、反对歧视压迫的路易斯来说显然是不可接受的,而路易斯也终于发现:约瑟夫对自己的平易近人和关心体贴都是一副外壳,他只会维护上层既得利益集团的利益,而且他在心底里丝毫不尊重自己,只是将自己当作满足欲望的工具。最重要的是,约瑟夫在一件士兵起诉所在军队因自己的同性恋伦理身份而拒绝发放退伍金的案件中裁定士兵违法,这严重挑战了同为同性恋者的路易斯的心理底线。于是,路易斯在极端愤怒、伤心的情况下开始诋毁约瑟夫与罗伊的关系并辱骂约瑟夫。面对路易斯的咒骂和侮辱,约瑟夫气急败坏地动手殴打了路易斯。尽管很快他就反应过来,试图通过道歉弥补与路易斯的关系,但路易斯心灰意冷地拒绝了他的关心和挽回这段关系的意图,二人从此分道扬镳。约瑟夫和路易斯的同性亲密关系被解构,意味着他努力建构的自由自在、不负责任的同性恋形象被彻底解构了。

在建构同性恋形象的努力遭遇重大挫折后,走投无路的约瑟夫·皮

---

① Tony Kushner. *Angels in America: A Gay Fantasia on National Themes*, Revised and Complete Edition. New York: Theatre Communications Group, 2013, p.249.

特转而投向法律上仍旧是他妻子的哈佩,希望能够通过花言巧语诱使哈佩继续和他在一起,却遭到了哈佩的拒绝。作为哈佩的合法伴侣,约瑟夫长期忽视哈佩的心理需求,在和哈佩保持婚姻关系的前提下,拒绝承担自己作为一个丈夫所应当履行的伦理责任和义务,反而在哈佩最需要他安慰和支持的时候出轨。这一系列伦理缺位和背叛行为早已深深伤害了他和哈佩之间本就岌岌可危的感情,最终给他们的婚姻伦理关系造成了无法弥补的裂痕。哈佩坚决地拒绝了他复合的要求,粉碎了他欺骗自己、建构"浪子回头"型异性恋丈夫形象的企图。至此,约瑟夫与哈佩尽管还存有法律上的夫妻关系,但这一关系已经由于哈佩离家出走、与约瑟夫决裂而名存实亡。至此,约瑟夫·皮特建构伦理身份的两次重要尝试均告彻底失败。

作为美国公民,皮特夫妇的婚姻关系是受到美国法律承认和保障的,婚姻双方只要没有通过法律程序解除婚姻关系,约瑟夫便仍是哈佩法律和伦理上的配偶(反之亦然),他应当对妻子保持忠诚,和妻子共同维护这段婚姻关系,这是他的伦理身份赋予他的权利,也是他必须承担的家庭伦理责任和义务。同时,作为一个心智成熟的成年人,约瑟夫也不应视爱情、婚姻和家庭为儿戏,以一种玩世不恭、不负责任的态度和他人建立亲密关系;作为联邦政府的司法部门官员,他理应伸张正义、为弱势群体服务,而非利用手中的权力为既得利益集团牟利,为资本和权贵阶层压迫平民百姓服务。此外,政府官员与同性伙伴同居本就是当时美国政坛的政治伦理观念所不能容许的行为。所以,约瑟夫的一系列不当行为和伦理选择既挑战了他所处的伦理环境所具有的多重伦理观念,又违反了美国的相关法律法规,还给妻子哈佩和同性伙伴路易斯带来了严重的伤害,理应受到谴责和惩罚。《天使在美国》的结尾部分,约瑟夫·皮特最后"孤单一人在布鲁克林坐着"[①],警示我们:人必须为自己做出的伦理选择负责,以玩世不恭的态度追求"无拘无束"的生活却毫不顾及相应伦理关系所带

---

① Tony Kushner. *Angels in America*: *A Gay Fantasia on National Themes*, *Revised and Complete Edition*. New York: Theatre Communications Group, 2013, p.284.

来的责任和义务,就无法获得真正的幸福和快乐。

进入21世纪,尽管同性恋逐渐得到社会的认可,但是在拥有合法配偶的情况下出轨、同另一个人建立亲密关系既不被《天使在美国》写作和上演时的20世纪80年代、90年代美国的伦理规范所允许,也是当今社会的伦理观念所坚决反对和禁止的。剧作家托尼·库什纳通过描写约瑟夫·皮特所面临的种种伦理困惑和伦理焦虑,以及他在试图平息这些伦理困惑和焦虑时作出的不同伦理选择及其后果,表明了自己对同性恋群体和同性亲密关系的态度。尽管同性恋爱与现代多元开放的两性伦理观念并不冲突,剧中人物约瑟夫·皮特和他代表的同性恋者种种压抑、消灭自己同性恋性取向过程中所经历的内心挣扎和他们因性取向遭受的压迫和不公正对待也值得同情和理解,然而,为了满足自己的欲望不择手段,欺骗、利用和背叛合法异性恋配偶、与第三者同居,这些行为是不负责任的,应当被禁止。库什纳提倡的是合乎伦理观念及相关法律法规、同时不伤害他人的同性恋爱关系,而不是像约瑟夫·皮特这样无视社会伦理规范和自身伦理身份责任,仅凭一时冲动就做出的、伤害无辜的行为。

《天使在美国》问世已数十年光阴,美国乃至世界其他国家和地区对于同性恋群体和同性恋婚姻的态度也发生了显著的变化,同性恋开始由禁忌变成多元化性取向的一种。然而,无论在什么时代、什么社会里,同性恋群体依然是整个社会群体的一部分,他们理应受到社会法律和伦理观念的规约。因此,与其他人一样,他们也应当在作出自己的伦理选择后,勇敢、负责任地承担这些选择带来的伦理责任和义务。库什纳的《天使在美国》并没有满足于简单地控诉里根政府漠视同性恋群体和他们的悲惨遭遇,而是将同性恋群体的伦理困惑、伦理焦虑和当时美国的政治、宗教、种族等多项议题很自然地融合起来,成为一部涵盖了诸多美国当代重大问题并试图给出解决方案的作品。通过约瑟夫·皮特这样一个成长在摩门教家庭、长期处于内心煎熬、饱受伦理焦虑折磨的同性恋角色,库什纳表现了自己对同性恋运动和同性恋群体的态度立场,呼吁同性恋群体承担起相应的伦理责任和义务。同时,作者还以这个角色为例,揭示并批判了美国保守的宗教和政治伦理观念对于同性恋群体及其身边的异性恋者的压迫和折磨，以及弱肉强食、赢家通吃的丛林法则对无辜的平民百姓和弱势群体争取合法权益、追求个人幸福乃至美国社会整体和谐所造成的消极作用，体现了这部戏剧浓厚的人文关怀气息和深厚的伦理内涵。

本章小结

  本章围绕着"现代戏剧的伦理冲突"展开研究，并以田纳西·威廉斯、爱德华·阿尔比和托尼·库什纳的戏剧为例，研究美国现代戏剧中普通的伦理命题。选择这三个作家是基于这三个作家在不同时代所代表的现代美国戏剧的特殊性。田纳西·威廉斯作为与尤金·奥尼尔齐名的美国剧作家，在美国历史上产生着广泛的影响，延续了尤金·奥尼尔的戏剧创作，丰富和发展了美国戏剧。可以说，在尤金·奥尼尔和田纳西·威廉斯之前，美国只有表演意义上的剧场，但却没有文学意义上的戏剧。爱德华·阿尔比作为美国20世纪中叶以后崛起的剧作家，在长达六十年的戏剧创作生涯中创作出诸多影响广泛而又颇有争议的作品，阿尔比算得上是美国20世纪下半叶唯一可以与尤金·奥尼尔相提并论的剧作家。到了20世纪80年代，美国戏剧发展呈现多元化趋势，亚裔戏剧、非裔戏剧、西班牙裔戏剧、印第安裔戏剧等迅速崛起，与传统美国白人戏剧平分天下，其中，诸如女性戏剧尤其是非裔女性戏剧、亚裔女性戏剧引发较大关注，此外，还有同性恋戏剧、实验派戏剧、开放剧、互动剧等等戏剧形态使得当代美国戏剧呈现出丰富多彩的特点。在当代美国戏剧中，托尼·库什纳戏剧有着重要的代表性。美国同性恋题材文学在20世纪下半叶发展迅猛，其中戏剧也是重要的分支。本章通过援引文学伦理学批评研究方法，对上述三个作家作品进行文本细读，为当代美国戏剧的研究提供参考。

  在分析田纳西·威廉斯的作品《热铁皮屋顶上的猫》，紧紧抓住伦理身份这一核心术语，阐释作品主人公在何种伦理身份的前提下，作出的伦理选择，也正因为伦理选择又改变了现有的伦理身份，引发新的伦理矛盾。诸如剧中布里克和玛吉原本是一对幸福的夫妻，但是因为他们个人的欲望的膨胀,相互不信任,相互猜忌,最终导致他们对夫妻身份的背弃;此外,在剧中兄弟间的敌对,妯娌间的仇视,也是因为他们放弃了兄弟之间、妯娌之间原有的伦理责任,导致他们对兄弟、妯娌身份的背离;父子关系作为一种天然的伦理关系,也是因为这种特殊的伦理身份决定了相互之间的伦理责任。关爱与陪伴是爱的最好诠释,然而父亲和孩子之间因为缺乏关爱和陪伴,导致父子之间矛盾重重。现代美国戏剧自尤金·奥尼尔开始,一直重视家庭伦理问题的揭示。通过对田纳西·威廉斯作品的伦理分析,我们可以窥视整个美国现代戏剧的核心问题。

在爱德华·阿尔比戏剧《动物园的故事》中,相似的问题以不同的方式再现。《动物园的故事》所讲述的悲剧之所以发生,实际上也源自于家庭伦理问题的暴露与延续。20世纪60年代、70年代,所谓"垮掉一代"在性解放运动的影响下,群居、乱伦、吸毒等行为成为那一代人追捧的人生真理。然而,这些行为对美国家庭生活带来了深层次的冲击。在阿尔比的作品中,杰瑞之所以成为流浪汉孤儿,主要是因为其父母放弃了作为父母的伦理身份,其中,杰瑞的母亲因参与"巡回通奸活动"而猝死他乡,这一违背道德的行为成为引发家庭矛盾的焦点。杰瑞的父亲因忍受不了这种生活而选择自杀身亡。最终,杰瑞成为孤儿。通过伦理的解读,杰瑞在公园里苦心孤诣地寻找交流的机会,最终却又自杀身亡,我们得出这样的结论:杰瑞的死是伦理选择的结果,以及对他来说,"动物园的故事"是他能与彼得搭讪并交流的前提,这个故事就是一个流浪汉在公园自杀身亡的故事。杰瑞用死换来了一次有意义的交流。

作为同性恋题材,《天使在美国》与《动物园的故事》之间有相似之处。爱德华·阿尔比作为一个很早就公开自己性取向的同性恋剧作家,他的作品也多次涉及同性恋问题,但有意思的是,阿尔比在作品中并未宣扬同性恋的合法性或为同性恋表达诉求,相反,在《动物园的故事》中同性恋经历成为杰瑞一段较为痛苦的回忆。同时,在《山羊,或谁是西尔维娅?》中,引发家庭危机的导火索之一就是马汀的儿子是一个同性恋,这给德高望重的马汀带来不小的心理压力。在《天使在美国》中,约瑟夫·皮特的伦理困惑就在于他有着法律意义上的妻子,在与其妻子婚姻续存期间他"出轨"与第三者同居,这不仅给约瑟夫·皮特自己带来了一系列的伦理问题,也给其妻子带来了伤害。然而,约瑟夫·皮特并未与路易斯幸福地生活在一起,他们之间的矛盾也随即爆发。最终约瑟夫·皮特在与路易斯结束这段特殊的关系后,主动回归到家庭,但为时已晚。约瑟夫·皮特因为放弃了作为丈夫的伦理责任,其妻子最终选择与其分手也是对他背弃伦理责任的惩罚。

现代美国戏剧的伦理冲突研究并不仅仅限于对上述三位作家的研究。现代美国戏剧,不仅有尤金·奥尼尔、田纳西·威廉斯、阿瑟·米勒、爱德华·阿尔比等作家,也有诸如尼尔·西蒙山姆·谢泼德、戴维·雷勃、戴维·马梅特、兰福德·威尔逊、迈克尔·韦勒等剧作家,他们的创作继承了美国现实主义的戏剧传统,结合内外百脑汇的市场需求,对美国戏剧的发展起到了重要的作用,这些作家作品中的社会、家庭等伦理问题仍需进一步研究和挖掘。同时,20 世纪 80 年代以后,以奥古斯特·威尔逊为代表的族裔剧作家引起了世界的广泛关注,女性主义剧作家和同性恋题材的剧作家在 20 世纪 80 年代以来异军突起,以玛莎·诺曼、梅根·特里、霍利·休斯等通过创作声讨性别歧视,呼吁全社会关注女性、性和艾滋病等问题,同样获得空前成功。此外,黄哲伦、赵健秀等华裔剧作家也获得了关注,这使得华裔戏剧成为当代美国戏剧一支重要的力量,西班牙裔、印第安裔等族裔剧作家同样获得了成功,他们以多元、拼图的美国文化以及实验与创新的戏剧表现形式构成了美国新世纪戏剧的独特风景,他们的戏剧对当下美国社会的种种社会问题给予深刻揭露,这些作品中涉及到现代社会大量的伦理问题,有待进一步运用文学伦理学批评去阐释和研究。

参考文献

一、外文著作

Aaron, Daniel. *The Unwritten War: American Writers and the Civil War*. New York: Knopf, 1973.

Ahnebrink, Lars. *The Beginnings of Naturalism in American Fiction: A Study of the Works of Hamlin Garland, Stephen Crane, and Frank Norris with Special Reference to Some European Influences, 1891—1903*. Upsala, Sweden: Lundequistska Bokhandeln, 1950.

Aichinger, Peter. *The American Soldier in Fiction, 1880—1963: A History of Attitudes toward Warfare and the Military Establishment*. Illinois: Iowa State University Press, 1975.

Albee, Edward. *The Collected Plays of Edward Albee (Volume 1)*. New York: Overlook Press, 2005.

Bell, Michael Davitt. *The Problem of American Realism: Studies in the Cultural History of a Literary Idea*. Chicago: University of Chicago Press, 1993.

Bigsby, C. W. E., ed. *Edward Albee: A Collection of Critical Essays*. Englewood Cliffs, N. J.: Prentice-Hall, 1975.

Bloom, Harold. *Modern Critical Views: Stephen Crane*. New York: Chelsea

House Publishers, 1987.

Bottoms, Stephen, ed. *The Cambridge Companion to Edward Albee*. New York: Cambridge University Press, 2005.

Boyagoda, Randy. *Race, Immigration, and American Identity in the fiction of Salman Rushdie, Ralph Ellison, and William Faulkner*. New York: Routledge, 2008.

Bradford, William. *History of Plymouth Plantation*. Vol. I. W. C. Ford, ed. Boston: Houghton Mifflin for the Massachusetts Historical Society, 1912.

Brooks, Cleanth, ed. *American Literature: The Makers and the Making*. Vol. II. New York: St. Martin's Press, 1973.

Childs, Peter and Roger Fowler. *The Routledge Dictionary of Literary Terms*. London: Routledge, 2006.

Conner, Michael E. and Joseph L. White, ed. *Black Father: An Invisible Presence in America*. New Jersey: Lawrence Erlbaum Associates Inc., 2006.

Cooper, Stephen. *The Politics of Ernest Hemingway*. Ann Arbor: UMI Research Press, 1987.

Cooperman, Stanley. *F. Scott Fitzgerald's The Great Gatsby*. Beijing: Foreign Language Teaching and Research Press, 1996.

Current-Garcia, Eugene. *O. Henry (William Sydney Porter)*. New York: Twayne Publishers, Inc., 1965.

Dreiser, Theodore. *Sister Carrie*. New York: Signet Classics, 2000.

Earle, Alice Morse. *Curious Punishments of Bygone Days*. New York: Herbert S. Stone & Company, 1909.

Ellison, Ralph. *Shadow and Act*. New York: Random House, 1964.

Fiedler, L. A. *Love and Death in the American Novel*. Harmondsworth: Penguin Books, 1984.

Fitzgerald, F. Scott. *The Crack Up*. New York: A New Directions, 1993.

Fredric, Hoffman J. *The Twenties: American Writing in the Postwar Decade*. New York: Collier Books, 1949, rev. 1962.

Gohlman, Susan Ashley. *Starting Over: The Task of the Protagonist in the Contemporary Bildungsroman*. New York: Garland Publishing, 1990.

Gussow, Mel. *Edward Albee: A Singular Journey: A Biography*. New York:

Simon & Schuster, 1999.

Gwynn, Frederick L. and J. L. Blotner, ed. *Faulkner in the University*. Charlottesville: University of Virginia Press, 1959.

Hayman, Ronald. *Contemporary Playwrights: Edward Albee*. London: Heinemann Ltd, 1971.

Hemingway, Ernest. *Green Hills of Africa*. New York: Charles Scribner's Sons, 1935.

Henry, O. *O. Henry: 100 Selected Stories*. Ware, Hertfordshire: Wordsworth Classics, 1995.

Hewitt, Avis and Robert Donahoo. *Flannery O'Connor in the Age of Terrorism*. Knoxville: University of Tennessee Press, 2010.

Hicks, Granville. *The Great Tradition: An Interpretation of American Literature since the Civil War*. New York: Quadrangle Books, 1969.

Holman, C. Hugh. *A Handbook to Literature* (5th. ed). Indianapolis: Odyssey Press, 1960.

Howells, William Dean. *Criticism and Fiction by William Dean Howells and the Responsibilities of the Novelist by Frank Norris*. Cambridge, Massachusetts: Walker-de Berry, 1962.

James, Henry. *Hawthorne*. New York: Harper &Brother, 1880.

Jen, Gish. *Mona in the Promised Land*. New York: Vintage, 1996.

Jost, Francois. *Introduction to Comparative Literature*. Indianapolis: The Bobbs-Merrill Company, Inc., 1974.

Kierkegaard. *The Sickness unto Death*. Princeton: Princeton University Press, 1980.

Killens, John. *Youngblood*. Athens: The University of Georgia Press, 2000.

Kimmel, Michael. *Manhood in America: A Cultural History*. New York: Oxford University Press, 2006.

Kinnamon, Kenne and Michel Fabre, ed. *Conversations with Richard Wright*. Jackson: University Press of Mississippi, 1993.

Kolin, Philip C. and James M. Davis. *Critical Essays on Edward Albee*. Boston: G. K. Hall, 1986.

Kontje, Todd Curtis. *The German Bildungsroman: History of a National Genre*. Drawer: Camden House, Inc., 1993.

Kuehl, John and Jackson R. Bryer, ed. *Dear Scott/Dear Max*. New York: Charles Scribner's Sons, 1971.

Kushner, Tony. *Angels in America: A Gay Fantasia on National Themes*, Revised and Complete Edition. New York: Theatre Communications Group, 2013.

Labaree, Benjamin W. et al. *American and the Sea: A Maritime History*. Mystic, Connecticut: Mystic Seaport Museum, 1998.

Langford, Gerald. *Alias O. Henry: A Bibliography of William Sidney Porter*. New York: Macmillan, 1975.

Lefebvre, Henry. *The Production of Space*. Donald Nicholson-Smith, trans. Oxford: Blackwell, 1991.

LeSeur, Geta J. *Ten Is the Age of Darkness: The Black Bildungsroman*. Columbia: University of Missouri Press, 1995.

Li, Yiyun. *A Thousand Years of Good Prayers*. New York: Random House, 2005.

Li, Yiyun. *Gold Boy, Emerald Girl*. New York: Random House, 2010.

Limon, John. *Writing after War: American War Fiction from Realism to Postmodernism*. New York: Oxford University Press, 1994.

London, Jack. *The Sea-Wolf*. New York: Signet Classics, 2013.

Lowell, James Russell. *Letters*. Vol. 1. C. E. Norton, ed. New York: Harper & Brothers, 1894.

Matz, Jesse. *The Modern Novel: A Short Introduction*. Malden: Blackwell Publishing Ltd, 2004.

Meyers, Jeffry, ed. *Hemingway: The Critical Heritage*. London: Routledge, 1982.

Miller, Donald L. *City of the Century*. New York: Simon & Schuster, 1996.

Miller, Wayne Charles. *An Armed America, Its Face in Fiction*. New York: New York University Press, 1970.

Mitchel, Lee Clark, ed. *New Essays on The Red Badge of Courage*. Beijing: Peking University Press, 2007.

Morrison, Toni. *A Mercy*. New York: Alfred A. Knopf, 2008.

Ng, Fae Myenne. *Steer Toward Rock*. New York: Hyperion, 2008.

Oates, Joyce Carol. *Foxfire: Confessions of a Girl Gang*. New York: Button, 1993.

O'Connor, Flannery. *A Good Man Is Hard to Find and Other Stories*. New York: Farrar, Straus and Giroux, 1955.

O'Connor, Flannery. *Collected Works*. New York: Library Classics of the United States, 1988.

O'Connor, Flannery. *Mystery and Manners: Occasional Prose*. Selected and edited by Sally and Robert Fitzgerald. New York: Farrar, Straus and Giroux, 1969.

Paine, Thomas. *Common Sense*. Philadelphia: W. and T. Bradford, 1776.

Parker, Dorothy, ed. *Essays on Modern American Drama: Williams, Miller, Albee, and Shepard*. Toronto: University of Toronto Press, 1987.

Peck, John. *Maritime Fiction: Sailors and the Sea in British and American Novels, 1719—1917*. New York: Palgrave, 2001.

Philbrick, Thomas. *James Fenimore Cooper and the Development of American Sea Fiction*. Cambridge: Harvard University Press, 1961.

Phillips, Larry W. *Ernest Hemingway on Writing*. London: Granad Publishing Limited, 1985.

Pikoulis, John. *The Art of William Faulkner*. London and Basingstoke: The Macmillan Press Ltd, 1982.

Reeser, Todd W. *Masculinities in Theory: An Introduction*. Chichester: Wiley-Blackwell, 2010.

Reich, Wilhelm. *The Mass Psychology of Fascism*. Theodore Wolfe, trans. New York: Orgone Institute Press, 1946.

Richardson, Riché. *Black Masculinity and the U. S. South: From Uncle Tom to Gangsta*. Athens: University of Georgia Press, 2007.

Ricoeur, Paul. *Oneself as Another*. Kathleen Blamey, trans. Chicago and London: The University of Chicago Press, 1992.

Rogin, Michael Paul. *Subversive Genealogy: The Politics and Art of Herman Melville*. Berkeley: University of California Press, 1985.

Smith, C. Alphonso. *O. Henry Biography*. New York: Doubleday, Page & Company, 1916.

Spengler, Oswald. *The Decline of the West: Perspectives of World History*. New York: Alfred A Knopf, 1945.

Stanley, Linda C. *The Foreign Critical Reputation of F. Scott Fitzgerald, 1980—*

2000: *An Analysis and Annotated Bibliography*. Westport: Praeger Publishers, 2004.

Staples, Robert. *Black Masculinity: The Black Male's Role in American Society*. San Francisco: The Black Scholar Press, 1985.

Stein, Mark. *Black British Literature: Novel of Transformation*. Columbus: The Ohio State University Press, 2004.

Summers, Martin. *Manliness and Its Discontents: The Black Middle Class and the Transformation of Masculinity, 1900—1930*. Chapel hill & London: The University of North Carolina Press, 2004.

Swales, Martin. *The German Bildungsroman from Wieland to Hesse*. Princeton: Princeton University Press, 1978.

Thompson, Tracy. *The New Mind of the South*. New York: Simon & Schuster, 2013.

Towner, Theresa M. *The Cambridge Introduction to William Faulkner*. New York: Cambridge University Press, 2008.

Virk, Tomo. *Etični Obrat v Literarni Vedi*. Ljubljana: Literarno-umetniško društvo Literatura, 2018.

Waldmeir. *Introduction: American Novels of the Second World War*. The Hague: Mouton, 1968.

Walker, Williston, ed. *A Platform of Church Discipline*. New York: Charles Scribner's sons, 1962.

Whitt, Margaret Earley. *Understanding Flannery O'Connor*. Columbia, South Carolina: University of South Carolina Press, 1995.

Winthrop, John. *Winthrop's Journals*. Vol. II. James K. Hosmer, ed. New York: Charles Scribner's sons, 1908.

Wright, Richard. 12 *Million Black Voices*. New York: Thunder's Mouth Press, 2002.

Zola, Emile. *The Experimental Novel and Other Essays*. Belle M. Sherman, trans. New York: Haskell House, 1964.

The Holy Bible: King James Version. New York: The Random Publishing House Gtoup Ltd., 1991.

The Constitution of the United States and The Declaration of Independence. Twenty-Fourth Edition. 2009. United States Senate.

二、中文著作

[英]D. H. 劳伦斯:《劳伦斯论美国名著》,黑马译,上海:上海三联书店,2006年。

[美]J. D. 塞林格:《麦田里的守望者》,施咸荣译,南京:译林出版社,2011年。

[美]J. 艾捷尔编:《美国赖以立国的文本》,赵一凡、郭国良译,海口:海南出版社,2000年。

[美]N. S. 谢勒:《个体:生死研究》,陈慧译,上海:上海译文出版社,1990年。

[美]W. C. 布斯:《小说修辞学》,华明、胡苏晓、周宪译,北京:北京大学出版社,1987年。

[法]阿尔贝特·施韦泽:《敬畏生命:五十年来的基本论述》,陈泽环译,上海:上海社会科学院出版社,2003年。

[法]阿尔弗雷德·格罗塞:《身份认同的困境》,王鲲译,北京:社会科学文献出版社,2010年。

[以色列]阿维夏伊·玛格利特:《记忆的伦理》,贺海仁译,北京:清华大学出版社,2015年。

[美]爱德华·茂莱:《电影化的想象:作家和电影》,邵牧君译,北京:中国电影出版社,1989年。

[英]安德鲁·兰伯特:《风帆时代的海上战争》,郑振清、向静译,上海:上海人民出版社,2005年。

[美]奥尔多·利奥波德:《沙乡年鉴》,侯文蕙译,长春:吉林人民出版社,1997年。

[苏联]巴赫金:《小说的时间形式和时空体形式》,《巴赫金全集》(第三卷),白春仁、晓河译,石家庄:河北教育出版社,1998年。

[波兰]彼得·什托姆普卡:《信任:一种社会学理论》,程胜利译,北京:中华书局,2005年。

陈永国:《美国南方文化》,长春:吉林大学出版社,1995年。

[美]大卫·哈维:《巴黎城记:现代性之都的诞生》,黄煜文译,桂林:广西师范大学出版社,2010年。

[美]大卫·科泽:《仪式、政治和权力》,王海洲译,南京:江苏人民出版社,2015年。

董衡巽编选:《海明威研究》,北京:中国社会科学出版社,1980年。

董小川:《美国文化概论》,北京:人民出版社,2006年。

方小莉:《叙述理论与实践——从经典叙述学到符号叙述学》,成都:四川大学出版社,

2016年。
[美]菲茨杰拉德:《了不起的盖茨比》,巫宁坤等译,上海:上海译文出版社,2002年。
[德]费尔巴哈:《费尔巴哈哲学著作选集》(上卷),荣震华、李金山等译,北京:商务印书馆,1984年。
[美]弗兰纳里·奥康纳:《好人难寻》,周嘉宁译,北京:人民文学出版社,2015年。
[美]哈罗德·布鲁姆:《西方正典》,江宁康译,南京:译林出版社,2005年。
[德]海德格尔:《存在与时间(修订译本)》,陈嘉映、王庆节译,北京:生活·读书·新知三联书店,1999年。
[美]海明威:《尼克·亚当斯故事集》,陈良廷等译,上海:上海译文出版社,2012年。
[美]海明威:《永别了,武器》,林疑今译,上海:上海译文出版社,1995年。
韩曦:《百老汇的行吟诗人——田纳西·威廉斯》,北京:群言出版社,2013年。
[美]赫尔曼·麦尔维尔:《白鲸》,曹庸译,上海:上海译文出版社,1982年。
[法]亨利·勒菲弗:《空间与政治》,李春译,上海:上海人民出版社,2008年。
黄兆群:《美国的民族、种族和同性恋》,北京:东方出版社,2007年。
[法]加斯东·巴什拉:《空间的诗学》,张逸婧译,上海:上海译文出版社,2015年。
[英]简·爱伦·哈里森:《古代的艺术与仪式》,吴晓群译,郑州:大象出版社,2011年。
江宁康:《美国当代文学与美利坚民族认同》,南京:南京大学出版社,2008年。
[美]凯瑟琳·休斯:《当代美国剧作家》,谢榕津译,北京:中国戏剧出版社,1982年。
[美]坎尼斯·斯拉文斯基:《守望麦田:塞林格传》,史国强译,北京:现代出版社,2014年。
[丹麦]克尔凯郭尔:《或此或彼》(上册),阎嘉、龚仁贵、颜伟、周小群译,成都:四川人民出版社,1998年。
[丹麦]克尔凯郭尔:《致死的疾病》,张祥龙、王建军译,北京:中国工人出版社,1997年。
[德]克劳塞维茨:《战争论》(第一卷),中国人民解放军军事科学院译,北京:解放军出版社,1965年。
[加]兰·乌斯比:《美国小说五十讲》,肖安溥、李郊译,成都:四川人民出版社,1985年。
[美]劳伦斯·麦克菲:《赫尔曼·麦尔维尔的〈白鲸〉》,王克非、白济民、陈国华译,北京:外语教学与研究出版社,1997年。
[法]勒内·吉拉尔:《替罪羊》,冯寿农译,北京:东方出版社,2002年。

雷洪:《社会问题:社会学的一个中层理论》,北京:社会科学文献出版社,1999年。
李公昭:《美国战争小说史论》,北京:北京大学出版社,2012年。
李剑鸣:《美国的奠基时代:1585—1775》,北京:人民出版社,2002年。
李文俊:《译本序》,威廉·福克纳著:《喧哗与骚动》,李文俊译,桂林:漓江出版社,
　　2013年。
李怡:《布鲁斯化的伦理书写——理查德·赖特作品研究》,中国社会科学出版社,
　　2016年。
[以色列]里蒙-凯南:《叙事虚构作品》,姚锦清等译,北京:生活·读书·新知三联书
　　店,1989年。
[美]理查·赖特:《黑孩儿》,程超凡译,武汉:长江文艺出版社,1985年。
[美]理查德·利罕:《文学中的城市:知识与文化的历史》,吴子枫译,上海:上海人民
　　出版社,2009年。
[德]利奥·拜克:《犹太教的本质》,傅永军、于健译,济南:山东大学出版社,2004年。
陆建德:《思想背后的利益》,北京:中信出版社,2015年。
[美]罗伯特·贝拉等:《心灵的习性:美国人生活中的个人主义和公共责任》,北京:三
　　联书店,1991年。
[德]马丁·海德格尔:《现象学之基本问题》,丁耘译,上海:上海译文出版社,
　　2008年。
[美]马克·吐温:《哈克贝利·费恩历险记》,成时译,北京:人民文学出版社,
　　2004年。
[德]马克思、恩格斯:《马克思恩格斯全集》第3卷,北京:人民出版社,1960年。
[美]马斯洛:《存在心理学初探》,李文湉译,昆明:云南人民出版社,1987年。
[美]玛格丽特·塞林格:《梦幻守望者:我的父亲——塞林格》,潘小松、刘晓洁译,北
　　京:北京十月文艺出版社,2005年。
[罗马尼亚]米尔恰·伊利亚德:《神圣与世俗》,王建光译,北京:华夏出版社,
　　2002年。
[美]纳撒尼尔·霍桑:《红字》,姚乃强译,南京:译林出版社,1996年。
倪梁康:《胡塞尔现象学概念通释》,北京:生活·读书·新知三联书店,1999年。
聂珍钊:《文学伦理学批评导论》,北京:北京大学出版社,2014年。
聂珍钊:《文学伦理学批评及其它——聂珍钊自选集》,武汉:华中师范大学出版社,
　　2012年。
聂珍钊、苏晖、黄晖主编:《〈外国文学研究〉文学伦理学批评论文选》,华中师范大学出

版社,2018年。

聂珍钊、苏晖、刘渊主编:《文学伦理学批评论文选》第一辑,武汉:华中师范大学出版社,2015年。

[罗马尼亚]诺曼·马内阿:《索尔·贝娄访谈录:在我离去之前结清我的账目》,邵文实译,北京:中信出版集团,2015年。

[美]欧·亨利著:《欧·亨利短篇小说精选》,刘捷等译,沈阳:沈阳出版社,南昌市:百花洲文艺出版社,1996年。

[美]欧文·肖:《幼狮》,晏奎译,海口:南海出版公司,2008年。

潘小松:《福克纳全传:美国南方文学巨匠》,长春:长春出版社,1996年。

[德]齐美尔:《桥与门——齐美尔随笔集》,涯鸿、宇声等译,上海:上海三联书店,1991年。

[美]乔伊斯·卡罗尔·欧茨:《我的妹妹,我的爱》,刘玉红、袁斌业译,北京:人民文学出版社,2012年。

[英]乔治·摩尔:《伦理学原理》,长河译,上海:上海人民出版社,2005年。

[法]让-保罗·萨特:《存在主义是一种人道主义》,周煦良、汤永宽译,上海:上海译文出版社,2008年。

芮渝萍:《美国成长小说研究》,北京:中国社会科学出版社,2004年。

芮渝萍、范谊:《成长的风景——当代美国成长小说研究》,北京:商务印书馆,2012年。

[美]撒母耳·S.科亨:《犹太教——一种生活之道》,徐新、张利伟等译,成都:四川人民出版社,2009年。

尚必武:《当代西方后经典叙事学研究》,北京:人民文学出版社,2013年。

[德]舍勒:《舍勒选集》(上),刘小枫选编,倪梁康等译,上海:上海三联书店,1999年。

申丹:《叙述学与小说文体学研究》,北京:北京大学出版社,2004年。

[美]斯蒂芬·克莱恩:《红色英勇勋章》,黄健人译,桂林:漓江出版社,2012年。

[美]斯蒂芬·克莱恩:《街头女郎玛吉》,孙致礼译,沈阳:辽宁教育出版社,2000年。

苏晖:《黑色幽默与美国小说的幽默传统》,北京:中国社会科学出版社,2013年。

苏晖:《西方喜剧美学的现代发展与变异》,武汉:华中师范大学出版社,2005年。

[美]索尔·贝娄:《赫索格》,《索尔·贝娄全集》(第四卷),宋兆霖译,石家庄:河北教育出版社,2001年。

[美]索尔·贝娄:《洪堡的礼物》,《索尔·贝娄全集》(第六卷),蒲隆译,石家庄:河北教育出版社,2001年。

［美］田纳西·威廉斯：《热铁皮屋顶上的猫》，陈良廷译，上海：上海译文出版社，2010年。

童庆炳主编：《文学理论教程》（修订二版），北京：高等教育出版社，2004年。

［法］托克维尔：《论美国的民主》下卷，董果良译，北京：商务印书馆，1991年。

王军：《美国文学思想》，长春：吉林教育出版社，1999年。

王利明、杨立新：《人格权与新闻侵权》，北京：中国方正出版社，1995年。

王伟、高玉兰：《性伦理学》，北京：人民出版社，1992年。

［美］威廉·福克纳：《喧哗与骚动》，李文俊译，桂林：漓江出版社，2013年。

［德］韦尔策编：《社会记忆：历史、回忆、传承》，季斌、王立君、白锡堃等译，北京：北京大学出版社，2012年。

［美］沃浓·路易·帕灵顿：《美国思想史：1620—1920》，陈永国等译，长春：吉林人民出版社，2002年。

［美］伍慧明：《望岩》，陆薇译，长春：吉林出版集团有限责任公司，2012年。

［德］西美尔：《金钱、性别、现代生活风格》，刘小枫选编，顾仁明译，上海：华东师范大学出版社，2010年。

［德］西美尔：《时尚的哲学》，费勇等译，北京：文化艺术出版社，2001年。

向玉乔：《人生价值的道德诉求——美国伦理思潮的流变》，长沙：湖南师范大学出版社，2006年。

谢桂山：《圣经犹太伦理与先秦儒家伦理》，济南：山东大学出版社，2009年。

［美］艾萨克·巴谢维斯·辛格：《卢布林的魔术师》，任小红译，南京：江苏文艺出版社，2012年。

杨桂华主编：《社会转型期精神迷失现象分析》，天津：南开大学出版社，2009年。

杨仁敬：《海明威学术史研究》，南京：译林出版社，2014年。

杨正润：《现代传记学》，南京：南京大学出版社，2009年。

［美］尹晓煌：《美国华裔文学史（中译本）》，徐颖果主译，天津：南开大学出版社，2006年。

［美］约瑟夫·弗莱彻：《境遇伦理学》，程立显译，北京：中国社会科学出版社，1989年。

［美］詹姆斯·费尼莫尔·库柏：《领航人》，饶建华译，武汉：长江文艺出版社，2007年。

张鸿声：《满纸荒唐言——荒诞派戏剧》，海口：海南出版社，1993年。

张立新：《文化的扭曲——美国文学与文化中的黑人形象研究（1877—1914年）》，北京:中国社会科学出版社,2007 年。

张薇:《海明威小说的叙事艺术》,上海:上海社会科学院出版社,2005 年。

郑慧子:《走向自然的伦理》,北京:人民出版社,2006 年。

三、英文期刊

Anderson, Sherwood. "Introduction." Qtd. in *Free and Other Stories* by Theodore Dreiser. New York: Boni & Liveright, 1918: v—x.

Arcadia Editors. "General Introduction." *Arcadia: International Journal of Literary Culture* Vol. 50, No. 1 (2015): 1—3.

Ausband, Stephen. "The Whale and the Machine: An Approach to Moby-Dick." *American Literature* 47 (1975): 197—211.

Baker, William and Shang, Biwu. "Fruitful Collaborations: Ethical Literary Criticism in Chinese Academe." *Times Literary Supplement* Vol. 7, No. 31 (2015): 14—15.

Baughman, Ernest W. "Public Confession and The Scarlet Letter." *The New England Quarterly* Vol. 40, No. 4 (Dec., 1967): 532—550.

Beegel, Susan F. "Second Growth: The Ecology of Loss in Fathers and Sons." Qtd. in Paul Smith, ed. *New Essays on Hemingway's Short Fiction*. Beijing: Peking University Press, 2007: 75—110.

Boyagoda, Randy. "A Patriotic 'Deus ex Machina' in Flannery O'Connor's 'The Displaced Person'." *The Southern Literary Journal* Vol. 43, No. 1 (Fall 2010): 59—74.

Brooks, Van Wyck. "Frank Norris and Jack London." Qtd. in *The Confidential Years: 1885—1915*. New York: Dutton, 1952: 217—237.

Buck, Philo M. Jr. "The American Barbarian" (originally published in *The Methodist Review* Vol. XCIV, No. 5, September-October, 1912). Qtd. in King Hendricks, ed. *Creator and Critic: A Controversy Between Jack London and Philo M. Buck, Jr.* by Jack London and Philo M. Buck, Jr. Vol. VIII, No. 2, (March, 1961): 20—29.

Burke, William. "Displaced Communities and Literary Form in Flannery O'Connor's 'The Displaced Person'." *Modern Fiction Studies* Vol. 32, No. 2 (Summer 1986): 219—227.

Chace, W. M. "The Decline of the English Department." *The American Scholar*. Autumn. 78 (2009): 32—42[2009—09—01]https://theamericanscholar.org/the-decline-of-the-english-department/#.Vs7azuwQhio,2020 年 5 月 1 日访问。

Cheung, King-Kok. "Somewhat Queer Triangles: Yiyun Li's 'The Princess of Nebraska' and 'Gold Boy, Emerald Girl'." Qtd. in Robert C. Evans, ed. *Critical Insights: Contemporary Immigrant Short Fiction*. Ipswich, Massachusetts: Salem Press, 2015: 88—103.

Ciner, Elizabeth J. "Richard Wright's Struggle with Fathers." *Bloom's Modern Critical Interpretations: Richard Wright's Black Boy*. Harold Bloom, ed. New York: Chelsea House An imprint of InfoBase Publishing, 2006: 117—126.

Cirino, Mark. "Hemingway's 'Big-Two Hearted River': Nick's Strategy and the Psychology of Mental Control." *Papers on Language and Literature* 2 (2011): 115—140.

Cooper, Frederic Taber. "The Individual Note: 'The Game.'" *The Bookman* 1 (1905): 35—36.

Cooper, Robert. [2002—4—3] https://www.observer.uk/worldview/story/11581,680095,00.html,2020 年 5 月 1 日访问。

Cox, James. "Crane's *The Red Badge of Courage*." Qtd. in Madden & Bach, ed. *Classics of Civil War Fiction*. Tuscaloosa: University of Alabama Press, 2001: 47—50.

Crown, Sarah. "Inaugural Short Story Award Goes to Debut Author." *The Guardian*, 2005—9—26. [2017—6—10]. https://www.theguardian.com/books/2005/sep/26/news.awardsandprizes,2020 年 5 月 1 日访问。

Cunningham, Bonnie Wilderness. "Autobiography and Ananesthesia: Ernest Hemingway, Storm Jameson, and Me." *Women's Studies* Vol. 24 (1995): 615—629.

Daiker, Donald A. "In Defense of Hemingway's Young Nick Adams: 'Everything Was Gone to Hell Inside of Me'." *Texas Studies in Literature and Language* 2 (2015): 242—257.

Dickey, James. "Introduction." Qtd. in Andrew Sinclair, ed. *The Call of the Wild, White Fang, and Other Stories by Jack London*. New York: Penguin Books, 1981: 7—16.

Dong, Stella. "Song of Prose." *South China Morning Post*, 2006-1-22(5).

Van Doren, Carl. "O. Henry." *The Texas Review* II. 3 (1917): 248-259.

Evans, David. "Shades of Grey." *South China Morning Post*, 2008-9-28(7).

Frank, Waldo. "The Land of the Pioneer." *Our America*. New York: Boni and Liveright, 1919: 13-58.

Friedman, Norman. "Criticism and the Novel." Qtd. in Richard Lettis et al, ed. *The Red Badge of Courage, Text and Criticism*. New York: Harcourt, 1960: 172-175.

Geismar, Maxwell. "Jack London: The Short Cut." in his *Rebels and Ancestors: The American Novel*, 1890—1915. Boston: Houghton Mifflin, 1953: 139-216.

Gerould, Katherine Fullerton. "An Interview with Joyce Kilmer." *The New York Times Magazine*: 1916-7-23(12).

Grattan, C. Hartley. "Jack London." *The Bookman* 6 (1929): 667-671.

Harris, Carole K. "The Politics of the Cliché: Flannery O'Connor's 'Revelation' and 'The Displaced Person'." *Partial Answers: Journal of Literature and the History of Ideas* Vol. 9, No. 1 (Jan, 2011): 111-129.

Harris, Leonard. "Universality: Ethical Literary Criticism (Zhenzhao Nie) and the Advocacy Theory of Aesthetics (Alain Locke)-Ethical Criticism between China and America." *Interdisciplinary Studies of Literature* Vol. 3, No. 1 (2019): 23-34.

Harris, Wendell V. "Morality, Absurdity, and Albee." *Southwest Review* Vol. 49, No. 3(summer, 1964): 249-256.

House, K. "Cooper as Historian." [2014-1-1] http://external.oneonta.edu/cooper/articles/suny/1986suny-house.html,2020年5月1日访问。

Iglesias, Luis. "The 'keen-eyed critic of the ocean': James Fenimore Cooper's Invention of the Sea Novel." *James Fenimore Cooper Society Miscellaneous Papers*. Cooperstown, New York: The Cooper Society, 2006: 1-7.

Jackson, Robert A. "Religion, Idolatry, and Catholic Irony: Flannery O'Connor's Modest Literary Vision." *Logos: A Journal of Catholic Thought and Culture* Vol. 5, No. 1 (Winter, 2002): 13-40.

Kahn, Lothar. "The Talent of I. B. Singer, 1978 Nobel Laureate for Literature." *World Literature Today* Vol. 53, No. 2 (Spring, 1979): 200.

Kazin, Alfred. "Progressivism: The Superman and the Muckrake." Qtd. in *On*

Native Grounds: An Interpretation of Modern American Prose Literature. New York: Reynal & Hitckcock, 1942: 91—126.

Kim, Youngmin. "Sea Change in Literary Theory and Criticism in Asia: Zhenzhao Nie, An Introduction to Ethical Literary Criticism." *English Language and Literature* Vol. 60, No. 2 (2014): 395—400.

Kushner, Tony. "The Subject of a Play's Vision." *New Yorker* (November 23, 1994): 48—49.

Labor, Earle. "Introduction." Qtd. in *The Sea-Wolf* by Jack London. New York: Signet Classics, 2013: xiv.

Lazer, Hank. "Ethical Criticism and the Challenge Posed by Innovative Poetry." *Forum for World Literature Studies* Vol. 8, No. 1 (2016): 1—18.

Lester, Cheryl. "Racial Awareness and Arrested Development: *The Sound and the Fury* and the Great Migration (1915—1928)." Qtd. in Philip M. Weinstein, ed. *The Cambridge Companion to William Faulkner*. New York: Cambridge University Press, 1995:123—145.

"Life Writing." [2019—12—19] https://en.wikipedia.org/wiki/Life_writing,2020年5月1日访问。

London, Jack. "An Interview with Emanuel Haldeman-Julius." Qtd. in King Hendricks, ed. *Creator and Critic: A Controversy between Jack London and Philo M. Buck, Jr.* by Jack London and Philo M. Buck, Jr. Vol. VIII, No. 2, (March, 1961): 11—12.

Marcus, Mordecai. "What Is an Initiation Story?" *The Journal of Aesthetics and Art Criticism* Vol. 19, No. 2 (Winter, 1960): 221—228.

McIntosh, James. "The Mariner's Multiple Quest." Qtd. in Richard H. Brodhead, ed. *New Essays on Moby-Dick*. Cambridge: Cambridge UP, 1986: 23—52.

Mencken, H. L. "Jack London." *Prejudice*, first series. New York: Alfred A. Knopf, 1919: 236—239.

Mencken, H. L. "The Dreiser Bugaboo." Qtd. in John Lydenberg, ed. *Dreiser: A Collection of Critical Essay*. Prentice-Hall, Inc., 1971:73—80.

Moddelmog Debra A. "The Unifying Consciousness of a Divided Conscience: Nick Adams as Author of In Our Time." *American Literature* 4 (1988): 591—610.

Murray, Henry A. "In Nomine Diaboli." *The New England Quarterly* 24.4 (1951):

435—452.

Myerhoff, Barbara. "A Death in Due Time: Construction of Self and Culture in Ritual Drama." Qtd. in John J. MacAloon, ed. *Rite, Drama, Festival, Spectacle*. Philadelphia: ISHI, 1984: 149—178.

Nadal, Marita. "The Shadows of Time: Chronotopic Diversity and Ethical Unreadability in Flannery O'Connor's Tales." *Papers on Language & Literature* Vol. 49, Issue 3 (Summer 2013): 273—297.

Nelson, Paul David. "James Fenimore Cooper's Maritime Nationalism, 1820—1850." *Military Affairs* Vol. 41, No. 3 (Oct., 1977): 129—132.

Pattee, Fred Lewis. "O. Henry and the Handbooks." Qtd. in *The Development of the American Short Story: An Historical Survey*. New York: Harper and Row, Publishers, Inc., 1923: 357—376.

Phelan, James. "Now I Lay Me: Nick's Strange Monologue, Hemingway's Powerful Lyric, and the Reader's Disconcerting Experience." Qtd. in Paul Smith 编:《〈海明威短篇小说〉新论》,北京:北京大学出版社,2007年,第47—72页.

Pritchett, V. S. "O. Henry." *New Statesman* Col. LIV, No. 1393 (November 23, 1957): 697—698.

Rahv, Philip. "Notes on the Decline of Naturalism." Qtd. in George J. Becker, ed. *Documents of Modern Literary Realism*. N. J.: Princeton, 1963: 579—590.

Rollins, Hyder E. "O. Henry." *The Sewanee Review* XXII. 2 (1914): 213—232.

Rothberg, Abraham. "Land Dogs and Sea Wolves: A Jack London Dilemma." *The Massachusetts Review* XXI. 3 (1980): 569—593.

Sandburg, Charles A. [pseudonym of Carl Sandburg]. "Jack London: A Common Man." *Tomorrow* 2.4(1906): 35—39.

Schaum, Melita. "'Erasing Angel': The Lucifer-Trickster Figure in Flannery O'Connor's Short Fiction." *The Southern Literary Journal* Vol. 33, No. 1 (Fall 2000): 1—26.

Schultz, Elizabeth. "Melville's Environmental Vision in Moby-Dick." *Interdisciplinary Studies in Literature and Environment* Vol. 7. Issue1 (2000): 111—112.

Sherman, Stuart P. "The Barbaric Naturalism of Theodore Dreiser." Qtd. in *On Contemporary Literature*. Los Angeles, Ca.: Holt, Rinehart and Winston, 1917:

85—101.

Sinclair, Upton. "About Jack London." *The Masses* 10.1 & 2 (1917): 17—20.

Leif Sjöberg. "An Interview with Joyce Carol Oates." *Contemporary Literature* Vol. 23, No. 3 (Summer, 1982): 267—284.

Solomon. "Stephen Crane: A Critical Study." Qtd. in Richard Lettis et al, ed. *The Red Badge of Courage, Text and Criticism*. New York: Harcourt, 1960: 159.

Spencer, Stuart. "Joyce Carol Oates." *BOMB* 31(1990): 42—44, 48—49.

Tian, Junwu. "Nie Zhenzhao and the Genesis of Chinese Ethical Literary Criticism." *Comparative Literature Studies* Vol. 56, No. 2 (July, 2019): 402—420.

"Treason." [2012—9—12] http://en.wikipedia.org/wiki/Treason # United_Kingdom,2020年5月1日访问。

Updike, John. "Dreaming Wilderness." *The New Yorker* (November 3, 2008): 112—113.

Van Abele, Rudolph. "The Scarlet Letter: A Reading." *Accent* 11 (1951): 209—223.

Van Doren, Carl. "Stephen Crane." *American Mercury* No. 1 (1924): 11—14.

Nancy A. Walker. "Reformer and Young Maidens: Women and Virture in *Adventures of Huckleberry Finn*." Qtd. in Gerald Graff, James Phelan, ed. *Mark Twain, Adventures of Huckleberry Finn: A Case Study in Critical Controversy*. Boston: Bedford Books of St. Martin's Press, 1995: 485—504.

Wixon, Richard. "Herman Melville: Critic of America and Harbinger of Ecological Crisis." Qtd. in Patricia Ann Carlson, ed. *Literature and the Lore of the Sea*. Amsterdam: Rodopi, 1986:143—153.

Wolkenfeld, J. S. "Isaac Bashevis Singer: The Faith of His Devils and Magicians." *Criticism* Vol. 5, No. 4 (fall, 1963): 349—359.

Wolstenholme, Susan. "Brother Theodore, Hell on Women." Qtd. in Fritz Fleischmann, ed. *American Novelists Revisited: Essays in Feminist Criticism*. Mass.: G. K. Hall & Co., 1982: 243—264.

Yang, Gexin. "Introduction to Ethical Literary Criticism by Nie Zhenzhao." (review). *Style* Vol. 51, No. 2 (2017): 270—275.

四、中文期刊

［日］波潟刚：《阅读的焦虑、写作的伦理：安部公房〈他人的脸〉中夫妻间的信》，任洁译，《文学跨学科研究》2018 年第 3 期，第 413－426 页。

陈敏：《文学伦理学批评与文学跨学科研究——"第七届文学伦理学批评国际学术研讨会"综述》，《外国文学研究》2017 年第 6 期，第 172－174 页。

邓友女：《中国文学理论话语的国际认同与传播》，《文艺报》2015 年 1 月 14 日第 003 版。

段波：《库柏小说中的海洋民族主义思想探析》，《外国文学研究》2011 年第 5 期，第 99－106 页。

段波：《忠诚还是背叛——论库柏〈领航人〉中的伦理两难及其历史隐喻》，《外国文学研究》2013 年第 5 期，第 101－110 页。

冯溢、姚进：《从〈喧哗与骚动〉看福克纳笔下的南方淑女形象》，《东北大学学报（社会科学版）》2010 年第 6 期，第 550－555 页。

［法］福柯：《不同空间的正文与上下文》，转引自陈志梧译，包亚明主编：《后现代性与地理学的政治》，上海：上海教育出版社，2001 年，第 18－28 页。

［法］福柯：《空间、知识、权力——福柯访谈录》，转引自陈志梧译，包亚明主编：《后现代性与地理学的政治》，上海：上海教育出版社，2001 年，第 1－17 页。

管南异：《〈麦田里的守望者〉在中国的传播与失落》，《外国文学研究》2013 年第 2 期，第 150－155 页。

郭海平：《〈白鲸〉中人与自然多维关系的伦理阐释》，《外国文学研究》2009 年第 3 期，第 34－43 页。

郝志琴：《从疏远到亲近的阅读体验——〈热铁皮屋顶上的猫〉中布里克疏离境遇的叙事修辞》，《文艺研究》2014 年第 9 期，第 69－77 页。

［法］亨利·列斐伏尔：《空间：社会产物与使用价值》，转引自包亚明主编：《现代性与空间的生产》，王志弘译，上海：上海教育出版社，2003 年，第 47－58 页。

侯维瑞：《个性与典型性的完美结合——评 The Catcher in the Rye 的语言特色》，《外国语（上海外国语大学学报）》1982 年第 5 期，第 28－34 页。

胡发贵：《社会转型时期道德作用的变迁》，《学海》2002 年第 2 期，第 149－151 页。

胡俊：《〈一点慈悲〉：关于"家"的建构》，《外国文学评论》2010 年第 3 期，第 200－210 页。

胡钦太：《中国学术国际话语权的立体化建构》，《学术月刊》2013 年第 3 期，第 5－

13页。

胡铁生、常虹:《对抗与和谐:生态意义上的矛盾与统一——论麦尔维尔〈白鲸〉中人与自然的关系》,《社会科学辑刊》2008年第4期,第209—212页。

胡亚敏:《〈红色英勇勋章〉与美国英雄神话》,《外语研究》2014年第4期,第93—99、112页。

黄晖、张连桥:《文学伦理学批评与国际学术话语的新建构——"第五届文学伦理学批评国际学术研讨会"综述》,《外国文学研究》2015年第6期,第165—169页。

黄志梅:《〈四个夏天〉主人公心理成长历程》,《作家杂志》2013年第2期,第43—44页。

J. 希利斯·米勒:《全球化时代文学研究还会继续存在吗?》,国荣译,《文学评论》2001年第1期,第131—139页。

姜楠:《美国战争伦理的研究:以第一次世界大战为例》,黑龙江大学硕士研究生学位论文,2012年。

蒋天平、纪琳:《美国二战小说中的隐形战场——性》,《外国文学研究》2012年第5期,第126—133页。

雷琼:《南方淑女神话——论〈干旱的九月〉》,《安徽文学》(下半月)2007年第3期,第11页。

黎林:《黑色的眼睛寻找光明——从田纳西·威廉斯的戏剧创作看其人道主义价值观》,《戏剧(中央戏剧学院学报)》2007年第4期,第54—61页。

李定清:《文学伦理学批评与人文精神建构》,《外国文学研究》2006年第1期,第44—52页。

李公昭:《大美国主义的失败——美国二战"占领小说"的批判意识》,《外国文学研究》2012年第2期,第100—107页。

李剑鸣:《美国独立战争爆发前的政治辩论及其意义》,《历史研究》2000年第4期,第73—87、191页。

李培林:《另一只看不见的手:社会结构转型》,《中国社会科学》1992年第5期,第3—17页。

李尚宏:《谁是那只"猫"?——重读〈热铁皮屋顶上的猫〉》,《外国语(上海外国语大学学报)》2010年第4期,第88—95页。

李学欣:《美国"南方文艺复兴"时期作品中的骑士精神探奥》,《中南大学学报(社会科学版)》2014年第1期,第211—215页。

李早霞:《爱的呼唤——论〈热铁皮屋顶上的猫〉中爱的缺失》,《外语教学》2008年第4

期,第 74—77 页。

林玉珍:《文学伦理学批评研究的新高度——"第四届文学伦理学批评国际学术研讨会"综述》,《外国文学研究》2015 第 1 期,第 161—167 页。

刘建军:《文学伦理学批评:中国特色的学术话语构建》,《外国文学研究》2014 年第 4 期,第 14—18 页。

刘兮颖:《文学伦理学批评与跨国文化对话——"第六届文学伦理学批评国际学术研讨会"综述》,《外国文学研究》2016 年第 6 期,第 169—171 页。

陆建德:《文学中的伦理:可贵的细节》,《文学评论》2014 年第 3 期,第 18—20 页。

陆薇:《译者序》,[美]伍慧明:《望岩》,陆薇译,长春:吉林出版集团有限责任公司,2012 年,第 22 页。

陆薇:《直面华裔美国历史的华裔女作家伍慧明》,转引自吴冰、王立礼主编:《华裔美国作家研究》,天津:南开大学出版社,2009 年,第 347—361 页。

陆薇:《作品介绍》,[美]伍慧明:《望岩》,陆薇译,长春:吉林出版集团有限责任公司,2012 年,第 24—28 页。

陆耀东:《关于文学伦理学批评的几个问题》,《外国文学研究》2006 年第 1 期,第 32—35 页。

买琳燕:《走近"成长小说":"成长小说"概念初论》,《解放军外国语学院学报》2007 年第 4 期,第 96—99 页。

梅华:《战争在美国青年心灵上的投影——评斯蒂芬·克莱恩的〈红色英勇勋章〉》,《外国文学研究》1998 年第 2 期,第 104—106 页。

聂珍钊:《〈老人与海〉与丛林法则》,《外国文学研究》2009 年第 3 期,第 80—89 页。

聂珍钊:《关于文学伦理学批评》,《外国文学研究》2005 年第 1 期,第 8—11 页。

聂珍钊:《伦理禁忌与俄狄浦斯的悲剧》,《学习与探索》2006 年第 5 期,第 113—116、237 页。

聂珍钊:《脑文本和脑概念的形成机制与文学伦理学批评》,《外国文学研究》2017 年第 5 期,第 26—34 页。

聂珍钊:《文学伦理学批评:基本理论与术语》,《外国文学研究》2010 年第 1 期,第 12—22 页。

聂珍钊:《文学伦理学批评:人性概念的阐释与考辨》,《外国文学研究》2015 年第 6 期,第 10—19 页。

聂珍钊:《文学伦理学批评:新的文学批评选择》,《哲学与文化》2015 年第 4 期,第 5—19 页。

聂珍钊:《文学伦理学批评:伦理选择与斯芬克斯因子》,《外国文学研究》2011年第6期,第2—13页。

聂珍钊:《文学伦理学批评与道德批评》,《外国文学研究》2006年第2期,第8—17页。

聂珍钊:《五四时期诗歌伦理的建构与新诗创作》,《华中师范大学学报(人文社会科学版)》2013年第6期,第114—121页。

聂珍钊、黄开红:《文学伦理学批评与游戏理论关系问题初探——聂珍钊教授访谈录》,《江西师范大学学报(哲学社会学科版)》2015年第3期,第54—61页。

佩尔·克罗格·汉森:《不可靠叙述者之再审视》,尚必武译,《江西师范大学学报(哲学社会科学版)》2008第7期,第31—40页。

彭立群:《海德格尔的"境域格式"概念解析》,《复旦学报(社会科学版)》2010年第6期,第67—73页。

任洁、孙跃:《世界哲学大会在京召开 文学伦理学批评备受关注》,《人民日报》海外版官网,[2018—8—21] http://renwen.haiwainet.cn/n/2018/0821/c3543190-31379582.html,2020年5月1日访问。

芮渝萍、刘春慧:《成长小说:一种解读美国文学的新视点》,《宁波大学学报(人文科学版)》2005年第1期第1—5页。

尚必武:《被误读的母爱:莫里森新作〈慈悲〉中的叙事判断》,《外国文学研究》2010年第4期,第60—69页。

尚必武:《让人不安的艺术:麦克尤恩〈蝴蝶〉的文学伦理学解读》,《外语教学》2012年第3期,第82—85页。

尚必武:《一种批评理论的兴起:〈文学伦理学批评导论〉解读》,《外国文学研究》2014年第5期,第26—36页。

申寅燮:《学界讯息·专题报道》,《哲学与文化》2015年第4期,第197—200页。

沈壮海:《试论提升国际学术话语权》,《文化软实力研究》2016年第1期,第97—105页。

盛宁:《对"理论热"消退后美国文学研究的思考》,《文艺研究》2002年第6期,第5—14页。

石平萍:《多元的文化,多变的认同——华裔美国作家任璧莲访谈录》,《文艺报·文学周刊》2003年8月26日,第4版。

石艳玲:《〈幼狮〉中的个人抉择与道德嬗变》,《求索》2015年第2期,第139—143页。

苏晖:《华裔美国文学中华人伦理身份与伦理选择的嬗变——以〈望岩〉和〈莫娜在希望之乡〉为例》,《外国文学研究》2016年第6期,第53—61页。

苏晖:《学术影响力与国际话语权建构:文学伦理学批评十五年发展历程回顾》,《外国文学研究》2019年第5期,第34—51页。

苏晖、李银波:《伦理选择与喜剧的教诲功能——以莎士比亚喜剧为例》,《哲学与文化》2015年第4期,第21—37页。

苏晖、熊卉:《从脑文本到终稿——易卜生及〈社会支柱〉中的伦理选择》,《外国文学研究》2018年第5期,第48—58页。

苏西:《"第二届文学伦理学批评国际学术研讨会"综述》,《外国文学研究》2013年第1期,第174—175页。

苏欲晓:《罪与救赎:霍桑〈红字〉的基督教伦理解读》,《外国文学研究》2007第4期,第114—120页。

孙胜忠:《论成长小说中的"Bildung"》,《外国语(上海外国语大学学报)》2010年第4期,第81—87页。

孙胜忠:《美国地方色彩文学主题探得——从马克·吐温、安德森和福克纳谈起》,《山东外语教学》,1999年第1期,第38—41、46页。

孙胜忠:《英美成长小说情节模式与结局之比较研究》,《安徽师范大学学报(人文社会科学版)》2014年第2期,第232—240页。

汤琼:《走向世界的文学伦理学批评——2016"文学伦理学批评与世界文学研究高端论坛"会议综述》,《外国文学研究》2017年第1期,第170—173页。

田俊武、张志:《田纳西·威廉斯剧作中的动物意象和动物主题》,《俄罗斯文艺》2005年第4期,第65—68、75页。

田迎春:《〈麦田里的守望者〉国外研究综述》,《兰州大学学报(社会科学版)》2014年第2期,第152—155页。

汪义群:《试论田纳西·威廉斯笔下的南方女性》,《当代外国文学》1991年第3期,第151—154页。

王立新:《作为一种文化诗学的文学伦理学批评》,《外国文学研究》2014年第4期,第29—33页。

王璐:《走向跨学科研究与世界文学建构的文学伦理学批评——"第八届文学伦理学批评国际学术研讨会"综述》,《外国文学研究》2018年第4期,第171—176页。

王璐:《表现全球化时代的孤独与爱:〈金童玉女〉》,转引自卫景宜等著:《当代西方英语世界的中国留学生写作:1980—2010》,北京:中国社会科学出版社,2014年,第205—212页。

王守仁、吴新云:《超越种族:莫里森新作〈慈悲〉中的'奴役'解析》,《当代外国文学》

2009 年第 2 期,第 35—44 页。

王松林:《"文学伦理学批评:文学研究方法新探讨"——全国学术研讨会综述》,《当代外国文学》2006 年第 1 期,第 171—173 页。

王松林:《作为一种方法论的文学伦理学批评》,《文艺报》,2006 年 07 月 18 日第 003 版。

王卫平:《解读〈黑孩子〉(〈美国饥饿〉)中的"隔离(distance)"主题》,《外语教育》2008 年第 8 期,第 171—175 页。

吴笛:《追寻斯芬克斯因子的理想平衡——评聂珍钊〈文学伦理学批评导论〉》,《外国文学研究》2014 年第 4 期,第 19—23 页。

武月明:《历史的伤痕:昆丁形象的文化解读》,《当代外国文学》,2002 年第 2 期,第 133—138 页。

夏延华、乔治斯·梵·邓·阿贝勒:《让批评理论与世界进程同步——首届加州大学欧文分校"批评理论学术年会"侧记》,《外国文学研究》2015 年第 6 期,第 170—172 页。

徐劲:《人生的悲剧,悲剧的人生——对霍尔顿·考尔菲德的心理分析》,《国外文学》1995 年第 4 期,第 66—71 页。

徐燕、溪云:《文学伦理学批评的新局面和生命力——"第三届文学伦理学批评国际学术研讨会"综述》,《外国文学研究》2013 年第 6 期,第 171—176 页。

杨革新:《伦理选择与丁梅斯代尔的公开忏悔》,《外国文学研究》2009 年第 6 期,第 97—103 页。

杨金才:《评〈红色英雄勋章〉中的战争意识》,《外国文学研究》1999 年第 4 期,第 94—98 页。

杨金才、朱云:《中国的塞林格研究》,《外国文学研究》2010 年第 5 期,第 129—137 页。

易晓明:《碎片化与整体性〈喧哗与骚动〉的历史感之建构》,《外国文学评论》2003 年第 1 期,第 56—63 页。

于冬云:《"准则英雄"与"他者"——海明威的早期创作与美国现代化进程中的种族政治》,《外国文学评论》2009 第 1 期,第 133—147 页。

虞建华:《禁酒令与〈了不起的盖茨比〉》,《外国文学》2015 年第 6 期,第 35—42 页。

张放放:《〈红色英勇勋章〉中英雄典型弗莱明的心理解读》,《外国文学研究》2005 年第 5 期,第 128—132、175 页。

张生珍、金莉:《当代美国戏剧中的家庭伦理关系探析》,《外国文学》2011 年第 5 期,第 59—64、158 页。

张燕蓟、徐亚男:《复印报刊资料文学系列期刊学术影响力分析》,《南方文坛》2009年第4期,第119—124页。

赵冬梅:《田纳西·威廉斯笔下的南方淑女之消亡》,《天津外国语学院学报》2004年第5期,第65—67页。

郑丽:《对英雄主义的重新阐释——斯蒂芬·克莱恩〈红色英勇勋章〉的主题探析》,《外国语言文学》2005年第4期,第279—283页。

钟京伟、郭继德:《福克纳小说中南方女性神话的破灭》,《当代外国文学》,2011年第3期,第22—28页。

朱新福:《论托尼·库什纳的同性恋剧〈美国天使〉的"国家主题"》,《外国文学研究》2003年第4期,第28—33、169—170页。

中国社科院文学研究所"学科学术前沿报告"课题组:《人文社会科学前沿扫描(文学理论篇)》,载《中国社会科学院院报》[2003-5-15]http://www.docin.com/p-775123210.html,2020年5月1日访问。

后　记

《美国文学的伦理学批评》一书是聂珍钊教授主持的国家社科基金重大项目"文学伦理学批评：理论建构与批评实践研究"子课题二的结项成果。华中师范大学苏晖教授作为子课题负责人，进行了总体框架设计和任务分工，撰写了导言和部分章节，并进行了统稿工作。本书是文学伦理学批评团队合作的结晶，参与撰稿的人员均有着扎实的学术功底，在美国文学研究和文学伦理学批评实践领域都取得过相关研究成果。现将本书各章节撰稿人员情况予以简要介绍：

导言由苏晖教授撰写；第一章负责人为宁波大学段波教授，其中第一节至第三节分别由段波教授、浙江大学杨革新教授、武汉轻工业大学郭海平教授撰写；第二章负责人为上海外国语大学陈广兴副教授，三节均由陈广兴副教授撰写；第三章负责人为安徽工程大学朱莉教授，第一节和第三节为朱莉教授撰稿，第二节由贵州师范学院瓦韵青副教授撰写；第四章负责人为苏晖教授，其中第一节由苏晖教授撰写，第二节由江西师范大学熊卉副教授撰写；第五章负责人为南华大学蒋天平教授，第一节至第三节均由蒋天平教授撰写；第六章负责人为浙江理工大学何庆机教授,第一节由华中师范大学王娜博士撰写,第二节由何庆机教授撰写;第七章负责人为浙江大学隋红升教授,其中第一节由华中师范大学李怡教授撰写,第二节由隋红升教授撰写,第三节由上海交通大学尚必武教授撰写;第八章负责人为苏晖教授,其中第一节由苏晖教授撰写,第二节由暨南大学王璐博士撰写;第九章负责人为华中师范大学刘兮颖副教授,三节均由刘兮颖副教授撰写;第十章负责人为广州大学张连桥副教授,其中第一节和第二节由张连桥副教授撰写,第三节由华中师范大学李顺亮博士撰写。

在此,谨对上述学者的大力支持和学术贡献表示最诚挚的谢意。此外,宁波大学段波教授、广州大学张连桥副教授以及华中师范大学程斌和李顺鹏博士对书稿进行了体例编制和校对工作,在此一并感谢。

编者

2019 年 10 月